PUBLICATIONS

DE

L'ÉCOLE DES LANGUES ORIENTALES VIVANTES

IIe SÉRIE — VOLUME X

LES MANUSCRITS ARABES DE L'ESCURIAL

TOME PREMIER

VIENNE — TYP. ADOLPHE HOLZHAUSEN,
IMPRIMEUR DE LA COUR I. & R. ET DE L'UNIVERSITÉ

Spécimen de l'Écriture Magrébine d'Espagne.

Page finale du Livre de Sîbawaihi (MS. 1). Année 629 de l'Hégire (1231 ap. J.-Ch.)
Réduction aux deux tiers de l'original

LES

MANUSCRITS ARABES

DE L'ESCURIAL

DÉCRITS

PAR

HARTWIG DERENBOURG

PROFESSEUR D'ARABE LITTÉRAL À L'ÉCOLE DES LANGUES ORIENTALES VIVANTES

TOME PREMIER

GRAMMAIRE — RHÉTORIQUE — POÉSIE — PHILOLOGIE ET BELLES-LETTRES
LEXICOGRAPHIE — PHILOSOPHIE

PARIS

ERNEST LEROUX, ÉDITEUR

LIBRAIRE DE LA SOCIÉTÉ ASIATIQUE
DE L'ÉCOLE DES LANGUES ORIENTALES VIVANTES, ETC

28, RUE BONAPARTE, 28

1884

AVANT-PROPOS.

Un savant, que l'École des langues orientales s'honore de compter parmi ses professeurs, M. E. Miller, publia en 1848 son remarquable Catalogue des manuscrits grecs de la bibliothèque de l'Escurial[1]. *La voie ainsi ouverte aux recherches françaises tenta un jeune maître, dont la science européenne déplore la fin prématurée, M. Charles Graux. Il ne survécut que peu de mois à la publication en 1880 de son beau livre, intitulé:* Essai sur les origines du fonds grec de l'Escurial, épisode de l'histoire de la renaissance des lettres en Espagne[2]. *Le sombre palais,*

[1] *In-4, de XXXI et 562 pages, plus l'errata.*

[2] *In-8, de XXXI et 529 pages; cf. ce volume, p. 418. J'applique à la monographie de Charles Graux l'expression que (p. XIII), il a lui-même*

consacré à Saint-Laurent, où Philippe II vint s'enterrer vivant et mourir, se détache lourdement et tristement sur un fonds de montagnes escarpées et dénudées, où toute végétation est brûlée par le soleil ou détruite par les vents. Lorsqu'on a franchi le seuil du Real Monasterio, qu'on s'avance sous les arceaux de granit de ses vastes promenoirs et qu'on s'engage dans les longues enfilades de ses galeries sans variété et sans ornements, on reçoit une impression de mélancolie d'abord, puis de calme, de repos et de fraîcheur, qui dispose singulièrement à la retraite, à la méditation, au recueillement et à l'étude. Comme à la Bodleienne et dans les collèges d'Oxford, on respire sous les voûtes de l'Escurial une atmosphère froide de vie monacale. On y est fatalement poussé à s'absorber dans quelque labeur. Car nul asile n'est plus propice à l'oubli du monde, à la poursuite du vrai, à l'examen patient des questions les plus ardues et les plus abstraites.

Il y aura bientôt quatre années que, grâce à la protection éclairée et bienveillante du Ministère de l'Instruction Publique, je pus enfin réaliser un rêve

justement appliquée au «beau livre» de M. L. Delisle, intitulé : Le cabinet des manuscrits de la Bibliothèque nationale, dont il connaissait seulement les deux premiers volumes (Paris, 1868 et 1874, in-fol.) Le troisième et dernier volume a paru en 1881

longtemps caressé. Je fus chargé d'une mission pour aller étudier les manuscrits arabes, disséminés en Espagne, dans cette seconde péninsule arabique, où je m'attendais à rencontrer tant de vestiges du moyen âge musulman. Ce n'est point l'endroit de raconter combien sur certains points mes espérances avaient dépassé la réalité, combien sur d'autres la réalité dépassa mes espérances[1]. Déjà précédemment, dans cette même série de publications, j'ai donné un aperçu des quelques manuscrits arabes que possédait en 1880 l'Académie de l'histoire de Madrid, et j'en ai détaché Quatre lettres missives écrites dans les années 1470 à 1475 par Aboû 'l-Ḥasan ʿAlî, avant-dernier roi more de Grenade, *pour en publier le texte arabe avec une traduction française[2]. Cette fois, je me propose de décrire les manuscrits arabes de l'Escurial. Mais j'ai le devoir de faire d'abord connaître le plan que je me suis tracé, les catégories d'ouvrages que j'ai passées en revue et celles que j'ai volontairement omises, enfin la relation qui existe entre mes deux volumes et ceux de mon illustre devancier, le*

[1] *Ce sera l'objet d'un rapport, que j'adresserai prochainement à M. le Ministre de l'Instruction publique et des Beaux-Arts et qui, je l'espère, sera inséré dans les* Archives des missions scientifiques.

[2] Mélanges Orientaux, Textes et traductions publiés par les professeurs de l'École spéciale des langues orientales vivantes, *dans les* Publications de l'École, *2e série, tome IX, p. 1—28.*

Syrien maronite Casiri, l'auteur de la Bibliotheca Arabico-Hispana Escurialensis[1].

I.

La Bibliothèque de l'Escurial n'est pas publique: elle appartient au domaine privé de la couronne d'Espagne, et une autorisation royale peut seule en ouvrir les portes[2]. *Mais, jamais demande n'est repoussée, et, dans les cas urgents, le bibliothécaire en chef, Don Felix Rozanski, prévient les intentions de S. M. le Roi, en prenant sur lui d'admettre les travailleurs à ne point attendre dans l'oisiveté les bénéfices de la décision favorable, qui ne tardera pas à être rendue. En arrivant à l'Escurial, j'ai eu la bonne fortune de me voir ainsi appliquer dans un esprit libéral la lettre du règlement, et je n'ai eu à perdre, autant que cela dépendait des bonnes volontés, ni une journée, ni même*

[1] *Matriti, 1760—1770. 2 vol. in-fol. I, de 14 pages non numérotées, XXIV et 544 pages, ces dernières à deux colonnes; II, de 4 pages non numérotées, puis de 352 pages à deux colonnes, d'un index de 202 pages non numérotées à deux colonnes, enfin d'un errata de trois pages, également à deux colonnes. La préface du premier volume a été imprimée à part dans quelques exemplaires de luxe dont le format est in-4. La bibliothèque de l'École des langues orientales possède un de ces exemplaires.*

[2] *Cf. Ch. Graux, Essai sur les origines du fonds grec de l'Escurial, p 355.*

une heure. J'ai déjà eu l'occasion et je m'empresse de rendre justice et d'exprimer ma reconnaissance au chef de la Bibliothèque royale, à Don Felix Rozanski[1].

*Les retards du début ne sauraient donc être imputés qu'à mes premiers tâtonnements et à mes hésitations sur la règle définitive que j'adopterais. J'avais été conduit à l'Escurial par la conviction que je ne pouvais songer à publier le tome second du Livre de Sîbawaihi avec les manuscrits, qui m'étaient accessibles. Or, le catalogue de Casiri débute par trois numéros qui me paraissaient devoir m'aider à établir définitivement mon texte. C'était premièrement le merveilleux exemplaire du Livre, dont la page finale, portant la date et le nom du copiste, a été reproduite en tête du présent volume. C'étaient deuxièmement et troisièmement, s'il fallait en croire les assertions de Casiri, le premier volume d'un commentaire sur le Livre, composé au IV*e *siècle de l'Hégire par l'Espagnol Kamâl ed-Dîn Aboû Yaḥyâ, et le tome second d'un commentaire sur le Livre également, par Nadjm ed-Dîn Ar-Raḍî d'Astarâbâdh. L'examen, auquel je me livrai immédiatement de ces deux commentaires, me fit perdre bien vite toute illusion. On trouvera plus loin*[2]

[1] *Voir Le livre de Sîbawaihi I, p.* XXI, *où le nom a été quelque peu défiguré.*

[2] *Page 2—4.*

les résultats, auxquels m'a conduit une enquête sur ces deux manuscrits.

Ma confiance dans l'autorité de Casiri fut dès lors gravement ébranlée, et je me demandai s'il ne conviendrait pas de reprendre en sous-œuvre l'édifice, qu'il me paraissait avoir construit sur des fondements trop peu solides. Dans l'origine, je m'étais proposé, en dehors des collations indispensables à mon édition de Sîbawaihi, de rectifier un certain nombre d'erreurs avérées et de grossir peut-être l'Errata de Casiri. A mesure que je comparais les ouvrages avec leur description, je m'assurais que, si la **Bibliotheca Arabico-Hispana Escurialensis** *était riche en informations historiques, biographiques et littéraires, si elle avait singulièrement élargi le cercle de nos connaissances, elle ne présentait pas toujours des garanties suffisantes de précision. Que d'hypothèses présentées comme des faits démontrés, que d'écrivains orientaux naturalisés Espagnols, sans que rien justifiât cet arbitraire dans leur nationalité supposée[1]!*

La certitude qu'une refonte générale était seule conforme aux intérêts et aux besoins de la science

[1] Casiri laisse échapper à cet égard une phrase caractéristique dans sa Bibliotheca II, p 151, en jugeant le style d'un auteur : Castigatus sermo, quo ipse utitur, Hispanum fuisse indicio fit. On sent la préoccupation de l'étranger, qui aspire à se faire pardonner la faveur royale, en faisant montre d'un patriotisme outré.

moderne m'imposait, comme un devoir, de reléguer au second plan les préoccupations de mes études personnelles[1] pour consacrer les quelques semaines, dont je disposais, à une révision systématique de l'ensemble. Encore là il y avait des sacrifices nécessaires, afin de ne pas disséminer sur un espace trop vaste des efforts limités par le temps même.

Le fonds arabe de l'Escurial se compose des numéros 1—1955 bis[2]. Le catalogue de Casiri s'arrête au numéro 1851 qui, nous le verrons tout à l'heure, répond au numéro 1856 actuel. Il y a donc cent numéros, qui ont été placés à la suite et qui, soit à cause de leur caractère fragmentaire, soit parce qu'ils avaient échappé à Casiri, soit enfin pour d'autres motifs, dont il sera parlé plus loin, ont été enregistrés et inventoriés, mais non interrogés sur ce qu'ils renferment. J'ai pris la peine de parcourir ces liasses et, je me suis

[1] *J'ai fait reproduire par la photographie toute la partie du manuscrit 1 afférente au tome second du* Livre, *et je me suis contenté de collationner pour les vers cités le manuscrit 310 (Casiri, 308) de l'Escurial; voir* Le livre de Sîbawaihi *I, p.* XL*; plus loin, p. 192 et 193.*

[2] *Il n'est pas invraisemblable que d'autres manuscrits arabes se trouvent dans d'autres fonds à l'Escurial. C'est ainsi que le fonds grec contient, sous la marque R-II-15, un rouleau arabe en parchemin (renfermé dans un étui cylindrique en zinc). Cf. Ch. Graux,* Essai sur les origines du fonds grec de l'Escurial, *p. 502. Parmi les 75 manuscrits hébreux (voir Ad. Neubauer dans les* Archives des missions scientifiques, *2e série, tome V, page 427 et suiv.), il y a, sous la marque G-II-17, un deuxième volume du Canon d'Avicenne en arabe, transcrit en caractères hébraïques.*

imposé, sinon de rendre compte de chaque feuillet, au moins d'en analyser les éléments principaux.

En dehors de ce supplément, j'ai suivi pas à pas le catalogue de Casiri, et j'ai étudié successivement après lui : 1° les grammairiens (manuscrit 1—201); 2° les rhétoriciens (manuscrit 202—269); 3° les poètes (manuscrit 270—490 = Casiri, 268—488, les numéros 268 et 269 revenant par erreur en tête; d'où une différence de deux manuscrits dans la numération); 4° les philologues et les littérateurs (manuscrit 491 à 568 = Casiri, 489—565, les deux manuscrits 518 et 519 étant confondus par Casiri dans un même article[1]*); 5° les lexicographes (manuscrit 569—611 Casiri, 566—608); 6° les philosophes (manuscrit 612—708 = Casiri, 609—705); 7° les moralistes et les politiques (manuscrit 709—788 = Casiri, 706 à 784*[2]*, les manuscrits 729 et 730 étant décrits par lui sous le numéro 726*[3]*); 8° les naturalistes (manuscrit 897—906 = Casiri, 892—901, les manuscrits 830 et 831 ayant été mêlés par lui sous le numéro 826*[4]*); 9° les géographes (manuscrit 1634—1640 = Casiri, 1629*-1635); 10° les historiens (manus-*

[1] *Bibliotheca I, p. 150 et 151.*

[2] *Comme on le verra dans le tome second, le manuscrit qui porte le numéro 788 est le manuscrit 1560 — Casiri, 1555; cf. Bibliotheca I, p. 531.*

[3] *Ibid. I, p. 218 et 219.*

[4] *Ibid. I, p. 267 et 268.*

crit 1641—1820 = Casiri, 1636—1815); 11° les auteurs de tout genre, dont des manuscrits ont été retrouvés alors que l'impression de la Bibliotheca était presque terminée (manuscrit 1821—1856 = Casiri, 1816—1851).

Comme on le remarquera, les divisions omises dans cette nomenclature sont : 1° la médecine (manuscrit 789—896 = Casiri, 785—891), dont M. le Dr L. Leclerc a préparé et publiera un catalogue avec sa double compétence d'arabisant et de médecin; 2° les mathématiques (manuscrit 907—985 = Casiri, 902—980), terre inconnue sur laquelle je n'ai pas osé m'aventurer; 3° la jurisprudence (manuscrit 986—1255 = Casiri, 981—1250); 4° la théologie (manuscrit 1256 à 1633 = Casiri, 1251—1628). Ces deux dernières catégories renferment peu d'ouvrages dont la portée s'étende au-delà du monde musulman.

Tout en élaguant du champ de mes recherches les quatre branches d'études, que j'avais résolu d'éliminer, j'ai retenu un certain nombre d'ouvrages que leur titre, leur objet ou leur date désignaient à mon attention. On trouvera réunis à la fin du tome second la description de quatre-vingts manuscrits environ, que j'ai choisis parmi les ouvrages classés au rang de la médecine, des mathématiques, de la jurisprudence, ou de la théologie, soit musulmane, soit chrétienne.

La plupart des manuscrits, ainsi ajoutés à ma liste, appartenaient plus légitimement aux sections que j'ai décrites qu'à celles, où ils ont été insérés. Aurais-je dû bouleverser le fonds arabe de l'Escurial pour réparer les erreurs d'un classement méthodique en principe, mais où, dans l'exécution, se sont glissées les plus choquantes anomalies? Pour ne citer qu'un seul fait, le même exemplaire du fameux dictionnaire arabe, intitulé : Le soleil des sciences, par Naschwân Al-Hamdânî, est divisé en deux moitiés, dont la première porte le numéro 34, et la seconde le numéro 603[1]. L'une est dans la grammaire, l'autre dans la lexicographie. A première vue, on serait tenté de souder et de réunir autrement que par un renvoi les deux tronçons qui n'auraient pas dû être séparés l'un de l'autre. Mais, à la réflexion, on s'aperçoit que les avantages scientifiques d'un tel remaniement sont loin d'en contrebalancer les inconvénients pratiques. Je l'ai dit ailleurs[2], et je ne fais qu'exprimer là une opinion que j'avais conçue, alors que j'avais l'honneur de collaborer au catalogue des manuscrits arabes de la Bibliothèque nationale, opinion que l'expérience a profondément enracinée : «Je ne puis m'empêcher de »déplorer le sans-façon avec lequel sans cesse on nous

[1] *Plus loin, p. 25 et 413.*

[2] *Revue critique d'histoire et de littérature (1882), n° 11, p 202.*

»force à chasser de notre mémoire d'anciens numéros, »qui ont pour eux la tradition, et sous lesquels certains »manuscrits sont plus connus que sous le titre de l'ou-»vrage qu'ils renferment. L'unité même, que l'on at-»teint par ce bouleversement général, est toute factice »puisque, à son tour, elle sera détruite par le premier »ouvrage donné ou acquis, qui, en venant s'ajouter »ou s'intercaler, troublera la belle ordonnance à peine »établie».

L'ambition de réformer la classification de Casiri est donc bannie de mon catalogue. Bien plus, les manuscrits y sont présentés sous le numéro même qui leur est assigné sur les rayons de l'Escurial; et ma description, pour incomplète qu'elle soit, répond à l'ordre réel des volumes, non pas à un ordre idéal. Le lecteur qui, sur les promesses de mon catalogue, sera tenté d'étudier les poésies de Zohair dans la rédaction de Thá'lab, n'aura qu'à demander les manuscrits 271 et 406 pour obtenir aussitôt communication des deux copies anciennes conservées à l'Escurial. L'utilité gagne ici ce que perd l'harmonie, et l'index aura charge de rapprocher les volumes, que le respect de ce qui existe m'a conduit à maintenir éloignés les uns des autres.

Il ne tiendra donc pas à moi que les conditions de stabilité, dont jouit à cette heure le fonds arabe de l'Escurial, soient en rien modifiées. Depuis le terrible incendie allumé par la foudre en 1671, où plus de deux mille manuscrits arabes furent anéantis[1], *la sécurité du palais, d'où la collection, réduite plus que de moitié, n'a pas été déplacée, n'a jamais été violemment troublée. Sans accuser personne, la direction de la Bibliothèque n'a pas toujours été confiée à des mains assez fermes. L'incurie et le laisser-aller ont parfois été poussés à un tel degré que les manuscrits erraient à l'aventure dans les cellules du couvent, et s'égaraient même jusque dans les maisons du village. La discipline est aujourd'hui autrement sévère, et les manuscrits ne peuvent être consultés que dans la salle de lecture, en présence du bibliothécaire en chef. Aussi peut-on être pleinement rassuré sur la conservation intégrale des trésors confiés à sa garde; il n'en laissera pas échapper la plus infime parcelle. Je ne jurerais même pas que, lancé sur la vraie piste, il ne fera pas un jour rentrer au bercail les quelques brebis égarées.*

II.

Voici la liste complète des lacunes, que signalait dans le fonds arabe l'inventaire dressé en 1859 par

[1] *Ch. Graux, Essai sur les origines du fonds grec, p. 319; Hartwig Derenbourg, Le livre de Sîbawaihi I, p.* XXVIII.

le bibliothécaire d'alors, M. Carnicero y Weber[1] *: 319, 402, 403, 447, 478, 486, 511, 625, 626*[2]*, 659, 893, 906, 911, 912, 971, 1119, 1192, 1193, 1194, 1340, 1395, 1398, 1399, 1401, 1535, 1552, 1557, 1558, 1560, 1562, 1564, 1569, 1570, 1623, 1638, 1679, 1681, 1699, 1703, 1711, 1805, 1812, 1813, 1814, 1815, 1816, 1817, 1818, 1819, 1820, 1836, 1838, soit en tout cinquante-deux numéros, qui n'étaient représentés par aucun manuscrit.*

Ce recensement est d'une exactitude matérielle rigoureuse, si l'on considère les manuscrits comme des unités de même nature, qu'il s'agit seulement de dénombrer pour constater celles qui sont présentes et celles qui manquent à l'appel. Comme on le verra par la suite, j'ai cru devoir me conformer d'une manière absolue aux indications fournies par ce relevé et confirmées par l'arrangement actuel. Pour chacun des manuscrits, que je viens d'énumérer, je me suis contenté, lorsque son tour arrivait, de faire remarquer que ce manuscrit avait disparu.

Cependant un certain nombre d'observations, que j'avais été amené à faire au cours de ma description,

[1] *La concordance avec Casiri étant rendue facile par les indications fournies p. XII, je me contente de donner les numéros consacrés par l'usage.*

[2] *J'ai cru pouvoir substituer 625 et 626 à 627. En effet, sur la reliure de celui-ci, on a, par erreur, inscrit les deux numéros manquants 625 et 626 ; cf. plus loin, p. 432 et 433.*

m'ont révélé des modifications importantes, que cet état doit subir, parce qu'il reflète un certain nombre d'erreurs provenant de confusions ou de substitutions déjà anciennes, et m'ont en même temps permis d'alléger sensiblement le compte toujours trop considérable des manuscrits, dont la trace semblait perdue. Ce n'est pas seulement au dehors du bâtiment et du village que j'ai eu la chance de reconnaître cinq manuscrits, dont la provenance n'est pas douteuse, et qui ont autrefois appartenu à l'Escurial. Mais il y a un autre filon, que j'ai songé à exploiter, et qui m'a dirigé vers une mine autrement féconde. En dehors des non-valeurs reléguées avec intention et des oublis involontaires, je me suis demandé comment une bibliothèque, sans acquisitions et sans cadeaux, aurait pu s'augmenter de cent manuscrits, et je me suis avisé de fouiller l'Escurial pour y retrouver ce qui avait été égaré, non perdu à l'Escurial. Ce procédé d'investigation, poursuivi avec méthode au milieu des manuscrits et non pas de loin, ménage peut-être encore à la science plus d'une surprise.

Examinons donc par le menu et successivement ceux des manuscrits disparus, sur lesquels notre enquête a été fructueuse :

1° Le manuscrit 319 (Cas. 317) a été substitué au manuscrit 248; c'est celui-ci qui manque.

2° Le manuscrit 402 (Cas. 400) sera décrit sous le numéro 1867.

3° Le manuscrit 403 (Cas. 401) a été reporté au numéro 1865.

4° Le manuscrit 486 (Cas. 484) est devenu le manuscrit 1871.

5° Le manuscrit 626 (Cas. 623) est à présent le manuscrit 1863.

6° Le manuscrit 893 (Cas. 888) est à la Biblioteca nacional de Madrid, où il a été incorporé sous la marque Gg 92.

7° Le manuscrit 906 (Cas. 901), sur lequel ont été faites, à la fin du siècle dernier, deux copies conservées à la Biblioteca nacional de Madrid (l'une cotée Gg 113, l'autre Gg 130 et 131[1]), avait été prêté à D. Josef Antonio Banqueri, qui le reproduisit presque sans changement dans son édition de Ibn Al-ʿAwwâm, publiée à Madrid en 1802 avec une traduction espagnole[2]. Le manuscrit, emprunté à l'Escurial, n'y a

[1] Des fragments d'une troisième copie sont dans le manuscrit Gg 115 de la Biblioteca nacional.

[2] Libro de agricultura; su autor el doctor excelente Abu Zacaria Jahja Aben Mohamed ben Ahmed ebn el Awam, sevillano, traducido al castellano y anotado por Don Josef Antonio Banqueri. Madrid, imprenta real, 1802, 2 vol. pet. in-fol. M. Clément-Mullet a publié une traduction française de ce même ouvrage, avec des rectifications au texte de Banqueri, d'après les manuscrits de Paris (Paris, 1864—1866, 2 tomes en 3 vol. in-8).

jamais reparu; il a été acheté à la famille Banqueri par le célèbre orientaliste espagnol D. Pascual de Gayangos; et, en 1880, cet exemplaire écrit, je pense, au XVIe ou au XVIIe siècle de notre ère, portait le numéro 9 dans son riche cabinet de manuscrits, si libéralement ouvert à tous les travailleurs.

8° Le manuscrit 911 (Cas. 906) est à la Biblioteca nacional de Madrid, où il a reçu la cote Gg 86.

9° Le manuscrit 1119 (Cas. 1114) a été substitué au manuscrit 1116 (Cas. 1111), qui, à son tour, est devenu le manuscrit 1862.

10° Le manuscrit 1193 (Cas. 1188), dont quelques cahiers ont été insérés dans les liasses numérotées 1878 et 1939, a été aussi en partie substitué au manuscrit 705 (Cas. 702); celui-ci, par un déplacement, dont l'origine est claire, est devenu le manuscrit 405 (Cas. 403)[1], un manuscrit qui, dans le cas où il serait encore à l'Escurial, a été décrit par Casiri[2] d'une manière trop vague pour être facilement reconnu. Peut-être est-ce le manuscrit 1875, ou encore le manuscrit 1879.

11° Le manuscrit 1340 (Cas. 1335), malgré une légère différence de date[3], me paraît avoir été reporte au numéro 1873.

[1] *Voir plus loin, p. 268 et suiv.*

[2] *Bibliotheca I, p. 118.*

[3] *Casiri, Bibliotheca I, p. 497, décrit un Coran magrébin écrit en 1008 de l'Hégire; le manuscrit 1873 est un Coran magrébin daté de 1015.*

12° Le manuscrit 1395 (Cas. 1390) porte maintenant le numéro 1864.

13° Le manuscrit 1535 (Cas. 1530) est à la Biblioteca nacional de Madrid, où il est coté Gg 41.

14° Le manuscrit 1552 (Cas. 1547) paraît, bien que je ne puisse l'affirmer avec certitude, avoir été substitué au manuscrit 1786 (Cas. 1782), qui est devenu, et sur ce point il ne peut y avoir aucun doute, le manuscrit 1870.

15° Le manuscrit 1558 (Cas. 1553) porte maintenant le numéro 1868.

16° Le manuscrit 1560 (Cas. 1555) est devenu le manuscrit 788 (Cas. 784), et le manuscrit 788 (Cas. 784) a pris la place du manuscrit 707 (Cas. 704); celui-ci a été substitué au manuscrit 236[1]. Il n'est pas impossible que ce dernier soit devenu le manuscrit 1942.

17° Le manuscrit 1564 (Cas. 1559) est actuellement le numéro 1951.

18° Le manuscrit 1623 (Cas. 1618) a sans doute été transféré à Madrid du vivant de Casiri, qui exprimait déjà le vœu de le voir «s'envoler» vers la capitale[2]. Il n'est probablement jamais revenu à l'Escurial depuis qu'en 1767, Pablo Hodar en fit une

[1] *Voir plus loin, p. 140 et suiv.*

[2] *Bibliotheca I, p. 542.*

copie que termine un index de 229 pages[1]. L'original, auquel on destinait en 1880 une splendide et coûteuse reliure, est à la Biblioteca nacional de Madrid, où il a reçu la cote Gg 132.

19° Une hypothèse plausible, c'est que le manuscrit 1679 (Cas. 1674) serait devenu le manuscrit 1860.

20° Le manuscrit 1681 (Cas. 1676) est maintenant le manuscrit 1912, qui est devenu complet par la restitution des trois premiers feuillets, égarés jusqu'en 1880 dans le convolut numéroté 1898.

21° Le manuscrit 1703 (Cas. 1698) est le manuscrit 1918, que Casiri n'avait étudié que très superficiellement.

22° Le manuscrit 1711 (Cas. 1706) est vraiment perdu, si la date, que lui assigne Casiri, est exacte. Remarquons pourtant qu'un autre exemplaire complet, mais beaucoup plus moderne, du même ouvrage occupe le manuscrit 1872.

23° L'absence des manuscrits 1812—1820 (Cas. 1807—1815), une série de neuf volumes, qui devaient être juxtaposés, provoque naturellement l'accusation d'un détournement en bloc. Rien n'est moins fondé. Ces manuscrits n'ont pas disparu, et la raison en est

[1] Cette copie est conservée à la Biblioteca nacional sous les cotes Gg 133 et 134. Une autre copie, avec des résumés en latin à la marge, y porte la marque Gg 135.

décisive : ils n'ont jamais existé. La preuve péremptoire, que je vais en donner, ne laissera subsister aucun doute. Casiri écrivait sur des feuilles volantes[1], qui ont été assemblées pour constituer le catalogue. J'ai fait observer qu'en marquant les chiffres des manuscrits, on avait commis des erreurs, qui ont été réparées plus tard, et qui ont amené la différence entre les numéros de Casiri et les numéros définitivement adoptés[2]. Cette fois, toute autre et bien plus grave était l'inadvertance : des bulletins, dont double copie avait été faite, ont été deux fois estampillés, et deux fois admis dans le catalogue. Ce malentendu n'aurait pas persisté au moment de l'impression, si elle avait coincidé avec une stricte vérification des manuscrits. Cette révision n'ayant pas été faite, d'un côté, les indications du catalogue ont seules conservé force de loi, d'autre part, les manuscrits ne se sont pas dédoublés dans l'intervalle et, un beau jour, les inventaires ont constaté que la bibliothèque possédait neuf manuscrits de moins. Des personnes bien informées affirmaient qu'ils avaient émigré à l'étranger et désignaient même la bibliothèque publique, qui avait recueilli ces épaves. Il importe de dissiper un tel mirage. Les manuscrits

[1] *Une partie de ces* borradores *se conserve à la* Biblioteca nacional *de Madrid sous la cote Gg 114.*

[2] *Voir plus haut, page* XII.

1812—1820 (Cas. 1807—1815) n'ont jamais été des réalités. Leur description répète en propres termes et dans l'ordre suivant celle des manuscrits 1790 (Cas. 1785)[1]*, 1791 (Cas. 1786), 1789 (Cas. 1784), 1792 (Cas. 1787), 1755 (Cas. 1750), 1756 (Cas. 1751), 1757 (Cas. 1752), 1758 (Cas. 1753), 1759 (Cas. 1754).*

Le fonds arabe de l'Escurial n'a donc point autant souffert que ses vicissitudes eussent permis de le craindre. La critique, que je lui ai appliquée à distance d'après mes notes et sans pouvoir en contrôler l'exactitude sur les manuscrits, a réduit plus que de moitié les pertes supposées; je suis convaincu que l'étendue en sera encore diminuée par une application sage et prudente des mêmes principes. Des prémisses posées il résulte que nous ne sommes pas renseignés sur ce que sont devenus les manuscrits suivants : 236 (?), 248, 405 (?), 447, 478, 511, 625, 659, 912, 971, 1192, 1194, 1398, 1399, 1401, 1557, 1562, 1569, 1570, 1638, 1699, 1805, 1836, 1838, soit au plus vingt-quatre, au moins vingt-deux manuscrits. Si l'on se reporte au catalogue de Casiri, on se convaincra que ce sont en général des œuvres et opuscules sans

[1] Casiri, qui était sans doute alors à Madrid, a jugé bon d'ajouter Bibliotheca II, p. 340, un supra laudato, qui ne se trouvait pas ibid. II, p. 335 Cet indice m'a mis sur la voie de la fiction, qui me paraît amplement dévoilée.

valeur, excepté peut-être l'abrégé des Annales d'Aboû 'l-Fidâ, par Mouḥibb ed-Dîn Aboù 'l-Walîd Moḥammad Ibn Asch-Schiḥna (manuscrit 1838), un manuel intéressant, mais dont les exemplaires sont loin d'être rares en Europe[1].

Après avoir ainsi apporté au mal toutes les atténuations possibles, je dois signaler un petit nombre de faits isolés, qui l'aggravent. 1° le manuscrit 298 actuel n'est probablement pas le manuscrit, que Casiri a décrit sous le numéro 296[2]. *2° le manuscrit 830 (Cas. 826), dont le premier élément constitue le manuscrit 1933, a été dépouillé, ce semble, de son deuxième élément, une histoire du Maroc; et, au grand désappointement des orientalistes, ils trouveront la place occupée par un long fragment, 83 feuillets, de récits et d'anecdotes. Enfin 3° le manuscrit 1762 (Cas. 1757) renferme maintenant un Anwâri Souhailî persan, tandis que le manuscrit 1764 a recueilli le deuxième élément de 1762, ajouté après le manuscrit 1759 de Casiri*[3]. *J'aurai terminé l'énumération de mes regrets, lorsque j'aurai protesté contre*

[1] *La Bibliothèque nationale de Paris en possède trois copies, dont l'une avec une traduction française, par « Galland, jeune de langues »; ce sont les manuscrits 1537—1541; voir Catalogue, p. 290 et 291. Cf. pour le British Museum, Rieu, Catalogue, p. 146 et 568; pour Gotha, Pertsch, Die Arabischen Handschriften III, p. 202, où sont cités de nombreux exemplaires.*

[2] *Voir plus loin, p. 296.*

[3] *Revue critique de 1882 I, p. 224, note 2.*

l'épidémie des reliures, qui sévit à l'Escurial vers 1873, et où sans pitié furent sacrifiées les tranches, souvent si heureusement explicites pour révéler le contenu des manuscrits sans commencement[1].

III.

Le seul avantage que je puisse envier à Casiri, c'est la prérogative dont il a joui d'examiner les manuscrits arabes de l'Escurial, avant qu'ils eussent subi ces méfaits du vandalisme contemporain. A tous les autres points de vue, j'ai abordé l'étude de ces mêmes manuscrits dans des conditions incomparablement plus favorables. Et tout d'abord, un privilège, dont j'ai ressenti les effets bienfaisants, c'est de n'avoir pas été, comme Casiri, le premier explorateur dans un champ inculte, mais, d'avoir, venant après lui, trouvé le terrain déblayé et aplani.

En dépit des réserves, que j'ai cru devoir formuler, la Bibliotheca Arabico-Hispana de Casiri, si elle n'a pas justifié la confiance absolue de Haenel[2] et de Wen-

[1] Voir plus loin, p. 172 et 265.

[2] Haenel (G.), Catalogi librorum manuscriptorum qui in bibliothecis Galliae, Helvetiae, Hispaniae, Lusitaniae, Belgii, Britanniae magnae asservantur (Lipsiae, 1830, in-4). Les colonnes 919—964 sont consacrées aux manuscrits de «S. Lorenzo del Escurial», omissis co-

rich[1], *mérite moins encore le mépris hautain du Baron de Schack*[2]. *Pour émettre un jugement équitable sur ce monument, dont l'originalité consiste dans la fusion et dans la conciliation de la science orientale indigène avec les goûts et les tendances de la chrétienté espagnole au dix-huitième siècle, il faut se reporter par la pensée à l'âge héroïque de nos études, où un Maronite de Syrie ne recula pas devant le projet audacieux de l'élever dans la langue savante de l'Europe. Il fallait alors, selon l'expression pittoresque de Casiri*[3], *engager le combat pour « soumettre une province presque inexplorée ».*

Et en effet, lorsque Casiri, après avoir séjourné à l'Escurial de 1749 à 1753, après avoir choisi et copié les passages qui avaient fixé son attention et s'être muni des citations, qui lui paraissaient nécessaires, regagna sa résidence de Madrid[4], spoliis Orientis

dicibus Arabicis, quos Casiri enumerat, ainsi qu'il est dit à la colonne 923.

[1] *Wenrich (J. G.),* De auctorum graecorum versionibus et commentariis . . . . . commentatio *(Lipsiae, 1842, pet. in-8). M. F. Wüstenfeld n'a pas non plus montré toujours assez de défiance à l'égard de Casiri dans sa* Geschichte der Arabischen Aerzte und Naturforscher *(Göttingen, 1840, in-8).*

[2] *A. von Schack,* Poesie und Kunst der Araber in Spanien *(Berlin, 1865, 2 vol. in-12) I, p. VI.*

[3] Bibliotheca, *I, p. I.*

[4] *Cardona, dans l'édition latine de son mémoire* De regia S. Laurentii bibliotheca *(Tarracone, 1587), p. 18, recommande au « Bibliothécaire Royal de vivre dans la capitale ».*

onustus[1], *pour déposer son «butin» et pour en offrir la meilleur part à son pays adoptif, il ne nourrissait aucune illusion sur l'appui qu'il pouvait attendre du passé. Il était résigné à ne compter que sur lui-même et sur les matériaux qu'il avait rassemblés.*

La voie, dans laquelle il se disposait à entrer, n'avait été frayée par aucun de ses prédécesseurs. Leurs ébauches informes commandaient de faire table rase, comme si elles n'eussent pas existé. En tenir compte, c'était s'attarder à discuter et à réformer des fautes de lecture, à se perdre dans des critiques oiseuses, à corriger des essais jetés sur le papier sans méthode et sans maturité.

M. Steinschneider, avec son érudition pénétrante, est parvenu à découvrir la trace d'une liste, rédigée en espagnol, des manuscrits arabes conservés à l'Escurial, liste qui est conservée dans le manuscrit latin 3958 du Vatican[2]. *Un pareil inventaire, où la section médicale commence au feuillet 99, semblait promettre un document précieux sur les richesses de l'Escurial avant l'incendie de 1671. Malheureusement il faut bien rabattre de l'étendue que, sur la foi de renseignements insuffisants, M. Steinschneider était tenté d'attribuer à cette liste. Voici ce que m'écrit M.*

[1] *C'est Casiri lui-même, qui s'applique (Bibliotheca I, p.* III*) cette citation de Virgile, Énéide I, 289.*

[2] *Voir Steinschneider dans Virchow, Archiv für pathologische Anatomie XXXVIII, p. 77.*

le Professeur Ign. Guidi de Rome[1]*: «Le ms. vatic. »lat. 3958 contient toute une série de catalogues*[2] *et »au fol. 75v° commence le Catalogo de los libros »manuscriptos de S. Lorenzo el Real*[3]*. La partie »relative aux manuscrits arabes ne prend que quatre »ou cinq pages, je vous l'ai copiée toute entière et je »vous l'envoie dans cette lettre*[4]*. La provenance du ma-»nuscrit est incertaine; le catalogue en question n'a »pas de date; mais la paléographie montre qu'il est de »la fin du seizième siècle; quelques-uns des autres ca-»talogues, qui sont dans le même manuscrit, portent »la date de 1579*[5] *et il est très probable que le cata-»logue de S. Lorenzo est à peu près de la même époque.»*

[1] *Lettre du 31 janvier 1884.*

[2] *A l'instigation de M. Aristide Marre, M. le bibliothécaire Enrico Narducci a fait rédiger sur ce manuscrit une notice, d'où il ressort que le volume, de 313 feuillets, dont 276 écrits, ne renferme pas moins de vingt-huit catalogues de provenances diverses.*

[3] *Le second catalogue du fonds grec de l'Escurial, par «le copiste royal» Nicolas de la Torre le Crétois, occupe cependant les 64 premiers feuillets du manuscrit, d'abord dans la rédaction grecque deux fois répétée (fol. 1 r° à 22 r°, autographe de Nicolas; 25 v° — 43 v°, une copie avec moins d'abréviations dans l'écriture), puis dans la rédaction latine (fol. 47 v° — 64 v°, écrit Manu Nicolai Turriani Cretensis regii scribae). Cet exemplaire est resté inconnu à Ch. Graux; voir son Essai sur les origines du fonds grec de l'Escurial, p.* XVII.

[4] *Cette liste, qui commence au milieu du feuillet 99 r° pour finir au milieu du feuillet 101 v°, et que je remercie M. le Professeur Ign. Guidi d'avoir bien voulu transcrire en ma faveur, comprend l'énumération de quarante-cinq manuscrits, dont trente-sept se rapportent à la médecine, cinq aux mathématiques, deux au Coran et à la jurisprudence.*

[5] *Cette date se trouve au fol. 47 v°. Les autres dates qui me sont signa-*

Cette date de 1579 est aussi celle des Indices composés par le «célèbre controversiste» hollandais Guillaume Damase van Linda, connu sous le nom de Lindanus, qui ont été publiés par le jésuite Antoine Possevin[1] et reproduits par M. Miller dans son Catalogue des manuscrits grecs[2]. Le fragment omis volontairement par M. Miller contient trois titres d'ouvrages donnés comme arabes. Il n'est pas invraisemblable que le Catalogo du Vatican soit lié par une certaine connexité aux Indices de Gulielmus Lindanus.

Que Casiri ait connu ou n'ait pas connu ce relevé plus ou moins exact de titres, il fût resté lettre morte pour lui, comme aussi les notes brèves, insérées dans quelques rares volumes par l'Espagnol Benito Arias Montano vers la fin du seizième siècle, par l'Ecossais David Colvil au milieu du dix-septième[3]. Il n'y avait non plus, ce semble, aucun profit à tirer pour la science de deux inventaires, l'un arabe-latin, con-

ttes sont 1582 (fol. 133 r°); 1542 (fol. 181 r° et 182 v°); 1558 (fol. 184 r°); 1537 (fol. 216 v°).

[1] *Apparatus sacer ad scriptores veteris et novi Testamenti (Venetiis, 1603—1606, 3 vol. in-fol.) III, p. 127—133.*

[2] *P. 501—510.*

[3] *Sur ces deux érudits, dont le premier passait pour un philologue et pour un orientaliste, voir Ch. Graux, Essai sur les origines du fonds grec de l'Escurial, p. XV et XVIII. David Colvillus est cité dans Casiri, Bibliotheca II, p 347.*

sacré à 578 manuscrits arabes, l'autre latin seulement, qui en énumérait 419. «Avec quelle concision, observe Casiri[1]*, et avec quelle sécheresse!»*

Je n'ai pas vu ces deux embrions de catalogues, et je ne suis même pas informé s'ils sont encore conservés à l'Escurial. Mais on peut se figurer le peu qu'ils ont dû renfermer, en jetant les yeux sur le Catalogus CCLXI Manuscriptorum Arabicorum Bibliothecae Laurentinae in Escuriali Regis Catholici, confectus à Licentiato Castillio decimosexto Augusti, MDLXXXIII. *Ce fragment a été mutilé par le feu de ses numéros 206—214; 220—234; 241—257. Peut-être y aurait-il témérité à proposer l'identification du Licentiatus Castillius avec le mathématicien, qui se nomme en tête de l'un de ses ouvrages el licenciado Diego del Castillo natural de la ciudad de Molina*[2]*. Jusqu'à preuve du contraire, l'édition princeps du Catalogus, qui aurait été publiée en 1584 dans le format in-quarto sans indication de lieu, me semble devoir été reléguée parmi les inventions des bibliographes*[3]*.*

[1] *Bibliotheca I, p. 1*

[2] *Nicolaus Antonius, Bibliotheca Hispana nova (Matriti, 1783 à 1788, 2 vol. in-folio) I, p. 273; Brunet, Manuel du libraire (5e éd.) I, col. 1633.*

[3] *Cf. Vogel, Literatur früherer und noch bestehender europäischer öffentlicher und Corporations-Bibliotheken (Leipzig, 1840),*

Christian Rau, qui, en 1646, inséra le Catalogus dans sa Prima tredecim partium Alcorani Arabico-Latini[1], *dit le tenir de son «excellent ami Jacob Golius, entre les mains duquel il serait tombé, après avoir été en grande partie consumé par le feu*[2]*». C'est d'après Christian Rau que J. H. Hottinger fit paraître en 1668 une réimpression du Catalogus dans son Promtuarium; Sive, Bibliotheca Orientalis*[3]. *Casiri cite le Promtuarium comme renfermant la seule notice, relative au fonds arabe de l'Escurial, qui eût «transpiré dans le public» avant la composition de sa Bibliotheca Arabico-Hispana Escurialensis*[4]. *Il est devenu impossible de vérifier si le Catalogus ..... confectus a Licentiato Castillio, ne constituait pas un chapitre du fameux index de Phi-*

p 475; Zenker, Bibliotheca Orientalis I (Leipzig, 1846), p. 215, n° 1711

[1] *Le titre complet de cette plaquette, publiée à Amsterdam (pet. in-4) par Christianus Ravius Berlinas, est donné par Zenker, ibid. I, p. 169, n° 1379.*

[2] *«Et nos hunc dedimus, ajoute Christian Rau, ut alii, qui perfectius quid habeant, instigentur ad prodendam illam ingentem ubique prohdolor! pessime suppressam orientis gazam.»*

[3] *Heidelbergae, in-4, dans Appendix, p. 1—18. Hottinger ne mentionne point sa source; mais il a oublié, à propos du manuscrit 22 (p. 3), de faire disparaître un indice fort compromettant, une note de C. Ravius Berlinas sur un manuscrit possédé par ce dernier. Précisément ce manuscrit 22, la traduction arabe du Pentateuque, par Al-Ḥârith ibn Sinân, avait échappé à Casiri, qui ne l'a point décrit dans sa Bibliotheca. Il en sera parlé dans mon tome second, sous le numéro 1857.*

[4] *Bibliotheca I, p. 1; cf. ibid. I, p 275*

lippe II, «précieuse pièce», qui «s'est égarée de nos jours[1]». Ce qui ressort clairement du Catalogus, c'est combien grande était en 1583 la pauvreté du fonds arabe de l'Escurial. Il ne faut voir dans le Catalogus qu'une date dans son histoire.

Casiri, convaincu qu'il devait considérer comme non avenues les tentatives de ses devanciers et qu'il était appelé à créer de toutes pièces une œuvre entièrement originale, loin de se laisser arrêter par la difficulté d'embrasser un si vaste domaine, résolut d'en élargir encore les contours et d'y enclaver les résultats d'études complémentaires. Le catalogue fut comme un centre, autour duquel vinrent converger des dissertations[2], des tables des matières[3], des analyses[4], parfois même des citations étendues de textes avec traduction latine[5], dont l'une, la plus longue il est vrai, n'occupe pas moins de cent cinquante-cinq pages à deux colonnes[6].

De telles anthologies étaient les bienvenues, fussent-

[1] *Ch. Graux, Essai sur les origines du fonds grec de l'Escurial, p 155.*

[2] *Bibliotheca I, p. 84—88; 172 174; 208—212; 275—279; 371—376; II, p. 2—4; 6—13; 17—27; etc.*

[3] *Ibid. I, p. 93—102; 103—105; 128; 242—243; 323 338; 393 à 396; II, p. 15—16; etc.*

[4] *Ibid. II, p 71—151, réparties sur les manuscrits 1673—1677 (Cas. 1668—1672).*

[5] *Ibid. I, p. 304—312; 353—360; 382—392; 402—444; etc.*

[6] *Ibid. II, p. 177—332.*

elles incorporées dans un catalogue, à une époque où la littérature arabe n'avait pas encore été fouillée dans tous les sens. Actuellement la part de ce qui est inédit dans la Bibliotheca de Casiri se restreint chaque jour. C'est ainsi que le professeur M. J. Müller de Munich, dans ses Beiträge zur Geschichte der westlichen Araber[1]*, a commencé la publication du dictionnaire biographique de Ibn Al-Abbâr, et l'eût sans doute achevée, si son travail n'avait pas été interrompu par la mort. M. Codera termine en ce moment son Ibn Baschkouwâl, par lequel il a dignement inauguré sa nouvelle Bibliotheca Arabico-Hispana*[2]*. Le choix de ce titre général est un hommage rendu à Casiri. Le recueil des biographies consacrées aux «hommes de l'Espagne» par Aḍ-Ḍabbî*[3] *viendra ensuite*[4]*, en attendant les œuvres de Ibn Al-Abbâr*[5] *et surtout de Ibn Al-Khaṭîb*[6]*. Enfin M. Aug.*

[1] *München, 1866—1878, deux fascicules, dont le second est posthume, p. 161—360; cf. Casiri, Bibliotheca II, p. 30 65, à propos du manuscrit 1654 (Cas. 1649).*

[2] *Le texte de Ibn Baschkouwâl est publié en 2 vol. in-8 d'après le manuscrit 1677 (Cas. 1672); cf. Revue des études juives VII, p. 277, note 6.*

[3] *Casiri, Bibliotheca II, p. 133—151, à propos du manuscrit 1676 (Cas. 1671).*

[4] *Lettre de M. Codera du 2 février 1884*

[5] *Casiri, Bibliotheca II, p 120—133, à propos du manuscrit 1675 (Cas. 1670). Notons en passant que le tome I de l'exemplaire, dont ce manuscrit renferme le tome II, se trouve dans le manuscrit 1678 (Cas. 1673). Cf. aussi Casiri, ibid , p. 163—164, à propos du manuscrit 1730 (Cas. 1725)*

[6] *Casiri, Bibliotheca II, p. 71—118, à propos du manuscrit 1673*

Müller, professeur à Königsberg, qui vient d'achever son édition de Ibn Abî Ouṣaibi'a[1], *va mettre sous presse «La vie des philosophes», par Al-Ḳifṭî*[2], *et dès lors les nombreux passages de la Bibliotheca philosophorum, que Casiri a dispersés partout où l'occasion se présentait d'en insérer, ne conserveront plus d'autre mérite que celui de la priorité; mais il serait injuste de le leur contester, en marquant les étapes parcourues dans la marche en avant poursuivie sans relâche par les études orientales.*

IV.

Il me reste à faire connaître le système que j'ai adopté dans la disposition et la rédaction de mes bulletins. Ils ont été composés en vue de tenir le milieu entre un catalogue raisonné et un inventaire sommaire. La longueur des articles n'a pas été proportionnée

(Cas. 1668); p. 118—121, à propos du manuscrit 1674 (Cas. 1669); p. 177—332 à propos du manuscrit 1777 (Cas. 1772). Voir aussi dans le présent volume, p. 299—301 (mss. 455 et 456)); 382—383 (ms. 554).

[1] *J'ai sous les yeux le texte complet, imprimé au Caire en 2 vol. in-8, le premier de 8 et 338 pages; le second de 8 et 274 pages, plus 121 pages d'index. Un commentaire en allemand complétera cette œuvre magistrale.*

[2] *C'est la fameuse Bibliotheca Philosophorum de Casiri. Voir sa Bibliotheca Arabico-Hispana Escurialensis I, p. 181—183; 185 à 186; 190—192; 235—240; 243—246: 253—257; 262—266; etc.*

au mérite intrinsèque des livres. Je me suis arrêté de préférence à ce qui était peu ou mal connu, et j'ai insisté sur les détails nouveaux, que des recherches personnelles m'avaient permis d'atteindre. L'auteur de ces notices ne s'est pas donné le vain luxe d'une érudition facile, en répétant ce qui a été bien dit par MM. Fleischer, Dozy, Flügel, Rieu, Aumer, Pertsch et d'autres maîtres, dont il a étudié les catalogues pour s'en inspirer. Il n'a pas cru devoir s'astreindre à reproduire les divisions et subdivisions d'ouvrages courants, qui font nombre dans les collections publiques et privées, et qui y sont un encombrement plutôt qu'une richesse.

On me reprochera peut-être de n'avoir pas fait entrer dans le cadre de mes descriptions une concordance entre les ouvrages conservés à l'Escurial et les ouvrages semblables ou analogues que possèdent d'autres dépôts. Là encore, mon abstention a été réfléchie et volontaire, et je n'y ai renoncé que dans les cas où la comparaison éclairait d'un jour plus vif un point obscur, apportait une solution inédite pour une question de littérature ou d'histoire. Peu à peu, les bibliothèques, loin de cacher leurs trésors, les étalent devant le public. Il paraît des catalogues savamment rédigés, suivis de tables complètes des auteurs et des titres, qu'il est aisé de consulter et que chacun utilise selon les spécialités qui l'occupent plus particulièrement.

L'identité et le sujet des œuvres, l'identité et la date des auteurs, tels ont été mes objectifs constants, et pour les découvrir, j'ai puisé aux meilleures sources d'information. Lorsque les ouvrages étaient complets, ou que la fin seule manquait, je me suis imposé de citer le commencement, et j'ai, dans certains cas, regretté de n'avoir pas poussé plus avant mes copies des doxologies et des préfaces. Les feuillets détachés, les fragments et les ouvrages mutilés ont été interrogés avec insistance afin de leur arracher le secret de leur origine. Quant aux auteurs, s'ils étaient clairement désignés par le manuscrit, je n'ai eu qu'à faire connaître leurs époques et leurs milieux d'après les traités de biographie et d'histoire. J'ai le plus souvent allégué mes autorités, afin d'aider ceux qui voudraient franchir la limite étroite de mes résumés forcément écourtés. Toutes les fois que le manuscrit est muet sur le nom de l'auteur, j'ai, à l'exemple de Casiri, consulté la plus admirable des bibliographies encyclopédiques, le dictionnaire de Ḥâdjî Khalîfa[1]*. Mon guide me fai-*

[1] *La Bibliothèque de l'Escurial ne possède pas l'exemplaire de Hâdjî Khalîfa, dont Casiri faisait usage. Il en a fait don, par un testament écrit en décembre 1771, à la* B i b l i o t e c a n a c i o n a l *de Madrid, où cet exemplaire est conservé sous la marque Gg 52. La copie, relativement ancienne, est datée de 1089 de l'Hégire (1678 ap. J.-Ch.). D. Juan Amon de Sn Juan l'a re-*

sait-il défaut, ou ses indications reposaient-elles sur des textes erronés ou mal interprétés, je ne me suis pas laissé rebuter par ce premier obstacle, et j'ai eu recours aux données fournies par les travaux de l'érudition européenne et musulmane.

Autant que possible, j'ai essayé de connaître et de signaler dans une bibliographie sobre et choisie les ouvrages, qui ont été imprimés, qu'ils soient sortis des presses occidentales ou orientales. Autant il serait puéril d'énumérer par le menu tous les tirages de manuels devenus classiques ou populaires en Turquie, en Syrie, en Égypte et dans l'Inde, autant il importe de rendre visible la ligne de démarcation entre ce qui a été publié et ce qui est inédit. C'est affaire d'appréciation et de tact; il ne saurait y avoir de règle absolue en ces matières. J'espère n'avoir rien omis de ce qui méritait une mention, n'avoir rien mentionné de ce qui méritait le silence.

La description matérielle des manuscrits a été placée séparément en caractères plus fins à la suite de chacun des articles. Elle indique successivement la matière, papier ou peau de vélin, sur laquelle le manuscrit a été tracé, le genre de l'écriture, le nombre des feuillets, celui des lignes sur chaque page, l'ab-

produite en trois volumes, qui, à la Biblioteca nacional également, portent les cotes Gg 23, 24, 25.

sence de la date, lorsque la notice n'en a point fait connaître de précise, enfin le numéro correspondant de Casiri.

En tête de cette énumération auraient dû figurer le format et la reliure. Pour le format, je me suis contenté de conserver les trois grandes catégories, in-folio, in-quarto et in-octavo, dans lesquelles Casiri avait rangé les manuscrits, mon temps ne me permettant pas de mesurer la longueur et la largeur de chaque volume, opération qui certes eût été désirable. Quant aux reliures originales des manuscrits arabes, il leur manque le plus souvent ce cachet artistique, qui en ferait des documents précieux pour l'archéologue. La Perse a rompu cette uniformité, et a imaginé des enjolivements dont l'éclat et les couleurs voyantes ne sont pas toujours réglés par un goût fin et sûr[1]. Une seule fois, j'ai appelé l'attention sur une reliure curieuse[2]; en général, je me suis abstenu.

Le volume ouvert, on remarque tout d'abord la nature et la qualité du papier (la plupart des manuscrits arabes sont sur papier poli et lustré). Mais il y a là des variétés, dont les nuances m'échappent, des procédés de fabrication qui me sont inconnus, et je me

[1] A. von Kremer, Culturgeschichte des Orients unter den Khalifen, II, p. 309.

[2] A propos du manuscrit 546, voir page 375.

suis contenté d'un mot sur la matière employée. L'écriture est souvent un indice pour la région, dont le manuscrit émane, et pour l'époque où la copie a été exécutée. Les symptômes d'origine résident surtout dans l'emploi ou de l'écriture asiatique ou de l'écriture magrébine, sans parler de leurs transformations diverses selon les régions où elles ont été transplantées. J'ai toujours indiqué celle des deux, qui caractérisait le manuscrit, sans entrer plus avant dans les différences locales. Les symptômes paléographiques, comme la couleur et l'usure de l'encre, la forme des lettres, sont des témoignages, dont il ne pourra être usé qu'avec circonspection, tant que les lois de la paléographie arabe n'auront pas été réunies dans un code mûrement élaboré. Les belles planches de la Palaeographical Society de Londres présentent quantité d'exemples choisis avec discernement. Il y a là une œuvre digne de tenter l'ambition d'un jeune savant.

Sans parler des dates hypothétiques, qui ne peuvent jamais être devinées que par à peu près, la conscience ou l'amour-propre des écrivains et des copistes leur a fait le plus souvent inscrire l'année, et même le mois et le jour, où ils ont achevé leur tâche. De parti pris, je m'en suis tenu à reproduire l'indication de l'année. Logiquement, elle n'aurait pas dû être insérée dans le corps des articles. Cependant, si étroit est souvent le rapport entre la composition des ouvrages et les copies manuscrites, qui en ont été faites et répandues, que je me suis décidé à grouper les renseignements sur deux actes d'une telle influence réciproque.

On s'étonnera de rencontrer à côté des «manuscrits arabes», dont le titre de ce catalogue annonce la description, un certain nombre de manuscrits dans d'autres langues. Là encore j'ai tenu à respecter l'ordonnance de la Bibliothèque de l'Escurial. Les manuscrits 1930 et 1931 sont en hébreu; les manuscrits 610, 655, 1628 sont en syriaque, sans parler de 1629, qui est en karschounî[1]*. Les manuscrits persans (et j'en passe peut-être dans les spécialités que*

[1] *On sait que le nom de karschounî désigne la langue arabe écrite en caractères syriaques; cf. Rubens Duval, Traité de grammaire syriaque, p. 11. Aux anciennes interprétations de ce terme technique (voir Pavet de Courteille, Mirâdj-Nâmeh dans les Publications de l'École, 2e série, tome VI, p. VI) j'ai opposé une dérivation nouvelle, qui a recueilli le suffrage d'un juge compétent, M. Baethgen; cf. Jahresbericht über die morgenländischen Studien im Jahre 1881, p. 15. publié comme appendice à Zeitschrift der deutschen morgenländischen Gesellschaft, tome XXXVII (1883), 1. Heft. Voici l'explication, que j'ai proposée dans la Revue critique de 1881, II, p. 436 : «Parmi les villes de la Cyrrhestique, dans la Syrie septentrionale, il y en avait une, qui était nommée en syriaque Karschénâ. Cette ville possédait un couvent fameux, qui fut incendié en 1144. Or, Édesse n'était pas loin à l'est de Karschénâ. Par la situation même de cette région, les moines qui l'habitaient étaient les intermédiaires naturels entre la civilisation arabe et le christianisme syrien, entre le khalifat de Damas et ces peuples vaincus, mais restés fidèles à leur confession et aux traditions de leur passé. C'est à ces moines que serait due la transaction qui conservait l'alphabet syriaque pour l'appliquer à l'arabe, et le karschounî serait l'écriture de Karschénâ».*

je n'ai pas explorées) sont les suivants : 400; 405, 2°; 546; 687, 3° et 4°; 708; 785; 1661; 1662; 1697; 1719; 1762[1]; 1821; 1847; 1881; 1883. Les manuscrits turcs portent les numéros 401; 485; 540; 609; 1663; 1715; 1717; 1718; 1858. Les manuscrits en persan et en turc sont les manuscrits 480 et 609; les lexiques arabes-persans occupent les numéros 167, 3°; 600; 601; 604. Enfin ce qu'on appelle l'aljamiado[2], c'est-à-dire l'espagnol transcrit en caractères arabes par les derniers musulmans d'Espagne, est représenté par le manuscrit 1880[3].

Cet avant-propos ne donnerait qu'une idée imparfaite des circonstances dans lesquelles j'ai pu rédiger à loisir, avec des matériaux rassemblés hâtivement, une œuvre de patiente assiduité et de longue persévérance, si je ne rendais hommage au dévoûment et au zèle de ceux qui ont encouragé mes efforts et n'ont rien épargné pour alléger ma tâche. J'ai déjà payé un juste tribut d'éloges au chef de la Bibliothèque

[1] *Voir plus haut, p. XXV.*

[2] *Aljamiado signifie la « langue barbare » (العَجَمِيّة). Selon les époques et les pays, ce terme servit à désigner les idiomes étrangers, que ce fût le persan ou l'espagnol.*

[3] *Le dépouillement de cette littérature et des manuscrits qui s'y rattachent a été fait par D. Eduardo Saavedra. Voir Discursos leidos ante la Real Academia Española en la reception pública del excmo señor D. Eduardo Saavedra el 29 de Diciembre de 1878 (Madrid, 1878, in-8). La description du manuscrit 1880, d'après une notice fournie par D. Francisco Fernandez y Gonzalez, s'y trouve page 139—140.*

de l'Escurial, Don Felix Rozanski, dont je puis dire avec Ch. Graux que «sans son concours ce travail n'aurait pu être mené à bonne fin[1]». Il a fait paginer à mon intention tous les manuscrits arabes de l'Escurial, et m'a envoyé des colonnes remplies de chiffres; je suis heureux de lui en témoigner publiquement ma reconnaissance. Un autre souvenir agréable, qu'évoque pour moi la salle de lecture, c'est celui de son hôte le plus fidèle et le plus assidu, Don Francisco Fernandez y Gonzalez, un arabisant de premier ordre, ainsi que j'ai eu l'occasion de le proclamer à une autre occasion[2]. Enfin, au seuil de ce livre, je me fais un devoir et un plaisir de rappeler les soins qu'ont apportés à sa correction, pendant tout le cours de l'impression, mes amis Pertsch et Thorbecke, et aussi les communications suggestives dans le domaine de la philosophie, dont m'a favorisé le savant et illustre bibliographe du moyen âge hébraïque et arabe, M. Steinschneider.

Paris, ce 11 février 1884.

[1] *Essai sur les origines du fonds grec de l'Escurial, p.* XXVI.

[2] *Mélanges orientaux. Textes et traductions publiés par les professeurs de l'École spéciale des langues orientales vivantes, dans les Publications de l'École, 2e série, tome IX, p. 5, note 4.*

LES MANUSCRITS ARABES DE L'ESCURIAL.

I.

Grammaire.

In-folio.

1.

كتاب سيبويه «Le livre de Sîboûyéh» ou, comme prononcent les Arabes, «de Sîbawaihi».

Cet important traité de grammaire arabe, composé par un Persan des environs de Schîrâz, remonte au deuxième siècle de l'Hégire, l'auteur Aboû Bischr ʿAmr ibn ʿOthmân ibn Ḳanbar, surnommé Sîbawaihi, étant mort vers 180 de l'Hégire (796 ap. J.-Ch.). L'exemplaire de l'Escurial se trouve décrit, ainsi que les exemplaires de Paris et de St. Pétersbourg, dans l'introduction qui précède le premier volume de mon édition (Paris, 1881, gr. in-8, p. XXI—XXXIV). C'est là qu'on trouvera aussi le texte d'une grande note qui occupe les feuillets 3 v° et 4 r°.

Le texte commence, sans préface, au feuillet 4 v°. A la fin du manuscrit, qui n'a pas de titre, on lit (fol. 271 v°) : تم كتاب سيبويه رحمه الله ······ وذلك يوم الاربعاء السابع والعشرين من ذى

قعدة عام ٦٢٩. Cette copie, de 629 de l'Hégire (1231 ap. J.-Ch.), est vocalisée avec le plus grand soin; elle a été collationnée sur un exemplaire, qui faisait autorité en Espagne, comme il ressort de la note suivante, placée à la marge du feuillet 271 v°: قابلتُ كتابى هذا باصل الاصول اصل الاندلسى الذى بخط العالم العلَم الاستاذ ابى نصر هرون بن موسى[1] المقرّو (sic, lisez المقروء) على الامام النحوى ابى عبد الله الرياحى فما وُجد فى كتابى هذا من طرّة فمن الكتّاب المذكور نُقلتُ ······ وذلك فى اخريات ذى قعدة عام ٦٢٩ وكتب حسن بن احمد بن بيق (sic, lisez ييق; peut-être بقّ).

L'exemplaire de Hâroûn ibn Moûsâ était divisé en deux volumes (سفر); car au fol. 135 r°, qui ne contient que quatre lignes du texte, on lit ensuite كمل السفر الاول والحمد لله وحده. C'est à ce même endroit, avant le chapitre intitulé هذا باب ما ينصرف وما لا ينصرف que s'arrêtent aussi le manuscrit 161 de la Bibliothèque Impériale de St. Pétersbourg et le premier volume de mon édition.

On trouvera plus loin, sous le numéro 310 (Casiri 308) un commentaire sur les vers cités dans le «Livre de Sîboûyéh».

Papier Écriture Magrébine. 271 feuillets 27 lignes par page.

2.

Volume d'un commentaire sur المقدّمة الجزوليّة «Introduction à la grammaire» par Aboû Moûsâ ʿÎsâ ibn ʿAbd al-ʿAzîz

[1] Hâroûn ben Moûsâ de Cordoue mourut en 401 de l'Hégire (1010 ap. J.-Chr.). Cf. Ḥâdjî Khalîfa, *Lexicon Bibliographicum*, V, p. 100. Il est également cité comme un des éditeurs du Livre de Sîboûyéh dans le manuscrit 1672 de l'Escurial, f° 102 v°.

Al-Djouzoûlî. C'est sans doute une partie du commentaire, composé au septième siècle de l'Hégire par Schaloûbînî et connu sous le nom de الامالى «Les dictées» (Ḥâdjî Khalîfa VI, p. 80). Une comparaison avec les manuscrits 36 et 190 de la collection me fait supposer que nous avons ici le septième volume d'un commentaire en dix volumes à peu près.

Casiri a donné ce volume comme un commentaire sur le «Livre de Sîboûyéh», composé au IVe siècle de l'Hégire par Kamâl ed-Dîn Aboû Yaḥyâ l'Espagnol. Le manuscrit ne porte de titre ni au commencement ni à la fin; et le champ serait ouvert sans limite à toutes les hypothèses, si on ne lisait au fol. 6 r° après un long développement du commentateur : ولنرجع الى تفسير لفظ ابى موسى «Revenons à l'explication du texte d'Aboû Moûsâ».

Commencement : باب هذا هو باب لا النافية ولا بدّ من مقدّمة بين يدى الباب وحينئذ نفسّر الفاظه فنقول لا تخلو لا من ان تدخل على اسم معرفة او على نكرة. Le dernier chapitre commenté (fol. 136 v°) est consacré aux حروف التصديق والايجاب.

Papier. Écriture Magrébine. 142 feuillets. 25 lignes par page. Sans date; manuscrit du VIIIe siècle de l'Hégire.

3.

Fin de la première partie et deuxième partie du Commentaire de Nadjm ed-Dîn Moḥammad ibn Ḥosain Al-Astarâbâdhî sur la *Kâfiya* (الكافية) d'Ibn Al-Ḥâdjib (cf. Ḥâdjî Khalîfa V, p. 7).

Comme le précédent ce manuscrit a été pris par Casiri pour un commentaire sur le «Livre de Sîboûyéh», bien que le nom du commentateur ne lui ait pas échappé. Il est indiqué au fol. 3 v°, où l'on lit : تمّ الجزء الاول من شرح الكافية للشيخ ...... نجم الملّة والدين رضى الاسلام والمسلمين محمد بن الحسين الاسترابافاذىّ (*sic*, lisez الاستراباذى). La tranche inférieure du manuscrit porte الثانى من الرضى. D'après Ḥâdjî Khalîfa *(l. cit.)*, la composition de ce commentaire a été terminée en 683 de l'Hégire (1283 ap. J.-Ch.). Il a été imprimé à Constantinople en 1275 de l'Hégire (1858 ap. J.-Ch.).

A la fin (fol. 199 v°), on lit : هذا اخر شرح المقدّمة .... وقد تمّ تمامها وختم اختتامها فى ..... سنة ٨٦٩ بمدينة القاهرة المحروسة. C'est donc une copie faite au Caire en 869 de l'Hégire (1464 ap. J.-Ch.).

Les manuscrits 18 et 91 contiennent deux autres exemplaires de ce même commentaire.

Papier. Écriture Orientale. 199 feuillets. 27 lignes par page. Il ne reste plus que trois feuillets de la première moitié.

4.

Second volume du Commentaire d'Al-Mourâdî (المرادى) sur le célèbre poème grammatical d'Ibn Mâlik, poème que ses mille vers ont fait nommer الالفيّة.

L'auteur est nommé à la tranche inférieure, qui porte الثانى من شرح المرادى et dans la suscription (fol. 111 r°), où on lit : كمل شرح الفية ابن مالك للمرادى ..... عام ٨٠١. Le nom complet d'Al-Mourâdî est Schams ed-Dîn Ḥasan ibn Al-Ḳâsim Al-Mourâdî, surnommé Ibn Oumm Ḳâsim; il mourut en 749 de l'Hégire (1348 ap. J.-Ch.). Son commentaire sur l'*Alfiyya* est signalé par Ḥâdjî Khalîfa I, p. 408. L'exemplaire commence par le باب الترخيم (cf. l'édition que Dieterici a donnée de l'*Alfiyya* avec le commentaire d'Ibn ʿAḳîl, p. ٢٧٢).

Papier. Écriture Magrébine. 111 feuillets. 25 lignes par page. Manuscrit daté de l'an 801 de l'Hégire (1398 ap. J.-Ch.).

5.

Supercommentaire sur le commentaire d'Al-Mourâdî sur l'*Alfiyya* d'Ibn Mâlik (cf. ms. 4). Le titre et le nom de l'auteur sont donnés à la fin (fol. 319 r°) dans la note suivante : كمل جميع الكتاب المسمّى بالهادى الى مقاصد المرادى ····· انتسخ من نسخة مؤلّفه ······ احمد بن ابى القاسم القرومى لخزانة مولانا السلطان ···· الامام المنصور بالله امير المؤمنين بن الخلفاء الراشدين ···· وكان الفراغ منه فى ٩٩٨ ········ «Guide vers les opinions, qu'a voulu exprimer Al-Mourâdî», tel est le titre; l'auteur est Aḥmad ibn Abî 'l-Ḳâsim Al-Ḳaroûmî; la copie a été faite en 998 de l'Hégire (1589 ap. J.-Ch.) d'après l'exemplaire autographe, que l'auteur avait écrit pour le sultan du Maroc Aboû 'l-ʿAbbâs, surnommé Al-Manṣoûr Billâh. Commencement: الحمد لله الذى تفرّد فى ذاته وصفاته وافعاله الخ.

Papier. Écriture Magrébine 319 feuillets. 39 lignes par page. Manuscrit d'une exécution admirable et d'une égalité d'écriture parfaite.

6.

1° Traité des cent régents grammaticaux (العوامل المائة), par ʿAbd al-Ḳâhir Al-Djordjânî. Ils ont été publiés entre autres par Erpenius (Leidæ, 1617), par Baillie (*Five Books on Arabic grammar*, Calcutta, 1802) et par Lockett (Calcutta, 1814), par celui-ci avec une traduction anglaise.

Copie faite par un chrétien du Maroc.

2° (Fol. 7 v°). Commentaire abrégé d'Al-Makoûdî sur l'*Alfiyya* d'Ibn Mâlik. En tête, le manuscrit porte en lettres d'or : قال الشيخ الاستاذ ..... ابو زيد عبد الرحمن بن علي بن صالح المكودى رضى الله عنه; puis à l'encre noire : الحمد لله رب العلمين ...... اما بعد فهذا شرح مختصر على الفية ابن ملك الخ. A la fin (fol. 170 v°), la composition de ce commentaire dans la rédaction abrégée (Ḥâdjî Khalîfa I, p. 409), que contient le manuscrit, est fixée à l'année 799 de l'Hégire (1396 ap. J.-Ch.) : وكان الفراغ من تأليفه والخلاص من تدوينه وتصنيفه بعد عصر يوم الجمعة ثامن وعشرين من رجب الفرد المبارك سنه ٧٩٩. La copie doit être peu postérieure : elle doit avoir été exécutée du vivant de l'auteur, et pour son usage. Ce commentaire a été imprimé avec des gloses au Caire en 1279 de l'Hégire (1862 ap. J.-Ch.). Le manuscrit 32 contient un autre ouvrage d'Al-Makoûdî.

3° (Fol. 171 v°). Traité des flexions, intitulé : مراح الارواح «Le repos des esprits», par Aḥmad ibn ʿAlî ibn Masʿoûd (Ḥâdjî Khalîfa, n° 11758). La fin manque. Cet opuscule a été imprimé bien des fois; voir Zenker, *Bibliotheca Orientalis* I, n° 138 et suiv.; II, 131 et suiv. Commencement : اعلم ان الصرف ام العلوم والنحو ابوها الخ.

Papier. Écriture Magrébine. 177 feuillets. Aux feuillets 7 a 170, 25 lignes par page.

7.

1° Autre exemplaire du Commentaire abrégé d'Al-Makoûdî sur l'*Alfiyya* d'Ibn Mâlik (voir le manuscrit 6, 2°).

2° (Fol. 133). Commentaire d'Ibn Hischâm sur l'*Alfiyya*, intitulé : *(sic)* اوضح المسالك الى الفية بن ملك «Le plus clair des chemins vers l'*Alfiyya* d'Ibn Mâlik.» L'auteur de ce commentaire est nommé à la première ligne Aboû Moḥammad ʿAbd Allâh Djamâl ed-Dîn ibn Yoûsouf Ibn Hischâm Al-Anṣârî; cet Ibn Hischâm mourut en 762 de l'Hégire (1360 ap. J.-Ch.); cf. Ḥâdjî Khalîfa I, p. 413. Ce commentaire paraît avoir été imprimé à Calcutta en 1832, si l'on rectifie, pour ce qui concerne l'auteur, la note de Zenker, *Bibliotheca Orientalis,* II, n° 119. La date du manuscrit n'est pas claire; elle paraît être 984 de l'Hégire (1576 ap. J.-Ch.), et s'applique aux deux ouvrages, écrits d'une même main, qui sont contenus dans le manuscrit. Commencement : الحمد لله رب العالمين اما بعد حمد الله مستحق الحمد وملهمه الخ.

Papier. Écriture Magrébine. 208 feuillets. 27 lignes par page.

8.

Commentaire de Schams ed-Dîn Moḥammad Al-Fâriḍî sur l'*Alfiyya* d'Ibn Mâlik. Ainsi est nommé l'auteur de ce commentaire en tête de son ouvrage, et à la tranche inférieure, qui porte : شرح الفية ابن مالك للفارضى. Il ne m'a été possible de recueillir aucune donnée ni sur lui, ni sur les autres ouvrages qu'il peut avoir composés. Copie datée de 987 de l'Hégire (1579 ap. J.-Ch.). Commencement : (الحمد لله) المجيب النداء، الاول بلا ابتدا، (اما بعد) فهذا ما فتح الله تعالى به شرحا او كالشرح على الالفية الخ.

Papier. Écriture Orientale. 371 feuillets. 29 lignes par page.

9.

Titre : كتاب شرح الالفية فى علم العربية تاليف الشيخ ..... عبد العزيز ابن جُمَعَةَ بن زيد النحوى الموصلى «Livre intitulé : Commentaire sur l'*Alfiyya* relative à la science de la langue arabe; œuvre du schaikh ....ʿAbd el-ʿAzîz Ibn Djoumʿa ibn Zaid, le grammairien de Mauṣoul.» Il ne s'agit pas ici de l'*Alfiyya* d'Ibn Mâlik, mais d'un poème analogue, et nommé de même, dont l'auteur est Yaḥyâ ibn Mouʿṭ ibn ʿAbd en-Noûr (voir Ḥâdjî Khalîfa I, p. 414 et les manuscrits 22 et 23). La copie, datée de 703 de l'Hégire (1303 ap. J.-Ch.), doit être peu postérieure à la composition, puisque les manuscrits 89 et 90 contiennent un autre ouvrage du même auteur, terminé par lui en 694 de l'Hégire (1294 ap. J.-Ch.). Commencement : الحمد لله بارى النسم ومفيض النعم الخ.

Papier. Écriture Asiatique. 306 feuillets. 25 lignes par page.

10.

Commentaire d'Ibn ʿAḳîl sur l'*Alfiyya* d'Ibn Mâlik. Les onze premiers feuillets manquent, et l'exemplaire commence au haut de la page ٢٠ dans l'édition de Dieterici : اذا اجتمع ضميران وكانا منصوبين. En dehors de son édition (Lipsiæ, 1851, in-4), M. Dieterici a publié une traduction allemande du commentaire d'Ibn ʿAḳîl (Berlin, 1852, in-8). Ce commentaire a été également publié à Lucknow, à Boûlâḳ, cette dernière édition en 1252 de l'Hégire (1837 ap. J.-Ch.), et aussi à Beiroût en 1872.

Casiri attribue le commentaire contenu dans ce manuscrit à Moḥammad ibn ʿIṣâm ed-Dîn de Grenade. Sur quel fondement s'est-il appuyé? Je l'ignore. Au fol. 10 r°, on lit en tête du troisième cahier الثالث من ابن عقيل, et ainsi de suite de dix en dix feuillets jusqu'à la fin. Le manuscrit est daté de 870 de l'Hégire (1465 ap. J.-Ch.).

Papier. Écriture Asiatique. 139 feuillets. 25 lignes par page.

11.

Commentaire d'Asch-Schoumounnî, comme on doit écrire d'après Ḥâdjî Khalîfa VII, p. 614, et non pas d'Al-Ouschmoûnî, comme l'auteur est nommé dans ce manuscrit, sur l'*Alfiyya* d'Ibn Mâlik.

Au fol. 1 r° se trouve un titre ajouté après coup en écriture Magrébine : ····· الاشمونى شرح الفية ابن مالك. Le vrai titre est donné au fol. 1 v°, où l'auteur Taḳî ed-Dîn Aḥmad ibn Moḥammad Asch-Schoumounnî, qui mourut en 872 de l'Hégire (1467 ap. J.-Ch.), dit de son livre : وقد لقّبته بمنهج السالك الى الفيّة ابن مالك. A la tranche inférieure, on lit également : منهج السالك للاشمونى. L'orthographe Al-Ouschmoûnî provient d'une confusion entre l'auteur de notre commentaire et Noûr ed-Dîn ʿAlî ibn Moḥammad Al-Ouschmoûnî, mort vers 900 de l'Hégire (1494 ap. J.-Ch.), qui composa aussi un commentaire sur l'*Alfiyya* d'Ibn Mâlik. Voir Ḥâdjî Khalîfa, I, p. 411. Commencement de notre commentaire : اما بعد حمد الله على ما منح من اسباب البيان الخ.

Papier. Écriture Asiatique. 272 feuillets. 27 lignes par page. Sans date.

12.

Commentaire d'Al-Mourâdî sur l'*Alfiyya* d'Ibn Mâlik. Tel est le désordre de ce manuscrit que le dernier feuillet est relié en tête; on y lit : كمل شرح الفية ابن ملك للمرادى. Une collation faite avec les mss. 4, 70—73 permettrait de rétablir l'ordre dans ce volume, écrit en 802 de l'Hégire (1399 ap. J.-Ch.). Le commencement ne s'y trouve pas.

Les fol. 27 et 28 non seulement n'appartiennent pas à ce manuscrit, mais ils sont du format in-12. Ils contiennent un fragment intitulé : التعليق الخامس لابى الفتح بن جنّى عن الشيخ ابى على الحسين بن احمد بن عبد الغفّار النّحوى الفارسى. Les deux grammairiens cités dans ce titre appartiennent tous deux à la seconde moitié du quatrième siècle de l'Hégire (cf. *Fihrist*, I, p. ٦٤ et ٨٧). Commencement de ce fragment : مسئلة سألتُ الشيخ ابا على ..... فقلت له كنتَ قلتَ لى قديما انّ كَانَ مستقرّة لا مصدر لها فقال نعم لانها لا تفيد الحدث قلتُ له فانه قلتَ عجبتُ من كون زيد قائما افليس هذا مصدرا لها الخ.

Papier. Écriture Magrébine. 151 feuillets. 31 lignes par page.

13.

Titre : هداية السبيل الى بيان مسائل التسهيل «Direction vers le chemin qui conduit à l'intelligence des questions posées par le *Tashîl.*» C'est un commentaire sur l'ouvrage d'Ibn Mâlik (جمال الدين ابو عبد الله محمد بن عبد الله بن مالك الطائى الجيّانى, ainsi au fol. 3 v°), intitulé تسهيل الفوائد وتكميل المقاصد. Le texte de cet ouvrage se trouve dans les manuscrits 64 et 140. Le titre est donné au fol. 4 r°; l'auteur de ce commentaire, qui est resté inachevé, est, d'après Ḥâdjî Khalîfa II, p. 294 ʿAbd el-Ḳâdir ibn Abî 'l-Ḳâsim Al-ʿImâdî Al-Anṣârî, mort vers 820 de l'Hégire (1420 ap. J.-Ch.). L'exemplaire, incomplet de la fin, s'arrête au milieu du باب اسم الفاعل. Le commentateur raconte dans sa préface qu'Ibn Mâlik, effrayé de voir les variantes nombreuses qui s'étaient introduites dans les copies de son ouvrage, entreprit de le commenter et de l'expliquer, pour mieux fixer le texte véritable. Ce commentaire par l'auteur lui-même n'a jamais été au delà des trois premiers cinquièmes (الى باب مصادر غير الثلاثى وذلك نحو ثلاثة اخماسه fol. 3 v°), et il a été utilisé dans cette «compilation» (مجموع), comme Al-ʿImâdî appelle lui-même son travail. Commencement : الحمد لله الذى منح من شاء من عباده تسهيل الفوائد الخ.

Papier. Écriture Asiatique. 125 feuillets. 31 lignes par page. Lacune entre les feuillets 67 et 68. Sans date.

14.

Titre : كتاب المقاصد النحويه، فى شرح شواهد شروح الالفيه «Livre intitulé : Études grammaticales; commentaire sur les vers cités comme exemples dans les commentaires de l'*Alfiyya.*» Ce titre est donné dans la préface, où est indiqué également l'auteur Aboû Moḥammad Maḥmoûd ibn Aḥmad Al-ʿAinî. Celui-ci mourut en 855 de l'Hégire (1451 ap. J.-Ch.). Il avait écrit deux rédactions de ses «Études grammaticales», l'une développée, l'autre abrégée; nous avons ici la première. Les commentaires sur l'*Alfiyya,* dont les exemples en vers sont ici expliqués, sont au nombre de quatre : ils ont pour auteurs : 1° ابن الناظم «le fils du versificateur», c'est-à-dire le fils d'Ibn Al-Mâlik, désigné par un ظ; 2° ابن امّ القاسم, c'est-à-dire Al-Mourâdî, désigné par un ق (cf. n°s 4 et 12); 3° ابن هشام, désigné par un ه (cf. n° 7, 2°); 4° ابن عقيل, désigné par un ع (cf. n° 10). Ce commentaire, très étendu, donne souvent, à propos d'un vers, la poésie entière, à laquelle il a été emprunté. Bien que rien ne l'indique dans le manuscrit, il ne paraît renfermer que la première moitié de l'ouvrage. Le dernier vers d'Ibn 'Aķîl, qu'il cite, se trouve page ١٩٢ dans l'édition de Dieterici. Commencement : اياكّ نحمد يا من علّمتنا من العلوم ما لم نعلم الخ.

Papier. Écriture Asiatique très soignée. 257 feuillets. 21 lignes par page. Sans date.

15.

Dernier volume d'un Commentaire très étendu sur l'*Alfiyya*. Ce volume, qui doit être le dixième environ, commence au vers 884 : وحذف يا المنقوص البيت. Commencement du commentaire : والاسم المنقوص في احكام الوقف على اربعة اقسام. A la fin (fol. 165 v°), le titre est donné dans la note suivante : وقد كمل بحمد الله الغرض المقصود ...... رسمته بالمقاصد الشافية في شرح خلاصة الكافية .... وكان الفراغ من تقييده ...... عام ٧٧١. Le titre peut ainsi se traduire : «Les études réconfortantes; commentaire sur ce qu'il y a de meilleur dans le Livre suffisant.» Il semble que les noms des traités si connus, la *Schâfiya* et la *Kâfiya* aient été ici réunis à dessein. Ce manuscrit, de 771 de l'Hégire (1369 ap. J.-Ch.), doit être peu postérieur à l'époque où vivait l'auteur anonyme. En marge, des corrections provenant d'une collation faite sur son autographe en 832 de l'Hégire (1428 ap. J.-Ch.).

Papier. Écriture Magrébine. 165 feuillets. 30 lignes par page.

16.

Sept commentaires sur la لاميّة الافعال «Poème rimant en *lâm* sur les verbes», poème d'Ibn Mâlik (cf. Ḥâdjî Khalîfa, n° 11021) :

1° Commentaire par le fils de l'auteur بدر الدين ابو عبد الله محمد بن مالك الطائى, mort en 686 de l'Hégire (1287 ap. J.-Ch.). Ce commentaire a été publié par M. Kellgren (Helsingfors, 1854), par MM. Kellgren et Volck (St. Pétersbourg, 1864), enfin par M. Volck (Leipzig, 1866). Commencement : هذه اوراق تشتمل على قصيدة والدى رحمه الله تعالى فى ابنية الافعال وما يتّصل على ذكر ما يحتاج اليه من الامثلة والايضاح ما أبهم وتفسير الغريب الخ.

2° (Fol. 9 v°). Commentaire par شمس الدين محمد بن عبد الدائم النّعيمى البرماوى الشافعى. Il cite le précédent et lui est donc postérieur. Commencement : الحمد لله مصرف الافعال بما هو مريد الخ.

3° (Fol. 46 v°). Commentaire intitulé تحقيق المقال وتسهيل المنال فى شرح لاميّة الافعال, par ابو عبد الله محمد بن العبّاس (cf. ms. 79). Commencement : الحمد لله الذى تفرّد فى ذاته الخ.

4° (Fol. 80 v°). Commentaire par يعقوب بن سعيد بن يعقوب المكلاتى. Commencement : الحمد لله ربّ العالمين الخ.

5° (Fol. 107 v°). Commentaire sans titre ni préface, et s'arrêtant court avant la fin du poème. A la fin (fol. 127 r°) : انتهى ما وُجد من شرح لامية الافعال للامام ابى عبد الله النجادى. La note porte-t-elle النجادى, البخارى, ou, comme lit Casiri, البجاءى (cf. n° 34)? La lecture est douteuse. Commencement après le premier vers du poème : قوله الحمد لله لا ابغى به بدلا الحمد هو الثناء على المحمود باللسان على الجميل من الفضائل الخ.

6° (Fol. 127 v°). Commentaire par ابو العبّاس احمد بن العبّاس الوهرانى. Commentaire sans préface.

7° (Fol. 138 v°). Commentaire sans nom d'auteur. Commencement : الحمد لله المتصرّف قبل علّة التصريف الخ. D'après Ḥâdjî Khalîfa V, p. 291, c'est le commentaire d'Aboû ʿAbd Allâh Moḥammad ibn ʿOmar Al-Ḥaḍramî. Voir aussi manuscrit 144.

Papier Écriture Magrébine très soignée. 170 feuillets. En moyenne, 35 lignes par page. Sans date; le tout écrit de la même main au Xe siècle de l'Hégire.

17.

Commentaire sur la *Kâfiya* d'Ibn Al-Ḥâdjib, par ابراهيم ابن محمد بن عربشاه الاسفرانى (sic, lisez الاسفرائنى) المسمّى بعصام الدين, mort en 943 de l'Hégire (1356 ap. J.-Ch.). Cf. Ḥâdjî Khalîfa V, p. 10. Ce commentaire a été publié à Constantinople en 1256 de l'Hégire (1840 ap. J.-Ch.). Commencement : احمد الله على ما الهمنى ان عصاميا لا عظاميا الخ.

Papier. Écriture Magrébine. 283 feuillets. 21 lignes par page. Sans date.

18.

Commentaire de Raḍî ed-Dîn Moḥammad Al-Astarâbâdhî sur la *Kâfiya* d'Ibn Al-Ḥâdjib (cf. mss. 3 et 91). Pas de titre en tête; mais à la tranche inférieure الرضى على الكافية et en tête des divers cahiers الثانى من الرضى et même الكراس ٢١ من الرضى شرح كافية, etc. Cet exemplaire, de 686 de l'Hégire (1287 ap. J.-Ch.), n'est que de trois ans postérieur à la composition du commentaire. Commencement : الحمد لله الذى جلّت آلاؤه.

Papier. Écriture Asiatique. 383 feuillets. 31 lignes par page.

19.

Commentaire de Dschârpardî sur la *Schâfiya*, manuel d'étymologie et de syntaxe, par Ibn Al-Ḥâdjib. Sur le titre, une main plus moderne a tracé الجارپردى شرح الشافية. Le commentateur, qui mourut en 746 de l'Hégire (1345 ap. J.-Ch.), est nommé fol. 3 v° فخر الملّة والدين ابو عبد الله احمد بن الحسين الجاربردى. Il n'appelle jamais le livre, qu'il commente, autrement que كتاب التصريف d'Ibn Al-Ḥâdjib. Ce commentaire a été imprimé à Calcutta en 1262 de l'Hégire (1845 ap. J.-Ch.). Commencement différent de celui donné par Ḥâdjî Khalîfa, IV, p. 4 : ربّ تمّم بالخير ربّنا افرغ علينا صبرا الخ.

Papier. Écriture Asiatique. 175 feuillets. 23 lignes par page. Copie datée de 839 de l'Hégire (1435 ap. J.-Ch.). Écriture beaucoup plus serrée à la fin qu'au commencement. Les premiers feuillets sont encombrés de notes marginales; il y en a ensuite de moins en moins.

20.

Premier volume d'un commentaire sur la *Schâfiya* d'Ibn Al-Ḥâdjib. A la fin, on lit : انتهى السفر الاول من كنز المطالب على شافية ابن الحاجب على يد جامعه .... ابى جمعة (*sic*, cf. n° 9) سعيد بن مسعود المرّاكشى الدار الصنهاجى الاصل والنجار الخ. L'auteur, dont nous avons sans doute ici l'autographe, se nomme donc Aboû Djam'a Sa'îd ibn Mas'oûd Aṣ-Ṣinhâdjî Al-Marrâkouschî, et le titre de son commentaire est «Le trésor des recherches sur la *Schâfiya* d'Ibn Al-Ḥâdjib». Ce titre est déjà donné une première fois au bout de la préface (fol. 3 r°). Commencement : الحمد لله الذى تصرف بقدرته فى ملكوته الخ.

Papier. Écriture Magrébine. 269 feuillets. 25 lignes par page. Sans date.

21.

Commentaire sur la *Kâfiya* d'Ibn Al-Ḥâdjib, avec le titre suivant التحفة الشافية فى شرح الكافية. Aucune indication d'auteur, non plus que dans Ḥâdjî Khalîfa V, p. 13. Au dernier feuillet, le manuscrit est daté de 859 de l'Hégire (1455 ap. J.-Ch.). Commencement : الحمد لله الذى خلق الانسان وعلّمه البيان الخ.

Papier. Écriture Asiatique. 263 feuillets. 30 lignes par page.

22.

Commentaire sur le poème grammatical d'Ibn Mou'ṭ, intitulé *Alfiyya,* comme celui d'Ibn Mâlik (voir manuscrit 9). L'auteur du commentaire est nommé dans le titre orné d'arabesques, qui est placé en tête : شرح الدرّة الالفية إملاء الشيخ شمس الدين ابى العبّاس احمد بن الحسين بن احمد النحوى الموصلى المعروف بابن الخبّاز .... «Commentaire sur la perle intitulée l'*Alfiyya;* œuvre du schaikh Schams ed-Dîn Aboû 'l-'Abbâs Aḥmad ibn Ḥosain ibn Aḥmad le grammairien de Mauṣoul, connu sous le nom d'Ibn Al-Khabbâz.» Le nom complet d'Ibn Mou'ṭ est, d'après le fol. 1 v° يحيى بن معط بن عبد النور; son *Alfiyya* se trouve dans le manuscrit 195, 3°; Ibn Al-Khabbâz dit avoir eu pour collaborateur dans la composition de ce commentaire الاخ الفقيه .... شمس الدين ابو العبّاس احمد بن محمد بن احمد الاسعردى, et l'avoir terminé en 639 de l'Hégire (1241 ap. J.-Ch.). Il n'est donc pas mort en 637 de l'Hégire, quoi qu'en dise Ḥâdjî Khalîfa I, p. 415. La copie, qui est excellente, est presque contemporaine de l'œuvre, puisqu'elle a été exécutée à Mauṣoul en 644 de l'Hégire (1246 ap. J.-Ch.). Commencement : اما بعد حمد الله على ما افاض علينا من ملابس آلائه الخ.

Papier. Écriture Asiatique. 154 feuillets. 22 lignes par page.

23.

Autre exemplaire du même ouvrage. Copie non moins bonne que la précédente, datée de 698 de l'Hégire (1298 ap. J.-Ch.).

Papier. Écriture Asiatique. 166 feuillets. 21 lignes par page.

24.

Commentaire de Zauzanî sur le traité de grammaire intitulé اللّباب «La moëlle», par Al-Fâḍil Al-Isfarâ'inî. C'est ainsi que l'ouvrage est nommé en marge du fol. 2 r° شرح اللباب للفاضل للزوزنى. Commencement : الحمد لله رب العالمين وشرائف صلواته على سيّد البشر محمد ...... (2 v°) يقول محمد بن عثمان بن محمد بن ابى على العرضى جمعتُ حواشى الامام ...... محمد بن محمد بن احمد بن السيف

الاسفرائنى المعروف بالفاضل .... على الكتاب المسمّى باللباب وتعليقه عليه D'après cette note, le commentateur a utilisé pour son travail les gloses et additions qu'Al-Fâḍil avait lui-même ajoutées à son traité grammatical. La composition de ce commentaire également intitulé par son auteur الحواشى «Les gloses» a été achevée à Nîsâboûr en 736 de l'Hégire (1335 ap. J.-Ch.); la copie est datée de 814 de l'Hégire (1411 ap. J.-Ch.).

Papier. Écriture Asiatique. 209 feuillets. 28 lignes pai page. Quelques notes marginales.

25.

Autre commentaire sur le traité grammatical d'Al-Fâḍil Al-Isfarâ'inî, intitulé اللّباب فى النحو. L'auteur de ce commentaire n'est pas nommé; d'après Ḥâdjî Khalîfa V, p. 303 (cf. VII, p. 867), il est de قطب الدين محمد بن مسعود الفالى, qui l'aurait achevé en 712 de l'Hégire (1312 ap. J.-Ch.). D'autres exemplaires de ce même commentaire se trouvent dans les manuscrits 116 et 265. A la fin, la copie est datée de 778 de l'Hégire (1377 ap. J.-Ch.). Commencement : الحمد لله الذى هدانا الى معرفة اعجاز القران الخ.

Papier. Écriture Asiatique. 223 feuillets. 25 lignes par page.

26.

Titre : كتاب شرح المفتاح للعلّامة .... سعد الدين التفتازانى «Livre intitulé : Commentaire sur le *Miftâḥ*, par le très savant . . . . . . Sa'd ed-Dîn At-Taftâzânî». Le texte est celui de la troisième partie du مفتاح العلوم «la clef des sciences», partie فى علمى المعانى والبيان; l'auteur, nommé fol. 2 r° ابو يعقوب سراج المعالى يوسف بن محمد السكّاكى, mourut en 626 de l'Hégire (1228 ap. J.-Ch.); le commentateur mourut en 791 (1388 ap. J.-Ch.). Copie datée de 804 de l'Hégire (1401 ap. J.-Ch.). C'est un manuscrit de rhétorique, égaré dans la grammaire. Commencement : خير خبر يوشح به صدر الكلام الخ.

Papier. Écriture Asiatique très soignée. 342 feuillets. 21 lignes par page.

27.

Titre: كتاب الفاخر فى شرح جُمَل عبد القاهر الجرجانى تأليف الشيخ...... شمس الدين محمد بن ابى الفتح بن ابى الفضل البعلى «Livre intitulé: Le Superbe, commentaire sur le traité des propositions de ʿAbd al-Ḳâhir Al-Djordjânî, par le schaikh ...... Schams ed-Dîn Moḥammad ibn Abî 'l-Fatḥ ibn Abî 'l-Faḍl Al-Baʿlî.» Au fol. 1 v°, le nom du commentateur est répété et complété: après *ibn Abî 'l-Faḍl*, on y lit : ibn Abî ʿAlî Al-Baʿlî Al-Ḥanbalî.

C'est au fol. 1 r° que se trouve la note traduite par Casiri, d'après laquelle le commentateur naquit à Baʿlbak en 645 de l'Hégire (1247 ap. J.-Ch.) et mourut au Caire en 709 de l'Hégire (1309 ap. J.-Ch.). Son commentaire fut achevé à Damas en 695 de l'Hégire (1295 ap. J.-Ch.), comme il ressort de la note suivante, au fol. 275 v° انتهاء كتابة وتأليفا العبد...... محمّد بن ابى الفتح بن ابى الفضل (ms. الفضلى) البعلى مولدا الدمشقى منشأ الحنبلى مذهبا...... وكانت خاتمته...... سنة ٦٩٥ بدمشق. Notre exemplaire a été copié sur un autre exemplaire, qui avait été copié sur l'autographe de l'auteur, et a été collationné sur celui-ci à Damas. Commencement : الى[1] خلق الانسان وعلمه البيان.

Papier. Écriture Asiatique. 275 feuillets. 25 lignes par page. Sans date; manuscrit du VIIIe siècle de l'Hégire.

28.

Autre commentaire sur le même traité d'Al-Djordjânî. Voici ce que porte le titre : كتاب شرح الجرجانية فى النحو تأليف سيدنا شهاب الدين احمد بن الشيخ ····· شرف الدين شرف بن منصور الثعلبى الشافعى الزرعى قاضى قضاة المسلمين بطرابلس الشام وكتب فى ····· عام ٧٨٦ Le livre intitulé الجرجانية dans le titre et ···· المختصر تصنيف الجرجانى dans la préface (fol. 1 v°) est le même qui au manuscrit 27 est nommé الجمل فى النحو. Cf. du reste Ḥâdjî Khalîfa, n° 4196. Commencement : الحمد لله الكريم المنان العظيم السلطان الخ.

Papier Écriture Asiatique très soignée. 88 feuillets. 17 lignes par page. Sans date, si 786 de l'Hégire (1385 ap. J.-Ch.) est l'année non de la copie, mais de la composition.

29.

Titre : سفر فيه جميع اصلاح المنطق تأليف ابى يوسف يعقوب بن اسحق السكيت رواية ابى على اسمعيل بن القاسم البغدادى «Volume contenant un exemplaire complet du Redressement de la prononciation, œuvre de Aboû Yoûsouf Ya'ḳoûb ibn Isḥâḳ As-Sikkît, récension d'Aboû 'Alî Ismâ'îl ibn Al-Ḳâsim Al-Bagdâdî.» Le premier, connu sous le nom d'Ibn As-Sikkît, mourut en 244 de l'Hégire (858 ap. J.-Ch.); le second en

[1] Ici الى est une abréviation de الحمد لله الذى.

356 de l'Hégire (966 ap. J.-Ch.). A la fin de ce manuscrit, entièrement et excellemment vocalisé, le copiste dit (fol. 134 v°) عارضتُ كتابى هذا بكتاب الاستاذ اللغوى النّحوى العلّامة ابى محمد ابن السيّد البطليوسى ...... تمّ اصلاح المنطق ...... وذلك ...... عام ٦٢٧. Cet exemplaire, de 627 de l'Hégire (1229 ap. J.-Ch.), a donc été collationné avec la copie du célèbre grammairien Ibn As-Sîd Al-Baṭalyoûsî, qui mourut en 521 de l'Hégire (1127 ap. J.-Ch.). Commencement au fol. 1 v°, au verso du titre : املاء ابى يوسف ; puis, à la ligne suivante : اخبرنا ابو بكر قال حدّثنى ابى قال حدّثنا ابو محمد عبد الله بن رُسْتَمَ قال قال ابو يوسف يعقوب بن اسحق السكيتِ (sic) هذا باب فَعَلٍ وفِعْلٍ باختلاف المعنى الحَمْلُ ما كان فى بطن او على رأس شجرة وجمعه أَحمال والحِمْلُ ما حُمل على ظهر او على رأس الخ.

Papier. Écriture Magrébine. 134 feuillets. 21 lignes par page.

30.

1° كتاب الجمل فى النحو «Traité des propositions grammaticales», par Aboû 'l-Ḳâsim ʿAbd er-Raḥmân ibn Isḥâḳ Az-Zadjdjâdjî, mort en 339 de l'Hégire (950 ap. J.-Ch.). Le titre se trouve à la fin (fol. 78 v°), le nom de l'auteur aux fol. 2 v° et 78 v°. Copie datée de 604 de l'Hégire (1207 ap. J.-Ch.). Commencement : أقسام الكلام ثلاثة اسم وفعل وحرف جاء لمعنى الخ.

2° (Fol. 79 v°) كتاب الفصيح «Livre intitulé : La langue pure.» Ainsi est dénommé cet opuscule à la fin (fol. 92 r°). Cf. Ḥâdjî Khalîfa n° 9110 qui donne comme auteur probable ابو العبّاس احمد بن يحى الكوفى المعروف بثعلب. C'est aussi comme œuvre de Thaʿlab qu'il figure dans le manuscrit 187, à la Bibliothèque de Leyde (ms. CXIV; Dozy, *Catalogus*, I,

p. 62) et dans l'édition savante de M. J. Barth (Leipzig, 1876, in-8°). Voir aussi Lane dans la *Zeitschrift der deutsch. morg. Gesellschaft*, III, p. 94. Avant la préface, telle qu'elle a été imprimée, on lit dans ce manuscrit : قال ابو على قرأتُ هذا الكتاب على ابى عمر المطرز وعلى نفطويه وعلى ابى بكر بن الانبارى قالوا كلّهم حدّثنا ابو العبّاس احمد بن يحيى ثعلب اخبرنى ابو الحسن على بن عبيد الكوفى النحوى والاسدى سمعتُ ابا العبّاس احمد بن يحيى النحوى يقول[1]. C'est un des rares documents originaux qui nous ait été conservé de l'école de Koûfa.

3° (Fol. 93 v°.) Titre en tête : هذا كتاب المثلّث مما ألّف قطرب ابن احمد النحوى البصرى «Ceci est le livre intitulé : Les mots dont le premier radical peut recevoir les trois voyelles, composition de Ḳoutroub, fils d'Aḥmad, le grammairien de Baṣra.» Ce petit traité en vers a été publié par Ed. Vilmar (Marburg, 1857. In-8).

Papier. Écriture Magrébine. 97 feuillets. 20 lignes par page. Volume tout entier écrit de la même main en 604 de l'Hégire (1207 ap. J.-Ch.).

31.

Commentaire sur le «Traité des propositions grammaticales», par Aboû 'l-Ḳâsim Az-Zadjdjâdjî (ms. 30, 1°). Commencement : قول ابى القاسم فى اول كتابه قال يحتمل ان يكون من ايقاع الماضى موقع المستقبل كما جاء فى كلام العرب الخ. Ce commentaire anonyme est très écourté vers la fin.

Papier. Écriture Magrébine. 57 feuillets. 27 lignes par page. Sans date.

[1] P. ٢, après فى كلام الناس, notre ms. porte ولغتهم au lieu de وكتبهم qu'ont le manuscrit 187 et le texte imprimé.

32.

Commentaire de ʿAbd el-Wâḥid ibn Aḥmad ibn Moḥammad Al-Ḥasanî sur un poëme qui n'a rien de grammatical, d'Aboû Zaid ʿAbd er-Raḥmân ibn ʿAlî ibn Ṣâliḥ Al-Makoûdî, le commentateur de l'*Alfiyya* d'Ibn Mâlik (voir les manuscrits 6, 2°; 7, 1°). Celui-ci, d'après une longue biographie insérée aux fol. 5 r° à 7 v°, naquit en 736 de l'Hégire (1335 ap. J.-Ch.) et mourut en 807 (1404 ap. J.-Ch.). Quant au commentateur, il cite comme date de son travail «l'année vingt de ce dixième siècle» (fol. 3 v°). Le poëme de Makoûdî, intitulé المقصورة «Poëme où la rime est en *alif* sans *madda*», paraît consacré à l'éloge du Prophète. Notre manuscrit, dont la fin manque, se rapporte tout entier aux deux premiers vers (fol. 10 r°):

أرّقنى بارقٌ مُجْرٍ اذ سرى   يومِضُ ما بين فُرادٍ ونُنَا
أهبّنى اذ هَبَّ منه مُوهِنًا   ما سَدّ ما بين الثُّرَيَّا والثَّرَا

Le commentaire a été composé à Fez (fol. 3 v°, 5 v°, etc.), à l'instigation de مولانا المنصور بالله امير المؤمنين (cf. ms. 5). De nombreuses ratures donnent au livre l'aspect d'un autographe. Au fol. 1 r°, en tête du volume, on lit الحمد لله يقول كاتبه بخط يده الفانية عبد الواحد بن احمد بن محمد الحسنى ان هذه المبيّضة لم امدّ بعد الى ما أودعه .... فربّما قدّمتُ ما حقّه التأخير واخّرت ما حقّه التقديم الخ. Commencement (fol. 1 v°): الحمد لله الذى خصّ من شاء من عباده بمزايا الايثار الخ.

Dans ce volume ont été intercalés trois feuillets, qui lui sont étrangers; au 2ᵉ v°, on lit كمل كتب (*sic*) تلقيح الافكار فى

العمل برسوم الغبار تأليف ابن الياسمين. Au fol. 3 v°, la date de 727 de l'Hégire (1326 ap. J.-Ch.). C'est un fragment d'un traité des calculs avec les chiffres dits *goubâr*.

Papier. Écriture Magrébine. 37 feuillets. 23 lignes par page. Sans date, de la première moitié du X° siècle de l'Hégire.

33.

1° Titre au fol. 1 r° : كتاب الملقب بالذخائر تصنيف الامام .... ابى الحسن على بن محمد النحوى الهروى «Livre surnommé : Les trésors réservés, œuvre de l'imâm ..... Aboû 'l-Ḥasan ʿAlî ibn Moḥammad le grammairien, connu sous le nom d'Al-Harawî.» Malgré ce titre (cf. Ḥâdjî Khalîfa, n° 5773), il est certain que nous avons ici l'opuscule de l'auteur, intitulé الازهرية, dans lequel Al-Harawî, d'après Ḥâdjî Khalîfa, n° 558, aurait mis en ordre ce qu'il avait disséminé dans ses «Trésors réservés». Voici en effet notre commencement : سألتنى ايدك الله ان اجمع لك ابوابا من النحو قد ذكرناها متفرقة فى كتابنا الملقب بالذخائر الخ. Copie datée de 768 de l'Hégire (1366 ap. J.-Ch.).

2° (Fol. 48 r°) Titre : كتاب العوامل «Livre des régents grammaticaux», par Sirâdj ed-Dîn Maḥmoûd ibn Yoûsouf de Hérât (الهروى). Copie datée de 628 de l'Hégire (1230 ap. J.-Ch.). Commencement : الحمد لله حق حمده الخ.

3° (Fol. 52 r°) Titre : كتاب شرح الآيات البيّنات تصنيف السعيد فخر الدين محمد بن عمر الرازى شرح السعيد عز الدين عبد الحميد بن ابى الحديد «Livre intitulé : Commentaire sur les Signes évidents, œuvre du défunt Fakhr ed-Dîn Moḥammad ibn ʿOmar Ar-

Râzî; commentaire par le défunt ʿIzz ed-Dîn ʿAbd el-Ḥamîd ibn Abî 'l-Ḥadîd.» Sur l'«Introduction à la logique» المدخل المنطق de Fakhr ed-Dîn Ar-Râzî, comme s'exprime le commentateur, voir Ḥâdjî Khalîfa, nº 1508. ʿAbd el-Ḥamîd mourut en 655 de l'Hégire (1257 ap. J.-Ch.). La copie est datée de 669 de l'Hégire (1270 ap. J.-Ch.). Commencement : الحمد لله الواحد الاجل الفرد الصمد الخ.

Papier. Écriture Asiatique 112 feuillets. 23 lignes en moyenne par page.

34.

Titre: النصف الاول من كتاب شمس العلوم ودواء كلام العرب من الكلوم صحيح التأليف والأمان من التصحيف تأليف القاضى الجليل صفى المجد ابى الحسن نشوان بن سعيد الحميرى علامة اليمن بخطّ مالكه ...... جمهور بن على بن جُمهور بن زيد الهمدانى «Première moitié du livre intitulé: Le soleil des sciences et l'art de guérir le langage des Arabes des blessures; composition saine et à l'abri de l'erreur, par l'illustre ḳâḍî, dont la gloire est pure, Aboû 'l-Ḥasan Naschwân ibn Saʿîd l'Himyarite, le grand savant du Yémen. Copie faite par son possesseur Djoumhoûr ibn ʿAlî ibn Djoumhoûr ibn Zaid Al-Hamadânî.» Cette copie, entièrement vocalisée, a été collationnée avec l'original de l'auteur et, à deux reprises, après le premier et le second quart de l'ouvrage; elle est datée de 626 de l'Hégire (1228 ap. J.-Ch.). La première moitié contient les lettres depuis l'*alif* jusqu'au *schîn;* le complément, depuis le *ṣâd*, forme le second volume du même exemplaire et sera décrit plus loin comme manuscrit 603 (Casiri, 600). L'auteur de ce dictionnaire très original, qui n'est pas un *Onomasticon*, mourut en 573 de l'Hégire (1177 ap. J.-Ch.). Ce que Casiri a pris pour un premier ouvrage sont les prolégomènes grammaticaux, commençant par بسم الله الواحد القديم ' القادر العظيم ' الخ. M. D. H. Müller, professeur à Vienne, qui, dans ses divers écrits relatifs à l'antiquité sabéenne, cite de nombreux extraits du Dictionnaire de Naschwân, en prépare une édition complète d'après le manuscrit de Berlin.

Papier. Écriture Asiatique. 253 feuillets. De 27 à 34 lignes par page.

35.

Titre : كتاب الروض الانسم فى معانى حروف المعجم «Livre intitulé : Le jardin embaumé; des sens des lettres de l'alphabet.» L'auteur est nommé احمد بن محمد بن على بن ويغلان بن نمارى بن مونس البجائى. Casiri a donné de ce livre des extraits suffisants pour montrer combien ces interprétations détournées des lettres présentent peu d'intérêt. Le manuscrit est écrit avec un soin et un luxe d'espacements, qui en font une merveille calligraphique. Commencement : الحمد لله الذى بسط الامل بعد القبض المخوف الخ.

Papier. Écritue Magrébine. 48 feuillets. 11 lignes par page. Il doit manquer a la fin un feuillet seulement, celui qui contenait la date.

36.

Commentaire d'Aboû ʿAlî ʿOmar ibn Moḥammad ibn ʿOmar ibn ʿAbd Allâh Al-Azdî sur المقدمة الجزولية «Introduction à la grammaire, par Al-Djouzoûlî», c'est-à-dire par Aboû

Moûsâ ʿÌsâ ibn ʿAbd el-ʿAzîz Al-Djouzoûlî (cf. ms. 2). Le commentateur, né en 562 de l'Hégire (1166 ap. J.-Ch.), mort en 645 (1247 ap. J.-Ch.), est nommé à la fin (fol. 103 v°). Son nom se trouvait également sur le titre, dont la moitié, coupée par le milieu du haut en bas, nous a été conservée comme fol. 3. Après الازدى, on peut encore y lire عُرِف (*sic*) بالشلوبين. C'est au verso de ce même fol. que se trouve le nom d'ابو موسى الجزولى, qui a permis de fixer le contenu du manuscrit; on y parle aussi de المقدّمة المذكورة. Si, par impossible, ce n'est pas le manuscrit autographe de l'auteur, en tout cas cet exemplaire a été écrit dans l'année même où la composition a été terminée d'après le manuscrit 190, fol. 1 v° : cette copie, qui est dans le plus grand désordre, a été faite à Séville en 622 de l'Hégire (1225 ap. J.-Ch.). Ce doit être le plus court des deux commentaires composés par Schaloûbînî, tandis que le manuscrit 2 est un volume du commentaire développé. Cf. Ḥâdjî Khalîfa, VI, p. 80.

Papier. Écriture Magrébine. 103 feuillets. 23 lignes par page.

37.

المزهر فى علوم اللغة «Le luth; des sciences du langage.» C'est le fameux ouvrage de Soyoûṭî, publié à Boûlâḳ en 1282 de l'Hégire (1865 ap. J.-Ch.).

Papier. Écriture Asiatique. 257 feuillets. 27 lignes par page. Sans date.

38.

Titre : كتاب همع الهوامع فى شرح جمع الجوامع للشيخ ...... جلال الدين السيوطى ...... «Livre intitulé : Les larmes répandues; commentaire sur Les collections formées; par le schaikh...... Djalâl ed-Dîn As-Soyoûṭî.» Texte et commentaire sont de Soyoûṭî; l'un et l'autre sont relatifs à la grammaire. Cf Ḥâdjî Khalîfa, nº 4666. Au fol. 1 vº, l'auteur est nommé plus complètement : جلال الدين عبد الرحمن بن ابى بكر السيوطى الشافعى. Commencement : سبحانك لا احصى ثنا عليك انت كما اثنيت على نفسك الخ.

Papier. Écriture Asiatique. 296 feuillets. 34 lignes par page. Sans date.

39.

Autre exemplaire du même commentaire sur le même ouvrage. Copie faite en 990 de l'Hégire (1582 ap. J.-Ch.).

Papier. Écriture Asiatique. 279 feuillets. 35 lignes par page.

40.

Titre orné d'arabesques : كتاب الاشباه والنظائر تأليف الشيخ جلال الدين السيوطى الشافعى «Livre intitulé : Les ressemblances et les analogies, œuvre du schaikh Djalâl ed-Dîn As-Soyoûṭî Asch-Schâfiʿî.» Sur les divisions de ce traité grammatical, voir Ḥâdjî Khalîfa, nº 776. Copie datée de 985 de l'Hégire (1577 ap. J.-Ch.). Commencement : سبحان الله المنزه عن الاشباه والنظائر الخ.

Papier. Écriture Asiatique. 356 feuillets. 31 lignes par page.

41.

النكت للجلال «Les observations fines d'Al-Djalâl.» Ainsi est donné le titre à la tranche inférieure. L'auteur est nommé au fol. 1 vº جلال الدين عبد الرحمن نجل الشيخ .... كمال

الدين ابى بكر السيوطى الشافعى. «Les observations fines» de Soyoûṭî se rapportent à cinq ouvrages de grammaire, comme il ressort de la note suivante que nous donnons avec le commencement : امّا بعد حمد الله على نعمه الكافيه ..... فهذه نكت حرّرتها على كتب فى علم العربيّه ..... وهى الخلاصة لابن مالك المشهورة بالالفيّة والكافية لابن الحاجب والشافية له وشذور الذهب لابن هشام ونزهة الطرف فى علم الصرف له الخ. Au fol. 187 r°, l'auteur raconte qu'il a commencé à composer ce livre en 867 de l'Hégire (1462 ap. J.-Ch.) pour le reprendre en 876 et 885 et pour le terminer enfin en 895 (1489 ap. J.-Ch.). Notre copie est datée de 913 de l'Hégire (1507 ap. J.-Ch.).

Papier. Écriture Asiatique. 187 feuillets. 31 lignes par page.

42.

Titre : سفر فيه كتاب الايضاح فى النحو تأليف ابى على الحسن بن احمد ابن عبد الغفّار الفارسى الثّموى (*sic*) «Volume contenant le livre intitulé : L'exposition grammaticale, œuvre d'Aboû ʿAlî Ḥasan ibn Aḥmad ibn ʿAbd el-Gaffâr Al-Fârisî Ath-Thamawî(?).» Casiri a lu ce dernier mot As-Samawî; peut-être faut-il lire النّحوى «le grammairien» avec Ḥâdjî Khalîfa, n° 1564 et avec le titre du manuscrit 125. Le manuscrit 194 porte Al-Fasawî. Cet ouvrage, dont l'auteur mourut en 377 de l'Hégire (987 ap. J.-Ch.), contient des chapitres sur la langue arabe (ابوابا من العربيّة, fol. 1 v°) et a été composé pour le Boûyide عضد الدولة. La copie, qui est complète, est de 605 de l'Hégire (1208 ap. J.-Ch.). Commencement : الحمد لله رب العلمين الخ.

Papier. Écriture Magrébine. 126 feuillets. 23 lignes par page.

43.

Autre exemplaire du même ouvrage. En tête, une lacune de cinq feuillets environ; à la fin, la date de 698 de l'Hégire (1298 ap. J.-Ch.), sans que je sois bien sûr de ma lecture.

Papier. Écriture Magrébine. 125 feuillets. 20 lignes par page.

44.

Titre : الشافى من شرح الايضاح والتكمله (sic) تأليف عبد القاهر الجرجانى «Le réconfortant; commentaire sur L'exposition et Le supplément, œuvre de ʿAbd el-Ḳâhir Al-Djordjânî.» A la fin, l'auteur est nommé plus complètement ابو بكر عبد القاهر ابن عبد الرحمن الجرجانى; il mourut en 471 de l'Hégire (1078 ap. J.-Ch.). Les deux traités nommés dans le titre sont tous deux d'Aboû ʿAlî Ḥasan Al-Fârisî. (Cf. mss. 42 et 43 qui contiennent le premier.) Le commentateur est l'auteur bien connu des Cent régents (voir manuscrit 6, 1°, etc.). La copie, faite à Damas, est datée de 604 de l'Hégire (1207 ap. J.-Ch.). Commencement : الحمد لله رب العالمين الذى جعل حمده فاتحة كتابه وخاتمة دعوى اوليائه الخ.

Papier. Écriture Asiatique. 337 feuillets. 21 lignes par page.

45.

Titre : كتاب ايضاح شواهد الايضاح للقيسى «Livre intitulé : Explication des vers cités comme exemples dans l'*Îḍâḥ* (Exposition) par Al-Ḳaisî.» Le nom de l'auteur est donné plus complètement au fol. 1 v° ابو على حسن بن عبد الله القيسى المقرى. Pour le كتاب الايضاح, qui sert de texte au commentaire, on lit dans le nom de l'auteur, après الفارسى, le mot الفسوى (cf. notre description du ms. 42). Al-Ḳaisî mourut en 567 de l'Hégire (1171 ap. J.-Ch.), d'après Ḥâdjî Khalîfa, I, p. 514. Copie datée de 633 de l'Hégire (1235 ap. J.-Ch.). Commencement : الحمد لله العظيم السلطن *(sic)* القديم الاحسان الخ.

Papier. Écriture Magrébine. 197 feuillets. 23 lignes par page.

46.

Titre : كتاب الردّ على الزبيدى فى لحن العوامّ لابن هشام «Livre intitulé : La réfutation de Az-Zobaidî au sujet de la fausse prononciation du bas peuple, par Ibn Hischâm.» L'auteur de la réfutation est nommé plus complètement au fol. 1 v° ابو عبد الله محمد بن احمد بن هشام; l'auteur réfuté ابو بكر محمد بن حسن الزبيدى. En dehors des opinions d'Az-Zobaidî, mort en 379 de l'Hégire (989 ap. J.-Ch.), Ibn Hischâm s'est attaqué aux اوهام ابن مكّى فى كتابِ *(sic)* المسمّى بتثقيف اللسان وتلقيح الجِنان (*sic*, lisez الجَنان); de plus il a exprimé nombre d'assertions personnelles, sans les rattacher à aucune critique ni de l'un ni de l'autre. Je n'ai rencontré le nom d'ابن المكّى et de son ouvrage mentionné que dans Ibn Khallikân, *Biographical Dictionary*, trad. de Slane, I, p. 435; cf. note 16, p. 439. Le manuscrit 99 contient un autre exemplaire de ce même ouvrage, avec un titre absolument différent. Commencement : الحمد لله قبل كل مقال الخ.

Papier. Écriture Magrébine. 72 feuillets. 27 lignes par page. Sans date. Manuscrit vocalisé du VIIe siècle de l'Hégire.

47.

1° Commentaire d'Ibn Hischâm sur son opuscule grammatical, intitulé قطر الندى وبلّ الصدى «La pluie qui dégoutte et la soif étanchée.» Il ne faut pas confondre Ibn Hischâm, auteur ici du texte et du commentaire, avec son homonyme, dont nous avons l'œuvre dans le manuscrit 46 et qui vivait à la fin du VIe siècle de l'Hégire. Ici, nous avons à faire à ابو محمد جمال الدين عبد الله بن هشام المصرى, mort en 761 ou 762 de l'Hégire (1359 ou 1360 ap. J.-Ch.). Copie datée de 974 de l'Hégire (1566 ap. J.-Ch.). Des gloses à ce commentaire ont été lithographiées au Caire en 1274 de l'Hégire (1857 ap. J.-Ch.); il a été imprimé à Tunis en 1281 (1864 ap. J.-Ch.). Commencement : الحمد لله رافع الدرجات لمن انخفض لجلاله ..... وبعد فهذه نكت حرّرتها على مقدّمتى المسمّاة بقطر الندى وبل الصدى الخ.

2° (Fol. 109) Commentaire du même auteur sur son traité de grammaire intitulé شذور الذهب «Les parcelles d'or.» Commencement : اول ما اقول انى احمد الله العلى الكريم ..... فهذا كتاب شرحت به مختصرى المسمّى بشذور الذهب فى معرفة كلام العرب الخ. Ce commentaire a été imprimé à Boûlâḳ en 1253 de l'Hégire (1837 ap. J.-Ch.) et au Caire en 1289 (1873 ap. J.-Ch.).

3° (Fol. 177) Commentaire du même auteur sur l'*Alfiyya* d'Ibn Mâlik, intitulé اوضح المسالك الى الفيّة ابن مالك. Nous avons déjà vu un autre exemplaire (ms. 7, 2°). Copie terminée بمدينة مرّاكش en 974 de l'Hégire (1566 ap. J.-Ch.)

Papier. Écriture Magrébine. 271 feuillets. 22 et 23 lignes par page. Trois traités écrits d'une même main.

48.

Titre : كتاب مغنى اللبيب عن كتب الاعاريب تأليف الامام ..... جمال الدين عبد الله بن يوسف بن احمد بن عبد الله بن هشام الانصارى الحنبلى ..... «Livre intitulé : Celui qui dispense l'homme intelligent de tout autre livre sur les flexions finales, œuvre de l'imâm ..... Djamâl ed-Dîn ʿAbd Allâh ibn Yoûsouf ibn Aḥmad ibn ʿAbd Allâh Ibn Hischâm Al-Anṣârî Al-Ḥanbalî.» C'est l'auteur des trois ouvrages contenus dans le manuscrit 47. Ce livre, commencé à la Mecque en 749 de l'Hégire (1348 ap. J.-Ch.), fut terminé en 756 (1355 ap. J.-Ch.). Au fol. 1, note biographique et bibliographique, au bout de laquelle on lit au sujet de notre manuscrit ونقل من خط بعض تلامذة ولد بن هشام. Ḥâdjî Khalîfa, n° 12,496. La bibliothèque de l'Université de Strasbourg possède une lithographie de cet ouvrage sans indication de lieu ni d'année. Voir *Katalog*, n° 2142. Le texte a aussi été imprimé à la marge des gloses d'Ad-Dasoûḳî à Boûlâḳ en 1284 de l'Hégire (1867 ap. J.-Ch.). Commencement : اما بعد حمد الله على افضاله الخ.

Papier. Écriture Magrébine. 165 feuillets. 27 lignes par page. Sans date excellent manuscrit du commencement du IXe siecle de l'Hégire.

49.

Commentaire sur l'ouvrage précédent. Le titre de ce commentaire se trouve à la tranche inférieure du volume et au fol. 1 v°. C'est المنصف من الكلام على مغنى ابن هشام. Au ms. 50, le premier mot est vocalisé المُنصف ; traduisez donc : «Commentaire juste-milieu sur le *Mougnî* d'Ibn Hischâm.» Copie datée de 992 de l'Hégire (1584 ap. J.-Ch.). L'auteur de ce commentaire est, d'après Ḥâdjî Khalîfa, V, p. 656 تقى الدين ابو العبّاس احمد بن محمد الشُّمُنّى, mort en 872 de l'Hégire (1467 ap. J.-Ch.). Son commentaire sur l'*Alfiyya* est dans le ms. 11. Commencement : الحمد لله الذى خصّ كتابه بعدم المعارضة والاعجاز الخ.

Papier. Écriture Asiatique. 304 feuillets. 33 lignes par page.

50.

Le même commentaire sur le même ouvrage. Copie faite du vivant de l'auteur, sur sa dernière rédaction, d'après la note finale : بلغ مقابلة على الاصل الاخير الذى عليه خطّ سيّدنا وشيخنا مؤلّفه ابقاه الله تعالى بمحمّد وآله.

Papier. Écriture Asiatique. 414 feuillets. 29 lignes par page. Sans date : manuscrit du IXe siècle de l'Hégire.

51.

شرح مغنى اللبيب للسيوطى «Commentaire de Soyoûṭî sur le Livre qui dispense l'homme intelligent, etc.» Le titre est ainsi donné sur la reliure. Commencement : امّا بعد حمد الله مغنى اللبيب بفضله..... فهذا تعليق لطيف على مغنى اللبيب عن كتب الاعاريب سمّيته بالفتح القريب بتهج به الاريب الخ. Ce titre, que porte le commentaire, est également cité par Ḥâdjî Khalîfa V, p. 657, l. ult.

Papier. Écriture Asiatique. 212 feuillets. 33 lignes par page. Sans date.

52.

Titre : الجزء الاول من كتاب التذييل والتكميل فى شرح كتاب التسهيل تصنيف الشيخ . . . . . . اثير الدين ابى حيّان محمد بن يوسف بن على بن يوسف بن حيّان بن يوسف الاندلسى النحوى «Premier tome du livre intitulé : Appendice et complément, commentaire sur le livre intitulé : L'art de faciliter; commentaire par Athîr ed-Dîn Aboû Ḥayyân Moḥammad ibn Yoûsouf ibn ʿAlî ibn Yoûsouf ibn Ḥayyân ibn Yoûsouf, le grammairien espagnol.» Le manuscrit 13 contient un autre commentaire sur le même ouvrage; le nôtre y est cité au fol. 3 v°, et l'auteur y est nommé الغرناطى «celui qui naquit à Grenade» (cf. ms. 54). Il mourut en 745 de l'Hégire (1344 ap. J.-Ch.). Au fol. 1 v°, il est nommé comme sur le titre, si ce n'est qu'après ابن حيّان, on y lit النفزى الاندلسى. Le titre est redonné aux fol. 3 v° et 230 r°. Le texte commenté est d'Ibn Mâlik (mss. 64 et 140).

La copie a été faite du vivant de l'auteur, dont le nom au fol. 230 r° est suivi de ابقاه الله. Une copie a été faite d'après celle-ci en 738 de l'Hégire (1337 ap. J.-Ch.), ce qui a trompé Casiri. Commencement : حمدُ لله المنفرد شريف الاختراع . . . . . وبعد فان كتاب تسهيل الفوائد للدنا (sic, lisez لبلديّنا) ابى عبد الله محمد بن عبد الله بن مالك الطائى الجيّانى مقم (sic, lisez مقيم) دمشق رحمه الله ابدعُ كتاب فى فنّه أُلّف الخ.

A la fin de ce premier volume, on lit : ويتلوه فى الثانى قوله فصل من وما فى اللفظ مفردان مذكّران; puis كتبه لنفسه العبد . . . . احمد ابن عبد القادر بن احمد بن مكتوم بن احمد بن محمد بن سليم القيسى من خطّ المؤلّف المذكور. Déjà, au-dessus du titre, au fol 1 r°, l'attention est appelée par les mots بخطّ ابن مكتوم. Or, d'après Ḥâdjî Khalîfa, IV, p. 445, Ibn Maktoûm mourut en 749 de l'Hégire (1348 ap. J.-Ch.). Notre copie, qui n'est pas datée, est en tout cas antérieure à l'an 738 de l'Hégire.

Papier. Écriture Asiatique. 230 feuillets. 21 et 22 lignes par page.

53.

Titre : الجزء الثانى من كتاب التذييل والتكميل فى شرح كتاب التسهيل تصنيف الشيخ ..... ابى حيّان محمد بن يوسف الاندلسى الشافعى. Tome II du même exemplaire. A la fin (fol. 207 r°), on lit : يتلوه فى المجلّد الثالث ص فصل يتقدم كسران الخ. Ce ص — صورة «Texte». En tête aussi بخطّ ابن مكتوم; à la fin كتبه لنفسه الخ, comme au ms. 52.

Papier. Écriture Asiatique. 207 feuillets. 21 lignes par page

54.

Titre : الجزء الخامس من كتاب التذييل والتكميل فى شرح كتاب التسهيل تصنيف الشيخ ...... اثير الدين ابى حيّان محمد بن يوسف بن على بن يوسف بن حيّان الاندلسى الشافعى النحوى الغرناطى. Tome V du même exemplaire. A la fin (fol. 229 r°), on lit : يتلوه فى اول الجزء السادس باب افعل التفضيل; puis كتبه لنفسه الخ, comme au ms. 52. En tête aussi بخطّ ابن مكتوم.

Papier. Écriture Asiatique. 229 feuillets. 21 lignes par page.

55.

الخامس من شرح التسهيل لابى حيّان. Tel est le titre donné à la tranche inférieure. C'est le tome V d'un autre exemplaire.

Copie datée de 740 de l'Hégire (1339 ap. J.-Ch.). A la fin, on lit : ويتلوه فى الذى يليه باب اعراب الفعل وعوامله. Commencement : ص باب المعطوف عطف النسق الخ.

Papier. Écriture Asiatique. 277 feuillets. 23 lignes par page.

56.

Titre identique à celui du ms. 54, si ce n'est que c'est الجزء الثامن «le tome VIII» du même exemplaire, mais pourtant d'une autre main que 52 54. A la fin : يتلوه فى الجزء التاسع ص ويكثر قيام من مقرونة بالواو مقام النافى. Commencement : ص باب ما زيدت الميم فى اوله الخ.

Papier. Écriture Asiatique. 248 feuillets. 25 lignes par page.

57.

Titre identique à celui des mss. 54 et 56, si ce n'est que c'est الجزء العاشر «le tome X» du même exemplaire, écrit de la même main que 56. Ce tome X est le dernier de l'ouvrage, comme il ressort de la note finale : كمل السفر العاشر من كتاب التذييل والتكميل . . . . . . وبكماله كمل جميع الديوان. Commencement : ص فصل امالة[1] الفعل فى التصريف الخ.

Papier. Écriture Asiatique. 275 feuillets. 25 lignes par page.

58.

Titre : الجزء الثانى من شرح التسهيل للشيخ . . . . . بدر الدين ابن *(sic)* قاسم ابن *(sic)* عبد الله ابن *(sic)* على المرادى «Tome II du com-

[1] Ms. لامالة.

mentaire sur le livre intitulé : L'art de faciliter; commentaire par Badr ed-Dîn ibn Ḳâsim ibn ʿAbd Allâh ibn ʿAlî Al-Mourâdî.» Les mss. 4, 12, 70—73 contiennent son commentaire sur l'*Alfiyya*, autre ouvrage d'Ibn Mâlik. Copie datée de 780 de l'Hégire (1378 ap. J.-Ch.). A la fin : يتلوه في الثالث باب نونى التوكيد. Commencement : باب المستثنى.

Papier. Écriture Asiatique. 215 feuillets. 21 lignes par page.

59.

Titre : الجزء الثالث من شرح التسهيل للشيخ . . . . . بدر الدين حسن ابن قاسم بن عبد الله المرادى. Tome III du même exemplaire, daté également de 780 de l'Hégire (1378 ap. J.-Ch.). Ce doit être la fin du commentaire.

Papier Écriture Asiatique. 180 feuillets. 23 lignes par page

60.

Titre en partie effacé : كتاب المكمل في شرح المفصل «Livre intitulé : Le commentaire perfectionné sur le *Moufaṣṣal.*» Ainsi est nommée la remarquable grammaire de فخر خوازم محمود بن عمر الزمخشرى (*sic*, lisez خوارزم), grammaire qui se trouve dans les mss. 176 et 177, et qui a été publiée avec une minutieuse exactitude et une savante précision par le professeur J. P. Broch de Christiania (1re éd. 1859; 2e éd. 1879). Dans la préface de sa nouvelle édition, M. Broch signale une édition d'Alexandrie, qui a paru en 1874. Le commentaire que renferme ce manuscrit est, d'après Ḥâdjî Khalîfa, VI, p. 40 et 41, de Mouṭhahhir ed-Dîn Moḥammad. Il a été terminé par son auteur en 659 de l'Hégire (1260 ap. J.-Ch.). La copie est datée de 682 de l'Hégire (1283 ap. J.-Ch.). Commencement : الحمد لله الذى قَصَّرَ عما يليق بكبريائه الخ.

Papier. Écriture Asiatique. 218 feuillets. 31 lignes par page.

61.

Titre : الجزء الثانى من كتاب المفضَّل على المفصَّل فى درايــــــه (*sic*, lisez درايه) المفصَّل تأليف القاضى .... كمال الدين عبد الواحد ابن عبد الكريم بن خلف الانصارى ادام الله ايّامه «Tome II du Livre intitulé : La supériorité reconnue sur ce qui est bien divisé; ouvrage destiné à faire connaître le *Moufaṣṣal*, commentaire par le ḳâḍî..... Kamâl ed-Dîn ʿAbd el-Wâḥid ibn ʿAbd el-Karîm ibn Khalaf Al-Anṣârî, qu'Allâh prolonge ses jours!» La copie a donc été faite du vivant de l'auteur; or, elle est datée de 647 de l'Hégire (1249 ap. J.-Ch.); quant à l'auteur, que notre manuscrit attribue à ce commentaire, il mourut en 651 (1253 ap. J.-Ch.) d'après Ḥâdjî Khalîfa, VI, p. 223; ce qui est tout-à-fait d'accord avec les indications du titre. Ḥâdjî Khalîfa paraît commettre une erreur bibliographique, lorsqu'il affirme (VI, p. 39) que ce commentaire aurait été composé par ʿAlam ed-Dîn Aboû 'l-Ḥasan ʿAlî ibn Moḥammad As-Sakhâwî, mort en 643 de l'Hégire (1245 ap. J.-Ch.). A la fin du volume, on lit ويتلوه فى الجزء الثالث ذكر النوابع (éd. de M. Broch, p. ٤٤, l. 17). Commencement : فصل قال سيبويه وهذه حُجَجٌ سمعت من العرب يقولون اللهم ضبعا وذئبا الخ (*ibid.*, p. ١٨, l. 15).

Papier. Écriture Asiatique. 177 feuillets. 21 lignes par page.

62.

Titre effacé, où on lit encore : شرح المفصّل للاندلسى «Commentaire sur le *Moufaṣṣal*, par l'Espagnol.» Cet Espagnol est, d'après Ḥâdjî Khalîfa, VI, p. 39, Tâdj ed-Dîn Aḥmad ibn Maḥmoûd ibn ʿOmar Al-Djondî qui vivait au milieu du VIIIe siècle de l'Hégire. Le titre de ce commentaire الاقليد «La clef» se trouve au fol. 1 v°. Commencement : اياه احمد على نعم تهلّلت وجوهها الصباح الخ.

Papier. Écriture Asiatique. 194 feuillets. De 25 à 29 lignes par page. Sans date.

63.

Commentaire de ʿAlî ibn Moḥammad Al-Djordjânî sur la troisième partie du مفتاح العلوم «La clef des sciences», de Sirâdj ed-Dîn Aboû Yaʿḳoûb Yoûsouf ibn Abî Moḥammad ibn ʿAlî As-Sakkâkî. Cette troisième partie (cf. ms. 26) est فى علمى المعانى والبيان. Il manque environ 8 fol. au commencement, comme nous l'a montré la collation d'un exemplaire complet (ms. 206). Ces gloses ont été imprimées à Constantinople en 1241 de l'Hégire (1825 ap. J.-Ch.). A la fin (fol. 164 v°) se trouve la seule indication sur le contenu de ce manuscrit : تمت (*sic*) شرح المفتاح بعون الله.

Papier. Écriture Asiatique. 164 feuillets. 25 lignes par page. Sans date

In-Quarto.

64.

Titre : كتاب تسهيل الفوائد وتكميل المقاصد تأليف الشيخ . . . . جمال الدين ابو (*sic*) عبد الله محمد بن عبد الله بن مالك الطاءى الاندلسى الجيّانى

. . . . . نزيل دمشق «Livre intitulé : L'art de faciliter les enseignements utiles et de parfaire les études, œuvre du schaikh . . . . . . Djamâl ed-Dîn Aboû ʿAbd Allâh Moḥammad ibn ʿAbd Allâh Ibn Mâlik Aṭ-Ṭâʾî Al-Djayyânî l'Espagnol établi à Damas.» Le nom de l'auteur est donné de même au fol. 1 v°, avec la variante مقيم دمشق. C'est le traité grammatical d'Ibn Mâlik (Ḥâdjî-Khalîfa, n° 2989), dont le texte se retrouve au ms. 140, et dont nous possédons des commentaires dans les manuscrits 13, 52—59, 66. C'est d'après l'original que la copie a été faite, c'est sur lui qu'elle a été collationnée en 794 de l'Hégire (1391 ap. J.-Ch.). Commencement : حامدا لله رب العالمين ومصلّيا على محمد سيّد المرسلين الخ.

Papier. Écriture Magrébine. 69 feuillets. 21 lignes par page.

65.

Commentaire sur le كتاب التيسير فى القراءات السبع «Livre intitulé : L'appui pour connaître les sept recensions du Coran», ouvrage dont l'auteur, nommé au fol. 1 r° ابو عمرو عثمن بن سعيد الدانى, mourut en 444 de l'Hégire (1052 ap. J.-Ch.). Ḥâdjî Khalîfa, n° 3814.

Le titre et le premier feuillet manquant, le nom du commentateur nous échappe. La date de 712 de l'Hégire (1312 ap. J.-Ch.), donnée à la fin, paraît s'appliquer non à la copie, mais à la composition du commentaire. Il se pourrait donc que ce fût celui d'Aboû Moḥammad ʿAbd el-Wâḥid ibn Moḥammad Al-Bâhilî, mort en 750 de l'Hégire (1349 ap. J.-Ch.) d'après Ḥâdjî Khalîfa, II, p. 488.

Pour le titre même, il semble qu'à la tranche supérieure

on lise شرح التيسير. Au fol. 1 r° se trouve le passage suivant: الاسناد اما كتاب التيسير فحدثنى به الشيخ ابو بكر محمد بن محمد بن احمد الانصارى البلنسى ابن مشليون اجازة نا (اخبرنا = *sic*) القاضى ابو بكر محمد بن احمد ابن عبد الملك بن ابى جمرة المرى عن ابيه عن الحافظ ابى عمرو عثمن بن سعيد الدانى مؤلفه وسمعه من لفظ الاستاذ الجليل ابى جعفر احمد بن ابرهيم ابن الزبير الثقفى الخ. Du fol. 2 r°, je cite مسئلة ينبت فى كثير من نسخ التيسير باثر البسملة والتصلية قال ابو عمرو عثمن بن سعيد بن عثمن والذى رويته ترك ذلك واثبات الخطبة باثر البسملة والتصلية وهو قوله الحمد لله المنفرد بالدوام. Après la lecture de ces passages, aucun doute ne peut subsister ni sur le titre, ni sur l'auteur de l'ouvrage commenté. Celui-ci est appelé, en tête de chaque passage cité, الحافظ رحمه الله (fol. 22 v°; 23 r°, etc.)

Papier. Écriture Magrébine. 137 feuillets 23 lignes par page. Sans date.

66.

Titre : الاول من شرح الشيخ . . . . . جمال الدين ابى عبد الله محمد ابن عبد الله ابن ملك الطائى الاندلسى . . . . . لكتابه المسمى تسهيل الفوائد وتكميل المقاصد فى العربية . . . . . «Tome Ier du commentaire, que le schaikh . . . . . Djamâl ed-Dîn Aboû ʿAbd Allâh Moḥammad ibn ʿAbd Allâh Ibn Mâlik Aṭ-Ṭâʾî l'Espagnol a composé sur son livre intitulé : L'art de faciliter les enseignements utiles et de parfaire les études relatives à la langue arabe.» Le dernier chapitre commenté dans ce volume est باب افعال المقاربة. Commencement semblable à celui du texte même (mss. 64 et 140).

Papier. Écriture Magrébine 111 feuillets 23 lignes par page. Sans date.

67.

Titre : كتاب اوضح المسالك الى الفيّة ابن مالك تأليف الشيخ . . . . . ابى محمد عبد الله جمال الدين بن الشيخ جمال الدين بن يوسف بن هشام الانصارى. C'est le commentaire d'Ibn Hischâm sur l'*Alfiyya* d'Ibn Mâlik, dont nous avons déjà vu deux exemplaires (manuscrits 7, 2°; 47, 3°). Copie datée de 726 de l'Hégire (1325 ap. J.-Ch.).

Papier. Écriture Asiatique. 173 feuillets. 17 lignes par page.

68.

Commentaire sur l'*Alfiyya* d'Ibn Mâlik, intitulé الدرّة المضيئة فى شرح الالفيّة «La perle brillante; commentaire sur l'*Alfiyya*.» Le commentateur est nommé à la fin (fol. 259 v°) ابو اسحاق ابرهيم بن الشيخ . . . . . ابى عمران موسى الانباسى. Citons encore la note suivante (fol. 259 r°), d'après laquelle la composition fut achevée en Jérusalem en 765 de l'Hégire (1363 ap. J.-Ch.) : قال مؤلّفه . . . . ابرهيم بن موسى الانباسى الشافعى . . . . . كان الفراغ من تأليفه . . . . سنة ٧٦٥ وذلك بالجامع الاقصى من القدس الشريف Copie datée de 810 de l'Hégire (1407 ap. J.-Ch.). Lacune au commencement.

Papier. Écriture Magrébine 259 feuillets. 26 lignes par page.

69.

Titre : كتاب البهجة المرضيّة فى شرح الالفيّة تأليف الشيخ . . . . عبد الرحمن جلال الدين السيوطى «Livre intitulé : La beauté charmante; commentaire sur l'*Alfiyya* : œuvre du schaikh . . . .

ʿAbd er-Raḥmân Djalâl ed-Dîn As-Soyoûṭî.» C'est également un commentaire sur l'*Alfiyya* d'Ibn Mâlik. Manuscrit daté de 960 de l'Hégire (1552 ap. J.-Ch.). Commencement: احمدك اللهم على نعمك وآلائك الخ.

Papier. Écriture Asiatique 70 feuillets. 29 lignes par page.

70.

Titre : السفر الاول من المرادى «Le premier volume d'Al-Mourâdî.» C'est le premier volume du commentaire sur l'*Alfiyya* d'Ibn Mâlik, par Schams ed-Dîn Ḥasan ibn Ḳâsim Al-Mourâdî (cf. mss. 4 et 12). Commencement : الحمد لله والشكر لله وصلاته على محمد خير نبي ارسله اما بعد فهـذا مختصر توضح المقاصد الفيّة ابن ملك الخ. La fin manque, et le volume s'arrête au milieu du chapitre intitulé : اعمال اسم الفاعل (cf. éd. de Dieterici, p. ٢١٣).

Papier. Écriture Magrébine 130 feuillets. 27 lignes par page. Sans date

71.

الثانى من المرادى «Deuxième partie d'Al-Mourâdî.» Ainsi est donné le titre à la tranche inférieure. C'est le deuxième volume du même ouvrage, mais dans un autre exemplaire que celui dont le ms. 70 est un premier volume. Commencement : الترخيم (cf. l'édition de M. Dieterici, p. ٢٧٢). A la fin, sur le dernier feuillet qui est d'une écriture plus moderne: كمل هذا التقييد الخ.

Papier. Écriture Magrebine 171 feuillets. 25 lignes par page. Sans date.

72.

Autre exemplaire d'un premier volume du commentaire sur l'*Alfiyya*, par Al-Mourâdî. L'auteur est nommé ici, en tête : بدر الدين ابو على حسن بن . . . . . قاسم بن عبد الله بن على المرادى المالكى. Manuscrit daté de 780 de l'Hégire (1378 ap. J.-Ch.). Le dernier chapitre commenté est sur les اسماء الازمنة (cf. l'édition de Dieterici, p. ١٥٦—١٥٩).

Papier Écriture Magrébine. 114 feuillets. 27 lignes par page

73.

Titre : السفر الاول من شرح الفيّة ابن ملك تأليف الشيخ . . . . ابى على حسن بن . . . . . قاسم بن عبد الله المالكى المرادى. Premier volume du même commentaire sur l'*Alfiyya* d'Ibn Mâlik. Dernier chapitre : الندبة (cf. l'édition de Dieterici, p. ٢٧١—٢٧٢). Manuscrit daté de 798 de l'Hégire (1395 ap.-Ch.).

Papier. Éciiture Magrébine. 151 feuillets. 23 lignes par page.

74.

Commentaire sur l'*Alfiyya* d'Ibn Mâlik. Le commentateur est nommé au fol. 1 v° شمس الدين ابو عبد الله محمد بن احمد بن جابر الهوارى الاندلسى المرسى المالكى ; d'après Ḥâdjî Khalifa, I, p. 409, il était aveugle et mourut en 780 de l'Hégire (1378 ap. J.-Ch.). Cf. Makkarî, *Analectes*, éd. de Leyde, I, p. ٩١٦. La fin manque, et le dernier vers commenté est le vers 983. Commencement : الحمد لله الذى ارسل الينا اشرف الرسل باشرف لسان الخ.

Papier. Éciiture Magrébine. 189 feuillets. 27 lignes par page. Sans date.

75.

Titre : سفر فيه شرح الفيّة ابن ملك ...... لابن جابر «Volume contenant le commentaire d'Ibn Djâbir sur l'*Alfiyya* d'Ibn Mâlik.» Malgré la promesse du titre, nous n'avons ici que la seconde moitié du commentaire que renferme le manuscrit 74, depuis le chapitre intitulé التوكيد (éd. Dieterici, p. ٢٤٨). Du reste, à la tranche inférieure, on lit : الثانى من ابن جابر على الالفية. Ce manuscrit peut servir pour compléter le précédent.

Papier. Écriture Magrébine. 119 feuillets. 18 lignes par page. Sans date.

76.

Titre : الجزء الاول من التصريح بمضمون التوضيح للعلّامة خالد الازهرى «Tome premier du livre intitulé : L'exposition de ce qui est caché dans le *Tauḍîḥ*, livre par le très savant Khâlid Al-Azharî.» Or, le *Tauḍîḥ* «Élucidation» n'est autre que le commentaire sur l'*Alfiyya* d'Ibn Mâlik par Ibn Hischâm, commentaire également connu sous le nom de اوضح المسالك الى الفيّة ابن مالك et dont nous avons rencontré trois exemplaires (7, 2°; 47, 3°; 67). Nous avons donc ici le supercommentaire de Khâlid Al-Azharî, mort en 890 de l'Hégire (1485 ap. J.-Ch.), sur le commentaire d'Ibn Hischâm sur l'*Alfiyya* d'Ibn Mâlik.

Commencement : الحمد لله اللهم لتحميده ..... وبعد فيقول العبد .... خالد بن عبد الله الازهرى .... ان الشرح المشهور بالتوضيح على الفيّة ابن مالك فى علم النحو للشيخ ...... جمال الدين ابى محمد عبد الله بن يوسف بن هشام الانصارى .... فى غاية حسن الوقع عند جميع الاخوان الخ; puis le titre est redonné au fol. 2 r°.

A la fin, on lit : يتلوه الجزء الثانى من اول باب ابنية الفاعلين (éd. Dieterici, p. ٢٢٢).

Papier. Écriture Asiatique. 278 feuillets. 25 lignes par page. Sans date.

77.

Titre : شرح التوضيح للعلّامة الشيخ بدر الدين خالد الوفار. Autre exemplaire du même supercommentaire, mais celui-ci complet. Même commencement.

Papier. Écriture Asiatique très serrée. 359 feuillets. 23 lignes par page. Sans date.

78.

Titre : كتاب الجنى الدانى فى حروف المعانى تأليف الشيخ بدر الدين المرادى المعروف بابن امّ القاسم «Livre intitulé : La cueillette de ce qui est à la portée; traité des particules, par le schaikh Badr ed-Dîn Al-Mourâdî, connu sous le nom d'Ibn Oumm Ḳâsim.» Ḥâdjî Khalîfa, nº 4223. Le commentaire sur l'*Alfiyya,* du même auteur, se trouve dans les mss. 4, 12, 70—73. Cet exemplaire a été copié en 854 de l'Hégire (1450 ap. J.-Ch.) sur un exemplaire, copié lui-même sur l'autographe de l'auteur. Commencement : الحمد لله بجميع محامده الخ.

Papier. Écriture Asiatique. 89 feuillets. 24 lignes par page.

79.

Commentaire sur la لاميّة الافعال «Poëme rimant en *lâm* sur les verbes» d'Ibn Mâlik. Titre de ce commentaire (fol. 1 vº) : تحقيق المقال وتسهيل المنال فى شرح لاميّة الافعال; auteur :

ابو عبد الله محمد بن العبّاس. Nous avons rencontré un exemplaire de ce livre (ms. 16, 3°).

Au fol. 62 r°, on lit : قال مؤلّفه ...... وكان الفراغ من تخليصه من مبيضنه ...... عام ٨٥٠ ...... وكان الفراغ من نسخه من مبيضة المؤلّف .... فى .... عام ٨٥١. C'est sur cette mise au net de l'auteur qu'a été faite notre copie en 871 de l'Hégire (1466 ap. J.-Ch.).

Papier. Écriture Magrébine 62 feuillets 27 lignes par page.

80.

Gloses (حواش) sur la *Kâfiya* d'Ibn Al-Ḥâdjib. Le glossateur est nommé au fol. 1 v° ابو المفاخر شهاب الدين بن شمس الدين بن عمر الدوانى الدولتابادى ثم الهندى; il vécut sans doute au commencement du IXe siècle de l'Hégire. Ses notes sur la *Kâfiya* sont mentionnées par Ḥâdjî Khalîfa, V, p. 9. Manuscrit daté de 958 de l'Hégire (1551 ap. J.-Ch.). Commencement : نحمد الله نحو آلائه الوافيه .... وبعد وقد صنّف طبقات الادباء والكتّاب تصانيف فى علم الاعراب .... لكن الشيخ .... ابا المفاخر شهاب الدين بن شمس الدين بن عمر الدوانى الدولابادى ثم الهندى .... عمل حواشى على الرسالة المشهورة فى الاعراب لشيخ الصناعة .... ابن الحاجب الخ.

Papier. Écriture Asiatique. 116 feuillets. 25 lignes par page

81.

1° Titre : كتاب الحاشيه على الكافيه وشرحها المتوسط للسيد الجرجانى «Livre intitulé : La glose sur la *Kâfiya* et sur son commentaire moyen, par As-Sayyid Al-Djordjâni.» L'auteur du «Commentaire moyen» est nommé Rokn ed-Dîn Aṣ-Ṣabrî dans ce manuscrit, et Rokn ed-Dîn Ḥasan ibn Moḥammad Al-Astarâbâdhî Al-Ḥasanî dans Ḥâdjî Khalîfa, V, p. 7, qui connaît également les gloses d'Al-Djordjânî. Bien qu'une note insérée à la marge du fol. 1 r° démente l'exactitude du titre, elle paraît confirmée par le commencement : الحمد لله وله الكلمة العليا . . . . . . وبعد فهذا تعليق على المقدمة الموسومة بالكافية فى النحو وشرحها المتوسط للعلامة السيد ركن الدين الصبرى. A la fin, la copie est datée de 960 de l'Hégire (1279 ap. J.-Ch.).

2° (Fol. 49). Partie relative à la *Kâfiya* d'Ibn Al-Ḥâdjib des «Observations fines» de Soyoûṭî, contenues dans le manuscrit 41. Un titre spécial pour cette monographie est donné au fol. 50 r° : النكت الوافيه بايضاح مشكل الكافيه «Les observations fines qui élucident complètement les difficultés de la *Kâfiya*.» La fin manque. Commencement : الحمد لله ذى الالطاف الكافيه الخ.

3° (Fol. 68). Titre : رسالة فى علم الزايرجة وضع السبتى «Dissertation sur la science de la divination par les combinaisons de lettres; œuvre d'As-Sabtî.» Le nom de l'auteur est donné plus complètement dans Ḥâdjî Khalîfa, n° 6785; c'est ابو العبّاس احمد السبتى الخزرجى. Commencement : اعلم ارشدك الله ان من الالف الى الطاء نسبة الخ.

Papier. Écriture Asiatique. 80 feuillets. En moyenne, 19 lignes par page. 2° et 3° sans date.

82.

Commentaire sur la *Kâfiya* d'Ibn Al-Ḥâdjib. Le commentaire porte le titre de الفوائد الضيائيّة «Les enseignements utiles pour Ḍiyâ ed-Dîn.» C'est pour son fils Ḍiyâ ed-Dîn, en effet, qu'il fut composé par le célèbre poète Persan Djâmî المولى عبد الرحمن بن احمد نور الدين الجامى, mort en 898 de l'Hégire (1492 ap. J.-Ch.). Cf. Ḥâdjî Khalîfa, V, p. 10. Copie datée de 986 de l'Hégire (1578 ap. J.-Ch.). Ce commentaire a été imprimé à Calcutta en 1233 de l'Hégire (1817 ap. J.-Ch.), à Constantinople en 1235 (1819 ap. J.-Ch.), et à Lakhnau en 1265 (1848 ap. J.-Ch.). Commencement : الحمد لموليه والصلاة على نبيه . . . . اما بعد فهذه فوائد وافية لحل مشكلات الكافية للعلّامة . . . . ابن الحاجب . . . . نظمتها فى سلك التقرير وسمط التحرير للولد العزيز ضياء الدين يوسف . . . . وسمّيتها بالفوائد الضيائيّة الخ.

Papier. Écriture Asiatique. 134 feuillets. 23 lignes par page.

83.

1° كتاب اسرار العربيّة «Livre intitulé : Les secrets de la langue arabe.» Ainsi est donné le titre au commencement, et aussi dans la suscription (fol. 112 r°). L'auteur est nommé en tête كمال الدين ابو البركات بن ابى سعيد بن الانبارى; c'est un éclectique, ayant emprunté tant à l'école de Baṣra qu'à l'école de Koûfa, mort en 577 de l'Hégire (1181 ap. J.-Ch.). Ḥâdjî Khalîfa, n° 654. Voir un autre exemplaire ms. 193, et un autre ouvrage du même auteur ms. 119. Commencement : الحمد لله كاشف الغطا ومانح العطا . . . . . فقد ذكرت فى هذا الكتاب الموسوم باسرار العربيّة كثيرا من مذاهب النحويين المتقدمين والمتأخرين من البصريين والكوفيين الخ.

2° (Fol. 115). Titre : كتاب الدرّة النحويه فى شرح الجروميه «Livre intitulé : La perle grammaticale; commentaire sur l'*Adjourroûmiyya.*» L'auteur de ce commentaire sur l'Introduction à la grammaire d'Ibn Adjourroûm est nommé au fol. 115 v° محمد بن احمد بن يعلى الحسنى. A la fin, la date de la copie est peu claire; je lis avec Casiri 678 de l'Hégire (1279 ap. J.-Ch.), mais sans ôser garantir la justesse de notre lecture. Commencement : الحمد لله ربّ العالمين الخ.

Papier. Écriture Magrébine. 173 feuillets. 19 lignes par page.

84.

Sur le titre, on lit seulement چارپردى «Dschârpardî.» C'est en effet le commentaire sur la *Schâfiya* d'Ibn Al-Ḥâdjib de فخر الملة والدين احمد بن الحسن الجارپردى. D'autres exemplaires se trouvent dans les mss. 19 et 157. Copie faite avant 998 de l'Hégire (1589 ap. J.-Ch.), année où une copie a été faite sur celle-ci. Commencement : نحمدك من بيده الخير والجود الخ.

Papier. Écriture Asiatique. 167 feuillets. 19 lignes par page.

85.

Titre : هذه حاشية الملا صادق الكيلانى على كافية ابن الحاجب فى علم النحو «Ceci est la glose du Maulâ Ṣâdiḳ Al-Kîlânî sur la *Kâfiya*, ouvrage grammatical d'Ibn Al-Ḥâdjib.» D'après la préface, cette glose ne se rapporte pas directement à la *Kâfiya*, mais au commentaire dont elle a été l'objet de la part d'Al-Baiḍâwî. Or, Ḥâdjî Khalîfa, V, p. 13 (cf. *ibid.*, p. 306), cite parmi les commentateurs de la *Kâfiya* Nâṣir ed-Dîn ʿAbd Allâh Al-Baiḍâwî, mort en 685 de l'Hégire (1286 ap. J.-Ch.). Le supercommentaire d'Al-Kîlânî fut terminé en 961 (1553 ap. J.-Ch.); notre copie n'est point datée; mais elle est antérieure à 985 (1577 ap. J.-Ch.), date inscrite au fol. 1 r° de la main du fils de l'auteur محمود بن مؤلفه الصادق, alors que celui-ci vivait encore. Commencement : نحمدك كل الحمد على ما الهمتنى من حب ما تحب .... اما بعد فيقول ..... الصادق الكيلانى المسعودى الخ.

Papier. Écriture Asiatique. 140 feuillets. 23 lignes par page.

86.

1° Commentaire sur la *Schâfiya* d'Ibn Al-Ḥâdjib, par ابو الحسن على الكيلانى الشافعى. Copie datée de 977 de l'Hégire (1569 ap. J.-Ch.). Commencement : اعلم ايّها المتعلم ان التصريف اى هذا اللفظ معناه الخ.

2° (Fol. 35). Commentaire sur une partie de l'*Alfiyya* d'Ibn Mâlik, à partir du chapitre intitulé جمع التكسير (éd. de Dieterici, p. ٣٢٩). Commencement: .... اما بعد حمد الله عز وجل فلمّا صرفت الهمّة الى شرح تصريف الخلاصة الخ.

3° (Fol. 90 v°). Traité intitulé ايجاز التعريف فى علم التصريف «Enseignement abrégé sur la science des flexions». L'auteur n'est point nommé; d'après Ḥâdjî Khalîfa, n° 1522, c'est Ibn Mâlik. Commencement : اما بعد حمد الله الذى لا ردّ لكلمته ولا حدّ لعظمته الخ. La fin manque.

4° (Fol. 113 v°). Poème sur la conjugaison. C'est le traité en vers que Ḥâdjî Khalîfa (n° 9506) et l'auteur du commentaire contenu dans notre manuscrit (5°) nomment قصيدة كافيّة «Poème rimant en *kâf*». Premier vers :

اقول وفى فريضى ما كفاكا   فخذ ما فيه تحويه مُناكَا

5° (Fol. 116 v°). Commentaire composé en 884 de l'Hégire (1479 ap. J.-Ch.) sur le poème précédent. C'est sans doute le commentaire de Soyoûṭî; cf. Ḥâdjî Khalîfa, IV, p. 551. Commencement : هذا تعليق لطيف املّيته على القصيدة الكافيّة فى التصريف الخ.

6° (Fol. 127 v°). Ouvrage composé par Ibn Hischâm Al-Anṣârî, où il essaye de résoudre certaines questions grammaticales relatives à des passages difficiles du Coran. Cet opuscule a été rédigé en 747 de l'Hégire (1346 ap. J.-Ch.), par l'auteur des trois ouvrages contenus dans le manuscrit 47. Commencement : قال الشيخ الامام جمال الدين عبد الله بن هشام الانصارى الحنبلى اما بعد حمد الله على افضاله الخ.

Papier. Écriture Asiatique. 134 feuillets. 29 lignes par page dans 1°; 27 partout ailleurs. La date 977 ne s'applique qu'à 1°; le reste sans date.

87.

Commentaire de Nadjm ed-Dîn Saʿîd sur la *Kâfiya* et sur le commentaire dont elle a été l'objet de la part de son auteur, Ibn Al-Ḥâdjib. A la tranche inférieure, on lit : هذا نجم السعيد فى شرح الكافيه للسعيد «Ceci est l'étoile du bienheureux; le commentaire de Saʿîd sur la *Kâfiya.*» Cet ouvrage très étendu est mentionné par Ḥâdjî Khalîfa, V, p. 9. Copie datée de 774 de l'Hégire (1372 ap. J.-Ch.). Commencement : الحمد لله الذى دعا الى كلمة الحق بانعامه الخ.

Papier. Écriture Asiatique. 339 feuillets. 21 lignes par page.

88.

Commentaire sur l'*Adjourroûmiyya,* par محمد بن احمد بن يعلى الحسنى. C'est le commentaire intitulé : الدرّة النحوية فى شرح

الجرومية qui se trouve dans le manuscrit 83, 2°. D'après une note au fol. 1 v°, l'auteur serait né à Fez en 672 de l'Hégire (1273 ap. J.-Ch.), et y serait mort en 723 (1323 ap. J.-Ch.).

Papier. Écriture Magrébine. 38 feuillets. 25 lignes par page. Sans date.

89.

Titre : الجزء الاول من شرح الكافية تأليف . . . . . عز الدين عبد العزيز بن جمعه بن زيد النحوى الموصلى «Volume I du commentaire sur la *Kâfiya*, qu'a composé ʿIzz ed-Dîn ʿAbd el-ʿAzîz Ibn Djoumʿa ibn Zaid, le grammairien de Mauṣoul.» C'est du même auteur que nous avons rencontré (ms. 9) un commentaire sur l'*Alfiyya* d'Ibn Mouʿṭ. Commencement : الحمد لله الازلى المنان الابدى الديان الخ.

Papier. Écriture Asiatique. 272 feuillets. 15 lignes par page. Sans date. Manuscrit du VIIIe siècle de l'Hégire.

90.

Titre : الجزء الثانى من شرح الكافية تأليف . . . . . . عز الدين عبد العزيز بن جمعه بن زيد النحوى الموصلى . . . . المعروف بابن القوّاس Second volume du même exemplaire. Ici, au nom de l'auteur, est ajouté le surnom, sous lequel il est surtout connu : Ibn Al-Ḳawwâs. La composition de ce commentaire fut terminée à Bagdâd en 694 de l'Hégire (1294 ap. J.-Ch.).

Papier. Écriture Asiatique. 270 feuillets. 16 lignes par page. Sans date. Manuscrit du VIIIe siècle de l'Hegire.

91.

Commentaire sur la *Kâfiya* d'Ibn Al-Ḥâdjib par Raḍî ed-Dîn. A la tranche inférieure, on lit : شرح الحاجبية للرضى. Nous avons déjà rencontré deux exemplaires de ce commentaire (mss. 3 et 18). Copie datée de 1002 de l'Hégire (1593 ap. J.-Ch.). Commencement comme au ms. 18.

Papier. Écriture Asiatique. 472 feuillets. 31 lignes par page.

92.

1° Titre : كتاب شرح الاجرومية للشيخ ..... خالد بن عبد الله ابن ابى بكر الازهرى «Commentaire sur l'*Adjourroûmiyya*, par le schaikh ...... Khâlid ibn ʿAbd Allâh ibn Abî Bakr Al-Azharî.» L'auteur a terminé son commentaire, et écrit sans doute de sa main cet exemplaire en 887 de l'Hégire (1482 ap. J.-Ch.). Il se nomme lui-même : مؤلفه رضى الله عنه. Ce commentaire a été imprimé à Boûlâḳ en 1259 de l'Hégire (1843 ap. J.-Ch.), et entre autres de nouveau à Boûlâḳ en 1290 (1874 ap. J.-Ch.). Commencement : الحمد لله رافع مقام المنصبين الخ.

2° (Fol. 41 v°). L'*Alfiyya* d'Ibn Mâlik. Copie datée de 1004 de l'Hégire (1595 ap. J.-Ch.). Elle a été publiée, avec un commentaire français, par Silvestre de Sacy (Paris, London, 1833, in-8).

3° (Fol. 75 r°). Titre : هذا كتاب العوامل الكبرى *(sic)* فى النحو للشيخ ..... عبد القاهر الجرجانى «Ceci est le grand traité des régents grammaticaux, par le schaikh .....ʿAbd al-Ḳâhir

Al-Djordjânî.» Un autre exemplaire des «Cents régents» se trouve dans le ms. 6, 1°; nous en rencontrerons encore beaucoup d'autres.

Papier Écriture Asiatique. 86 feuillets. En moyenne, 21 lignes par page.

93.

Titre : شرح الجرومية لابى الحسن الشاذلى المالكى وهو الشرح الكبير المسمّى بالكواكب الضوئية «Commentaire sur l'*Adjourroûmiyya*, par Aboû 'l-Ḥasan Asch-Schâdhilî Al-Mâlikî, et c'est le grand commentaire intitulé Les étoiles brillantes.» C'est le plus étendu des deux commentaires composés par Aboû 'l-Ḥasan Moḥammad ibn ʿAlî Asch-Schâdhilî au commencement du Xe siècle de l'Hégire. Commencement : اعلم انه لمّا كان من اجلّ العلوم واشرفها علم العربيّة الخ.

Papier. Écriture Asiatique. 79 feuillets. 23 lignes par page. Sans date.

94.

Commentaire sur la *Kâfiya* d'Ibn Al-Ḥâdjib. Une main plus moderne a ajouté en tête : هذا الشرح شرح الكافية فى علم النحو المسمّى بكبير *(sic)* «C'est le commentaire, commentaire sur le traité grammatical, intitulé la *Kâfiya*, commentaire connu sous le nom du grand.» C'est le plus grand des trois commentaires composés par Rokn ed-Dîn Ḥasan ibn Moḥammad Al-Astarâbâdhî Al-Ḥasanî, mort en 717 de l'Hégire (1316 ap. J.-Ch.); et c'est, je crois, de la main même de l'auteur que cet exemplaire a été écrit en 683 de l'Hégire (1284 ap. J.-Ch.). Commencement : اما بعد حمد الله المنفرد بالعزة والجبروت الخ.

Papier Écriture Asiatique. 121 feuillets. 30 lignes par page

95.

Titre : شرح المتوسط شرح الكافيه لركن الدين «Commentaire moyen, commentaire sur la *Kâfiya,* par Rokn ed-Dîn.» Ce commentaire, intitulé الوافية فى شرح الكافة «L'ouvrage complet; commentaire sur la *Kâfiya*», est du même auteur que le «grand» commentaire du ms. 94, et a été composé après celui-ci. Une «glose» sur le «Commentaire moyen» se trouve dans le ms. 81, 1°. Commencement : احمد الله على عظمة جلاله الخ.

Papier. Écriture Asiatique. 207 feuillets. 17 lignes par page. Sans date.

96.

Autre exemplaire du Commentaire moyen de Rokn ed-Dîn sur la *Kâfiya* d'Ibn Al-Ḥâdjib. Copie datée de 992 de l'Hégire (1584 ap. J.-Ch.).

Papier. Écriture Asiatique. 246 feuillets. 13 lignes par page.

97.

Titre : كتاب مغنى اللبيب عن كتب الاعاريب C'est l'ouvrage de جمال الدين ابو عبد الله محمد بن هشام الانصارى, qui se trouve dans le ms. 48, et dont les mss. 49—51 renferment des commentaires. D'après la suscription, nous n'avons ici que la première moitié; en effet, le manuscrit, daté de 833 de l'Hégire (1429 ap. J.-Ch.), ne contient que le premier chapitre en entier.

Papier. Écriture Magrébine. 119 feuillets. 23 lignes par page.

98.

Autre manuscrit du même ouvrage. Le commencement fait défaut; dans la suscription, l'auteur est nommé : سراج الدين ابو محمد عبد الله بن يوسف بن احمد بن عبد الله بن هشام الانصارى نسبا الحضرمى بلدا الحنبلى مذهبا. Manuscrit daté de 752 de l'Hégire (1351 ap. J.-Ch.).

Papier. Écriture Magrébine. 180 feuillets. 25 lignes par page.

99.

Titre : كتاب المدخل الى تقويم اللسان وتعليم البيان مما عُنى بجمعه وتأليفه الفقيه . . . . . . ابو عبد الله محمد بن احمد بن هشام اللخمى رواية الفقيه . . . . . . ابى عبد الله محمد بن حسن بن عطية عنه رواية على بن محمد بن على بن محمد بن يحيى الغافقى المعروف بابن الشارى عنه «Livre intitulé : L'introduction au relèvement du langage et à l'enseignement de l'art de l'exposition; matériaux recueillis et coordonnés par le jurisconsulte . . . . Aboû ʿAbd Allâh Moḥammad ibn Aḥmad Ibn Hischâm Al-Lakhmî. Éditeurs en son nom : Aboû ʿAbd Allâh Moḥammad ibn Ḥasan ibn ʿAṭiyya et ʿAlî ibn Moḥammad ibn ʿAlî ibn Moḥammad ibn Yaḥyâ Al-Gâfiḳî, connu sous le nom d'Ibn Asch-Schârî.» Malgré la différence des deux titres, c'est le même ouvrage sur les fautes du vulgaire qui se trouve dans le manuscrit 46. L'auteur, qu'il ne faut pas confondre avec l'Ibn Hischâm des mss. 97, 98 et 100, etc., mourut vers 570 de l'Hégire (1174 ap. J.-Ch.). La copie a été faite par le second des éditeurs mentionnés dans le titre : على بن محمد بن على الشارى en 607 de l'Hégire (1210 ap. J.-Ch.).

Papier. Écriture Magrébine. 92 feuillets. 23 lignes par page.

100.

Ce manuscrit ne portait point de titre; on a ajouté (fol. 1 v°)
le titre suivant, qui est exact : ...... حاشية الشيخ ناصر الدين
اللقانى على توضيح بن (sic) هشام « Glose du schaikh Nâṣir ed-Dîn
Al-Loḳânî sur le *Tauḍîḥ* ou Élucidation d'Ibn Hischâm. » Or,
le *Tauḍîḥ* n'est qu'un autre nom du commentaire sur l'*Alfiyya* d'Ibn Mâlik, qu'a composé Djamâl ed-Dîn Aboû Moḥammad ʿAbd Allâh ibn Yoûsouf, dit Ibn Hischâm, et auquel
il avait donné lui-même le titre de اوضح المسالك الى الفيّة ابن مالك
(cf. mss. 7, 2°; 47, 3°; 67). Plus tard, ce commentaire devint tellement répandu qu'on l'appela *At-Tauḍîḥ*, ce qui
signifie « L'élucidation » par excellence. Cette désignation
plus moderne a été remarquée dans les titres des mss. 76
et 77. Nous avons ici la glose de Nâṣir ed-Dîn Al-Loḳânî
le Mâlikite dans un exemplaire copié en 976 de l'Hégire
(1568 ap. J.-Ch.) d'après l'autographe de l'auteur, comme
il ressort de la suscription : .... انهى ..... بخطّ سيدنا
ناصر الدين اللقانى المالكى ...... من حواشى التوضيح للعلامة ابن هشام.
Commencement : قوله الكلام بهذه الحصور اى هذا اللفظ بدليل قوله
عبارة الخ. Dans un autre exemplaire (ms. 113, 2°), le commencement est quelque peu différent.

Papier. Écriture Asiatique. 70 feuillets. 29 lignes par page.

101.

1° Commentaire anonyme sur la préface (ديباجة) de المصباح
فى النحو « Le flambeau grammatical » de l'imâm Nâṣir ibn
ʿAbd As-Sayyid Al-Moṭarrizî, mort en 610 de l'Hégire

(1213 ap. J.-Ch.). L'auteur de ce commentaire était déjà inconnu à Ḥâdjî Khalîfa (V, p. 584). Manuscrit daté de 957 de l'Hégire (1550 ap. J.-Ch.). Commencement : الحمد لله الذى لا يبلغ كنهه جاد . . . . اما بعد فهذه اوراق لاعراب ديباجة المصباح من فوائد غرائب المصباح الخ.

2° (Fol. 49). Le traité grammatical de Djamâl ed-Dîn Ibn Hischâm, intitulé : الاعراب عن قواعد الاعراب «Explication des lois de la déclinaison.» Ḥâdjî Khalîfa, n° 929. Ce traité a été entièrement publié, traduit et annoté par M. Silvestre de Sacy dans son *Anthologie grammaticale arabe*, p. ٧٣—٩٣ du texte; p. 155—223 de la traduction. Commencement : هذه فوائد جليلة فى قواعد الاعراب الخ.

3° (Fol. 92). Commentaire sur le traité précédent. Commencement : اعلم ان الشيخ رضى الله عنه لم يصدر رسالته بالحمد كما فعله غيره الخ.

Papier. Écriture Asiatique. 157 feuillets. 1° 9 lignes; 2° 7 lignes; 3° 21 lignes par page. 2° et 3° sans date.

102.

1° Commentaire de Mas'oûd ibn 'Omar At-Taftâzânî sur le traité de 'Izz ed-Dîn Az-Zandjânî intitulé : العزى فى التصريف «Le traité de 'Izz ed-Dîn sur la théorie des flexions.» Ce commentaire a été terminé en 737 de l'Hégire (1336 ap. J.-Ch.) d'après Ḥâdjî Khalîfa, IV, p. 208; en 738 (1337 ap. J.-Ch.) d'après le manuscrit 139, 3°. Copie datée de 990 de l'Hégire (1582 ap. J.-Ch.). Commencement : إنّ اروى زهرٍ يخرج فى رياض الكلام من الاكام . . . . . . فيقول . . . . مسعود

ابن عمر القاضى التفتازانى . . . . . لمّا كان مختصر التصريف الذى صنّفه . . . .
عز الملة والدين الزنجانى . . . . . . سنح لى ان اشرحه الخ.

2° (Fol. 37). Au fol. 37 r° se trouve pour le reste du manuscrit un titre général, ainsi conçu : مجموع مبارك يشتمل على متن الرحبية وشرحها للعلامة سبط الماردينى وشرح الورقات للعلامة جلال الدين المحلّى وشرح الورقات ايضا للعلامة الحطّاب المالكى وشرح الجرومية للعلامة البحيرى. Puis vient un traité en vers *radjaz* sur la famille, sur les héritages, etc. Ce traité est nommé dans Ḥâdjî Khalîfa, n° 8982 : فرائض الرحبية «Traité des héritages, connu sous le nom d'*Ar-Raḥbiyya.*»

Premier vers : اول ما نستفتح المقالا بذكر حمد ربّنا تعالى
Dernier vers : وصحبه الافاضل الاخيار الصّفوة الأماثل الابرار

3° (Fol. 44 v°). Commentaire sur le poëme précédent, par Moḥammad ibn Badr ed-Dîn Sibṭ Al-Mâridînî, mort en 934 de l'Hégire (1527 ap. J.-Ch.). Commencement : الحمد لله رب العالمين والعاقبة للمتقين . . . . . . فهذا شرح لطيف مختصر على المقدمة الرحبية فى الفرائض نافع ان شاء الله الخ.

4° (Fol. 62 v°). «Feuillets» (ورقات) sur les principes du droit musulman. L'auteur est nommé en tête du commentaire, qui suit immédiatement (fol. 64 r°) : ابو المعالى عبد الملك بن الشيخ ابى محمد عبد الله بن يوسف بن محمد الجوينى. D'après une note, qui se trouve au même endroit, cet écrivain, surnommé : امام الحرمين «l'imâm des deux villes saintes», naquit en 419 de l'Hégire (1028 ap. J.-Ch.) et mourut en 478 (1085 ap. J.-Ch.). Au texte écrit à l'encre rouge est joint un très court commentaire, dont l'auteur paraît être Djalâl ed-Dîn Aboû ʿAbd Allâh Moḥammad ibn Aḥmad Al-Maḥallî Asch-Schâfiʿî, mort en 864 de l'Hégire (1459 ap. J.-Ch.). Commencement : هذه ورقات قليلة تشتمل على معرفة فصول من اصول الفقه الخ.

5° (Fol. 64 r°). Commentaire sur le texte et le commentaire qui précèdent. En effet, l'auteur Aboû ʿAbd Allâh Moḥammad ibn . . . . . Moḥammad Al-Ḥaṭṭâb le Mâlikite, dit qu'il s'est proposé d'écrire : شرحا للورقات وللشرح المذكور ; ce travail, il l'a intitulé : قرة العين لشرح ورقات امام الحرمين «Le rafraîchissement de l'œil; commentaire sur les Feuillets de l'*imâm* des deux villes saintes.» Manuscrit daté de 981 de l'Hégire (1573 ap. J.-Ch.); le commentaire est de 953 (1546 ap. J.-Ch.). Voir ms. 521, 6°.

6° (Fol. 85 v°). Commentaire sur l'*Adjourroûmiyya*. L'auteur est nommé au fol. 85 v° : برهان الدين مفتى المسلمين ابو اسحاق ابراهيم البحيرى المالكى الازهرى ; il mourut en 916 de l'Hégire (1510 ap. J.-Ch.). Commencement : هذا شرح على المقدمة الجرومية الخ.

Papier. Écriture Asiatique. 149 feuillets. 1° 23 lignes; 2° 15 lignes; 3° 26 lignes; 4° et 5° 27 lignes; 6° 21 lignes par page. 2°, 3° et 6° sans date.

103.

Titre d'une main plus moderne en tête : حاشية اللقانى على شرح التصريف للتفتازانى «Glose d'Al-Loḳânî sur le commentaire relatif aux flexions d'At-Taftâzânî.» Or, ce commentaire est celui de Masʿoûd ibn ʿOmar At-Taftâzânî sur le traité de ʿIzz ed-Dîn Az-Zandjânî relatif aux flexions (102, 1°; 139, 3°). Quant à l'auteur de la Glose, c'est Nâṣir ed-Dîn Al-Loḳânî, dont une autre glose se trouve dans le ms. 100. L'auteur termina son œuvre en 924 de l'Hégire (1518 ap.

J.-Ch.); le copiste sa tâche en 994 (1585 ap. J.-Ch.). L'exemplaire autographe de 924 de l'Hégire est le manuscrit 183. Commencement : اما بعد حمد الله والصلاة والسلام على رسول الله فهذه حواش على مواضع من شرح تصريف العزّى للعلامة التفتازانى الخ.

Papier. Écriture Asiatique. 71 feuillets. 21 lignes par page.

104.

Commentaire sur un traité de grammaire, écrit du vivant de l'auteur, auquel est souhaitée longue vie (ابقاه الله 5 r° et *passim*). Le premier feuillet manque. A la fin (fol. 233 r°), on lit : قال المصنّف ابقاه الله تعالى ...... وهذا اخر ما اردت وضعه على هذه المقدّمة المباركة .... تم الكتاب .... تأليف ...... ابى عبد الله محمد شمس الدين .... مزيد نجل الشيخ ...... ابى المناقب سيف الدين ابى بكر بن ايدغدى الحنفى الشهير بابن الجندى. Le père de notre auteur est cité dans Ḥâdjî Khalîfa (II, p. 52), qui assigne à sa mort la date de 769 de l'Hégire (1367 ap. J.-Ch.).

Quel est le traité de grammaire commenté? C'est ce qu'il ne m'a pas été possible de déterminer. Voici quelques mots du premier chapitre; ils serviront peut-être à constater l'identité avec quelque autre manuscrit, muni d'indications plus précises : الكلمة قول مفرد وهى اسم وفعل وحرف وهو ضربان معرب وهو ما يتغير اخره بسبب ما يدخل عليه من العوامل ومبنّى وهو بخلافه. Le chapitre qui termine l'ouvrage est intitulé : باب الوقف. Les derniers mots du texte commenté sont : والاسم بالتثنية كفتيين وعصوين.

Il y a quelque désordre dans le manuscrit. La copie très soignée est datée de 831 de l'Hégire (1427 ap. J.-Ch.). Elle doit être peu postérieure à la composition. L'exemplaire a été rogné il y a plus de dix ans; sans cela, la tranche nous révèlerait sans doute ce que l'absence du premier feuillet nous cache.

Papier. Écriture Asiatique. 233 feuillets. 21 lignes par page.

105.

Titre : كتاب همع الهوامع فى شرح جمع الجوامع فى العربية تأليف...... الجلال السيوطى...... Texte et commentaire sont de Soyoûṭî; nous avons rencontré précédemment deux autres exemplaires (mss. 38 et 39); celui-ci a été copié au Caire sur l'autographe de l'auteur, quatre ans après sa mort, en 915 de l'Hégire (1509 ap. J.-Ch.).

Papier. Écriture Asiatique. 165 feuillets. 33 lignes par page.

106.

Titre : الجزء الثانى من همع الهوامع على جمع الجوامع تأليف الجلال السيوطى الشافعى. Second volume d'un autre exemplaire du même livre. Copie datée de 1002 de l'Hégire (1595 ap. J.-Ch.). Commencement : الكتاب الثالث فى المجرورات وما يعمل عليها من المجزومات الخ.

Papier. Écriture Asiatique. 202 feuillets. 25 lignes par page.

107.

1° Traité grammatical de Soyoûṭî intitulé : الاقتراح فى علم اصول النحو «L'improvisation au sujet des principes de la syntaxe.» Le but, que se propose dans ce livre le célèbre polygraphe, est clairement marqué dans le commencement suivant : يقول . . . . . . عبد الرحمن بن ابى بكر السيوطى الحمد لله الذى ارشدنا لابتكار هذا النمط وتفضّل بالعفو عما صدر عن العبد . . . . . . وهو اصول النحو الذى هو بالنسبة الى النحو كاصول الفقه بالنسبة الى الفقه . . . . . وقد سمّيته بالاقتراح فى علم اصول النحو الخ. Autre exemplaire, ms. 186, 1°.

2° (Fol. 64 v°). Dans un titre collectif, qui se trouve au fol. 1 r°, on rencontre le titre particulier de ce petit commentaire sur trois vers de l'*Alfiyya* d'Ibn Mâlik. Cet opuscule est appelé : تأصيل البُنا فى تعليل البِنا «L'enracinement de la construction; causes qui rendent le mot invariable.» Les vers commentés sont 15—17. Le commentateur, d'après notre manuscrit, était عبيد الله محمد بن عبد الله الزركشى الشافعى; il vivait dans la seconde moitié du VIIIe siècle de l'Hégire, comme on le verra par le manuscrit 138.

3° (Fol. 91 v°). Titre : كتاب الشافية فى التصريف لابن الحاجب «La *Schâfiya* sur les flexions, par Ibn Al-Ḥâdjib.» Voir pour plus de détails ce que nous avons dit à propos du manuscrit 158, 2°.

4° (Fol. 117 v°). Petit traité de l'orthographe arabe. Commencement : الخطّ تصوير اللفظ بحروف هجائه (sic) الّا اسماء الحروف اذا قصد المسمى نحو قولك آكتب جيم عين فا را فانما هذه الصورة جعفر الخ.

5° (Fol. 120 v°). Titre : كتاب نيل العُلا فى العطف بلا للامام السُّبكى «Livre intitulé : L'art d'atteindre les hauteurs dans l'emploi de la particule *lâ*, par l'imâm As-Sobkî.» Le nom plus complet de l'auteur est تقى الدين على بن عبد الكافى السبكى, mort en 756 de l'Hégire (1355 ap. J.-Ch.). C'est une courte monographie sur la négation لا; voici du reste le commencement : سالت اكرمك الله عن قام رجل لا زيد هل يصح هذا التركيب الخ.

6° (Fol. 128 v°). Titre emprunté au titre général (fol. 1 r°): كتاب المختار فى مسألة الكحل لعلامة العصر محي الدين الكافيجي الحنفى «Livre intitulé : Le préféré, sur la question du collyre, par le savant de son temps Moḥyî ed-Dîn Al-Kâfiyadjî le Ḥanéfite.» Cet opuscule a été terminé par son auteur en 874 de l'Hégire (1468 ap. J.-Ch.), comme il ressort de la souscription (fol. 130 r°) : قال مؤلفه رحمه الله قاله وكتبه محمد بن سليمان الكافيجي الحنفى . . . . وذلك . . . . سنة ٨٧٤. Commencement : الحمد لله الذى بعث رسوله بالمعجزات الخ.

7° (Fol. 130 v°). Titre : كتاب رمز الاسرار فى مسألة الكحل لعلامة العصر وفريد الدهر محي الدين الكافيجي الحنفى «Livre intitulé : L'allusion par signes aux secrets sur la question du collyre, par le grand savant de son époque, l'unique dans son temps, Moḥyî ed-Dîn Al-Kâfiyadjî le Ḥanéfite.» Également daté, ainsi que le suivant, de 874 de l'Hégire (1469 ap. J.-Ch.). Commencement : الحمد لله على جزيل نواله الخ.

8° (Fol. 131 v°). Titre : كتاب نزهة المغرب والمشرق لعلامة الزمان المحقق محي الدين الكافيجي الحنفى «Livre intitulé : Délices de l'Occident et de l'Orient, par le grand savant de son époque, celui qui fait autorité, Moḥyî ed-Dîn Al-Kâfiyadjî le Ḥanéfite.» C'est une série de questions et de réponses sur les sciences occultes. Commencement : هذا كتاب يشتمل على سؤال وجواب تبصرة وذكرى لاولى الالباب الخ.

9° (Fol. 134 v°). Dissertation sur la nécessité de donner

le pouvoir au plus digne. Commencement : الحمد لوليّه والصلوة على نبيّه وبعد فهذه رسالة معمولة فى تحقيق التغليب الخ.

Papier. Écriture Asiatique. 141 feuillets. En moyenne, 21 lignes par page. Sans date.

108.

1° Traité des propositions grammaticales (الجمل فى النحو), par Aboû 'l-Ḳâsim ʿAbd er-Raḥmân ibn Isḥâḳ Az-Zadjdjâdjî. Cf. ms. 30, 1°. Copie datée de 916 de l'Hégire (1510 ap. J.-Ch.).

2° (Fol. 98). Commentaire anonyme sur l'*Adjourroûmiyya*. Commencement : الحمد لله الذى نوّر قلوبنا بمعرفة الادب الخ.

Papier Écriture Magrébine. 127 feuillets. 20 lignes par page. 2° sans date.

109.

Titre : هذا تقييد على بعض جمل ابى القاسم الزجّاجى للاستاذ الامام ابى سعيد فرج بن قاسم بن لُبّ «Ceci est un complément à quelques-unes des propositions grammaticales d'Aboû 'l-Ḳâsim Az-Zadjdjâdjî, par le maître, l'imâm Aboû Saʿîd Faradj ibn Ḳâsim ibn Loubb.» Le nom de l'auteur est reproduit au fol. 1 v° avec addition à la fin de التغلبى; je ne sais à quelle époque il a vécu. Commencement : الكلام هو اللفظ المركّب وجودا او تقديرا الخ.

Papier. Écriture Magrébine. 180 feuillets. 23 lignes par page. Sans date.

110.

Titre : السفر الثانى من كتاب الملخّص فى النحو مما عُنى بجمعه وتأليفه .... ابو الحسين بن ابى الربيع القرشى «Volume II de l'ouvrage intitulé : Abrégé de la syntaxe; matériaux réunis et coordonnés par . . . . . . Aboû 'l-Ḥosain ibn Abî 'r-Rabî 'Al-Ḳoraschî.» Le nom de l'auteur est donné plus complètement dans la souscription : ابو الحسين عبيد الله بن احمد بن ابى الربيع القرشى اطال الله بقاءه. De la teneur de cette note, il résulte que le manuscrit a été écrit du vivant de l'auteur; or, il est daté de 683 de l'Hégire (1284 ap. J.-Ch.). A la marge, un certain nombre de corrections, provenant d'une lecture faite à l'auteur par محمد بن عباد بن محمد بن حيّان القرشى المخزومى, qui a écrit cet exemplaire et l'a soumis à son approbation. L'auteur, qui était de Séville, mourut en 688 de l'Hégire (1289 ap. J.-Ch.). Cf. Ḥâdjî Khalîfa, n° 12285. Commencement de ce volume : باب الجرّ الجرّ لا يكون الا بالاضافة الخ.

Papier. Écriture Magrébine. 119 feuillets. 21 lignes par page.

111.

Titre : كتاب تفسير المشكل من كتاب المقتضب صنعة ابى العباس محمد ابن يزيد المبرّد رحمه الله تعالى مما عُنى بشرحه الشيخ الامام سعيد بن سعيد الفارقى رحمه الله تعالى «Livre intitulé : L'explication des difficultés que présente Le livre de l'improvisation d'Aboû 'l-'Abbâs Moḥammad ibn Yazîd Al-Moubarrad . . . . commentaire, par le schaikh, l'imâm Sa'îd ibn Sa'îd Al-Fâriḳî . . . . . .» L'auteur du commentaire mourut en 391 de l'Hégire (1000 ap. J.-Ch.); l'auteur bien connu du texte, Al-Moubarrad, dont nous trouverons le *Kâmil* au manuscrit 221, mourut en 285 (898 ap. J.-Ch.). Le commentaire d'Al-Fâriḳî ne se rapporte qu'aux prolégomènes. Commencement : الحمد لله ولى كل نقمه وولى كل نعمه الخ.

Papier. Écriture Asiatique. 70 feuillets. 15 lignes par page. Sans date.

112.

Titre : سفر فيه جميع اصلاح المنطق تأليف ابى يوسف يعقوب بن اسحق السكّيت رواية ابى العباس احمد بن يحيي النحوى المعروف بثعلب وابى على اسمعيل بن القاسم القالى البغدادى رحمه الله لعبد الله بن اسمعيل بن فرج وبخطه. Autre exemplaire de l'ouvrage, contenu dans le manuscrit 29, mais sans la préface que nous avons citée. La copie, admirable de conservation et de correction, est, au fol. 1 r°, datée de 531 de l'Hégire (1136 ap. J.-Ch.).

Papier. Écriture Magrébine. 186 feuillets. 19 lignes par page.

113.

1° Titre : كتاب شرح مختصر البيضاوى للعلامة محمد البرجلى «Livre intitulé : Commentaire sur l'abrégé d'Al-Baiḍâwî par le très savant Moḥammad Al-Birdjilî.» Il s'agit de l'abrégé qu'Al-Baiḍâwî a fait de la *Kâfiya* d'Ibn Al-Ḥâdjib, abrégé qu'il a dénommé : اللبّ «La moëlle», et qui se trouve, comme première partie, dans le manuscrit 167. Le commentateur est Moḥammad ibn Pîr ʿAlî, connu sous le nom d'Al-Birdjilî, mort en 981 de l'Hégire (1573 ap. J.-Ch.). Copie datée de 995 de l'Hégire (1586 ap. J.-Ch.). Commencement : الحمد لله وسلام على عباده . . . . وبعد فلما اردت ان ادرس كتاب اللب المنسوب الى . . . . عمر القاضى البيضاوى. Commencement du texte d'Al-Baiḍâwî : الحمد لله الذى رفع الخ.

2° (Fol. 111). Glose du schaikh Nâṣir ed-Dîn Al-Loḳânî sur le *Tauḍîḥ* ou l'Élucidation d'Ibn Hischâm. Cet ouvrage a été décrit, comme manuscrit 100. Commencement un peu différent : قوله اى الكلام اى هذه الحصور اى هذا اللفظ بدليل قولـه عبارة الخ.

Papier. Écriture Asiatique. 239 feuillets. 21 lignes par page. 2° sans date.

114.

Commentaire sur l'*Alfiyya* d'Ibn Mâlik. Les premiers feuillets manquent. Faut-il chercher le nom de l'auteur dans la note suivante qui se trouve à la marge du fol. 132 v° : بخط الاستاذ الفقيه ابن الجراد فهو بخطه من غير شك? Dès lors, nous aurions un autographe, et le commentateur se nommerait Ibn Al-Djarâd, commentateur, qui devait vivre au plus tard pendant le VIIIe siècle de l'Hégire, le manuscrit non daté paraissant être de cette époque.

Papier. Écriture Magrébine. 132 feuillets. 25 lignes par page.

115.

Titre : ..... كتاب التنبيهات على ما فى التبيان من التمويهات صنعة ..... احمد بن عبد الله بن محمد بن عديرة (*sic*)[1] المخـزومى «Livre intitulé : Les avertissements au sujet des opinions fausses contenues dans le *Tibyân* ou l'Exposition; œuvre de ...... Aḥmad ibn ʿAbd Allâh ibn Moḥammad ibn ʿAdîra(?) Al-Makhzoûmî.» Le *Tibyân* est التبيان فى علم البيان, par ʿAbd el-Wâḥid ibn ʿAbd el-Karîm, connu sous le nom d'Ibn Az-Zamlakânî et mort

[1] Le ms. 223 porte : عميرة.

en 651 de l'Hégire (1253 ap. J.-Ch.). Cet ouvrage se trouve dans le manuscrit 223. Le commentateur vécut peu après l'auteur, qu'il s'occupa de réfuter, le manuscrit étant daté de 668 de l'Hégire (1269 ap. J.-Ch.). C'est un traité de rhétorique, égaré dans la grammaire. Commencement : ابتدأ الكلام فى الدلالة الافرادية وجعل القول فى ذلك فى ثلاثة ابواب الخ.

Papier. Écriture Magrébine. 69 feuillets. 15 lignes par page.

116.

Malgré le titre plus moderne, qui porte : شرح اللباب للسيد عبد الله «Commentaire sur le *Loubâb* (la Moëlle) par le maître ʿAbd Allâh», c'est-à-dire par Djamâl ed-Dîn ʿAbd Allâh ibn Moḥammad Al-Ḥosainî, nous avons ici le Commentaire sur ce même livre de Ḳotb ed-Dîn Moḥammad ibn Masʿoûd Al-Fâlî. Ce qui distingue cet exemplaire de celui dont il a été fait mention (ms. 25), c'est qu'il entre en matière sans préface d'aucune sorte. Au fol. 258 r°, il est dit que le commentaire a été terminé en 712 de l'Hégire (1312 ap. J.-Ch.) dans la ville de Schîrâz en Perse. Les quatre derniers fol. ont été ajoutés après coup. Commencement : قال .... تاج الملة والدين محمد بن محمد بن احمد بن السيفا الاسفرائنى المعروف بتاج السيفان ......احمد الله على ما تناسقت اى عطف بعضه على بعض الخ.

Papier. Écriture Asiatique. 258 feuillets. 23 lignes par page. Sans date.

117.

Titre : كتاب الضوء شرح المصباح للعلامة ..... برهان الدين المطرزى «Livre intitulé : La lumière; commentaire sur le flambeau, par le très savant..... Borhân ed-Dîn Al-Moṭarrizî.» L'auteur nommé est l'auteur du texte commenté (cf. ms. 101, 1°); le commentaire est la rédaction abrégée de Tâdj ed-Dîn Moḥammad ibn Moḥammad Al-Isfarâ'inî, connu sous le surnom d'Al-Fâḍil, l'auteur du *Loubâb* (mss. 24, 25, 116, 265). Ce commentaire a été lithographié à Lakhnow vers 1850 ap. J.-Ch. Commencement : ان احق ما يتوشح بذكره صدور الكتب الخ.

Papier. Écriture Asiatique. 131 feuillets. 15 lignes par page. Sans date.

118.

Commentaire sur la troisième partie du مفتاح العلوم «La clef des sciences», par Sa'd ed-Dîn At-Taftâzânî. Nous avons décrit un exemplaire semblable à celui-ci sous le n° 26.

Papier. Écriture Asiatique 200 feuillets. 31 lignes par page. Sans date.

119.

Titre : كتاب الانصاف فى مسائل الخلاف تأليف ..... كمال الدين عبد الرحمن بن محمد بن ابى سعيد الانبارى النحوى ..... «Livre intitulé : Le jugement juste sur les questions qui donnent lieu au désaccord, œuvre de .... Kamâl ed-Dîn 'Abd er-Raḥmân ibn Moḥammad ibn Abî Sa'îd Al-Anbârî, le grammairien.» Cet ouvrage, composé à l'université Niṭhṭhâmiyya de Bagdâd (fol. 1 v°), est consacré aux divergences entre les deux écoles grammaticales de Baṣra et de Koûfa. Nous avons rencontré plus haut l'ouvrage du même auteur intitulé : Les secrets de la langue arabe (n° 83, 1°; cf. plus loin n° 193). C'est d'après le manuscrit de Leyde (Dozy, *Catalogus*, I, p. 33) que M. Jaromir Košut a écrit sa savante monographie : *Fünf Streitfragen der Baṣrenser und Kûfenser über die Abwandlung des Nomens aus Ibn el-Anbârî's* كتاب الانصاف الخ (Wien, 1878, in-8). On y trouve, p. 6—8, une liste complète des trente-quatre œuvres de ce fécond écrivain, qui mourut en 577 de l'Hégire (1181 ap. J.-Ch.). La copie est datée de 609 (1212 ap. J.-Ch.). Commencement : الحمد لله الملك الحق المبين الخ.

Papier. Écriture Magrébine. 116 feuillets. 26 lignes par page.

120.

1° Titre : هذا كتاب فى علم العربية للعارف المحقق ابن ابى عبّاد اليمانى «Ceci est un livre sur la science de la langue arabe, par le connaisseur érudit Ibn Abî 'Abbâd le Yamanite.» Est-ce le même que l'astronome cité dans le *Fihrist*, I, p. ٢٧٩, et dans Casiri, *Bibliotheca Arabico-Escurialensis*, I, p. 403? C'est ce qu'il ne m'est point possible de décider. Commencement : الحمد لله حمدا يوجب لنا المزيد من الآئه الخ.

2° (Fol. 38). Commentaire anonyme sur la *Schâfiya* d'Ibn Al-Ḥâdjib. Copie datée de 1005 de l'Hégire (1596 ap. J.-Ch.). Commencement : فاقول لما كان من الواجب على كل طالب لشىء ان يتصور ذلك الشىء الخ.

3° (Fol. 115). Titre : كتاب اعراب الاجروميه فى علم العربيه للشيخ ...... خالد بن عبد الله بن ابى بكر الازهرى «Livre sur la partie de l'*Adjourroûmiyya* relative aux flexions, par le schaikh ..... Khâlid ibn 'Abd Allâh ibn Abî Bakr Al-Azharî.» Il ne faut pas confondre cet opuscule avec le commentaire du même auteur, dont nous avons rencontré un exemplaire autographe (ms. 92, 1°). Copie datée de 1004 de l'Hégire (1595 ap. J.-Ch.). Commencement : احمد الله تعالى على ما انعم واشكره على ما افهم الخ.

Papier. Écriture Asiatique. 135 feuillets. 19 lignes par page.

121.

1° Commentaire sur le poème en vers *radjaz* de l'imâm ʿAlî Al-Ḥarîrî *(sic)*, par ʿAlî ibn Moḥammad ibn ʿAlî Al-Ḳoraschî, connu sous le nom d'Al-Ḳalṣâdî, comme lit notre manuscrit, ou d'Al-Ḳalṣâwî, comme lit Ḥâdjî Khalîfa (cf. *Index*, n° 7101), mort en 891 de l'Hégire (1486 ap. J.-Ch.). Le poème commenté est la ملحة الاعراب «Délices de la science des flexions», par le célèbre auteur des Séances (المقامات), Aboû Moḥammad Ḳâsim ibn ʿAlî Al-Ḥarîrî, mort en 516 de l'Hégire (1122 ap. J.-Ch.). Copie datée de 874 de l'Hégire (1469 ap. J.-Ch.). Commencement : يقول عُبيد الله تعالى على بن محمد بن على القرشى الشهير بالقَلْصادى البَسْطى . . . . . الحمد لله الذى اخرج الانسان من العدم . . . . . . فالمقصود من هذا التأليف شرح ارجوزة الامام . . . . على الحريرى . . . . Premier vers du poème grammatical :

اقول من بعد افتتاح القول بحمد ذى الطول الشديد الحول.

2° (Fol. 64). Explication des vers cités comme exemples dans le كتاب الجمل «Livre des propositions grammaticales d'Aboû 'l-Ḳâsim Az-Zadjdjâdjî.» Le traité lui-même se trouve dans les ms. 30, 1°, et 108, 1°; un autre ouvrage, analogue au nôtre, remplit le manuscrit 295. Commencement : هذا كتاب قصدنا فيه ان شاء الله الى اعراب الابيات التى استشهد بها ابو القاسم الزجاجى فى كتاب الجمل الخ.

Papier. Écriture Magrébine. 121 feuillets. 1° 21 lignes; 2° 17 lignes par page. 2° sans date.

122.

1° Commentaire sur un poème relatif à l'emploi des particules. Poème et commentaire sont du même auteur, qui, dans le premier vers, se nomme ʿAbd el-Kâdir Al-Mouṭhaffirî :

باسم الاله العالم المقتدر   يقول عبد القادر المظفّرى

Titre du poème : المسفر الاسما فى مبحث الحروف والاسما «Le divulgateur des noms dans la recherche des particules et des noms»; titre du commentaire : اظهار سرّ الحروف فى وضعها على اللسان المألوف «La révélation du secret des lettres; emploi qu'en fait la langue de l'homme instruit.» Dans la souscription (fol. 12 r°), l'auteur, dont nous avons sans doute un autographe, se nomme plus complétement : قال مؤلّفه نجز تعليقا بخط مؤلّفه فقير رحمة ربه عبد القادر بن محمد بن احمد بن على المظفر ويقال مظفر بن محمد الشافعى مذهبا والحسنى مولدا والاشعرى معتقدا . . . . . فى . . . . عام ٨٩٦. La composition de cet ouvrage est donc de 896 de l'Hégire (1490 ap. J.-Ch.). Commencement : الحمد لله العالم القادر المحسن الرؤف الخ.

2° (Fol. 13). Commentaire du même auteur sur un traité de grammaire, également écrit de sa main. Voici la souscription : تمّ الكتاب المستجمع للنكاة (*sic*, lisez للنكت) اللطيفة المستودع للفوائد والعوائد الشريفة. Contient-elle le titre, comme l'a cru

Casiri? J'en doute fort, sans oser le nier formellement. Commencement du texte commenté : الكلمة لفظ وضع لمعنى مفرد وهى اسم وفعل وحرف لانها اما ان تدل على معنى فى نفسها او لا الخ; commencement du commentaire : الكلمة بدأ بذكر الكلمة والكلام لكونهما موضوعى علم النحو الخ.

Papier. Écriture Asiatique. 140 feuillets. 29 lignes par page.

123.

Second volume d'un ouvrage intitulé : اغلاطى «Livre relatif aux fautes commises», par Ṣafî ed-Dîn Al-Ḥillî. Cet auteur, qui vivait dans la première moitié du VIIIe siècle de l'Hégire, a fait école dans la littérature arabe par sa بديعية «Poème sur l'élégance du stile», qui se trouve dans le ms. 248, 2°, que son auteur a lui-même commenté (mss. 240, 2°; 390, 1°), et qui a été l'objet de nombreuses imitations (voir Ḥâdjî Khalîfa, n° 1736 et suiv.). Le livre, que nous avons ici, et dont le titre doit être vocalisé أَغْلَاطِيّ, est un dictionnaire, rangé d'après les initiales, d'observations sur les fautes que les Arabes commettent en parlant leur langue. Ce volume va depuis le س jusqu'au ى. Commencement : هذه مسائل مهمّة للصفى الحلّى ومن خطه نقلت من كتابه الموسوم باغلاطى

حرف السين المهملة

ح يقولون سارر فلان فلانا وقاصصه وحاججه وشاققه فيبرزون التضعيف كما يظهرونه فى مصادر هذه الافعال الخ.

Papier. Écriture Asiatique. 62 feuillets 25 lignes par page. Sans date Ms. du IXe siecle de l'Hégire.

124.

Titre : كتاب المُعَرَّب (sic) من الكلام الاعجمى على حروف المُعْجَم تأليف .... ابى منصور موهوب بن احمد بن محمد بن الخَضِر الجَوَالِيقى (sic) اطال الله بقاءه «Livre intitulé : Ce qui a été arabisé de la langue étrangère, disposé d'après l'ordre alphabétique, œuvre de .... Aboû Manṣoûr Mauhoûb ibn Aḥmad ibn Moḥammad ibn Al-Khaḍir *(sic)* Al-Djouwâlîḳî *(sic)*; qu'Allâh prolonge sa vie!»

C'est de cet ouvrage que le professeur Ed. Sachau a publié une excellente édition d'après le manuscrit 124 de Leyde (Dozy, *Catalogus,* I, p. 72), édition publiée à Leipzig en 1867, in-8. A cette édition, pour avoir le texte complet, il faut ajouter les suppléments publiés par M. Spitta d'après deux manuscrits du Caire; voir *Zeitschrift der deutschen morgenländischen Gesellschaft,* volume XXXIII (1879), p. 208 et suiv. — C'est de ce même dictionnaire que Freytag a tiré toutes les notes qui, dans son *Lexicon,* sont données comme empruntées au *Cod. Lugd. 124 de vocabulis peregrinis.*

Au-dessous du titre, on lit fol. 1 r° : قرأ على الشيخ الفاضل ابو العِزّ محمد بن محمد بن الخراسانى ..... هذا الكتابَ أجمعَ قراءة فَهم وتَصحيح وكتبَ موهوب بن احمد بن محمد بن الخضر .... فى سنة ٥٢٢. 522 de l'Hégire (1128 ap. J.-Ch.) est donc la date de la composition, non celle de la copie; celle-ci, faite du vivant de l'auteur, ne doit pas être beaucoup postérieure; car elle a servi à une copie nouvelle en 562 (1166 ap. J.-Ch.). Elle est d'ailleurs très soignée et entièrement vocalisée.

C'est du même auteur qu'est le Manuel des Locutions vicieuses, que j'ai publié dans les *Morgenländische Forschungen* (Leipzig, 1875, in-8).

Commencement : قرأتُ على الشيخ . . . . . ابى منصور موهوب بن احمد بن محمد بن الخَضر الجواليقى اطال الله بقاءه هذا كتاب نذكر فيه ما تكلمت به العرب من كلام الاعجمى الخ.

Papier. Écriture Asiatique 72 feuillets. 15 lignes par page. Sans date. Manuscrit du VIe siècle de l'Hégire.

125.

Titre : كتاب الايضاح والتكملة لابى على الحسن بن احمد بن عبد الغفار الفارسى النحوى «Livre intitulé : L'élucidation et le complément, par Aboû 'Alî Al-Ḥasan ibn Aḥmad ibn 'Abd el-Gaffâr Al-Fârisî le grammairien.» Autres exemplaires du même ouvrage, mss. 42 et 43, tous deux plus modernes que celui-ci, daté de 535 de l'Hégire (1140 ap. J.-Ch.).

Papier. Écriture Asiatique. 215 feuillets. De 14 à 18 lignes par page.

126.

Titre : (*sic*, lisez المصنف) كتاب حاشية ابن قاسم على ابن المصتف «Livre intitulé : Glose d'Ibn Ḳâsim sur le fils de l'auteur.» C'est la collection des gloses que, dans la seconde moitié du Xe siècle de l'Hégire, Schihâb ed-Dîn Aḥmad Ibn Ḳâsim Al-'Abbâdî a ajoutées au commentaire que le fils d'Ibn Mâlik (voir mss. 16, 1°; 139, 2°, etc.) a écrit sur l'*Alfiyya* de son père. Commencement : قوله واحده (*sic*) كلة وهى على ثلاثة اقسام فيه بحث لان قضيته ان الكلمة التى هى واحد الكلم الخ.

Papier. Écriture Asiatique. 342 feuillets. 23 lignes par page. Sans date

127.

Titre : كتاب فتح الخلاق فى علم الحروف والاوفاق للشيخ . . . . . . ناصر الدين محمد بن قرقماس الحنفى «Livre intitulé : La conquête du créateur; la science des lettres de l'alphabet et des talismans en carrés, par le schaikh . . . . . . Nâṣir ed-Dîn Moḥammad ibn Ḳorḳmâs le Ḥanéfite.» Celui-ci mourut en 882 de l'Hégire (1477 ap. J.-Ch.); c'est de son vivant que notre manuscrit a été copié en 863 (1458 ap. J.-Ch.). Ce manuscrit, relatif aux sciences occultes, n'a rien à faire ni avec la grammaire, ni avec l'arithmétique; lettres et chiffres n'y apparaissent que dans un but pratique, dont le titre d'ailleurs donne raison. Commencement : الحمد لله حق حمده وصلواته على سيدنا محمد رسوله وعبده . . . . . . وبعد فهذه نبذة فى علم الحروف الملخصه (sic) توضح اصوله باصول قواعده مخصصه (sic) الخ.

Papier. Écriture Asiatique 22 feuillets. 17 lignes par page.

128.

Titre : هذا كتاب المشكاة والنبراس شرح كتاب الكراس مما عُنى بجمعه وتأليفه ووضعه . . . . ابو اسحق بن . . . . . ابى محمد عبد السلام الصنهاجى المشتهر بالعطار «C'est le livre intitulé : La niche dans la mur et la lampe; commentaire qu'a réuni, composé et publié sur le Livre des extraits Aboû Isḥâḳ, fils d'Aboû Moḥammad ʿAbd es-Salâm Aṣ-Ṣinhâdjî, connu sous le nom d'Al-ʿAṭṭâr.» Au fol. 1 r°, d'après laquelle cette copie serait de 705 de l'Hégire (1305 ap. J.-Ch.), l'auteur de ce commentaire est nommé : ابو اسحاق ابراهيم بن عبد السلام الصنهاجى عرف بالعطار. Or, cette copie ayant été faite de son vivant et sans doute pour lui, il vivait au commencement du VIIIe siècle de l'Hégire. Le texte de l'opuscule grammatical, qui est fort longuement commenté, se trouve dans le manuscrit 198. Nous n'avons ici que le premier volume, comme il ressort de la souscription : كمل السفر الاول من شرح الكرّاسة النحوية ..... ويتلوه فى اول السفر الثانى .... باب الابتداء. Commencement : الحمد لله رب العالمين ..... قال المؤلّف رحمه الله الكلام هو اللفظ المركب المفيد بالوضع فصول هذا الباب ثلاثة الاول فى معانى الاشياء الخ.

Papier. Écriture Magrébine. 108 feuillets. 29 lignes par page.

129.

Second volume du كتاب النشر فى القراءات العشر «Livre intitulé : La bonne odeur; les dix recensions du Coran.» Ce titre se lit dans la souscription et aussi à la tranche inférieure, où il est accompagné de لابن الجزرى «par Ibn Al-Djazarî.» Le nom de l'auteur est donné plus complètement au fol. 189 r° : شمس الدنيا والدين ابو الخير محمد بن ..... شمس الدين محمد بن محمد بن على بن يوسف بن الجزرى الدمشقى الشافعى; il mourut en 833 de l'Hégire (1429 ap. J.-Ch.). La copie est datée de 909 de l'Hégire (1503 ap. J.-Ch.). Ce manuscrit aurait été mieux placé parmi ceux qui traitent du Coran: ce sont les premiers mots pris isolément qui l'ont fait insérer parmi les ouvrages grammaticaux. Commencement : باب الادغام الصغير وهو عبارة عما اذا كان الحرف الاول منه ساكنا كما قدّمنا فى اول باب الادغام الكبير الخ.

Papier. Écriture Magrébine. 189 feuillets. 25 lignes par page.

130.

Traité de rhétorique incomplet, le commencement faisant défaut. A la tranche inférieure, je crois lire : كتاب التبيان فى علم المعانى «Livre intitulé : L'explication au sujet de la science de la rhétorique.» Je ne puis vérifier si c'est l'ouvrage contenu dans le ms. 217 (Ḥâdjî Khalîfa, n° 2396), dont le titre est : التبيان فى المعانى والبيان, et l'auteur Ḥosain ibn ʿAbd Allâh ibn Moḥammad Aṭ-Ṭayyibî, mort en 743 de l'Hégire (1342 ap. J.-Ch.). Voici quelques titres de chapitres qui aideront peut-être à fixer l'identité du manuscrit : fol. 2 v° : فى المسند اليه; 10 v° : فى المسند; 18 r° : فى التقديم والتاخير; dernier chapitre (fol. 126 r°) : الباب الذى فى اوصاف التراكيب.

Papier. Écriture Magrébine. 143 feuillets. 18 lignes par page. Sans date.

131.

Fragment, sans commencement ni fin, du مغنى اللبيب عن كتب الاعاريب d'Ibn Hischâm (cf. ms. 48 et suiv.). Une partie du manuscrit (fol. 45—57) est reliée à l'envers.

Papier. Écriture Magrébine. 81 feuillets. 26 lignes par page. Sans date.

132.

Compilation, formant une anthologie en prose et en vers, sans aucun intérêt. A la fin, elle a été datée par l'auteur anonyme de 1003 de l'Hégire (1594 ap. J.-Ch.). Commencement :

عفا سرف من اهله فشوارع   فجنبا اريك فالتلاع الدوافع

Papier. Écriture Magrébine. 191 feuillets. 20 lignes par page.

133.

Commentaire sur un poème grammatical, du mètre طويل, rimant en لاَ, précédé d'une voyelle brève, et relatif aux flexions et aux désinences. Voici les premiers vers:

حمدتُّ الاهى ثم صلّيت اوّلَا   على سيّد الرّسْلِ الكرام ذوى العلَا
محمد المبعوث للخلق رحمة   واصحابه طُرّا اولى الفضل والعُلَا
وبعد فهذهٔ نبذة من قواعدٍ   تفيدك اعرابا فحصّلْ تفضّلَا
وذلك حُكْمُ الظرف والجملتين مَعْ   بيان الذى قد جرّ حيث تنزلَا

Puis vient un paragraphe intitulé : فصل فى بيان الجملة.
Quant au commentaire, en voici le début : الكلام فى الحمد وما يتعلق به وفى الشكر وما بينهما من النسب فى وجه الابتداء بالحمد الخ.

Papier. Écriture Magrébine. 86 feuillets; le dernier feuillet manque. 21 lignes par page. Sans date.

134.

Fragment d'un traité très intéressant sur les mots et les modifications qu'ils subissent. Commencement et fin manquent. Voici un certain nombre de titres, qui permettront à de plus heureux que moi de déterminer titre et nom d'auteur : Fol. 3 r° : باب التمثيل; 5 v° : باب ابدال الهمزة من الواو; 18 v° : باب القلب والحذف والنقل. Au fol. 46 r° commence le باب الادغام, qui contient les subdivisions suivantes : fol. 50 v° : ذكر ادغام المتقاربين; 51 v° : تبيين مخارج الحروف العربية الاصول et aussi : ذكر احكام حروف الحلق فى الادغام; 53 r° : تقسيمها بالنظر الى صفاتها; 54 r° : ذكر حكم حروف اللسان فى الادغام; puis viennent deux chapitres encore sur le même sujet : fol. 60 r° : هذا باب يُذكر فيه ما ادغمه القرّا مما ذكر انه لا يجوز ادغامه; et fol. 61 v° : باب ما قيس

من. الصحيح على الصحيح مثله وما قيس من المعتل على نظيره مـــن الصحيح
Le manuscrit n'est pas daté; mais il est excellent, et paraît être du VIIIe siècle de l'Hégire.

Papier. Écriture Magrébine. 66 feuillets. 25 lignes par page. Sans date.

In-Octavo.

135.

Le poème grammatical d'Ibn Mâlik, intitulé l'*Alfiyya*. Manuscrit daté de 973 de l'Hégire (1565 ap. J.-Ch.).

Papier. Écriture Magrébine. 40 feuillets. 15 lignes par page.

136.

Commentaire dans la rédaction abrégée d'Aboû Zaid ʿAbd er-Raḥmân Al-Makoûdî sur l'*Alfiyya* d'Ibn Mâlik. Voir d'autres exemplaires, mss. 6, 2°; 7, 1°. Copie datée de 937 de l'Hégire (1530 ap. J.-Ch.).

Papier. Écriture Magrébine. 175 feuillets. 25 lignes par page.

137.

Commentaire sur la partie de l'*Alfiyya* d'Ibn Mâlik, relative aux flexions. Ce commentaire, dont l'auteur est Khâlid ibn ʿAbd Allâh Al-Azharî (voir mss. 76; 77; 92, 1°; 120, 3°; etc.), porte le titre de : تمرين الطلاب في صناعة الاعراب «L'art d'exercer les étudiants dans la science des flexions» (fol. 2 r°). D'après Ḥâdjî Khalîfa, I, p. 412, la composition de ce commentaire aurait été terminée en 886 de l'Hégire (1482 ap. J.-Ch.); la copie est datée de 927 (1520 ap. J.-Ch.). Commencement : الحمد لله الذى رفع قدر من اعرب بالشهادتين . . . . . فان معرفة الاعراب من الواجبات الخ.

Papier. Écriture Asiatique. 187 feuillets. 22 lignes par page.

138.

Titre : تأصيل البُنا فى تعليل البِنا. Exemplaire autographe de l'opuscule que nous avons rencontré dans le manuscrit 107, 2°, et qui est un commentaire sur trois vers de l'*Alfiyya* d'Ibn Mâlik, par ʿObaid Allâh Moḥammad Az-Zarkaschî. L'auteur se nomme lui-même, fol. 1 v° : كاتبه العبد الفقير الى رحمة الله ; il a daté ce livre de 774 de l'Hégire (1372 ap. J.-Ch.). A la fin (fol. 18 v°), on lit encore : علقه مؤلفه «Copie de la main de l'auteur».

Papier. Écriture Asiatique. 18 feuillets. 20 lignes par page.

139.

1° Titre : كتاب المفتاح فى ابنية الافعال للامام العلامة بن *(sic)* مالك «Livre intitulé : La clef des formations verbales, par l'imâm, le très savant Ibn Mâlik.» C'est, sous un autre titre, son poème intitulé : لامية الافعال, sur lequel nous avons eu sept commentaires dans le manuscrit 16. Copie datée de 921 de l'Hégire (1515 ap. J.-Ch.), date qui se retrouve dans 2° et 3°.

2° (Fol. 6). Titre : كتاب شرح مفتاح الافعال للامام . . . . بدر الدين ابن مالك «Livre intitulé : Commentaire sur La clef des verbes, par l'imâm . . . . . Badr ed-Dîn ibn Mâlik.» C'est le commentaire sur le poème précédent, par le fils de l'auteur (voir ms. 16, 1°).

3° (Fol. 29). Commentaire de Masʿoûd ibn ʿOmar Al-Ḳâḍî At-Taftâzânî sur le مختصر التّصريف «Abrégé relatif à la conjugaison», de ʿIzz ed-Dîn Az-Zandjânî. Voir un autre exemplaire 102, 1°.

4° (Fol. 101). Titre : كتاب الدقائق المحكمه فى شرح المقدمه تاليف ابى يحيي زكريا الانصارى الشافعى ..... «Livre intitulé : Les finesses bien démontrées; commentaire sur L'introduction; auteur : Aboû Yaḥyâ Zakariyyâ Al-Anṣârî Asch-Schâfiʿî.» L'introduction est ici : المقدمة الجزرية, poème sur l'art de bien lire le Coran, par Schams ed-Dîn Aboû 'l-Khair Moḥammad ibn Mohammad ibn Moḥammad Al-Djazarî, mort en 833 de l'Hégire (1429 ap. J.-Ch.). Le commentaire, dont l'auteur mourut en 926 de l'Hégire (1519 ap. J.-Ch.), fut terminé en 883 (1478 ap. J.-Ch.); notre copie est datée de 922 (1516 ap. J.-Ch.). Commencement : الحمد لله الذى افتتح بالحمد كتابه ...... وبعد فان المقدمة المنظومة فى تجويد القران للشيخ شمس الدين ابى الخير محمد بن محمد بن محمد الجزرى الخ.

5° (Fol. 130). Les deux premiers feuillets manquent; et cette partie a dû à l'origine être en tête du manuscrit; elle est de la même main que le reste et porte la date de 920 de l'Hégire (1514 ap. J.-Ch.). C'est un exemplaire du commentaire sur l'*Adjourroûmiyya,* de Khâlid ibn ʿAbd Allâh Al-Azharî (voir ms. 92, 1°).

Papier. Écriture Asiatique. 225 feuillets. 17 lignes par page.

140.

Titre relativement moderne : كتاب تسهيل الفوائد وتكميل المقاصد تاليف ...... جمال الدين ابى عبد الله محمد بن عبد الله بن ملك الطائى

الاندلسى الجيانى. L'ouvrage d'Ibn Mâlik, que nous avons rencontré sous le n° 64, se trouve ici dans un exemplaire précieux, entièrement vocalisé, et qui ne peut être postérieur au commencement du VIIIe siècle de l'Hégire.

Papier. Écriture Magrébine. 84 feuillets. 21 lignes par page. Sans date.

141.

Titre : كتاب شواهد التوضيح والتصحيح لمشكلات الجامع الصحيح تاليف .....جمال الدين.......ابى عبد الله محمد بن عبد الله بن ملك الطائى الجيانى...... «Livre intitulé : Les exemples de L'élucidation et de la confirmation pour les difficultés de La collection authentique; œuvre de ...... Djamâl ed-Dîn Aboû ʿAbd Allâh Moḥammad ibn ʿAbd Allâh Ibn Mâlik Aṭ-Ṭâ'î Al-Djayyânî.» La collection authentique est celle des paroles du Prophète, qu'a composée Al-Bokhârî dans la première moitié du IIIe siècle de l'Hégire, et dont il existe une édition européenne, commencée par Ludolf Krehl (Leyde, 1862-1868, 3 vol. gr. in-4°), et au moins une édition orientale (Boûlâḳ, 1289 de l'Hégire [1872 ap. J.-Ch.]). L'opuscule d'Ibn Mâlik se rapporte donc à la science des traditions par son objet; il n'est pourtant point déplacé ici, parce qu'on y trouve uniquement traitées des questions de grammaire et de vocabulaire. L'exemplaire a été écrit et collationné sur «l'original de l'auteur, écrit de sa main» (اصل المصنّف الذى بخطه) en 775 de l'Hégire (1373 ap. J.-Ch). D'après une notice du fol. 1 r°, Ibn Mâlik n'aurait vécu que vingt-et-un ou vingt-deux ans : né en 650 ou 651 de l'Hégire (1252 ou

1253 ap. J.-Ch.), il serait mort en 672 (1273 ap. J.-Ch.). Commencement : حامدا لله رب العالمين الخ.

Papier. Écriture Asiatique. 66 feuillets. 17 lignes par page.

142.

1° Titre : شرح الديباجة للمؤلف «Commentaire sur la Préface, par l'auteur.» C'est un commentaire sur la préface de l'ouvrage qui vient ensuite (ms. 142, 2°) par l'auteur lui-même, Maḥmoûd Al-ʿAinî. Commencement : قوله حمدا تقدير حمدت الله حمدا الخ.

2° (Fol. 11). Titre rehaussé d'or : ..... كتاب الشواهد تاليف ابا (sic) محمد محمود بن احمد العينى. C'est l'explication des vers cités comme exemples dans les quatre commentaires de l'*Alfiyya*, qui se trouve dans le manuscrit 14; seulement, au lieu de la rédaction développée, dont celui-ci contient la première moitié, nous avons la rédaction abrégée complète, celle que l'auteur nomme lui-même (fol. 2 r°) : مختصر شرح الشواهد. Dans la souscription (fol. 222 r°), on lit : قال مولفه هذا اخر ما اختصرناه من الشواهد الخ. Copie postérieure seulement de quatre ans à la mort de l'auteur, puisqu'elle est datée de 859 de l'Hégire (1455 ap. J.-Ch.). Commencement : حمدا ناصعا ضافيا شرجعا شعلعا الخ.

Papier. Écriture Asiatique. 222 feuillets. 15 lignes par page.

143.

1° Commentaire sur la لامية الافعال «Poème rimant en *lâm* sur les verbes» d'Ibn Mâlik, par Aboû 'l-ʿAbbâs Aḥmad ibn Al-ʿAbbâs Al-Wahrânî. Voir manuscrit 16, 6°.

2° (Fol. 36 v°). La fameuse «prière maritime» (حِزْبُ البحر) de Noûr ed-Dîn ʿAlî Asch-Schâdhilî. Commencement : حزب البحر ويسمّى بالحفظية ويقال انه من املاء رسول الله صلى الله عليه وسلم على الشيخ فى النوم يا الله يا على يا عظيم يا حليم يا عليم الخ. A la suite, quelques autres prières musulmanes.

3° (Fol. 40). Titre plus moderne : كتاب الاعراب عن قواعد الاعراب. Cet opuscule d'Ibn Hischâm a été décrit, comme formant la deuxième partie du manuscrit 101.

4° (Fol. 54). Titre : هذا كتاب المثلث فى الكلام L'auteur est nommé : محمد بن احمد الحسينى المعروف بقطرب. Autre exemplaire de cet opuscule, manuscrit 30, 3°.

5° (Fol. 64). Titre plus moderne : كتاب تاج العروس لتاج الدين ابن عطاء الله «Livre intitulé : La couronne de l'épouse, par Tâdj ed-Dîn Ibn ʿAtâ Allâh.» L'auteur de ce livre édifiant mourut en 709 de l'Hégire (1309 ap. J.-Ch.). Il est nommé plus complètement dans Ḥâdjî Khalîfa, n° 2050 : تاج الدين احمد بن محمد بن عبد الكريم الزاهد الاسكندرانى. Commencement : ايها العبد اطلب التوبة من الله تعالى فى كل وقت الخ.

6° (Fol. 144 v°). Poésie composée à l'imitation de la قصيدة منفرجة d'Ibn An-Naḥwî (Ḥâdjî Khalîfa, n° 9508). Voici le premier vers :

اشتدّى أَزمة تنفـــرجِ قد أُبدل ضيقُك بالفَرَجِ

Les vers sont introduits par : قال ابو عبد الله محمد بن عبد الرحيم ابن الجيش التازى. Peut-être faut-il lire : المازنى ; car l'auteur est le célèbre voyageur et géographe, auteur du تحفة الالباب, né à Grenade en 473 de l'Hégire (1080 ap. J.-Ch.), mort à Damas en 565 (1169 ap. J.-Ch.). Voir Maḳḳarî, *Analectes,* I, p. ٦١٧.

Papier. Écriture Magrébine. 146 feuillets. 17 lignes par page. Le tout écrit d'une même main. Sans date.

144.

Titre : كتاب شرح لامية الافعال للعلامة الاوحد جمال الدين محمد بن مالك تاليف العلامة الامجد محمد بن عمر اليمنى المعروف بابن بحرق (*sic*).
Autre exemplaire, manuscrit 16, 7°.

Papier. Écriture Asiatique. 82 feuillets 19 lignes par page. Sans date.

145.

Supercommentaire d'Al-Ḥasan ibn Yoûsouf ibn Mahdî, surnommé Az-Zayyâtî «le planteur d'oliviers» sur le commentaire d'Aboû Yoûsouf Ya'ḳoûb ibn Sa'îd ibn Ya'ḳoûb Al-Miklâtî relatif à la لامية الافعال «Poème rimant en *lâm* sur les verbes» d'Ibn Mâlik. Le commentaire d'Al-Miklâtî est le quatrième de ceux que renferme le manuscrit 16. Nous avons probablement le manuscrit autographe de ces gloses. Commencement : الحمد لله المنفرد بتصريف الافعال الخ.

Papier. Écriture Magrébine. 91 feuillets. 19 lignes par page. Sans date. Manuscrit du XIe siècle de l'Hégire.

146.

Titre : كتاب الوافية فى نظم الكافية نظمها .... جمال الدين ابو عمرو المالكى المعروف بابن الحاجب «Livre intitulé : Le complet; mise en vers de la *Kâfiya,* par .... Djamâl ed-Dîn Aboû 'Amr Al-Mâlikî, connu sous le nom d'Ibn Al-Ḥâdjib.» Ibn Al-Ḥâdjib raconte qu'après avoir écrit son Introduction à la grammaire (مقدّمة) en prose, il s'est avisé de la mettre en vers. Dans ce manuscrit, au milieu du poème, est intercalé un commentaire de ceux que les Arabes appellent moyens, parce qu'ils ne sont ni très développés, ni très abrégés. Manuscrit daté de 683 de l'Hégire (1284 ap. J.-Ch.). Commencement :

الحمد لله على ما انعما بجوده وفضله وكرّما

Papier. Écriture Asiatique. 125 feuillets. 18 lignes par page.

147.

Commentaire sur la *Kâfiya* d'Ibn Al-Ḥâdjib, intitulé : الفوائد الضيائية. Ce commentaire, par Djâmî, a été décrit comme manuscrit 82. Copie datée de 995 de l'Hégire (1587 ap. J.-Ch.).

Papier. Écriture Asiatique. 203 feuillets. 17 lignes par page.

148.

Titre : شرح كافية بن *(sic)* الحاجب لمولانا عبد الرحمن الجامى. Même ouvrage que le précédent; copie datée de 952 de l'Hégire (1545 ap. J.-Ch.).

Papier. Écriture Asiatique. 247 feuillets. 21 lignes par page.

149.

Titre : هذا *(sic)* حاشية . . . . . عصام الملة والدين ابراهيم على شرح . . . . . نور الدين عبد الرحمن الجامى على الكافية للعلامة . . . . . ابن الحاجب «Ceci est la glose de . . . . . . ʿIṣâm ed-Dîn Ibrâhîm sur le commentaire de . . . . . . Noûr ed-Dîn ʿAbd er-Raḥmân Al-Djâmî sur la *Kâfiya* du très savant . . . . . Ibn Al-Ḥâdjib.»

D'après Ḥâdjî Khalîfa, V, p. 10, l'auteur de cette «Glose» se nommait ʿIṣâm ed-Dîn Ibrâhîm ibn Moḥammad Al-Isfarâ'inî, et il mourut en 943 de l'Hégire (1536 ap. J.-Ch.); le commentaire, auquel se rapportent ces notes, est celui de Djâmî, contenu dans les manuscrits 82, 147, 148, 150. ʿIṣâm ed-Dîn Al-Isfarâ'inî a aussi composé sur la *Kâfiya* un commentaire direct qui se trouve au manuscrit 17. Commencement : الحمد هو الوصف بالجميل على الجميل الاختيارى من العلم او غيره الخ.

Papier. Écriture Asiatique. 214 feuillets. 23 lignes par page. Sans date.

150.

Commentaire du poète Djâmî sur la *Kâfiya* d'Ibn Al-Ḥâdjib (cf. mss. 82, 147, 148 et aussi 149).

Papier. Écriture Asiatique. 194 feuillets. 22 lignes par page. Sans date.

151.

Titre : شرح الكافية للهندى «Commentaire sur la *Kâfiya*, par Al-Hindî.» C'est le même ouvrage qui, sous le nom de «Gloses», est contenu dans le manuscrit 80. Au fol. 1 v°, l'auteur est nommé : ابو المفاخر شهاب الدين ..... الدولتابادى ثم الهندى. Manuscrit daté de 933 de l'Hégire (1526 ap. J.-Ch.).

Papier. Écriture Asiatique. 169 feuillets. 19 lignes par page.

152.

Titre : كتاب شرح الكافية للهندى. Autre exemplaire du même commentaire, daté de 981 de l'Hégire (1573 ap. J.-Ch.).

Papier. Écriture Asiatique. 167 feuillets. 19 lignes par page.

153.

Titre plus moderne : المتوسط شرح كافية ابن الحاجب. C'est le commentaire moyen de Rokn ed-Dîn, intitulé : الوافية فى شرح الكافية, que nous avons rencontré dans les manuscrits 95, 96.

Papier. Écriture Asiatique. 156 feuillets. 21 lignes par page.

154.

1° Titre plus moderne : (*sic*) كتاب سيد متوسط وكافيه[1] «Livre du *Sayyid* sur le commentaire moyen et sur la *Kâfiya.*» Ce sont les gloses (ms. 81, 1°), qu'a composées sur la *Kâfiya* et sur le commentaire moyen de Rokn ed-Dîn (ms. 153) le *Sayyid,* c'est-à-dire ʿAlî ibn Moḥammad Al-Djordjânî, mort à Schîrâz en 816 de l'Hégire (1413 ap. J.-Ch.). Commencement sans préface : اعلم ان معرفة هذا الحدّ اقول حدّ الشىء ما يبيّنه بامّيته موقوفة على معرفة اللفظ الخ.

2° (Fol. 42). Titre plus moderne : شرح ابيات متوسط «Explication des vers cités dans le Commentaire moyen.» Il s'agit de nouveau du commentaire moyen de Rokn ed-Dîn sur la *Kâfiya.* Je ne sais qui est l'auteur. Commencement: الحمد لله رب العالمين . . . . . . وبعد فان بعض الاخوان التمس منى ان اكتب حاشية لابيات المتوسط الخ.

Papier. Écriture Asiatique. 86 feuillets. 17 lignes par page. Sans date.

155.

Titre plus moderne : كتاب معرب الكافيه مع الاقتراح «Livre intitulé : L'interprète improvisé de la *Kâfiya.*» L'auteur de

[1] De telles notes, sans articles, paraissent ajoutées par des Persans. Ce que confirme d'ailleurs l'écriture.

cette improvisation ne s'est pas nommé. Commencement : الكلمة مبتدأ واللام فيها لتعريف الجنس الخ.

Papier. Écriture Asiatique. 66 feuillets. 17 lignes par page. Sans date.

156.

Titre relativement moderne : حاشية عصام الدين على الجامى «Glose de ʿIṣâm ed-Dîn sur Al-Djâmî.» Ce qui distingue ce manuscrit de celui qui porte le nº 149 et qui contient le même ouvrage, c'est qu'ici nous avons une préface, dont voici le commencement : يا هاديا لسالك مسالك محامدك.......وبعد فيقول.......ابراهيم بن محمد بن عربشاه الاسفرانى (*sic*, lisez الاسفرائنى) عصام الدين هذه حواش........غواش ما فيه للفوائد الضيائية واش الخ. Manuscrit daté de 988 de l'Hégire (1580 ap. J.-Ch.).

Papier. Écriture Asiatique. 221 feuillets. 21 lignes par page.

157.

Commentaire de Fakhr ed-Dîn Aḥmad ibn Al-Ḥasan Al-Dschârpardî (ici الجاربردى) sur la *Schâfiya* d'Ibn Al-Ḥâdjib. Deux autres exemplaires sont les manuscrits 19 et 84. Commencement identique à celui de ce dernier. Manuscrit daté de 985 de l'Hégire (1577 ap. J.-Ch.).

Papier. Écriture Asiatique. 228 feuillets. 19 lignes par page.

158.

1° Autre exemplaire également complet, du même commentaire sur la *Schâfiya* d'Ibn Al-Ḥâdjib, daté de 989 de l'Hégire (1581 ap. J.-Ch.). Commencement identique à celui du manuscrit précédent.

2° (Fol. 247). Texte de la *Schâfiya* d'Ibn Al-Ḥâdjib. Ce traité, relatif aux flexions et à l'orthographe (التّصريف والخطّ), et sur lequel nous avons rencontré de nombreux commentaires, sans parler du texte même (ms. 107, 3°), a été imprimé à Calcutta en 1805, à Constantinople en 1850 et avec des gloses à Lakhnau en l'an 1266 de l'Hégire (1849 ap. J.-Ch.). Cette seconde partie, datée de 988 de l'Hégire (1580 ap. J.-Ch.), aurait dû être reliée devant la première, terminée de la même main l'année suivante.

Papier. Écriture Asiatique. 266 feuillets. 15 lignes par page.

159.

Titre plus moderne : .... هذا شرح الشافية المرضى لمولانا .... الرضى «Ceci est le commentaire aimé sur la *Schâfiya*, par notre maître ...... Ar-Raḍî ....» L'auteur de ce commentaire est Raḍî ed-Dîn Moḥammad ibn Ḥasan (ou Ḥosain) Al-Astarâbâdhî. Dans sa préface, il parle du commentaire qu'il a composé sur la sœur de la *Schâfiya* (اختها), c'est-à-dire sur la *Kâfiya* d'Ibn Al-Ḥâdjib (voir mss. 3, 18, 91). Copie datée de 956 de l'Hégire (1549 ap. J.-Ch.). Ouvrage imprimé à Lakhnau en 1262 de l'Hégire (1845 ap. J.-Ch.). Commencement : اما بعد حمد الله تعالى على توالى نعمه الخ.

Papier. Écriture Asiatique. 306 feuillets. 20 lignes par page.

160.

Commentaire sur la partie consacrée aux flexions (الاعراب) dans la *Kâfiya* d'Ibn Al-Ḥâdjib, composé de son vivant par un de ses disciples de Damas. En effet, aux fol. 98 v° et 99 r°, on lit : قال الشيخ.....جمال الدين ابن الحاجب ادامه الله بدمشق سنة ٦١٧. La composition de ce commentaire anonyme doit donc être placée entre 617 de l'Hégire (1220 ap. J.-Ch.) et 646 (1248 ap. J.-Ch.), date de la mort d'Ibn Al-Ḥâdjib.

A la tranche inférieure, je crois lire : مجموع فى القسمة فى فن معرب الكافية لابن الحاجب تغمده الله برحمته; mais les caractères très effacés ne permettent pas de garantir l'exactitude de cette lecture.

Le manuscrit est incomplet de 20 feuillets au commencement; la fin manque également. Au fol. 3 v° commence: مسألة من القران «Questions relatives au Coran», bien entendu questions grammaticales; elles occupent ensuite la plus grande partie du volume.

Papier. Écriture Asiatique. 136 feuillets. 17 lignes par page. Sans date.

161.

1° Exemplaire, incomplet du premier feuillet, de l'*Adjourroûmiyya*. Nombreuses sont les éditions de ce petit traité, sur lequel nous avons rencontré plus d'un commentaire. L'édition la plus ancienne est celle de Th. Obicini (Romae, 1631, in-8); la plus récente est celle de Trumpp, avec une traduction allemande et des notes (Munich, 1876, in-8). L'auteur est Aboû 'Abd Allâh Moḥammad ibn Dâwoûd Aṣ-Ṣinhâdjî, connu sous le nom d'Ibn Al-Adjourroûm, mort en 723 de l'Hégire (1323 ap. J.-Ch.).

2° (Fol. 8). Commentaire sur l'*Adjourroûmiyya*, par Schams ed-Dîn Aboû 'Abd Allâh Moḥammad ibn Moḥammad ibn Moḥammad Al-Andalousî Al-Garnâṭî Al-Anṣârî, connu sous le nom d'Ar-Râ'î. Ainsi est nommé l'auteur au feuillet 75 v°, où il est dit également que la composition de ce commentaire fut achevée en 824 de l'Hégire (1421 ap. J.-Ch.). Le titre du commentaire, donné dans la préface et au fol. 75 v°, est : المستقل بالمفهوميّه فى حلّ الفاظ الجروميّه «Celui qui élève l'intelligence du texte; explication des expressions de l'*Adjourroûmiyya.*» La copie a été faite sur l'autographe de l'auteur en 837 de l'Hégire (1433 ap. J.-Ch.). Commencement : الحمد لله الذى فضّل لسان العرب وجعله افصح الالسن الخ.

Papier. Écriture Asiatique. 76 feuillets. 17 lignes par page

162.

Titre : كتاب التحفة البهية شرح المنظومة المسمّاة بالعلوية فى نظم الآجرّمية فى علم العربية كلاهما تصنيف الشيخ.... نور الدين على بن الحسن الشافعى السّنهورى «Livre intitulé : Le présent brillant; commentaire sur la poésie dénommée : La 'Alide; mise en vers de l'*Adjourroûmiyya* sur la science de la langue arabe. Poésie et commentaire sont l'œuvre du schaikh Noûr ed-Dîn 'Alî ibn Al-Ḥasan Asch-Schâfi'î As-Sanhoûrî.» Celui-ci dit avoir terminé son œuvre en 901 de l'Hégire (1495 ap. J.-Ch.); le manuscrit est de 913 (1507 ap. J.-Ch.). Premier vers du poème (mètre طويل) :

يقول علىّ الراجُ عفوا مبجّلا بدأتُ بسم الله فى النظم اوّلا

Commencement du commentaire : الحمد لله رافع الدرجات لمن انتصب لتعليم العلوم الشرعية الادبية الخ.

Papier. Écriture Asiatique. 107 feuillets. 15 lignes par page.

163.

1° مراح الارواح «Le repos des esprits», par Aḥmad ibn ʿAlî ibn Masʿoûd; traité des flexions, que nous avons rencontré dans le manuscrit 6, 3°. Nombreuses notes marginales et interlinéaires. Copie datée de 956 de l'Hégire (1549 ap. J.-Ch.).

2° (Fol. 78). Traité intitulé : العزّى فى التصريف «Le traité de ʿIzz ed-Dîn sur la théorie des flexions.» L'auteur est ʿIzz ed-Dîn Az-Zandjânî, mort après 655 de l'Hégire (1257 ap. J.-Ch.). Cet ouvrage a été imprimé pour la première fois avec une traduction latine (par J. Bapt. Raymundus) à Rome en 1610. De plus, il a été publié avec le précédent, le suivant, et ceux qui se trouvent à la suite dans les manuscrits 164, 166, 171, dans de nombreuses éditions orientales, depuis 1818 jusqu'à nos jours. Nous avons rencontré le commentaire de ʿOmar At-Taftâzânî sur ce manuel (102, 1°; 139, 3°). Nombreuses notes également. Commencement: اعلم ان التصريف فى اللغة التغيير وفى الصناعة تحويل الاصل الواحد الى امثلة مختلفة لمعان مقصودة لا تحصل الا بها الخ.

3° (Fol. 107). Autre opuscule sur le même sujet, intitulé: المقصود «Le but», et qui généralement suit le précédent. Le nom de l'auteur est ignoré. Dans Zenker, *Bibliotheca Orientalis,* I, n° 138, il est nommé l'imâm Yoûsouf le Ḥanéfite. Nombreuses notes encombrant texte et marge des premières pages. Commencement : الحمد لله الوهاب للمؤمنين سبيل الصواب .... اما بعد فان العربية وسيلة الى العلوم الشرعية الخ.

4° (Fol. 131). Traité des différents surnoms que reçoivent les lettres de l'alphabet arabe. A la fin, on lit : تم كتاب الحروف

للاقلاب. Toutes les lettres sont passées en revue, en commençant par l'*alif* : الالفات فى كلام العرب على اثنين وعشرين وجها الالف الاصل والف الوصل الخ ...... الباء على خمسة اوجه الخ. Manuscrit daté de 954 de l'Hégire (1547 ap. J.-Ch.).

Papier. Écriture Asiatique. 138 feuillets. 10 lignes par page. 2° et 3° sans date, mais de la même époque que 1° et 4°.

164.

1° Le repos des esprits, par Aḥmad ibn ʿAlî ibn Masʿoûd. Voir 163, 1°.

2° (Fol. 63 v°). Le traité de ʿIzz ed-Dîn sur la théorie des flexions. Voir 163, 2°.

3° (Fol. 87 v°). Le but (المقصود). Voir 163, 3°.

4° (Fol. 113 v°). الامثلة المختلفة « Les divers exemples. » C'est la collection bien connue des paradigmes du verbe نصر. Dans les manuscrits et dans les imprimés, elle accompagne ordinairement les trois opuscules précédents.

Papier. Écriture Asiatique. 120 feuillets. 9 lignes par page. Sans date. Nombreuses notes tant interlinéaires que marginales.

165.

Commentaire sur le مراح الارواح «Repos des esprits», de Aḥmad ibn ʿAlî ibn Masʿoûd, par Donḳoûz. Le nom du commentateur est ainsi donné à la tranche inférieure, qui porte : شرح مراح دنقوز; d'après Ḥâdjî Khalîfa, V, p. 487, il se nommait Aḥmad, et était surnommé Donḳoûz; il paraît avoir vécu au Xe siècle de l'Hégire. Manuscrit antérieur à 984 de l'Hégire (1576 ap. J.-Ch.). Commencement : اللهم يا مصرّف القلوب صرّف قلوبنا نحو رضائك الخ.

Papier. Écriture Asiatique. 132 feuillets. 17 lignes par page.

166.

1° Le repos des esprits, par Aḥmad ibn ʿAlî ibn Masʿoûd. Voir 163, 1°; 164, 2°.

2° (Fol. 34). Le traité de ʿIzz ed-Dîn sur la théorie des flexions. Voir 163, 2°; 164, 2°.

3° (Fol. 46). Le but (المقصود). Voir 163, 3°; 164, 3°. Manuscrit daté de 895 de l'Hégire (1489 ap. J.-Ch.).

Papier. Écriture Asiatique. 59 feuillets. 13 lignes par page.

167.

1° Titre : كتاب لب الالباب فى صناعة الاعراب «Livre intitulé : La moëlle des intelligences sur l'emploi des flexions.» C'est l'abrégé de la *Kâfiya* d'Ibn Al-Ḥâdjib, par le célèbre commentateur du Coran, Al-Baiḍâwî, qui mourut en 685 de l'Hégire (1286 ap. J.-Ch.). Le manuscrit 113, 1° contient le commentaire d'Al-Birdjilî sur cet abrégé. Manuscrit daté de 763 de l'Hégire (1361 ap. J.-Ch.). Nombreuses notes marginales et interlinéaires. Commencement : الحمد لله الموجد من العدم الخ.

2° (Fol. 78). Titre : قصيدة البستى «Poésie d'Al-Bostî.» C'est une poésie exprimant le découragement, par Aboû 'l-Fatḥ ʿAlî ibn Moḥammad Al-Bostî, mort vers 400 de l'Hégire (1009 ap. J.-Ch.). Date de la copie également 763 de l'Hégire. Premier vers :

زيادة المرء فى دنياه نقصانُ   وربحه غير محض الخير خسرانُ

3° (Fol. 81). Commentaire sur les deux dernières parties du traité intitulé : مقدّمة الادب «Introduction aux belles-lettres», dictionnaire arabe-persan, composé par l'illustre auteur du

Moufaṣṣal (mss. 60, 61, 62) Djâr Allâh Maḥmoûd Az-Zamakhscharî, mort en 538 de l'Hégire (1143 ap. J.-Ch.). Dictionnaire publié par M. Wetzstein (Lipsiae, 1844). L'Introduction aux belles-lettres est divisée en cinq sections : 1° des noms; 2° des verbes; 3° des particules; 4° de la déclinaison; 5° de la conjugaison. C'est à la 4° et à la 5° section, qui forment comme un appendice (ذيل) au livre, que se rapporte notre commentaire, que son auteur a nommé : طلبه *(sic)* العُفاة في شرح التصرفات «L'objet des désirs des chercheurs, commentaire sur les diverses flexions.» Commencement : الحمد لله الذى اجزل لنا من اياديه المظاهره . . . . . وبعد فلقد طال العهد واتصل به منى الوعد . . . . . . ان آكتب . . . . . جمعا جاريا مجرى الشرح . . . . . . لذيل كتاب مقدمة الادب لشيخنا الكبير جار الله . . . . . وهو النحو والصرف الموسومان بالتصرفات الخ. La copie de ce commentaire a été terminée en 707 de l'Hégire (1307 ap. J. Ch.), comme il ressort de la note finale : .... ووقع الفراغ من تمتيقه سنة ٧٠٧.

Papier. Écriture Asiatique. 142 feuillets 1° 9 lignes; 2° 11 lignes; 3° 15 lignes par page.

168.

Commentaire sur le traité grammatical intitulé : لب الالباب «La moëlle des intelligences», qui est généralement attribué à Al-Fâḍil Al-Isfarâ'inî, comme le *Loubâb* (voir mss. 24, 25, 116, 169, 265). Notre commentateur est d'un autre avis, et indique comme auteur : شمس الملة والدين عبد المنعم بن محمد الابرقوهي. C'est un indice que nous avons ici le commentaire de 'Abd Allâh ibn Aḥmad, mort en 776 de l'Hégire (1374 ap. J.-Ch.). Cf. Ḥâdjî Khalîfa, V, p. 306. Un autre indice est dans le commencement : الحمد لله الذى جعل العربية مرتفعة السنام منصبة الاعلام الخ.

Papier. Écriture Asiatique. 127 feuillets. 34 lignes par page. Sans date.

169.

Commentaire sur le traité intitulé : اللباب «La moëlle», par Al-Fâḍil Al-Isfarâ'inî (voir mss. 24, 25, 116, 265). Ce commentaire, sans nom d'auteur, a été composé vers 728 de l'Hégire (1327 ap. J.-Ch.) et forme comme un résumé de tous les autres commentaires sur le traité d'Al-Fâḍil. Commencement : الحمد لله الذى رفع قدر العلما لاستثمار الاحكام من محكم تنزيله بالبيان الخ.

Papier. Écriture Asiatique. 225 feuillets. 19 lignes par page. Sans date.

170.

Abrégé du مغنى اللبيب d'Ibn Hischâm, par Moḥammad ibn ʿAbd al-Madjîd As-Sâmoûlî Asch-Schâfiʿî As-Souʿoûdî. L'ouvrage d'Ibn Hischâm a été signalé dans de nombreux exemplaires (mss. 48, 97, 98, etc.). La composition de cet abrégé ne doit pas être de beaucoup antérieure à la copie, datée de 982 de l'Hégire (1574 ap. J.-Ch.), et collationnée sur l'original. Commencement : الحمد لله رب العالمين . . . . . وبعد فقد الهمنى الله تعالى وشرح صدرى ان انتخب لى من مغنى اللبيب للعلامة . . . . . . ابن هشام الانصارى . . . . . . اوراقا تجمع ما حواه من الاحكام الخ

Papier. Écriture Asiatique. 200 feuillets. 21 lignes par page.

171.

1° Les cent régents grammaticaux, par ʿAbd al-Ḳâhir Al-Djordjânî. Voir mss. 6, 1°; 92, 3°, etc.

2° (Fol. 8). Le traité de ʿIzz ed-Dîn sur la théorie des flexions. Voir 163, 2°; 164, 2°; 166, 2°.

3° (Fol. 34). Le but (المقصود). Commencement ici : الحمد لله الذى هدانا سبيل الصواب الخ. Voir 163, 3°; 164, 3°; 166, 3°.

4° (Fol. 49). Le repos des esprits, par Aḥmad ibn ʿAlî ibn Masʿoûd. Voir 6, 3°; 163, 1°, etc. Ce traité est daté de 883 de l'Hégire (1478 ap. J.-Ch.).

5° (Fol. 87). Petit traité en persan de déclinaison et de conjugaison arabes. Copie datée de 882 de l'Hégire (1477 ap. J.-Ch.).

6° (Fol. 119). Autre opuscule en persan sur le même sujet.

7° (Fol. 145). Deuxième exemplaire des Cents Régents grammaticaux d'Al-Djordjânî. Voir même manuscrit, 1°.

Papier. Écriture Asiatique. 149 feuillets. 1° 15 lignes; 2° et 3° 9 lignes. 4° 11 lignes: 5° 9 lignes; 6° 13 lignes; 7° 8 lignes par page.

172.

Titre : كتاب سرح الجمل فى النحو مما صنفه ...... كمال الدين ...... ابو بكر عبد القاهر بن عبد الرحمن الجرجانى «Livre intitulé : Commentaire sur le traité des propositions grammaticales, qu'a composé ..... Kamâl ed-Dîn ...... Aboû Bakr ʿAbd al-Ḳâhir ibn ʿAbd er-Raḥmân Al-Djordjânî.» Ce n'est aucun des deux commentaires contenus dans les manuscrits 27 et 28. Quel que soit le nom du commentateur, il termina son travail (فرغ من تحريره وتدبيره ..... سنة ٥٩٦) en 596 de l'Hégire (1199 ap. J.-Ch.). Peut-être est-ce le commentaire d'Aboû 'l-Ḥasan ʿAlî ibn Moḥammad Al-Ḥaḍramî, surnommé Ibn Al-Kharoûf, mort en 609 de l'Hégire (1212 ap. J.-Ch.).

Voir Ḥâdjî Khalîfa, II, p. 624. Commencement : .... قال عبد القاهر...... الجرجانى اعلم ان كل لفظة تدل على معنى فهى كلمة الخ

Papier. Écriture Asiatique. 92 feuillets. 15 lignes par page. Sans date.

173.

Titre : كتاب شرح الجمل فى النحو كاتبه وصاحبه ..... محمد بن احمد ابن محمد بن احمد المصرى (*sic*, lisez القيصرى) «Livre intitulé : Commentaire sur les propositions grammaticales, écrit et composé par ...... Moḥammad ibn Aḥmad ibn Moḥammad ibn Aḥmad Al-Ḳaiṣarî.» La date de ce manuscrit autographe est 758 de l'Hégire (1356 ap. J.-Ch.); telle est donc aussi à peu près la date de la composition. L'ouvrage commenté est le même que dans le manuscrit précédent. Commencement : الحمد لله اللطيف الخبير الخ.

Papier. Écriture Asiatique. 56 feuillets. 15 lignes par page

174.

1° Commentaire sur les «Cent Régents» de ʿAbd al-Ḳâhir Al-Djordjânî (cf. en dernier 171, 1° et 7°). Copie datée de 947 de l'Hégire (1540 ap. J.-Ch.). Un autre exemplaire de ce commentaire anonyme est la deuxième partie du manuscrit 175. Commencement : الحمد لمن وجب علينا ثناؤه ولمن لا يزول من حيث النعم علينا غناؤه الخ.

2° (Fol. 46). Commentaire sur l'*Adjourroûmiyya*, par Khâlid ibn ʿAbd Allâh ibn Abî Bakr Al-Azharî. Cf. entre autres ms. 92, 1°. Copie datée de 964 de l'Hégire (1556 ap. J.-Ch.). Commencement : احمد الله على ما انعم الخ.

3° (Fol. 89). Paradigmes du verbe نصر, introduits par اعلم ان ابواب التصريف خمسة وثلاثون بابا الخ.

Papier. Écriture Asiatique. 98 feuillets. 19 lignes par page.

175.

1° Commentaire de Ḥasan Pâschâ ibn ʿAlâ ed-Dîn Al-Aswad sur le traité de grammaire d'Al-Moṭarrizi, intitulé: المصباح فى النحو «Le flambeau de la syntaxe.» Le nom du commentateur n'est pas donné, mais bien celui de son commentaire qu'il a intitulé : الافتتاح «L'Introduction.» Commencement : الحمد لله الذى انزل من السماء الفرقان . . . . . . اما بعد فهذه حواش كتبتها للمصباح وسميتها بالافتتاح الخ.

2° (Fol. 109). Commentaire sur les «Cent Régents» de ʿAbd al-Ḳâhir Al-Djordjânî, identique à la première partie du ms. 174. Cette partie est datée de 940 de l'Hégire (1533 ap. J.-Ch.).

Papier. Écriture Asiatique. 156 feuillets 1° 15 lignes; 2° 17 lignes par page 1° sans date.

176.

Titre : كتاب المفصّل فى صنعة الاعراب تاليف فخر خوارزم ابى القاسم محمود بن عمر . . . . . وهو الشهير بالزمخشرى الملقب بجار الله «Livre intitulé : Grammaire divisée en sections (فصل), par la gloire du Khârizm Aboû 'l-Ḳâsim Maḥmoûd ibn ʿOmar....., connu sous le nom d'Az-Zamakhscharî, surnommé l'ami d'Allâh.» Nous avons parlé de cette grammaire et des éditions, qui en ont été publiées, à propos des commentaires, qui se trouvent dans les manuscrits 60, 61, 62. Copie ancienne du

VIIe siècle, entièrement vocalisée. Notes marginales au début.

Papier. Écriture Magrébine. 104 feuillets. 23 lignes par page. Sans date.

177.

Autre exemplaire du même traité. Copie ornée de notes marginales, datée de 854 de l'Hégire (1450 ap. J.-Ch.).

Papier. Écriture Asiatique. 199 feuillets. 13 lignes par page.

178.

1° (*sic*, lisez للاردبيلي) كتاب شرح الانموذج للاردبلي «Livre intitulé : Commentaire d'Al-Ardabîlî sur le livre intitulé : Le spécimen.» Or, le spécimen est un extrait du *Moufaṣṣal*, par son auteur même Az-Zamakhscharî (cf. 178, 2°). L'auteur du commentaire est nommé fol 1 v° : جمال الملة والدين محمد ابن . . . . شمس الدين عبد الغنى الاردبيلى ; il mourut en 1036 de l'Hégire (1626 ap. J.-Ch.). Ce commentaire a été imprimé à Boûlâḳ en 1269 (1852 ap. J.-Ch.). Commencement : الحمد لله الذى جعل العربية مفتاح البيان الخ.

2° (Fol. 88). Titre : كتاب الانموذج (*sic*) من المفصل من تصانيف . . . . . . جار الله. Texte de l'opuscule d'Az-Zamakhscharî, auquel se rapporte le commentaire précédent. En dehors des éditions connues, par exemple celle publiée au Caire en 1289 de l'Hégire (1872 ap. J.-Ch.), il en existe une autographiée par l'éditeur du *Moufaṣṣal*, M. J. Broch, vers 1867. Cette partie du manuscrit est datée de 650 de l'Hégire (1252 ap. J.-Ch.).

Papier. Écriture Asiatique. 216 feuillets. 1° flottant entre 15 et 21 lignes; 2° 9 lignes par page. 1° sans date.

179.

Gloses sur le commentaire de Sa'd ed-Dîn Mas'oûd ibn 'Omar At-Taftâzânî sur le traité de 'Izz ed-Dîn relatif à la théorie des flexions (العزّى فى التّصريف). Ce commentaire se trouve dans les mss. 102, 1°; 139, 3°. Je ne sais quel est l'auteur des gloses. Commencement : ابنداء (sic) بالسمية اقنداء بكتاب العليم وامنثالا بقول رسول الكريم الخ.

Papier. Écriture Asiatique. 176 feuillets. 21 lignes par page Sans date.

180.

Commentaire sur un traité de grammaire intitulé : الايجاز المتّسم بسمة الاعجاز «L'exposition abrégée marquée au coin de l'excellence.» L'auteur est nommé, au fol. 1 v°, l'imâm Radî ed-Dîn Aboû 'Alî Aṭ-Ṭabarsî. C'est de lui qu'est également un vaste commentaire sur le Coran, décrit par M. Loth dans son *Catalogue of the Arabic Manuscripts in the Library of the India Office* (London, 1877, in-4), p. 12, ms. 61 et suiv. Aboû 'Alî Faḍl ibn Ḥasan ibn Faḍl Aṭ-Ṭabarsî était un Schî'ite qui mourut en 548 de l'Hégire (1153 ap. J.-Ch.). J'ignore de qui est le commentaire, qui, d'après la souscription, portait le titre de كتاب الدرر فى شرح الايجاز «Livre intitulé : Les perles; commentaire sur L'exposition abrégée.» Ce qui ressort de l'aspect du manuscrit, c'est qu'il renferme l'exemplaire autographe du commentateur.

A la tranche inférieure se trouve une indication erronée que nous relatons pour mémoire : الاعجاز شرح الايجاز فى النحو المتن للزمخشرى والشرح للرضى.

Commencement : الحمد لله الواحد الاحد . . . . . اما بعد فانى تصفحت المختصرات من مؤلفة النحاة فما ظفرتُ يدى بمجموع اجمع فوائدَ . . . . من الكتاب الموسوم بالايجاز المتّسم بسمة الاعجاز المنسوب الى الامام الرَّضِىّ ابى على الطَّبَرْسِىّ . . . . فشمّرتُ الذيل بتشريح هذا الكتاب الخ. Commencement du texte commenté : الكلمة مفرد اما اسم كرجل وفرس الخ.

Papier. Écriture Asiatique. 85 feuillets. 17 lignes par page. Sans date.

181.

Titre : كتاب شرح الارشاد فى النحو للبخارى «Livre intitulé : Commentaire sur la direction grammaticale, par Al-Bokhârî.» Le traité commenté est intitulé : ارشاد الهادى «La direction imprimée par celui qui dirige» et a été composé en 778 de l'Hégire (1376 ap. J.-Ch.) par Sa'd ed-Dîn Mas'oûd ibn 'Omar At-Taftâzânî à l'usage de son fils. C'est du même auteur que nous avons rencontré un commentaire sur le traité de 'Izz ed-Dîn relatif aux flexions (mss. 102, 1°; 139, 3°; 179). Quant au commentaire, il porte pour titre : مرشد لتحقق الارشادية «Bon guide pour assurer La direction»; et a pour auteur Schams ed-Dîn Moḥammad ibn Moḥammad Al-Bokhârî, qui paraît avoir vécu au IXe siècle de l'Hégire. Commencement : . . . . . ان احرى ما يُفتتح به تبيانا كل كتاب وبعد فيقول الداعى المدعو بالشيخ البخارى . . . . . . لما كان فى علم النحو كتاب الارشاد . . . . . لفريد الدين الشيخ الصمدانى و وحيد العصر العلامة التفتازانى . . . . حررت له شرحا . . . . سميته مرشدا لتحقق الارشاده *(sic)* الخ.

Papier. Écriture Asiatique. 96 feuillets. 16 lignes par page. Sans date.

182.

Titre : حاشية الشيخ .... شمس الدين محمد العزّى الشافعى على شرح تصريف العزى للامام .... سعد الدين التفتازانى «Glose du schaikh ...... Schams ed-Dîn Moḥammad Al-ʿIzzî le Schâfiʿite sur le commentaire de Saʿd ed-Dîn At-Taftâzânî sur le traité de ʿIzz ed-Dîn relatif aux flexions.» Ce commentaire est celui que nous avons vu dans les mss. 102, 1°; 139, 3°; le glossateur, que nous rencontrons pour la première fois, vivait au Xe siècle de l'Hégire. Manuscrit daté de 985 de l'Hégire (1577 ap. J.-Ch.). Commencement : قال ..... محمد بن قاسم العزى ...... وبعد فهذا تعليق لطيف على شرح التصريف الخ.

Papier. Écriture Asiatique. 71 feuillets. 21 lignes par page.

183.

Titre : ...... حاشية شرح التصريف للسعد التفتازانى لخاتمة المحققين ناصر الدين اللقانى المالكى «Glose sur le commentaire de Saʿd ed-Dîn At-Taftâzânî sur le traité des flexions; la glose a pour auteur le plus récent des interprètes .... Nâṣir ed-Dîn Al-Loḳânî Al-Mâlikî.» Il s'agit de nouveau du Traité des flexions de ʿIzz ed-Dîn. C'est de la main même d'Al-Loḳânî que ce manuscrit a été écrit en 924 de l'Hégire (1518 ap. J.-Ch.). Nous avons déjà rencontré une copie de ce commentaire au manuscrit 103, et un autre ouvrage analogue du même auteur sous le n° 100, copié d'après l'exemplaire autographe (cf. aussi ms. 113, 2°).

Commencement : اما بعد حمد الله تعالى . . . . . . فهذه حواش على مواضع من شرح تصريف العزى للعلامة التفتازانى الخ.

Papier. Écriture Asiatique. 92 feuillets 17 lignes par page

184.

Titre : شرح هندى مؤالفه (sic) شيخ (sic) شهاب الدين الشهير بتوقاتى «Commentaire sur Hindî, œuvre du schaikh Schihâb ed-Dîn, connu sous le nom de Taukâtî.» Celui-ci est appelé plus complètement au fol. 176 v° : شهاب الدين بن علاء الدين النوقاتى الشهير بابن عرقيه جى. L'ouvrage renfermé dans notre manuscrit sont les gloses qu'il a composées sur le commentaire de la *Kâfiya* d'Ibn Al-Ḥâdjib, par Schihâb ed-Dîn ibn ʿOmar Ad-Dawwânî Al-Hindî. Ce commentaire se trouve en trois exemplaires dans les manuscrits 80, 151, 152. Le supercommentaire d'At-Taukâtî est intitulé : كشف حجب فرائد الهندى «L'action de soulever les voiles qui couvrent les perles précieuses d'Al-Hindî.» Manuscrit daté de 981 de l'Hégire (1573 ap. J.-Ch.). Commencement : الحمد لله الذى توحد ذاته بالقدم الخ.

Papier Écriture Asiatique. 177 feuillets. 19 lignes par page.

185.

Titre : السفر الثانى من كتاب الملخص تاليف الشيخ . . . . . ابى الحسن عبيد الله بن ابى الربيع القرشى. Voir un autre exemplaire, celui-là autographe, de ce second volume au manuscrit 110. Copie datée de 731 de l'Hégire (1330 ap. J.-Ch.). Commencement : باب الضمائر.

Papier. Écriture Magrébine. 77 feuillets. 25 lignes par page.

186.

1° Titre : كتاب الاقتراح فى علم النحو تاليف الشيخ . . . . الجلال السيوطى . . . . . «Livre intitulé : L'improvisation sur la science de la syntaxe, œuvre du schaikh . . . . Djalâl ed-Dîn As-Soyoûṭî.» Un autre exemplaire ouvre le manuscrit 107.

2° (Fol. 54). Titre : كتاب شرح الخزرجيه فى صناعة العروض للعلامة . . . . . بدر الدين الدماميني المالكى المصرى . . . . . «Livre intitulé : Commentaire sur la *Khazradjiyya* relative à la science de la métrique, par le très savant . . . . . . Badr ed-Dîn Ad-Damâmînî Al-Mâlikî Al-Miṣrî.» La *Khazradjiyya* est un poème didactique, également connu sous le nom de الرامزة «Le signal», et dont l'auteur, Ḍiyâ ed-Dîn Aboû Moḥammad ʿAbd Allâh Al-Khazradjî, vivait au milieu du VIIe siècle de l'Hégire. Ce poème a été publié dans les *Breves arabicae linguae institutiones* B. P. Philippi Guadagnoli (Romae, 1642, in-folio). L'auteur du commentaire, dont nous avons l'autographe, se nomme lui-même à la fin محمد بن ابى بكر بن عمر المخزومى الدماميني المالكى; il termina cet exemplaire en 817 de l'Hégire (1414 ap. J.-Ch.) et mourut en 828 (1424 ap. J.-Ch.).

A la fin de la préface, Ad-Damâmînî donne comme titre de son commentaire : العيون الغامزة على خبايا الرامزة «Les yeux, qui indiquent par signes les secrets du Signal.» Il raconte comment il a été amené à développer sa rédaction d'abord plus courte; voici le commencement et quelques extraits : الحمد لله الذى شرح صدورنا لسلوك عروض الاسلام . . . . . . اما بعد . . . . . طفرتُ . . . . . بالقصيدة المقصورة المسمّاة بالرامزه نظم الشيخ . . . . ضياء الدين ابى محمد

عبد الله الخزرجى . . . . . وعلّقت عليها شرحا مختصرا . . . . . . ثم قدم علينا بعض طلبة الاندلس بشرح على هذه المقصورة للامام العلامة قاضى الجماعة بغرناطة السيد الشريف ابى عبد الله محمد بن احمد الحُسينى السبتى . . . . . . فاذا هو شرح بديع . . . . عزمى فى هذا الوقت الى كتابة شرح وسيط فوق الوجيز ودون البسيط الخ.

Papier. Écriture Asiatique. 177 feuillets. 21 lignes par page. 1° sans date.

187.

Titre : كتاب الفصيح عن ابى العباس ثعلب «Livre intitulé : La langue pure, d'après Aboû 'l-ʿAbbâs Thaʿlab.» Nous avons parlé longuement de ce traité à propos d'un autre exemplaire (ms. 30, 2°). Copie, entièrement vocalisée, écrite à Damas en 611 de l'Hégire (1214 ap. J.-Ch.). Commencement : هذا كتاب اختيار فصيح الكلام مما يجرى فى كلام الناس وكتبهم الخ.

Papier. Écriture Asiatique. 36 feuillets. 9 lignes par page.

188.

Titre : كتاب الفصيح فى اللغة نظما تاليف الشيخ . . . . عبد الحميد بن ابى الحديد «Livre intitulé : La langue pure, poème composé par le schaikh . . . . ʿAbd al-Ḥamîd ibn Abî 'l-Ḥadîd.» C'est le livre de Thaʿlab (mss. 187 et 30, 2°) mis dans le mètre *radjaz*, comme il ressort du vers 8 :

وقد نظمتُ لغة الفصيحِ لثعلبٍ فى رَجَزٍ مشروحِ

Voici la souscription (fol. 34 r°) : تم نظم الفصيح . . . . ما على هذا الكتاب من حاشية عليها صورة ق فهو من كتاب التنبيه على ما فى

الفصيح من الغلط تاليف ابى القسم على بن حمزة البصرى. Les notes indiquées ici appartiennent à une réfutation, dont l'auteur mourut en 375 de l'Hégire (985 ap. J.-Ch.).

Le manuscrit est daté de 709 de l'Hégire (1309 ap. J.-Ch.); quant à l'auteur du poème, c'est de lui que sont les mss. 33, 3° et 240; il est cité dans Ibn Khallikân, *Biographical Dictionary*, III, p. 543, auquel nous empruntons les détails suivants. Son nom complet est عز الدين ابو حامد عبد الحميد بن هبة الله بن محمد بن الحسين بن ابى الحديد المدائنى. Il naquit à Madâïn en 586 de l'Hégire (1190 ap. J.-Ch.) et mourut à Bagdâd en 655 (1257 ap. J.-Ch.). Commencement:

يقول راجى ربّه المجيد　　　عبدُ الحميد بن ابى الحديد

Papier. Écriture Asiatique. 34 feuillets. 13 lignes par page.

189.

Titre : مسائل من املاء الفقه الاستاذ ابى القاسم بن ابى الحسن الخثعمى م السهيلى ...... فى مسائل ساله عنها الفقيه المحدث ابو اسحق بن قرقول «Solutions données par le jurisconsulte, le maître Aboû 'l-Ḳâsim ibn Abî 'l-Ḥasan Al-Khath'amî As-Sohailî ..... aux questions que lui a posées le jurisconsulte, le traditionniste Aboû Isḥâḳ ibn Ḳaraḳoûl.» Solutions et questions sont relatives à la grammaire. Le maître Aboû 'l-Ḳâsim, comme il est nommé plusieurs fois, mourut en 581 de l'Hégire (1185 ap. J.-Ch.). Manuscrit daté de 697 (1297 ap. J.-Ch.). Commencement : مسئلة فيما لا ينصرف من الاسماء.

Papier. Écriture Magrébine. 50 feuillets. 14 lignes par page.

190.

Titre : كتاب فيه شرح الجزوليه للشيخ ..... ابى على عمر بن محمد بن عمر بن عبد الله الازدى «Livre contenant le commentaire de la *Djouzoûliyya* par le schaikh ...... Aboû ʿAlî ʿOmar ibn Moḥammad ibn ʿOmar ibn ʿAbd Allâh Al-Azdî.» Ce même commentaire sur l'Introduction à la grammaire d'Aboû Moûsâ ʿÎsâ ibn ʿAbd al-ʿAzîz Al-Djouzoûlî se trouve dans le manuscrit 36, un volume d'un autre commentaire dans le manuscrit 2. Copie datée de 694 de l'Hégire (1294 ap. J.-Ch.). Commencement, avec le passage auquel il a été fait allusion dans la description du manuscrit 36 : ..... قال ابو على عمر ..... الازدى وكان فراغه من هذا القول فى ..... سنة ٦٢٢. الحمد لله الذى تفضل علينا وتمم الخ

Papier. Écriture Magrébine. 90 feuillets. 18 lignes par page.

191.

Gloses de Naṣîr ed-Dîn Aṭ-Ṭoûsî sur la *Kâfiya* d'Ibn Al-Ḥâdjib. On n'est pas peu étonné de trouver le nom du célèbre astronome et mathématicien, mort en 672 de l'Hégire (1273 ap. J.-Ch.), comme auteur d'un commentaire grammatical. Il lui est attribué à la tranche inférieure, qui porte : حاشية خواجه نصير الدين الطوسى على الكافية, et dans le commencement que voici : من فوائد مولانا وسيدنا نصير الملة والدين محمد ابن محمد بن الحسن الطوسى ...... النحو علم باحوال وسيات (sic) تعرض للالفاظ العربية لخ.

Papier. Écriture Asiatique. 100 feuillets. 21 lignes par page.

192.

Titre enluminé, orné d'arabesques et de dorures : كتاب غوامض الصحاح «Livre intitulé : Les obscurités du *Ṣaḥâḥ*.» Le *Ṣaḥâḥ* est le fameux dictionnaire arabe d'Al-Djauharî, dont nous rencontrerons de nombreux et excellents exemplaires. Quant à l'auteur, il est nommé dans la souscription (fol. 119 r°), d'après laquelle nous avons un exemplaire écrit de sa main : وكتب مؤلفه الفقير الى الله تعالى خليل بن ايبك بن عبد الله الصفدى فى ..... سنة ٧٥٧. L'exemplaire, de 757 de l'Hégire (1356 ap. J.-Ch.), est de sept années antérieur à la mort de l'auteur, survenue en 764 de l'Hégire (1362 ap. J.-Ch.). C'est un des écrivains les plus féconds de la littérature arabe dans les genres les plus divers. Dans l'écrit que nous avons ici, et qui est un dictionnaire rangé d'après les initiales des mots obscurs contenus dans le *Ṣaḥâḥ*, l'auteur annonce qu'il va se mettre à lui consacrer un autre ouvrage, où il en signalera les erreurs, ouvrage qu'en effet il termina dans la même année. Voir Ḥâdjî Khalîfa, IV, p. 96. Le manuscrit est vocalisé avec beaucoup de soin. Commencement : اما بعد حمد الله على نعم فات احصاوها ..... فان كتاب الصحاح للجوهرى ..... من الكتب المفيده والمصنّفات السعيده ...... احببت جمع الغوامض التى فى الصحاح الخ.

Papier. Écriture Asiatique. 119 feuillets. 9 lignes par page.

193.

Les secrets de la langue arabe (اسرار العربية) par Kamâl ed-Dîn Aboû 'l-Barakât ibn Abî Sa'îd Al-Anbârî. Voir un autre exemplaire au manuscrit 83, 1°.

Papier. Écriture Magrébine. 109 feuillets. 19 lignes par page. Sans date.

194.

Titre : كتاب الايضاح فى النحو مما الف وشرح وبين وصنف ابو على الحسن بن احمد بن عبد الغفار الفسوى الفارسى «Livre intitulé : L'exposition lucide de la syntaxe, composée par....... Aboû ʿAlî Al-Ḥasan ibn Aḥmad ibn ʿAbd el-Gaffâr Al-Fasawî Al-Fârisî.» Voir d'autres exemplaires dans les manuscrits 42, 43, 125. Le haut des premiers feuillets et la fin manquent.

Papier. Écriture Magrébine. 145 feuillets 23 lignes par page. Sans date. Manuscrit du VIIe siècle de l'Hégire.

195.

1° Fragment d'un exemplaire du *Moufaṣṣal* d'Az-Zamakhscharî. Voir deux exemplaires complets (mss. 176, 177). Exemplaire en désordre, où manquent commencement et fin. Vocalisation très soignée. Copie non datée, qui paraît être du commencement du VIIIe siècle de l'Hégire.

2° (Fol. 116). Titre relativement moderne : القواعد للبصروى «Les fondements, par Al-Boṣrawî.» C'est un opuscule grammatical, que Ḥâdjî Khalîfa, n° 9604, compare à la *Kâfiya*. Commencement : قال الشيخ رحمه الله تعالى الكلام كلّه على ثلاثة اقسام اسم وفعل وحرف ولكل واحد علامة يعرف بها الخ.

3° (Fol. 123). Titre : كتاب فيه الدرّة الالفية فى علم العربية نظم ...... ابى زكريا يحيى بن معط بن عبد النور الزواوى الدمشقى «Livre renfermant la perle en mille vers sur la science de la langue arabe, l'*Alfiyya* de......... Aboû Zakariyyâ Yaḥyâ Ibn Mouʿt ibn ʿAbd en-Noûr Az-Zawâwî de Damas.» Les manuscrits 9, 22 et 23 contiennent des commentaires sur ce poème grammatical, dont l'auteur mourut en 628 de l'Hégire (1230 ap. J.-Ch.). Copie datée de 720 de l'Hégire (1320 ap. J.-Ch.). Commencement :

يقول راجى ربه الغفـــور   يحيى بن معط بن عبد النور

Papier. Écriture Magrébine. 154 feuillets. 1° et 3° 17 lignes; 2° 19 lignes par page. 1° et 2° sans date.

196.

Traité sur la science des flexions, intitulé d'après le fol. 1 v° : نزهة الطرف فى علم الصرف «Délices de l'œil sur la science des flexions.» L'auteur est nommé par Hâdjî Khalîfa, qui donne aussi les titres des dix chapitres (n° 13697), Aboû 'l-Faḍl Aḥmad ibn Moḥammad ibn Aḥmad Al-Maidânî, mort en 518 de l'Hégire (1124 ap. J.-Ch.). C'est le même Al-Maidânî, dont le Recueil de proverbes a été publié à Boûlâḳ en 1283 de l'Hégire (1866 ap. J.-Ch.), et qui a été traduit en latin par G. W. Freytag sous le titre de *Arabum Proverbia* (Bonnae, 1838 et suiv., 3 vol. in-8). Commencement : احمد الله على الائه الخ.

Papier. Écriture Asiatique. 104 feuillets. 13 lignes par page. Sans date.

197.

Traité de grammaire intitulé : الواضح فى النحو «L'exposition claire de la syntaxe.» L'auteur, qui n'est pas nommé, est sans doute Aboû Bakr Moḥammad ibn Al-Ḥosain Az-Zobaidî de Séville (voir Maḳḳarî, *Analectes*, éd. de Leyde, II, p. ٣٢٠; cf. Ḥâdjî Khalîfa, n° 14145), qui vécut à la fin du IVe siècle de l'Hégire. Nous avons rencontré dans les manuscrits 46 et 99 un traité des locutions vicieuses, qui, dans le premier de ces deux exemplaires, est appelé La réfutation d'Az-Zobaidî. Commencement : هذا كتاب منسوخ من كتاب الواضح فى النحو باب اقسام الكلام اقسام الكلام كله ثلاثة اسم وفعل وحرف جاء لمعنى فالاسم قولك رجل وفرس وحمار وزيد وعمرو وما اشبه ذلك الخ.

Papier Écriture Maghrébine. 224 feuillets. 19 lignes par page. Sans date. Copie très moderne.

198.

Opuscule grammatical, intitulé dans la souscription (fol. 35 r°) : الكراسة «L'extrait.» La date de 642 de l'Hégire (1244 ap. J.-Ch.), qui est donnée immédiatement après, semble être celle à la fois de la composition et de l'écriture. L'auteur a gardé l'anonyme. Dans le manuscrit 128, qui contient un commentaire sur L'extrait, il n'est non plus nommé que المولف رحمه الله. Commencement : الكلام هو اللفظ المركب المفيد بالوضع كل حنس (*sic*, lisez جنس) قسم الى انواعه او الى اشخاص انواعه او نوع قسم الى اشخاصه الخ.

Papier. Écriture Maghrébine. 35 feuillets. 20 lignes par page.

199.

Commentaire sur l'*Alfiyya* d'Ibn Mâlik. Ce commentaire n'est autre que le commentaire abrégé d'Al-Makoûdî (voir mss. 6, 2°; 7, 1°; 136). Commencement et fin manquent. Le manuscrit ouvre au milieu du commentaire relatif au vers 629 par ce qui suit : فاتى بثلاثة امثلة اثنان من الجر والمجرور وواحد من الظرف الخ. Le dernier vers commenté est le vers 968, à propos duquel on lit : يعنى انه يجب ابدال الواو والياء المفتوح ما قبلهما

وذاك بشروط ذكر منها فى هذا الباب الخ. Ces extraits ont pu servir à reconnaître de quel commentaire ce manuscrit renferme un long fragment.

Papier. Écriture Magrébine. 163 feuillets. 24 lignes par page. Sans date.

200.

Par une erreur de reliure, le fol. 1 est devenu fol. 3; on y lit encore, bien que le titre soit effacé : شرح الكافية «Commentaire sur la *Kâfiya.*» C'est en effet un commentaire critique sur la *Kâfiya* d'Aboû ʿAmr Ibn Al-Ḥâdjib par un disciple de Djamâl ed-Dîn Aboû ʿAbd Allâh Moḥammad Ibn Mâlik, l'auteur de l'*Alfiyya,* qu'il nomme (fol. 3 v°) : شيخنا «notre maître». Sans cette dénomination, j'aurais été tenté de croire que l'auteur du commentaire était le fils même d'Ibn Mâlik, Badr ed-Dîn Moḥammad, mort en 686 de l'Hégire (1287 ap. J.-Ch.), qui a commenté les œuvres grammaticales de son père (voir mss. 16, 1°; 126; 139, 2°). Car, dans un coin du titre, on lit de la main d'un des possesseurs : بدر الدين. La fin manque. Commencement au fol. 3 v° : الحمد لله رب العلمين ...... هذا مختصر مشتمل على قواعد غزير نفعها وفرائد عزيز جمعها ومنبه على ماخذ فيه اختصار المقدمة الحاجبية مما تدعو الحاجة اليه فى علم العربية ...... مما قيدته معنى عن شيخنا ...... جمال الدين ابى عبد الله محمد بن مالك رحمه الله قال الشيخ ...... ابو عمرو ابن الحاجب الكلمة لفظ وضع لمعنى مفرد الخ.

Papier. Écriture Magrébine. 88 feuillets. 17 lignes par page. Sans date. Manuscrit du IX° siècle de l'Hégire.

201.

Exemplaire de l'*Adjourroûmiyya* (voir mss. 83, 2°; 88; 92, 1°; 93; 102, 6°, etc.).

Papier. Ecriture Asiatique. 23 feuillets. 7 lignes par page. Sans date.

II.

Rhétorique.

In-Folio

202.

Titre dans la souscription (fol. 168 r°) : كتاب مغنى اللبيب عن كتب الاعاريب تاليف . . . . . جمال الدين عبد الله بن يوسف بن احمد بن عبد الله بن هشام الانصارى الحنبلى. Cet ouvrage d'Ibn Hischâm se trouve dans les manuscrits 48, 97, 98, etc. Il manque quelques feuillets au commencement de cet exemplaire, daté de 837 de l'Hégire (1433 ap. J.-Ch.).

Papier. Écriture Magrébine. 168 feuillets. 31 lignes par page.

203.

Commentaire sur le traité précédent, par Moḥammad ibn Abî Bakr Al-Makhzoûmî Ad-Damâmînî. Ce commentaire a été nommé par son auteur (fol. 2 r°) : تحفة الغريب فى الكلام على مغنى اللبيب «Présent fait à l'étranger en lui parlant du *Mougnî 'l-labîb.*» Ce titre paraît moins singulier, si l'on pense que le commentaire fort étendu d'Ad-Damâmînî a été destiné aux populations de l'Inde, comme on le verra dans un passage cité du manuscrit 204. Le manuscrit 186, 2° contient un commentaire autographe du même Ad-Damâmînî sur la *Khazradjiyya,* poème relatif à la métrique. Manuscrit daté de 1007 de l'Hégire (1598 ap. J.-Ch.). Commencement : الحمد لله الذى منح من لسان العرب الايادى الحسنه الخ.

Papier. Écriture Asiatique. 470 feuillets. 31 lignes par page.

204.

Autre commentaire sur le مغنى اللبيب d'Ibn Hischâm, intitulé : المنصف من الكلام على مغنى بن (*sic*) هشام «Commentaire juste-milieu sur le *Mougnî* d'Ibn Hischâm.» L'auteur, qui n'est pas nommé, est d'après Ḥâdjî Khalîfa, V, p. 656, Taḳî ed-Dîn Aboû 'l-'Abbâs Aḥmad ibn Moḥammad Asch-Schoumounnî, mort en 872 de l'Hégire (1467 ap. J.-Ch.). Nous avons rencontré ce même commentaire dans les mss. 49 et 50. C'est du même auteur que le manuscrit 11 contient un commentaire sur l'*Alfiyya* d'Ibn Mâlik. A la fin (fol. 246 v°), on lit : تمت الحاسيه. Commencement : الحمد لله الذى خص كلامه بعدم المعارضة والاعجاز . . . . . . وبعد فقد نظرت عند اقرائى لمغنى اللبيب عن كتب الاعاريب ما كتبه الشيخ شمس الدين بن الصائغ الحنفى وسماه بتنزيه السلف عن تمويه الخلف وذلك الى اثناء البـاء الموحدة والتعليق الذى كتبه الشيخ بدر الدين محمد بن ابى بكر الدمامينى بالديار المصرية والسرح الذى اظهره بعد ذلك بالبلاد الهندية وسماه بتحفة الغريب . . . . فسألنـى بعض الاصحاب ان افيد ذلك بكتاب وان اضمّ اليه جل الشواهد والابيات . . . . . . فاجبتُ . . . . . . وسميته بالمنصف من الكلام على مغنى بن (*sic*) هشام الخ.

Papier. Écriture Asiatique 286 feuillets. 31 lignes par page. Sans date.

205.

Traité intitulé : مفتاح العلوم «La clef des sciences.» Le premier feuillet manquant, le titre est emprunté à la fin de la préface, fol. 2 r°. L'auteur, qui n'est point nommé, est Sirâdj ed-Dîn Aboû Ya'ḳoûb Yoûsouf ibn Abî Moḥammad ibn 'Alî As-Sakkâkî, mort en 626 de l'Hégire (1228 ap. J.-Ch.). Nous avons déjà rencontré deux commentaires sur la troisième partie : فى علمى المعانى والبيان dans les mss. 26 et 63; les deux premières parties du texte sont : 1° فى علم الصرف; 2° فى علم النحو. Manuscrit très soigné et très correct, daté de 982 de l'Hégire (1574 ap. J.-Ch.).

Papier. Écriture Asiatique. 286 feuillets. 21 lignes par page.

206.

Titre : شرح القسم الثالث من كتاب المفتاح للامام السكاكى تاليف سيدى شريف (*sic*) الجرجانى .... «Commentaire sur la troisième partie de La clef des sciences d'As-Sakkâkî par ...... As-Sayyid Al-Djordjânî.» Un exemplaire presque complet de ce commentaire se trouve dans le manuscrit 63. Manuscrit, orné de notes marginales et interlinéaires, daté de 870 ou 876 de l'Hégire (1465 ou 1471 ap. J.-Ch.). Commencement : نحمدك اللهم على ما هديتنا اليه من دقائق المعانى الخ.

Papier. Écriture Asiatique. 151 feuillets. 31 lignes par page.

207.

Autre exemplaire du même commentaire également sur la troisième partie du même ouvrage.

Papier. Écriture Asiatique. 261 feuillets. 21 lignes par page. Sans date

208.

Troisième exemplaire tout-à-fait conforme aux deux précédents. Il ne s'en distingue que par la note finale traduite par Casiri et dont voici la teneur : وقد وقع الفراغ من تاليفه اواسط شوال من سنة ٨٠٣. Manuscrit daté de 833 de l'Hégire (1429 ap. J.-Ch.).

Papier. Écriture Asiatique. 216 feuillets. 25 lignes par page.

209.

Gloses sur le commentaire précédent (mss. 206—208), dont l'auteur est nommé au fol. 1 v° : على بن مجد الدين الشاهرودى البسطامى. C'est le même commentateur, que Ḥâdjî Khalîfa (VI, p. 21) appelle 'Alâ ed-Dîn 'Alî ibn Moḥammad, connu sous le nom de Mouṣannifak et qui mourut en 871 de l'Hégire (1466 ap. J.-Ch.). Il dit avoir consacré ses gloses à الشرح المشهور للقسم الثالث من مفتاح العلوم المنسوب الى .... ابى الحسن على الشريف الجرجانى. La fin manque. Commencement : نحمدك يا من علت سرادق كبريائه الخ.

Papier. Écriture Asiatique. 85 feuillets. 19 lignes par page. Sans date.

210.

Quoi qu'en dise Casiri, c'est encore un exemplaire du commentaire contenu dans les manuscrits 206 208. On y retrouve la note particulière à ce dernier, d'après laquelle ce commentaire a été composé en 803 de l'Hégire (1400 ap. J.-Ch.). Le commencement fait défaut. Manuscrit daté de 948 de l'Hégire (1541 ap. J.-Ch.).

Papier. Écriture Asiatique. 149 feuillets. 19 lignes par page.

211.

Commentaire de Mas'oûd ibn 'Omar, connu sous le nom de Sa'd ed-Dîn At-Taftâzânî sur le تلخيص المفتاح «Abrégé du *Miftâḥ*» de La clef des sciences d'As-Sakkâkî. Cet abrégé laisse tout-à-fait de côté les deux premières parties pour ne résumer que la troisième consacrée à la rhétorique; il a pour auteur Djalâl ed-Dîn Moḥammad ibn 'Abd ar-Raḥmân Al-Ḳazwînî, surnommé le prédicateur de Damas (خطيب دمشق), mort en 739 de l'Hégire (1338 ap. J.-Ch.). Cet ouvrage, dont le texte se trouve au manuscrit 227, 1°; 248, 13°, a été imprimé à Calcutta en 1815 et à Constantinople en 1260 de l'Hégire (1844 ap. J.-Ch.). Une partie a été également publiée par M. Mehren dans sa *Rhetorik derAraber,* p. ١—٤٦, et ٦٢—١٠٨. Des deux commentaires, que Sa'd ed-Dîn At-Taftâzânî a composés sur le تلخيص المفتاح, nous avons ici le second, qu'il a abrégé du premier et qui est connu sous le nom de المختصر «L'abrégé». Ce commentaire a été publié à Calcutta en 1813 et souvent réimprimé dans l'Inde. Il a été aussi imprimé à Constantinople en 1259 de l'Hégire (1843 ap. J.-Ch.). Des extraits en sont donnés au bas des pages dans les parties citées plus haut de l'ouvrage de Mehren. Il ne faut les confondre ni l'un ni l'autre avec le commentaire, que le même auteur a écrit directement sur la troisième partie du مفتاح العلوم, et qui se trouve dans le manuscrit 26 (cf. ms. 226). Copie datée de 977 de l'Hégire (1569 ap. J.-Ch.). Commencement : نحمدك يا من شرح صدورنا لتلخيص البيان الخ.

Papier. Écriture Magrébine. 125 feuillets. 26 lignes par page.

212.

On lit au fol. 1 r° d'une main plus moderne : حسن چلبي على المطوّل et à la tranche inférieure : حاشية الفنارى على المطوّل. L'une et l'autre indication sont exactes et se complètent. En effet, nous avons ici la «glose» de Ḥasan Tschalabî Ḥasan ibn Moḥammad Schâh Al-Fanârî, mort en 886 de l'Hégire (1481 ap. J.-Ch.) sur le Commentaire étendu. Ce Commentaire étendu (المطوّل) est le plus long des deux, que Sa'd ed-Dîn At-Taftâzânî a composés sur le تلخيص المفتاح. Les gloses de Ḥasan Tschalabî ont été imprimées à Constantinople en 1854. Manuscrit daté de 990 de l'Hégire (1582 ap. J.-Ch.). Commencement sans préface : الهمنا حقائق المعانى ودقائق البيان الاقرب الى الفهم ان المراد بالالهام فى هذا المقام معناه اللغوى الخ.

Papier. Écriture Asiatique. 280 feuillets. 27 lignes par page.

213.

Titre : كتاب حاشية المطول للشيخ . . . . يحي بن سيف السيرامى . . . . . . «Livre intitulé : Glose sur le Commentaire étendu, par le schaikh . . . . . . Yaḥyâ ibn Saif As-Sîrâmî.» Celui-ci mourut en 833 de l'Hégire (1429 ap. J.-Ch.); il termina en 830 (1426 ap. J.-Ch.) ses gloses sur le Commentaire étendu de Sa'd ed-Dîn At-Taftâzânî sur le تلخيص المفتاح. Manuscrit daté de 886 de l'Hégire (1481 ap. J.-Ch.). Commencement : الحمد لله الذى زيّن سماء البلاغة بمصابيح البيان . . . . . . وبعد فيقول يحى بن سيف السيرامى . . . . . هذا شرح

كتبه على المطول شرح تلخيص المفتاح للعلامة . . . . . مسعود بن عمر المدعو بسعد التفتازانى الخ.

Papier. Écriture Asiatique. 244 feuillets. 29 lignes par page.

214.

Titre : . . . . . كتاب المثل السائر فى ادب الكاتب والشاعر تاليف الوزير ضياء الدين فخر الاسلام ابى الفتح نصر الله بن محمد بن عبد الكريم الجزرى «Livre intitulé : Le proverbe courant sur l'instruction de l'écrivain et du poète, par le wazîr . . . . . Ḍiyâ ed-Dîn Fakhr al-Islâm Aboû 'l-Fatḥ Naṣr Allâh ibn Moḥammad ibn ʿAbd al-Karîm Al-Djazarî.» Il ne faut pas confondre cet Ibn Al-Djazarî avec celui du manuscrit 129. L'auteur du manuel pédagogique, que nous décrivons, est connu sous le nom d'Ibn Al-Athîr Al-Djazarî; il mourut en 637 de l'Hégire (1239 ap. J.-Ch.). Manuscrit daté de 735 (1334 ap. J.-Ch.). Autres exemplaires, mss. 262, 507. Cet ouvrage a été imprimé à Boûlâḳ en 1282 de l'Hégire (1865 ap. J.-Ch.). Commencement : نسأل الله ان يبلغ بنا من الحمد ما هو اهله الخ.

Papier. Écriture Asiatique 284 feuillets. 21 lignes par page.

215.

Gloses sur un commentaire intitulé : زهر الربيع فى شواهد البديع «Les fleurs du printemps sur les vers cités comme exemples dans le *Badîʿ*.» De qui sont les gloses, de qui est le commentaire? Je l'ignore. Quant au *Badîʿ*, son titre complet paraît être البديع فى فصل الربيع «La rhétorique originale sur la saison du printemps», voir Maḳḳarî, *Analectes*, éd. de Leyde, II, p. ۲۹۰; Dozy, *Scriptorum Arabum loci de Abbadidis,* I, p. 210; ou bien البديع فى وصف الربيع «La rhétorique originale sur la description du printemps», comme porte la souscription d'un exemplaire contenu dans le manuscrit 353 de l'Escurial (Casiri, 351). L'auteur est nommé dans Makkarî, *Analectes,* II, p. ۲۸۹, le wazîr Aboû 'l-Walîd Ismâʿîl ibn Ḥabîb, surnommé Ḥabîb; dans le manuscrit 353, Aboû 'l-Walîd Ismâʿîl ibn Moḥammad ibn ʿÂmir; dans Ḥâdjî Khalîfa, II, p. 418, Aboû 'l-Walîd Ismâʿîl ibn Moḥammad de Grenade, né en 708 de l'Hégire (1308 ap. J.-Ch.), mort en 771 (1369 ap. J.-Ch.). L'ouvrage, étant une anthologie de tout ce que les poètes espagnols ont écrit sur le printemps, le commentaire, ainsi que les gloses contenues dans ce manuscrit, se rapportent à «des vers cités comme exemples». Manuscrit daté de 1018 de l'Hégire (1609 ap. J.-Ch.). Commencement : (*sic,* lisez peut-être موجد) من محد الكون استمد التوفيق والعون الحمد لله الذى اودع براعة البيان من شاء من العباد . . . . . . وبعد فقد سألنى من تعينت اجابته . . . . . . ان الحق زهر الربيع فى شواهد البديع بحاشية الخ.

Papier. Écriture Magrébine. 209 feuillets. 33 lignes par page.

216.

Premier volume du commentaire d'Al-Mourâdî sur l'*Alfiyya* d'Ibn Mâlik. A la tranche inférieure, on lit : الاول من شرح المرادى. Cf. mss. 4, 5, 12, 70 et suiv. Commencement et fin manquent; nombreuses lacunes.

Papier. Écriture Magrébine. 167 feuillets. 21 lignes par page. Sans date.

217.

Titre : هذا كتاب التبيان فى المعانى والبيان للشيخ . . . . . . ابو (sic) عبد الله الحسين ابن (sic) عبد الله بن محمد الطيبى . . . . وفيه شرح الكتاب للمصنف ايضا «Ceci est le livre intitulé : L'explication au sujet de la rhétorique, par le schaikh . . . . . . Aboû ʿAbd Allâh Al-Ḥosain ibn ʿAbd Allâh ibn Moḥammad Aṭ-Ṭayyibî . . . . et ce volume contient un commentaire sur le livre précédent, par l'auteur lui-même.» Voir ce que j'ai dit à propos du manuscrit 130. Le texte a été terminé par son auteur en 725 de l'Hégire (1325 ap. J.-Ch.); la copie est de 762 de l'Hégire (1360 ap. J.-Ch.). Cette dernière date se trouve à la fin du texte (fol. 51 r°), et aussi à la fin du commentaire. Le commentaire commence au milieu du fol. 51 r°; sur le haut, on y lit d'une écriture plus moderne : كتاب شرح التبيان فى المعانى والبيان للمصنف . . . . . العلامة الحسن بن عبد الله الطيبى. La composition du commentaire a été achevée en 737 de l'Hégire (1336 ap. J.-Ch.). Commencement du texte : الحمد لله الذى اشرقت بسناء محامده فى سماء المعانى من شموس البيان أنجُمُ الخ.

Papier. Écriture Asiatique. 197 feuillets. 35 lignes par page.

218.

1° شرح الكوكب الساطع نظم جمع الجوامع للسيوطى «Commentaire sur L'étoile qui s'élève; mise en vers de La collection des collections, par As-Soyoûṭî.» Ce titre se trouve répété en tête de chaque cahier, ce qui a permis de reconnaître l'identité de l'œuvre, bien que le commencement fasse défaut.

Texte et commentaire sont d'As-Soyoûṭî, qui a terminé cet écrit en 877 de l'Hégire (1472 ap. J.-Ch.). L'ouvrage, qu'As-Soyoûṭî a mis en vers, ne doit pas être confondu avec les ouvrages du même titre qu'il a composés sur les traditions et aussi sur la grammaire (voir mss. 38, 39). C'est La collection des collections sur les principes du droit musulman, par Tâdj ed-Dîn ʿAbd el-Wahhâb ibn ʿAlî Ibn As-Sobkî le Schâfiʿite, mort en 771 de l'Hégire (1369 ap. J.-Ch.). Copie datée de 982 de l'Hégire (1574 ap. J.-Ch.), date qui doit être également appliquée au reste du manuscrit, tout entier de la même main.

2° (Fol. 34). Titre : كتاب شرح النقاية للشيخ ...... جمال الدين السيوطى الشافعى «Livre intitulé : Le commentaire sur La partie choisie, par le schaikh ..... Djalâl ed-Dîn As-Soyoûṭî le Schâfiʿite.» Ce commentaire a été nommé par son auteur, qui est aussi l'auteur du texte : اتمام الدراية لقرّاء النقاية «Achèvement de la connaissance pour les lecteurs de La partie choisie.» C'est également à la jurisprudence musulmane que se rapportent cet opuscule et son commentaire. Commencement : الحمد لله على نعمه الشائعة الشاملة الخ.

3° (Fol. 86). Titre : كتاب المنظومة المسمّى (sic) باجمان فى علم المعانى والبيان تاليف ...... الجلال السيوطى ..... «Livre contenant la poésie didactique intitulée : Les perles précieuses sur la science de la rhétorique, œuvre de ..... Djalâl ed-Dîn As-Soyoûṭî.» En réalité, cette poésie en vers *radjaz* est appelée (cf. fol. 86 v°) : عقود الجمان فى علم المعانى والبيان «Les colliers de perles précieuses sur la science de la rhétorique.» As-Soyoûṭî y a mis en vers le تلخيص المفتاح d'Al-Ḳazwînî (voir mss. 211, 212, 213); il est également l'auteur du commentaire contenu dans ce manuscrit, dont la fin manque. Des extraits considérables du poème ont été publiés par M. Mehren, *Die Rhetorik der Araber,* p. ٤٧—٦٢ et ١٠٩—١٤٠. Commencement : الحمد لله المنزه عن المماثلة والتشبيه .... هذا تعليق علقته لينتفع به فى حلّ ارجوزتى التى نظمتُها فى علم المعانى والبيان وسمّيتها عقود الجمان الخ.

Papier. Écriture Asiatique. 155 feuillets. 31 lignes par page.

219.

1° كتاب شرح ترجيز مصباح الشيخ ...... محمد بن محمد بن عبد الله بن ملك الطائى الجيانى فى علم المعانى والبيان وعلم البديع وغيره تاليف مصنف الترجيز الشيخ ...... محمد بن عبد الرحمن بن احمد بن محمد بن حسن المراكشى الاكمه «Livre intitulé : Commentaire sur la traduction en vers *radjaz* du *Miṣbâḥ* (Flambeau) du schaikh...... Moḥammad ibn Moḥammad ibn ʿAbd Allâh Ibn Mâlik Aṭ-Ṭâʾî Al-Djayyânî sur la science de la rhétorique, du style fleuri, etc.; commentaire par l'auteur de la traduction en vers *radjaz*, le schaikh .... Moḥammad ibn ʿAbd er-Raḥmân ibn Aḥmad ibn Moḥammad ibn Ḥasan du Maroc, l'aveugle de naissance.» Le *Miṣbâḥ,* dont il est question, est l'abrégé du مفتاح العلوم (voir mss. 26, 63, 205 et suiv.) intitulé : المصباح فى اختصار المفتاح, qui a pour auteur le fils d'Ibn Mâlik, de l'auteur de l'*Alfiyya* (voir sur ce fils les mss. 16, 1°; 126; 139, 2°; 200), et qui se trouve dans le manuscrit 250. Quant à l'auteur du poème didactique et du commentaire, il vivait au commencement du IXe siècle de l'Hégire, à l'époque même où ce manuscrit a été écrit, en 813 de l'Hégire (1410 ap. J.-Ch.). Commencement du commentaire : الحمد لله وسلام على عباده الذين اصطفا *(sic)* خصوصا

على سيدنا محمد . . . . . . وبعد فهذا تعليق . . . . . على ترجيزنا للمصباح الخ; commencement du texte commenté :

يقول راجى ربه ذو (sic) الرحه محمد المراكشى الاكه

2° (Fol. 76). Titre : كتاب فض الختام عن التورية والاستخدام من تصانيف . . . . . ابى الصفا خليل ابن (sic) عبد الله الصفدى «Livre intitulé : Le chaton du sceau, au sujet de la métalepse et de l'emploi détourné des pronoms, un des écrits d'Aboû 'ṣ-Ṣafâ Khalîl ibn ʿAbd Allâh Aṣ-Ṣafadî.» Il a été question de ce célèbre polygraphe à propos du manuscrit 192. L'ouvrage est un recueil de vers, où sont constatées ces figures de rhétorique. Commencement : الحمد لله الذى جلى بلباس الاداب الخ.

Papier. Écriture Asiatique. 150 feuillets 21 lignes par page. 2° sans date.

220.

1° Titre plus moderne que le manuscrit : (sic) كال باشى زاده على شرح المصباح «Kamâl Pâschâh Zâdéh sur le commentaire du *Miṣbâḥ*.» Ici, le *Miṣbâḥ* ne représente point le même ouvrage que dans le manuscrit 219, 1°; c'est ainsi qu'As-Sayyid Asch-Scharîf ʿAlî ibn Moḥammad Al-Djordjânî, mort en 816 de l'Hégire (1413 ap. J.-Ch.), a intitulé son commentaire sur la troisième partie du مفتاح العلوم. A ce commentaire, des gloses ont été ajoutées par Schams ed-Dîn Aḥmad ibn Solaimân Ibn Kamâl Pâschâh, mort en 940 de l'Hégire (1533 ap. J.-Ch.). Commencement : الحمد لله حق حمده والصلوة على محمد واله وصحبه القسم الثالث صنف المـــص (sic = المصنف) كـتابه فى علم الادب وهو عنده معرف بما يحترز به عن

الخطأ فى كلام العرب ومنحصر فى ستّة انواع اللغة والصرف والاشتقاق والنحو والمعانى والبيان الخ.

2° (Fol. 173). Commentaire par le même Ibn Kamâl Pâschâh sur la rédaction nouvelle qu'il avait faite du مفتاح العلوم. Pas de titre; celui, que nous donnons, est emprunté à un autre exemplaire (ms. 234). Commencement : القانون الاول فيما يتعلق بالخبر قدّم مباحث الخبر لسبقه فى الاعتبار وذلك لكونه اقدم فى الاشتقاق واكثر فى الاستعمال واوفر فى الاشتمال على الخواصّ والمزايا اعلم ان مرجع الخبرية اراد بالخبرية ما به تمياز الخبر عن قسيمه *(sic)* الخ.

Papier. Écriture Asiatique. 256 feuillets. 21 lignes par page. Sans date.

221.

Titre d'une écriture plus moderne : الكامل للمبرد «Le livre parfait, par Al-Moubarrad.» Cet ouvrage est bien connu par l'édition de W. Wright (Leipzig, 1864 et suiv. in-4); il a été aussi publié à Constantinople en 1871. On sait qu'Al-Moubarrad vivait au troisième siècle de l'Hégire et qu'il mourut en 285 de l'Hégire (898 ap. J.-Ch.). Le manuscrit 111 contient un commentaire sur un autre de ses traités philologiques. Le manuscrit du *Kâmil,* que nous signalons, est d'autant plus précieux qu'il est entièrement vocalisé et qu'il a été écrit en 512 de l'Hégire (1118 ap. J.-Ch.). Nombreuses notes marginales anciennes. Seuls, les six premiers feuillets ont été ajoutés après coup. Commencement : اخبرنا ابو عثمن سعيد بن جابر قال اخبرنا ابو الحسن على بن سليمن الاخفش قراءة عليه قال قرئ لى هذا الكتاب على ابى العباس محمد بن يزيد المبرد الحمد لله حمدا كثيرا يبلغ رضاه الخ.

Papier. Écriture Magrébine. 171 feuillets. 27 lignes par page.

In-Quarto.

222.

Titre : السفر الاول من كتاب الاقتضاب فى شرح ادب الكتّاب مما عُنى بِصُنْعه الفقيه الاستاذ الحافظ ابو محمد عبد الله بن السيد البطليوسى «Premier tome du livre intitulé : Le commentaire improvisé sur L'instruction des écrivains, commentaire dont l'auteur est .... Aboû Moḥammad ʿAbd Allâh Ibn As-Sîd Al-Baṭalyoûsî.» L'ouvrage commenté est nommé tantôt ادب الكاتب et tantôt ادب الكتّاب; il a pour auteur Aboû Moḥammad ʿAbd Allâh ibn Mouslim Ibn Ḳotaiba, mort en 270 de l'Hégire (882 ap. J.-Ch.). Quant au commentateur, il mourut en 421 (1030 ap. J.-Ch.). Le commentaire est complet, un nouveau titre au fol. 60 r° indiquant le commencement du tome second (السفر الثانى). Ce tome second est entièrement consacré à l'explication des vers cités dans le livre d'Ibn Ḳotaiba (فى هذا الكتاب). Voir du reste la division de ce commentaire dans Ḥâdjî Khalîfa, I, p. 223. Autre exemplaire, ms. 503. Commencement : الحمد لله موزع الحمد وملهمه الخ.

Papier. Écriture Magrébine. 111 feuillets. Sans date. Manuscrit du commencement du VIIIe siècle de l'Hégire.

223.

Titre : كتاب التبيان فى علم البيان المطلع على اعجاز القران تصنيف كمال الدين ابى محمد عبد الواحد بن عبد الكريم بن خلف الانصارى المعروف بالسملكى *(sic)* رحمه الله وقد ردّ عليه فى كتابه هذا احمد بن عبد الله بن الحسين ابن احمد بن عميره المخزومى ابو المطرف *(sic)* فى كتاب وسمه بالتنبيهات على ما

في البيان من التمويهات «Livre intitulé : La démonstration sur la science de l'exposition; destinée à rendre manifeste l'excellence du stile du Coran, œuvre de Kamâl ed-Dîn Aboû Moḥammad ʿAbd al-Wâḥid ibn ʿAbd al-Karîm ibn Khalaf Al-Anṣârî, connu sous le nom d'As-Samlakî . . . . . et les doctrines exprimées par lui dans ce livre ont été réfutées par Aḥmad ibn ʿAbd Allâh ibn Al-Ḥosain ibn Aḥmad ibn ʿAmîra Al-Makhzoûmî Aboû 'l-Moṭarrif dans un ouvrage, que celui-ci a nommé Les avertissements au sujet des falsifications, qu'on rencontre dans La démonstration», et qui se trouve dans le manuscrit 115. Ce n'est point cette réfutation que contient le manuscrit, mais bien l'ouvrage annoncé d'abord d'As-Samlakî, ou plutôt, comme portent le manuscrit 263 et Ḥâdjî Khalîfa, II, p. 185, d'Ibn Az-Zamlakânî, mort en 651 de l'Hégire (1253 ap. J.-Ch.) Cet ouvrage a été composé en 637 de l'Hégire (1239 ap. J.-Ch.); la copie est datée de 724 (1323 ap. J.-Ch.). Commencement: الحمد لله الذى انطق السنة الاقلام باحكام الأحكام الخ.

Papier. Écriture Magrébine. 57 feuillets. 23 lignes par page.

224.

Titre relativement moderne : كتاب حدائق البيان فى شرح كتاب التبيان «Livre intitulé : Les bosquets de l'explication; commentaire sur Le livre de l'exposition.» L'auteur du texte commenté est nommé au fol. 1 v° l'imâm..... Ḥosain ibn ʿAbd Allâh ibn Moḥammad Aṭ-Ṭayyibî; le commentaire est de son disciple ʿAlî ibn ʿÎsâ, qui le termina en 737 de l'Hégire (1336 ap. J.-Ch.). Manuscrit daté de 741 (1340 ap. J.-Ch.).

Nous avons rencontré l'ouvrage commenté, ainsi que le commentaire de l'auteur lui-même, dans le manuscrit 217. Commencement : الحمد لله الذى وفّقنا لاقامة البرهان على مطلب علمى المعانى والبيان الخ.

Papier. Écriture Asiatique. 219 feuillets. 27 lignes par page.

225.

Texte de la troisième partie du مفتاح العلوم d'As-Sakkâkî, précédé d'une préface (fol. 1—3) et accompagné de nombreuses gloses marginales et interlinéaires, empruntées pour la plupart à ʿAlâ ed-Dîn As-Sîrâmî (cf. manuscrit 213). Le manuscrit est daté de 743 de l'Hégire (1342 ap. J.-Ch.). Commencement : الحمد لله المنعم على نوع الانسان بتفهيم المعانى وتعليم البيان..... وبعد فهذه حاشية تجرى مجرى الشرح للقسم الثالث من كتاب المفتاح الخ.

Papier. Écriture Asiatique. 139 feuillets. 21 lignes par page.

226.

Titre plus moderne : حاشية مصنفك لسعد الدين التفتازانى «Glose de Mouṣannifak sur Saʿd ed-Dîn At-Taftâzânî.» Il s'agit du commentaire que celui-ci a composé sur la troisième partie du مفتاح العلوم (voir ms. 26; cf. ms. 211). Quant à Mouṣannifak, c'est ʿAlâ ed-Dîn ʿAlî ibn Moḥammad Asch-Schâhroûdî Al-Bisṭâmî, dont le manuscrit 209 contient les gloses sur le commentaire d'Al-Djordjânî. Manuscrit qui n'a pas été entièrement terminé. Commencement : خير خبر اختاره احمد الله فى مفتتح الكتاب الخ.

Papier. Écriture Asiatique. 190 feuillets. 21 lignes par page. Sans date.

227.

1° Texte du تلخيص المفتاح «Exposition succincte du *Miftâḥ.*» Ainsi est nommé l'abrégé composé par Al-Ḳazwînî, bien qu'il ne se rapporte qu'à la troisième partie du مفتاح العلوم d'Aboû Ya'ḳoûb Yoûsouf As-Sakkâkî. Voir sur cet ouvrage la notice insérée à propos du manuscrit 211 (cf. aussi les mss. 212, 213). Copie datée de 994 de l'Hégire (1585 ap. J.-Ch.). Commencement : الحمد لله على ما انعم وعلم من البيان الخ.

2° (Fol. 75). Titre : شرح ديباجة المختصر شرح تلخيص المفتاح للشيخ ..... سعد الدين التفتازاني ..... ويليها كتاب حاشية المختصر لشيخ الاسلام..... سعد الدين التفتازاني «Commentaire sur la préface de L'Abrégé, commentaire sur le *Talkhîṣ Al-Miftâh* par le schaikh Sa'd ed-Dîn At-Taftâzânî .... puis vient ensuite le livre intitulé : Glose sur L'Abrégé composé par le schaikh Sa'd ed-Dîn At-Taftâzânî.» Il a été dit à propos du manuscrit 211 que celui-ci avait composé deux commentaires sur L'Abrégé du *Miftâḥ;* c'est au plus court, à celui que contient précisément le manuscrit 211 que se rapportent et le commentaire et la glose annoncés dans le titre. Le commentaire anonyme sur la préface va jusqu'au fol. 78 r° et commence par : قوله نحمدك انما اختار الحمد على الشكر الخ; puis, au fol. 78 v°, le commentaire s'étend à la suite de l'abrégé; commencement : قال المصنف الحمد لله اعلم ان هذا الاخبار عن الحمد اما باعتبار ان يجعل الانشاء الحمد الخ. Ce commentaire sur la préface et le texte du commentaire abrégé d'At-Taftâzânî a pour auteur, d'après un autre exemplaire (ms. 256), le petit-fils même (حفيد) de Sa'd ed-Dîn At-Taftâzânî, qui, d'après Ḥâdjî Khalîfa (*Index,* n° 7860), se nommait Saif ed-Dîn Aḥmad ibn Yaḥyâ ibn Moḥammad Al-Harawî, et qui mourut en 906 de l'Hégire (1500 ap. J.-Ch.). On l'appelle généralement le petit-fils (الحفيد), ou le petit-fils d'At-Taftâzânî.

3° (Fol. 141). Glose sur le *Moukhtaṣar* de Sa'd ed-Dîn At-Taftâzânî. L'auteur n'est point nommé; c'est sans doute Maulânâ Zâdéh Al-Khaṭâ'î, mort en 901 de l'Hégire (1495 ap. J.-Ch.). Cette glose, qui a été imprimée à Calcutta en 1256 de l'Hégire (1840 ap. J.-Ch.), ne doit pas être complète dans ce manuscrit, étant donnée son étendue dans l'impression (149 pages) et dans le manuscrit 886 de l'East-India Office (voir Loth, *Catalogue*, p. 251). Tout est ensemble également daté à plusieurs reprises de 994 de l'Hégire (1595 ap. J.-Ch.). Commencement de cette dernière partie : نحمدك اللهم على ما اعطيتنا من سوابغ النعم..... قوله نحمدك آثر الحمد على الشكر الخ.

Papier. Écriture Asiatique. 183 feuillets. 1° 11 lignes; 2° et 3° 21 lignes par page.

228.

Titre : الثانى من الاطول «Le second volume du très long.» C'est ainsi qu'Ibrâhîm ibn Moḥammad Ibn 'Arabschâh Al-Isfarâ'inî a nommé son «très long» commentaire sur le تلخيص المفتاح d'Al-Ḳazwînî. L'auteur n'est point nommé dans ce manuscrit; nous l'avons indiqué d'après le premier volume du même exemplaire, qui forme le manuscrit 237. Le commentateur mourut en 945 de l'Hégire (1538 ap. J.-Ch.). Nous avons ici la fin de son œuvre.

Papier. Écriture Asiatique. 231 feuillets. 23 lignes par page. Sans date.

229.

Titre à la tranche inférieure : المطول للسعد (*sic*) الدين «L'étendu, par Saʿd ed-Dîn.» C'est le plus long des deux commentaires, que Saʿd ed-Dîn At-Taftâzânî a composés sur le تلخيص المفتاح. Voir les gloses des mss. 212, 213. La composition de ce commentaire «étendu» a été terminée en 748 de l'Hégire (1347 ap. J.-Ch.). Manuscrit daté de 803 de l'Hégire (1400 ap. J.-Ch.). Cet ouvrage a été imprimé à Constantinople en 1260 de l'Hégire (1844 ap. J.-Ch.). La première partie a été également imprimée à Lakhnau en 1265 (1849 ap. J.-Ch.). Commencement : الحمد لله الذى الهمنا حقائق المعانى ودقائق البيان الخ.

Papier. Écriture Magrébine. 211 feuillets. 25 lignes par page.

230.

Titre plus moderne : حاشية السيد على مطوّل سعد الدين «Glose d'As-Sayyid sur le Commentaire étendu de Saʿd ed-Dîn.» C'est sur le commentaire contenu dans le manuscrit précédent qu'est la «glose» d'As-Sayyid Asch-Scharîf ʿAlî ibn Moḥammad Al-Djordjânî, qui mourut en 816 de l'Hégire (1413 ap. J.-Ch.). Manuscrit daté de 881 de l'Hégire (1476 ap. J.-Ch.). Ces gloses ont été imprimées à Constantinople en 1241 de l'Hégire (1826 ap. J.-Ch.). Commencement : قوله وبهذا يظهر ان ما ذهب اليه من ان اللام فى الحمد لتعريف الجنس دون الاستغراق الخ.

Papier. Écriture Asiatique. 109 feuillets. 27 lignes par page.

231.

Commentaire Abrégé (المختصر) de Mas'oûd ibn 'Omar, connu sous le nom de Sa'd ed-Dîn At-Taftâzânî sur le تلخيص المفتاح d'Al-Ḳazwînî. Il a été parlé longuement de ce deuxième commentaire à propos de l'exemplaire contenu dans le manuscrit 211 (cf. 227, 2°). Manuscrit daté de 887 de l'Hégire (1482 ap. J.-Ch.).

Papier. Écriture Magrébine 155 feuillets. 17 lignes par page.

232.

1° Troisième partie du مفتاح العلوم d'As-Sakkâkî. Le commencement fait défaut. A la fin (fol. 47 v°), on lit : تمّ الكتاب (sic) المعانى والبيان. Manuscrit daté de 744 de l'Hégire (1343 ap. J.-Ch.).

2° (Fol. 48). Texte du تلخيص المفتاح d'Al-Ḳazwînî. Copie datée de 757 de l'Hégire (1356 ap. J.-Ch.). Voir ms. 227, 1°.

Papier. Écriture Asiatique. 75 feuillets. 25 lignes par page.

233.

Gloses sur le « Commentaire étendu » (المطوّل) de Sa'd ed-Dîn At-Taftâzânî sur le تلخيص المفتاح d'Al-Ḳazwînî. L'auteur de ces gloses est faussement nommé à la tranche inférieure الفزى et à la fin (fol. 410 r°) حسن بن الغزى, où le dernier mot a été lu évidemment الفزى par celui qui a écrit sur la tranche. En réalité, l'auteur des gloses est 'Abd el-Ḥakîm ibn Schams ed-Dîn Al-Hindî As-Siyâlkoûtî Al-Lâhoûrî, qui mourut vers 1060 de l'Hégire (1650 ap. J.-Ch.).

Ces gloses ont été imprimées à Constantinople en 1227 et 1241 de l'Hégire (1812 et 1826 ap. J.-Ch.). Commencement : قوله افتتح كتابه بعد التيمن بالبسملة بحمد الله الخ.

Papier. Écriture Asiatique. 410 feuillets. 21 lignes par page. Sans date.

234.

Titre : شرح مفتاح (sic) لابن كمال پاشا «Commentaire sur le مفتاح العلوم par Ibn Kamâl Pâschâh.» C'est un autre exemplaire du manuscrit 220, 2°, à propos duquel nous avons indiqué la relation exacte entre ce commentaire et l'ouvrage d'As-Sakkâkî. Copie datée de 976 de l'Hégire (1568 ap. J.-Ch.). Nombreuses notes marginales.

Papier. Écriture Asiatique. 75 feuillets. 19 lignes par page.

235.

Titre : هذه حواشى ابن قاسم صاحب الايات البينات على مختصر السعد فى المعانى والبيان «Ce sont les gloses d'Ibn Ḳâsim, l'auteur du livre intitulé : Les signes évidents, sur le *Moukhtaṣar* de Sa'd ed-Dîn sur la rhétorique.» Le nom de l'auteur est donné plus complètement au fol. 1 v° Aḥmad Ibn Ḳâsim Al'Abbâdî Al-Azharî, le Schâfi'ite. Il a dû vivre tout-à-fait à la fin du dixième siècle de l'Hégire; car son élève, Ibrâhîm Al-Loḳânî, le Mâlikite, qui a écrit cette copie, mourut en 1040 de l'Hégire (1630 ap. J.-Ch.). Voir Ḥâdjî Khalîfa, IV, p. 209. La copie, non datée, est donc de la première moitié du XIe siècle de l'Hégire.

Le livre intitulé : Les signes évidents, mentionné dans

le titre, est le grand commentaire qu'Ibn Ḳâsim a composé sur le جمع الجوامع «La collection des collections», sur les principes de la jurisprudence musulmane d'Ibn As-Sobkî (voir notre notice sur le manuscrit 218, 1°).

Commencement : حمدا لك اللهم على ما انعمت به من بديع المعانى .... اما بعد فهذه حواش ونكت وفوائد محررات جردتها من خط شيخنا ..... احمد بن قاسم العبادى الشافعى الازهرى الخ.

Papier. Écriture Asiatique. 320 feuillets. 25 lignes par page.

236.

1° Titre : شرح هداية الحكمة لامير (sic, lisez مير) حسين الميبدى «Commentaire sur La direction de la sagesse, par Mîr Ḥosain Al-Maibodî.» La direction de la sagesse est un manuel philosophique, par Athîr ed-Dîn Mofaḍḍal ibn ʿOmar Al-Abharî, mort en 663 de l'Hégire (1264 ap. J.-Ch.). Le commentaire d'Al-Maibodî a été imprimé à Calcutta et lithographié à Lakhnau. D'après une note à la fin de cette dernière édition, il aurait été composé en 880 de l'Hégire (1475 ap. J.-Ch.). Des trois chapitres qui forment le texte, ce commentaire laisse de côté le premier فى المنطق «sur la logique», pour se consacrer exclusivement aux deux autres sur la physique (الطبيعيات) et sur les problèmes relatifs à la divinité (الالهيات). Commencement sans préface : وبعد فيقول ..... حسين بن معين الدين الميبدى ..... لما رايت كمال عين الاعيان .... للمحقق مفضل بن عمر الابهرى الخ.

2° (Fol. 51). Au recto, on lit simplement : لمحمد بن بلال «Auteur : Moḥammad ibn Bilâl.» C'est une dissertation sur un passage du Coran (xxiv, 33). Commencement : الحمد لله رب العالمين..... اما بعد فهذه رسالة تتعلق بقوله سبحانه وتعالى ولا تكرهوا فتياتكم على البغاء ان اردن تحصنا الخ.

3° (Fol. 69). Commentaires de Mou'ayyid Zâdéh sur deux dissertations (رسائل) choisies dans les مواقف فى علم الكلام «Stations sur la métaphysique» de ʿAḍod ed-Dîn ʿAbd er-Raḥmân ibn Aḥmad Al-Îdjî, mort en 756 de l'Hégire (1355 ap. J.-Ch.). Quant à Mou'ayyid Zâdéh, il mourut en 922 (1516 ap. J.-Ch.). Commencement : هذه رسائل مولانا الفاضل الشهير بمؤيد زاده كتب *(sic)* من النسخة التى كانت بخطه.....قال صاحب المواقف بعد ما ذكر من ان ذات الله تعالى الخ.

4° (Fol. 94). Dissertation du même Mou'ayyid Zâdéh sur le doute (فى الشبهة).

5° (Fol. 99). Dissertation du même auteur sur les précautions qu'il faut prendre pour la pureté de l'eau destinée aux ablutions (على مبحث نقص الوضوء من الوقاية). Probablement الوقاية désigne dans ce passage un titre de livre (voir Ḥâdjî Khalîfa, n° 14308 et ce même manuscrit, 10°).

6° (Fol. 101). Titre : رسالة معلّقة على اول الكشاف وغيره من الحواشى «Dissertation rattachée au début du *Kaschschâf* et à d'autres gloses.» Le titre général (fol. 1 r°) ajoute لبعض علماء الروم «par un des savants de l'Occident». Le *Kaschschâf* est le grand commentaire d'Az-Zamakhscharî sur le Coran. Commencement : ان احق ما يتوشح به منصّة الاقوال . . . . وبعد فهذه رسالة علّقت فيها على اول كتاب الكشاف والحواشى ما يميّز اللباب عن القشر الخ.

7° (Fol. 111). Titre dans le Titre général : رسالة فى مغلطة

الحذر الاصح «Dissertation sur l'erreur où tombe, malgré ses précautions, l'homme le plus sincère.» Commencement : للحضرت (*sic*) الصدرية قيل لو قال قائل كلامى فى هذا اليوم كاذب ولم يقل فى هذا اليوم غير ذلك الكلام لزم ان يكون هذا الكلام صادقا وكاذبا معا الخ.

8° (Fol. 123). Titre dans le Titre général : رسالة على اوائل حاشية البحرية «Dissertation sur les prolégomènes de la glose relative à la maritime.» Il s'agit sans doute du حزب البحر «Prière maritime», d'Asch-Schâdhilî (voir ms. 143, 2°). Commencement : اعلم ان قوله خص بالذكر فى قوة قوله منير بالذكر الخ.

9° (Fol. 130). Titre : تلخيص خطبة ضوء المصباح «Brève explication de l'Introduction à La lumière du flambeau.» La lumière du flambeau est l'abrégé composé par Tâdj ed-Dîn Moḥammad ibn Moḥammad Al-Isfarâ'inî, l'auteur du *Loubâb* (mss. 24, 25, 116, 169, 265) et du *Loubb Al-Albâb* (ms. 168), d'après Le flambeau grammatical (المصباح فى النحو) d'Al-Moṭarrizî (voir ms. 101, 1°; 175, 1°); cet abrégé se trouve dans le manuscrit 117. L'auteur de la Brève explication est nommé ici Raḍî ed-Dîn Al-Borhânî, et dans Ḥâdjî Khalîfa, V, p. 583, Raḍî ed-Dîn du Khârizm. Copie datée de 774 de l'Hégire (1372 ap. J.-Ch.). Commencement : قال الشيخ ...... رضى الملة والدين البرهانى .... سالتمونى ..... ان الخص لكم خطبة ضوء المصباح الخ

10° (Fol. 141). Titre : حاشية مولانا خطيب زاده على صدر الشريعة «Glose de notre maître Khaṭîb Zâdéh sur La partie principale de la loi sainte.» C'est ainsi qu'est nommé le commentaire de Ṣadr Asch-Scharî'a (il est ainsi surnommé lui-même) Ath-Thânî 'Obaid Allâh ibn Mas'oûd Al-Maḥboûbî le Ḥanéfite sur le livre intitulé : وقاية الرواية فى مسائل الهداية

(voir sur ce livre de jurisprudence musulmane Ḥâdjî Khalîfa, n° 14308, et ce même manuscrit, 5°). Le commentaire a été achevé en 743 de l'Hégire (1342 ap. J.-Ch.). Quant à Khaṭîb Zâdéh, l'auteur de la glose, c'est Moḥyî ed-Dîn Moḥammad ibn Al-Khaṭîb, mort en 901 de l'Hégire (1495 ap. J.-Ch.). Commencement : الحمد لله رب العالمين . . . . . قال فى المتن كتاب الطهارة الكتاب فى اللغة الخ.

11° (Fol. 221). Titre : هذه رسالة برهانية للمولى الشهير بجلال الدوانى «C'est une dissertation relative à la démonstration, par le maître connu sous le nom de Djalâl ed-Dîn Ad-Dawwânî.» Celui-ci mourut en 907 de l'Hégire (1501 ap. J.-Ch.); il est l'auteur de très nombreux opuscules sur la logique; nous en rencontrerons plus loin de véritables recueils. Commencement : اعلم ان البراهين المؤدية الى هذا المطلب منحصرة فى مسلكين الخ.

12° (Fol. 237). Titre : هذا ما لاح لبال احمد بن محمد بن حسن الساميونى «Voici ce qui est venu à l'esprit d'Aḥmad ibn Mohammad ibn Ḥasan As-Sâmiyoûnî.» Cet auteur, qui nous est inconnu, explique un certain nombre de passages du Coran. Commencement : الحمد لله ذى نجيب (sic) سؤال عباده بالفضل والاحسان الخ.

13° (Fol. 243). Titre dans Titre général : رسالة اخرى فى التفسير «Autre dissertation sur l'interprétation du Coran.» Commencement : الحمد لله على ما الهمنا فى كشف شبهات اوردها بعض الفضلا الخ.

14° (Fol. 249). Titre dans Titre général comme le précédent. C'est un commentaire sur Coran II, 32. Commencement : قال تعالى فى سورة البقرة واذ قلنا للملائكة اسجدوا الخ.

15° (Fol. 256). Titre : كتاب المسلك الابذخ فى توضيح كلام البيضاوى فى ما ننسخ تاليف......عبد القادر بن احمد الفاكهى الملكى الشافعى...... «Livre intitulé : La voie la plus élevée pour élucider la parole d'Al-Baiḍâwî sur Coran, II, 100; œuvre de....... ʿAbd al-Ḳâdir ibn Aḥmad Al-Fâkihî Al-Mâlikî, le Schâfiʿite.» Il s'agit du commentaire d'Al-Baiḍâwî sur le Coran, dont ʿAbd al-Ḳâdir dit s'être occupé en 963 de l'Hégire (1555 ap. J.-Ch.). Commencement : الحمد لله القادر الذى فتح لعبده من المشكل بابا الخ.

16° (Fol. 263). Titre : (*sic*) خطبة جمعيه «Prédication du vendredi.» Commencement : الحمد لله الذى جل جلاله الخ.

17° (Fol. 271). Titre : استخراج اضعف عباد الله الفقير لطف الله «Extrait, par le plus faible des serviteurs d'Allâh, l'humble Loṭf Allâh.» Il s'agit sans doute de Loṭf Allâh ibn Ḥasan At-Tauḳâtî, mort en 900 de l'Hégire (1494 ap. J.-Ch.). Nous avons ici probablement une partie de son commentaire sur les *Mawâḳif* (voir ce même manuscrit, 3°). Commencement : الحمد لله رب العالمين . . . . . . المقدمة فى تسمية رسوم المعدل الخ.

Le manuscrit contient encore à la fin plusieurs autres dissertations sans importance.

Papier. Écriture Magrébine. 310 feuillets. 1° 24 lignes; 2° 11 lignes; 3°—5° 17 lignes; 6° 21 lignes; 7° 11 lignes; 8° 19 lignes; 9° 21 lignes; 10° 23 lignes; 11° 20 lignes; 12° 17 lignes; 13° et 14° 11 lignes; 15° 19 lignes; 16° 13 lignes; 17° 17 lignes par page. En dehors de 9°, le manuscrit n'est point daté et les différentes parties paraissent écrites à des époques très diverses.

237.

Titre : الاول من الاطول «Le premier volume du Très long.» C'est le premier volume du «très long» commentaire sur le تلخيص المفتاح, dont le second volume, appartenant au même exemplaire, forme le manuscrit 228. Commencement: الحمد لله على كل حال كما يستوعب مزايا الافضال الخ.

Papier. Écriture Asiatique. 234 feuillets. 23 lignes par page. Sans date.

238.

Titre : هذه حواشي المطول للامام .... حسن الفنرى (?) «Ce sont les gloses de l'imâm Ḥasan Al-Fanarî (?) sur Le commentaire étendu.» Sont-ce les gloses de Ḥasan Tschalabî, comme dans le manuscrit 212? C'est ce qu'actuellement, surtout avec mes doutes de lecture, je ne puis déterminer. Manuscrit non daté, mais qui est sûrement de la première moitié du XIe siècle de l'Hégire, puisque, comme le ms. 235, il a été écrit par Ibrâhîm Al-Loḳânî, le Mâlikite. Commencement : الحمد لله وحده الخ.

Papier. Écriture Asiatique. 365 feuillets. 25 lignes par page.

239.

Titre : كتاب حاشية المختصر شرح التلخيص للسعد التفتازانى تاليف ..... شهاب الدين احمد بن قاسم الشافعى العبادى Autre exemplaire, écrit de la même main que le ms. 238, des gloses contenues dans le ms. 235.

Papier. Écriture Asiatique. 239 feuillets. 23 lignes par page. Sans date.

240.

1° Titre : كتاب الفلك الدائر على المثل السائر تاليف ...... ابى حامد عز الدين عبد الحميد بن ابى الحديد المدائنى المعتزلى «Livre intitulé :

Le globe qui tourne autour du Proverbe qui a cours, œuvre de . . . . . . Aboû Ḥâmid ʿIzz ed-Dîn ʿAbd el-Ḥamîd ibn Abî 'l-Ḥadîd Al-Madâ'inî le Moʿtazélite.» L'ouvrage commenté est celui d'Ibn Al-Athîr Al-Djazarî, contenu dans les mss. 214, 262 et 507. Quant au commentateur, il a été parlé de lui à propos du ms. 33, 3°, et de sa mise en vers du *Faṣîḥ* de Thaʿlab (ms. 188). Copie faite en 996 de l'Hégire (1587 ap. J.-Ch.) sur un exemplaire qui avait été copié sur le دسور المصنف. Commencement : الحمد لله الذى فاوت بين عقول البشر واخلاقهم .... وبعد فقد وقفت على كتاب نصر الله بن محمد الموصلى المعروف بابن الاثير الجزرى المسمّى كتاب المثل السائر فى ادب الكاتب والشاعر الخ.

2° (Fol. 145). Commentaire de Ṣafî ed-Dîn Al-Ḥillî sur son poème intitulé : كافية البديعة «Celui qui suffit pour enseigner les figures de rhétorique.» C'est un poème du mètre *Basîṭ*, où 145 vers font défiler 151 figures (انواع) de rhétorique (voir 248, 2°). Autre exemplaire, ms. 390, 1°. L'auteur du texte et du commentaire mourut en 757 de l'Hégire (1356 ap. J.-Ch.). La copie, non datée, est de la même main que 1°; elle a donc été faite aussi en 996 de l'Hégire. Commencement du poème :

ان جئت سلعا فسل عن جيرة العلم　　　واقرا السلم على عرب بذى سلم

Commencement du commentaire : الحمد لله الذى حلّل لنا سحر البيان وجعل تلعّبه مشاهدا بالعيان ...... وبعد فان احق العلوم ...... بعد معرفة الله العظيم معرفة كلامه الكريم ...... ولا سبيل الى ذلك الا بمعرفة علم البلاغة الخ

Papier Écriture Asiatique. 196 feuillets 15 lignes par page.

241.

Exemplaire de المزهر فى علوم اللغة, le célèbre ouvrage d'As-Soyoûṭî, que nous avons rencontré comme numéro 37. Cf. aussi ms. 1831. Copie datée de 983 de l'Hégire (1575 ap. J.-Ch.).

Papier. Écriture Asiatique. 263 feuillets. 29 lignes par page.

242.

1° Titre : كتاب نَقْد النَّثْر مما عُنِى به ابو الفرج قُدامة بن جعفر الكاتب البغداذى..... للشيخ...... ابى عبد الله محمد بن ايّوب بن محمد ..... وهو الكتاب المعروف بكتاب البيان «Livre intitulé : Le jugement critique sur la prose, tel que l'a conçu Aboû 'l-Faradj Ḳoudâma ibn Dja'far l'écrivain de Damas; rédaction du schaikh..... Aboû 'Abd Allâh Moḥammad ibn Ayyoûb ibn Moḥammad ..... et c'est le livre connu sous le nom du Livre de l'exposition.» Aboû 'l-Faradj Ḳoudâma, qui est également l'auteur du deuxième traité contenu dans ce manuscrit, mourut en 310 de l'Hégire (922 ap. J.-Ch.). Le rédacteur doit être un de ses disciples; je ne trouve sur lui aucune notice. Le vrai titre de cette anthologie consacrée aux prosateurs doit être celui qui est donné en dernier : Livre de l'exposition; car, à la fin (fol. 57, r°), on lit : كمل البيان. L'ouvrage de ce nom, par Ḳoudâma, n'était pas sans relation avec celui d'Ibn Al-Djâḥiṭh, qui est intitulé : البيان والتبيين (Ḥâdjî Khalîfa, n° 2003), comme l'indique le commencement : ان اولى ما افتتح له اللبيبُ كتابه وابتدأ به الاديب خطابه ..... واما بعد فانك ذكرت لى وقوفك على كتاب عمرو بن بحر الجاحظ الذى سماه كتاب البيـــان والبين (sic) الخ.

2° (Fol. 58). Le titre se trouve à la fin (fol. 101, 2°). C'est كتاب نقد الشعر «Livre intitulé : Le jugement critique sur la poésie.» L'auteur de cette anthologie poétique n'est point nommé; d'après Ḥâdjî Khalîfa, n° 13958, c'est également Ḳoudâma ibn Djaʿfar. Il manque en tête six feuillets environ.

Papier. Écriture Maghrébine. 101 feuillets. 21 lignes par page. Sans date Manuscrit du IXe siècle de l'Hegire.

243.

Titre : كتاب حسن التوسل الى صناعة الترسل تاليف...... الشهابى محمود بن فهد الحلبى كاتب الدست المعبد بالشام المحروسة «Livre intitulé: La beauté de l'intercession; guide de la correspondance pratique, œuvre de....... Schihâb ed-Dîn Maḥmoûd Ibn Fahd d'Alep, le secrétaire honoré à Damas.» L'auteur de ce manuel mourut en 725 de l'Hégire (1324 ap. J.-Ch.). Manuscrit daté de 1005 (1596 ap. J.-Ch.). Autre exemplaire, ms. 1832. Commencement : اما بعد حمد الله جاعل الانسان مخبوّا تحت اللسان الخ.

Papier. Écriture Asiatique. 144 feuillets. 19 lignes par page.

244.

1° Titre : كتاب كنز المعانى «Livre intitulé : Le trésor des significations.» Commentaire anonyme sur une poésie relative aux variantes du Coran, intitulée : كتاب درّ الافكار فى قرأة العشرة ائمة الامصار «Les perles des pensées sur les dix lecteurs du Coran, *imâms* des contrées.» D'après Ḥâdjî Khalîfa, n° 4850, cette poésie a pour auteur Aboû 'l-Faḍl Ismâʿîl ibn ʿAlî ibn Saʿd Al-Wâsiṭî, mort vers 690 de l'Hégire (1291 ap. J.-Ch.). Commencement du poème :

بدأتُ ببسم الله فى النظم اولا   تبارك رَحْمانـا رحيما ومُوئـلا

Commencement du commentaire : الحمد لله ـــــــــــــــــــ ه مبتدى الامم ومنشى الرمم الخ (*sic*, lisez مبدئ).

2° (Fol. 196). Titre : الية (peut-être الفية) وهى مختصر للمغنى فى كراسين «Poème sur les figures de rhétorique (ou plutôt Poème en mille vers); et c'est un abrégé du *Mougnî* en deux cahiers.» Le *Mougnî* est sans doute celui d'Ibn Hischâm. L'auteur de ce poème sur la rhétorique est nommé Aboû ʿAbd Allâh Moḥammad ibn Moḥammad ibn ʿAbd Allâh Al-Haidoûn (?). Commencement :

هذا بحمد الله نظمٌ سهلُ

3° (Fol. 216). Titre : شرح القصيدة الخزرجية للشيخ . . . . . ابى القاسم محمد الحسنى الاغرناطى (*sic*) «Commentaire sur le poème d'Al-Khazradjî, par le schaikh . . . . . Aboû 'l-Ḳâsim Moḥammad Al-Ḥasanî de Grenade.» C'est un commentaire sur le poème que Ḍiyâ ed-Dîn Aboû Moḥammad ʿAbd Allâh Al-Khazradjî a composé sur la métrique. Les premiers vers commentés sont une addition, dont l'auteur est nommé par M. Ahlwardt, *Verzeichniss*, p. 70, Aḥmad ibn ʿAlî ibn Dâwoud. Copie datée de 871 de l'Hégire (1466 ap. J.-Ch.). Commencement du poème, qui est appelé à la fin : القصيدة الوجيزة «Le poème abrégé» :

لك الحمد يا ألله والشكر والثنا

Commencement du commentaire : الحمد لله الذى بحمده يستفتح الخ.

Papier. Écriture Magrébine. 241 feuillets. 1° 25 lignes; 2° 27 lignes; 3° 28 lignes par page. 1° et 2° sans date.

245.

1° Titre : كتاب زهر الربيع فى شواهد البديع «Livre intitulé : Les fleurs du printemps, sur les exemples relatifs au style élégant.» Il ne faut pas confondre cet ouvrage avec le livre portant le même titre, qui se trouve au manuscrit 215. Ici nous n'avons pas un commentaire, mais un ouvrage original sur les règles du beau langage, dont l'auteur est nommé par Ḥâdjî Khalîfa, n° 6894, Nâṣir ed-Dîn Moḥammad ibn ʿAbd Allâh ibn Ḳarḳamâs, mort en 882 de l'Hégire (1477 ap. J.-Ch.). Exemplaire antérieur à cette date, puisqu'il a été copié par l'auteur lui-même sur son premier autographe. Commencement : الحمد لله الذى زين سماء المعانى بمصابيح البديع الخ.

2° (Fol. 78). Titre : كتاب نزهة الظرفا وتحفة الخلفا تاليف الامام الاعظم والسلطان المعظم الجامع بين فضلى السيف والقلم...... السلطان الملك العادل الملك الافضل العباس بن على بن داود بن يوسف بن عمر بن على بن رسول الغسانى «Livre intitulé : Les délices des hommes ingénieux et le présent des khalifes, œuvre de l'imâm le plus puissant et du sultan honoré, qui réunit les deux supériorités de l'épée et du *kalam*......, le sultan, le roi juste, le roi éminent, Al-ʿAbbâs ibn ʿAlî ibn Dâwoud ibn Yoûsouf ibn ʿOmar ibn ʿAlî ibn Rasoûl Al-Gassânî.» A propos d'un livre de médecine du même auteur, Ḥâdjî Khalîfa, V, p. 337, ajoute à son nom من ملوك اليمن «un des rois du Yémen». C'est un traité des devoirs, qui incombent aux princes et un manuel de politique à leur usage. Sur l'auteur, qui paraît exposer les résultats conquis par son expérience personnelle, il ne m'a été possible de recueillir aucune donnée. Manuscrit daté de 999 de l'Hégire (1590 ap. J.-Ch.). Commencement : الحمد لله ذى القدرة والجلال...... وبعد فهذا مختصر مشتمل على رسوم الخلفاء واداب خدمتهم والتحية والسلام عليهم الخ.

Papier. Écriture Asiatique. 110 feuillets. 15 lignes par page 1° sans date.

246.

Les fleurs du printemps, sur les exemples relatifs au style élégant. Autre exemplaire du manuel, qui se trouve comme manuscrit 245, 1°.

Papier. Écriture Asiatique. 32 feuillets. 25 lignes par page. Sans date.

247.

Titre : كتاب عقود الجمان شرح الفيه *(sic)* المعانى والبيان تاليف..... الجلال السيوطى «Livre intitulé : Les colliers de perles précieuses, commentaire sur le poème en mille vers sur la rhétorique, œuvre de Djalâl ed-Dîn As-Soyoûṭî.» Texte et commentaire, d'As-Soyoûṭî, sont aussi contenus dans un autre exemplaire (manuscrit 219, 3°).

Papier. Écriture Asiatique. 144 feuillets. 25 lignes par page. Sans date.

248.

1° Le célèbre poème d'Al-Boûṣîrî, intitulé : البردة «Le manteau». On connaît les éditions de Joh. Uri (Lugduni Batavorum, 1761), de Rosenzweig (Wien, 1824) et de Ralfs (Wien, 1860), sans compter les éditions orientales. Copie datée de 969 de l'Hégire (1561 ap. J.-Ch.). L'auteur, Scharaf ed-Dîn Aboû ʿAbd Allâh Moḥammad ibn Saʿîd Al-Boûṣîrî, mourut vers 694 de l'Hégire (1294 ap. J.-Ch.).

2° (Fol. 7 v°). Texte du poème de Ṣafî ed-Dîn Al-Ḥillî, intitulé : كافية البديعية, sur lequel est le commentaire contenu dans les manuscrits 240, 2°; 390, 1°.

3° (Fol. 12 r°). Profession de foi (à la fin : كملت العقيدة) de Aboû ʿAbd Allâh Moḥammad ibn Yoûsouf Al-Ḥasanî As-Sanoûsî, mort vers 895 de l'Hégire (1489 ap. J.-Ch.). Des deux rédactions qu'a écrites le même auteur, nous avons celle qui est connue sous le nom de عقيدة اهل التوحيد «Profession de foi de ceux qui affirment l'unité d'Allâh.» Commencement : الحمد لله رب العالمين الخ.

4° (Fol. 24 v°). Opuscule analogue du même auteur, sans doute celui qui est connu sous le nom d'ام البراهين «La preuve capitale,» et qui a été publié avec une traduction allemande par M. Wolff (Leipzig, 1848), mais sans que mes notes me permettent de rien préciser.

5° (Fol. 28 r°). Autres opuscules de même nature, par le même auteur.

6° (Fol. 44 v°). Manuel, appelé à la fin كتاب الرسالة, des devoirs, qu'impose la religion musulmane, par Aboû Moḥammad ʿAbd Allâh ibn Abî Zaid Al-Ḳairowânî. Ce manuel est appelé dans Ḥâdjî Khalîfa, n° 6251 : رسالة فى الفروع. Commencement : الحمد لله الذى ابدا الانسان بنعمته الخ.

7° (Fol. 108). Exposé abrégé des doctrines de la secte Mâlikite, par Khalîl ibn Isḥâḳ ibn Moûsâ le Mâlikite. C'est l'ouvrage connu sous le nom de مختصر الشيخ الخليل «L'abrégé du schaikh Khalîl», et qui a été publié par la Société Asiatique de Paris (quatrième tirage en 1877). Celui-ci, qui était de Djonda (الجندى), mourut en 767 de l'Hégire (1365 ap. J.-Ch.). Commencement : الحمد لله حمدا يوافى ما تزايد من النعم الخ.

8° (Fol. 250 v°). Texte de l'*Alfiyya* d'Ibn Mâlik. Comme dans 1°, le manuscrit est daté de 969 de l'Hégire.

9° (Fol. 281 v°). Texte de l'*Adjourroûmiyya*.

10° (Fol. 287 v°). Texte de la لامية الافعال d'Ibn Mâlik.

11° (Fol. 291 v°). Traité élémentaire d'arithmétique, intitulé : تلخيص اعمال الحساب «Exposition élémentaire des procédés de l'arithmétique.» L'auteur, qui n'est point nommé, est Aboû 'l-ʿAbbâs Aḥmad ibn Abî ʿAbd Allâh Moḥammad ibn ʿOthmân Al-Azdî du Maroc, surnommé Ibn Al-Bannâ, écrivain du VIIe siècle de l'Hégire. Autres exemplaires, mss. 933, 1° et 953, 1° (Cas. 928, 1° et 948, 1°). Commencement : الغرض فى هذا الكتاب تلخيص اعمال الحساب وتعريف ابوابه ومعانيه وضبط قواعده ومبانيه الخ.

12° (Fol. 304 r°). Poème sur la rhétorique et le style, par Aboû Isḥâḳ Ibrâhîm ibn Abî Bakr de Tlemcen. Premier vers :

الحمد لله القديم الباق   الخالق المقتدر الرزّاق

13° (Fol. 327). Exemplaire du تلخيص المفتاح de Moḥammad ibn ʿAbd er-Raḥmân Al-Ḳazwînî (voir ms. 227, 1°).

14° (Fol. 369). Poème sur la métrique, par Ḍiyâ ed-Dîn ʿAbd Allâh Al-Khazradjî. C'est la poésie, qui commence par وللشعر ميزان, et sur laquelle le manuscrit 186, 2° contient un commentaire. C'est ainsi qu'a été terminée en 970 de l'Hégire (1562 ap. J.-Ch.) cette collection d'ouvrages (جميع الديوان), qui ont été avec intention réunis dans un volume.

Papier. Écriture Magrébine. 385 feuillets. 19 lignes par page.

249.

Commentaire sur les vers cités comme exemples dans le livre intitulé : الايضاح فى المعانى والبيان «L'exposition de la rhétorique», dont l'auteur est Djalâl ed-Dîn Moḥammad ibn ʿAbd er-Raḥmân Al-Ḳazwînî, le même, dont nous avons si souvent rencontré le تلخيص المفتاح (encore récemment ms. 248, 13°). Le texte de l'ايضاح se trouve dans le manuscrit 261, 1°. Les onze premiers feuillets manquent. On lit, d'une écriture plus moderne, aux fol. 3 r°; 22 r°; 68 r° : شرح ابيات ايضاح المعانى, ce qui a permis d'établir l'identité de ce manuscrit.

Papier. Écriture Asiatique. 77 feuillets. 22 lignes par page. Sans date.

In-Octavo.

250.

Titre : كتاب المصباح انشاء ..... بدر الدين ابو (sic) عبد الله محمد ابن ملك الطائى «Livre intitulé : Le flambeau, œuvre ..... de Badr ed-Dîn Aboû ʿAbd Allâh Moḥammad Ibn Mâlik Aṭ-Ṭâʾî.» C'est l'abrégé, que le fils d'Ibn Mâlik a tiré du مفتاح العلوم d'As-Sakkâkî et dont nous avons parlé à propos du manuscrit 219, 1°. Manuscrit daté de 737 de l'Hégire (1336 ap. J.-Ch.). Commencement : اما بعد حمد الله سبحانه على ما اولاه من جميل النعم الخ.

Papier. Écriture Magrébine. 100 feuillets. 15 lignes par page

251.

Titre : كتاب القسم الثالث من المفتاح فى المعانى والبيان «Livre intitulé : La troisième partie du *Miftâḥ* sur la rhétorique.» C'est le texte de la troisième partie du مفتاح العلوم d'As-Sakkâkî. Manuscrit daté de 935 de l'Hégire (1528 ap. J.-Ch.).

Papier. Écriture Asiatique. 141 feuillets 20 lignes par page.

252.

Autre exemplaire, auquel il manque plus de la moitié à la fin.

Papier. Écriture Asiatique. 51 feuillets. 24 lignes par page. Sans date.

253.

Gloses d'As-Sayyid Al-Djordjânî sur Le commentaire étendu (المطوّل) de Sa'd ed-Dîn At-Taftâzânî relatif au تلخيص المفتاح d'Al-Ḳazwînî. Ce sont les mêmes gloses, qui se trouvent dans le manuscrit 230. La fin manque.

Papier. Écriture Asiatique. 88 feuillets. 23 lignes par page. Sans date.

254.

Autre exemplaire des mêmes gloses. La fin manque.

Papier. Écriture Asiatique. 150 feuillets. 19 lignes par page. Sans date.

255.

Troisième exemplaire de ces mêmes gloses, portant comme titre : حاشية تلخيص المفتاح على المعانى والبيان. Copie datée de 851 de l'Hégire (1447 ap. J.-Ch.).

Papier. Écriture Asiatique 107 feuillets. 23 lignes par page. (Cas. 257.)

256.

Titre : كتاب شرح ديباجة مختصر السعد التفتازانى لحفيده . . . . . . ويتلوه حاشية على المختصر فى علم المعانى والبيان للحفيد ايضا «Livre intitulé : Commentaire sur la préface du *Mokhtaṣar* (Abrégé) de Sa'd ed-Dîn At-Taftâzânî, par son petit-fils; . . . . . puis vient une glose sur le *Mokhtaṣar* relatif à la rhétorique, également par le petit-fils.» Le *Mokhtaṣar* est ici le commentaire abrégé de Sa'd ed-Dîn At-Taftâzânî sur le تلخيص المفتاح d'Al-Ḳazwînî. L'auteur des gloses, qui a paraphrasé le texte «attribué à son grand-père» (fol. 82 r° المنسوب الى جدى) est Saif ed-Dîn Aḥmad ibn Yaḥyâ ibn Moḥammad Al-Harawî, surnommé le petit-fils (الحفيد) ou le petit-fils d'At-Taftâzânî. Un autre exemplaire de ces gloses se trouve dans le manuscrit 227, 2°. Au fol. 7 r°, après le commentaire sur la préface, un nouveau titre porte : هذا حاشية على مختصر السعد التفتازانى فى علم المعانى والبيان والبديع لحفيد السعد . . . . . .

Papier. Écriture Asiatique. 82 feuillets. 19 lignes par page. Sans date. (Cas. 258.)

257.

1° Titre : حاشية حفيد (*sic*) على المختصر «Glose du Petit-fils sur le *Mokhtaṣar*.» Contenu identique à celui du manuscrit précédent, moins le commentaire sur la préface. Copie datée de 886 de l'Hégire (1481 ap. J.-Ch.).

2° (Fol. 81). Titre ajouté plus tard : حاشية الفيومى شيخ الشيخ ناصر الدين اللقانى على الشيخ سعد الدين شرح العقائد «Glose du Fayyoûmite, le *schaikh* (le maître) du *schaikh* Nâṣir ed-Dîn Al-Loḳânî sur le *schaikh* Sa'd ed-Dîn; commentaire sur Les articles de foi.» Les articles de foi sont ceux d'An-Nasafî, qu'il ne faut point confondre avec ceux d'As-Sanoûsî (ms. 248, 3° — 5°); ils ont été l'objet d'un commentaire de la part de Sa'd ed-Dîn At-Taftâzânî (voir les mss. précédents), commentaire qui a été expliqué dans les gloses de Badr ed-Dîn de Fayyoûm, l'un des maîtres de Nâṣir ed-Dîn Al-Lokânî (voir mss. 100; 103; 113, 2°; 183, qui est un de ses autographes). Voici du reste la souscription (fol. 151 v°): تمت كتابة حاشية ...... بدر الدين الفيومى احد مشايخ العلامة الشيخ ناصر الدين اللقانى ...... على شرح عقائد النسفى لخاتمة المحققين المولى سعد الدين التفتازانى. Copie datée de 972 de l'Hégire (1564 ap. J.-Ch.). Commencement : (قوله) ..... الحمد لله رب العالمين المتوحد الخ اى المتصف بالوحدة فى عظمة ذاته وكمال صفاته الخ.

3° (Fol. 152). Commentaire sur un opuscule relatif à la science des pratiques musulmanes (علم الشرائع).

Papier. Écriture Asiatique. 174 feuillets. 1° 21 lignes; 2° 22 lignes; 3° 20 lignes par page. 3° sans date. (Cas. 259.)

258.

Titre d'une écriture plus moderne : شرح الايضاح فى المعانى والبيان المسمى بايضاح الايضاح «Commentaire sur L'exposition de la rhétorique, intitulé : L'exposition de L'exposition.» Comme le تلخيص المفتاح, l'exposition de la rhétorique a pour auteur Djalâl ed-Dîn Moḥammad ibn ʿAbd er-Raḥmân Al-Ḳazwînî (voir les mss. 261, 1° et 249). Le commentaire, que nous avons ici, et dont l'auteur n'est point nommé, est celui de Djamâl ed-Dîn Moḥammad ibn Moḥammad Al-Aḳsarâʾî, mort avant l'an 800 de l'Hégire (1397 ap. J.-Ch.). Commencement : الحمد لله على نواله ...... وبعد فلما ضعف على كثير من الطلبة فهم كثير من مقاصد الايضاح ...... ألّفتُ هذا الكتاب وشرحت فيه مشكلاته الخ.

Papier. Écriture Asiatique. 227 feuillets. 19 lignes par page. Sans date. (Cas. 261.)

259.

Fragment d'un commentaire sur le Traité grammatical, intitulé : المصباح فى النحو «Le flambeau de la syntaxe», et dont l'auteur est Al-Moṭarrizî, mort en 610 de l'Hégire (1213 ap. J.-Ch.). Voir les mss. 101, 1°; 117; 175, 1°. Le commentateur est nommé au fol. 6 v° الاندلسى, c'est-à-dire sans doute Tâdj ed-Dîn Aḥmad ibn Maḥmoûd ibn ʿOmar Al-Djondî. Voir ms. 62 et Ḥâdjî Khalîfa, V, p. 582, d'après lequel ce commentaire est intitulé : المقاليد «Les clefs» et a été composé en 751 de l'Hégire (1350 ap. J.-Ch.). Le commencement et la fin manquent.

Papier. Écriture Asiatique. 60 feuillets. 27 lignes par page. Sans date (Substitué à Cas. 255.)

260.

1° Commentaire sur L'exposition abrégée du تلخيص المفتاح d'Al-Ḳazwînî, intitulée par son auteur anonyme : اقصى الامانى فى علم البيان والبديع والمعانى «Le point extrême des désirs; traité sur les sciences de l'exposition, de l'éloquence et de la dialectique.» Le commentaire, par l'auteur lui-même, porte le titre de : فتح منزل المثانى بشرح اقصى الامانى «L'art de pratiquer une ouverture là où sont les sinuosités; commentaire sur Le point extrême des désirs.» Ḥâdjî Khalîfa, II, p. 412, en citant texte et commentaire, se contente de dire qu'ils ont été composés par un des interprètes du Commentaire étendu (المطوّل) de Saʿd ed-Dîn At-Taftâzânî sur le تلخيص المفتاح. Copie datée de 974 de l'Hégire (1566 ap. J.-Ch.). Commencement : الحمد لله الذى شرح صدورنا لايضاح اقصى الامانى فى علم البيان والبديع والمعانى . . . . . . وبعد فقد كنت اختصرت تلخيص المفتاح فى علم المعانى والبيان والبديع تاليف . . . . . . جلال الدين القزوينى . . . . . . فى كتاب سميته باقصى الامانى فى علم البيان والبديع والمعانى وقد سالنى بعض الاعزة على . . . . . الى ان اشرحه . . . . . . وسميته بفتح منزل المثانى بشرح اقصى الامانى فى علم البيان والبديع والمعانى الخ.

2° (Fol. 82). Traité de logique, sans titre, sans nom d'auteur. C'est le تهذيب المنطق والكلام «Le redressement de la logique et de la métaphysique», par Sa' d ed-Dîn Mas' oûd At-Taftâzânî. Copie terminée à Damiette (دمياط) en 945 de l'Hégire (1538 ap. J.-Ch.). Commencement : الحمد لله الذى هدانا سواء الطريق وجعل لنا التوفيق خير رفيق . . . . . . وبعد فهذا تهذيب الكلام فى تحرير المنطق والكلام وتقريب المرام من تقرير قواعد الاسلام الخ.

Papier. Écriture Asiatique. 130 feuillets. 1° 25 lignes; 2° 17 lignes par page. (Cas. 256.)

261.

1° Titre : . . . . . كتاب الايضاح فى علم المعانى والبيان والبديع تاليف جلال الدين عبد الرحمن القزوينى «Livre intitulé : L'exposition de la science de la dialectique, de la rhétorique et de l'éloquence; œuvre de . . . . . Djalâl ed-Dîn 'Abd er-Raḥmân Al-Ḳazwînî.» C'est l'ouvrage, sur lequel nous avons rencontré des commentaires dans les manuscrits 249 et 258. Commencement : الحمد لله رب العالمين . . . . . اما بعد فهذا كتاب فى علم البلاغة وتوابعها ترجمته بالايضاح وجعلته على ترتيب مختصر الذى سميته تلخص المفتاح وبسطت فيه القول لكون (*sic*, lisez مختصرى) كالشرح الخ.

2° (Fol. 164 v°). Titre plus moderne que la copie : نظم المصباح «Traduction en vers du Flambeau.» Il s'agit du Flambeau de la syntaxe, par Al-Moṭarrizî (voir ms. 259). Casiri a pris le nom du mètre *Basîṭ,* dans lequel est écrit ce poème didactique, pour le titre de l'ouvrage. Le poème est intitulé : الغرر «Les lueurs», comme on le voit 1° par cet hémistiche de la préface :

ترجمته لذوى الاداب بالغرر

2° par ce vers, qui est le deuxième avant la fin :

فالحمد لله ربّ العالمين علـــى   ان قد اعان على اتمامى الغررا

Premier vers :

الحمد لله رب النور والنـــــار   وخالق الخلق طورا بعد اطوار

Papier. Écriture Asiatique. 183 feuillets. 17 lignes par page. Sans date. (Cas. 260.)

262.

Autre exemplaire de l'ouvrage contenu dans les mss. 214 et 507. Le titre : المثل السائر فى ادب الكاتب والشاعر, se trouve à la tranche inférieure, à la fin du premier tome (fol. 173 v°), en tête du second (fol. 174 r°) et dans la souscription (fol. 281 r°). C'est dans celle-ci que le nom de l'auteur est donné incidemment, la copie ayant été faite d'après un exemplaire écrit par son fils. Voici le passage : نقل من نسخه *(sic)* بخط ولد المصنّف محمد بن نصر الله بن محمد بن عبد الكريم الانصارى. A l'exception du premier feuillet, ajouté après coup en écriture Magrébine, la copie est de 650 de l'Hégire (1252 ap. J.-Ch.).

Papier. Écriture Asiatique. 281 feuillets. 17 lignes par page.

263.

Titre relativement moderne : التبيان فى علم البيان المطلع على اعجاز القران للشيخ الزملكانى. C'est le même ouvrage, qui se trouve dans le manuscrit 223. Manuscrit daté de 737 de l'Hégire (1336 ap. J.-Ch.). Par erreur, il a été ajouté plus tard un faux titre qui a trompé Casiri : كتاب دلائل الاعجاز للجرجانى.

Papier. Écriture Asiatique. 52 feuillets 21 lignes par page

264.

Titre : كتاب البديع للشيخ . . . . . . ابو (*sic*) الحسن نصر بن الحسن المرغيانى (*sic*, lisez المرغينانى) « Livre du stile élégant, par le schaikh . . . . . Aboû 'l-Ḥasan Naṣr ibn Al-Ḥasan Al-Marguînânî. » La composition doit être peu antérieure à cette copie, qui, d'après une note du fol. 1 r°, a été faite bien avant 838 de l'Hégire (1434 ap. J.-Ch.). Commencement : هذا كتاب الفنه فى البديع لبعض الاخوان الراغبين فى الادب الخ.

2° (Fol. 68). Titre : كتاب المحاسن فى النظم والنثر للامام ابى الحسن نصر بن الحسن المرعسانى (*sic*, lisez المرغينانى) « Livre intitulé : Les chefs-d'œuvre de la poésie et de la prose, par l'imâm Aboû 'l-Ḥasan Naṣr ibn Al-Ḥasan Al-Marguînânî. » Voici le commencement de cette anthologie en vers et en prose : هذا كتاب القناه من محاسن الكلام الخ.

Papier. Écriture Asiatique. 107 feuillets. 13 lignes par page Sans date.

265.

Titre : كتاب شرح اللباب « Livre intitulé : Commentaire sur le *Loubâb* (la Moëlle). » C'est le commentaire sur le traité grammatical ainsi nommé d'Al-Fâḍil Al-Isfarâ'inî, par Ḳoṭb ed-Dîn Moḥammad ibn Mas'oûd Al-Fâlî. Ce commentaire est dans les manuscrits 25 et 116. Il semble que nous ayons une seconde rédaction, puisque la date de la composition, fixée dans les deux autres manuscrits à l'an 712 de l'Hégire, est, d'après la souscription de celui-ci, 746 de l'Hégire (1345 ap. J.-Ch.). Commencement identique à celui du manuscrit 25.

Papier. Écriture Asiatique. 250 feuillets 19 lignes par page. Sans date

266.

Traité des locutions vicieuses d'Al-Ḥarîrî, intitulé درّة الغواص فى اوهام الخواص « La perle du plongeur sur les erreurs du vulgaire. » Ce texte, connu par les extraits de Silvestre de Sacy dans son *Anthologie grammaticale arabe,* a été publié au Caire en 1273 de l'Hégire (1856 ap. J.-Ch.). Une édition vraiment critique est celle de M. Thorbecke (Leipzig, 1871, in-8). Ce traité a été composé par le célèbre auteur des Séances (المقامات), Aboû Moḥammad Al-Ḳâsim ibn 'Alî Al-Ḥarîrî (voir ms. 269, 1°). Le manuscrit, non vocalisé, et par là sans grande valeur, est daté de 989 de l'Hégire (1581 ap. J.-Ch.).

Papier. Écriture Magrébine. 111 feuillets 17 lignes par page.

267.

Commentaire sur une poésie relative aux métaphores. L'auteur du poème est nommé Aboû 'Abd Allâh Moḥammad ibn Abî 'l-Faḍl ibn Aṣ-Ṣabbâg Al-Miknâsî; l'auteur du commentaire est Aboû 'l-'Abbâs Aḥmad ibn 'Alî Al-Moundjoûz de Fez. Copie datée de 984 de l'Hégire (1576 ap. J.-Ch.). Premier vers du poème (mètre كامل):

يا سائلا حصر العلاقات التى وضعُ المجاز بها يَسوغ ويُحْمَل

Commencement du commentaire : يقول العبد الفقير الى الله احمد بن على المنجوز . . . . . . الحمد لله حق حمده . . . . . . فقد رغب الىّ بعض من له فهم . . . . حين اطلع على قصيدة فى انواع علاقات المجاز للامام العلامة ابى عبد الله محمد بن ابى الفضل بن الصباع المكناسى . . . . . ان أكمّل بيانها بالامثلة وايضاح ما قد يخفى . . . . .

Papier. Écriture Magrébine 34 feuillets. 17 lignes par page.

268.

Premier volume d'un Traité de grammaire, dont il ne m'a pas été possible d'établir l'identité. Le premier feuillet manque. Le premier chapitre de l'ouvrage (fol. 1 r°) commence ainsi : باب الكلام الكلام ما جاء بالوضع ولا بدّ فيه من مسند ومسند اليه فلا يتركب الكلام الا من اسمين او من اسم وفعل ويدخل الحرف على كل واحدة من الجملين الخ. Les chapitres suivants sont باب الاعراب; باب قد; باب البناء; باب التثنية والجمع etc. etc. Chacun des chapitres est divisé en sections (فصول). Le nom de l'auteur doit depuis longtemps ne plus avoir été connu; car on lit à la tranche inférieure : كتاب على النحو مجهول الاسم. Copie datée de 790 de l'Hégire (1388 ap. J.-Ch.).

Papier. Écriture Magrébine. 117 feuillets. 23 lignes par page

269.

1° Explication des mots rares contenus dans Les séances (المقامات) d'Al-Ḥarîrî, par Aboû 'l-Fatḥ Nâṣir ibn 'Abd as-

Sayyid Al-Moṭarrizî. Voir les manuscrits 101, 1°; 117; 175, 1°; 259. Cette copie n'a jamais été terminée. Commencement : ...... الحمد لله المحمود على جميع الآلاء المشكور بحسن البلاء وبعد فانى لم ارى (sic) فى كتب العربية والادب فى تصانيف العجم والعرب كتابا احسن تاليفا ..... فى (sic, lisez من) المقامات التى انشاها ..... ابو محمد القاسم بن الحريرى البصرى الخ.

2° (Fol. 40). Texte de l'*Alfiyya* d'Ibn Mâlik. La fin manque.

Papier. Écriture Asiatique 47 feuillets. 21 lignes par page. Sans date. (Cas 259 une seconde fois par suite d'une faute d'impression. Erreur corrigée par Casiri dans la préface de son second volume.)

III.

Poésie.

In-Folio.

270.

1° Commentaire d'Ibn Hischâm sur le poème de Ka'b ibn Zohair, nommé d'après les deux premiers mots بانت سعاد. Ce poème à l'éloge du prophète a été publié par Schultens (Lugd. Bat. 1748) et par Freytag (Halae, 1823). Le commentaire d'Ibn Hischâm a trouvé un savant éditeur dans M. I. Guidi (Lipsiae, 1871—1874).

2° (Fol. 39). Commentaire sur la لامية الافعال d'Ibn Mâlik, dont le titre est donné au bas du fol. 38 v°, où l'on lit : تحقيق المقال فى شرح لامية الافعال تاليف الشيخ ..... ابو (sic) عبد الله محمد بن العباس « Confirmation de la parole, commentaire sur le poème rimant en *lâm* relatif aux verbes, par le schaikh .... Aboû ʿAbd Allâh Moḥammad ibn Al-ʿAbbâs. Ce commentaire a été composé en 850 de l'Hégire (1446 ap. J.-Ch.). Autres exemplaires, mss. 16, 3°; 79.

3° (Fol. 78). Observations fines d'As-Soyoûṭî sur l'*Alfiyya* d'Ibn Mâlik, sur la *Kâfiya* et la *Schâfiya* d'Ibn Al-Ḥâdjib, sur les *Schoudhoûr adh-dhahab* et la *Nouzhat aṭ-ṭarf* d'Ibn Hischâm. Cet ouvrage, dont nous avons rencontré un autre exemplaire sous le n° 41 (cf. n° 81, 2°) a été terminé en 895 de l'Hégire (1489 ap. J.-Ch.).

Papier. Écriture Magrébine. 196 feuillets. 32 lignes par page. Sans date. (Cas. 268.)

271.

Titre: شعر زهير بن ابى سلمى المزانى (*sic*) صنعة ابى العباس احمد بن يحيى ثعلب « Poésies de Zohair ibn Abî Soulmâ Al-Mouzânî; édition d'Aboû 'l-ʿAbbâs Aḥmad ibn Yaḥyâ Thaʿlab. » L'éditeur Thaʿlab est le grammairien de la fin du IIIe siècle de l'Hégire, dont nous avons décrit le كتاب الفصيح (ms. 30, 2° et 187) et le كتاب الثلث (ms. 30, 3° et 144, 3°). Quant au dîwân de Zohair, il est ici et dans le ms. 406, 1° dans une rédaction différente de celle qui a été reproduite d'après les manuscrits de Paris et de Gotha dans Ahlwardt, *The Divans of the six ancient Arabic Poets* (London, 1870), p. ٧٥—١٠٢. Il ne me paraît pas non plus que le manuscrit réponde à la description que M. Prym a donnée dans la *Zeitschrift der deutschen morgenländischen Gesellschaft,* XXXI, p. 711 et suiv., d'un manuscrit appartenant à M. Socin, et qui doit contenir également l'édition du dîwân de Zohair, par

Tha´lab. Le manuscrit admirable, entièrement vocalisé, n'est point daté ; il paraît être, de deux siècles environ, antérieur à l'année 878 de l'Hégire (1473 ap. J.-Ch.), qu'y a inscrite un des possesseurs. Commencement : كان من حديث زهير بن ابى سلمى واهل بيته انهم كانوا من مُزينة الخ.

Papier. Écriture Asiatique. 106 feuillets. 16 lignes par page. (Cas. 269.)

272.

Deuxième volume du *Dîwân* d'Al-Motanabbî, avec un commentaire étendu, qui n'est pas celui d'Al-Wâḥidî, publié par M. Dieterici (Berolini, 1861, in-4). Le premier poème cité est celui qui se trouve à la page ٢٨٤, et qui commence par :

أُطاعِنُ خيلا من فوارسها الدهرُ وحيدا وما قولى كذا ومعى الصبرُ

Pour qu'on puisse établir l'identité du commentaire, nous en donnons les premiers mots : صدرُ هذا يَنظر الى قول ابن رومى الخ. Manuscrit daté de 599 de l'Hégire (1202 ap. J.-Ch.). Peu de recueils de vers ont eu autant de vogue et suscité autant de polémiques entre ses admirateurs et ses détracteurs que celui d'Aboû 'ṭ-Ṭayyib Aḥmad ibn Al-Ḥosain Al-Djou´fî Al-Kindî, connu sous le nom d'Al-Motanabbî, tué en 354 de l'Hégire (965 ap. J.-Ch.). En dehors de l'édition de Dieterici, citons celle de Calcutta en 1230 de l'Hégire (1815 ap. J.-Ch.), celle de Beirouth en 1860, celle de Boûlâḳ en 1870 (avec le commentaire d'Al-´Oukbarî), enfin la traduction allemande de Hammer-Purgstall (Wien, 1824).

Papier. Écriture Magrébine. 113 feuillets. 29 lignes par page. (Cas. 270.)

273.

Titre : ديوان ابى العلا المعرى « Dîwân d'Aboû 'l-'Alâ Al-Ma'arrî. » Les derniers mots sont : اخر سقط الزند « Fin de L'étincelle du briquet. » C'est sous ce titre qu'est connu le recueil de vers d'Aboû 'l-'Alâ Aḥmad ibn 'Abd Allâh ibn Solaimân Al-Ma'arrî At-Tanoûkhî, né vers 363 de l'Hégire (973 ap. J.-Ch.), mort en 449 (1057 ap. J.-Ch.). Le poème, qui ouvre le recueil, est daté de 390 de l'Hégire (999 ap. J.-Ch.). On peut consulter sur l'auteur les monographies de Vullers dans son édition de la *Mo'allaḳa* de Ḥârith, où il a publié deux poèmes empruntés à L'étincelle du briquet (Bonnae, 1827, p. XVI—XXV) et de C. Rieu qui a publié à Bonn en 1843 une dissertation intitulée : *De Aboul-Alae poetae arabici vita et carminibus*. Commencement : اما بعد فان الشعراء كافراس تتابعن فى مدى الخ.

Papier Écriture Asiatique. 88 feuillets. 17 lignes par page. Sans date. (Cas 274.)

274.

1° Titre : كتاب نظم الفرائد وحصر الشوارد « Livre intitulé : L'art d'enfiler les pierres précieuses et de cerner les difficultés fuyantes. » Nous avons le commentaire, qu'en 575 de l'Hégire (1179 ap. J.-Ch.), Mouhadhdhab ed-Dîn Aboû 'l-Maḥâsin Mouhallab ibn Ḥasan Al-Mouhallabî a composé sur un poème grammatical, dont il était également l'auteur. Avant de publier ce commentaire, il en fit la lecture à son maître, le célèbre Aboû Moḥammad 'Abd Allâh Ibn Barrî ibn 'Abd al-Djabbâr, le grammairien, le linguiste, qui mourut en 582 de l'Hégire (1186 ap. J.-Ch.). Voici du reste un assez long extrait du commencement :

حدثنا . . . . ابو على حسن بن على بن حسن عن عمّه . . . . النحوى اللغوى مهذّب *(sic)* الدين ابى المحاسن مهلّب بن حسن بن بركات بن على بن المهلّب المتصدّر كان بالجامع العتيق بمصر . . . . . قال الحمد لله المتعالى عن الكيفية والأينية . . . . . قال الشيخ مهذّب *(sic)* الدين ابو المحاسن مهلّب بن الحسن ابن بركات بن على بن المهلّب بن غياث بن سُلَيمان بن القسم المهلّبي انى لما رايت الادباء يتجاذبون بينهم تعليق الأمّيات الحاصرة لتقاسيم فنون من النحو والادب . . . . . . قد جمعتُ فى تعليق من كلام شيخنا . . . . . . ابى محمد عبد الله ابن برّى بن عبد الجبّار النحوى اللغوى . . . . . . ومن كلام غيره . . . . . . لمّا . . . . . . ثم نظمتها شعرا فكان نحوا من مائتى بيت . . . . . . ثم شرحتُ ذلك شرحا مختصرا . . . . . . وسمّيتُ هذا الكتاب نظم الفرائد وحصر الشوارد ثم وقّفتُ عليه شيخنا ابا محمد عبد الله بن برّى . . . . . . حرفا حرفا الخ.

2° (Fol. 88). Titre : كتاب فيه شرح قصيدة الوزير الكاتب فى الادب والمراتب ابى محمد عبد المجيد بن عبدون . . . . . . شرحها الفقيه ابو مروان عبد الملك بن عبد الله بن بدرون الشلبي الحضرمى «Livre contenant le commentaire sur le poème du visir, de l'écrivain lettré, l'historien Aboû Moḥammad ʿAbd al-Madjîd Ibn ʿAbdoûn; ce commentaire a pour auteur le jurisconsulte Aboû Marwân ʿAbd al-Malik ibn ʿAbd Allâh Ibn Badroûn de Silves, originaire du Ḥaḍramaut.» Le *Commentaire historique sur le poème d'Ibn-Abdoun, par Ibn-Badroun* a été publié par M. R. P. A. Dozy (Leyde, 1848, in-8). La fin manque. Autres exemplaires, mss. 1658 et 1774 (Cas. 1653 et 1769).

Papier. Écriture Asiatique. 135 feuillets. 1° 15 lignes; 2° 25 lignes par page. Sans date. (Cas. 272.)

275.

Premier volume du Recueil des poésies d'Aboû 'l-Fatḥ ibn Abî Ḥaṣîna As-Soulamî. Le commencement ne se trouve plus dans le manuscrit; à la fin on lit : اخر الجزء الاول من شعر ابى الفتح بن ابى حَصينه السُّلَمى. Exemplaire copié sur l'original de l'auteur, avec lequel il a été ensuite collationné. Au fol. 2 v° se trouve une poésie datée de 433 de l'Hégire (1041 ap. J.-Ch.); ailleurs j'ai relevé une poésie datée de 445 (1053 ap. J.-Ch.).

Papier. Écriture Asiatique. 171 feuillets. 12 lignes par page. Sans date. Manuscrit vocalisé de la fin du VII° siècle de l'Hégire. (Cas. 273.)

276.

1° A la tranche inférieure, on lit : السفر الاخير عن ابن السيد «Le dernier volume d'après Ibn As-Sîd.» A la fin (fol. 127 r°), se trouve la souscription suivante : تم كتاب شرح ابى العلا احمد بن سليمن التنوخى المعروف بالمعرى رحمه الله «Ici finit le livre intitulé : Commentaire sur Aboû 'l-ʿAlâ Aḥmad ibn Solaimân At-Tanoûkhî, connu sous le nom d'Al-Maʿarrî, qu'Allâh ait pitié de lui.» C'est la dernière partie du commentaire, qu'Aboû Moḥammad ʿAbd Allâh ibn Moḥammad Al-Baṭalyoûsî, connu sous le nom d'Ibn As-Sîd, et mort en 521 de l'Hégire (1127 ap. J.-Ch.) a composé sur le recueil de vers d'Aboû 'l-ʿAlâ, intitulé سقط الزند et qui se trouve dans le manuscrit 273. Seulement, tandis que dans celui-ci les poèmes se suivent sans aucune ordonnance, ils sont cette fois disposés d'après les rimes. Le volume ouvre par les poèmes terminant en *mîm*. Le commencement fait défaut.

2° (Fol. 128). Titre : كتاب ملق السبيل فى الوعظ والزهد صنعة ابى العلا احمد بن سليمن المعرى «Livre intitulé : Celui qui indique le chemin de l'exhortation et de l'abstinence; œuvre d'Aboû 'l-ʿAlâ Aḥmad ibn Solaimân Al-Maʿarrî.» A la fin, on lit : تمت رسالة النظم والنثر فى الزهد المعروفة بملق السبيل . . . . . Cet opuscule renferme une série de pensées édifiantes, données successivement en prose rimée et en vers.

3° (Fol. 132). Réponse d'Al-Baṭalyoûsî à ceux qui attaquaient son commentaire sur les poèmes d'Aboû 'l-ʿAlâ Al-Maʿarrî (voir ce même manuscrit, 1°). Commencement : قال الفقيه الحافظ ابو محمد بن السيد البطليوسى ان اولى ما ابتدئ فيه كل ذكر . . . . . رايت . . . . . اعتراضات ابن العرى (الغرّى ou العزّى (*sic*, lisez علينا فى شرح شعر المعرى ولسنا ننكر معارضة المعارضين الخ.

Papier. Écriture Magrébine. 139 feuillets. 27 lignes par page. Sans date. (Cas. 271.)

277.

Titre : شعر على بن العباس بن جُرَيج الرومى رحمه الله «Poésies de ʿAlî ibn Al-ʿAbbâs ibn Djouraidj (Georgius) Ar-Roûmî, qu'Allâh ait pitié de lui!» Ce poète, connu sous le nom d'Ibn Ar-Roûmî, mourut, selon les uns, en 276 de l'Hégire (889 ap. J.-Ch.), selon d'autres, en 283 (896 ap. J.-Ch.). A la fin, on lit : هذا اخر شعر ابى الحسن على بن العباس بن جُرَيج الرومى. Manuscrit très soigné, daté de 652 de l'Hégire (1254 ap. J.-Ch.). Commencement : قال على بن العباس بن جُرَيج الرومى يهجو ابا يوسف الدقاق

أسالتَ حين وقفتَ ام لم تسألِ دِمَنًا عفت فكانها لم تُحْلَلِ

Papier. Écriture Asiatique. 290 feuillets. 15 lignes par page. (Cas. 275.)

278.

Titre : هذا ديوان . . . . . . سيدى ابى الحسن على الشّشْترى النّميرى «Ceci est le recueil des poésies de . . . . . . Sayyidî Aboû 'l-Ḥasan 'Alî Asch-Schouschtarî An-Noumairî.» Sur ce poète *soûfî*, on peut comparer la notice étendue, que lui a consacrée Al-Maḳḳarî; voir l'édition de Leyde I, p. ٥٨٣. Il mourut à Damiette en 668 de l'Hégire (1269 ap. J.-Ch.).

Papier. Écriture Asiatique. 81 feuillets. 17 lignes par page. Sans date. (Cas. 276)

279.

Titre au fol. 1 r° كتاب مختصر طبقات الشعراء «Livre intitulé : Abrégé des classes des poètes.» Au fol. 2 r° se trouve un autre titre : المختار من طبقات الشعراء لابى العباس عبد الله بن المعتز رضى الله عنه «Extrait des Classes des poètes, par Aboû 'l-'Abbâs 'Abd Allâh Ibn Al-Mou'tazz, qu'Allâh lui soit favorable!» Au fol. 1 v°, une table (فهرست) des cent-trente-et-un poètes, sur lesquels ce livre contient des notices. Ibn Al-Mou'tazz, fils du khalife abbaside, mourut en 296 de l'Hégire (908 ap. J.-Ch.). Il fut à la fois poète et historien de la poésie. L'abrégé anonyme, dont nous avons le manuscrit autographe, fut terminé en 630 de l'Hégire (1232 ap. J.-Ch.).

Papier. Écriture Asiatique. 50 feuillets. 23 lignes par page. (Cas. 277.)

280.

Volume X de l'encyclopédie poétique intitulée منظر الشعراء ومزهر الامراء «Le théatre des poètes et le luth des émirs.» C'est d'après Casiri que nous avons donné le titre de cette encyclopédie poétique, titre qui a été reproduit sur une reliure moderne, dont le volume a été pourvu il y a une vingtaine d'années. En même temps, on rognait fortement les tranches où, je soupçonne, le titre a dû se trouver, ainsi que l'indication du volume. Il comprend quelques autres chapitres en dehors de celui qui est consacré à la satire et qui est placé en tête. Je ne sais où Casiri a pris que l'ouvrage entier se composait de vingt-quatre volumes. La fin manque. Commencement : اللهم انا نحمدك على حسن البيان وان فضلنا به على سائر الحيوان . . . . . مقدمات الهجاء والذم الخ.

Papier. Écriture Asiatique. 222 feuillets. 15 lignes par page. Sans date. (Cas. 278)

281.

Titre à la tranche supérieure كتاب الكنايات «Livre des métonymies.» Il se peut que ce soit le livre cité par Ḥâdjî Khalîfa sous le n° 10427 et intitulé كتاب الكنايات والتعريض «Livre des métonymies et de l'allégorie.» Cet ouvrage, dont l'auteur n'est pas connu, serait attribué à Ath-Tha'âlibî; en tout cas il aurait été composé à Nîsâboûr en 400 de l'Hégire (1009 ap. J.-Ch.). C'est ce que notre manuscrit ne permet point de contrôler, puisque commencement et fin y manquent.

Papier. Écriture Asiatique. 109 feuillets 15 lignes par page. Sans date. (Cas. 279)

282.

Commentaire très étendu sur la *Borda* de Scharaf ed-Dîn Moḥammad ibn Sa'îd ibn Ḥammâd Al-Boûṣîrî. Ce poème en l'honneur du prophète se trouve dans le manuscrit 248, 1°. Le commentateur n'est point nommé dans ce manuscrit; mais, dans un autre exemplaire (ms. 283), il est appelé ابو عبد الله الاليرى الاندلسى. Commencement : الحمد لله الذى خلق الانسان وعلمه البيان الخ.

Papier. Écriture Magrébine. 241 feuillets. 23 lignes par page. Sans date. (Cas. 280)

283.

Autre exemplaire du même commentaire sur le même poème. C'est à cet exemplaire que nous avons emprunté le nom du commentateur. Les derniers feuillets manquent.

Papier. Écriture Magrébine. 248 feuillets. 23 lignes par page. Sans date. (Cas. 281.)

284.

1° Titre moderne : الفن الاول من المفتاح فى الكلام فى الشعر «Première section de la partie du *Miftâḥ al-ʿouloûm*, section où il est parlé de la poésie.» C'est le premier chapitre de la troisième section du مفتاح العلوم d'As-Sakkâkî.

2° (Fol. 21). Titre également moderne: شرح مفتاح العلوم للفاضل الشريف قدس سره «Commentaire sur le *Miftâḥ al-ʿouloûm*, par l'éminent, le scharîf . . . . .» C'est le commentaire d'As-Sayyid Asch-Scharîf ʿAlî ibn Moḥammad Al-Djordjânî sur la troisième partie du مفتاح العلوم d'As-Sakkâkî. Voir les manuscrits 63, 206, 207, 208. Copie datée de 988 de l'Hégire (1580 ap. J.-Ch.). Nombreuses notes marginales.

Papier. Écriture Asiatique. 188 feuillets. 25 lignes par page 1° sans date. (Cas. 282)

285.

Titre : كتاب العمدة تاليف ابى على حسن بن رشيق الازدى القروى «Livre intitulé : La colonne, œuvre d'Aboû ʿAlî Ḥasan Ibn

Raschîḳ Al-Azdî de Ḳairawân.» A la fin de ce traité de l'art poétique, on lit : كمل كتاب العمدة فى محاسن الشعر وادابه تاليف ابى على حسن بن رشيق الازدى القيروانى «Fin du livre intitulé : la colonne sur les beautés et les mérites de la poésie, œuvre d'Aboû ʿAlî Ḥasan Ibn Raschîḳ Al-Azdî Al-Ḳairawânî.» Celui-ci mourut en 456 de l'Hégire (1063 ap. J.-Ch.). Commencement : الحمد لله اهل الحمد ومستحقه الخ.

Papier. Écriture Magrébine 158 feuillets. 25 lignes par page La date, qui se trouvait sur ce manuscrit très moderne, a été grattée. (Cas. 283.)

286.

Titre à la tranche inférieure : الاول من العمدة لابن رشيق «Premier volume de La colonne, par Ibn Raschîḳ.» Commencement identique à celui du manuscrit 285.

Papier. Écriture Magrébine. 97 feuillets. 22 lignes par page. Sans date. (Cas. 284.)

287.

Titre : السفر الخامس عشر من كتاب مسالك الابصار فى ممالك الامصار هذا الكتاب وهو فى سبعة وعشرين مجلدا هذا الخامس عشر منها تاليف .... العلامة شهاب الدين ابو(sic) العباس احمد بن القاضى المرحوم محيى الدين ابى زكريا يحيى بن الصاحب جمال الدين ابى المآثر فضل الله بن الامير فخر الدين المجلى القرشى العدوى العمرى «Volume XV du livre intitulé : Les chemins des yeux sur les royaumes des contrées; ce volume est le XVe sur les vingt-six, dont se compose cet ouvrage. L'auteur est .... le très savant Schihâb ed-Dîn Aboû 'l-ʿAbbâs Aḥmad fils du ḳâḍî regretté Moḥyî ed-Dîn Aboû Zakariyâ Yaḥyâ, fils du maître Djamâl ed-Dîn Aboû 'l-Ma'âthir Faḍl Allâh, fils de l'émir Fakhr ed-Dîn

Al-Madjlî Al-Ḳoraschî Al-'Adawî Al-'Omarî.» D'après une note du fol. 1 r°, l'auteur, connu sous le nom d'Ibn Faḍl Allâh, serait mort en 649 de l'Hégire (1251 ap. J.-Ch.); Ḥâdjî Khalîfa, n° 11861 et *passim,* donne avec raison comme date de sa mort l'an 749 de l'Hégire (1348 ap. J.-Ch.). Cf. Herbelot, *Bibliothèque Orientale* (La Haye, 1778) III, p. 255.

Le volume, que nous avons, est consacré aux poètes, et chaque nom est suivi de nombreux extraits. Voici le commencement : ومنهم ابو الطيب احمد بن الحسين الجعفى المعروف بالمتنبي; le dernier poète cité est الشريف ابو يعلى محمد بن صالح الهاشمى العباسى المعروف بابن الهباريه.

Papier. Écriture Asiatique. 317 feuillets. 17 lignes par page. Sans date. (Cas. 285.)

288.

1° Opuscule sur la prosodie, dont voici le commencement : الباب الاول اعلم ان الشعر تتجاذبه علوم اربعة وهى علم الاوزان وعلم القوافى وعلم البلاغة وعلم النقد فاما علم الاوزان فهو علم العروض الذى هو غرضنا فى هذا الكتاب الخ. A la fin (fol. 7 v°), on lit : وقد انتهى الكلام فى الصدر فلنشرع فى شرح المختصر الخ.

2° (Fol. 8 v°). Commentaire sur un traité de métrique, nommé d'après la souscription الغموض من مسائل العروض «L'obscurité des questions relatives à la prosodie.» Texte et commentaire ont pour auteur Aboû 'Abd Allâh Moḥammad ibn 'Ali ibn Khâlid, connu sous le nom d'Ibn As-Saḳḳâṭ. Je ne sais quand a écrit cet auteur, qui devait en tout cas être un Espagnol. Commencement : الحمد لله رب العالمين الخ.

3° (Fol. 62). Titre : ابن السقاط «Ibn As-Saḳḳâṭ.» C'est le texte auquel se rapporte le commentaire qui précède immédiatement.

4° (Fol. 70). Titre : الدوبيت لابن المرحل «Le *Doûbait,* par Ibn Al-Marḥal.» On appelle chez les Arabes Doûbait (en persan : les deux vers) un genre d'épigrammes qui, en général, se composent de deux vers seulement. Quant à Ibn Al-Marḥal, il est nommé plus complétement en tête de 5° ابو الحكم مالك بن عبد الرحمن بن المرحل; voir aussi le manuscrit 362 et Al-Makkarî, ed. de Leyde, I, p. ٨٢٦, où il faut lire المرحل au lieu de الموحل. Commencement : اهمال الحق لديه واضاعته ولا يتجه بين يديه الا نشر العلم الخ.

5° (Fol. 78). Titre semblable à celui de 4°; autre monographie du même auteur sur le même sujet. Commencement : الحمد لله أبدا وأختم الخ.

6° (Fol. 86). Titre : الختام المفضوض عن خلاصة علم العروض «La terre sigillée enlevée de la meilleure partie de la prosodie.» Le nom de l'auteur est longuement donné en tête dans le commencement que voici : قال . . . . . . النحوى الفرضى الحافظ ابو بكر محمد بن محمد بن ادريس بن ملك بن عبد الواحد بن عبد الملك بن محمد ابن سعيد بن عبد الواحد بن احمد بن يوسف الفرانى القضاعى ثم القلاوسى الحمد لله الذى نور منا بالعلم بصائر وأبصار (*sic,* lisez (وأبصارا. Dans le titre répété à la fin avec le nom de l'auteur, au lieu d'ابو بكر, on lit ابو عبد الله. Ce grammairien prosodiste mourut en 707 de l'Hégire (1307 ap. J.-Ch.) d'après Ḥâdjî Khalîfa IV, p. 445.

7° (Fol. 156). Titre : ارجوزة محكمة مهذبة موسومة بالنكت المستوعبة موضوعة فى نكت القوافى حسب الاتفاق والخلاف مما اعتنى ابن القلاوسى به . . .

«Poème en vers *radjaz* .... intitulé : Les fines observations recueillies; poème composé sur ce qui distingue les rimes dans leurs accords et leurs différences; l'auteur est Ibn Al-Ḳalâwisî.» Celui-ci, l'auteur également de 6°, est nommé plus complétement après le titre dans le passage suivant : يقول ...... ابو بكر محمد بن .... ابى عبد الله محمد بن ادريس القلاوسى ابدات نظم هذه الارجوزة فى ..... سنة ٦٨٦. Ce poème a donc été composé en 686 de l'Hégire (1287 ap. J.-Ch.). Commencement :

الحمد لله الذى راض *(sic)* البيان   حتى غدا للفهم فى قهر عنـــان

8° (Fol. 188). Titre : كتاب فيه زَهرة الظرف وزُهرة الظرف فى بسط الجمل من العروض المهمل «Livre, où il y a la fleur de l'intelligence et la beauté de l'élégance pour développer les propositions relatives à la métrique trop négligée.» L'auteur est de nouveau Aboû Bakr Moḥammad ibn Moḥammad ibn Idrîs Al-Ḳalâwisî (ici القلوسى). Cet opuscule est spécialement consacré à la science des mètres (علم الاوزان). Commencement : الحمد لله الذى انعم على الانسان بالتحلى بحلية اهل البيان الخ.

Papier. Écriture Magrébine. 203 feuillets. 25 lignes par page. Sans date. (Cas. 286.)

289.

Titre : سفر فيه جميع اشعار الحماسة اختيار ابى تمّام حبيب بن اوس الطائى شرح ابى الفتوح ثابت بن محمد الجرجانى «Livre contenant l'ensemble des poésies de la *Ḥamâsa*, anthologie d'Aboû Tammâm Ḥabîb ibn Aus Aṭ-Ṭâ'î; commentaire d'Aboû 'l-Foutoûḥ Thâbit ibn Moḥammad Al-Djordjânî.» Celui-ci mourut en 431 de l'Hégire (1039 ap. J.-Ch.); il avait terminé son commentaire à Bagdâd en 378 (988 ap. J.-Ch.), comme il ressort de la note suivante placée en tête : قال الاستاد ابو الفتوح ثابت بن محمد الجرجانى قرات هذا الكتاب ببغداذ سنة ٣٧٨ على الشيخ ابى احمد عبد السلم (*sic*) بن الحسين البصرى وقال لى قراته على ابى رياش احمد بن هاشم بن شمل (*sic*, lisez شبل) القسى الربعى رحمه الله بالبصرة سنة ٣٤٨ · قال انشدنا ابو المطرف الانطاكى قال انشدنا ابو تمام حبيب بن اوس لبعض شعراء بلعنبر. La *Ḥamâsa* d'Aboû Tammâm a été publiée à Calcutta en 1856; Freytag a joint le commentaire d'At-Tabrîzî à son édition et à sa traduction latine (Bonnae, 1828—1847, 2 vol. in-4). Il faut encore citer la traduction allemande de Fr. Rückert (Stuttgart, 1846, 2 vol. in-8). Le commentaire, que nous décrivons, se distingue par sa concision substantielle.

Papier. Écriture Magrebine. 230 feuillets. 25 lignes par page. Sans date Manuscrit du commencement du VIIe siècle de l'Hégire. (Cas. 287.)

290.

Recueil des poésies d'Aboû Tammâm Ḥabîb ibn Aus Aṭ-Ṭâ'î, mort en 231 de l'Hégire (845 ap. J.-Ch.). Une édition du *Dîwân* d'Aboû Tammâm a été publiée au Caire en 1292 (1875 ap. J.-Ch.). Fol. 134 r°, on lit كل ما رواه ابو علىّ من شعر ابى تمام; Aboû ʿAlî est sans doute Ḥasan ibn Aḥmad Al-Fârisî, mort en 377 de l'Hégire (987 ap. J.-Ch.); depuis le fol. 134 v° jusqu'à la fin se trouvent quelques additions, provenant من رواية الصولى; celui-ci est Aboû Bakr Moḥammad ibn Yaḥyâ Aṣ-Ṣoûlî, mort en 335 (946 ap. J.-Ch.). Quoi qu'en dise Casiri, pas plus dans ce manuscrit que dans d'autres exemplaires (mss. 291 et 415). les poésies ne sont rangées par ordre alphabétique, ni des initiales ni des rimes. Commencement : قال ابو تمّام حبيب بن اوس الطائى يمدح محمد بن يوسف

عسى وَطَنٌ يدنو بهم ولعلّما   وان تُعْقِبَ الايامُ فيهم فربما

Papier. Écriture Magrébine. 138 feuillets. 19 lignes par page. Sans date. (Cas. 288.)

291.

Autre exemplaire des poésies d'Aboû Tammâm, également d'après Aboû ʿAlî et As-Ṣoûlî. Même commencement que celui du manuscrit 290.

Papier. Écriture Magrébine. 129 feuillets. 20 lignes par page. Sans date. (Cas. 289.)

292.

Titre au commencement et à la fin : الجزء الثامن من السطر(?) المنهاجى «Tome VIII de l'écrit Minhâdjite.» Cet écrit est une anthologie poétique, dont le compilateur (جامعه) est nommé dans la souscription افقر العباد محمد بدر الدين المنهاجى. Le manuscrit paraît autographe; car au fol. 2 r°, on lit كاتبه وجامعه بدر الدين المنهاجى; et dans la souscription, il est dit que le manuscrit a été fait على يد جامعه. La date, que porte ce manuscrit, 954 de l'Hégire (1547 ap. J.-Ch.) est suspecte; car on trouve celle de 850 (1446 ap. J.-Ch.) dans un autre recueil analogue (ms. 448), où le nom du même auteur est donné plus complétement محمد بدر الدين بن يوسف جمال الدين بن عبد العزيز الاتفهى المنهاجى. C'est sans ordre et au moins sans lien apparent que l'auteur semble avoir jeté sur le papier ces extraits des poètes de son temps et du siècle précédent comme une série de notes pour son usage personnel. Commencement : مما اتميز بابتدائه واتبرك باستعماله مدح اشرف الانام عليه افضل الصـــلاة والسلام الخ.

Papier. Écriture Asiatique. 185 feuillets. 17 lignes par page. (Cas. 290.)

293.

1° Titre : كتاب الثمرات الشهيه فى الفواكه الحمويه والزوائد المصريه من نظم مولانا ..... تقى الدين ملك المتادبين ابى بكر بن حجه (*sic*, lisez حجة) الحنفى الحموى منشى دواوين الانشاء الشريف بالممالك الاسلاميه المحروســـه «Livre intitulé : Les fruits agréables parmi les desserts de Ḥamâ et les extra égyptiens; choix de poésies de notre maître .... Taḳî ed-Dîn, le roi des lettrés, Aboû Bakr Ibn Ḥodjdja le Ḥanéfite Al-Ḥamawî, celui qui dirige la noble chancellerie dans les royaumes bien défendus des Musulmans.» L'auteur, qui fit lui-même un choix dans ses diverses poésies, mourut en 837 de l'Hégire (1433 ap. J.-Ch.). Peut-être ce recueil doit-il être confondu avec celui qui est cité dans Ḥâdjî Khalîfa, n° 4221, sous le titre de جنى الجنّتين «La cueillette des deux jardins». Autres exemplaires plus ou moins complets, mss. 428, 4°; 436, 1°. A la fin (fol. 126 v°), on lit : ..... هذا اخر ما جمعه هنا من عذب الفاظه ورقيق شعره سيدنا تقى الدين بن حجة الحنفى الحموى القادرى ...... Commencement : الحمد لله الذى لا يحصى مجموع فضله ديوان ..... وبعد فهذه اوراق فى رياض الادب زاهره بل نجوم فى سماء البلاغة زاهره ..... وقد سميت هذا المنتخب من نظمى الثمرات الشهيه فى الفواكه الحمويه الخ.

2° (Fol. 127). Titre : النجوم الطوالع فى تضمين المطالع للماردينى قصائد «Les étoiles qui se lèvent pour l'enjambement des premiers distiques, par Al-Mâridînî; poésies.» A la fin, la date de 862 de l'Hégire (1457 ap. J.-Ch.), qui se rapporte au manuscrit entier.

Papier. Écriture Asiatique. 130 feuillets. 17 lignes par page. (Cas. 291.)

294.

Titre : كتاب شرح البديعية للشيخ .... ابى المحاسن تقى الدين ابو *(sic)* بكر ابن حجه «Livre intitulé : Commentaire sur le poème relatif aux figures de rhétorique, par le schaikh ...... Aboû 'l-Maḥâsin Taḳî ed-Dîn Aboû Bakr Ibn Ḥodjdja.» A la suite du nom ainsi répété, on lit au fol. 1 v° الحنفى القادرى الحموى. Nous avons de nouveau le même auteur que dans le manuscrit précédent. En effet, c'est de lui que sont poème, imité de celui qui est dans le ms. 248, 2°; et commentaire, celui-ci terminé en 826 de l'Hégire (1422 ap. J.-Ch.). La copie est datée de 842 (1438 ap. J.-Ch.). Commencement : الحمد لله البديع الرفيع الذى احسن ابتداء خلقنا بصُنعه واولانا جميل الصّنيع الخ.

Papier. Écriture Asiatique. 322 feuillets. 24 lignes par page. (Cas. 292.)

295.

Titre : شر[ح] رسالة ابيات الجمل [ال]شيخى ..... [ا]بى الحسن على بن محمد بن حريق والرسالة ايضا له رحمه الله «Commentaire sur le manuel relatif aux vers des *Djoumal* (Propositions), par le schaikh .... Aboû 'l-Ḥasan ʿAlî ibn Moḥammad Ibn Ḥarîḳ, et le manuel est de lui également.» Il s'agit du Livre des propositions grammaticales d'Aboû 'l-Ḳâsim Az-Zadjdjâdjî (voir mss. 30, 1°, 31, 108, 1°, 109). Le manuscrit 121, 2°

contient un commentaire sur les vers cités dans Le livre des propositions. Ibn Ḥarîḳ vivait à Valence au commencement du VIIe siècle de l'Hégire (voir Al-Maḳḳarî, ed. de Leyde, I, p. ٥٣٦). Le manuscrit doit être peu postérieur à la composition, puisqu'il est daté de 646 de l'Hégire (1248 ap. J.-Ch.). Commencement : الحمد لله على ما من به وانعم . . . . . . وبعد فانه لما انشاتُ الرسالة المتضمنة ابيات كتاب الجمل فى النحو تاليف ابى القاسم الزجاجى التى استشهد بها فى ابواب الكتاب المذكور . . . . . . حرص من طالعها على تلقى شرح الفاظها اللغوية منى وحمّلها مفسرة عنى فسايرتُ فى ذلك الزمان . . . . فلما شد ابنى ابرهيم . . . . . رغب فيما رغب فيه ذلك سواه . . . . . فشرعتُ فى ذلك الخ

Papier. Écriture Magrébine. 183 feuillets. 25 lignes par page. (Cas. 293.)

296.

Le titre se trouve dans la souscription suivante : تم كتاب التنبيه على المغالطة والتمويه واقامة المال من طريقه (*sic*, lisez طريقة) الاعتدال بالبرهان الكافى والبيان الشافى «Fin du livre intitulé : L'avertissement au sujet de l'erreur et de l'altération, et le redressement de ce qui est ébranlé, par la voie de l'équilibre fondé sur l'argumentation suffisante et l'exposition salutaire.» Le commencement fait défaut. La plus grande partie du volume est consacrée à la discussion d'explications données pour les poésies d'Imrou'ou 'l-Ḳais et de Nâbiga 'dh-Dhobyânî. L'interprète des poésies antéislamiques, qui est ainsi pris à partie par l'auteur anonyme, est appelé fol. 98 v° الاديب ابو المطرّف. Il a dû faire de nombreux essais du même genre avec aussi peu de succès selon notre critique; car on lit au fol. 113 v° : قد نجز بعض ما ذهبنا اليه من التنبيه على غلط ابى المطرف والكشف عليه.... ولو اتبعنا غلطه فى سائر الاشعار.. لطال فى ذلك الكتاب. Aboû 'l-Moṭarrif est sans doute ابو المطرف احمد بن عبد الله المخزومى, dont nous avons rencontré un ouvrage de polémique littéraire dans le manuscrit 115 (cf. ms. 223). Al-Maḳḳarî lui a consacré une longue notice (voir l'édition de Leyde, I, p. ٢٠٠ et suiv.), d'après laquelle il naquit en 580 de l'Hégire (1184 ap. J.-Ch.) et mourut en 658 (1259 ap. J.-Ch.). Il est également question de lui dans la تحفة القادم d'ابن الابار (manuscrit 356, fol. 73 v°).

Papier. Écriture Magrébine. 114 feuillets. 20 lignes par page. Sans date. Manuscrit copié au commencement du VIIIe siècle de l'Hégire. (Cas 294.)

297.

Tableaux des rimes possibles dans une même poésie. Les mots donnés comme exemples sont expliqués dans des notes interlinéaires à l'encre rouge. Commencement et fin manquent.

Papier. Écriture Magrébine. 86 feuillets 12 lignes par page. Sans date. (Cas. 295.)

298.

Recueil de poésies érotiques, toutes du même auteur; car chaque morceau est introduit par وقال ايضا sans indication de nom ni de date. Nous saurions quel est le poète, si le commencement ne manquait pas. A la fin, on lit simplement : تم الديوان المبارك. Il est peu probable que ce manuscrit soit le même, que Casiri avait sous les yeux pour la description du manuscrit 296, qui correspond à celui-ci dans sa classification.

Voici le premier vers de la première poésie, que nous ayons entière :

عَشِقَتْ قدّه غُصون الآسِ   ما تَرى ما بها من الوسواس

Voici enfin le dernier vers du recueil; peut-être aidera-t-il à en reconnaître l'identité. Le mètre est celui du *Doû-bait* (cf. ms. 288, 4°), avec la modification signalée par Freytag, *Darstellung der arabischen Verskunst* (Bonn, 1830), p. 441, lig. 17 :

قد الغَزها جَفْنُكَ فى تَرْجمةٍ   لا تُفْهِمُ بالرُّسُلِ ولا بالكُتُبِ

Papier. Écriture Asiatique. 53 feuillets. 15 lignes par page. Sans date. (Cas. 296.)

299.

Titre : مجموع مبارك منتخب من كلام الشعراء «Collection bénie, extraite de la parole des poètes.» Voici les chapitres de cette anthologie, composée en général de fragments courts, classés d'après les sujets traités : باب الغزل; fol. 13 v° باب المديح; fol. 18 v° باب التشبيهات; fol. 24 v° باب الخمريات. Point de préface. Les poètes cités sont : ابن الرومى, طرمّاح, ابن المعتزّ, ابو نواس, البحترى, ابو تمام, نابغة, ابو الفتح كشاجم, etc., ainsi que le rédacteur même qui se désigne comme «l'auteur de la collection» (صاحب المجموع) fol. 12 r°, 15 v°, etc., mais sans se nommer. La fin manque.

Papier. Écriture Asiatique. 71 feuillets. 21 lignes par page. Sans date. (Cas. 297.)

300.

Titre : كتاب فيه أشعار لمن له إشعار ونوادر واخبار لمن له ابصار «Livre contenant des poésies pour les connaisseurs, et des traits piquants et des anecdotes pour les clairvoyants.» Anthologie des poètes anciens et modernes, sans aucune indication d'auteur, classée d'après les sujets traités. Commencement : الحمد لله الكريم المنان الرحيم الرحمن . . . . . وبعد فهذا مجموع يشتمل على ابيات من كلام الشعراء من المتقدمين وغيرهم فى هذا الزمان الخ.

Papier. Écriture Asiatique. 109 feuillets. 17 lignes par page. Sans date. (Cas. 298.)

In-Quarto.

301.

Titre à la tranche inférieure : الشعراء الستّة «Les six poètes». C'est la collection, publiée par M. Ahlwardt sous le nom de *The Divans of the six ancient Arabic Poets* (London, 1870). Les six poètes sont, dans l'ordre du manuscrit, امرؤ القيس; النابغة الذبيانى (fol. 28 r°); علقمة (fol. 53 r°); زهير (fol. 60 r°); طرفة (fol. 81 r°); عنترة (fol. 96 v°). Le premier et le dernier feuillet, d'une écriture plus moderne, ont été ajoutés après coup. D'ailleurs, le manuscrit, entièrement vocalisé, est aussi excellent que ceux de Paris et de Gotha. Comme eux, il contient entre les lignes un commentaire continu, où sont résumées les explications d'Aʿlam de Santa-Maria (cf. ms. 310). Avant l'édition de M. Ahlwardt, les trois premiers des poètes mentionnés plus haut avaient été publiés, Imrou'ou 'l-Ḳais par M. de Slane (Paris, 1837); Nâbiga par l'auteur de cette notice (Paris, 1869); ʿAlḳama par M. Socin (Leipzig, 1867). Nâbiga et ʿAlḳama ont été de nouveau publiés au Caire en 1877. Voir *Zeitschrift der deutschen morgenländischen Gesellschaft*, XXXI, p. 667 et suiv.

A la fin du *Dîwân* d'Imrou'ou 'l-Ḳais (fol. 27 v°), on lit : كمل شعر امرئ القيس رواية ابى حاتم عن الاصمعى والقصائد المتخيرة مما لم يرو ابو حاتم رواية ابى عمرو الشيبانى والمفضّل وغيرهما. Ces dernières commencent au fol. 21 v°, où elles sont introduites par من غير رواية الاصمعى.

Le *Dîwân* de Nâbiga est également coupé en deux par une note qui se trouve au fol. 46 v° et qui porte : كمل شعر النابغة رواية الاصمعى ونذكر بعدها متخيرات قصائد رواها الطوسى له.

A la fin, sur le dernier fol., qui est moderne, on lit : كمل شعر عنترة وبكماله كمل جميع الديوان.

Papier. Écriture Magrébine. 112 feuillets. 13 lignes par page. Sans date. (Cas. 299)

302.

Titre : شرح ديوان امرئ القيس المسمى بالتعليقة للعلامة ابن النحاس «Commentaire sur le recueil des poésies d'Imrou'ou 'l-Ḳais, commentaire intitulé : L'annotation, par le très savant Ibn An-Naḥḥâs.» Bahâ ed-Dîn Aboû ʿAbd Allâh Moḥammad ibn Ibrâhîm Al-Ḥalabî, connu sous le nom d'Ibn An-Naḥḥâs, mourut en 698 de l'Hégire (1298 ap. J.-Ch.). L'ordre est tout-à-fait différent de celui dans lequel les mêmes poésies se déroulent dans le manuscrit précédent; dans tous deux, le recueil commence par la *Moʿallaḳa* d'Imrou'ou 'l-Ḳais.

Voici les quelques notes exégétiques qui se trouvent dans ce manuscrit; je désigne les poésies d'après le numéro qu'elles portent dans l'édition de M. Ahlwardt, *The Divans of the six ancient Arabic Poets :*

Devant la poésie ٤٦ (fol. 52 v°), on lit : قال ايضا قال ابن دريد دفعها الاصمعي ورواها قوم لابن احمر وهى فى اصل اليزيدى.

En tête de la poésie ٤٥ (fol. 55 v°), est la note suivante : وقال ايضا وقال الاصمعي هى لابن احمر.

Enfin, la poésie ٧ (fol. 106 r°) est introduite ainsi : وقال رواها الاصمعي وابو عبيدة.

Papier. Écriture Asiatique. 150 feuillets. 11 lignes par page. Sans date. (Cas. 300.)

303.

Titre, que nous reproduisons, tel que l'incendie l'a laissé subsister : سفر فيه شعر الاعشى

بن قيس بن جندل

من صنعة ابى العباس احمد بن يحيى

المنبوز بثعلب رحمه الله

«Livre contenant les poésies d'Al-A'schâ [et c'est Maimoûn] ibn Ḳais ibn Djandal; édition d'Aboû 'l-ʿAbbâs Aḥmad ibn Yaḥyâ, surnommé Tha'lab.» C'est à lui que doit être rapporté le commentaire qui accompagne toutes les poésies contenues dans ce précieux exemplaire. Malheureusement le feu a brûlé le haut de chaque page. La fin manque. Au fol. 1 v°, le nom du poète est répété; après Djandal, on y lit encore بن شراحيل. Le poète Al-A'schâ est un des poètes antéislamiques, qui ont atteint l'époque de l'islâm; quant à Tha'lab, il est donné comme éditeur de son *dîwân* dans le *Fihrist,* I, p. ٧٤ et ١٥٨.

Papier. Écriture Magrébine. 139 feuillets. 19 lignes par page. Sans date. (Cas. 301.)

304.

1° Titre : كتاب الاقتصاد فى شرح بانت سعاد تاليف . . . . . صالح بن الصديق بن على بن احمد النمارى الانصارى الخزرجى «Livre intitulé : Le juste milieu; commentaire sur le poème intitulé *Bânat Sou'âd*, commentaire par . . . . . Ṣâliḥ ibn Aṣ-Ṣiddîḳ ibn 'Alî ibn Aḥmad An-Noumârî Al-Anṣârî Al-Khazradjî.» C'est un commentaire très court sur le fameux poème de Ka'b ibn Zohair (cf. ms. 270, 1°). Commencement : الحمد لله رب العالمين . . . . . وبعد فهذا تعليق لطيف وشرح مختصر منيف لقصيدة كعب بن زهير المزنى الخ.

2° (Fol. 15). Titre : شرح الكواكب الدريه فى مدح خير البريه للشيخ . . . . . خالد الازهرى . . . . . «Commentaire sur les étoiles perlées, à l'éloge du meilleur des hommes, par le schaikh . . . . . Khâlid Al-Azharî.» Commentaire sur la *Borda* d'Al-Boûṣîrî (cf. ms. 248, 1°); nous avons rencontré le commentaire de Khâlid Al-Azharî sur l'*Adjourroûmiyya* (voir les mss. 92, 1° et 120, 3°). Commencement : اما بعد حمد الله مستحق التحميد والتهليل . . . . . فيقول . . . . . خالد بن عبد الله الازهرى قد سالتنى ايها الاخ النجيح ان اصنع شرحا لطيفا على بردة المديح للشيخ شرف الدين محمد البوصيرى الخ.

3° (Fol. 54). Titre : هذا الكتاب اسمه لسان الحكام «Ceci est le livre intitulé : La langue des juges.» D'après Ḥâdjî Khalîfa, n° 11093, l'auteur est Aboû 'l-Walîd Ibrâhîm ibn Moḥammad Al-Ḥalabî, connu sous le nom d'Ibn Asch-Schiḥna, mort en 882 de l'Hégire (1477 ap. J.-Ch.). L'auteur, qui avait annoncé trente chapitres (فصول), n'a point dépassé le vingt-et-unième, à la fin duquel on lit : قال فى الام المنسوخ منها وهذا

اخر ما وجد فى النسخة بخط المصنف رحمه الله من غير زيادة لتعذر ذلك بوفاته الى رحمة الله تعالى ولم يكمل الثلثين فصلا على ما ترجم فى اول الكتاب. Copie datée de l'an 1000 de l'Hégire (1591 ap. J.-Ch.). Commencement : .... الحمد لله العادل فى حكمه القاضى بين عباده بعلمه وبعد فلما ابتليت بالقضا وجرى الحكم ومضى احببت ان اجمع مختصرا فى الاحكام لخ.

Papier. Écriture Asiatique. 183 feuillets. 1° et 2° 23 lignes; 3° 21 lignes par page. 1° et 2° sans date, tous deux de la même main. (Cas. 302.)

305.

Titre : شرح قصيدة كعب بن زهير للشيخ ..... جمال الدين ابى عبد الله محمد بن هشام الانصارى ..... Autre exemplaire du commentaire d'Ibn Hischâm sur le poème de Kaʿb ibn Zohair, intitulé *Bânat Souʿâd* (voir ms. 270, 1°).

Papier. Écriture Asiatique. 75 feuillets. 23 lignes par page. Sans date. (Cas. 303.)

306.

1° Explication des passages difficiles du *Dîwân* d'Al-Motanabbî (voir mss. 272, 307 et suiv.). Commencement : سالتَ ادام الله تسديدك ..... ان اصنع لك شعر ابى الطيب احمد بن الحسين المتنبي لعسر معانيه الخ.

2° (Fol. 78) من انشاء الفقيه الكاتب ذى الوزارتين الى عبد (?) ابن الحبيب رحمه الله «Extrait de la correspondance du jurisconsulte, de l'écrivain, du possesseur des deux vizirats, adressée à ʿAbd (?) Ibn Al-Ḥabîb ......» Le possesseur des deux vizirats paraît être Aboû ʿAbd Allâh Ibn Abî 'l-Khiṣâl, dont une correspondance se trouve aussi dans le manuscrit 519 (Cas. 516 *bis*), correspondance en tête de laquelle il est également nommé ذو الوزارتين. On peut aussi comparer pour cet auteur les mss. 519, 538, 2° et suiv. et Al-Maḳḳarî (ed. de Leyde), II, p. ١٢٤, où il est appelé «le maître des écrivains de l'Espagne». Il naquit en 465 de l'Hégire (1072 ap. J.-Ch.) et mourut en 540 (1145 ap. J.-Ch.). Le nom du correspondant a dû être celui d'un personnage obscur; car sur lui les notices font défaut. En tout cas, les lettres qui lui sont adressées, ont pour but de l'édifier sur la noblesse et les mérites de la foi musulmane.

3° (Fol. 178). Titre : كتاب نسيم الصبا انشاء العالم ..... بدر الدين ابو (sic) على الحسن بن عمر بن الحسن بن حبيب الحلبي الشافعي «Livre intitulé : Le souffle du vent d'est, œuvre du savant ..... Badr ed-Dîn Aboû ʿAlî Al-Ḥasan ibn ʿOmar ibn Al-Ḥasan ibn Ḥabîb Al-Ḥalabî, le Schâfiʿite.» Petit traité en trente chapitres sur certaines sections du vocabulaire arabe, ainsi sur les mots relatifs aux étoiles, à la nuit et au jour, au ciel et à la lune, etc. Autres exemplaires, mss. 474, 2°; 551, 3°; 552. Commencement : اما بعد حمد الله الذى اعلى مقام اهل الادب الخ.

Papier. Écriture Magrebine. 213 feuillets. 23 lignes par page. Sans date (Cas. 304.)

307.

Titre : شرح مشكلات ديوان شعر ابى الطيب المتنبي ردّا على شرح ابى الفتح عثمان بن جنّى فيما واخذ به المتنبي تصنيف ابن فورجه «Commentaire sur les difficultés du recueil de vers d'Aboû 'ṭ-Ṭayyib Al-Motanabbî, comme réfutation au commentaire d'Aboû 'l-Fatḥ ʿOthmân Ibn Djinnî, commentaire où celui-ci avait pris à partie Al-Motanabbî. L'auteur est Ibn Foûrdja.» D'après Ḥâdjî Khalîfa III, p. 308—310, celui-ci vécut vers

437 de l'Hégire (1045 ap. J.-Ch.) et intitula l'ouvrage, que nous avons التجنّى على ابن جنى «La cueillette d'accusations contre Ibn Djinnî». Son nom était Aboû 'l-Fatḥ Moḥammad ibn Aḥmad, surnommé Ibn Foûrdja. Exemplaire copié et collationné sur l'original de l'auteur. Commencement : الحمد لله حمد المقرّ له بالقصور عن حق حمده . . . . سالت انالك الله سولك . . . . ان اسع (sic, lisez اتّبع) شعر ابى الطيب المتنبي فاستخرج منه الابيات الغامضه واشرحها لك الخ.

Papier. Écriture Asiatique. 55 feuillets. 29 lignes par page. Sans date. (Cas. 305.)

308.

Titre : الجزء الاول من شرح ديوان المتنبي للواحدى «Tome I du commentaire sur le *dîwân* d'Al-Motanabbî, par Al-Wâḥidî.» C'est ce commentaire qui a été publié par M. Dieterici (Berolini, 1861, in-4). Les premiers feuillets sont d'une écriture plus moderne; c'est aux autres que se rapporte la date donnée à la fin, où on lit que le manuscrit a été exécuté à Damas en 529 de l'Hégire (1134 ap. J.-Ch.). Commencement : الحمد لله على سوابغ النعم الخ.

Papier. Écriture Asiatique. 330 feuillets. 17 lignes par page. (Cas. 306.)

309.

Titre : الدفتر الثانى من كتاب الفَسْر لابن الجنى فى شرح ديوان المتنبي «Volume II du commentaire développé d'Ibn Al-Djinnî sur le recueil des poésies d'Al-Motanabbî.» D'après Ḥâdjî Khalîfa, III, p. 307, Ibn Al-Djinnî, qui mourut en 392 de l'Hégire (1001 ap. J.-Ch.) avait composé deux commentaires sur le *dîwân* d'Al-Motanabbî; nous avons le deuxième volume d'un exemplaire en trois volumes de la rédaction la plus complète. Les poésies étant rangées d'après les rimes, le manuscrit, qui commence au milieu du *dâl,* s'arrête au milieu du *lâm.* Il a eu deux copistes; c'est au plus récent d'entre eux qu'appartient le titre, le premier feuillet et que se rapporte la date donnée à la fin, 736 de l'Hégire (1335 ap. J.-Ch.). Le reste, qui comprend les fol. 2 et suiv. jusqu'avant le dernier cinquième du volume, est d'environ deux siècles plus ancien.

Papier. Écriture Asiatique. 252 feuillets. 18 lignes par page. (Cas. 307.)

310.

Titre : كتاب تحصيل عين الذهب من معدن جوهر الادب «Livre intitulé : L'art d'atteindre la source de l'or à la mine des perles des belles-lettres.» Ce titre se retrouve dans la préface au fol. 2 r° et dans la souscription (fol. 197 r°). A la tranche inférieure, on lit : شرح ابيات سيبويه «Commentaire sur les vers de Sîbawaihi.» Et en effet, l'ouvrage est un commentaire sur les vers cités comme exemples dans Le livre de Sîbawaihi (voir le ms. 1). L'auteur anonyme dit avoir commencé la composition de son livre en 456 de l'Hégire (1063 ap. J.-Ch.) et l'avoir achevée en 457 (1064 ap. J.-Ch.) à l'instigation du prince ʿAbbâdite de Séville, qu'il nomme المعتضد بالله المنصور بفضل الله ابو عمرو عبّاد بن محمد بن عبّاد. Cf. mon édition du *Livre de Sîbawaihi;* tome I (Paris, 1881), p. XL. La Bibliothèque Bodléienne d'Oxford (voir Nicoll, *Catalogi codicum,* etc. *pars secunda,* p. 196 et suiv.; manuscrit CCXLIII; ancien ms. Hunter 533), possède de ce commentaire un autre exemplaire, où le nom de l'auteur est donné à plusieurs reprises. C'est le fameux A'lam de Santa-Maria, l'auteur du commentaire sur le *Dîwân* des six poètes qui se trouve à la Bibliothèque Nationale de Paris (supplément arabe, n° 1424). Dans le manuscrit d'Oxford, il est appelé ابو الحجّاج يوسف بن سليمن الشنتمرى المعروف بالاعلم. Cf. le ms. 301. Copie datée de 882 de l'Hégire (1477 ap. J.-Ch.). Commencement : الحمد لله حمدا يُبلغ رضاه ويوجب المزيد من مواهبه وعطاياه الخ.

Papier. Écriture Magrébine. 197 feuillets. 21 lignes par page. (Cas. 308.)

311.

Recueil des vers d'Aboû Nowâs. L'éditeur prétend avoir élagué les poésies, qui avaient été attribuées à tort au célèbre poète du deuxième siècle de l'Hégire, comme il s'en vante dans la souscription suivante (fol. 371 v°) : هذا اخر ما وقع الينا من شعر ابى نواس وقد حذفنا منه منحولات كانت ردية فتركنا نسخها ووضعها الى شعره. Le commencement donne sur l'auteur et sur son *dîwân* des renseignements exacts : قال ابو الفرج الاصفهانى فى ترجمة منشى هذا الديوان هو الحسن بن هانى وكنيته ابو على ولد بالاهواز سنة ١٣٩ ومات ببغداد سنة ١٩٥ . . . . ومدح الخلفاء والوزراء والامراء والاشراف واختصّ بالامين بعد وفات (*sic*) ابيه هرون قال فيه يمدحه

يا امين الله عش ابدا   دم على الايام والزمن

Le *Dîwân* d'Aboû Nowâs a été lithographié au Caire en 1277 de l'Hégire (1860 ap. J.-Ch.). Les poésies bachiques ont été l'objet d'une édition spéciale de la part de M. W. Ahlwardt (Greifswald, 1861, in-8). Il faut encore citer une traduction allemande, par M. A. von Kremer; elle est intitulée : *Diwan des Abu Nuwás, des grössten lyrischen Dichters der Araber* et a paru à Vienne en 1855. Copie datée de 1002 de l'Hégire (1593 ap. J.-Ch.).

Papier. Écriture Asiatique. 371 feuillets. 19 lignes par page. (Cas. 309.)

312.

Titre : كتاب ايضاح المنهج فى الجمع بين كتابى التنبيه والمبهج لابى الفتح بن جنى مما عنى بجمعه الشيخ ..... النحوى اللغوى ابو اسحق ابراهيم ابن محمد بن منذر بن ملكون الحضرمى رضى الله عنه بتتبع عمر بن محمد بن عمر ابن عبد الله الازدى واصلاحه ...... صيّر ذلك ديوانا واحدا لتكمل به الفائدة عبد المهيمن بن محمد بن عبد المهيمن الحضرمى ...... «Livre intitulé : L'exposition claire du chemin manifeste pour réunir les deux ouvrages nommés L'avertissement et Le récréatif, ouvrages d'Aboû 'l-Fatḥ Ibn Djinnî. Cette réunion a été la préoccupation du schaikh ..... du grammairien, du linguiste Aboû Isḥâḳ Ibrâhîm ibn Moḥammad ibn Moundhir ibn Moulkoûn Al-Ḥaḍramî ..... en suivant, tout en le rectifiant, ʿOmar ibn Moḥammad ibn ʿOmar ibn ʿAbd Allâh Al-Azdî ...... L'ensemble a été réuni en un seul recueil, pour que l'utilité en soit parfaite, par ʿAbd el-Mouhaimin ibn Moḥammad ibn ʿAbd el-Mouhaimin Al-Ḥaḍramî.»

Des nombreux auteurs, qui sont groupés dans ce long titre, le dernier est peut-être seulement le copiste de l'exemplaire, qui a été vocalisé très intelligemment en 700 de l'Hégire (1300 ap. J.-Ch.). Quant à ʿOmar Al-Azdî, c'est

Asch-Schaloûbînî (mss. 2 et 36); il est cité comme un maître, que le compilateur a pris pour modèle.

Celui-ci explique de nouveau l'objet de sa publication dans le commencement suivant : قال ..... ابو اسحق ابرهيم ابن محمد بن مُلكون رضى الله عنه هذا كتاب جمعتُ فيه بين كتابى ابى الفتح عثمان بن جنّى اللّذين كان وضعهما على حماسة ابى تمّام حبيب بن اوس .... وسمّى ابو الفتح احد هذين الكتابين المبهج ..... وسمّى الكتاب الثانى التنبيه. Chronologiquement, les trois auteurs mentionnés dans cette note se suivent de la manière suivante : Aboû Tammâm, l'auteur de la *Ḥamâsa* et des poésies contenues dans les mss. 290, 291, 415, mourut en 231 de l'Hégire (845 ap. J.-Ch.); Ibn Djinnî en 392 (1001 ap. J.-Ch.); Ibrâhîm ibn Moḥammad ibn Moulkoûn, qui était de Séville, en 584 (1188 ap. J.-Ch.). Ḥâdjî Khalîfa (III, p. 114) n'ignore pas que ces deux derniers aient travaillé sur le texte de la *Ḥamâsa* d'Aboû Tammâm, mais il ne donne pas les titres de leurs ouvrages. Ibn Djinnî, dans son activité, s'y était mis à deux fois : son Avertissement doit avoir été très court; son Récréatif au contraire fort étendu. Ibrâhim, tout en prenant pour point de départ les deux traités d'Ibn Djinnî, ne s'y asservit pas, comme il le dit lui-même en ces termes : وربما عقبتُ بعد كلام ابى الفتح وادرجتُ فى خلاله ما يَظهر لى من تَتمّم او تَبيين او اعتراض عليه.

Bien que rien ne l'indique dans le manuscrit, il ne comprend qu'un premier volume consacré à la première section de la *Ḥamâsa*, celle d'après laquelle tout le recueil a été nommé. On lit en effet au dernier feuillet : كمل باب الحماسة.

Papier. Écriture Magrébine. 124 feuillets. 23 lignes par page. (Cas. 310)

313.

Titre : كتاب الحماسة البصريّة تأليف . . . . . صدر الدين على بن ابى الفرج البصرى رحمة الله عليه بما له عليها من النكت والحواشى مثبتـه *(sic)* فى الاصل فى مواضعها «Livre intitulé : La *Ḥamâsa* (poésies sur la bravoure) de Baṣra, œuvre de . . . . . . Ṣadr ed-Dîn ʿAlî ibn Abî 'l-Faradj de Baṣra . . . . avec les remarques et les gloses de l'auteur, placées là où elles sont marquées dans l'original.» Ce recueil a été composé sous le dernier khalife Abbaside Al-Moustaʿṣim Billâh, qui régna de 640 à 656 de l'Hégire (1242—1258 ap. J.-Ch.) et qui est appelé dans la préface امير المومنين وخليفة ربّ العالمين. Ce renseignement concorde avec celui de Ḥâdjî Khalîfa (III, p. 116), qui fixe la composition à l'an 647 de l'Hégire (1249 ap. J.-Ch.), et aussi avec la dédicace au dernier prince indépendant d'Alep الملك الناصر صلاح الدنيا والدين ابو المظفّر يوسف بن الملك العزيز بن الملك الظاهر, qui fut tué par Hoûlâgoû en 659 de l'Hégire (1260 ap. J.-Ch.).

Voici les divisions de cette anthologie : 1° الاول باب المدائح; 2° الثانى باب المراثى; 3° الثالث فى العتاب; 4° الرابع فى الهجاء; 5° الخامس فى الثامن; 6° فى الطرد السادس; 7° السابع فى الخمريّات; 8° فى الزهد; 9° التاسع فى المجون; المذكّرات والمؤنّثات.

Les notes, empruntées au manuscrit autographe, dont il est question dans le titre, sont disséminées à la marge en face des vers, auxquels elles se rapportent. Commencement : الحمد لله حمدا يكون لقائله ذُخرا الخ.

Papier. Écriture Asiatique. 316 feuillets. 17 lignes par page. Sans date. Manuscrit excellent, au plus tard du commencement du VIIIe siècle de l'Hégire (Cas. 311.)

314.

Titre : كتاب المنتخب فى شرح لاميّة العرب وهى قصيدة الشنفرى الازدى صنعة يحيى بن ابى طىّ حميد (sic[1]) بن طافر بن على الحلبي الغسّانى «Livre intitulé : Le choix; commentaire sur la *Lâmiyyat al-ʿArab* (poème des Arabes à la rime en *lâm*), et c'est le poème d'Asch-Schanfarâ Al-Azdî. Le commentaire est l'œuvre de Yaḥyâ Ibn Abî Ṭayy Ḥamîd ibn Ṭhâfir ibn ʿAlî Al-Ḥalabî Al-Gassânî.» L'auteur de ce commentaire, dont nous avons un manuscrit autographe, écrit en 618 de l'Hégire (1221 ap. J.-Ch.), n'est autre qu'Ibn Abî Ṭayy, si connu comme biographe de Saladin. Il nomme au fol. 1 v° le texte qu'il va expliquer لاميّة العرب ومنهاج الادب, résume les discussions qui ont eu lieu sur l'attribution de cette poésie à Asch-Schanfarâ et donne quelques détails sur sa propre éducation poétique. C'est ainsi qu'au fol. 4 v° nous apprenons qu'Ibn Abî Ṭayy se trouvait en 543 de l'Hégire (1148 ap. J.-Ch.) à Bagdâd, où il lisait les poésies d'Al-Motanabbî sous la direction du célèbre philologue ابو منصور موهوب بن احمد بن محمد بن الخضر الجواليقى; cf. ms. 124. A la fin (fol. 168 v°), on lit : تمّ الكتاب الموسوم بالمنتخب شرح قصيدة الشنفرى بن مالك الازدى. On sait que le texte de la *Lâmiyyat al-ʿArab* a été publié par M. Silvestre de Sacy dans sa *Chrestomathie Arabe,* II, p. ١٣٤ et suiv.; traduction, II, p. 337 et suiv. De précieuses variantes ont été communiquées par M. Nöldeke dans ses *Beiträge zur Poesie*

1. Dans Ḥâdjî Khalîfa (voir *Index,* n° 9142) et ailleurs, on lit d'ordinaire جيدة. Par son origine, notre manuscrit fait autorité pour l'orthographe du nom.

der alten Araber (Hannover, 1864), p. 200 et suiv. Commencement : الحمد لله العظيم الشان الجليل السلطان الخ.

Papier. Écriture Asiatique. 168 feuillets. 17 lignes par page. (Cas. 312.)

315.

Titre : كتاب المنح المكيه فى شرح الهمزيه تأليف ...... شهاب الدين احمد بن حجر .... «Livre intitulé : Les présents de La Mecque, commentaire sur la *Hamziyya* (poésie rimant en *hamza*), par Schihâb ed-Dîn Aḥmad Ibn Ḥadjar.» La *Hamziyya* est aussi nommée au fol. 4 r° امّ القرى «La mère des cités.» (Ḥâdjî Khalîfa, n° 9521.)

L'auteur de ce poème à l'éloge du prophète, et de l'autre poème analogue, intitulé البردة (voir ms. 248, 1°) est Al-Boûṣîrî, sur lequel est donnée en tête une notice biographique (fol. 3 r°), d'après laquelle il naquit en 608 de l'Hégire (1211 ap. J.-Ch.) et mourut en 696 ou 697 de l'Hégire (1296 ou 1297 ap. J.-Ch.), à moins qu'il ne faille, selon le témoignage du شيخ الاسلام العسقلانى, fixer la date de sa mort à l'an 694 de l'Hégire (1294 ap. J.-Ch.). Voici le premier vers de la poésie (mètre خفيف).

كيف تَرْقَى رُقِيَّكَ الانبياءُ   يا سماءً ما طاولتها سماءُ

Le commentateur est plus complétement désigné dans le commencement : قال ...... ابو عبد الله احمد بن حجر الشافعى الهيتمى (الهيثمى *sic*, lisez) المكى ..... الحمد لله الذى اختصّ نبيّنا محمدا بكتاب اخرس الفصحاء واعجز البلغاء الخ ..... D'après Ḥâdjî Khalîfa, *loc. cit.*, il mourut en 973 de l'Hégire (1565 ap. J.-Ch.).

Le manuscrit est relativement ancien, puisqu'il est daté de 1005 de l'Hégire (1596 ap. J.-Ch.).

Papier. Écriture Asiatique. 316 feuillets. 21 lignes par page. (Cas. 313)

316.

Titre : كتاب شرح القصيدة (sic) البردة تأليف الشيخ زاده «Livre intitulé : Commentaire sur le poème Al-*Borda* (Le manteau), par Schaikhzâdéh.» L'auteur de ce commentaire sur la *Borda* d'Al-Boûṣîrî est, d'après Ḥâdjî Khalîfa IV, p. 525 et 526, Moḥyî ed-Dîn Moḥammad ibn Mousṭafâ, connu sous le nom de Schaikhzâdéh, et mort en 951 de l'Hégire (1544 ap. J.-Ch.). Commencement : الحمد لله المحتجب عن درك العيون الخ.

Papier. Écriture Asiatique. 112 feuillets. 17 lignes par page. Sans date. (Cas. 314.)

317.

Titre : هذا شرح همرية البوصيرى للشيخ ...... شهاب الدين احمد ابن شهاب الدين احمد بن عبد الحق السنباطى الشافعى «Voici le commentaire sur la *Hamziyya* d'Al-Boûṣîrî, par le schaikh .... Schihâb ed-Dîn Aḥmad ibn Schihâb ed-Dîn Aḥmad ibn 'Abd el-Ḥakk As-Sonbâṭî le Schâfi'ite.» D'après une note du manuscrit, le commentaire aurait été terminé en 822 de l'Hégire (1419 ap. J.-Ch.). Mais la date en chiffres m'est suspecte, et doit avoir été surchargée. Ḥâdjî Khalîfa (III, p. 388 et VI, p. 372) place la mort d'As-Sonbâṭî en 990 de l'Hégire (1582 ap. J.-Ch.). Commencement : الحمد لله حق حمده الخ.

Papier. Écriture Asiatique. 57 feuillets. 25 lignes par page. Sans date. (Cas. 315.)

318.

Titre : كتاب شرح القصيدة المسمّاة بالبردة في مدح اشرف عُدّة للامام . . . . . ابى عثمن سعد بن يوسف بن سعد الالبيرى «Livre intitulé : Commentaire sur le poème intitulé *Al-Borda,* relatif au plus saint des hommes, par l'imâm . . . . . . Aboû ʿOthmân Saʿd ibn Yoûsouf ibn Saʿd d'Elvira.» Le manuscrit paraît porter tant dans le titre qu'au commencement et dans la souscription la forme الالبرى, que je n'ai pas craint de rectifier, bien que le copiste soit resté conséquent avec lui-même en la répétant trois fois. Manuscrit daté de 983 de l'Hégire (1575 ap. J.-Ch.). Commencement : الحمد لله الذى خلق الانسان وعلّمه البيان الخ.

Papier. Écriture Magrébine. 327 feuillets. 20 lignes par page. (Cas. 316.)

319.

Ce manuscrit (Cas. 317) a disparu.

320.

Titre : ديوان . . . . . . ابى اسمعيل الحُسين بن على بن محمد الطّغرائى «*Dîwân* (Recueil des poésies) . . . . . . d'Aboû Ismâʿîl Al-Ḥosain ibn ʿAlî ibn Moḥammad Aṭ-Ṭogrâ'î.» L'auteur de ces poèmes fut tué vers 514 de l'Hégire (1120 ap. J.-Ch.). Les princes, dont il est fait l'éloge dans ce Recueil sont : ابو الفتح مسعود بن محمد; السلطان السعيد محمد بن ملكشاه, dont Aṭ-Ṭogrâ'î avait été le vizir; مؤيّد الملك بن نظام الملك; نظام الملك; الملك المظفّر. Le fameux poème d'Aṭ-Ṭogrâ'î, connu sous le nom de لاميّة العجم «La poésie des barbares, rimant en *lâm*» (voir les titres des éditions publiées depuis celle de Pococke en 1661 jusqu'à celle de Frähn en 1814 dans Zenker, *Bibliotheca Orientalis,* I, n° 425—430), s'y trouve dans la deuxième moitié, introduite par ces mots : وقال ايضا يذكر حاله ويصف نفسه وهو ببغداد فى شهور سنة ٥٠٥. Manuscrit daté de 640 de l'Hégire (1242 ap. J.-Ch.). Commencement : الحمد لله رب العالمين حمد الشاكرين العارفين الخ.

Papier. Écriture Asiatique. 94 feuillets. 18 lignes par page. (Cas. 318.)

321.

Abrégé par Ad-Damîrî du long commentaire, que Ṣalâḥ ed-Dîn Khalîl Aṣ-Ṣafadî a consacré à la *Lâmiyyat al-ʿAdjam* d'Aṭ-Ṭogrâʾî. Le nom d'Ad-Damîrî ne se trouve nulle part dans le manuscrit, mais il est donné dans deux autres exemplaires de ce même commentaire abrégé (mss. 324 et 325, 2°). Le titre donné au fol. 1 r° غاية المراد ونزهة العباد «Le but de la volonté et les délices des hommes pieux» est emprunté à la souscription : وهذا غاية المراد ونزهة العباد المختصر من غيث الادب المنسجم فى شرح لامية العجم. Les mots غيث الادب الخ désignent le commentaire d'Aṣ-Ṣafadî (voir ms. 322). Un second titre au fol. 1 v° indique du reste cette filiation de notre commentaire; on y lit en effet : تلخيص الصفدى شرح اللامية «Abrégé d'Aṣ-Ṣafadî, commentaire sur la *Lâmiyya.*» D'après le fol. 2 r° et aussi d'après le manuscrit 322, Aṭ-Ṭogrâʾî aurait été tué en 515 de l'Hégire (1121 ap. J.-Ch.). Manuscrit daté de 970 de l'Hégire (1562 ap. J.-Ch.). Commencement : الحمد لله الذى شرح صدر من تأدب الخ.

Papier. Écriture Magrébine. 170 feuillets. 19 lignes par page. (Cas. 319.)

322.

Titre : الجزؤ الاول من غيث الادب الذى انسجم على شرح لاميّة العجم «Premier volume de La pluie de l'instruction, qui a été répandue sur le commentaire de la *Lâmiyyat al-'Adjam.*» Plus bas, sur le feuillet initial, on lit : شرح لاميّة العجم للشيخ صلاح الدين الصفدى «Commentaire sur la *Lâmiyyat al-'Adjam,* par Ṣalâḥ ed-Dîn Aṣ-Ṣafadî.» Ce polygraphe (voir mss. 192, 219, 2°, 326, etc.) mourut à Damas en 764 de l'Hégire (1362 ap. J.-Ch.). Son commentaire, dont nous n'avons que la première moitié (à la fin : هنا تمّ الجزء الاول الخ) est rempli de développements, qui souvent ne se rapportent que d'une manière indirecte à la poésie commentée. Manuscrit daté de 844 de l'Hégire (1440 ap. J.-Ch.). Commencement : الحمد لله الذى شرح صدر من تأدّب الخ.

Papier. Écriture Asiatique. 250 feuillets. 23 lignes par page. (Cas. 320.)

323.

Titre : الغيث المنسجم فى شرح لاميّة العجم للامام .... الصفدى .... «La pluie répandue de l'instruction, commentaire sur la *Lâmiyyat al-'Adjam,* par l'imâm ...... Aṣ-Ṣafadî.» C'est un exemplaire complet du commentaire, dont le manuscrit 322 contient la première partie. Commencement identique; souscription : كمل غيث الادب الذى انسجم فى شرح لاميّة العجم. Ce manuscrit très élégant, où le texte est enchâssé en lettres d'or, est daté de 876 de l'Hégire (1471 ap. J.-Ch.).

Papier. Écriture Asiatique. 315 feuillets. 24 lignes par page. (Cas. 321.)

324.

Titre : كتاب شرح لاميّة العجم للشيخ . . . . . . كمال الدين بن موسى الشيخ الدميرى «Livre intitulé : Commentaire sur la *Lâmiyyat al-ʿAdjam,* par le schaikh . . . . Kamâl ed-Dîn ibn Moûsâ, le schaikh Ad-Damîrî.» Celui-ci dit avoir composé en quatre jours, dans l'année 769 de l'Hégire (1367 ap. J.-Ch.), ce commentaire abrégé, qui est identique à l'abrégé d'Aṣ-Ṣafadî, contenu dans le manuscrit 321, malgré la différence du titre et aussi celle de la souscription. On lit en effet au fol. 112 v° : هذا اخر ما اردنا تلخيصه من كتاب غيث الادب الذى انسجم فى شرح لامية العجم للعلّامة . . . . . صلاح الدين الصفدى. Exemplaire copié sur l'autographe de l'auteur en 1004 de l'Hégire (1595 ap. J.-Ch.).

Papier. Écriture Asiatique. 112 feuillets. 17 lignes par page. (Cas. 322.)

325.

1° Titre : . . . . كتاب نزول الغيث الذى انسجم فى شرح لاميّة العجم تأليف بدر الدين ابو (*sic*) عبد الله محمد بن ابى بكر بن محمد بن ابى بكر القرشى الشهير بابن الدمامينى المالكى . . . . . «Livre intitulé : La chute de la pluie répandue dans le commentaire de la *Lâmiyyat al-ʿAdjam,* œuvre de . . . . Badr ed-Dîn Aboû ʿAbd Allâh Moḥammad ibn Abî Bakr ibn Moḥammad ibn Abî Bakr le Ḳoraischite, connu sous le nom d'Ibn Ad-Damâmînî le Mâlikite.» Ce livre de polémique contre le commentaire d'Aṣ-Ṣafadî a été composé au Caire en 794 de l'Hégire (1391 après J.-Ch.). L'auteur de la réfutation, qui dit n'avoir élevé que les objections et les critiques qui se présentaient le plus naturellement (فكتبتُ فى هذه الاوراق ما تيسّر من الاعتراضات والانتقادات), se vante que «La chute» entraînera le commentaire d'Aṣ-Ṣafadî dans l'abîme (fol. 2 r° après le titre : لانها التى ازلته الى الحضيض). Voir un autre exemplaire sous le n° 560. Commencement : قال بدر الدين ابو عبد الله محمد ابن ابى بكر بن محمد بن محمد بن سليمان بن جعفر بن يحيى بن حسين القرشى المخزومى الاسكندرى المالكى الشهير بابن الدمامينى . . . . . . امّا بعد حمد الله الذى لا يتوجّه عليه الاعراض (sic, lisez الاعتراض avec le ms. 560).

2° (Fol. 41). Titre : هذا كتاب شرح لاميّة العجم تأليف . . . . . كمال الدين الدميرى الشافعى مؤلّف حياة الحيوان . . . . . «Ceci est le livre intitulé : Commentaire sur la *Lâmiyyat al-ʿAdjam*, œuvre de . . . . . Kamâl ed-Dîn Ad-Damîrî le Schâfiʿite, l'auteur de La vie des animaux.» L'ouvrage d'Ad-Damîrî, La vie des animaux, se trouve à l'Escurial dans un exemplaire autographe (manuscrit 1670, Cas. 1665). Le nom de l'auteur est donné plus au long en tête : كمال الدين ابو البقاء محمد بن موسى بن عيسى الدميرى الشافعى. Commencement et fin identiques à ceux du manuscrit 324.

3° (Fol. 105). Titre : هذا شرح لاميّة العجم تأليف . . . . . . محبّ الدين ابو (*sic*) البقاء عبد الله بن الحسين العكبرى . . . . . «Ceci est le commentaire sur la *Lâmiyyat al-ʿAdjam*, œuvre de . . . . . . Mouḥibb ed-Dîn Aboû 'l-Baḳâ ʿAbd Allâh ibn Al-Ḥosain Al-ʿOkbarî.» Ce philologue éminent mourut en 616 de l'Hégire (1219 ap. J.-Ch.). Le commentaire débute, sans préface, par le premier vers de la poésie, introduit par : قال الشيخ مؤيّد الدين العميدى فخر الكتّاب ابو الحسين (ابو (*sic*, supprimez ابن على بن محمد الطغرائى.

4° (Fol. 116 v°). Texte de la *Lâmiyyat al-ʿAdjam* d'Aṭ-Ṭogrâ'î.

Papier. Écriture Asiatique. 119 feuillets. 23 lignes par page. Manuscrit écrit en 1005 de l'Hégire (1596 ap. J.-Ch.), tout entier de la même main. (Cas. 323.)

326.

Titre : الجزء الاول من الحان السواجع من النادى (*sic*) والراجع (*sic*) تأليف . . . . . صلاح الدين خليل بن ايبك الصفدى «Premier volume des modulations des tourterelles, grâce à celui qui provoque la correspondance et à celui qui répond, œuvre de . . . . Ṣalâḥ ed-Dîn Khalîl ibn Aibak Aṣ-Ṣafadî.» Recueil de correspondances entre Aṣ-Ṣafadî et ses contemporains pendant la première moitié du VIIIe siècle de l'Hégire. Ce doit être un des derniers ouvrages de l'auteur, car il s'y trouve même (fol. 6 v°) une pièce datée de l'année de sa mort, 749 de l'Hégire (1348 ap. J.-Ch.). Les noms des correspondants sont classés par ordre alphabétique d'après les initiales de leurs noms : le premier dans ce volume est ابرهيم بن احمد, le dernier على بن محمد. Manuscrit daté de 866 de l'Hégire (1461 ap. J.-Ch.). Commencement : الحمد لله الذى جعل البادىّ (*sic*) اميرا وقدّر للمراجع (*sic*) ان يكون مأمورا . . . . . وبعد فقد كنتُ قديما جمعتُ كتابى الذى وسمتُه بالمجاراه والمجازاه (*sic*) . . . . . وقد احببتُ الان ان اجمع ما دار بينى وبين فضلاء عصرى والائمّة الذين نحبّ ان نكتب محاسنهم بالذهب المصرىّ مما بدأتُ فيه وراجعتُ . . . . . وقد رتبتُه على حروف المعجم فأذكر فى الحرف اسمَ من كتب الىّ وكتبتُ اليه الخ.

Papier. Écriture Asiatique. 178 feuillets. 17 lignes par page. (Cas. 324.)

327.

Titre : كتاب طراز الحُلّة وشفاء الغُلّة للشيخ . . . . . . ابى جعفر شهاب الدين ابن يوسف بن مالك الرعينى الاندلسى «Livre intitulé : La broderie du manteau et la guérison de la soif, par le schaikh . . . . . Aboû Dja'far Schihâb ed-Dîn ibn Yoûsouf ibn Mâlik Ar-Ro'ainî l'Espagnol.»

Une main plus moderne a tracé au dessus : شرح بديعية الاعمى والبصير لابى جعفر الرعينى الاندلسى. Le rédacteur de cette note, en mentionnant «le commentaire sur le poème, relatif à la rhétorique, de l'aveugle et du clairvoyant», a mis en relief la collaboration du poète didactique, qui était aveugle et du commentateur, qui était surnommé البصير «le clairvoyant». Voir Ḥâdjî Khalîfa, n° 4611 (cf. n° 1743), d'après lequel cette poésie était intitulée الحُلّة السِّيَراء «Le manteau en étoffe rayée d'or», ce que confirme du reste le titre donné pour le commentaire. On la nommait aussi بديعيّة العميان «Poème des aveugles sur les figures de rhétorique». Voir Al-Makkarî, I, p. ٩٢٤.

Les noms du commentateur et du poète sont donnés explicitement dans le commencement du volume : قال . . . . شهاب الدين ابو جعفر احمد بن (ici une lacune; lisez يوسف) بن مالك الرُّعينى الاندلسى الغرناطى . . . . الحمد لله البديع الافعال الرفيع عن الامثال . . . . . امّا بعد فانه لمّا كانت القصيدة . . . . . التى انشأها . . . . . شمس الدين ابو عبد الله محمد بن جابر الاندلسى الخ. Schams ed-Dîn Aboû'Abd Allâh Moḥammad Ibn Djâbir mourut en 780 de l'Hégire (1378 ap. J.-Ch.), Aḥmad ibn Yoûsouf en 779 de l'Hégire (1377 ap. J.-Ch.). Les mss. 74 et 75 contiennent le commentaire d'Ibn Djâbir sur l'*Alfiyya* d'Ibn Mâlik. Manuscrit daté de 842 de l'Hégire (1438 ap. J.-Ch.). Premier vers de la بديعة :

بطيبة انزل ويمّم سيّد الامــــم واشر له المدح وانشر اطيب الكلم

Papier. Écriture Asiatique. 196 feuillets. 23 lignes par page. (Cas. 325)

328.

1° Titre : كتاب البديع لعبد الله بن المعتز «Le livre des ornements du stile, par 'Abd Allâh Ibn Al-Mou'tazz.» Fils du treizième khalife Abbaside Al-Mou'tazz Billâh, il mourut en 296 de l'Hégire (804 ap. J.-Ch.). Cf. ms. 279. Un travail de M. Otto Loth, publié après sa mort prématurée (Leipzig, 1882), est consacré à une étude littéraire sur Aboû l-'Abbâs 'Abd Allâh Ibn Al-Mou'tazz. D'après Hâdjî Khalîfa II, p. 32, il fut, en écrivant cet opuscule, le premier Arabe qui ait traité de la rhétorique. Commencement : قد قدّمنا فى ابواب كتابنا هذا بعض ما وجدنا فى القرآن واللغة واحاديث رسول الله صلعم وكلام الصحابة والاعراب وغيرهم واشعار المتقدمين الخ.

2° (Fol. 22). Titre : كتاب عيار الشعر تأليف ابى الحسن محمد بن احمد بن طباطبا العلوى رحمه الله الى ابى القاسم سعد بن عبد الرحمن «Livre intitulé : L'exactitude de la mesure de la poésie, œuvre d'Aboû 'l-Ḥasan Moḥammad ibn Aḥmad ibn Ṭabâṭibâ Al-'Alawî (le descendant d'Ali), adressée à (?) Aboû 'l-Ḳâsim Sa'd ibn 'Abd er-Raḥmân.» Ce traité de métrique est accompagné de nombreuses et longues citations données comme exemples. Copie datée de 877 de l'Hégire (1472 ap. J.-Ch.). Commencement : الحمد لله رب العالمين الخ.

3° (Fol. 57). Titre : كتاب العروض البارع بالاختصار والجامع فى اوزان الشعر تأليف الشيخ ابى القاسم على السعدى اللغوى عرف بابـــن

القطاع «Livre intitulé : Excellent abrégé de la métrique, manuel des mètres de la poésie, œuvre du schaikh Aboû 'l-Ḳâsim 'Alî As-Sa'dî, le linguiste, connu sous le nom d'Ibn Al-Ḳaṭṭâ'.» Celui-ci mourut en 515 de l'Hégire (1121 ap. J.-Ch.). Commencement : الحمد لله حمد معترف بذنبه . . . . . . اعلم ان العروض علم وضع لمعرفة اوزان شعر العرب الخ.

4° (Fol. 96). Titre : . . . . كتاب تهذيب الكلام فى ترتيب السلام تأليف ابى المعالى رشيد بن المظفر القومسى الرازى «Livre intitulé : La belle exposition de l'ordre régulier des saluts, œuvre de . . . . . . Aboû 'l-Ma'âlî Raschîd ibn Al-Mouṭhaffar Al-Ḳoûmisî Ar-Râzî.» Traité en vingt chapitres sur les divers modes et sur le code des salutations, sur السلام et sur التسليم. Commencement : اما بعد حمد الله مالك الملك اقتدارا الخ.

5° (Fol. 119). En guise de titre, on lit au fol. 119 r° : جامعه محمد بن على البصرى «Le compilateur est Moḥammad ibn 'Alî de Baṣra.» Fragment relatif à l'art du beau langage. Copie datée de 750 de l'Hégire (1349 ap. J.-Ch.). Commencement : القسم الثالث فى علم البديع المشتمل على علمى المعانى والبيان وهو ارسخ العلوم فضلا واسبقها فرعا واصلا الخ.

6° (Fol. 166). جنى الجناس للمكرم . . . . . . الحافظ السيوطى «Les fruits de la paronomase, par le noble. . . l'érudit As-Soyoûṭî.» Les manuscrits 335—337 contiennent trois autres exemplaires de cet ouvrage. Le dernier feuillet manque. Commencement : الحمد لله وكفى وسلام على عباده الذين اصطفى هـذا كتاب الفته فى اقسام الجناس التى استخرجتها واحضرتها الخ.

Papier. Écriture Asiatique. 235 feuillets. 1° et 4° 21 lignes; 2° 25 lignes; 3° 17 lignes; 5° 20 lignes; 6° 19 lignes par page. 1°, 3°, 4° et 6° sans date. (Cas. 326.)

329.

Commentaire par ʿObaid Allâh ibn ʿAbd el-Kâfî ibn ʿAbd el-Madjîd Al-ʿObaidî sur le poème rimant en ﻻ relatif à la métrique, composé par Ṣadr ed-Dîn (صدر الدنيا والدين) Moḥammad As-Sâwî. C'est le plus court des deux commentaires, que ʿObaid Allâh a composés sur cette poésie didactique, celui qu'il a intitulé الكافى فى علمى العروض والقوافى «Le suffisant sur les deux sciences de la métrique et des rimes.» Ḥâdjî Khalîfa, n° 8134. Copie faite en 728 de l'Hégire (1327 ap. J.-Ch.) d'après le manuscrit autographe du commentateur, qui, aussi bien que l'auteur mort en 749 de l'Hégire (1348 ap. J.-Ch.), était contemporain du transcripteur. Commencement : الحمد لله الوافى بذاته الذى لا مضارع له فى صفاته الخ.

Papier. Écriture Asiatique. 69 feuillets. 21 lignes par page. (Cas. 327.)

330.

1° Abrégé sur la science des rimes, que son auteur, Aboû 'l-Ḥasan ʿAlî Ibn Barrî, a intitulé الكافى فى علم القوافى «Le suffisant sur la science des rimes.» Le nom de l'auteur est donné plus complétement dans le manuscrit 1406 (Cas. 1401) : ابو الحسن على بن محمد بن الحسن الرباطى المعروف بابن برى Commencement : اما بعد حمد الله كما ينبغى اكماله . . . . . فاقول ان علم القوافى اولى ما عُنى به من ينتصّ الى العلوم الادبيّة الخ.

2° (Fol. 17). Titre : شرح عروض ابن السقّاط «Commentaire sur la Métrique d'Ibn As-Saḳḳâṭ.» Le texte de cette métrique, signalé dans le ms. 288, 3°, se retrouve comme le cinquième élément de ce manuscrit (voir aussi mss. 396, 1°,

410, 3°). Le commentateur est nommé au fol. 34 r° ابو الحسن علی بن ذلفا (sic) الهمدانی; il termina son travail en 731 de l'Hégire (1330 ap. J.-Ch.). Commencement : الحمد لله رب العلمين ...... هذا كتاب وضعه على عروض الامام ابى عبد الله محمد بن على الانصارى المعروف بابن السقاط للفقيه ...... ابى عثمان سعيد ...... الكامى الخ.

3° (Fol. 35). Excellent abrégé de la métrique, par Ibn Al-Ḳaṭṭâ'. L'auteur de ce manuel (ms. 328, 3°) est nommé en tête : ابو القاسم على بن جعفر بن على السعدى الصقلى المعروف بابن القطاع اللغوى.

4° (Fol. 49 v°). Le poème relatif à la métrique, intitulé القصيدة الرامزة ou القصيدة المقصورة, par Ḍiyâ ed-Dîn Al-Khazradjî (voir précédemment ms. 186, 2°).

5° (Fol. 57 v°). Le texte de la métrique d'Ibn As-Saḳḳâṭ (cf. 2°).

6° (Fol. 64). Titre : كتاب فيه العروض للشيخ ..... ابى عبد الله محمد بن عبد الله بن مالك الاندلسى الجيانى الطائى «Livre contenant la métrique du schaikh .... Aboû 'Abd Allâh Moḥammad ibn 'Abd Allâh Ibn Mâlik Aṭ-Ṭâ'î, l'Espagnol de Jaen. C'est Ibn Mâlik, l'auteur de l'*Alfiyya*, qui a composé cette métrique. Voir Ḥâdjî Khalîfa, n° 8128. Commencement : الشعر ستة عشر بابا تسمى بحورا وشطورا الخ.

Papier. Écriture Magrébine 77 feuillets. 22 lignes par page. Manuscrit écrit d'après le fol. 34 r° en 990 de l'Hégire (1582 ap. J.-Ch.), tout entier de la même main. (Cas. 329.)

331.

Titre : العروض البارع بالاختصار الجامع تاليف ..... العروضى اللغوى ابى القاسم على بن جعفر بن على السعدى الصقلى المعروف بابن القطاع.

Exemplaire de l'Excellent abrégé de la métrique, par Ibn Al-Ḳaṭṭâ' (mss. 328, 3° et 330, 3°), daté de 748 de l'Hégire (1347 ap. J.-Ch.).

Papier. Écriture Magrébine. 19 feuillets. 25 lignes par page. (Cas. 329.)

332.

Commentaire sur القصيدة الرامزة de Ḍiyâ ed-Dîn Aboû Moḥammad 'Abd Allâh ibn Moḥammad Al-Khazradjî (ms. 330, 4°), par Aboû 'Abd Allâh Moḥammad ibn Aḥmad ibn Moḥammad ibn Aḥmad ibn Moḥammad ibn Abî Bakr Ibn Marzoûḳ. D'après Ḥâdjî Khalîfa, IV, p. 60, il était de Tlemcen (التلمسانى) et mourut en 781 de l'Hégire (1379 ap. J.-Ch.). Cf. Dozy, *Catalogus,* etc. II, p. 80. Son commentaire est intitulé : المفاتح المرزوقيه لحل اقفال واستخراج خبايا الخزرجيه «Les clefs d'Ibn Marzoûḳ pour ouvrir les verroux et pour dévoiler les sens cachés de la poésie d'Al-Khazradjî.» Ce commentaire très développé a été copié en 1007 de l'Hégire (1598 ap. J.-Ch.). Commencement : الحمد لله الذى تفضل بايجاد الموجودات الخ.

Papier. Écriture Asiatique 294 feuillets. 25 lignes par page (Cas. 330)

333.

Commentaire sur le même poème de ضياء الله والدين ابو محمد عبد الله المالكى الخزرجى, par Moḥammad ibn Moḥammad ibn Maḥmoûd, celui qui appelle à la prière, surnommé le schaikh Al-Bokhârî (الداعى المدعو بالشيخ البخارى). D'après Ḥâdjî Khalîfa, IV, p. 409, il aurait terminé à Damas un commentaire sur un autre poème didactique en 863 de l'Hégire

(1458 ap. J.-Ch.). Le manuscrit est daté de 899 de l'Hégire (1493 ap. J.-Ch.). Commencement : احمد الله الذى اضمر ابتدا فى طى صدور بنى آدم الخ.

Papier. Écriture Asiatique. 107 feuillets. 15 lignes par page. (Cas. 331.)

334.

Autre commentaire sur le même poème. Le commencement manque. Peut-être, pour reconnaître l'identité de ce commentaire, servira-t-il de transcrire les premiers mots du commentaire relatif aux deux derniers vers du poème, qui sont cités ensemble : الضمير لما لا يصح فى الموضع غيره اى وقد كملت هذه المقصورة ستا وتسعين قسما فيه الخ. Copie datée de 908 de l'Hégire (1502 ap. J.-Ch.).

Papier. Écriture Asiatique. 109 feuillets. 21 lignes par page. (Cas. 332.)

335.

Titre : هذا كتاب جنى الجناس للشيخ . . . . . . جلال الدين السيوطى « Ceci est le livre intitulé : Les fruits de la paronomase, par le schaikh . . . . Djalâl ed-Dîn As-Soyoûṭî. » Voir ms. 328, 6°. Commencement identique, seulement avec وسلام au lieu de وكفى. Copie datée de 998 de l'Hégire (1589 ap. J.-Ch.).

Papier. Écriture Asiatique. 31 feuillets. 21 lignes par page. (Cas 333.)

336.

Titre : كتاب جنى الجناس لشيخنا . . . . . جلال الدين السيوطى الشافعى Autre exemplaire, absolument identique au ms. 328, 6°.

Papier. Écriture Asiatique. 99 feuillets. 19 lignes par page. Sans date. (Cas. 334.)

337.

Autre exemplaire du même ouvrage. Copie datée de 1002 de l'Hégire (1593 ap. J.-Ch.).

Papier. Écriture Asiatique. 87 feuillets. 21 lignes par page. (Cas. 335)

338.

Titre : هذا الديوان المبارك من شعر .... عبد الرحيم البرعى المهاجرى ... «Ceci est le *dîwân* (recueil) béni des poésies de .... 'Abd ar-Raḥîm Al-Bour'î Al-Mouhâdjirî.» Ces poésies religieuses et mystiques ont été lithographiées au Caire en 1288 de l'Hégire (1871 ap. J.-Ch.). Commencement : هذه القصائد من جملة ما وُجد من شعر ..... عبد الرحيم البرعى المهاجرى ..... فمنها الإلهيات ومنها نبويات ومنها صوفيات ومنها غير ذلك الخ.

Papier. Écriture Asiatique. 93 feuillets. 21 lignes par page. Sans date. (Cas. 336.)

339.

Titre enluminé : كتاب مراتع الغزلان للشيخ ..... ابى عبد الله محمد ابن حسن بن على النواجى الشافعى «Livre intitulé : Les prés, où paissent les gazelles, par le schaikh .... Aboû 'Abd Allâh Moḥammad ibn Ḥasan ibn 'Alî An-Nawâdjî le Schâfi'ite.» Titre et nom d'auteur sont donnés plus complétement dans la souscription : تمّ مراتع الغزلان فى وصف الحسان من الغلمان نقلا من نسخة نُقلت من خطّ جامعه الشيخ شمس الدين محمد بن حسن بن على النواجى الشافعى. La copie, datée de 868 de l'Hégire (1463 ap. J.-Ch.), a donc été copiée sur un exemplaire copié lui-même sur le manuscrit autographe de l'auteur : or celui-ci termina cette anthologie d'épigrammes en un ou deux vers sur les «beaux jeunes gens» en 828 de l'Hégire (1424 ap. J.-Ch.). Il mourut en 859 (1455 ap. J.-Ch.).

Le recueil est divisé en cinq chapitres : 1° فى الاسماء والالقاب ; 2° فى اصحاب الحرف والصنائع ; 3° فى الاجناس وارباب المناصب والوظائف ; 4° فى الصفات الفعليّة (sic) ; 5° فى الصفات الذاتيّة. Autres exemplaires, mss. 426 et 427.

Commencement : اما بعد حمد الله الذى خلق الانسان فى احسن تقويم . . . . فقد سألنى بعض الاخوان ان اجمع له نبذة فى الحسان من الغلمان الخ.

Papier. Écriture Asiatique. 194 feuillets. 17 lignes par page. (Cas. 337.)

340.

1° Titre : خلع العذار فى وصف العذار للاديب . . . . . شمس الدين محمد النواجى الشافعى «L'abandon de la pudeur, description du premier duvet de la joue, par l'écrivain instruit . . . . Schams ed-Dîn Moḥammad An-Nawâdjî Asch-Schâfi'î.» Cette monographie sur la barbe naissante et sur la moustache (الشارب) est du même auteur que «Les prés, où paissent les gazelles» (ms. 349). Elle est attribuée à Ṣalâḥ ed-Dîn Khalîl Aṣ-Ṣafadî (cf. mss. 192; 219, 2°; 321; 322; etc.) dans Ḥâdjî Khalîfa, n° 4787 et dans Aumer, *Die Arabischen Handschriften . . . . . . in München,* p. 259. L'ouvrage est nommé par As-Soyoûṭî parmi les œuvres d'An-Nawâdjî (cf. Dozy, *Catalogus,* etc. I, p. 297). Il se trouve et lui est également attribué entre autres dans le manuscrit 428, 1°, à la Bibliothèque Impériale Royale de Vienne (Flügel, *Die Ara-*

bischen ...... Handschriften, etc. III, p. 281), et aussi dans le manuscrit 1915 du Supplément arabe de Paris, qui comprend les quatre ouvrages contenus dans ce manuscrit.

Il se compose de trois chapitres : 1° فى مدح العذار وما قيل فى ذمّ العذار ; 2° فى مدح الحلقاء والنتفاء ; 3° فيه من تشابيه البلغاء والظرفاء وما فى معناه ومن كُسف بليلِ شَعره بدرُ مُحيّاه.

Commencement : .... الحمد لله الذى نزّه من شاء فى رياض الادب وبعد فقد جمعت هذه النبذة فى وصف العذار والشارب الخ.

2° (Fol. 39). كتاب صحائف الحسنات للعلامة النـواجى «Livre intitulé : Les feuilles des belles, par le très savant An-Nawâdjî.» La description de la physionomie (وصف الحال) est l'objet de cet opuscule, érotique comme les autres écrits du même auteur (mss. 339 et 340, 1°). Ignoré de Ḥâdjî Khalîfa, il est mentionné également dans la notice d'As-Soyoûṭî (Dozy, *Catalogus,* etc., ibid.). Autre exemplaire, ms. 428, 2°. Commencement : اما بعد حمد الله الذى ضاعف لنا الحسنات الخ.

3° (Fol. 54). Titre : كتاب الشفا فى بديع الاكتفا للاديب ..... النواجى «Livre intitulé : La guérison grâce aux abréviations élégantes, par l'écrivain instruit ...... An-Nawâdjî.» Ḥâdjî Khalîfa, n° 7611, où il faut lire النواجى au lieu de البادلجى (un manuscrit cité VII, p. 772 porte البواجى). Cette monographie sur une figure de rhétorique (cf. Mehren, *Die Rhetorik der Araber,* p. 132) comprend trois chapitres : 1° فى حدّه ورسمه ; 2° ..... فى اقسامه وامثلته ; 3° فى وقوعه فى القران العظيم وحديث نبيه. Voici comment, dans le premier chapitre, est défini l'objet même du traité : الاكتفاء هو ان يدخل موجود الكلام على محذوفه. Autres exemplaires, mss. 428, 3°; 433. Commencement : اما بعد حمد الله الذى ما خاب من اكتفى به ..... فهذه نبذه من الاكتفاء الخ.

4° (Fol. 79). Ouvrage intitulé كتاب من غاب عنه المطرب «Livre de celui, à qui l'amuseur est resté invisible», par le maître (الاستاذ) Aboû Manṣoûr ʿAbd el-Malik ibn Ismâʿîl Ath-Thaʿâlibî. L'ouvrage, non cité dans Ḥâdjî Khalîfa, est analogue à d'autres productions du même auteur, mort en 429 de l'Hégire (1037 ap. J.-Ch.) et qui a composé un grand nombre de recueils composés d'anecdotes et d'observations sur les finesses et les nuances de la langue arabe (voir plus haut ms. 281 et aussi les mss. 350, 351, 458, 504, 531, etc.). Voici les titres des sept chapitres, dont se compose cet ouvrage : 1° فى البلاغة والخطّ وما يجرى مجراهما ; 2° فى الغزل ; 3° الربيع واثاره وفصول السنة ; 4° فى اوصاف الليالى والايام واوقاتها ; 5° فى الاخوانيات والمدح وما يجرى مجراه ; 6° فى الخمريات وما يتعلق بها ; 7° ينصاف اليها فى فنون مختلفة الترتيب. Commencement : هذا كتاب يشتمل على محاسن الالفاظ الدبجه (sic) وبدائع المعانى الارجه الخ.

Papier. Écriture Asiatique. 108 feuillets. 23 lignes par page. Daté à la fin de chaque ouvrage de 987 de l'Hégire (1579 ap J.-Ch.); tout entier de la même main. (Cas. 338.)

341.

Recueil de poésies, sans titre ni nom d'auteur. Il manque en tête plus du premier tiers. Cette anthologie est divisée en dix chapitres; le premier, dont on rencontre le titre, est le cinquième au fol. 22 v°, où l'on lit : الباب الخامس فى الرسل والرسائل والتلطف فى الوسائل. Au fol. 48 v° commence le chapitre VI : فى الخمرة ومالها بعد المزج وقبله من صفرة وحُمرة. Une des subdivisions de ce VI° chapitre (fol. 54 r°) porte le titre : نبذة من الدرّ النظيم فى آداب الشاقى والنديم, que Casiri a attribué à l'ouvrage entier. Citons enfin au fol. 114 r° le titre du chapitre X :

في الحكايات والنكت النبهية لذوى الابصار. La tranche inférieure porte encore des traces d'un titre général, qu'il n'est pas aisé de déchiffrer. Ce n'est que sous toutes réserves que je propose la lecture suivante : تحفة الازهار فى منشور الاخبار «Le don des fleurs sur ce qui a été publié de meilleur.» Peut-être, au lieu de منشور الاخبار, convient-il de lire منثور الاخبار, ou منور الاخبار, ou encore كثير الاخبار. La comparaison d'un manuscrit complet permettrait seule de trancher la question.

Papier. Écriture Asiatique. 121 feuillets. 15 lignes par page. Sans date. (Cas. 339.)

342.

1° Titre : هذا ديوان . . . . . مجد الدين ابن مكانس «Ceci est le recueil des vers de . . . . . . Madjd ed-Dîn Ibn Moukânis.» D'après le manuscrit 343, ce poète vivait en Égypte dans la deuxième moitié du huitième siècle de l'Hégire. En effet, il mourut en 794 de l'Hégire (1391 ap. J.-Ch.). Le copiste de cet exemplaire dit avoir eu sous les yeux le manuscrit autographe de l'auteur. Commencement : (*sic*) قال مجد الدين بن مكانس.

هل ينفع الصبّ عن بُعد رسائله   معْ شدّة الشوق ام تجدى وسائله

2° (Fol. 56). Titre : هذا ديوان . . . . شهاب الدين التلعفرى «Ceci est le recueil des vers de Schihâb ed-Dîn At-Talla'farî.» Autre exemplaire, ms. 369, 2°. Ḥâdjî Khalîfa, n° 5335, d'après lequel le poète Schihâb ed-Dîn Moḥammad ibn Yoûsouf ibn Mas'oûd Asch-Schaibânî At-Talla'farî mourut en 675 de l'Hégire (1276 ap. J.-Ch). Il était né à Mauṣoul en 593 (1196 ap. J.-Ch.). Voir Ibn Schâkir Al-Koutoubî, *Al-*

Wafât bil-wafayât, II, p. ٢٤٥ et suiv. Commencement : الحمد لله رب العالمين ..... قال شهاب الدين يوسف المعروف بالتلعفرى

لم ازل مكثرا عليه السؤالا وجوابا ما عنده لى سؤالا

3° (Fol. 91). Titre : هذا ديوان الاميرى *(sic)* ..... سيف الدين على بن الامير سابق الدين عمر بن قزل المعروف بالمشدّ «Ceci est le recueil des vers du fils de l'émir(?) .... Saif ed-Dîn ʿAlî, fils de l'émir Sâbiḳ ed-Dîn ʿOmar, fils de Ḳozal, connu sous le nom d'Al-Mouschidd.» La fin manque. D'après Ibn Schâkir Al-Koutoubî, *ibid.*, II, p. ٧٩, qui, dans son nom, après Ḳozal, ajoute التركانى الباروق, il naquit au Caire en 602 de l'Hégire (1205 ap. J.-Ch.) et mourut à Damas en 656 (1258 ap. J.-Ch.). Commencement : قال الاميرى ..... سيف الدين على بن الامير سابق الدين عمر بن قزل المعروف بالمشدّ

لم انظم الشعر مستفيدا من القوافى ولا المعانى

Papier. Écriture Asiatique. 180 feuillets. 17 lignes par page. Daté après 2° de 991 de l'Hégire (1583 ap. J.-Ch); tout entier de la même main. (Cas. 340.)

343.

Œuvres posthumes d'Ibn Moukânis en prose et en vers, publiées par son fils Faḍl Allâh Madjd ed-Dîn. Une main plus moderne a tracé au fol. 1 r° ديوان ابن مكانس «Recueil des vers d'Ibn Moukânis.» Mais ce titre est appliqué improprement à un tel recueil où, après des poésies rangées par ordre alphabétique des rimes, se trouve une série de lettres en prose rimée. Cependant, on lit de même en tête d'un autre exemplaire (ms. 549) هذا ديوان الصاحب فخر الدين ابن مكانس, et du manuscrit de Paris (Ancien Fonds, n° 1442) au fol. 1 r° : ديوان العلامة فخر الدين بن (sic) مكانس et au fol. 2 r° : هذا ديوان فخر الدين عبد الرحمن بن مكانس. Au fol. 75 v° est publiée une lettre écrite par l'auteur à propos d'une crue excessive du Nil (لمّا نال النيل الزيادة المفرطة) en 784 de l'Hégire (1382 ap. J.-Ch.). Il semble que le fils de l'auteur n'ait voulu donner de l'œuvre de son père que ce qui était resté inédit, car il n'y a pas de double emploi entre ce manuscrit et le manuscrit 342, 1°. Commencement : الحمد لله الذى ميّز اهل الادب بفصاحة اللسان الخ.

Papier. Écriture Asiatique. 138 feuillets. 17 lignes par page. Sans date. (Cas. 341.)

344.

Poésies du ḳâḍî Aboû 'l-Ḥasan Ibn An-Nabîh, comme il ressort de la souscription : اخر شعر القاضى ابى الحسن ابن النبيه. Hâdjî Khalifa, n° 5220, d'après lequel Ibn An-Nabîh se nommait 'Alî ibn Moḥammad ibn Yoûsouf Al-Miṣrî, et mourut en 619 de l'Hégire (1222 ap. J.-Ch.). La plus grande partie est consacrée à l'éloge du trente-quatrième khalife Abbaside An-Nâṣir lidîn Allâh, qui mourut en 622 de l'Hégire (1225 ap. J.-Ch.). Le commencement fait défaut. Manuscrit écrit à Grenade en 694 de l'Hégire (1294 ap. J.-Ch.).

Papier. Écriture Magrébine. 26 feuillets. 21 lignes par page. (Cas. 342.)

345.

1° Titre : ديوان الكمال بن (sic) النبيه «Recueil des poésies de Kamâl ed-Dîn Ibn An-Nabîh.» L'ordre des poésies, également consacrées à l'éloge du khalife An-Nâṣir lidîn Allâh

(الامام الناصر لدين الله امير المومنين), est différent de l'ordre adopté dans la recension, que contient le manuscrit 344.

2° (Fol. 39). Titre : .... كتاب ديوان منظوم الدرر لمولانا قاضى القضاة ..... شهاب الدين احمد بن حجر العسقلانى الشافعى «Livre contenant le recueil de poésies intitulé : Les perles enfilées, par notre maître, le ḳâḍî des ḳâḍîs .... Schihâb ed-Dîn Aḥmad Ibn Ḥadjar d'Ascalon, le Schâfiʿite.» C'est un choix fait par ce célèbre traditionniste, mort en 852 de l'Hégire (1448 ap. J.-Ch.), surtout dans ses poésies de jeunesse. Au fol. 78 v°, il y en a une datée de 798 de l'Hégire (1395 ap. J.-Ch.), au fol. 82 r°, une autre datée de 802 de l'Hégire (1399 ap. J.-Ch.). Des deux rédactions du *Dîwân,* dont parle Ḥâdjî Khalîfa, n° 5175, nous avons la moins développée, comme il ressort du commencement : .... اما بعد حمد الله على احسانه فقد سُئلتُ غير مرّة ان اجرّد من منظومى منتخبا الخ. La rédaction développée, le grand *Dîwân,* est dans le manuscrit 443. Quant au titre : «Les perles enfilées», il est confirmé par la souscription : علّق هذا الديوان المبارك المسمّى بمنظوم الدرر للعلّامة شهاب الدين بن (sic) حجر العسقلانى الشافعى الخ.

Papier. Écriture Asiatique. 89 feuillets 19 lignes par page Manuscrit daté de 1001 de l'Hégire (1592 ap. J.-Ch.), entier de la même main. (Cas. 343.)

346.

Titre : ديوان سيدى الشيخ شمس الدين الحنفى «Recueil des vers de mon maître le schaikh Schams ed-Dîn Al-Ḥanafî.» Le nom plus complet de l'auteur est donné après la doxologie dans ce passage : وبعد فان سيدنا .... ابى (sic) عبد الله محمد ابن (sic) حسن ابن (sic) ابى الحسن على التيمى السادلى (sic, lisez الشاذلى)

شمس الدين الحنفي . . . . . قد ابرز لصحبه . . . . . سرّا خفيّا فيه هدى لكل محبّ . . . . قد سبله في كلام له منظم. Ce sont, on le voit, des révélations religieuses, et une bonne direction que le poète promet à ses lecteurs. Ne serait-il pas un petit-fils d'Aboû 'l-Ḥasan ʿAlî Asch-Schâdhilî, mort en 656 de l'Hégire (1258 ap. J.-Ch.), un des représentants de la littérature liturgique chez les Arabes (cf. mss. 143, 2°; 236, 8°; etc.)? Si cette hypothèse se confirmait, notre auteur aurait vécu au début du VIIIe siècle de l'Hégire, du XIVe siècle de l'ère chrétienne. Cette hypothèse paraît confirmée par le ms. 460. Commencement : الحمد لله وسلام على عباده الذين اصطفى الخ.

Papier. Écriture Asiatique. 78 feuillets 13 lignes par page. Sans date. (Cas. 344.)

347.

Une main plus moderne a tracé le titre suivant : هذا ديوان سيدنا الشيخ شمس الدين الحنفي الشاذلي «Ceci est le recueil des vers de notre maître le schaikh Schams ed-Dîn Al-Ḥanafî Asch-Schâdhilî.» A raison, ou à tort? En tout cas, c'est un recueil, différent du précédent, de poésies édifiantes, classées d'après l'ordre alphabétique des rimes. Le commencement du volume manque.

Papier. Écriture Asiatique. 86 feuillets. 23 lignes par page. Sans date. (Cas. 345.)

348.

Titre : كتاب طيف الخيال للشريف الرضى «Livre intitulé : L'apparition du fantôme, par Asch-Scharîf Ar-Riḍâ.» Sa famille prétendait descendre d'Ali; il se nommait Aboû 'l-Ḥasan

Moḥammad ibn Ṭâhir ibn Ḥosain Al-Moûsawî. Sa généalogie jusqu'à Ali a été donnée en tête de l'article, que lui consacre Ibn Khallikân, *Biographical Dictionary,* III, p. 118 et suiv. Il naquit à Bagdâd en 259 de l'Hégire (970 ap. J.-Ch.) et y mourut en 406 (1015 ap. J.-Ch.).

Voici comment il expose lui-même la genèse de cette monographie dans sa préface. Commencement : الحمد لله على ما اعطى من فهم واتى من علم . . . . . ومن بعد فانى وقفت على ما ذكرته . . . . . . بما اطّلعتَ عليه من كتابى فى الشيب . . . . . . الى التماس كتاب فى اوصاف طيف الخيال . . . . . اعتمدتّ على إخراج ما فى ديوانِ الطايـــين ثم فى ديوانَى شعرى وشعر اخى (*sic,* lisez الطائيّين). De cette notice il ressort : 1° qu'Asch-Scharîf Ar-Riḍâ avait précédemment écrit «sur la vieillesse»; 2° que les éléments de son nouveau livre sont puisés d'un côté dans les *dîwâns* des deux poètes Tâʿites (de la tribu de Ṭayy), c'est-à-dire Aboû Tammâm, mort en 231 de l'Hégire (845 ap. J.-Ch.) et Al-Bokhtorî, mort en 284 (897 ap. J.-Ch.), de l'autre dans son propre *dîwân* (voir ms. 349) et dans celui de son frère. Celui-ci, également un littérateur, est connu sous le titre d'Asch-Scharîf Al-Mourtaḍâ; il se nommait Aboû 'l-Ḳâsim ʿAlî ibn Ṭâhir et mourut en 436 de l'Hégire (1044 ap. J.-Ch.) d'après Ibn Khallikân, *ibid.* II, p. 256 et suiv.

Manuscrit écrit très largement et vocalisé excellemment à Alep en 591 de l'Hégire (1194 ap. J.-Ch.). Un autre ouvrage, portant le même titre, se trouve dans le ms. 469.

Papier. Écriture Asiatique. 103 feuillets. 11 lignes par page. (Cas. 346.)

349.

Manuscrit acéphale, dont le titre est heureusement conservé sur la tranche inférieure. On y lit : الغزل على الحروف للشريف الرضى «Les poésies amoureuses d'après l'ordre alphabétique, par Asch-Scharîf Ar-Riḍâ.» Cf. le ms. 348. Les premiers feuillets manquent et le manuscrit commence au milieu des poésies rimant par la lettre ب. On lit à la fin : هذا اخر ما اشتمل ديوانه عليه من الغـزل. C'est sans doute un des quatre volumes du *dîwân,* dont parle Ibn Khallikân, *ibid.* III, p. 119 et d'après lui Ḥâdjî Khalîfa, n° 5483.

Papier Écriture Asiatique. 104 feuillets. 11 lignes par page. Sans date. (Cas. 347)

350.

Titre : المجلّده (*sic*) الاولى من كتاب يتيمة الدهر فى محاسن اهل العصر تصنيف ابى منصور عبد الملك بن محمد (بن) اسمعيل الثعالبى النيسـابورى «Premier volume du livre intitulé : La perle unique du temps sur les belles qualités des contemporains, œuvre d'Aboû Manṣoûr ʿAbd el-Malik ibn Moḥammad ibn Ismâʿîl Ath-Thaʿâlibî de Nîsâboûr.» Ce recueil, consacré aux poètes, est divisé en quatre sections (قسم) d'après les pays, auxquels appartenaient les contemporains, dont l'auteur, mort en 429 de l'Hégire (1037 ap. J.-Ch.), a écrit la biographie. Une table des matières de l'ensemble a été dressée par M. Dieterici (voir *Mutanabbi und Seifuddaula,* p. 18—21 et 179—196). L'excellent manuscrit, bien vocalisé, que nous décrivons, daté de 536 de l'Hégire (1141 ap. J.-Ch.), ne contient que la première section : القسم الاول فى محاسن اشعار

آل حمدان وشعرائهم وغيرهم من اهل الشأم وما يجاورها ومصر والموصل الحمد لله خيرُ ما بُدِئ به الكلام : Commencement .ولُمَعٌ من اخبارهم وخُتِم الخ.

Papier. Écriture Asiatique. 156 feuillets. 19 lignes par page (Cas. 348.)

351.

Troisième section du même ouvrage, comme le montre l'en-tête suivant, par lequel débute le volume : القسم الثالث من كتاب يتيمة الدهر فى محاسن اهل العصر يشتمل على مُلَح اشعار اهل الجبال وفارس وجرجان وطبرستان من وزراء الدولة الديلمية وكُتّابها وشعرائها وسائر فضلائها وغربائها وما ينضاف اليها من اخبارهم وغرر الفاظهم. Le bas du dernier feuillet a été coupé, sans doute pour dissimuler que c'est un volume dépareillé.

Papier. Écriture Asiatique. 257 feuillets. 13 lignes par page. Sans date. Manuscrit du commencement du VIIIe siècle de l'Hégire. (Cas. 349.)

352.

Titre : هذا كتاب جواهر الاداب وذخائر الشعراء والكُتّاب تأليف ابى بكر محمد بن عبد الملك النحوى المقرى بجامع مصر «Ceci est le livre intitulé : Les perles des belles-lettres, et les trésors tenus en réserve des poètes et des écrivains, œuvre d'Aboû Bakr Moḥammad ibn 'Abd el-Malik le grammairien, celui qui enseignait la lecture du Coran dans la grande mosquée du Caire.» L'auteur de cette encyclopédie de la poésie arabe ancienne et moderne me paraît être incontestablement Aboû Bakr Moḥammad ibn 'Abd el-Malik de Santarem (الشنتريني), surnommé Ibn As-Sarrâdj le grammairien. Al-Maḳḳarî,

(*Analectes* I, p. ٦١٩[1]; cf. Ibn Khallikân, *Biographical Dictionary* II, p. 72) lui attribue trois ouvrages : 1° تنبيه الالباب فى فضائل الاعراب «Avertissement pour les sages sur les mérites de la science des flexions», le même livre, dont le titre est défiguré dans Ḥâdjî Khalîfa II, p. 416; 2° un manuel de prosodie (Ḥâdjî Khalîfa V, p. 116); 3° un abrégé du كتاب العمدة d'Ibn Raschîḳ (manuscrits 285 et 286). Cet abrégé critique n'est autre, ce semble, que «Les perles des belles-lettres», contenues dans notre manuscrit. Aboû Bakr Moḥammad avait quitté l'Espagne pour se rendre en Égypte dès l'année 515 de l'Hégire (1121 ap. J.-Ch.); il mourut au Caire entre 545 et 550 (1150—1155 ap. J.-Chr.) Commencement : الحمد لله اطيب النول واحلاه الخ.

Papier. Écriture Magrébine. 136 feuillets. 23 lignes par page. Sans date. (Cas. 350.)

353.

Recueil de poésies composées en Espagne sur le printemps. Le titre de cette anthologie se trouve dans la souscription : تمّ الكتاب البديع فى وصف الربيع. C'est «Le livre élégant sur la description du printemps.» L'auteur est nommé en tête Aboû 'l-Walîd Ismâ'îl ibn Moḥammad ibn 'Âmir. D'après Ḥâdjî Khalîfa II, p. 418, il était de Grenade (الغرناطى), serait né en 708 de l'Hégire (1308 ap. J.-Ch.) et serait mort en 771 (1369 ap. J.-Ch.). Dans sa préface, l'auteur dit consacrer ses recherches à un sujet très intéressant, que tous ses devanciers ont laissé de côté, la «saison du printemps» (فصل الربيع); ses extraits ne sont guère empruntés

1. L. 4, il faut probablement lire الشنتريني au lieu de الشنتمري.

qu'à des poètes Espagnols (من غرائب الاندلسيين) et sont destinés exclusivement aux lecteurs Espagnols (لاهل الاندلس). Peut-être avons-nous dans ce manuscrit l'autographe même de l'auteur. Commencement : اما بعد حمد الله على فضله المتناهى الخ.

Papier. Écriture Magrébine. 78 feuillets. 18 lignes par page. Sans date; manuscrit du VIIIe siècle de l'Hégire. (Cas. 351.)

354.

Titre : منح السميع بشرح تمليح البديع بمدح الشفيع «Les présents faits à celui qui entend le commentaire sur la production élégante écrite à l'éloge de l'intercesseur.» L'auteur, nommé sur le titre même, mais plus bas ʿAbd er-Raḥmân Al-Ḥomaidî, avait disposé son poème à l'éloge du prophète de manière à y faire entrer des modèles de tous les ornements du style arabe. Ce sont de tels poèmes destinés à enseigner les artifices d'une rhétorique subtile que les Arabes appellent بديعية; voir mss. 240, 2°; 248, 2°; 294, etc. et Ḥâdjî Khalîfa, n° 1736 et suiv.

ʿAbd er-Raḥmân ibn Aḥmad ibn ʿAlî Al-Ḥomaidî, comme notre auteur est nommé avant la doxologie, après avoir composé sa بديعية, intitulée تمليح البديع بمدح الشفيع (Ḥâdjî Khalîfa, II, p. 35 et 421), lui consacra un premier commentaire développé, son فتح البديع, dont il fit ensuite, en 993 de l'Hégire (1585 ap. J.-Ch.), cette rédaction abrégée (voir manuscrits 422—424, ce dernier écrit de la main même de l'auteur). La fin manque. Commencement et extrait de la préface : الحمد لله الذى جبّر ببيان بديع صنعة الالباب والافهام . . . . اما بعد . . . . . فنظمت بديعية . . . . . فسألنى بعض الاصحاب ان اضع لها شرحا

..... وسمّيته فتح البديع بشرح تمليح البديع بمدح الشفيع ثم سألني ..... ان اجعل شرحا مختصرا ..... سمّيته منح السميع بشرح تمليح البديع بمدح الشفيع الخ.

Papier. Écriture Magrébine. 126 feuillets. 20 lignes par page. Sans date. (Cas. 353.)

355.

Recueil de poésies arabes, composées par des Espagnols de la fin du VIe siècle de l'Hégire. L'auteur est nommé avant la doxologie; c'est Aboû Baḥr Ṣafwân ibn Idrîs. Ibn Al-Abbâr, cité d'après l'extrait contenu dans le manuscrit 356, 2° par Casiri I, p. 98, col. 2, place la mort d'Aboû Baḥr Ṣafwân ibn Idrîs At-Tadjîbî de Murcie (المرسى) en 598 de l'Hégire (1201 ap. J.-Chr.). Nous empruntons le titre de son anthologie au manuscrit 356, 1°, qui en contient un autre exemplaire, terminant par كتاب زاد المسافر وغرّة محيّا الادب السافر. L'ouvrage est donc intitulé : «La provision de route du voyageur, et le point éclatant de la face dévoilée des belles-lettres.» Cf. Ḥâdjî Khalîfa, n° 6769 et Al-Maḳḳarî, *Analectes* II, p. ١٢٤, d'après lequel Ṣafwân ibn Idrîs se serait proposé d'écrire un supplément à des ouvrages immédiatement antérieurs sur les poètes espagnols, et en particulier aux *Colliers d'or natif* d'Al-Fatḥ Ibn Khâḳân. Voir ms. 357. Commencement : اما بعد حمد الله ..... فهذه جملة علّقتها من اشعار المولّدين ممن ادركته بعمرى او لحقته اهل عصرى ولم أتوخّ بالتقديم فيه ولا التأخير الخ.

Papier. Écriture Magrébine. 51 feuillets. 18 lignes par page. Sans date. (Cas. 353.)

356.

1° Autre exemplaire du زاد المسافر, par Ṣafwân ibn Idrîs (ms. 355). A la liste des poètes donnée par Casiri, dont les inexactitudes peuvent être facilement rectifiées, il faut ajouter deux noms, les deux derniers de la collection : 1° ابو بكر الواعظ السلاوى 2° خالى ابو القاسم محمد بن ابى العبّاس المذكور 1°.

2° (Fol. 39). Extrait (منتخب) du تحفة القادم «Présent offert au nouvel arrivant», par Aboû 'Abd Allâh Moḥammad ibn 'Abd Allâh ibn Abî Bakr ibn 'Abd Allâh ibn 'Abd er-Raḥmân ibn Aḥmad ibn Abî Bakr Ibn Al-Abbâr Al-Ḳoḍâ'î. C'est ainsi que le nom de l'auteur est très exactement donné au commencement. D'après Al-Maḳḳarî, *Analectes* I, p. ٨٢٧, il naquit à Valence (بلنسية) en 595 de l'Hégire (1198 ap. J.-Ch.) et fut exécuté à Tunis en 658 (1259 ap. J.-Ch.). Le manuscrit 1654 (Casiri, 1649) contient un exemplaire de son autre ouvrage sur les poètes espagnols الحُلّة السِّيَراء «Le manteau brodé d'or» exemplaire écrit dans la même année que celui-ci, en 990 de l'Hégire (1582 ap. J.-Ch.). Voir aussi ms. 470, 11°. M. J. Müller a publié la première partie de ce dernier ouvrage dans ses *Beiträge zur Geschichte der westlichen Araber*, p. ١٦١ et suiv.; cf. Dozy, *Notices sur quelques manuscrits arabes* (Leyde, 1847—1851), p. 29 et suiv. Le rédacteur de l'extrait, qui a écrit de sa main tout ce volume (aussi 1° et sans doute 1654) s'est nommé dans la souscription : انتهى ما قيّده ابو اسحق ابراهيم بن محمد بن ابراهيم البلفيقى من كتاب تحفة القادم لابى عبد الله بن الابّار. Commencement : قال فى الصــدر اسأل الله عونا على حمده الفرض ..... وبعد فهذا اقتضاب من بــارع

الاشعار . . . . . قصرته على اهل الاندلس بلدى . . . . . ولمّا عارضت به زاد المسافر سمّيته تحفة القادم.

Papier. Écriture Magrébine. 79 feuillets. 23 lignes par page. (Cas. 354.)

357.

Titre : كتاب قلائد العقيان ومحاسن الاعيان تصنيف الفتح بن محمد بن عبيد الله بن خاقان القيسى «Livre intitulé : Les colliers d'or natif, et les beaux traits des hommes illustres, par Al-Fatḥ ibn Moḥammad ibn ʿObaid Allâh Ibn Khâḳân Al-Ḳaisî.» Né à Séville, Ibn Khâḳân fut tué à Marrâkoush, la capitale du Maroc, en 529 de l'Hégire (1134 ap. J.-Ch.) selon les uns, en 535 selon les autres (1140 ap. J.-Ch.). Son meurtrier fut l'émir des Musulmans Aboû 'l-Ḥasan ʿAlî ibn Yoûsouf ibn Tâschoufîn, le deuxième sultan Almorawide, le frère d'Aboû Isḥâḳ Ibrâhîm ibn Yoûsouf ibn Tâschoufîn, à qui sont dédiés «Les colliers d'or natif». L'ouvrage est divisé en quatre sections : 1° sur les rois; 2° sur les vizirs; 3° sur les ḳâḍîs et les savants; 4° sur les lettrés (الادباء) et les poètes. Les manuscrits de Leyde (Dozy, *Catalogus* II, p. 288) ont été analysés par H. E. Weyers dans son *Specimen criticum exhibens locos Ibn Khacanis de Ibn Zeidouno* (cf. ms. 358), publié à Leyde en 1831 et dans les *Orientalia* (Amstelodami, 1840—1846) I, p. 384—499. L'ouvrage a été publié à Boûlâḳ en 1283 et 1284 de l'Hégire (1866 et 1867 ap. J.-Ch.). Il a été aussi imprimé à Paris en 1267 de l'Hégire (1861 ap. J.-Ch.), où il a paru comme tirage à part du journal البرجيس par les soins de

Solaimân Al-Ḥarâ'irî, autrefois répétiteur à l'Ecole spéciale des langues orientales de Paris. Une traduction française, par Bourgade, doit avoir paru en 1865 (voir Reinwald, *Catalogue annuel*, 1865, p. 1). Copie datée de 591 de l'Hégire (1194 ap. J.-Ch.). Autre ouvrage d'Ibn Al-Khâḳân, ms. 488, 1°. Commencement : الحمد لله الذى راض لنا البيان حتى انقاد فى اعنّتنا الخ.

Papier. Écriture Magrébine. 152 feuillets. 25 lignes par page. (Cas. 355.)

358.

Titre : كتاب سرح العيون فى شرح رسالة ابن زيدون تأليف الفقيه الرئيس ابن نباتة (*sic*) رحمه الله «Livre intitulé : La libre promenade des yeux; commentaire sur la lettre d'Ibn Zaidoûn, œuvre du jurisconsulte éminent, feu Ibn Nobâta.» La biographie d'Ibn Zaidoûn, empruntée au commentaire d'Ibn Nobâta, a été publiée par M. Dozy, *Catalogus* I, p. 241—260. Le vizir Aboû 'l-Walîd Aḥmad ibn 'Abd Allâh ibn Gâlib Ibn Zaidoûn Al-Makhzoûmî, l'Espagnol de Cordoue, naquit dans cette ville en 394 de l'Hégire (1003 ap. J.-Ch.), et mourut en 463 (1071 ap. J.-Ch.) à Séville, où il était devenu le conseiller intime du prince Al-Mou'taḍid Ibn 'Abbâd. La lettre satyrique est supposée écrite par la princesse Wallâda (ولّادة), fille de Moḥammad Al-Moustakfî au vizir Aboû 'Âmir Ibn 'Abdoûs. C'est en 441 de l'Hégire (1049 ap. J.-Ch.) que, d'après Ibn Khallikân, *Biographical Dictionary* (I, p. 124), Ibn Zaidoûn quitta Cordoue pour Séville, et la lettre est, en tout cas, antérieure à cette date, aussi bien que son autre lettre adressée à Ibn Djahwar (mss. 497, 543).

Elle a été publiée avec une traduction latine par Reiske (Lipsiae, 1755), puis reproduite par Hirt dans ses *Institutiones linguae arabicae* (Jena, 1770). Le texte en est donné dans les six premiers feuillets du manuscrit; voici le commencement : الحمد لله رب العالمين الرحمن الرحيم . . . . . اما بعد ايهـــا المصاب بعقله المورط بجهله الخ. A la fin : هذا اخر الرسالة.

Puis, au fol. 7, sans nouveau titre, la copie, exécutée à Damas en 1099 de l'Hégire[1] (1687 ap. J.-Ch.), passe au commentaire d'Ibn Nobâta. Djamâl ed-Dîn Aboû ʿAbd Allâh Moḥammad ibn Moḥammad Ibn Nobâta mourut en 768 de l'Hégire (1366 ap. J.-Ch.). Son commentaire a été publié à Boûlâḳ en 1278 (1861 ap. J.-Ch.). Des extraits de sa correspondance occupent les mss. 548 et 567, 3°. Commencement du commentaire : الحمد لله الذى لا يجب الحمد الّا له . . . . . وبعد فانى أُمرت بشرح رسالة ابى الوليد بن زيدون الخ.

Papier. Écriture Magrébine. 126 feuillets. 20 lignes par page. (Cas. 356.)

359.

Sur la tranche inférieure, on lit الثانى من امالى ابى على القالى «Deuxième volume des Dictées d'Aboû ʿAlî Al-Ḳâlî.» Le célèbre philologue Aboû ʿAlî Ismâʿîl ibn Al-Ḳâsim, le maître d'Az-Zobaidî (mss. 46; 99; 197; 569—571), naquit à Manâzdjird dans le Diyârbekr, en 288 de l'Hégire, et mourut à Cordoue en 356 (967 ap. J.-Ch.). Ce fut dans cette dernière ville qu'encouragé par l'émir des croyants ʿAbd er-Raḥmân III, qui lui avait confié l'éducation de son fils Al-Ḥakam, il *dicta* de mémoire dans la mosquée

1. Le manuscrit porte فى تسع وتسعين, sans que le nombre mille soit exprimé.

Az-Zahrâ ce recueil de notes, de proverbes, d'anecdotes, de morceaux en prose et en vers, recueillis pendant ses nombreux voyages à Mauṣoul, à Bagdâd, en Espagne. Voir Ibn Khallikân, *Biographical Dictionary* I, p. 210 et suiv., Al-Maḳḳarî, *Analectes* II, p. ٤٨ et suiv. Son surnom Al-Ḳâlî lui vint de ses relations avec les habitants de Ḳâlîḳalâ, en Arménie (Yâḳoût, *Mou'djam* IV, p. ١٩).

Le manuscrit, entièrement vocalisé, ne porte point de date; mais il est certainement de la première moitié du VIIe siècle de l'Hégire. L'erreur de Casiri, qui a classé parmi les *dîwâns* cet ouvrage analogue au *Kâmil* de Moubarrad (ms. 221) provient de la souscription : انتهى السفر الثانى من امالى ابى على اسمعيل بن القاسم البغداذى وبكماله كمل جميع الديوان. L'ouvrage entier se trouve à la Bibliothèque Nationale de Paris (Supplément arabe, n° 1935, 1). Commencement de ce second volume : قال ابو على قرات على ابى عبد الله لعمر بن ابى ربيعة الخ.

Papier. Écriture Magrébine. 140 feuillets. 21 lignes par page. (Cas. 357.)

360.

Anthologie poétique, classée d'après les sujets traités et d'après les figures de rhétorique, dont les vers cités fournissent des exemples. Le premier feuillet, qui contenait le titre et le commencement, a été coupé. De celui-ci, on lit encore à la fin de la première ligne : العونُ والعصمة. Sur la tranche de la marge inférieure se trouvait le titre, que je n'aurais pu déchiffrer sans la comparaison d'un autre exemplaire, le manuscrit MXCV du British Museum (*Catalogus*, p. 499). Je crois pouvoir proposer de lire : كتاب من شعر شمس

الخلافة «Extraits poétiques de Schams Al-Khilâfa.» L'auteur de ce recueil, composé en général de morceaux très courts, se nommait Madjd el-Moulk Aboû 'l-Faḍl Dja'far Ibn Schams Al-Khilâfa Al-Moukhtâr Al-Afḍalî, naquit à Koûm, près du Caire, en 543 de l'Hégire (1148 ap. J.-Ch.), et y mourut en 622 (1225 ap. J.-Ch.). Voir Ibn Khallikân, *Biographical Dictionary* I, p. 328. Son anthologie s'étend depuis les origines de la poésie arabe jusqu'aux poètes ses contemporains et aussi jusqu'à lui-même. Le manuscrit 782 contient un fragment de cette même anthologie.

Papier. Écriture Asiatique. 169 feuillets. 17 lignes par page. Sans date, manuscrit du VIIIe siècle de l'Hégire. (Cas. 358.)

361.

1° Une main plus moderne a écrit sur le fol. 1 شرح الشقراطسية «Commentaire sur la poésie d'Asch-Schoukrâṭisî.» L'auteur de ce poème à l'éloge du prophète est nommé dans la préface Aboû 'Abd Allâh Moḥammad ibn Abî Bakr ibn Yaḥyâ ibn 'Alî Asch-Schoukrâṭisî; l'adjectif ethnique est ensuite ainsi expliqué : من اهل شقراطسية ذكر لى انها بلدة من بلاد الجريد بافريقية. Le nom du poète est donné un peu différemment dans Ḥâdjî Khalîfa (n° 9469), d'après lequel il mourut en 466 de l'Hégire (1073 ap. J.-Ch.) et aussi dans le *Catalogus* du British Museum, p. 140 et 405 : ابو محمد عبد الله بن يحيى بن على. Par suite d'une transposition sans doute, le premier hémistiche est donné par Ḥâdjî Khalîfa au n° 9470. Voici le premier vers :

الحمدُ لله منّا باعثِ الرُّسُـــلِ هَدَى بأحمدَ منّا أحمدَ السُّبُلِ

Quant au commentaire, il a été composé en 622 de l'Hégire (1225 ap. J.-Ch.), probablement en Espagne, où la poésie d'Asch-Schoukrâṭisî paraît avoir été particulièrement goûtée (Al-Makkarî, *Analectes* I, p. ٥١٣). Copie datée de 993 de l'Hégire (1585 ap. J.-Ch.). Commencement : الحمد لله الذى اوجب على العالمين حمده الخ.

2° (Fol. 78). Titre : انيس (*sic*, lisez أنس) الجليس فى جلـــــو الحناديس عن سينيّة ابن باديس لسيدى احمد بن الحاجّ «La société du compagnon, pour jeter de l'éclat sur les ténèbres qui couvrent la poésie rimant en *sîn* d'Ibn Bâdîs; l'auteur est mon maître Aḥmad ibn Al-Ḥâdjdj.» Ce poème, intitulé النفحات القدسيّة «Les souffles de Kouds (Jérusalem)», est attribué à Al-Mou'izz Ibn Bâdîs, prince africain de la dynastie Zîride, dont la vie est racontée dans Ibn Khallikân, *Biographical Dictionary* III, p. 386 et suiv.; dans Ibn Khaldoûn, *Histoire des Berbères* (traduction française) I, p. 30 et suiv.; II, p. 18 et suiv. Né en 398 de l'Hégire (1008 ap. J.-Ch.), il mourut en 453 ou 454 (1061 ou 1062 ap. J.-Ch.). Sa poésie semble se rapporter au rapprochement qui s'était opéré entre Al-Mou'izz et Al-Kâ'im bi-Amr Allâh, khalife de Bagdâd, dont, par son ordre, le nom fut substitué en 440 de l'Hégire (1048 ap. J.-Ch.) dans la *khoṭba* à celui du khalife Fâṭimide Al-Moustanṣir Billâh. Voici du reste le premier vers, où les tendances du poème sont suffisamment accusées :

أَلا مِلْ الى بَغْدَاذَ فَهِىَ مُنَى النَّفْسِ   تَحَدَّثْ بها عَمَّنْ ثَوَى باطِنَ الرَّمْسِ

Le commentateur est plus complètement nommé dans le commencement : يقول عبيد الله . . . . . احمد بن محمد بن محمد بن عثمان ابن يعقوب بن سعيد بن عبد الله المانُوى اصلا ونجارا الوَرِيَنْدِى مولدا ودارا

عُرِف بن (*sic*) الحاج . . . . . . الحمد لله الذى اسبغ على اوليائه نعمة طاهـرة وباطنة . . . . . وبعد فان بعض اصحابنا . . . . . سألنى ان اشرح الفاظ القصيدة السينيه (*sic*) المسمات (المسمّاة *sic*, lisez) بالنفحات القُدسيّه (*sic*) المنسوبة لابن باديس . . . . . وسمّيتها أُنس (*sic*) الجليس فى جلو الحناديس عن سينيّـة بن (*sic*) باديس الخ. Copie de la même main que 1°, également datée de 993 de l'Hégire (1585 ap. J.-Ch.).

3° (Fol. 115). Commentaire sur un poème en vers *radjaz* sur le calendrier. Le poète de ce رجز (aucun autre titre n'est donné) est nommé dans la préface Aboû 'Abd Allâh Moḥammad ibn 'Alî Al-Bouṭouwî (البطوى), surnommé Aboû Moukri' (الملقّب بابى مقرع), qui vivait au commencement du VIIIe siècle de l'Hégire (وكان حيّا فى اوائل المائة الثامنة). On peut sans doute l'identifier avec محمد البطوى, qu'Ibn Khaldoûn (*Histoire des Berbères* I, p. 450, 474, 496) désigne comme un des généraux commandant l'armée d'Aboû 'l-Ḥasan, le sultan Mérînide du Maroc, en 731 et 732 de l'Hégire (1331 et 1332 ap. J.-Ch.). C'est notre poème, qui paraît désigné dans Al-Maḳḳarî, *Analectes* I, p. ٩٢٥, lorsqu'il parle de رجز ابى مقرعة. Premier vers :

يا سائلا جملة ما فى العامِ   مما به يقيم فى الايّـــامِ

Le commentateur, sur lequel je n'ai aucun renseignement, est nommé en tête Aboû 'Abd er-Raḥmân Al-Ḥâfidî (الحافـدى, peut-être الخافدى). Commencement : الحمد لله العظيم الرحمن الرحيم الخ.

Papier. Écriture Magrébine. 159 feuillets. 1° 22 lignes; 2° 26 lignes; 3° 12 à 19 lignes par page. 3° sans date. (Cas. 359.)

362.

1° Titre : الوسيلة الكبرا (الكبرى (*sic,* lisez المرجوّ نفعها فى الاخرى (*sic,* lisez الاخرى) من انشاء الشيخ . . . . . ابو (*sic*) الحكم مالك بن المرحّل المالق الاندلسى . . . . . «La puissante recommandation, dont on espère l'utilité dans la vie future, poésies par le schaikh . . . . . . Aboû 'l-Ḥakam Mâlik Ibn Al-Mouraḥḥal, de Malaga en Espagne.» L'auteur de ces poésies à l'éloge et sur la vie du Prophète, est aussi sans doute l'auteur du commentaire, qui accompagne les morceaux de ce recueil classé d'après l'ordre alphabétique des rimes (voir aussi de lui mss. 288, 4° et 5°; 398). Un passage d'Al-Makkarî, *Analectes* II, p. ٥٢٠, démontre qu'il fut le contemporain d'Ibn Abî 'r-Rabî', qui mourut en 672 de l'Hégire (1273 ap. J.-Ch.). C'est à la souscription que Casiri a emprunté le titre donné par lui : كملت القصائد العشرينيات المحمّديات بشرحها. Copie datée de 742 de l'Hégire (1341 ap. J.-Ch.). Commencement : قال . . . . . ابو الحكم ملك (*sic*) بن . . . . . ابى زيد عبد الرحمن بن المرحّل الاندلسى المالق يمدح رسول الله صلعم ويذكر ميلاده وغزواته نفعه الله بذلك الخ.

2° (Fol. 102). Poésie du même auteur, composée d'une série de strophes, composées chacune de dix hémistiches, strophes nommées معشّرات, poésie également sur «le chef des créatures» (سيّد الخلق) Moḥammad. Voici la souscription : انتهت القصيدة الوتريّة فى مدح سيّدنا ومولانا محمد. Commencement : قال . . . . . ابو الحكم ملك (*sic*) بن عبد الرحمن بن المرحّل . . . . . الحمد لله الذى لزمنا ان نقدّم حمده الخ.

Papier. Écriture Magrébine. 128 feuillets. 1° 17 lignes; 2° 20 lignes par page. 2° sans date. (Cas. 360.)

363.

1° Titre : هذه قصيدة فى مدح النبى صلعم وكل بيت منها جامع لحروف المعجم جميعها من الالف والباء الى اللام والياء «Ceci est une poésie à l'éloge du Prophète . . . . ., et chaque vers de cette poésie contient toutes les lettres de l'alphabet depuis l'*alif* et le *bâ* jusqu'au *lâm* et au *yâ.*» Le nombre des lettres, qui entrent ainsi dans chaque vers, est de vingt-neuf, et le *lâm,* mentionné dans le titre, est en réalité le *lâm-alif.* L'auteur de ce tour de force est nommé Aboû Zakariyyâ Yaḥyâ de Ṣarṣar en ʿIrâḳ (نظم . . . . . ابى زكريا يحيا *(sic)* الصرصرى العراقى). D'après Ḥâdjî Khalîfa, III, p. 291, il mourut en 656 de l'Hégire (1258 ap. J.-Ch.). Premier vers :

أبتْ غيرَ ثجِّ الدمعِ مُقلةُ ذى حُزْنٍ   تُسَبِّتُه الضَّنَا الأوطانُ فى مَشْخَصِ الظَّعْنِ

Cette poésie est suivie d'une autre, par le même auteur, sur la vie mystique (فى التصوف). Voir le recueil de ses vers, ms. 466.

2° (Fol. 5). Titre : كتاب اللطف واللطائف تأليف الشيخ ابى منصور عبد الملك الثعالبى . . . . . . «Livre intitulé : La finesse et les finesses, œuvre du schaikh Aboû Manṣoûr ʿAbd el-Malik Ath-Thaʿâlibî.» Cet opuscule d'Ath-Thaʿâlibî (cf. ms. 350) est divisé en seize chapitres. Commencement : اما بعد حمد الله عزّ اسمه استفتاحا واستنجاحا الخ.

3° (Fol. 12). Titre : كتاب الثلاثة تأليف الشيخ ابى الحسين احمد بن فارس بن زكريا بن حبيب الهمدانى «Livre des trois, œuvre du schaikh Aboû 'l-Ḥosain Aḥmad ibn Fâris ibn Zakariyyâ ibn Ḥabîb Al-Hamadânî.» Ce célèbre lexicographe mourut en 395 de l'Hégire (1004 ap. J.-Ch.). Son «livre des trois» ne se trouve pas dans la liste de ses ouvrages, dressée par

Flügel, *Die grammatischen Schulen der Araber*, p. 247. L'auteur a voulu établir la synonymie entre les mots, composés des trois mêmes consonnes, où trois combinaisons sont possibles. Commencement : الحمد لله وبه نستعين . . . . . قال الشيخ ابو الحسين احمد بن فارس بن زكريا هذا كتاب الثلاثة وهو ان نذكر الكلمات تصريفها على ثلاثة اوجه فمن ذلك الحلم والحميل واللحيم الخ.

4° (Fol. 16). Titre : كتاب اجناس التجنيس للشيخ الامام ابى منصور عبد الملك بن محمد بن اسمعيل الثعالبى «Livre intitulé : Les différentes espèces de paronomase, par le schaikh, l'imâm Aboû Manṣoûr ʿAbd el-Malik ibn Moḥammad ibn Ismâʿîl Ath-Thaʿâlibî.» Cet opuscule d'Ath-Thaʿâlibî (cf. 2°) est donné d'après Aboû Ṭâhir Aḥmad ibn Moḥammad ibn Aḥmad ibn Ibrâhîm As-Silafî d'Ispahan, qui le fit connaître dans la région d'Alexandrie (بثغر الاسكندريه) en 547 de l'Hégire (1152 ap. J.-Ch.). Il en fit sans doute l'objet d'un de ses cours dans le collège, que le vizir Al-ʿÂdil Ibn As-Sallâr fonda à Alexandrie en 546 de l'Hégire (1151 ap. J.-Ch.) et qu'As-Silafî fut appelé à diriger. Voir Ibn Khallikân, *Biographical Dictionary* I, p. 87.

Papier. Écriture Magrébine. 22 feuillets. 1° 21 lignes; 2°, 3° et 4° trente-trois lignes très serrées par page. 1° sans date; 2°, 3° et 4° datés de 771 de l'Hégire (1369 ap. J.-Ch.), tous trois écrits de la même main. (Cas. 361.)

364.

Titre : ديوان شعر . . . . . برهان الدين ابى اسحق ابرهيم ابـن *(sic)* اسمعيل الشهير بالجحافى «Recueil de poésies de . . . . . Borhân ed-Dîn Aboû Isḥâḳ Ibrâhîm ibn Ismâʿîl, connu sous le nom d'Al-Djaḥḥâfî.» Le recueil est divisé en trois sections (قسم) : 1° فى المدائح; 2° فى المراثى; 3° فى الهجاء. Sur l'auteur je n'ai rien trouvé, à moins qu'il ne convienne de l'identifier avec Ibrâhîm, fils d'Ismâʿîl, le Ḥafṣide, qui vécut au commencement du VIIe siècle de l'Hégire. Cf. Ibn Khaldoûn, *Histoire des Berbères* II, p. 292 et 293. Les derniers feuillets manquent. Commencement : الحمد لله الذى حلّى الانسان بفصاحة اللسان الخ.

Papier. Écriture Asiatique. 54 feuillets. 19 lignes par page. Sans date. (Cas. 362.)

365.

Titre : شعر نجم الدين ابى الغنائم «Poésies de Nadjm ed-Dîn Aboû 'l-Ganâʾim.» L'auteur est nommé plus complètement en tête Nadjm ed-Dîn Aboû 'l-Ganâʾim Moḥammad ibn ʿAlî Ibn Al-Mouʿallim. D'après Ibn Khallikân, *Biographical Dictionary* III, p. 168 et suiv., il naquit en 501 de l'Hégire (1108 ap. J.-Ch.) et mourut en 592 (1196 ap. J.-Ch.). Au fol. 6 r°, une pièce datée de 587 (1191 ap. J.-Ch.). La fin manque. Le *dîwân* ouvre sans préface par une pièce où, après le nom de l'auteur, il est dit يمدح, sans que le verbe soit suivi d'aucun complément; en voici le premier vers :

اتلك جِمالٌ ام بُروجُ جَمالِ   سرتْ ببُدورٍ فى خُدورٍ نصالِ

Papier. Écriture Magrébine. 133 feuillets. Sans date; manuscrit du commencement du VIIIe siècle de l'Hégire. (Cas. 363.)

366.

A la marge supérieure du fol. 1 r° de ce manuscrit acéphale, on lit : من ديوان سيدى محمد بن ابن الفرحون «Extrait du *dîwân* de mon maître Moḥammad, fils d'Ibn Al-Farḥoûn.» Si ce titre est exact, l'auteur serait le fils du célèbre jurisconsulte Borhân ed-Dîn Ibrâhîm Ibn Farḥoûn, mort en

799 de l'Hégire (1387 ap. J.-Ch.). Je crois reconnaître son petit-fils dans l'auteur de 470, 13°. C'est un recueil plein d'énigmes et de questions résolues par le secours des sciences occultes. La fin manque.

Papier. Écriture Asiatique. 80 feuillets. 15 lignes à la page. Sans date. (Cas. 364.)

367.

Titre : كتاب السّكّر الفاضح والعطر الفائح تأليف ..... ابو *(sic)* المحاسن جمال الدين يوسف الطهواى (*sic*, lisez الظاهرى) بلدا والشافعى مذهبا طريقة (*sic*, lisez والجُوَيْنّى) والحوينى «Livre intitulé : Le sucre bien blanc, et l'odeur parfumée, œuvre de .... Aboû 'l-Maḥâsin Djamâl ed-Dîn Yoûsouf, né à Ṭhâhir, adepte de la secte Schâfi'ite, disciple comme *ṣoûfî* d'Al-Djowainî.» Nous avons ici le recueil des poésies mystiques du célèbre chroniqueur, de l'ami et continuateur d'Al-Maḳrîzî, de Djamâl ed-Dîn Aboû 'l-Maḥâsin Yoûsouf Ibn Tagrî Bardî, mort en 874 de l'Hégire (1469 ap. J.-Ch.). Ṭhâhir est une dépendance importante de Fosṭâṭ, c'est-à-dire du Vieux-Caire (Yâḳoût, *Mou'djam* III, p. ٥٧٢). Quant à Al-Djowainî, c'est le schaikh Schâfi'ite Aboû 'l-Ma'âlî 'Abd al-Malik, généralement connu sous le nom de امام الحرمين «l'imâm des deux villes saintes», c'est-à-dire de La Mecque et de Médine. D'après sa biographie, qui se trouve dans Ibn Khallikân, *Biographical Dictionary* II, p. 120 et suiv., il jouissait d'une grande autorité, non seulement comme jurisconsulte Schâfi'ite, mais encore comme maître dans les sciences particulières aux *ṣoûfîs*. Il mourut en 478 de l'Hégire (1085 ap. J.-Ch.). Copie datée de 962 de l'Hégire (1554 ap. J.-Ch.), collationnée sur l'exemplaire autographe de l'auteur. La première poésie porte en tête : التائية العظما *(sic)* المسمّاة بالفصوص. Commencement : انت الرحيم لمن اردت الماه الخ.

Papier. Écriture Asiatique. 100 feuillets. 15 lignes par page. (Cas. 365.)

368.

Titre : كتاب نزهة النفوس ومضحك العبوس لابن سودون «Livre intitulé : Délices des âmes et facéties pour dérider l'homme austère, par Ibn Soûdoûn.» Malgré les indications du titre, nous n'avons pas la première édition (Ḥâdjî Khalîfa, n° 13753), qui paraît contenue dans le manuscrit 450, identique au manuscrit de Paris : Supplément arabe, n° 1511; mais la seconde révisée, intitulée : قرّة الناظر ونزهة الخاطر «Rafraîchissement du spectateur et délices de l'esprit» (Ḥâdjî Khalîfa, n° 9409); toutes deux ont le supplément ajouté par l'auteur en 856 de l'Hégire (1452 ap. J.-Ch.). Cette même différence entre le titre et le contenu caractérise le manuscrit de Gotha (n° 2159). ʿAlî Ibn Soûdoûn Al-Baschbougâwî Al-Ḳâhirî mourut en 869 (1464 ap. J.-Ch.) d'après Ḥâdjî Khalîfa III, p. 297. Voici le commencement et quelques extraits de la préface : الحمد لله المنعم عند قبض النفوس بشرح الصدور . . . . . . قال كُوَيْتِبُ هذه الاحرف . . . . . . على بن سودون البشبعاوى (*sic*, lisez البشبغاوى) وابن زوجنه ايضا غفر الله تعالى لهما . . . . . . اما بعد . . . . . . جمعتُ ما استحضرتُه . . . . . . وسمّيته نزهة النفوس ومضحك العبوس ثم خطر لى ان اميّز جدّه من هزله وان أُلحِق كلّ نوع بمثله فبادرتُ عند ذلك . . . . . . وقد قسمته شطرين . . . . . . وسمّيته قرّة الناظر ونزهة الخاطر ولم يزل كذلك الى سنة ٨٥٦ فورد القاهرةَ طائفة من الاعاجم

ولحنوا اقوالا فسألنى بعض الاخوان ان انظم طَرَفا من هذا النمط ففعلتُ فجعلت لذلك بالكتابة وصلا وافردت له فى اخره فصلا الخ . . . . . Sur les divisions de cet ouvrage, on peut consulter Mehren dans *Codices Orientales bibliothecae regiae Hafniensis* II (Hafniae, 1851), p. 133.

Papier. Écriture Asiatique. 113 feuillets. 15 lignes par page. Sans date. (Cas. 366.)

369.

1° Recueil de poèmes en stances (موشّحات) sans nom d'auteur, classées d'après l'ordre alphabétique des rimes. Le commencement ne s'y trouve point. A la fin, on lit : انتهى شعره رحمه الله . . . . سنة ٩٩٩ . . . . . على يد كاتبه لنفسه العبد . . . . . ادريس بن على بن ابراهيم بن راشد العلوى. C'est de sa main qu'a été écrit tout le manuscrit.

2° (Fol. 27) Titre : شهاب الدين التلّعفرى قال ابن خلّكان هـو ابو عبد الله محمد بن يوسف بن سالم المعروف بالتلّعفرى «Schihâb ed-Dîn At-Talla'farî. Ibn Khallikân dit : C'est Aboû 'Abd Allâh Moḥammad ibn Yoûsouf ibn Sâlim, connu sous le nom d'At-Talla'farî.» Même recueil de vers que dans le manuscrit 342, 2°. Copie datée de 999 de l'Hégire (1590 ap. J.-Ch.).

3° (Fol. 48) Poésies de 'Alî ibn Djahm ibn Badr As-Sâmî. Ḥâdjî Khalîfa, n° 5576, d'après lequel il mourut en 249 de l'Hégire (863 ap. J.-Ch.). Ce sont des poèmes à l'éloge des khalifes Abbasides. Commencement : قال على بن جهم بن بدر يمدح المعتصم بالله. Copie datée de 1002 de l'Hégire (1593 ap. J.-Ch.).

4° (Fol. 70 v°). Poésies élégiaques, par Aboû 'l-Faradj Al-Wa'wâ' de Damas. Ḥâdjî Khalîfa, n° 5257, d'après lequel il mourut en 390 de l'Hégire (1000 ap. J.-Ch.). On peut consulter sur lui également le *Fawât al-wafayât* d'Ibn Schâkir Al-Koutoubî II, p. ١٨٢ et suiv. La fin manque. Commencement : قال ابو الفرج الوَأْوى (*sic*) الدمشق.

لا كان منقطعا ما كان متّصلا فيه ومنتشرا ما كان منتظما

Papier. Écriture Magrébine. 104 feuillets. 1° et 2° 21 lignes; 3° et 4° 17 lignes par page. (Cas. 367.)

370.

Titre : كتاب العراقيّات لصاحب النجديّات «Livre intitulé : Les poésies de l'Irâḳ, par l'auteur des poésies du Nadjd.» Le nom de l'auteur est plus clairement indiqué en tête de la première poésie : قال فخر الرؤساء جمال العرب تاج خراسان فضل الدولة ابو المظفّر محمد بن اسحق (*sic*, lisez احمد) بن الحسن وهو ابو الفتيان العبّاس بن ابى مرفوعه (*sic*) واسمه منصور بن معوية الاصغر بن محمد بن ابى العبّاس . . . . . يمدح رسول الله صلعم والخلفا الراشدين قال

خاض الدُّجى ورُواقُ الليل مَسْدولُ برقٌ كما اهتَزَّ ماضى الحدِّ مَصْقولُ

Natif d'Abîward dans le Khorasan ou de ses environs, le poète est surtout connu sous le nom d'Al-Abîwardî (ms. 371, 2°). Il fut empoisonné à Ispahan en 507 de l'Hégire (1113 ap. J.-Ch.). Ce sont ses poésies de jeunesse, composées dans l'Irâḳ, que l'auteur a réunies dans un recueil, consacré spécialement à l'éloge des khalifes Al-Mouḳtadî et Al-Moustaṭhhir ainsi que de leurs visirs. Copie datée de 735 de l'Hégire (1334 ap. J.-Ch.). Commencement de la préface : اما بعد حمد الله على نعمة غناء المراد الخ.

Papier. Écriture Asiatique. 169 feuillets. 17 lignes par page. (Cas. 368.)

371.

1° Deux recueils de conseils en vers classés par ordre alphabétique des rimes. Dans chacune des deux séries, chaque lettre est représentée par dix hémistiches. Le premier recueil est terminé par تمّت; le second par تمّت المخمّسات الحماسية الصدرية ..... Il n'est pas impossible que l'auteur soit Al-Abîwardî (voir mss. 370 et 371, 2°).

2° (Fol. 18 v°). Collection des poésies composées par Al-Abîwardî dans le Nadjd. Après avoir groupé «leurs sœurs» (اخواتها) dans le volume (المجلة) appelé : «Les poésies de l'Irâḳ» (ms. 370), il a réuni les éléments de celui-ci, qu'il a nommé : النجديّات «Les poésies du Nadjd.» Ce titre, donné dans la préface, est répété à la fin : تمّ كتاب النجديات. Autre exemplaire, manuscrit 420, 1°. Ḥâdjî Khalîfa, n° 5269 et surtout 13606. Chaque poésie est introduite par قال الابيوردى. Nombreuses notes marginales. Commencement de la préface : ان احقّ ما تُصرف اليه الهمم الخ; des vers :

خليلىّ انّ الحبّ ما تعرفانِهِ

3° (Fol. 71 v°). Deux poésies sans nom d'auteur, dont la première commence par le vers suivant :

يا ظبيةً اشبهَ شىء بالمَهَى   رائعةً بين العقيق واللِّوَى

4° (Fol. 83 v°). Poésies amoureuses, classées d'après l'ordre alphabétique des rimes. Chaque lettre est représentée par une poésie de vingt hémistiches. Commencement : قافية الالف.

أما لك يا داء المُحبّ دواء   بلى عند بعض الناس منك شفاء

5° (Fol. 98 v°). Poésie, par Khâlid ibn Ṣafwân, mort en 90 de l'Hégire (709 ap. J.-Ch.). Cette poésie sur la beauté plastique, connue sous le nom de قصيدة العروس «Poème de la fiancée», commence par le vers suivant :

عُوجًا على طَلَلٍ بالقُفْص خُلّانِ أَقْوَى فقُطّانُه أَزْآلُ هيفـــانِ

Papier. Écriture Asiatique. 103 feuillets. 11 et 12 lignes par page. Sans date; tout entier écrit de la même main. (Cas. 369.)

372.

Recueil des poésies de Schihâb ed-Dîn Aḥmad Al-Manṣoûrî As-Salamî, comme l'auteur se nomme en tête : il raconte qu'il a lui-même éprouvé le besoin de rassembler ses poésies éparpillées; il les a classées d'après l'ordre alphabétique des rimes. Au fol. 84 v° s'en trouve une datée de 887 de l'Hégire (1482 ap. J.-Ch.). Or, c'est dans cette année même que mourut l'auteur, Schihâb ed-Dîn Aboû 'l-'Abbâs Aḥmad ibn Moḥammad, connu sous le nom d'Al-Hâ'im. Ḥâdjî Khalîfa, n° 5743, connaît notre recueil sous le titre de ديوان هائم. Copie datée de 989 de l'Hégire (1581 ap. J.-Ch.). Autre exemplaire, ms. 419, 2°. Commencement : الحمد لله الذى خلق الانسان وعلّمه البيان الخ.

Papier. Écriture Asiatique. 248 feuillets. 17 lignes par page. (Cas. 370.)

373.

Titre : كتاب ديوان شعر انشاء . . . . . ابن سنان «Livre intitulé : Recueil de poésies, publication de . . . . . Ibn Sinân.» L'auteur est nommé plus complétement en tête le schaikh Aboû Moḥammad 'Abd Allâh ibn Moḥammad ibn Sa'îd Ibn Sinân.

L'objet de la première poésie du recueil, composée en 759 de l'Hégire (1357 ap. J.-Ch.), est ainsi exposé : . . . . . قال يمدح الاجلّ ناصر الدولة بن حمدان وكتبها اليه يشكره على جميل فعله معه عند اهله . . . . . وذلك فى . . . . . سنة ٧٥٩. D'autres poésies sont datées de 740, 750, 757 de l'Hégire. D'après Ḥâdjî Khalîfa, n° 5410 (cf. n° 7144), l'auteur était d'Alep, et il était tellement connu sous le nom d'Al-Khafâdjî que son *dîwân* portait le titre de ديوان خفاجى. La fin manque.

Papier. Écriture Asiatique. 108 feuillets. 13 lignes par page. Sans date. (Cas. 371.)

374.

1° Titre : ديوان القصائد الخُنَيْسيّات[1] والمكسّرات للشيخ . . . . . ابى بكر بن محمد الحكّاك الصوفى «Recueil des poèmes en petits quintains et des fragments en vers, par le schaikh . . . . . Aboû Bakr ibn Moḥammad *Al-Ḥakkâk* (le polisseur), le *ṣoûfî.*» Collection de poésies mystiques, dont j'ignore la date et la provenance. Peut-être l'auteur est-il identique à ابن الحكّاك المكّى, qui a dû vivre au Ve siècle de l'Hégire (voir manuscrit 467, 1°).

2° (Fol. 26). Titre : ديوان الفقيه . . . . . شجاع الدين عمر الميّاح اليمنى «Recueil des poésies du jurisconsulte . . . . . Schoudjâʿ ed-Dîn ʿOmar *Al-Mayyâḥ* (l'homme qui se balance en marchant) le Yéménite.» Dans la souscription se retrouvent nom et surnom, accompagnés de l'épithète الموشّح, c'est-à-dire l'auteur de موشّحات, terme technique pour indiquer des poé-

1. La lecture est douteuse. Il m'avait semblé lire الخُمَيْنيات, qui ne donne aucun sens.

sies en stances, dans lesquelles la rime revient après chaque hémistiche (cf. ms. 369, 1°).

Papier. Écriture Asiatique. 60 feuillets. 20 lignes par page. Manuscrit daté de 950 de l'Hégire (1543 ap. J.-Ch.), en entier de la même main. (Cas. 372.)

375.

Titre : ديوان ..... شهاب الدين احمد بن محمد بن الخيّاط «Recueil de poésies de ..... Schihâb ed-Dîn Aḥmad ibn Moḥammad Ibn Al-Khayyâṭ.» Né à Damas en 458 de l'Hégire (1058 ap. J.-Ch.), il y mourut en 517 (1123 ap. J.-Ch.). Voir Ibn Khallikân, *Biographical Dictionary* I, p. 130. C'est en cette même année qu'il acheva la rédaction de son *dîwân*. Copie datée de 984 de l'Hégire (1576 ap. J.-Ch.). Commencement : قال ..... ابو عبد الله احمد بن محمد بن الخيّاط يمدح الامير ابا القوام وثاب بن نصر بن صالح.

عَتَادُكَ ان تُشَنّ بها مُغارًا

Papier. Écriture Asiatique. 79 feuillets. 21 lignes par page. (Cas. 373.)

376.

Titre : ديوان ..... ابى الفتح محمد بن عبيد الله سبط بن العاويذى (*sic*, lisez التعاويذى) «Recueil des poésies de ..... Aboû 'l-Fatḥ Moḥammad ibn ʿObaid Allâh Sibṭ Ibn At-Taʿâwîdhî.» Le nom de l'auteur est donné un peu différemment au commencement : ابو الفتح محمد بن عبيد الله بن عبد الله سبط بـــــــن العاويذى (*sic*). Sur la tranche inférieure, on lit : ديوان العاويذى.

L'auteur avait publié une première édition de ses poésies avant 579 de l'Hégire (1183 ap. J.-Ch.), année où il devint aveugle. Notre exemplaire contient les additions, qu'il y inséra plus tard, puisqu'au fol. 165 r° on y trouve la date de 580 (1184 ap. J.-Ch.), au fol. 234 v° celle de 581 (1185 ap. J.-Ch.). Sibṭ Ibn At-Ta'âwîdhî naquit en 519 de l'Hégire (1125 ap. J.-Ch.) et mourut à Bagdâd en 583 ou 584 (1187 ou 1188 ap. J.-Ch.). Copie datée de 597 de l'Hégire (1200 ap. J.-Ch.). Commencement : اما بعد حمد الله على نعمه السابغه الخ.

Papier. Écriture Asiatique. 236 feuillets. 17 lignes par page. (Cas. 374.)

377.

Titre : كتاب المصون يشتمل على ابواب شتّى من الادب تأليف ابى احمد الحسن بن عبد الله بن سعيد العسكرى «Livre intitulé : Le conservé, livre consacré à divers genres littéraires, œuvre d'Aboû Aḥmad Ḥasan ibn 'Abd Allâh ibn Sa'îd Al-'Askarî.» Une notice a été consacrée par Ibn Khallikân (*Biographical Dictionary* I, p. 382 et suiv.) à cet éminent philologue, qui a donné ici sa réserve de poésies, d'anecdotes, de proverbes, de règles poétiques et littéraires d'après les auteurs les plus anciens et les plus autorisés. Aboû Aḥmad Al-'Askarî, élève d'Ibn Doraid (voir mss. 442, 5°; 467, 4°), naquit en 293 de l'Hégire (906 ap. J.-Ch.) et mourut en 382 (993 ap. J.-Ch.). Commencement sans préface : باب فى نقد الشعر قال الحسن بن عبد الله بن سعيد اخبرنا ابو بكر محمد بن الحسن بن دريد قال اخبرنا الرياشى عن الاصمعى عن ابى عمرو بن العلاء الخ.

Papier. Écriture Asiatique. 105 feuillets. 11 lignes par page. Manuscrit entièrement vocalisé, sans date. (Cas. 375.)

378.

Titre : سفر يشتمل على شعر وترسيل لابى اسحق ابرهيم بن ابى الفتح «Livre qui renferme poésies et épitres, par Aboû Isḥâḳ Ibrâhîm ibn Abî 'l-Fatḥ.» Dans l'intérieur du volume, l'auteur est appelé au fol. 103 v° en tête d'une lettre ابو اسحق الخفاجى; ailleurs on lit : انتهى السفر الاول من شعر الخفاجى. D'après Ḥâdjî Khalîfa, n° 5181, ce poète espagnol aurait été connu sous le nom d'Ibn Khafâdja et serait mort en 533 de l'Hégire (1138 ap. J.-Ch.). Voir aussi Ibn Khallikân, *Biographical Dictionary* I, p. 36 et suiv. Ce recueil en vers et en prose, composé par l'auteur lui-même, renferme surtout de nombreuses poésies sur Aboû Isḥâḳ Ibrâhîm ibn Yoûsouf ibn Tâschoufîn (voir ms. 357). Il a été publié au Caire en 1286 de l'Hégire (1869 ap. J.-Ch.). Commencement : قال ابو اسحق ابرهيم بن ابى الفتح يُصدر بهذه الخطبة جمله (*sic*) من شعره وبعض ما اقرن بها من نثره الحمد لله الذى عمّ بفضله ومنّ بعدله الخ.

A la fin, a été relié un premier feuillet, portant pour titre : سفر فيه كتاب اختصار اصلاح المنطق تأليف ابى القاسم اسمعيل بن على بن الحسين «Livre contenant un abrégé du Redressement de la prononciation, œuvre d'Aboû 'l-Ḳâsim Ismâʿîl ibn ʿAlî ibn Al-Ḥosain.» C'est un abrégé du traité d'Ibn As-Sikkît, contenu dans le ms. 29. Commencement : الحمد لله بقدر نعمته الخ.

Papier. Écriture Magrébine. 81 feuillets. 22 lignes par page. Sans date; manuscrit du VIIe siècle de l'Hégire. (Cas. 376.)

379.

Recueil des poésies d'Aboû Isḥâḳ Ibrâhîm ibn Sahl de Séville. Ainsi est nommé l'auteur en tête de l'introduction;

son origine juive est rappelée dans la souscription : وهنا انتهى ما وجدنا من شعر..... ابرهيم بن سهل الاسرايلى (sic) الاشبيلى غير قصيدة واحدة وهى

اما لك ان تُرْثى لحالة مكمَدِ

فانا نسخنا شعره فى هذا الكتاب من نسختين اثنتين فلم نجد فيهما اما لك ان ترثى

D'après Ḥâdjî Khalîfa, nº 5155, il se noya en 649 de l'Hégire (1251 ap. J.-Ch.), alors qu'il se rendait en Afrique. Premier vers :

تُنازِعُنى الآمالُ كَهْلا ويافِعَـــــا ويُسْعِدُنى التعليلُ لو كان نافِعَا

Papier. Écriture Magrébine. 64 feuillets. 17 lignes par page. Sans date; manuscrit du commencement du VIIIe siècle de l'Hégire. (Cas. 377.)

380.

Titre enluminé : ديوان..... ابو (sic) الحسن على بن الحسين بن حيدرة بن محمد بن عبد الله بن محمد العَقيلى من ولد عَقيل بن ابى طالب اخى امير المؤمنين علىّ بن ابى طالب رضى الله عنه «Recueil des poésies de..... Aboû 'l-Ḥasan 'Alî ibn Al-Ḥosain Ibn Ḥaidara ibn Moḥammad ibn 'Abd Allâh ibn Moḥammad Al-'Aḳîlî, de la descendance de 'Aḳîl, fils d'Aboû Ṭâlib et frère de l'émir des croyants 'Alî, fils d'Aboû Ṭâlib......» A la fin, l'auteur est nommé plus brièvement : ابو الحسن العقيلى المصرى; il est l'objet d'une notice dans Ibn Schâkir Al-Koutoubî, *Fawât al-wafayât* II, p. ١٠ et suiv. d'après le كتاب المغرب d'Ibn Sa'îd, biographe qui mourut en 673 de l'Hégire (1274 ap. J.-Ch.). Le recueil est classé d'après l'ordre alphabétique des rimes.

Papier. Écriture Asiatique. 144 feuillets. 17 lignes par page. Sans date. (Cas. 378.)

381.

Titre : من شعر كاتبه عبد الله احمد بن على بن محمد بن خاتمة «Quelques poésies de celui qui a écrit ce volume, le serviteur d'Allâh, Aḥmad ibn ʿAlî ibn Moḥammad Ibn Khâtima.» L'auteur, en tête de l'introduction, ajoute à la fin de son nom Al-Anṣârî; dans la souscription, il dit avoir composé ce recueil dans la ville espagnole d'Almeria (بمدينة المريّة) en l'an 738 de l'Hégire (1337 ap. J.-Ch.). Ce sont des poésies de première jeunesse; car Aboû Djaʿfar Ibn Khâtima, comme il est généralement nommé (Al-Makkarî, *Analectes* I, p. ١٠٢ et *passim*), naquit à Almeria en 724 de l'Hégire (1323 ap. J.-Ch.) d'après Ibn Al-Khaṭîb cité par Gayangos, *Mohammedan Dynasties* I, p. 359. Si cette date est exacte, Ibn Khâtima avait quatorze ans lorsqu'il écrivit notre manuscrit, qui est autographe. Plus tard, il se fit connaître par une histoire de sa ville natale, qu'il intitula مزيّة المريّة على غيرها من البلاد الاندلسيّة «Supériorité d'Almeria sur les autres villes de l'Espagne.» Un de ses opuscules se trouve peut-être dans le ms. 419, 1°. Commencement : حمدُ الله جلّ جلاله اجلُ ما ونقّنه(?) غوالى الانفاس فى حدود الاطراس الخ.

Papier. Écriture Magrébine. 60 feuillets. 16 lignes par page. (Cas. 379.)

382.

1° Titre : القصيدة الالفيّة انشاء . . . . . الحافظ ابو (*sic*) الحسن حازم ابن محمد بن حسن بن حازم الانصارى القرطاجنى نزيل تونس «La poésie en mille vers, composée par . . . . . l'érudit Aboû 'l-Ḥasan Ḥâzim ibn Moḥammad ibn Ḥasan ibn Ḥâzim Al-Anṣârî, né à Carthagène, habitant Tunis.» Né en 608 de l'Hégire (1211 ap. J.-Ch.), il mourut à Tunis en 684 (1285 ap. J.-Ch.). Ce poème ordinairement appelé المقصورة «Poème où la rime est en *alif* sans *madda*» (Ḥâdjî Khalîfa, n° 12806) est dédié à l'émir des croyants Ḥafṣide Aboû 'Abd Allâh Moḥammad, surnommé Al-Moustanṣir Billâh, sultan d'Afrique, qui régna dans sa résidence de Tunis depuis 647 jusqu'à 675 de l'Hégire (1249—1276 ap. J.-Ch.). Voir Gayangos, *Mohammedan Dynasties* I, p. 405. Autre exemplaire, ms. 454, 1°. Commencement de l'introduction : الحمد لله الذى انطقنا بافصح الالسن الخ. Premier vers :

لله ما قد هِجْتَ يا يومَ النّوَا   على فُؤادى من تَباريحِ الجَوَا

2° (Fol. 35). Recueil de panégyriques, composés par le même auteur sur Al-Moustanṣir Billâh et sa cour. A la fin تمّ التسبيح المبارك. Commencement : ومن كلام . . . . . ابى الحسن حازم ابن الشيخ . . . . . ابى عبد الله بن حازم . . . . .

سبحان من سَبّحَتْه الشُّهُبُ والفَلَكُ

Papier. Écriture Magrebine. 73 feuillets. 17 lignes par page. Manuscrit daté apıes 1° de 712 de l'Hégire (1312 ap. J.-Ch.), tout entier de la même main. (Cas. 380.)

383.

1° Titre : هذا ديوان . . . . . ابو (*sic*) الحسن على بن محمد المعروف بالتهامى «Ceci est le recueil des poésies de . . . . . Aboû 'l-Ḥasan 'Alî ibn Moḥammad, connu sous le nom d'At-Tihâmî.» Son *dîwân* est connu pour réunir sous un mince volume une série de morceaux exquis. Il fut tué comme conspirateur au Caire en 416 de l'Hégire (1025 ap. J.-Ch.). Voir Ibn Khallikân, *Biographical Dictionary* II, p. 316 et suiv. (cf.

Ḥâdjî Khalîfa, n° 5237). Commencement : قال ابو الحسن على ابن محمد المعروف بالتهامى يمدح الشريف اباعبد الله الحسين بن ابراهيم الحسنى بالرمله *(sic)*

بعثتْ اليك بطَيِّفها تعليلًا وخِضابُ ليلك قد اراد بُطولًا

2° (Fol. 84). Titre : ديوان ابن العفيف التلمسانى «Recueil des poésies d'Ibn ʿAfîf ed-Dîn de Tlemcen.» En tête de ses vers, classés par ordre alphabétique des rimes, il est appelé plus complétement الشابّ الظريف تاج البلغاء شمس الدين محمد بن عفيف الدين التلمسانى. Le surnom de «jeune homme ingénieux» lui est resté dans l'histoire littéraire des Arabes (Ḥâdjî Khalîfa, n° 5477), parce qu'il était âgé de onze ans, quand il commença à versifier, et qu'il mourut d'une mort prématurée à Damas en 688 de l'Hégire (1289 ap. J.-Ch.). Il n'aurait eu que dix-huit ans, si nous en croyons une note placée sur le frontispice du ms. du British Museum (*Catalogus*, p. 292). D'après Ibn Schâkir Al-Koutoubî (*Wafât al-wafayât* II, p. ٢٦٨), Ibn ʿAfîf ed-Dîn serait né au Caire en 661 de l'Hégire (1262 ap. J.-Ch.). Il aurait donc atteint l'âge de vingt-sept ou vingt-huit ans[1].

Premier vers, qui est le dix-septième dans l'édition lithographiée au Caire en 1857 :

يومٌ اتانا برذه فى بــــــردةٍ اضحى بها مثل الحديد الماء

Autres exemplaires, mss. 451 et 452. Les manuscrits 385 et 453 contiennent les poésies du père d'Ibn ʿAfîf ed-Dîn.

Papier. Écriture Asiatique. 131 feuillets. 17 lignes par page. Sans date; tout entier de la même main. (Cas. 382.)

1. Il faut sans doute corriger عشرة en عشرين dans la note, que porte le manuscrit du British Museum, et faire ainsi concorder les deux renseignements. La perfection des poésies d'Ibn ʿAfîf ed-Dîn rend très invraisemblable qu'il soit mort à dix-huit ans.

384.

1° Titre : كتاب استنزال اللطائف الرضوانيه بشرح القصيــــد (sic) الحمديّة العرفانية تأليف ..... ابى عبد الله محمد بن محمد بن ابى غالــب بن احمد بن محمد بن الشيخ ..... ابى الحسن على بن محمد بن محمد بن ابى بكر المكناسى ابن السكّاك ..... «Livre intitulé : L'art d'évoquer les charmes du paradis, en commentant la poésie élogieuse sur la connaissance d'Allâh, commentaire par ..... Aboû ʿAbd Allâh Moḥammad ibn Moḥammad ibn Abî Gâlib ibn Aḥmad ibn Moḥammad, fils du schaikh ..... Aboû 'l-Ḥasan ʿAlî ibn Moḥammad ibn Moḥammad ibn Abî Bakr Al-Miknâsî *Ibn As-Sakkâk* (le fils du monnayeur).» Le commentateur est nommé plus brièvement en tête الفقيه الامام ابو عبد الله السكّاك; il s'est proposé de commenter une poésie mystique de ʿAlî Ibn Wafâ, qu'il nomme : ولى الله المشار اليه فى الديار المصرية بالرتبة القطبانية سيدى على بن وفا : cet illustre *ṣoûfî* mourut en 807 de l'Hégire (1404 ap. J.-Ch.). Commencement du commentaire : الحمد لله المنّان المنفرد باوصاف الكرم والجود والاحسان الخ. Premier vers de la poésie :

سَكَنَ الفُؤادُ فعِشْ هَنيئًا يا جَسَدْ   هذا النعيمُ هو المقيمُ الى الأَبَدْ

2° (Fol. 35). Titre : كتاب نُصح ملوك الاسلام بالتعريف بما يجــب عليهم من حقوق الى البيت (sic) الكرام عليهم الصلاة والســلام «Livre intitulé : Avertissement pour les rois de l'islâm, en vue de leur faire connaître les devoirs qui leur sont imposés envers les membres de la noble famille; sur eux soient la bénédiction et le salut!» C'est sur l'invitation de quelques-uns de ceux qui prétendaient descendre du Prophète (بعض آل البيت

(الكريم ممن قطع باتّصال نسبته الى سيّد ولد آدم صلعم) qu'Ibn As-Sakkâk, l'auteur du commentaire précédent, a composé en leur faveur ce court Avertissement. Commencement : قال . . . . . ابو عبد الله محمد بن ابى غالب بن احمد بن محمد بن الفقيه . . . . . ابى الحسن على بن محمد ابن السكّاك . . . . . الحمد لله الذى بنعمته تتمّ الصالحات الخ.

3° (Fol. 58 v°). Opuscule, par le même auteur, en six chapitres portant tous les six le titre suivant : اسلوب من الكلام على لا حول ولا قوّة الا بالله. Les six «chemins» conduisent à des états graduels de l'extase mystique. Commencement : قال . . . . . ابو عبد الله محمد بن ابى غالب السكّاك الحمد لله الذى آكرم اسرار ارباب ولايته الخ.

Papier. Écriture Magrébine. 133 feuillets. 18 lignes par page. Manuscrit daté de 914 de l'Hégire (1508 ap. J.-Ch.), tout entier de la même main. (Cas. 382)

385.

Titre : . . . . . كتاب ديوان عفيف الدين التلمسانى الصوفى «Livre intitulé : Recueil des poésies de 'Afîf ed-Dîn de Tlemcen, le *soûfî*.» 'Afîf ed-Dîn Solaimân ibn 'Alî de Tlemcen mourut en 690 de l'Hégire (1291 ap. J.-Ch.), deux ans après son fils, dont les poésies sont contenues dans le manuscrit 383. Poésies classées d'après l'ordre alphabétique des rimes. Autre exemplaire, ms. 453. Manuscrit daté de 969 de l'Hégire (1561 ap. J.-Ch.). Premier vers :

منعتُها الصفات والاسماء ان تُرَى دون بُرْقُعٍ اسماء

Papier. Écriture Asiatique. 136 feuillets. 10 lignes par page. (Cas. 385.)

386.

Titre : كتاب الافصاح فى العويص تأليف . . . . . نصير الدين ابن اسد . . . . . «Livre intitulé : Exposition claire de ce qui est difficile à comprendre, œuvre de ..... Naṣîr ed-Dîn Ibn Asad.» Le nom complet d'Ibn Asad est, d'après Ibn Khallikân, *Biographical Dictionary* II, p. 283, Aboû ʿAbd Allâh Moḥammad Ibn Asad ibn ʿAlî ibn Saʿîd, le lecteur du Coran (القارى), l'écrivain (الكاتب), le marchand d'étoffes, de Bagdâd (البزّاز البغدادى). Il mourut dans cette ville en 410 de l'Hégire (1019 ap. J.-Ch.). M. Nöldeke a analysé la première moitié de son Exposition claire d'après le manuscrit de Leyde (*Catalogus* II, p. 23) dans la *Zeitschrift der deutschen morgenländischen Gesellschaft* XVI, p. 742—749. L'auteur énumère successivement, en suivant l'ordre alphabétique des rimes, les vers qui lui paraissent présenter des particularités dignes d'être remarquées, ou des obscurités dignes d'être élucidées, et les accompagne d'un commentaire qui doit en faire ressortir les beautés et en révéler les sens cachés. Le manuscrit de l'Escurial, daté de 726 de l'Hégire (1325 ap. J.-Ch.), paraît être le seul exemplaire complet de cet ancien recueil d'annotations philologiques. Commencement : الحمد لله ربّ العالمين الخ.

Papier. Ecriture Asiatique. 104 feuillets. 21 lignes par page. (Cas. 384.)

387.

Le titre est donné dans la souscription : تمّت الرسالة الموسومة بلَوْعة الشاكى ودَمْعة الباكى «Voici la fin de l'opuscule intitulé : L'ardeur de celui qui gémit et la larme de celui qui pleure.» D'après Ḥâdjî Khalîfa, nº 11236, l'auteur de cette «séance» (مقامة), en prose rimée entremêlée de vers, sur les souffrances des amants, se nommait Zain ed-Dîn Manṣoûr ibn

'Abd er-Raḥmân Asch-Schâfi'î. M. C. Rieu, dans le *Catalogus* du British Museum, p. 785, nous apprend qu'il était de Damas, qu'il avait été surnommé Al-Ḥarîrî et aussi خطيب السقيفة, et qu'il mourut en 967 de l'Hégire (1559 ap. J.-Ch.). Le même opuscule se retrouve dans le ms. 431, où il est attribué à Ṣalâḥ ed-Dîn Aṣ-Ṣafadî. Cf. Mehren dans le catalogue de Copenhague, p. 161. Commencement : اما بعد حمد الله الذى قضى بالمحبّة والولوع الخ.

Papier. Écriture Asiatique. 70 feuillets. 13 lignes par page. Sans date. (Cas. 385.)

388.

Titre plus moderne emprunté au texte (fol. 2 r°) : كتاب رياض الاداب ونزهة الاحباب «Livre intitulé : Les jardins des belles-lettres, et les délices des amours.» Cette anthologie poétique, classée d'après les sujets traités, doit avoir été extraite d'un ouvrage antérieur; l'auteur de l'abrégé est nommé Aboû 'l-Fatḥ Al-Mizzî dans la souscription : هذا اخر ما لخّص من تأليف الشيخ ابى الفتح المزّى. Commencement : الحمد لله الذى جعل رياض الاداب ونزهة النفوس . . . . . وبعد فقد شرعت فى جمع جزء لطيف محتو من انواع الادب على كلّ معنى طريف الخ.

Papier. Écriture Asiatique. 131 feuillets. 19 lignes par page. Sans date. (Cas. 386.)

389.

1° Titre : كتاب صبا نجد تأليف . . . . . جمال الدين ابى الفرج عبد الرحمن بن على بن محمد بن الجوزى . . . . . «Livre intitulé : Le vent d'est de Nadjd, œuvre de . . . . . Djamâl ed-Dîn Aboû 'l-Faradj 'Abd er-Raḥmân ibn 'Alî ibn Moḥammad Ibn Al-

Djauzî.» Recueil de conseils pratiques, avec de nombreux vers cités, divisé en trente sections (فصل), par Ibn Al-Djauzî, mort en 597 de l'Hégire (1200 ap. J.-Ch.). Commencement : الحمد لله على منحه التى تفوت الاحصاء والعدّ الخ.

2° (Fol. 28). Titre : . . . . . كتاب مُرافق المُوافق فى الوعظ تأليف ابى الفرج عبد الرحمن بن على بن الجوزى الحنبلى . . . . . «Livre intitulé : L'ami de celui qui se conforme aux conseils, œuvre de . . . . . Aboû 'l-Faradj 'Abd er-Raḥmân ibn 'Alî Ibn Al-Djauzî le Ḥanbalite.» Quarante-trois sections (فصل), analogues à celles de l'ouvrage précédent, du même auteur. Le premier feuillet d'une écriture plus moderne. Commencement : الحمد لله على التوفيق والشكر لله على التحقيق الخ.

Papier. Écriture Asiatique. 116 feuillets. 19 lignes par page Manuscrit deux fois daté de 618 de l'Hégire (1221 ap. J.-Ch.), en entier de la même main (Cas. 387.)

390.

1° Titre : القصيدة البديعيّه فى مدح خير البريّة [نظ]مها . . . . . صفى الدين بن عبد العزيز بن سرايا ابن *(sic)* على الحلّى «La poésie sur les tropes, à l'éloge de la meilleure des créatures; le poète est . . . . . Ṣafî ed-Dîn ibn 'Abd el-'Azîz ibn Sarâyâ ibn 'Alî Al-Ḥillî.» Bien que le titre n'en dise rien, c'est le commentaire, par l'auteur lui-même. Voir ms. 240, 2°. La fin manque.

2° (Fol. 20). Extrait (ملخّص) du commentaire sur le poème d'Al-Boûṣîrî, intitulé البردة «Le manteau», par الامام الحنبلى.

3° (Fol. 60). Poème sur la vie du Prophète; le titre est donné dans la souscription : تمّت نتيجة الخير ومزيلة الغير فى نظم المغازى والسير مما اعتنى بنظمه ابو اسحق ابراهيم بن ابى بكر التلمسانى . . . . .

واتمّه فى ..... سنة ٦٤٩ «Voici qu'est achevée l'œuvre, qui produit le bien et détruit le mal, poème sur les incursions et les expéditions guerrières, qu'a composé Aboû Isḥâḳ Ibrâhîm ibn Abî Bakr, de Tlemcen..... et il l'a achevé en l'an 649.» C'est l'an 1251 ap. J.-Ch. Voir ms. 248, 12°. Premier vers :

الا فى سبيل الله ما انا قائلُ   ليُجْتَنى به أمِنٌ رَبونٍ ونائـــلُ

Papier. Écriture Magrébine. 78 feuillets. 1° 28 lignes; 2° 23 lignes; 3° 19 lignes par page. Sans date. (Cas. 388.)

391.

Anthologie de poésies érotiques, nommée par son auteur anonyme نزهة العاشق وأنس المتيّم الوامق «Délices de l'amoureux, et familiarité de l'amant asservi par sa passion.» Sur le premier feuillet, on lit comme titre : كتاب الاشعار المسنطرفــه والغزليّات المستظرفه «Livre des poésies nouvelles et des vers galants pleins d'élégance.» Cette assonance, empruntée à la préface, a été ainsi substituée au vrai titre, qui y est également donné, avec la formule habituelle : وسمّيتــه «et je l'ai nommé.» L'anthologie a été composée un peu après 650 de l'Hégire (1252 ap. J.-Ch.), car elle est destinée aux lectures (مطالعــة) du descendant des sultans Ayyoûbites d'Égypte Al-Malik Al-Mouguîth, qui est nommé dans la dédicace : مولانا السلطان العالم العادل المؤيّد المظفّر المنصور الملك المغيث ابن الملك العادل بن الملك الكامل محمد بن ابى بكر بن ايّوب ولىّ امير المؤمنين Commencement : الحمد لله الذى لا فضل الّا منه ولا طول الّا من لدنه ..... هذا كتاب جمعت فيه من الاشعار المسنطرفة والغزليات المستظرفة الخ

Papier. Écriture Asiatique. 88 feuillets. 7 lignes par page. Sans date; probablement l'autographe de l'auteur, de la seconde moitié du VIIe siècle de l'Hégire. (Cas. 389.)

392.

1° Titre : نُور الطّرْف ونُوْر الظّرْف «La lumière du regard, et la fleur du vase.» Ḥâdjî Khalîfa, n° 14036, d'après lequel l'auteur de cette courte anthologie poétique est Aboû Isḥâḳ Ibrâhîm ibn ʿAlî Al-Ḥoṣrî le poète, mort en 453 de l'Hégire (1061 ap. J.-Ch.). D'après Ibn Khallikân, *Biographical Dictionary* I, p. 34, il serait mort dès 413 de l'Hégire (1022 ap. J.-Ch.) à Ḳairowân, où il était né et où il avait fait école (cf. ms. 408, 2°). Le premier feuillet et les fol. 35 et suiv. ont été ajoutés après coup. Recueil différent du précédent, bien qu'il commence de même : الحمد لله الذى لا فضل الّا منه ولا طول الّا من لدنه الخ.

2° (Fol. 47). Opuscule intitulé d'après la préface : الرسالة المشرقة بالفصول المؤنقة «La brillante dissertation sur les divisions agréables.» Cette monographie anonyme est consacrée aux formules par lesquelles on commence et termine les lettres (فى ضروب المخاطبات ورسوم المكاتبات). Commencement : الحمد لله ربّ العالمين ..... هذه ..... رسالة اعتمدت فيها اختيارك وتوخّيتُ فيها أثارك فيما اردتّ به التعجيل من كتب الترسيل فاقتصرتُ على عشرة فصول فى كلّ فصل منها عشرة اصول الخ.

3° (Fol. 53). Fragment d'une anthologie poétique, sans commencement, ni fin, de la même main que les parties anciennes de 1° (fol. 2—34), parties qui doivent remonter au commencement du VIIe siècle de l'Hégire. L'écriture est très archaïque, la vocalisation fort riche. L'auteur ne citait que ses contemporains, comme il ressort des subdivisions suivantes : Fol. 56 v° : ومن الفاظ اهل العصر فى مدح الغناء والمغنّين;

fol. 74 r°: ومن الفاظ اهل العصر فى وصف ليالى الانس; fol. 75 r°: ومن الفاظ اهل العصر فى وصف الليل. D'après certains indices, je crois reconnaître dans ce morceau un court fragment du grand ouvrage intitulé زهر الاداب وثمر الالباب «Les fleurs des belles-lettres, et les fruits des cœurs», par Aboû Isḥâḳ Ibrâhîm Al-Ḥoṣrî (voir 1°). Cf. Dozy, *Catalogus* I, p. 260 et suiv.

Papier. Écriture Magrébine. 76 feuillets. 21 lignes par page. Sans date. (Cas. 390.)

393.

Titre : هذا الكتاب من دواوين شتى جمعه بعض اللطفاء الظرفاء مشتمل على ما رق ودق «Ce livre est formé de nombreux recueils, qu'a réunis un aimable lettré; on y trouve toutes les délicatesses et toutes les finesses.» La division en trois parties, dont parle Casiri, n'a jamais existé. Les deux vers qu'il a cités dans la note (I, p. 115) doivent être ainsi restitués :

ثلاثٌ هنّ فى البطّيخ فخرٌ   وفى الانسان مَنْقَصةٌ وذِلّةْ
خُشونةُ جِلْده والثِّقْلُ فيه   وصُفْرةُ لونه من غير عِلّـةْ

Le recueil ouvre par des extraits *(sic)* من كلام سيدى على وفى رضه. La même orthographe du nom 'Alî Wafâ se retrouve en tête du ms. 445. Copie faite, d'après une note du dernier feuillet, avant 984 de l'Hégire (1576 ap. J.-Ch.).

Papier. Écriture Asiatique. 132 feuillets. 13 lignes par page. Sans date. (Cas. 391.)

394.

Recueil des poésies d'Al-Moutanabbî, c'est-à-dire Aboû 't-Ṭayyib Aḥmad ibn Al-Ḥosain ibn Al-Ḥasan Al-Moutanabbî, mort en 354 de l'Hégire (965 ap. J.-Ch.). Voir plus haut mss. 272; 306, 1°; 307—309. Le premier cahier manque; le deuxième porte en tête : الثانية من شعر المتنبى. Commencement : وقال ايضا

بَقِيَّةُ قوم آذنوا بَـــــــــوارِ   وأنضاءُ أَسْفَارٍ كَشَرْبٍ عُقَارِ

Cf. l'édition de M. Dieterici, p. ٢٧. Le dernier vers du volume est aussi le dernier du *dîwân* (éd. de M. Dieterici, p. ٨٠٦).

Nombreuses notes marginales. Manuscrit entièrement vocalisé, de 588 de l'Hégire (1192 ap. J.-Ch.).

Papier. Écriture Asiatique. 228 feuillets. 13 lignes par page. (Cas. 392.)

395.

Anthologie poétique, sans commencement ni fin. Un vers de la بديعــة d'Ibn Hodjdja (بيت بديعتى فى الاستطراد) cité au fol. 31 v° (ms. 294), la date de 809 de l'Hégire (1406 ap. J.-Ch.) au fol. 13 v°, le grand nombre des panégyriques insérés au début (fol. 14 r° : من المخترعات الغريبة ايضا قولى من ; fol. 15 r°: مدائحى المؤيّديّة; قصيدة امتدحت بها مولانا السلطان المؤيّـد cf. Hâdjî Khalîfa, n° 4221 et ms. 293 sur l'ouvrage intitulé (جنى الجنّتين m'ont démontré que l'auteur devait être Taḳî ed-Dîn Aboû Bakr ibn ʿAlî ibn ʿAbd Allâh Al-Ḥamawî, connu sous le nom d'Ibn Hodjdja et mort en 837 de l'Hégire (1433 ap. J.-Ch.).

Lequel de ses ouvrages est contenu dans notre manuscrit? Ce n'est point son *dîwân*, qui a été minutieusement décrit par M. Aumer dans le catalogue de Munich, p. 225 (cf. mss. 293, 1°; 428, 4°; 436, 1°), ni ses ثمرات الاوراق(mss. 516,

517, 561), ni enfin son جنى الجنتين, recueil exclusivement composé de panégyriques, tandis que bien d'autres genres littéraires sont représentés dans notre recueil. Voici d'ailleurs quelques indications sur son contenu : Après les panégyriques, au fol. 42 v° : ومن لطائف الهجوات ; au fol. 52 v° : باب المراثى ; au fol. 59 v° : باب الفخر ; au fol. 61 r° : باب الغزل ; fol. 174 v° : باب الخمريات ; fol. 238 v° : ومن باب المجون فى المشيب.

Ce sont les étrangetés (الغريب), auxquelles l'auteur s'arrête surtout dans cette compilation, et le mot même revient souvent sous son *ḳalam*. Ainsi fol. 4 r° : ومن بديع الغريب ; 5 r° : فصل مشتمل على غريب النكت ; fol. 199 v° : ومن بديع الغريب فى هذا الباب التى تليق المحاضرة بها فى مجالس الشراب. Or, le *Catalogus* du British Museum, p. 346, et les *Arabischen Handschriften der herzoglichen Bibliothek zu Gotha*, IV, p. 179 décrivent un ouvrage analogue au nôtre, également attribué à Ibn Ḥodjdja et intitulé : تأهيل الغريب «L'art de saluer l'étranger» ou « l'étrangeté », par un jeu de mots sur les deux sens de الغريب. Jusqu'à preuve contraire, je n'hésite pas à reconnaître un exemplaire de ce même ouvrage dans notre manuscrit. Disons cependant qu'un ouvrage intitulé تأهيل الغريب est également attribué à Schams ed-Dîn An-Nawâdjî (mss. 339, 340, 428, etc.) dans Ḥâdjî Khalîfa, n° 2360 et dans la note d'As-Soyoûṭî, citée par M. Dozy, *Catalogus* I, p. 296.

Papier. Écriture Asiatique. 253 feuillets. 21 lignes par page. Sans date. (Cas. 393.)

396.

1° Texte de la métrique d'Ibn As-Saḳḳâṭ (mss. 288, 3°, 330, 5°). Il manque le commencement.

2° (Fol. 8 v°). Commentaire anonyme sur cette métrique. Commencement : قال ابو عبد الله محمد بن على بن خالد بن السقّاط ره الحمد لله ربّ العلمين . . . . . . بدأ ره كتابه بالحمد تبرّكا بفضيلتـــه الخ. La fin manque.

Papier. Écriture Magrébine. 70 feuillets. 27 lignes par page. Sans date. (Cas. 394.)

397.

Confession en forme de prière d'un Arabe, qui prend prétexte de son retour au bien pour raconter avec une évidente complaisance les excès de son passé et pour décrire en prose rimée et en vers le libertinage des mœurs et des paroles, les dîners somptueux, les amours faciles, les passions honteuses, tous les péchés pour lesquels il sollicite le pardon d'Allâh. Commencement : اللهمّ انك امرتنا فما ائتمرنا، ونهيتنا فما ازدجرنا. Fin : اغفر لى ذنبى كلّه، دقّه وجلّه، اوله واخره سرّه وعلانيته الخ انك انت التوّاب الرحيم.

Papier. Écriture Asiatique. 121 feuillets. 15 lignes par page. Sans date. (Cas. 395.)

398.

Recueil de dizains (المعشّرات) sur le Prophète, rangés d'après l'ordre alphabétique des rimes, par Mâlik Ibn Al-Mouraḥḥal (cf. ms. 362). Il manque la première ligne en haut de chaque page. Copie datée de 892 de l'Hégire (1487 ap. J.-Ch.). Commencement : حرف الالف

اما لى الى قبر الرسول مبلّغ   سلاما فقد أفنى الزمانُ دما.

Papier. Écriture Magrébine. 14 feuillets. 12 lignes par page. (Cas. 396.)

399.

1° Titre orné et enluminé : ديوان الرئيس.....نور الدين محمد بن رستم الاسعردى «Recueil des vers du maître Noûr ed-Dîn Moḥammad ibn Roustam Al-Isʿirdî.» C'est en 1873 que le premier feuillet a été relié par erreur dans ce volume; la suite constitue le ms. 472 (Cas. 470). C'est un *dîwân* à l'éloge d'Al-Malik An-Nâṣir, comme le dit bien le titre de الناصريات (fol. 1 v°) et le commencement : قال المولى.....نور الدين محمد بن رستم الاسعردى يمدح مولانا السلطان الاعظم الملك الناصر صلاح الدين يوسف ابن السلطان الملك العزيز محمد بن السلطان الملك الظاهر غازى بن السلطان الشهيد فاتح البيت المقدّس الملك الناصر صلاح الدين الخ. D'après Ibn Schâkir Al-Koutoubî, *Fawât al-wafayât* II, p. ٢٠٠ et Ḥâdjî Khalîfa III, p. 606, ce poète débauché, un des panégyristes d'Al-Malik An-Nâṣir, naquit en 619 de l'Hégire (1222 ap. J.-Ch.) et mourut en 652 (1254 ap. J.-Ch.).

2° (Fol. 2). Commentaire sur un poème en l'honneur du Prophète. Le poème est d'abord donné en entier; puis chaque vers est répété et commenté. La fin manque. Voici le premier vers, avec les premiers mots du commentaire :

بدأتَ وأتممتَ الذى نُجْحُه بَـــدَا   فلا تَهْدَأَنْ إلاّ بإرضاء مَن هَدَى

يقال بدأتُ الشىء بَدْاً وأبدأتُه إبداء بمعنى ابتدأتُه الخ

Papier. Écriture Asiatique. 148 feuillets. 1° 15 lignes; 2° 7 lignes par page. Sans date. (Cas. 397.)

400.

Poésies lyriques en Persan, par le célèbre Ḥâfiṭh, dont le nom est ordinairement orthographié Hafiz. Schams ed-Dîn

Moḥammad de Schîrâz, surnommé *Al-Ḥâfiṭh* (l'érudit) mourut en 791 de l'Hégire (1389 ap. J.-Ch.). Sur diverses éditions orientales et traductions occidentales de son *dîwân*, on peut consulter Zenker, *Bibliotheca Orientalis* I, n° 559—573.

Au fol. 1 v°, on lit en tête : ديوان حافظ. Le manuscrit, admirablement écrit en 962 de l'Hégire (1554 ap. J.-Ch.), contient un magnifique frontispice et trois miniatures en couleurs, presque à pleines pages, d'un fini merveilleux et en parfait état de conservation. 4 feuillets de ce manuscrit sont égarés dans le convolut ms. 1955 *bis*.

Papier. Écriture *ta'lîḳ*. 157 feuillets. 15 lignes par page. (Cas. 398.)

401.

Anthologie poétique en turc. On lit en tête : مجموعه لطائف صندوقه، معارف «Réunion des élégances de la caisse des connaissances» ; et à la fin : تمت الابيات الغريبه والغزليات العجيبه للشعراء الفصيحه عن يد العبد الضعيف رجب بن خواجه محمد البرسوى الخ. La date de 965 de l'Hégire (1557 ap. J.-Ch.), qui vient ensuite, paraît se rapporter à la fois à la composition et à l'écriture de cet exemplaire.

Papier. Écriture Asiatique. 165 feuillets. 17 lignes par page. (Cas 399.)

402 et 403.

Ces deux manuscrits (Cas. 400 et 401) ont disparu.

404.

1° Titre : منهاج المناقب ومعراج الحسب الناقب فى نسب رسول الله صلعم وما انضم به من مناقب اصحابه رضهم نظم . . . . . ابى عبد الله محمد بن ابى

الخصال الغافقى «Chemin des mérites, et échelle de la considération éclatante, au sujet de l'origine du Prophète, en y rattachant ce qui concerne les mérites de ses compagnons, poésie par ...... Aboû ʿAbd Allâh Moḥammad Ibn Abî 'l-Khiṣâl Al-Gâfiḳî.» Son nom est répété en tête, précédé de ذو الوزارتين (cf. mss. 519; 538, 2°; 1787). Il mourut en 540 de l'Hégire (1145 ap. J.-Ch.). Cf. Gayangos, *Mohammedan Dynasties* I, p. 340. Premier vers :

اليك فهمى والفؤاد بيثرب وان عاقنى عن مطلع الوحى مغربى

Copie datée de 666 de l'Hégire (1267 ap. J.-Ch.).

2° (Fol. 10). Titre : شعر ..... ابى اسحاق ابرهيم بن مسعود الالبيرى رضه «Poésies de ..... Aboû Isḥâḳ Ibrâhîm ibn Masʿoûd d'Elvira.» Ce poète, qui devait être aussi un éminent jurisconsulte pour le droit canon (الفقيه الزاهد) est plusieurs fois cité dans Al-Makkarî (cf. *Analectes* II, p. ٣٣٠, ٤٨٠, etc.). Il appartenait à la noble famille des Tadjîbites (voir ms. 355), comme il ressort de la souscription ..... انتهى المجموع من شعر ابى اسحاق التجيبي الالبيرى. D'après un passage d'Al-Makkarî (*ibid.* II, p. ٦١٨), il était aussi appelé الغرناطى. Premier vers :

تفت فؤادك الايام فتا وتنحت جسمك الساعات نحتا

Copie datée de 676 de l'Hégire (1277 ap. J.-Ch.).

3° (Fol. 33). Titre : جزء فيه ذكر وصف مكة ..... وذكر وصف المدينة الطيبة ..... وذكر وصف بيت المقدس المبارك «Fascicule, comprenant la description de La Mecque, de Médine et de Jérusalem.» L'auteur est nommé محمد بن ابى بكر التلمسانى الانصارى. Copie écrite de la même main que 2°, à la même date. Commencement : الحمد لله الذى لا يضيع من توكل عليه الخ.

4° (Fol. 52). Titre : باب فى قول ابراهيم عم إنّى سَقِيمٌ وبل فعــله كبيرهم هذا وفى سارة هى اختى «Chapitre sur les paroles d'Abraham : «Je suis malade» (*Coran*, XXXVII, 87) et : «C'est celui-ci, le plus grand d'entre eux, qui l'a fait» (*Coran*, XXI, 64) et au sujet de Sara : «Elle est ma sœur.» Légendes sur Abraham, Agar (هاجر), Jacob. A la fin : كمل التقييد المفيد فى الدين والدنيا. Copie de la même main que 1°, mais exécutée à la même date que 2° et 3°.

5° (Fol. 60). Titre : القصائد العشرينيّات فى مدح سيدنا محمد رسول الله . . . . . صنعة . . . . . ابى زيد عبد الرحمن بن يَخْلَفْتَن بن احمد الفازازى «Les poèmes en strophes de vingt vers, à l'éloge de notre maître, Moḥammad, l'envoyé d'Allâh; ouvrage de . . . . . . Aboû Zaid 'Abd er-Raḥmân ibn Yakhlaftan ibn Aḥmad Al-Fâzâzî.» Ce poète vivait en Espagne au commencement du VIIe siècle de l'Hégire (cf. Al-Maḳḳarî, *Analectes* I, p. ٥٢٩ et ٥٩٠, et ms. 538, 16°). Ordre alphabétique des rimes.

6° (Fol. 77 v°). Poèmes d'Aboû Zaid Al-Fâzâzî en dizains (المعشّرات), à l'éloge du Prophète. Classement d'après l'ordre alphabétique des rimes.

Papier. Écriture Magrébine. 86 feuillets. 19 à 23 lignes par page. 5° et 6° sans date, mais écrits de la même main et en même temps que 2° et 3°. (Cas. 402.)

405.

1° Titre : حاشيه ملا ترسون اندجانى از منطق «Glose du *Maulâ* (du maître) Tarsoûn d'Andidjan, relativement à la logique.» Dans le titre général du volume (fol. 1 r°), le titre est donné d'une manière plus précise en arabe : حاشية الملا ترسون عــلى مبحث العكس والقياس والمخلصات من شرح الشمسيّة. Il s'agit donc de notes sur une partie du célèbre manuel de logique, intitulé

الشمسية «Le traité dédié à Schams ed-Dîn» (cf. ms. 619, 1°) par Al-Kâtibî. L'auteur de ces gloses est nommé plus complétement dans le commencement : لك الحمد يا من لا يجرى فى ملكك الآ ما تشاء . . . . . وبعد فيقول . . . . . ترسون محمد بن سيد حسين بن سيد محمد. . . . . . هذه نكات فى فن المنطق الخ. L'auteur dit ensuite qu'il écrit sous les auspices de ابو المفاخر محمد حكيم پادشاه غازى. Malgré la différence de l'orthographe, c'est peut-être lui qui, dans Ḥadjî Khalîfa VI, p. 463, est nommé طورسون ابن مراد, mort en 966 de l'Hégire (1558 ap. J.-Ch.).

2° (Fol. 28). Petit traité de rhétorique, en Persan, par مير حسين بن محمد بن الحسينى.

3° (Fol. 92). Titre : حاشيه ملا محمد صلاح فى عذاب قبر از شرح عقائد مولانا سعد الدين تفتازانى «Gloses du maître Moḥammad Ṣalâḥ sur la punition du tombeau, à propos du commentaire des *'aḳâ'id*, par notre maître Sa'd ed-Dîn Taftâzânî.» Les *'aḳâ'id* «articles de foi», sont ceux d'An-Nasafî, qu'a commentés At-Taftâzânî (ms. 26, etc.). Le supercommentaire, dont nous avons ici un fragment, a été, d'après Ḥâdjî Khalîfa IV, p. 221, composé par Ṣalâḥ ed-Dîn, le précepteur du sultan Bâyazîd ibn Moḥammad khân, c'est-à-dire vers l'an 800 de l'Hégire (vers 1400 ap. J.-Ch.). Commencement : قوله لان منهم من لا يريد الله تعالى تعذيبه لقوله تعالى يغفر لمن يشاء ويعذّب من يشاء الخ.

4° (Fol. 140). Titre : حاشيه قاضى خان على تناقض «Glose de Ḳâḍî Khân sur la contradiction.» Dans le titre général (fol. 1 r°), l'auteur est nommé plus complétement حسن الشهير بقاضى خان. C'est Fakhr ed-Dîn Ḥasan ibn Manṣoûr Al-Oûzdjandî Al-Fargânî, mort en 592 de l'Hégire (1195 ap.

J.-Ch.). Commencement : قوله اعلم اولا اى لا بدّ قبل الشروع فى التفصيل من تحديد حقيقة النقيضين الخ.

5° (Fol. 176). Titre emprunté au Titre général : شرح قاضى خان على متن مولانا جلال الدوانى فى تحقيق ان التصورات تقائض بها «Commentaire de Ḳâḍî Khân sur la plaquette de notre maître Djalâl ed-Dîn Ad-Dawwânî sur la démonstration des contradictions possibles dans les concepts.» Commencement : قال جلال الملّة والدين الدوّانى ..... اعلم ان قولهم ان التصورات لا تحتمل عدم[1] المطابقة قول صادق الخ.

6° (Fol. 207). Titre : رساله ملا عبد الباقى صدر بر تمام مشترك «Opuscule du maître 'Abd al-Bâḳî Ṣadr ed-Dîn sur les phrases à double sens.» L'auteur, qui termina sa monographie à Ḳoundouhâr en 950 de l'Hégire (1543 ap. J.-Ch.), est nommé plus complétement dans la préface 'Abd al-Bâḳî ibn Moḥammad Ḥâdjî ibn Ṣadr ed-Dîn As-Sîrânî. Peut-être est-il le fils de l'auteur de 1°. Commencement : الحمد لمن لا شريك له فى الارض ولا فى السماء ...... وبعد فهذه رسالة فى تحقيق تمام المشترك مشتملة على الفوائد المشهورة فيما بينهم والزوائد الخ.

7° (Fol. 264). Titre : رساله قاضى خان «Opuscule de Ḳâḍî Khân.» Le sujet de cet «opuscule» est ainsi indiqué dans le titre général (fol. 1 r°) : فى بيان حصر الكلمة فى اقسامها الثلثة الاسم والفعل والحرف «Exposition de la réduction de tous les mots à trois catégories, le nom, le verbe et la particule.» Sur Ḳâḍî Khân, voir 4°. Commencement : اعلم ان المشهور ان القوم حصروا اللفظ الدالّ على المعنى المفرد فى ثلثة اقسام الخ.

Papier. Écriture Asiatique. 310 feuillets. 1° 21 lignes; 2° 19 lignes; 3° 16 lignes; 4° et 5° 13 lignes; 6° 17 lignes; 7° 15 lignes par page. Sans date. (Cas. 403.)

1. J'ai ajouté عدم d'après le catalogue de Leyde III, p 380; il ne se trouvait pas dans mes notes.

In-Octavo.

406.

1° Titre : شعر زهير بن ابى سُلمى «Poésies de Zohair ibn Abî Soulmâ.» C'est la même rédaction du *dîwân*, que nous avons rencontrée dans le manuscrit 271, mais cette fois-ci avec des notes marginales pour tout commentaire. Manuscrit entièrement et très correctement vocalisé. Il n'est point daté, mais il peut être revendiqué pour le septième siècle de l'Hégire, le treizième siècle ap. J.-Ch.

2° (Fol. 30). Titre : معانى الشعر صنعة ابى عثمان الأشناندانى رواية ابى سعيد السيرافى عن ابى بكر محمد بن دُريد الازدى «Les sens de la poésie, ouvrage d'Aboû ʿOthmân Al-Ouschnândânî, recension d'Aboû Saʿîd As-Sîrâfî d'après Aboû Bakr Moḥammad Ibn Doraid Al-Azdî.» Aboû ʿOthmân Saʿîd ibn Hâroûn Al-Ouschnândânî passe pour avoir été un des plus éminents philologues de Baṣra (*Fihrist,* I, p. ٦٠ et ٨٢), où il enseigna pendant la première moitié du IIIe siècle de l'Hégire et où il compta Ibn Doraid parmi ses disciples (Ibn Khallikân, *Biographical Dictionary* III, p. 39). Quant à Aboû Saʿîd As-Sîrâfî, il naquit à Sîrâf en 290 de l'Hégire (902 ap. J.-Ch.) et mourut à Bagdâd en 368 (979 ap. J.-Ch.). «Les sens de la poésie» sont une série d'explications se rapportant à des vers difficiles d'anciens poètes. Copie datée de 648 de l'Hégire (1250 ap. J.-Ch.). Commencement : اخبرنا ابو سعيد الحسن بن عبد الله السيرافى قال قرأتُ على ابى بكر محمد بن الحسن ابن دريد الازدى قال ابو بكر انشدنى ابو عثمان الاشناندانى سعيد بن هرون قال الخ.

Papier. Écriture Asiatique. 80 feuillets 1° 15 lignes; 2° 17 lignes par page (Cas. 404)

407.

Titre plus moderne : شرح المعلّقات «Commentaire sur les *mo'allakât*», c'est-à-dire sur les sept poèmes bien connus de Imrou'ou 'l-Ḳais, Ṭarafa, Zohair, Labîd, 'Antara, Al-Ḥârith ibn Ḥilizza, 'Amr ibn Koulthoûm. L'auteur de ce commentaire, surtout grammatical, est nommé en tête Aboû Dja'far Aḥmad ibn Moḥammad ibn Ismâ'îl le grammairien (النحوى). Ajoutons qu'il est connu sous le nom d'ابن النحّاس المصرى et qu'il mourut en 338 de l'Hégire (949 ap. J.-Ch.). Copie datée de 979 de l'Hégire (1571 ap. J.-Ch.).

Papier. Écriture Asiatique. 142 feuillets. 23 lignes par page. (Cas. 405.)

408.

1° Titre : شرح القصائد السبع للامام ابو (*sic*) عبد الله الحسين بن احمد الزوزنى «Commentaire sur les sept poèmes, par l'imâm Aboû 'Abd Allâh Al-Ḥosain ibn Aḥmad Az-Zauzanî.» Ce commentateur célèbre des *mo'allakât* mourut en 486 de l'Hégire (1093 ap. J.-Ch.). Copie datée de 657 de l'Hégire (1258 ap. J.-Ch.). Commencement : قال الامام ابو عبد الله الحسين بن احمد ابن الحسين الزوزنى هذا شرح القصائد السبع امليته على حدّ الايجاز والاختصار الخ.

2° (Fol. 60). Poésie sur Ḳairowân, attribuée à Aboû Isḥâk Al-Ḥosrî, qui était natif de cette ville (voir ms. 392, 1° et 3°). On y a joint plusieurs autres pièces de vers, la plupart d'Aboû Firâs, c'est-à-dire Al-Ḥârith ibn Sa'îd ibn Ḥamdân, mort en 357 de l'Hégire (968 ap. J.-Ch.). Commencement : قال بعض المغاربة يشوق الى القيروان وقيل هـــو الحُصرى

فى كلّ يوم مع الأحباب لـــذّات فليس فى العيش مسرورٌ اذا فات

Papier. Écriture Asiatique. 83 feuillets. 1° 24 lignes; 2° 17 lignes par page. 2° sans date. (Cas. 406.)

409.

Titre : الاول من كتاب التصريح فى شرح قصيدة كُثَيّر وابن ذريح تأليف .....ابى عبد الله محمد بن ولى الله سيدى الحسن بن سيدى مخلوف الراشدى الاموى «Premier volume du livre intitulé : L'exposition claire, commentaire sur le poème de Kouthayyir et sur celui d'Ibn Dharîḥ, œuvre de ...... Aboû 'Abd Allâh Moḥammad, fils de ..... Al-Ḥasan, fils de ..... Makhloûf Ar-Râschidî Al-Oumawî.» Le commentateur était connu sous le nom d'Ibn Barakât (deux manuscrits portent Ibn Bârikân) d'après Ḥâdjî Khalîfa IV, p. 58 (cf. VII, p. 773). Un de ses ouvrages étant cité dans une publication de 917 de l'Hégire (1511 ap. J.-Ch.), il n'est point postérieur au IXe siècle de l'Hégire; je ne crois pas non plus qu'il ait vécu beaucoup auparavant.

Quant aux deux poètes, Kouthayyir Azza mourut en 105 de l'Hégire (723 ap. J.-Ch.), Ḳais Ibn Dharîḥ en 68 (687 ap. J.-Ch.). Ils sont l'objet de notices dans le *Kitâb al-agânî,* le premier VIII, p. ٢٧ et suiv., le second VIII, p. ١١٢ et suiv. C'est à la poésie lyrique de Kouthayyir 'Azza, poésie qui n'a rien de didactique et qui ne se rapporte nullement à la métrique, qu'est consacré tout ce premier volume.

Commencement : ..... يقول ..... محمد بن الحسن بن مخلوف
حامدا الله رب العرش الكريم ..... اما بعد ..... فاستعنت الله فى شرح قصيدتين احداهما لكثير بن عبد الرحمن بن الاسود بن عامر الخزاعى والاخرى لقيس بن الذريح الخ.

Papier Écriture Magrébine. 220 feuillets. 20 lignes par page. Sans date (Cas. 407)

410.

1° Commentaire sur La métrique en vers d'Ibn Al-Ḥâdjib, l'auteur de la *Kâfiya* et de la *Schâfiya*. Ce poème, publié par Freytag dans sa *Darstellung der arabischen Verskunst*, p. 334 et suiv., porte le titre de المقصد الجليل فى علم الخليل «La grande entreprise sur la science d'Al-Khalîl», c'est-à-dire sur la métrique. Quant au commentaire, où est souvent cité ابن القطّاع الذى هو عمدة هذا الناظم (cf. mss. 328, 3°; 330, 3°), il est intitulé نهاية الراغب فى شرح عروض ابن الحاجب «Le but atteint par celui qui désire un commentaire sur La métrique d'Ibn Al-Ḥâdjib.» D'après Ḥâdjî Khalîfa IV, p. 199, ce commentaire, qu'il décrit très soigneusement, a pour auteur Djamâl ed-Dîn 'Abd ar-Raḥîm Al-Asnawî, mort en 772 de l'Hégire (1370 ap. J.-Ch.). Commencement : الحمد لله ربّ العلمين الخ.

2° (Fol. 48 v°). Commentaire sur l'abrégé «espagnol» relatif à la métrique, attribué à Aboû 'Abd Allâh Moḥammad, connu sous le nom d'Aboû'l-Djaisch Al-Anṣârî l'Espagnol, mort en 626 de l'Hégire (1228 ap. J.-Ch.). Le commentaire, composé à l'instigation de سليمان بيك ابن الامير طاشحون بيك, a pour auteur, d'après Ḥâdjî Khalîfa IV, p. 201, 'Abd al-Mouḥsin Al-Kaiṣarî. Celui-ci avait terminé un commentaire sur les poèmes du Nadjd d'Al-Abîwardî (mss. 371, 2° et 420, 1°) en 759 de l'Hégire (1358 ap. J.-Ch.), cf. Dozy, *Catalogus* II, p. 60; il vivait donc dans la seconde moitié du VIIIe siècle de l'Hégire. Commencement : احمد الله على ان قصّر سلامة الطبع على الانسان . . . . . اما بعد فهذه كلمات . . . . . فى تشريح المختصر فى علم العروض المنسوب الى . . . . ابى عبد الله محمد المعروف بابى الجيش الانصارى الاندلسى الخ. A la fin, on lit : وهذا اخر ما اردنا من بيان مشكلات المختصر فى علم العروض الموسوم بالاندلسى.

3° (Fol. 69). Titre : شرح العروض لابن السقّاط تأليف الاستاذ ابى الحسن بن برى «Commentaire sur la métrique d'Ibn As-Saḳḳâṭ, œuvre du maître Aboû 'l-Ḥasan Ibn Barrî.» Voir le texte mss. 288, 3°; 330, 5°; 396, 1°. Le commentateur (cf. ms. 330, 1°) est nommé en tête Aboû 'l-Ḥasan 'Alî ibn Moḥammad ibn 'Alî ibn Al-Ḥosain Ibn Barrî. Il paraît avoir vécu vers 600 de l'Hégire (1203 ap. J.-Ch.). Voir une note d'As-Soyoûṭî dans Rosen, *Les manuscrits arabes de l'Institut des langues orientales*, p. 39. Copie datée de 727 de l'Hégire (1326 ap. J.-Ch.). Commencement : . . . . . الحمد لله رب العلمين اما بعد فانى استخرت الله . . . . . فى وضع شرح على مختصر ابى عبد الله بن السقّاط ره فى العروض الخ.

4° (Fol. 205). Commentaire sur le poème relatif à la métrique, intitulé القصيدة الرامزة de Ḍiyâ ed-Dîn Al-Khazradjî (texte, mss. 248, 14°; 330, 4°). L'auteur du commentaire est nommé en tête : c'est Aboû 'Abd Allâh Moḥammad ibn Abî Bakr ibn 'Omar Al-Makhzoûmî Ad-Damâmînî, qui le termina en 817 de l'Hégire (1414 ap. J.-Ch.) et mourut en 828 (1424 ap. J.-Ch.). Cf. ms. 186, 2°. Copie datée de 977

(1569 ap. J.-Ch.). Commencement : الحمد لله الذى شرح صدورنا لسلوك عروض الاسلام الخ.

Papier. Écriture Magrébine. 280 feuillets. 1° et 2° 25 lignes; 3° 15 lignes; 4° 21 lignes par page. 1° et 2° sans date, de la même main. (Cas. 408.)

411.

Commentaire sur l'abrégé «espagnol» de métrique d'Aboû 'l-Djaisch, par 'Abd al-Mouḥsin Al-Ḳaiṣarî (ms. 410, 2°). La note finale ne s'y trouve pas. Copie datée de 889 de l'Hégire (1484 ap. J.-Ch.).

Papier Écriture Asiatique. 64 feuillets. 13 lignes par page. (Cas. 410.)

412.

Autre exemplaire du même ouvrage, avec la note finale. Copie antérieure à 903 de l'Hégire (1497 ap. J.-Ch.) d'après la note d'un lecteur (fol. 2 r°).

Papier. Écriture Asiatique. 42 feuillets. 19 lignes par page. (Cas. 409)

413.

Titre à la tranche inférieure : شرح البردة لابن ابى حجله «Commentaire sur la *Borda*, par Ibn Abî Ḥadjala.» Schihâb ed-Dîn Aboû 'l-'Abbâs Aḥmad ibn Yaḥyâ ibn Abî Bakr ibn 'Abd al-Wâḥid de Tlemcen mourut en 776 de l'Hégire (1374 ap. J.-Ch.). Nous rencontrerons son سكّردان السلطان (mss. 1643, 1713). Ce même commentaire sur la *Borda* d'Al-Boûṣîrî est attribué par Ḥâdjî Khalîfa IV, p. 526, à Moḥammad ibn 'Abd er-Raḥmân Az-Zoumourroudî Ibn Aṣ-Ṣâ'ig, mort en 777 de l'Hégire (1375 ap. J.-Ch.). Copie datée de 881 de l'Hégire (1476 ap. J.-Ch.). Commencement : اما بعد حمد الله الذى من حمده مدح انبيائه ..... فقد سألنى بعض الاصحاب ..... ان اضع له سرحا على البرده الخ.

Papier. Écriture Asiatique. 107 feuillets 15 lignes par page (Cas 411.)

414.

Commentaire anonyme sur la *Borda* d'Al-Boûṣîrî. Copie datée de 984 de l'Hégire (1576 ap. J.-Ch.). Commencement : الحمد لله الذى نظم مصالح العباد بارسال الرسل الخ.

Papier. Écriture Asiatique. 78 feuillets 21 lignes par page. (Cas 412.)

415.

Titre : سفر فيه شعر ابى تمام حبيب بن اوس الطائى رحمه الله رواية ابى على اسمعيل بن القاسم البغدادى «Livre contenant les poésies d'Aboû Tammâm Ḥabîb ibn Aus Aṭ-Ṭâ'î ..... recension d'Aboû 'Alî Ismâ'îl ibn Al-Ḳâsim de Bagdâd.» Ce manuscrit, entièrement et excellemment vocalisé, daté de 556 de l'Hégire (1161 ap. J.-Ch.), contient la rédaction des poésies d'Aboû Tammâm, que nous avons rencontrée dans les manuscrits 290 et 291. L'éditeur n'est autre que Aboû 'Alî Al-Ḳâlî, l'auteur des «dictées» contenues dans le manuscrit 359.

Papier Écriture Magrébine 136 feuillets. 19 lignes par page (Cas. 413.)

416.

Commentaire anonyme sur le poème relatif à la métrique, intitulé القصيده الرامزه de Ḍiyâ ed-Dîn Al-Khazradjî (texte, mss. 248, 14°; 330, 4°). Commencement: الحمد لله الذى فتح اقفال قلوبنا بسلوك عروض خير الانام الخ.

Papier. Écriture Asiatique. 91 feuillets. 23 lignes par page. Sans date. (Cas. 414.)

417.

Diverses œuvres mystiques de Mouḥyî ed-Dîn Moḥammad ibn ʿAlî ibn Moḥammad Ibn Al-ʿArabî Al-Ḥâtimî Aṭ-Ṭâ'î Al-Andalousî, mort en 638 de l'Hégire (1240 ap. J.-Ch.) :

1° Titre : كتاب المعشّرات للشيخ ..... محي *(sic)* ابن العربى الحاتمى الطائى الاندلسى «Livre des poésies en dizains .....» Classement d'après les rimes. Commencement : حرف الالف

انظر الى الحقّ فى مدلول اسمائى

2° (Fol. 11). Titre : هذه الرسالة المسمّاة بالغوثية للشيخ ..... محي الدين ابن العربى الحاتمى الطائى الاندلسى «Petit traité relatif au *gauth* ....., c'est-à-dire au chef des ṣoûfîs, en tant que l'on a recours (غوث) à lui.» Ḥâdjî Khalîfa, n° 6246. Commencement: الحمد لله ولىّ النعمة ..... اما بعد فهذه الرسالة الغوثيه *(sic)* هى مخاطبة الغوث نفسه بنفسه الخ.

3° (Fol. 16). Titre : كتاب بلغة الغوّاص فى الاكوان الى معدن الاخلاص فى معرفة الانسان لمولانا ..... محي الدين ابن العربى «Livre intitulé : Ce qu'il faut au plongeur allant au fond des choses existantes pour atteindre la mine de la clarté dans la connaissance de l'homme .....» Ḥâdjî Khalîfa, n° 1907. Commencement : الحمد لله وكفى الخ.

4° (Fol. 117). Extrait d'un petit traité intitulé : رسالة العلوم من عقائد علماء الرسوم «Les sciences des articles de foi pour les savants dans l'art de copier le Coran.» Commencement : وما حكاه . . . . . محي الدين ابن العربى الطائى الاندلسى الحاتمى . . . . . فى رسالة سمّاها رسالة العلوم من عقائد علماء الرسوم الخ.

5° (Fol. 132). Titre : كتاب المسائل لمولانا . . . . . محى الدين محمد ابن على العربى الحاتمى الطائى الاندلسى «Livre des questions . . . . .» Commencement : الحمد لله الذى حجبنا به عنه عز به ان يعرف له كنّه الخ.

Papier. Écriture Asiatique. 211 feuillets. 17 lignes par page. Manuscrit, dont la troisième partie est datée de 799 de l'Hégire (1396 ap. J.-Ch.). date applicable à l'ensemble écrit d'une même main. (Cas. 415.)

418.

1° Titre : كتاب ترجمان الاشواق للشيخ . . . . . محى الدين ابن العربى الحاتمى الطائى الاندلسى . . . . . «Livre intitulé : L'interprète des désirs, par le schaikh . . . . . Mouḥyî ed-Dîn Ibn Al-'Arabî Al-Ḥâtimî Aṭ-Ṭâ'î l'Espagnol.» Voir ms. 417. Recueil de poèmes sur l'amour mystique, qui commence ainsi sans préface :

كلّما اذكره من طَلَل   او ربوع او مَغانٍ كلّما

Autre exemplaire, avec une préface, ms. 530, 4°.

2° (Fol. 19). Titre : ديوان سلطان العشّاق سيدى عمر بن الفارض «Recueil des vers du sultan des amoureux, le maître 'Omar Ibn Al-Fâriḍ.» Les poésies de Scharaf ed-Dîn 'Omar ibn 'Alî ibn Mourschid, connu sous le nom d'Ibn Al-Fâriḍ et mort au Caire en 632 de l'Hégire (1234 ap. J.-Ch.), ont été recueillies par son petit-fils على سبط الشيخ عمر بن الفارض d'après l'exemplaire qu'il tenait du fils de l'auteur كمال الدين محمد. La fin manque. Commencement : الحمد لله الذى اختصّ حبيبه الاسنى الخ.

Papier. Écriture Asiatique. 77 feuillets. 21 lignes par page. Sans date; ms. d'une même main. (Cas. 416.)

419.

1° Titre : كتاب رائق التحليه فى فائق التوريه «Livre intitulé : La parure charmante sur l'exposition par des voies détournées » L'auteur est nommé en tête : ..... الفقيه الجليل الوزير الحسيب ابوجعفر احمد بن ..... ابى عبد الله بن زرقاله. Au fol. 2 r°, il est renommé ابو جعفر احمد بن خاتمه. Dès lors, il ne me paraît point douteux que nous ayons quelques poésies d'Ibn Khâtima, l'historien d'Almeria, dont nous avons rencontré un premier recueil au ms. 381. Copie datée de 761 de l'Hégire (1360 ap. J.-Ch.). Commencement: الحمد لله الذى خصّ هذه الامّة باللسان العربى المبين الخ.

2° (Fol. 9 v°). Recueil de poésies, par Aḥmad ibn Moḥammad As-Salamî Al-Manṣoûrî Al-Hâ`im. Cf. ms. 372. Copie, où je crois lire comme date 958 de l'Hégire (1551 ap. J.-Ch.). Commencement sans préface : قال ..... احمد بن محمد السلمى المنصورى الهائم

فتكت بصارم لحظها المشهور لمّا رقت عن مقلتى يعفـــور

Papier. Écriture Maghrébine. 87 feuillets. 1° 23 lignes; 2° 16 lignes par page. (Cas. 417)

420.

1° Titre : ديوان الابيوردى الموسوم بالنجديات «Recueil des poésies d'Al-Abîwardî, poésies dites du Nadjd.» Autre exemplaire ms. 371, 2°.

2° (Fol. 47). Titre : المختار من كتاب بدائع البداية للاديب العلّامة على بن طافر جمع الفقير شيخ(?) زين الدين الحلبى «Extrait du livre intitulé : Les merveilleux commencements, par le lettré, le très savant 'Alî ibn Thâfir, compilation par l'humble schaikh (?) Zain ed-Dîn d'Alep.» L'auteur des «merveilleux commencements» est, d'après Ḥâdjî Khalîfa, n° 1705, le visir Djamâl ed-Dîn Aboû 'l-Ḥasan ʿAlî ibn Thâfir Al-Azdî Al-Miṣrî, mort en 623 de l'Hégire (1226 ap. J.-Ch.). Cf. Ibn Schâkir Al-Koutoubî, *Fawât al-wafayât* II, p. ٦٤ et suiv. Son livre comprenait cinq chapitres, qui sont ici résumés. Un autre ouvrage de lui se trouve dans le ms. 425. Copie datée de 1009 de l'Hégire (1600 ap. J.-Ch.).

3° (Fol. 118). Le تلخيص المفتاح d'Al-Ḳazwînî (mss. 227, 1°; 248, 13°, etc.).

4° (Fol. 157). Le commencement manque; au fol. 157 r° on a inscrit le titre : شرح التائية الصغرى للشيخ حسن البوريني «Commentaire sur la petite poésie rimant en *tâ*, par le schaikh Ḥasan Al-Boûrînî.» La petite poésie rimant en *tâ* (Ḥâdjî Khalîfa, n° 2033) est d'Ibn Al-Fâriḍ (cf. ms. 418, 2°); le commentateur, Ḥasan ibn Moḥammad Al-Boûrînî, mort en 1024 de l'Hégire (1615 ap. J.-Ch.), acheva son travail en 1002 (1593 ap. J.-Ch.). Copie faite en 1004 (1595 ap. J.-Ch.) par un élève d'Al-Boûrînî et collationnée sur son autographe.

Papier. Écriture Asiatique. 199 feuillets. 1° 13 lignes; 2° 23 lignes; 3° et 4° 21 lignes par page. 1° et 3° sans date. (Cas. 418.)

421.

Titre : .... هذا كتاب منح السميع بشرح تمليح البديع بمديح الشفيع لسيدنا عبد الرحمن بن احمد الحميدى الشافعي. Cet ouvrage a été décrit à propos d'un exemplaire contenu dans le manuscrit 354. Copie datée de l'an 1000 de l'Hégire (1591 ap. J.-Ch.).

Papier. Écriture Asiatique. 185 feuillets. 21 lignes par page. (Cas. 419.)

422.

Titre : ..... كتاب منح السميع بشرح تمليح البديع بمديح الشفيع تأليف ..... عبد الرحمن بن ..... شهاب الدين احمد الحميدى الشافعى ..... Autre exemplaire, daté de 994 de l'Hégire (1585 ap. J.-Ch.).

Papier. Écriture Asiatique. 192 feuillets. 19 lignes par page. (Cas. 420)

423.

Titre : منح السميع بشرح تمليح البديع بمديح الشفيع كلامها لراقه بافق سر الايدى الفقير عبد الرحمن بن احمد بن على الحميدى. Un deuxième titre orné reproduit exactement le texte du premier. Exemplaire écrit de la main de l'auteur en 994 de l'Hégire (1585 ap. J.-Ch.).

Papier. Écriture Asiatique. 232 feuillets 17 lignes par page. (Cas. 421.)

424.

Traité de la paronomase (الجناس), intitulé روضة المجالسة «Le jardin de la conversation.» Ce traité, en quatre chapitres, est plus complétement nommé روضة المجالسة وغيضة المجانسة dans Ḥâdjî Khalîfa, n° 6684, d'après lequel il a pour auteur Moḥammad ibn Ḥasan ibn ʿAlî An-Nawâdjî, mort en 859 de l'Hégire (1454 ap. J.-Ch.). Cf. la note d'As-Soyoûṭî dans Dozy, *Catalogus* I, p. 297 et les mss. 339, 426, 427; 340, 1°—3°; 428, 1°—3°; 434. Le premier feuillet et la fin manquent. Extrait de la préface (fol. 1 r°) : وبعد فقد امرنى من ارى امره كقلبي فى محبّته واجبا ..... ان اضع ..... كتابا فى انواع الجناس ..... ورتّبته على اربعة ابواب وسمّيته روضة المجالسة الخ

Papier. Écriture Asiatique. 208 feuillets. 19 lignes par page. Sans date. (Cas. 422.)

425.

On lit à la tranche inférieure : المناقب النوريه لابن طافر الاسدى (*sic*, lisez الازدى) «Les vertus lumineuses, par Ibn Ṭhâfir Al-Azdî.» Sur l'auteur, plus complétement nommé en tête على بن ظافر الازدى ثم الخزرجى, voir le ms. 420, 2°. L'ouvrage, dédié à Saladin, a été terminé en 587 de l'Hégire (1191 ap. J.-Ch.). Il est consacré aux comparaisons poétiques et se compose de six chapitres : 1° فى تشبيه الاجرام العلـــويه ; 2° فى تشبيه الميــاه والانهــار ; 3° فى تشبيه الانوار والازهار والنبات ; 4° فى تشبيهــات الجزيات ; 5° فى التشبيه الواقع فى الغزل ; 6° التشبيه الواقع فى الجزيات مختلفة. Il y a dans ce manuscrit, entièrement vocalisé, collationné avec l'original de l'auteur, une lacune d'environ seize feuillets. Commencement sans doxologie : لم ازل فــى كل اوان وزمان اسمع من اوصــاف المآثر الملكيه الافضليه والمنــاقب النــوريه السلطانيه الخ.

Papier. Écriture Asiatique. 84 feuillets. 17 lignes par page. Sans date. (Cas. 423.)

426.

Titre : ..... كتاب مراتع الغزلان فى وصف الحسان من الغلمان تأليف شمس الدين محمد بن حسن بن على الشهير بالنواجى ..... Autre exemplaire de l'ouvrage contenu dans le manuscrit 339. Copie datée de 978 de l'Hégire (1570 ap. J.-Ch.).

Papier. Écriture Asiatique. 185 feuillets. 17 lignes par page. (Cas. 424.)

427.

Titre enluminé : كتاب مراتع الغزلان تأليف العلّامة شمس الدين محمد النواجى. Autre exemplaire du même ouvrage.

Papier. Écriture Asiatique. 198 feuillets. 17 lignes par page. Sans date. (Cas. 425.)

428.

1° 3° Titre général : هذا مجموع فيه كتاب خلع العذار فى وصف العذار وكتاب صحائف الحسنات وكتاب الشفا فى بديع الاكتفا جميعهم تأليف ..... شمس الدين محمد بن حسن النواجى الشافعى. Le manuscrit contient en effet tout d'abord les trois ouvrages d'An-Nawâdjî, qui forment les trois premiers éléments du manuscrit 340 et dans le même ordre. Ils occupent 1° les feuillets 1—31; 2° les feuillets 32—38; 3° les feuillets 39—63. Copie datée de 992 de l'Hégire (1584 ap. J.-Ch.).

4° (Fol. 64). Exemplaire dans une rédaction écourtée du كتاب الثمرات الشهيه فى الفواكه الحمويه, par Taḳî ed-Dîn Aboû Bakr Ibn Ḥodjdja Al-Ḥamawî (cf. ms. 395), nommé en tête : منشى الانشاء الشريف بالممالك الاسلامية. Copie de la même main que 1°—3°, mais ajoutée après coup en 994 de l'Hégire (1586 ap. J.-Ch.). Autres exemplaires plus ou moins développés, mss. 293, 1°; 436, 1°.

Papier. Écriture Asiatique 100 feuillets. 1°—3° 27 lignes; 1° 25 lignes par page (Cas. 126.)

429.

1° Titre : كتاب فض الختام عن التورية والاستخدام تأليف ..... ابى عبد الله صلاح الدين خليل بن ايبك الصفدى. Un autre exemplaire a été décrit (ms. 219, 2°).

2° (Fol. 76). Titre : كتاب جنان الجناس للشيخ ..... ابى عبد الله صلاح الدين خليل بن ايبك الصفدى «Livre intitulé : Les jardins de la paronomase, par le schaikh ..... Aboû 'Abd Allâh Ṣalâḥ ed-Dîn Khalîl ibn Aibak Aṣ-Ṣafadî.» Ḥâdjî Khalîfa, n° 4208. Commencement : الحمد لله الذى رفع فى فنّ البديع جنان جناسه الخ.

Papier. Écriture Asiatique. 125 feuillets. 16 à 18 lignes par page. Manuscrit daté de 873 de l'Hégire (1468 ap. J.-Ch.), tout entier de la même main. (Cas. 427.)

430.

Titre : كتاب فضّ الختام من التورية والاستخدام من تصانيف ابى الصفا خليل بن عبد الله الصفدى. Autre exemplaire de l'ouvrage contenu dans le ms. 429, 1°, daté de 744 de l'Hégire (1343 ap. J.-Ch.).

Papier. Écriture Asiatique. 141 feuillets. 11 lignes par page. (Cas. 428.)

431.

Titre : كتاب دمعة الشاكى ولوعة الباكى للشيخ..... الصلاح الصفدى. Même ouvrage que le manuscrit 387; la seule différence est dans l'indication ici de Ṣalâḥ ed-Dîn Aṣ-Ṣafadî comme auteur.

Papier. Écriture Asiatique. 44 feuillets. 19 lignes par page. Sans date. (Cas. 429.)

432.

Titre : كتاب المحاورة الصلاحيه فى المحاجاه الاصطلاحيه «Livre intitulé : La conversation avec Ṣalâḥ ed-Dîn sur la solution des énigmes relatives aux termes techniques.» Le titre est donné un peu différemment dans la préface, où l'on lit : المحاوره الصلاحيه فى الاحاجى الاصطلاحيه. Le Ṣalâḥ ed-Dîn, qui est mentionné de part et d'autre, est Ṣalâḥ ed-Dîn Aṣ-Ṣafadî (manuscrits 429—431).

L'interlocuteur de Ṣalâḥ ed-Dîn est son contemporain Tâdj ed-Dîn ʿAlî ibn Moḥammad Al-Mauṣilî Asch-Schâfiʿî, surnommé Ibn Ad-Douraihim, et mort en 762 de l'Hégire (1360 ap. J.-Ch.). La «conversation» eut lieu à Damas (بالشام); elle fut suivie d'une correspondance littéraire (وكتب وجاوبته وكتبتُ واجابنى فجمعت ذلك كتابا), qui a été recueillie dans ce volume.

Copie antérieure à 850 de l'Hégire (1446 ap. J.-Ch.) d'après une note du fol. 1 r°. Commencement : الحمد لله الذى فضلنا (*sic*) بالحجى والبيان وشرّفنا بالنطق على سائر الحيوان الخ.

Papier. Écriture Asiatique. 56 feuillets. 15 lignes par page. (Cas. 430.)

433.

Titre : كتاب الشفا فى بديع الاكتفا للعلامة . . . . . شمس الدين محمد النواجى الشافعى. Autres exemplaires de cet opuscule : manuscrits 340, 3°; 428, 3°. Copie datée de 991 de l'Hégire (1583 ap. J.-Ch.).

Papier. Écriture Asiatique. 39 feuillets. 15 lignes par page. (Cas. 431.)

434.

Titre : كتاب عقود اللآلى فى الموشّحات والازجال تصنيف العلّامة شمس الدين محمد بن حسن بن على النواجى الشافعى «Livre intitulé : Les colliers de perles, recueil d'épigrammes à double rime et de chansons populaires, œuvre du très savant Schams ed-Dîn Mohammad ibn Ḥasan ibn ʿAlî An-Nawâdjî le Schâfiʿite.» Cf. mss. 339, 424, 426, 427, etc. Exemplaire copié sur l'autographe de l'auteur, quatre ans après sa mort, en 863 de l'Hégire (1458 ap. J.-Ch.). Commencement : اما بعد حمد الله الذى وشّح ذوى البلاغة الخ.

Papier. Écriture Asiatique. 117 feuillets. 15 lignes par page. (Cas. 432.)

435.

Titre : ديوان ابى العلاء المعرّى «Recueil des vers d'Aboû 'l-'Alâ Al-Ma'arrî.» C'est le recueil connu sous le nom de سقط الزند (ms. 273). Copie entièrement vocalisée, avec des notes marginales, terminée en 653 de l'Hégire (1255 ap. J.-Ch.).

Papier. Écriture Asiatique. 111 feuillets. 14 lignes par page. (Cas. 433.)

436.

1° Exemplaire avec des suppléments plus modernes du كتاب الثمرات الشهيه فى الفواكه الحمويه, par Taḳî ed-Dîn Aboû Bakr Ibn Ḥodjdja Al-Ḥamawî Al-Ḳâdirî le Ḥanafite. Ibn Ḥodjdja mourut en 837 de l'Hégire (1433 ap. J.-Ch.), et pourtant, au fol. 96 v°, on rencontre pour une poésie la date de 981 (1573 ap. J.-Ch.). Autres exemplaires plus ou moins développés, mss. 293, 1°; 428, 4°.

2° (Fol. 102). Titre : هذه القصيدة الوترية فى مدح خير البريّة «Ceci est la poésie qui est une prière obligatoire, à l'éloge de la meilleure des créatures.» Le poète est nommé en tête Moḥammad ibn 'Abd al-'Azîz Al-Warrâḳ ibn 'Abd al-Malik ibn Scha'bân Al-Lakhmî. Pour être plus complets, ajoutons : Al-Kourṭoubî Al-Iskandarânî, et disons qu'il mourut vers 680 de l'Hégire (1281 ap. J.-Ch.).

Son poème est la mise en quintains (تخميس) de la série, portant le même titre, des vingt-neuf poésies sur le Prophète, par Moḥammad ibn Abî Bakr Ibn Raschîd Al-Wâ'iṭh Al-Bagdâdhî, mort en 662 de l'Hégire (1263 ap. J.-Ch.).

Commencement : الحمد لله الذى خصّ بالفصاحة اولو *(sic)* الالبــاب وبعد فانى رايت رسول الله صلعم فى النوم وهو يطوف بالكعبة فطفتُ وراءه الخ.
Premier hémistiche :

بدأتُ بذكر الله مدحا مقدّمًا

3° (Fol. 186). Titre : وداع شهر رمضان المعظّم لابن الجـــوزى «Adieux au mois consacré de *ramadân,* par Ibn Al-Djauzî.» Nous avons le premier feuillet seulement. Commencement : الحمد لله المعروف بدليله الهادى الخ.

Papier. Écriture Asiatique. 186 feuillets. 1° 21 lignes; 2° et 3° 15 lignes par page. Sans date. (Cas. 434.)

437.

Titre : ديوان الشيخ ..... ابى عبد الله محمد ابن *(sic)* اسرائيل الدمشقى الشيبانى «Recueil des poésies du schaikh ...... Abou 'Abd Allâh Moḥammad Ibn Isrâ'îl Ad-Dimaschḳî Asch-Schaibânî.» Au commencement, il est appelé : ابو المعالى نجم الدين محمد ابن اسرائيل الشيبانى, ce qui est plus exact. En tête de la notice, que lui a consacrée Ibn Schâkir Al-Koutoubî, *Fawât al-wafayât* II, p. ٢٦٩ et suiv., il est nommé محمد بن سوّار بن اسرائيل ابن الحضر ابن *(sic)* اسرائيل بن الحسن بن على بن الحسين نجم الـدين ابو المعالى الشيبانى; il naquit à Damas en 603 de l'Hégire (1206 ap. J.-Ch.) et y mourut en 677 (1278 ap. J.-Ch.). C'est à Damas qu'il reçut les leçons d'Aboû 'l-Ḥasan 'Alî Al-Ḥarîrî, qu'il appelle son maître (شيخه) et qui mourut en 645 de l'Hégire (1247 ap. J.-Ch.). Voir Ibn Schâkir Al-Koutoubî, *ibid.* II, p. ٥٥. C'est à lui qu'est consacré un panégyrique, qui ouvre le recueil, et dont voici le premier vers :

سقى الديار على علياء حوّرانا مستهدم الرعد مسّكا باق تهتانا

Copie datée de 707 de l'Hégire (1307 ap. J.-Ch.).

Papier. Écriture Asiatique. 193 feuillets. 17 lignes par page. (Cas 435.)

438.

Titre orné : تواشيع التوشيح «Les fleurs dont l'on orne les poésies en stances.» Ce recueil ne comprend que des poésies en strophes, chacune composée de cinq hémistiches monorimes. Le rédacteur de cette anthologie poétique se cite souvent lui-même. Ainsi fol. 2 r°, des vers sont donnés, comme étant من نظم كاتبه المملوك محمد بن عساكر; fol. 1 v° l'auteur est nommé محمد بن حسن بن عساكر. Peut-être était-il un frère du célèbre historien de Damas, Aboû 'l-Ḳâsim ʿAlî ibn Ḥasan, connu sous le nom d'Ibn ʿAsâkir, qui mourut en 571 de l'Hégire (1175 ap. J.-Ch.) et dont Ibn Khallikân, *Biographical Dictionary* II, p. 254, connaît un frère, mort en 563 (1168 ap. J.-Ch.). Commencement : اما بعد حمد الله تعالى على نعم وشع برودها ووشح بالجواهر فدودها الخ.

Papier. Écriture Asiatique. 77 feuillets. 13 lignes par page Sans date. (Cas. 436.)

439.

Titre : هذا ترجمان الاسرار ديوان سيدنا..... شمس الدين محمد البكرى الصديق الشافعى الاشعرى «Ceci est L'interprète des secrets, recueil des vers de notre maître .... Schams ed-Dîn Moḥammad Al-Bakrî As-Siddîḳî Asch-Schâfiʿî Al-Aschʿarî.» L'auteur de ces poésies mystiques et religieuses mourut vers 950 de l'Hégire (1543 ap. J.-Ch.). Copie terminée

avant 985 (1577 ap. J.-Ch.) d'après une note du fol. 1 r°.
Commencement : الحمد لله ناقش آيات الاحدية بصحائف الالواح الخ.

Papier. Écriture Asiatique 190 feuillets. 15 lignes par page (Cas 437)

440.

Titre : كتاب الانوار المنبلجة فى بسط اسرار المنفرجة تأليف ..... ابى العبّاس احمد بن الشيخ الصالح ابى زيد عبد الرحمن النقاوسى الاصل البجائى(?) الـنشـأ «Livre intitulé : Les lumières éclatantes pour exposer les secrets de la *Mounfaridja* (poésie dissipant les soucis), livre par.... Aboû 'l-'Abbâs Aḥmad, fils du schaikh pieux Aboû Zaid 'Abd er-Raḥmân An-Niḳâwousî Al-Badjâ'î (?).» La lecture de ce dernier mot est très douteuse (cf. ms. 16, 5°); le manuscrit semble porter النجائى, sans qu'on puisse voir si le point diacritique est sur le *noûn* ou sur le *ḥâ*. Le mot est omis, quand le nom est répété en tête.

Le poème commenté (Ḥâdjî Khalîfa, n° 9508) est donné dans le commentaire comme l'œuvre d'Aboû 'l-Faḍl Yoûsouf ibn Moḥammad ibn Yoûsouf, connu sous le nom d'Ibn An-Naḥwî. Il mourut vers 590 de l'Hégire (1194 ap. J.-Ch.) d'après Ahlwardt, *Verzeichniss Arabischer Handschriften*, p. 55. C'est la poésie, dont le premier vers est :

اشتدّى ازمة تنفرجى   قد آذن ليلك بالبلج

Commencement du commentaire : الحمد لله الذى تفرّد بالبقاء والقدم الخ.

Copie datée de 944 de l'Hégire (1537 ap. J.-Ch.).

Papier. Écriture Asiatique 192 feuillets. 17 lignes par page. (Cas. 438.)

441.

Titre : ...... كتاب الاضواء البهجه فى ابراز دقائق المنفرجه تأليف زين الملّة والدين ابى يحيى زكريا الانصارى الشافعى «Livre intitulé : Les lumières brillantes pour mettre en lumière les finesses de la *Mounfaridja*, œuvre de ..... Zain ed-Dîn Aboû Yaḥyâ Zakariyyâ Al-Anṣârî le Schâfi'ite.» Commentaire sur la même poésie, postérieur au précédent. L'auteur dit l'avoir terminé en 881 de l'Hégire (1476 ap. J.-Ch.); la copie, collationnée sur l'original, a été achevée en 884 (1479 ap. J.-Ch.). Autre exemplaire, ms. 521, 1°.

Commencement : قال ..... ابو يحى زين الدين زكريّا بن محمد بن احمد الانصارى الشافعى ..... الحمد لله المفرّج للكرب عقب الشدّة ..... وبعد فهذا ما اشتدّت اليه حاجة المنفهمين للمنفرجة قصيدة ..... ابى الفضل يوسف بن محمد بن يوسف النوزرى المعروف بابن النحوى على ما قاله العلامة ابو العبّاس احمد بن ابى زيد البجائى شارحها الخ.

Papier. Écriture Asiatique. 50 feuillets. 15 lignes par page. (Cas. 439.)

442.

1° Poésies sur le prophète (قصائد نبويّة), par شمس الدين محمد الانصارى القادرى, mort en 903 de l'Hégire (1497 ap. J.-Ch.); النواجى (voir ms. 434); شهاب الدين المنصورى, qui n'est autre que le poète هائم (mss. 372, 419, 2°).

2° (Fol. 11). Recueil de fragments généralement très courts, que son rédacteur a groupés pour distraire un général en campagne. Ce recueil, avec le suivant, qui est du même auteur et qui a la même destination, sont appelés dans le titre général : مؤلّفان فى الادب ألّفا لامير الجيوش «deux écrits sur les belles lettres, composés pour l'émir des armées.» Quel était cet émir des armées? Le premier des «deux écrits» est, dans la dédicace, placé sous le patronage de مولانا..... امير الجيوش سيف الاسلام ناصر الامام كافل قضاة المسلمين; presque en tête du second (fol. 60 v°), ce même personnage est nommé امير الجيوش ابو عبد الله محمد الآمدى; or Âmid est situé dans le Diyâr-Bakr. Ajoutons enfin que la copie est de 562 de l'Hégire (1166 ap. J.-Ch.) d'après une date placée après 4° et 5°, mais qui se rapporte à 2°—6°, écrits de la même main à la même époque. Peut-être s'agit-il du prince Ortoḳide de Ḥisn Kaifâ, Noûr ed-Dîn Moḥammad, fils de Ḳarâ Arslân, qui succéda à son père précisément en 562. Remarquons pourtant que Saladin lui fit seulement en 579 (1183 ap. J.-Ch.) don de la ville d'Âmid. Quant à l'auteur, la manière dont il parle d'Aboû Ṭâlib et d'Ali, montre qu'il était schî'ite.

Voici quelques titres, pour montrer la variété de cette anthologie : fol. 15 v° من المحاسن العصرية فى المملكة المصريــة; fol. 20 r° فى الاشارة الى مدائح مولانا وفضائله وما ازدانت به الارض من قصوره ومنازله; fol. 51 r° الشرعيّات; fol. 52 v° ابيات الانساب; fol. 54 v° الاخباريّات; fol. 55 r° النحويّات. Commencement : الحمد لله الذى كتب على نفسه الرحمة لاهل طاعته الخ.

3° (Fol. 59). Autre anthologie, par le même auteur. On y rencontre fol. 72 v° لُمَح من المدح المامونيّــه et surtout un très long chapitre من الاشعــار فى فنون شتّى. Commencement : الحمد لله الذى اجزل الموهبة لمن وفّقه لحمده الخ.

4° (Fol. 121). Titre : مختصر القوافى تأليف ابى الفتح عثمان بن

جنّى . «Abrégé sur les rimes, œuvre d'Aboû 'l-Fath 'Othmân Ibn Djinnî.» Voir *Fihrist* I, p. ٨٧ et ms. 12. Commencement : القافية عند الخليل اخر البيت الى اول ساكن يليه الخ.

5° (Fol. 130). Titre : كتاب الملاحن لابى بكر محمد بن الحسن بن دريد «Livre des expressions à double sens, par Aboû Bakr Moḥammad ibn Al-Ḥasan Ibn Doraid.» Cet éminent philologue mourut en 321 de l'Hégire (933 ap. J.-Ch.). Comme l'a montré M. Pertsch, *Die Arabischen Handschriften der herzoglichen Bibliothek zu Gotha* I, p. 365, Ibn Doraid s'est proposé dans cet opuscule de fournir à qui faisait un serment sous le coup d'une menace une série d'échappatoires par l'emploi d'homonymes ou de mots employés dans leurs acceptions les plus inusitées. C'est dans cette dernière catégorie que rentre le titre même de cet écrit, publié à Bagdâd par Aboû 'l-Ḳâsim Az-Zadjdjâdjî (ms. 30, 1°). Autre exemplaire, ms. 467, 4°. M. H. Thorbecke vient de publier ce petit traité (Heidelberg, 1882, in-8). Commencement : قال ابو القسم *(sic)* عبد الرحمن ابن *(sic)* اسحق الزجاجى النحوى قال املا علينا ابو بكر محمد بن الحسن بن دُريد هذا الكتاب فى منزله بمدينة السلم *(sic)* الحمد لله الاول فى ديمومته الاخر فى ازليّته الخ.

6° (Fol. 151). Titre : الاوزان التى لم يأت مثلها فى كلام العرب «Les paradigmes dont il n'y a qu'un seul exemple en arabe.» Commencement : لم يأت فى كلام العرب على فِعْلالٍ الّا هذا الحرف وهو حِلْبِلابٌ الخ.

7° (Fol. 159). Commencement sans titre, ni préface : أفْعَلَ الشىء وفعلته أنْسَلَ الطائرُ ونسلتُه Traité anonyme sur les rapports de sens entre la quatrième et la première forme des verbes, peut-être par Ibn Doraid (cf. 5°). M. Flügel cite de lui, d'après le *Fihrist*, un كتاب فعلتُ وأفعلتُ dans ses *Grammatische Schulen der Araber*, p. 103.

Papier. Écriture Asiatique. 181 feuillets. 1° 17 lignes; 2°–6° 13 lignes; 7° 15 lignes par page. 1° et 7° sans date. (Cas. 440.)

443.

Titre : ديوان ابى القاسم محمد بن هانى الاندلسى «Recueil des vers d'Aboû 'l-Ḳâsim Moḥammad Ibn Hânî l'Espagnol.» Il mourut en 362 de l'Hégire (972 ap. J.-Ch.). Le recueil est tout-à-fait semblable à celui qui a été décrit par M. le baron Victor Rosen dans ses *Notices sommaires des manuscrits arabes du Musée Asiatique*, 1e livraison (Saint-Pétersbourg, 1881), p. 232, et débute également par une série de pièces consacrées au khalife Fâṭimide Al-Mou'izz. Dans l'édition imprimée au Caire en 1276 de l'Hégire (1859 ap. J.-Ch.), ainsi qu'entre autres dans le manuscrit de Paris (Supplément arabe, n° 1506), le *dîwân* est rangé d'après l'ordre alphabétique des rimes. Commencement sans préface : قال ابو القاسم محمد بن هانى المغربى يمدح امير المومنين المعز لدين الله

الا طرقَتْنا والنجومُ رُكُــــودُ وفى الحىّ ايقاظ ونحن هُجودُ

Papier. Écriture Asiatique. 96 feuillets. 21 lignes par page. Sans date. (Cas. 441.)

444.

Titre d'une écriture plus moderne : .... ديوان ابن حجر الكبير «Grand recueil des vers d'Ibn Ḥadjar.» Le petit recueil (Ḥâdjî Khalîfa, n° 5175) se trouve dans le ms. 345, 2°. L'auteur est nommé plus complètement en tête : ..... شيخنا

سهاب الدين العسقلانى الاصل قاضى قصاة الشافعيه بالديار المصريه; la première poésie porte la date du *ramaḍân* de 798 de l'Hégire (1395 ap. J.-Ch.); l'auteur mourut en 852 (1448 ap. J.-Ch.). Les sept premières poésies sont à l'éloge du Prophète; le reste est ensuite disposé d'après l'ordre alphabétique des rimes. Point de préface; premier vers :

لو انّ عُذّالى لوجهك اسلموا   لرجوتُ أنّى فى المحبّة أسْلَمُ

Papier. Écriture Asiatique. 153 feuillets. 15 lignes par page. Copie faite d'après un exemplaire, qui avait été lu devant l'auteur (نسخه قُرئت على المصنّف), mais sans date. (Cas. 442.)

445.

Titre : هذا ديوان . . . . سيّدى على وفا «Ceci est le recueil des vers du maître ....ʿAlî Wafâ.» C'est ainsi écourté que nous avons déjà rencontré (ms. 393) le nom de ʿAlî Ibn Wafâ Al-Iskandarî Asch-Schâdhilî le Mâlikite, mort en 807 de l'Hégire (1404 ap. J.-Ch.). Commentaire sur une de ses poésies, ms. 384, 1°. Son *dîwân*, composé surtout de prières mystiques et de poésies édifiantes, est classé d'après l'ordre alphabétique des rimes. Le premier feuillet d'une écriture plus moderne. Pas de préface. Premier vers :

حقّقتُ عهد محبّتى وولائى   بشهود توحيدى وحكم وفائى

Papier. Écriture Asiatique. 122 feuillets. 19 lignes par page. Sans date. (Cas. 443.)

446.

Titre : شرح الفيّة السيره لفقير رحمة ربّه . . . . عبد الرؤف بن المناوى الشافعى «Commentaire sur l'*Alfiyya* relative à la vie du Prophète, par l'humble 'Abd ar-Ra'ouf ibn Al-Mounâwî, le Schâfi'ite.» Le poème commenté dépasse un peu les mille vers d'une *alfiyya*: il a pour auteur Zain ed-Dîn Aboû 'l-Faḍl 'Abd er-Raḥîm ibn Al-Hosain ibn 'Abd er-Raḥmân Al-Atharî Al-'Irâḳî, mort en 806 de l'Hégire (1403 ap. J.-Ch.). Quant au commentateur, il mourut en 1031 (1622 ap. J.-Ch.). C'est de son vivant, en 1015 (1606 ap. J.-Ch.) qu'a été écrit, par lui-même sans doute, cet exemplaire, sans qu'il ait pris le temps de le collationner après l'avoir copié. Premier vers :

يقول راجى من اليه المهــــربْ   عبد الرحيم ابن الحسين المذنبْ

Commencement du commentaire : الحمد لله الذى شرح الصدور بنظم شمل الاسلام وسيرته . . . . . وبعد فهذه عجالة سنّيّة على الفيّة السيرة .....نظم جدّنا الاعلا (*sic*) . . . . . حافظ مصر والحرمين والشأم عبد الرحيم العراقى الشافعى الخ

Papier Écriture Asiatique. 149 feuillets 25 lignes par page. (Cas. 444)

447.

Ce manuscrit (Cas. 445) a disparu.

448.

Titre : كتاب بسط الاعذار عن حبّ العذار جمع مسطره . . . . . محمد بدر الدين المنهاجى «Livre intitulé : L'extension des excuses sur l'amour du premier duvet de la joue, compilation par celui qui a tracé ces lignes ..... Moḥammad Badr ed-Dîn Al-Minhâdjî.» L'auteur de cette encyclopédie érotique a imité le titre de l'ouvrage analogue, composé par son contemporain An-Nawâdjî, et intitulé : خلع العذار فى وصف العذار; voir mss. 340, 1°; 428, 1°. Voici le commencement de ce manuscrit autographe, écrit en 850 de l'Hégire (1446 ap. J.-Ch.) : قال ..... محمد بدر الدين بن يوسف جمال الدين بن عبد العزيز الاتفهى المنهاجى ..... الحمد لله الذى انبت فى رياض الخدود آس العذار الخ. Dans le manuscrit 292, nous avons remarqué une autre compilation autographe du même auteur.

Papier Manuscrit oblong Écriture Asiatique. 122 feuillets. 17 lignes par page (Cas 446)

449.

Titre d'une écriture plus moderne : كتاب فيه ديوان ابن نباتة بخطه يسمى سوق الرقيق «Livre contenant le recueil des poésies d'Ibn Nobâta, écrites de sa main, recueil intitulé : Le marché aux esclaves.» Sur l'auteur, voir ms. 358. Les poésies amoureuses, que l'auteur a réunies dans ce volume, sont classées d'après l'ordre alphabétique des rimes. Le manuscrit est-il autographe? Il ne porte point de date, mais il paraît appartenir à l'époque de l'auteur, qui mourut en 768 de l'Hégire (1366 ap. J.-Ch.). On ne peut rien affirmer au-delà. Commencement : اما بعد حمد الله على ما منح من رقيق القول وجزله ..... فهذه نبذة من اغزال شعرى ..... سميتها سوق الرقيق الخ.

Papier. Ecriture Asiatique. 114 feuillets. 9 lignes par page. (Cas. 447.)

450.

Titre : هذا ديوان على بن سودون «Ceci est le recueil des vers de 'Alî Ibn Soûdoûn.» Le vrai titre est donné dans la préface : نزهة النفوس ومضحك العبوس «Délices des âmes et facéties pour dérider l'homme austère.» C'est la première édition de l'ouvrage, dont le ms. 368 contient la seconde. Copie datée de 970 de l'Hégire (1562 ap. J.-Ch.). Commencement : ..... الحمد لله المنعم عند قبض النفوس بشرح الصدور وسمّيته نزهة النفوس ومضحك العبوس ولم يزل كذلك الى سنة ٨٥٦ الخ.

Papier. Écriture Asiatique. 113 feuillets. 17 lignes par page. (Cas. 448.)

451.

Titre : ديوان بن *(sic)* العفيف التلمسانى «Recueil des poésies d'Ibn 'Afîf ed-Dîn de Tlemcen.» Au-dessous, son surnom : الشابّ الظريف «le jeune homme ingénieux.» Recueil identique à celui qui est contenu dans le manuscrit 383, 2°.

Papier. Écriture Asiatique. 97 feuillets. 13 lignes par page. Sans date. (Cas. 449.)

452.

Autre exemplaire du même recueil, absolument identique au précédent. Le premier feuillet est d'une écriture moderne; le reste, non daté, paraît être du VIIIe siècle de l'Hégire.

Papier. Écriture Asiatique. 44 feuillets. 17 lignes par page (Cas. 450.)

453.

Titre : كتاب ديوان الشيخ ..... عفيف الدين التلمسانى «Livre contenant le recueil des poésies du schaikh ..... 'Afîf ed-Dîn de Tlemcen.» Ce recueil, par le père d'Ibn 'Afîf ed-

Dîn (mss. 383, 2°; 451; 452), a été décrit à propos d'un autre exemplaire (ms. 385).

Papier. Écriture Asiatique. 67 feuillets 15 lignes par page. Sans date. (Cas. 451.)

454.

1° Poésie, où la rime est en *alif* sans *madda* (المقصورة) d'Aboû 'l-Ḥasan Ḥâzim ibn Moḥammad Al-Anṣârî. Voir ms. 382, 1°. Exemplaire copié sur l'autographe de l'auteur à بونة.

2° (Fol. 29). Collection (مجموع) des poésies d'Aboû 'l-Ḥasan Ḥâzim ibn Moḥammad ibn Ḥâzim de Carthagène. Le choix diffère de celui, qui a été fait dans le ms. 382, 2°. Premier vers :

عَبْدٌ بِجُودِكَ جِيدُهُ قد قُلِّدَا   ومَنْ جَدُّكَ مِنْهُ قد أَكَّدَا

Papier. Écriture Magrebine. 48 feuillets. 21 lignes par page. Sans date. (Cas. 452.)

455.

1° Titre : السحر والشعر لابن الخطيب رحمه الله «La fascination et la poésie, par le défunt Ibn Al-Khaṭîb.» Le visir Lisân ed-Dîn Aboû ʿAbd Allâh Moḥammad ibn ʿAbd Allâh ibn Saʿîd As-Salmânî, connu sous le nom d'Ibn Al-Khaṭîb, naquit à Lauscha, dans la province de Grenade, en 713 de l'Hégire (1313 ap. J.-Ch.) et mourut étranglé dans la prison de Fez en 776 (1374 ap. J.-Ch.). Al-Maḳḳarî a intitulé ses «Analectes» sur l'Espagne : نفح الطيب من غصن الاندلس الرطيب وذكر وزيرها لسان الدين بن الخطيب. La biographie d'Ibn Al-Khaṭîb, qui occupe au moins un tiers de l'ouvrage et qui en a été le point de départ, n'a pas été publiée dans l'édition de Leyde (1855—1861), mais elle se trouve dans l'édition complète, publiée à Boûlâḳ en 1279 de l'Hégire (1862 ap. J.-Ch.).

La suite de ce catalogue fournira de nombreux éléments à la bibliographie d'un polygraphe aussi éminent qu'Ibn Al-Khaṭîb (cf. Casiri, *Bibliotheca Arabico-Escurialensis* II, p. 73). M. de Gayangos a dressé une liste presque complète de ce que la Bibliothèque de l'Escurial possède parmi ses nombreux ouvrages en tout genre (*Mohammedan Dynasties* I, p. 307). La «fascination» est une anthologie poétique espagnole, dans laquelle il se cite plusieurs fois parmi ses contemporains.

La copie s'arrête brusquement après le feuillet 101 ; le manuscrit contient ensuite du papier blanc jusqu'à et y compris le feuillet 126. Commencement : الحمد لله الذى راش اجنحة الافهام بالإمداد والالهام الخ.

2° (Fol. 127). Anthologie anecdotique et poétique, divisée en douze «jardins touffus» (خميلة), dont chacun contient plusieurs «classes» (طبقة). C'est au milieu du quatrième «jardin» que commence le manuscrit. Voici le titre du cinquième : الخميلة الخامسة المشتملة على الحكايات المنفّسة التى هى على التوسّط مؤسّسة وهى مخصوصة بارباب المناصب السلطانيّة من اصحاب السيوف والاقلام. J'ajoute le titre du douzième : الخميلة الثانية عشر المشتملة على ملح الموشّحات والازجال وهما طرازان كان الابتداء بعملهما من المغرب ثم ولع بهما اهل المشرق. Je soupçonne que cette compilation devait porter le titre de كتاب الخمائل «Livre des jardins touffus»; mais ce n'est qu'une conjecture.

Papier Écriture Magrébine. 179 feuillets. 20 à 22 lignes par page. Sans date. (Cas. 453.)

456.

Titre à la tranche inférieure : السحر والشعر لابن الخطيب الغرناطي. Autre exemplaire de La fascination (ms. 455, 1°), celui-ci complet.

Papier. Écriture Asiatique. 144 feuillets. 13 lignes par page. Sans date. (Cas 454.)

457.

Titre à la tranche inférieure : انشاء كمال الدين الخطيب «Correspondance de Kamâl ed-Dîn, le prédicateur.» Le commencement de cette «correspondance» en prose et en vers est le suivant : ومن انشائه رحمه الله اجازة كتبها لفارس العربيه .... شهاب الدين ابن حكم الشافعي بقراءة صحيح البخاري الخ. On voit que c'est une œuvre de professeur; peut-être l'auteur est-il Kamâl ed-Dîn Ibn Manâ, mort en 639 de l'Hégire (1241 ap. J.-Ch.). Voir Ibn Khallikân, *Biographical Dictionary* III, p. 466 et suiv. Il se pourrait aussi que l'auteur fût Kamâl ed-Dîn Aboû 'l-Faḍl Moḥammad ibn Mohammad ibn Aḥmad An-Nowairî, prédicateur de la Mecque (خطيب مكّة), mort en 873 de l'Hégire (1468 ap. J.-Ch.), qui s'était spécialement occupé du *Ṣaḥîḥ* d'Al-Bokhârî, si nous en croyons Ḥâdjî Khalîfa II, p. 532. La clef du problème est dans l'identification du disciple : Schihâb ed-Dîn Ibn Ḥakam, le Schâfi'ite.

Papier Écriture Asiatique. 39 feuillets. 23 lignes par page. Sans date. (Cas 455.)

458.

Titre : كتاب يواقيت المواقيت فى مدح الشىء وذمّه تأليف ..... ابى منصور عبد الملك بن محمد بن اسماعيل الثعالبى «Livre intitulé : Les jacinthes des rendez-vous pris pour louer et blâmer chaque chose, œuvre de ..... Aboû Manṣoûr ʿAbd el-Malik ibn Moḥammad Ath-Thaʿâlibî.» Les chapitres, dont se compose cette anthologie, où, dans chacun des chapitres, les avantages et les inconvénients pratiques des mêmes objets sont mis en parallèle, ont été énumérés avec de légères variantes par M. Dozy, *Catalogus*, etc. I, p. 216 et par M. Flügel, *Die arabischen ..... Handschriften* I, p. 333. Copie datée de 914 de l'Hégire (1508 ap. J.-Ch.). Commencement : الحمد لله ما امكن الحمد الى ان ينقطع العدّ الخ.

Papier. Écriture Asiatique. 108 feuillets. 17 lignes par page. (Cas. 456.)

459.

Titre : كتاب الجوهر المكنون فى السبعة فنون (*sic*) تأليف .... عيسى ابن محمد بن عيسى المقدسى «Livre intitulé : Les perles cachées sur les sept genres, œuvre de ..... ʿÎsâ ibn Moḥammad ibn ʿÎsâ de Jérusalem.» L'auteur a lui-même formé ce recueil de ses poésies en 873 de l'Hégire (1468 ap. J.-Ch.) et l'a classé sous sept rubriques. Les feuillets 225 et suiv. ont été ajoutés après coup à l'exemplaire. Commencement : الحمد لله الذى اقام نظام الاكوان على عمد قدرته ..... وبعد فقد التمس منى من امره مطاع ..... ان اجمع له من نظمى شمل ما تفرقت عليه الاشواق ..... وسمّيته بالجوهر المكنون فى السبعة فنون الخ

Papier. Écriture Asiatique. 274 feuillets 15 lignes par page Sans date. (Cas. 457.)

460.

Les deux titres, qui se trouvent, l'un sur la tranche inférieure : ديوان ابن الخيّاط, l'autre au fol. 1 r° : ديوان ابن الخيّاط بخطّه sont destinés à faire croire que ce volume contient un manuscrit autographe des poésies d'Ibn Al-Khayyâṭ (cf. ms. 375). Or, celui-ci mourut en 517 de l'Hégire (1123 ap. J.-Ch.), et notre manuscrit contient au fol. 78 v° une poésie datée de 738 (1337 ap. J.-Ch.). Du reste, on n'a pas si bien effacé le vrai titre (fol. 2 r°) qu'il n'en soit pas resté des traces. J'y lis encore : من شعر الشيخ ..... شمس الدين محمد ..... الحنفى الشهير بالضفدع وهو بخطّه. C'est un autographe en effet, non pas d'Ibn Al-Khayyâṭ, mais de Schams ed-Dîn Al-Ḥanafî, dont nous avons rencontré des recueils dans les mss. 346 et 347. Premier vers cité, avec le milieu effacé :

افى كلّ يوم لى فُؤادٌ يُرَدَّعُ .... يُودَّعُ

Papier. Écriture Asiatique. 83 feuillets. 13 lignes par page. Sans date (Cas. 458.)

461.

Livre appelé à la fin : كتاب الف غلام وغلام «Livre de mille et un jeunes gens.» Le nom de l'auteur est donné au commencement : قال الشريف بن الشريف دفترخوان الطوسى العادلى على بن محمد بن الرضى بن محمد بن الرضى بن محمد الحسينى الموسوى قد اكثر الناس بعد الثعالبي النيسابورى صاحب اليتيمة فى معارضة كتابه الذى الّفه فى وصف مائتى غلام من اقوال الشعراء وقد نظمتُ كتابا فى وصف مائتى غلام ومائتى جارية واشتهر فى كتبي المتقدمه..... ولتُ هذا الكتاب فى اوصاف

الف غلام وغلام لا شريك لى فيه الخ. Quel est le personnage désigné par Aṭ-Ṭoûsî Al-ʿÂdilî, auquel ʿAlî ibn Moḥammad, sans doute un descendant de Asch-Scharîf Ar-Riḍâ (mss. 348 et 349) servait de «lecteur»? Je l'ignore. Quant à l'ouvrage d'Ath-Thaʿâlibî (ms. 458), auquel il est fait allusion, c'est sans doute l'ouvrage désigné dans Ḥâdjî Khalîfa, nº 10351, sous le titre de كتاب الغلمان. Les «mille et un jeunes gens» de notre livre sont répartis dans sept chapitres.

Papier. Écriture Asiatique. 126 feuillets. 15 lignes par page. Sans date. (Cas. 459.)

462.

1° Titre : شرح القصيدة اليائية لابن الفارض لجمال الدين بن حسن ليه (*sic*) «Commentaire sur la poésie rimant en *yâ* d'Ibn Al-Fâriḍ, par Djamâl ed-Dîn Ibn Ḥasan Layya.» D'après la préface, ce commentaire est intitulé : الانوار المضيئه فى شرح القصيدة اليائيه; cf. Ḥâdjî Khalîfa IV, p. 558. Le dîwân d'Ibn Al-Fâriḍ se trouve dans le ms. 418, 2°; il ouvre par la poésie commentée ici, dont voici le premier vers :

سائقَ الأظعان يَطوى البِيدَ طَىّ   مُنْعِمًا عَرِّج على كُثْبانِ طَىّ

Commencement du commentaire : ..... الحمد لله رب العالمين ا
قال..... جمال الدنيا والدين ابن حسن ليه (*sic*) ..... فهذا تعلق لطيف
على قصيدة..... شرف الدين بن على المصرى الشهير بابن الفارض وهى
القصيدة اليائية المنبتة فى اول الديوان الخ.

2° (Fol. 27). Titre : ..... شرح القصيدة الخمريه الى هى من نظم ابن الفارض لمولانا الشهير بابن كمال باشاه (*sic*) بالروم «Commentaire sur la poésie relative au vin, composée par ..... Ibn Al-Fâriḍ; l'auteur est notre maître, connu chez les *Roûm* sous le nom d'Ibn Kamâl Pâschâh.» Ahmad ibn Solaimân Ibn Kamâl Pâschâh mourut en 940 de l'Hégire (1533 ap. J.-Ch.). Cf. les manuscrits 220 et 234. Voici le premier vers de ce chant mystique :

شربنا على ذكر الحبيب مدامةً سَكِرْنا بها من قبل ان يُخْلَقَ الكَرْمُ

Commencement du commentaire sans préface, aussitôt après le vers : الشرب يجيء بالحركات الثلاث الخ.

3° (Fol. 39). Titre : شرح قصيدة المفتى بالروم بالقسطنطنه المدعوابو (sic, lisez بالقسطنطينة) (sic) السعود الحنفى «Commentaire sur la poésie du grand-juge des Grecs à Constantinople, nommé Aboû 's-Sou'oûd le Ḥanafite.» Ce commentaire a été composé par Moḥammad ibn Al-Ḥanbalî en 989 de l'Hégire (1581 ap. J.-Ch.) على الدرّة القسيمه والعروس الوسيمه ميميّه شيخ مشائخ الاسلام مفتى الديار الروميه بل سائر الممالك الاسلاميّه. Premier vers du poème :

ابَعْدَ سُلَيْمَى مَطْلَبٌ ومَرامُ وغيرُ هواها لوعةٌ وغَرامُ .

Commencement du commentaire : الحمد لله وكفى الخ.

4° (Fol. 56). Commentaire d'Az-Zamakhscharî sur le poème d'Asch-Schanfarâ intitulé : لاميّة العرب «Le poème des Arabes à la rime en *lâm*.» Cf. la bibliographie citée à propos du ms. 314. Commencement : سبحانك اللهمّ وبحمدك معرّب الأفهام بقيد الإفهام..... قال..... ابى (sic) القسم محمود بن عمر الخوارزمى الزمخشرى..... هذه نكتة..... جعلتها شرحا على قصيدة الشنفرى الموسومة بلاميّة العرب الخ.

Papier. Écriture Asiatique. 89 feuillets. 1° à 3°, de la même main, 19 lignes; 4° 27 lignes par page. Sans date (Cas. 460.)

463.

Choix des poésies d'Aboû 'th-Ṭharâ'if Ibrâhîm Al-Mi'mâr (l'architecte). D'après Ḥâdjî Khalîfa, n° 5157 (rectifié par VII, p. 724), ce poète aurait été surnommé غلام النوری et serait mort en 749 de l'Hégire (1348 ap. J.-Ch.). Au lieu d' المعمار, il était aussi appelé الحائك « le tisserand » et الحجّار « le tailleur de pierres ». Il était né ou vivait au Caire (المصری), comme nous l'apprend Ibn Schâkir Al-Koutoubî, *Fawât al-wafayât* I, p. 39, où il est nommé غلام النويری.

Manuscrit entièrement vocalisé, avec des notes explicatives marginales. Les poésies sont classées d'après l'ordre alphabétique des rimes. Le premier feuillet a été ajouté après coup. Commencement : الحمد لله الذی شرّف بالادب اهله..... وبعد فهذه نبذة من نظم الشيخ..... ابی الطرائف ابراهيم المعمار الخ.

Papier. Écriture Asiatique. 91 feuillets. 13 lignes par page. (Cas. 461.)

464.

Titre : نظم العقود ورقم الحُلَل والبرود من منظوم..... ابی الربيع بن السيّد المعظّم الملك المكرم ابی محمد بن سيّدنا الامام الخليفة امير المومنين ادام الله امرهم..... جمعه عن امره عبده محمد بن عبد الحقّ بن عبد الله الغسّانی « L'art d'enfiler les perles des colliers et de brocher les manteaux et les vêtements en étoffes rayées, choix des poésies de ..... Aboû 'r-Rabî' ibn ..... Abî Moḥammad, fils de l'imâm, du khalife, de l'émir des croyants, puisse Allâh faire durer leur autorité ..... compilation, qu'a faite par son ordre son serviteur Moḥammad ibn 'Abd al-Ḥaḳḳ ibn

ʿAbd Allâh Al-Gassânî.» Le premier de ces deux noms, celui du poète, est répété au fol. 2 r° avec l'addition du mot الرضى après الخليفة.

Comme pour l'auteur du ms. 461, nous croyons trouver ici un descendant d'Asch-Scharîf Ar-Riḍâ. Le khalife Abbaside Maʾmoûn avait désigné en 201 de l'Hégire (816 ap. J.-Ch.) Ar-Riḍâ comme son successeur après l'avoir pris pour gendre et avait même, d'après Ibn Khallikân, *Biographical Dictionary* (II, p. 212), ordonné qu'on frappât à son nom des monnaies d'or et d'argent. Ce souvenir glorieux paraît être resté dans cette famille, qui avait ses partisans (Ibn Khaldoûn, *Histoire des Berbères* II, p. 502), et qui se prévâlait d'un ancêtre «émir des croyants». Yâḳoût, *Mouʿdjam* II, p. ٢١٧, cite un ابو عبد الله بن الرضى, qui pourrait bien être le père de notre auteur.

Quoi qu'il en soit, les poésies d'Aboû 'r-Rabîʿ ont été classées par Moḥammad ibn ʿAbd al-Ḥaḳḳ, sur lequel je n'ai trouvé aucun renseignement, dans cinq chapitres d'après les sujets traités par l'auteur. Manuscrit vocalisé, de 588 de l'Hégire (1192 ap. J.-Ch.). Commencement : قال محمد بن عبد الحق بن عبد الله الغسّانى الحمد لله كما هو مستحقه واهله الخ.

Papier. Écriture Asiatique. 33 feuillets. 13 lignes par page. (Cas. 462.)

465.

Titre en lettres d'or : كتاب لمح الملح «Livre intitulé : Les lueurs des paroles piquantes.» Au-dessous, on lit à l'encre noire : تأليف الشيخ ابى المعالى سعد بن على الحظيرى الورّاق رحمه الله «ouvrage du schaikh défunt Aboû 'l-Maʿâlî Saʿd ibn ʿAlî Al-

Ḥaṭhîrî Al-Warrâḳ.» Il mourut en 568 de l'Hégire (1172 ap. J.-Ch.). Recueil de vers classés d'après l'ordre alphabétique des rimes. Manuscrit vocalisé, qui paraît avoir été écrit dans la seconde moitié du VIe siècle de l'Hégire. Commencement : الحمد لله الذى خلق من ماء الحيوان انسانا الخ.

Papier. Écriture Asiatique. 224 feuillets. 15 lignes par page. Sans date. (Cas. 463.)

466.

Titre : منتقى من مدائح الرسول..... نظم..... جمال الدين ابى زكريا يحيى بن يوسف بن يحيى الصرصرى «Choix des panégyriques du Prophète ..... poèmes par ..... Djamâl ed-Dîn Aboû Zakariyyâ Yaḥyâ ibn Yoûsouf ibn Yaḥyâ Aṣ-Ṣarṣarî.» Deux poésies du même auteur ouvrent le ms. 363. Recueil classé d'après l'ordre alphabétique des rimes. Copie antérieure à 818 de l'Hégire (1415 ap. J.-Ch.) d'après une note du fol. 1 r°. Commencement : قال..... جمال الدين ابو زكريا يحيى بن يوسف بن يحيى بن منصور بن المعمر بن عبد السلام الصرصرى..... يمدح رسول الله.

سجن من للورى فى ارضه درا

Papier. Écriture Asiatique. 45 feuillets. 21 lignes par page. (Cas. 464.)

467.

1° Titre : الجزء من شعر الشيخ ابى الحسن على بن عبد الرحمن الصقلى الكاتب رواية الفقير ابى محمد عبد الله بن يحيى بن حمود الحزمى عنه وفيه من شعر مهيار البغدادى وابن رشيق القيروانى وابن الحكاك المكى واخرين سماع لعبد الله بن عبد الرحمن بن يحيى بن اسمعيل العثمانى «Fascicule des poésies du schaikh Aboû 'l-Ḥasan 'Alî ibn 'Abd ar-Raḥmân Aṣ-Ṣiḳillî (le Sicilien) l'écrivain, rapportées en son nom par l'humble Aboû Moḥammad 'Abd Allâh ibn Yaḥyâ ibn Ḥamoûd Al-Khoraimî; et on y trouve aussi des poésies de Mihyâr de Bagdâd, d'Ibn Raschîḳ de Ḳairowân, d'Ibn Al-Ḥakkâk de la Mecque, etc., telles que les a entendues 'Abd Allâh ibn 'Abd ar-Raḥmân ibn Yaḥyâ ibn Ismâ'îl Al-'Othmânî. » Le poète sicilien, d'après l'introduction, qui précède sa première poésie, était ordinairement appelé البَلَنُّوبى النحوى الانصارى (cf. Yâḳoût, *Mou'djam* I, p. ٧٢٢); il doit avoir vécu au Ve siècle de l'Hégire, comme Mihyâr (sans doute مهيار ابن مرزويه الديلمى, mort en 428 de l'Hégire; voir ms. 524, 1°), Ibn Raschîḳ (voir mss. 285 et 286), Ibn Al-Ḥakkâk (cf. ms. 374, 1°). Manuscrit daté au fol. 20 r° de 523 de l'Hégire (1129 ap. J.-Ch.). Commencement : انشدنا الفقير ابو محمد عبد الله بن يحى بن حمود الحريمى بالاسكندرية انشدنا ابو الحسن على بن عبد الرحمن الصقلى الكاتب لنفسه ويعرف بالبَلَنُّوبى النحوى الانصارى.

هل على ذى شَيبةٍ من جُناحٍ   فى تَمادِيهِ خطوةً فى المُراحِ

2° (Fol. 22). Titre : الجزء فيه انشادات علّقتها عن الشيخ ابى بكر يحى بن ابرهيم بن عثمان بن شبل رحمه الله رواية لعبد الله بن عبد الرحمن ابن يحى بن اسمعيل العثمانى عنه « Fascicule contenant des poésies copiées par moi d'après le schaikh défunt Aboû Bakr Yaḥyâ ibn Ibrâhîm ibn 'Othmân ibn Schibl, recension d'après lui de 'Abd Allâh ibn 'Abd ar-Raḥmân ibn Yaḥyâ ibn Ismâ'îl Al-'Othmânî. » Il semblerait résulter de ce titre que les poésies composant ce « fascicule » fussent du premier des deux auteurs cités. Il n'en est rien, comme il ressort du commencement : انشدنى الشيخ ابو بكر يحى بن ابراهيم بن عثمن بن عمر بن شبل

ره قال انشدنى ابو عبد الله محمد بن على بن موسى المعلّم بالقدس المحروس سنة ٤٦٢ قال انشدنى ابو الحسن على بن احمد بن عبد العزيز الميرقى اللغوى الانصارى لنفسه يمدح الشيخ الفقيه ابا الفتح نصر بن ابرهيم بن نصر الشافعى المقدّسى.

بالّيل الصبّ متى غدهِ   أقيامُ ساعة مَوْعِدِهِ

Le poète Aboû 'l-Ḥasan ʿAlî ibn Aḥmad ibn ʿAbd al-ʿAzîz de Majorque mourut à Bagdâd en 477 de l'Hégire (1084 ap. J.-Ch.) d'après Yâḳoût, *Mouʿdjam* IV, p. ٧٢٢. C'est de lui que sont également, en dehors de la première poésie, quelques-unes des poésies suivantes. Parmi les autres poètes, auxquels des emprunts ont été faits, citons fol. 27 r° على بن محمد بن ابرهيم بن عرفة ; 28 v° محمد بن الحسن القلانسى الاسكندرانى النحوى, etc. Copie de la même main que 1°, également datée au fol. 31 r° de 523 de l'Hégire (1129 ap. J.-Ch.).

3° (Fol. 33). L'ouvrage en prose et en vers d'Aboû 'l-ʿAlâ Al-Maʿarrî, intitulé : ملق السبيل « L'indicateur du chemin. » Autre exemplaire, ms. 276, 2°. Copie vocalisée, datée de 623 de l'Hégire (1226 ap. J.-Ch.)[1]. Commencement : اخبرنى بملق السبيل هذه *(sic)* الشيخ ابو المظفّر سعد بن احمد بن كال المعرّى ره عن ابيه عن ابى العلاء ناظمها وكتب عبد الله بن عبد الرحمن العثمانى قال الشيخ ابو العلاء احمد بن عبد الله بن سليمن المعرّى رهن المحبسين الهمزة. كم يجنى الرجل ويُخْطِئُ ، ويعلم انّ حتفه لا يُبْطِئُ ، الخ.

4° (Fol. 51). Titre : كتاب الملاحن تأليف ابى بكر محمد بن الحسن ابن دريد الازدى. Manuscrit vocalisé, sans date, mais évidem-

1. C'est ce que portent mes notes. Je soupçonne qu'il faut lire 523 de l'Hégire (1129 ap. J.-Chr.), comme pour 1° et 2°.

ment écrit au plus tard vers la fin du VIe siècle de l'Hégire, de l'opuscule contenu dans le ms. 442, 5°.

5° (Fol. 73). Titre : اخبار الوافدين من الرجال من اهل الكوفة والبصرة على معوية ابن ابى سُفين « Récits relatifs à la députation des habitants de Koûfa et de Baṣra, qui se rendirent auprès de Mou'âwiya ibn Abî Sofyân. » Le khalife Mou'âwiya régna de 40 à 60 de l'Hégire (660—679 ap. J.-Ch.). Commencement : حدّث الحسن بن الحُسين بن عاصم قال حضرتُ مجلس معوية بن ابى سفين وعنده كبراء الكوفة ورؤساء القبائل وقد اجروا اخبار شيعة على بن ابى طالب الخ.

6° (Fol. 80 r°). Titre au bas de la page : كتاب الوافدات جمع ابى الوليد العبّاس بن بكّار الضبّى رواية ابى القسم التنوخى عن احمد بن عبد الله الدورى عن شيوخه عنه « Livre des femmes en députation, compilation par Aboû 'l-Walîd Al-'Abbâs ibn Bakkâr Aḍ-Ḍabbî. L'éditeur est Aboû 'l-Ḳâsim At-Tanoûkhî, d'après Aḥmad ibn'Abd Allâh Ad-Doûrî, d'après les maîtres de l'auteur, d'après l'auteur lui-même. » C'est une monographie sur le rôle joué par certaines femmes sous le khalifat d'Ar-Râḍî Billâh en 328 de l'Hégire (939 ap. J.-Ch.).

Papier. Écriture Asiatique. 101 feuillets. 1° et 4° 13 lignes; 2° 14 lignes; 3° 10 lignes; 5° et 6° 15 lignes par page. 4°—6° sans date. (Cas. 465.)

468.

Titre : الجزء الثانى من اسواق الاشواق فى مصارع العشّاق للشيخ برهان الدين البقاعى صاحب المناسبات « Tome II des Marchés des passions, sur les cruelles destinées des amoureux, par le schaikh Borhân ad-Dîn Al-Biḳâ'î, l'écrivain des *mounâsabât* (analogies). » Les *mounâsabât* sont le commentaire d'Al-Biḳâ'î sur le Coran; cf. Ḥâdjî Khalîfa, II, p. 356; VI, p. 358; VII, p. 993. L'auteur est nommé plus complétement à la fin ابرهيم بن عمر بن حسن الرباط البقاعى الشافعى; il mourut en 885 de l'Hégire (1480 ap. J.-Ch.). C'est d'après son brouillon (مسودة) que cette copie a été exécutée en 973 (1565 ap. J.-Ch.). Kosegarten a fait den ombreux emprunts à ce recueil d'anecdotes dans sa *Chrestomathia Arabica* (Lipsiae, 1828).

Papier. Écriture Asiatique. 240 feuillets. 23 lignes par page. (Cas. 466.)

469.

Titre : كتاب طيف الخيال فى معرفة خيال الظلّ تأليف العلّامة محمد بن دانيال بن يوسف الخزاعى الموصلى ..... ولد فى سنة ٦٦٤ « Livre intitulé : L'apparition du fantôme, livre relatif à la connaissance du fantôme produit par l'ombre, œuvre du savant Moḥammad ibn Dâniyâl ibn Yoûsouf Al-Khouzâ'î de Mauṣoul ....., né en l'an 664.» C'est l'an 1265 ap. J.-Ch.; quant à la mort de cet illustre médecin, elle a eu lieu vers 700 (1300 ap. J.-Ch.).

L'ouvrage, absolument différent de celui qui porte le même titre (ms. 348), est divisé en trois chapitres (بابة). Copie datée de 845 de l'Hégire (1441 ap. J.-Ch.). Commencement : كنتُ الىّ ايها الاستاذ البديع الخ.

Papier. Écriture Asiatique. 64 feuillets. 21 lignes par page. (Cas. 467.)

470.

1° Titre : رسالة الصاحب كافى الكفاة ابى الحسين حمزه بن محمد الاصبهانى فى كشف عيوب المتنبّى « Dissertation du maître éminent entre tous, Aboû 'l-Ḥosain Ḥamza ibn Moḥammad Al-Iṣbahânî pour dévoiler les défauts d'Al-Moutanabbî.» Je ne sais quand a vécu ce critique, qu'il ne faut pas confondre avec l'historien Ḥamza Al-Iṣbahânî. Commencement: اما بعد اطال الله مدّتك . . . . . فالناسُ مع اختلافهم وتباين اصنافهم متّفقون على انّ تغلّب الاهْواء يَطمس اعين الاراء الخ.

2° (Fol. 23). Titre : الرسالة الاغريضية لابى العلاء المعرّى كتب بها الى الوزير ابى القاسم الحسين بن على المغربى «La lettre fraîche comme la fleur du palmier, par Aboû 'l-ʿAlâ Al-Maʿarrî, qui l'écrivit au vizir Aboû 'l-Ḳâsim Al-Ḥosain ibn ʿAlî Al-Magrabî. Ḥâdjî Khalîfa III, p. 459. Lettre relative à la langue et à la poésie arabes, adressée à un personnage, qui est fort connu sous le nom du vizir Magrébin (الوزير المغربى) et qui mourut en 418 de l'Hégire (1027 ap. J.-Ch.). Ibn Khallikân lui a consacré une notice; voir *Biographical Dictionary* I, p. 450 et suiv. Commencement : السلام عليك ايّتها الحكمة المغربيّة الخ.

3° (Fol. 33). Titre : الرسالة المنيحيّة لابى العلاء المعرّى كتب بها الى الوزير ابى القاسم بن المغربى مجاوبا له عن كتابه اليه «La lettre envoyée comme une flèche du sort par Aboû 'l-ʿAlâ Al-Maʿarrî au vizir Aboû 'l-Ḳâsim Ibn Al-Magrabî en réponse à une lettre, que celui-ci lui avait écrite.» Commencement : ان كان للادب اطال الله بقاء سيّدنا نسيمٌ يتضوع وللذكاء نارٌ تُشرق فتلمعُ الخ.

4° (Fol. 50). Titre : خطرة الطيف فى رحلة الشتاء والصيف للكاتب ..... ذى الوزارتين ابى عبد الله بن الخطيب «L'obsession du fantôme, au sujet du voyage de l'hiver et de l'été, par l'écrivain ..... Dhoû 'l-wizâratain Aboû ʿAbd Allâh Ibn Al-Khaṭîb.» Cet opuscule, dans lequel Ibn Al-Khaṭîb raconte son voyage en Afrique et décrit l'accueil chaleureux, qui lui a été fait lors de son retour en Espagne, a été composé en 748 de l'Hégire (1347 ap. J.-Ch.). Commencement : نحمد الله حمدا معترف (sic, lisez معترفا) بحقه الخ.

5° (Fol. 71). Titre : البُردة.....وهذا هو التخميس « La *Borda* .....; et ceci est l'arrangement en strophes de cinq hémistiches monorimes. » Premier hémistiche :

يا مَن تذكّر حبّا جيرةَ العَلَمِ

6° (Fol. 88 v°). Texte de la poésie de Ka'b ibn Zohair, connue d'après ses premiers mots sous le titre de بانت سعاد (cf. mss. 270, 1°; 304, 1°; 305; etc.).

7° (Fol. 95 v°). Titre : العقد البديع فى مدح الشفيع « Le collier élégant, à l'éloge de l'Intercesseur. » Poésie à l'éloge du Prophète, composée en 808 de l'Hégire (1405 ap. J.-Ch.) par شعبان ابن (sic) احمد القريشى الانارى (?) الموصلى الشافعى المصرى. Commencement de l'introduction : الحمد لله البديع الكلام الرفيع المقام الخ. Premier vers :

حُسْنُ البراعة حمدُ الله فى الكَلِمِ ومدح[1] أحمد خيرِ العُرْبِ والعَجَمِ

8° (Fol. 115). Autre poésie à l'éloge du Prophète. L'auteur est nommé en tête ابو عبد الله احمد بن ابراهيم النميرى; il vivait dans la première moitié du VIe siècle de l'Hégire d'après Al-Makkarî, *Analectes* I, p. ٥١٣ et ٥١٤. Commencement : هذه قصيدة تفوق الدرّ فى النظام والمسك فى الختام امتدحتُ بها سيّد الانام الاولينَ والاخرين.

صلاةً وتسليم وازكى تحيّـــــة على المصطفى المختار خيرِ البريّتى (sic)

9° (Fol. 122). Histoire des dynasties en Asie et en Es-

1. Ms. ومداح.

pagne, mise en vers par ابو بكر بن محمد بن احمد بن محمد بن شيرين. Fol. 123 r° la série des Ommayyades de Syrie; fol. 124 r° celle des Abbasides; fol. 125 v° les Banoû Merwân d'Espagne, etc. Premier vers :

الحمد لله بلا انقضـــــاء   جَلَّ زَكًا فى الارض والسماء

10° (Fol. 128). Titre : العقود الدرّيّة فى الامراء المصريّة من تلفيق الاديب[1] جمال الدين المصرى «Les colliers de perles sur les émirs de l'Egypte, agencement par le lettré Djamâl ed-Dîn Al-Miṣrî.» C'est sans doute lui qui a été le dernier continuateur du poème, commencé par Djamâl ed-Dîn Abou 'l-Ḥosain Ibn Al-Djazzâr, mort en 679 de l'Hégire (1280 ap. J.-Ch.). Cf. sur ce poème Dozy, *Catalogus* II, p. 184; Pertsch, *Die arabischen Handschriften* III, p. 273. Premier vers :

الحمد لله العلى ذكـــره   ومن يفوق كلّ امر امره

11° (Fol. 133) Titre : مخمّسة مبنيّة اشطارها على نسق حروف المعجم مذيّلة المركز باعجاز من قصيدة الا عم صباحا لصفوان بن ادريس يرثى بهـــا حسينا رضه «Arrangement en strophes de cinq hémistiches d'après l'ordre des lettres de l'alphabet[2] ...... de la poésie *Alâ 'im ṣabâḥan* de Ṣafwân ibn Idrîs, poésie qui est une élégie sur Ḥosain.» Sur Ṣafwân ibn Idrîs, cf. mss. 355 et 356, 1°. Il s'agit de Ḥosain, fils d'Ali. Premier vers :

سلامى وإلمامى وصوبُ بكاء   على مُحمَّد للسادة النجبـــاء

1. Mes notes portent والاديب; à tort sans doute.

2. Les trois mots que je n'ai pas traduits sont des termes techniques appartenant au langage de la métrique, et dont le vrai sens m'échappe. M. Dozy, *Supplément aux dictionnaires arabes* I, p. 555, cite, sans l'expliquer, un emploi analogue du mot مركز dans Ibn Bassâm. Peut-être faut-il traduire : «dont chaque strophe est terminée par une fin de vers.»

12° (Fol. 137). Rédaction nouvelle de la لاميّة العجم d'Aṭ-Ṭogrâ'î (cf. ms. 320 et suiv.; 325, 4°) par un bouleversement dans la disposition des vers. On lit à la fin نجز التصدير والتعجيز. Le nom de l'auteur est donné dans le commencement : قال..... اسحاق بن ابراهيم بن محمد بن ابراهيم الانصارى الاوسى عُرِف بالطُّوَيْجِن معجِّزا لصدور الطغرائيّة ومصدِّرا لاعجازها.

اصالةُ الرأى صاننى عن الخطلِ   وشيمة الحِلْمِ صدّتنى عن الزَّلَـــلِ

13° (Fol. 142). Autre rédaction de la لاميّة العجم. Commencement : قال..... ابو الحسن على بن..... عبد الله بن فرحون اليعمرى مصدّرا ومذيّلا للقصيدة الطغرائيّة.

اصالةُ الراى[1] صانتنى عن الخطلِ   وشَرْعةُ الحزم ذادتنى عن المَـذَلِ

Peut-être l'auteur est-il le petit-fils d'Ibn Farḥoûn; cf. ms. 366.

14° (Fol. 145). Troisième rédaction du même poème, faite en opposition avec la précédente. Voici comment elle est annoncée immédiatement après (fol. 145 r°) : ووُجد ايضا ما هذا نصّه تت متّصلا باخر هذا التصدير والتعجيز بخطّ..... ابى محمد عبد الله بن عبد الحقّ بن احمد الغمارى اليا (sic) عُرِف بابن الصائغ..... صدّر به كلامه على القصيده الطغرائيّة معرضا لابى الحسن ابن فرحون نثرا ونظمـا ما هذا نصّه الى اخره قلتُ كذا زعم هذا الفاضل انه لا يقف فيها سابق المثال. Premier vers :

اصالةُ الرأى صاننى عن الخطلِ   وقوّةُ العزم قادتنى الى الأَمَـــلِ

15° (Fol. 157). Petite anthologie poétique classée d'après les genres, qui débute par une poésie amoureuse de Man-

1. Ms. الرى.

ṣoûr ibn Kaiglag, poète du IVe siècle de l'Hégire. Commencement : وممّا قيل فى النسب وما يناسبه لمنصور بن كيغلغ. Autres titres : fol. 177 وممّا قيل فى الازهار والرياض والربيع والانهار; fol. 188 وممّا قيل فى النجوم.

Papier. Écriture Magrébine 192 feuillets. 15 lignes par page Sans date; tout entier de la même main. (Cas. 468.)

471.

Titre : كتاب نزهة المشتاق وروضة العشّاق تأليف..... محمد بن على النسهير بالعراقى Le vrai titre de cette anthologie est donné au fol. 1 v°, où on lit : وسمّيته روضة العشّاق ونزهة المشتاق «et j'ai nommé mon livre Le jardin des amoureux et les délices de l'homme passionné.» L'auteur, Aboû Sa'îd Moḥammad ibn 'Alî ibn 'Abd Allâh ibn Aḥmad Al-Ḥillî, connu sous le nom d'Al-'Irâḳî, mourut vers 510 de l'Hégire (1116 ap. J.-Ch.). Cf. Ḥâdjî Khalîfa, II, p. 186 et V, p. 514, d'après lequel il convient, je crois, de rectifier IV, p. 415 et VI, p. 60. Commencement : الحمد لله الذى اعلا *(sic)* مراتب اولياء المحبّين الخ.

Papier. Écriture Asiatique. 118 feuillets. 21 lignes par page. Sans date. (Cas. 469.)

472.

Manuscrit, dont nous avons rencontré et décrit le titre comme premier élément du manuscrit 399. Rappelons que ce sont les ناصريّات, *dîwân* en l'honneur d'Al-Malik An-Nâṣir, par Noûr ed-Dîn Moḥammad ibn Roustam Al-Is'irdî. La fin manque. Commencement :

من مرضٍ عرض له
ملّكه الله رقاب اعدائه
الحمد لله شُكرا مثلَ ما يَجِبُ زادَ الاناة وزال البُؤس والنَّصَبُ

Papier. Écriture Asiatique. 97 feuillets. 15 lignes par page. Sans date. (Cas. 470.)

473.

Titre : المنتخب اليسير من الديوان الكبير تأليف..... عبد القادر بن ابى بكر بن خضر الدماصى الشافعى « Le petit choix du grand recueil des vers de .....ʿAbd al-Ḳâdir ibn Abî Bakr ibn Khiḍr Ad-Doumâṣî le Shâfiʿite. » Au lieu de الدماصى, il faut probablement lire الدماطى « Ad-Doumâṭî » ; cf. Rieu, *Catalogus*, p. 347*a;* Ḥâdjî Khalîfa VI, p. 82 et Yâḳoût, *Mouʿdjam* II, p. ٥٨٥.

L'auteur a lui-même fait un « choix » dans son *dîwân* et a terminé son travail en 886 de l'Hégire (1481 ap. J.-Ch.). C'est l'exemplaire même, qu'il a ainsi extrait, que nous décrivons. Commencement: الحمد لله الذى علّم بالقلم الانسان ما لم يعلم الخ.

Papier. Écriture Asiatique. 37 feuillets. 14 lignes par page. (Cas. 471.)

474.

1° Titre : كتاب الصادح والباغم والحازم والعازم نظم الشريف ابى يعلى محمد بن محمد ابن الهبّاريّة العبّاسى « Livre intitulé : Le coq qui chante et la gazelle qui gémit, le prudent et le résolu, poème par le scharîf Aboû Yaʿlâ Moḥammad ibn Moḥammad Ibn Al-Habbâriyya Al-ʿAbbâsî. « Ce recueil de vers *radjaz* contient un grand nombre de fables et d'apologues dans le genre de Kalîla et Dimna. L'auteur mourut vers

504 de l'Hégire (1110 ap. J.-Chr.); il dédia ses récits au prince de Ḥilla en ʿIrâḳ, Aboû 'l-Ḥasan Ṣadaḳa. Autres exemplaires, mss. 555, 759. Les quatorze derniers vers ont été cités dans Ḥâdjî Khalîfa IV, p. 88. Premier vers :

الحمد لله الذى حبـــانى بالاصغرين القلب واللسان

2° (Fol. 92). Titre : كتاب نسيم الصبا. Autres exemplaires, mss. 306, 3°; 551, 3°; 552. Celui-ci est un autographe de l'auteur, qui l'a écrit de sa main en 757 de l'Hégire (1356 ap. J.-Ch.), un an après avoir terminé la composition de son œuvre. Il se nomme lui-même : الحسن بن عمر بن الحسن بن عمر بن حبيب.

Papier. Écriture Asiatique. 159 feuillets. 1° 13 lignes; 2° 17 lignes par page. 1° sans date. (Cas. 472.)

475.

Titre : ديوان الشهاب الحجازى بخطه «Recueil des vers de Schihâb ed-Dîn Al-Ḥidjâzî; de son écriture.» Le premier feuillet est très endommagé; on y lit encore au verso le nom de l'auteur احمد بن محمد بن على الحجازى. Il mourut en 875 de l'Hégire (1470 ap. J.-Ch.). Ce recueil abrégé, édité par l'auteur (فهذه نبذة من شعرى) est divisé en six chapitres; dans chacun d'eux, les poésies sont citées d'après l'ordre alphabétique des rimes. L'ensemble a été intitulé par l'auteur et des poésies et du recueil : اللمع الشهابيه من البروق الحجازيه «Les éclats Schihâbites des éclairs Ḥidjâzites.» Le commencement est déchiré.

Papier. Manuscrit oblong. Écriture Asiatique. 275 feuillets. 10 lignes par page. Sans date. (Cas. 473.)

476.

1° Titre : كتاب فيه شرح المقصورة لابى بكر محمد بن الحسن بن دريد الازدى..... تأليف.....ابى عبد الله محمد بن احمد بن هشام اللخمى.....

«Livre contenant le commentaire sur la *Maksoûra* (poésie rimant en *alif* sans *madda*) d'Aboû Bakr Moḥammad ibn Al-Ḥasan Ibn Doraid Al-Azdî, ... par . . . . . Aboû ʿAbd Allâh Moḥammad ibn Aḥmad Ibn Hischâm Al-Lakhmî.» C'est le fameux poème d'Ibn Doraid, mort en 321 de l'Hégire (933 ap. J.-Ch.) sur Ibn Mîkâl et son fils, poème publié après E. Scheid par L. N. Boisen (Havniæ, 1828, in 4°). Quant au commentateur, c'est le Ibn Hischâm, qui mourut vers 570 de l'Hégire (1174 ap. J.-Ch.), et dont nous avons rencontré un autre écrit (mss. 46 et 99). Premier vers :

يا طبية اشبه شىء بالمهـــــا   ترعى الخزامى بين اشجار النقا

Puis vient comme deuxième vers le vers que Ḥadjî Khalîfa, n° 12807, donne comme étant le premier. Commencement du commentaire : اما بعد حمد الله على آلائه وجزيل عطائه الخ.

2° (Fol. 147). Autre poésie d'Aboû Bakr Moḥammad ibn Al-Ḥosain Ibn Doraid Al-Azdî, intitulée : القصيدة فى المقصور والممدود «La poésie sur l'alif de prolongation suivi ou non de *madda.*» Dans chaque vers un même mot est employé dans deux sens différents, selon qu'il est écrit avec l'une ou l'autre orthographe, comme il ressort du premier vers :

لا تركنن الى الهـــوى   واحذر مفارقة الهواء

Cette poésie est accompagnée d'un commentaire assez

court, également par Aboû ʿAbd Allâh Moḥammad ibn Aḥmad Ibn Hischâm Al-Lakhmî.

Papier. Écriture Magrébine. 151 feuillets. 18 lignes par page. Manuscrit daté après 1° de 619 de l'Hégire (1222 ap. J.-Ch.); tout entier de la même main, entièrement vocalisé avec le plus grand soin. (Cas 474.)

477.

Titre : كتاب الصاحب وهو ديوان ..... بهاء الدين ابو (sic) الفضل زهير بن الصاحب محمد بن الصاحب على المهلّبي الصالحى المصرى الازدى «Ceci est le livre du conseiller, et c'est le recueil des vers de ..... Bahâ ed-Dîn Abou 'l-Faḍl Zohair, fils du conseiller Moḥammad, fils du conseiller ʿAlî, Al-Mouhallabî Aṣ-Ṣâliḥî Al-Miṣrî Al-Azdî.» En tête, le nom de Bahâ ed-Dîn Zohair est précédé de الصاحب الوزير. Il mourut en 656 de l'Hégire (1258 ap. J.-Ch.). Ibn Khallikân lui a consacré une notice; voir *Biographical Dictionary* I, p. 542 et suiv. M. Palmer a publié une excellente édition de ses poésies avec une traduction anglaise (London, 1876—1877, 2 vol. in-8). M. St. Guyard a publié un choix de «variantes au texte arabe» d'après le manuscrit de la Société Asiatique de Paris (Paris, 1883, in-18).

C'est l'auteur qui a lui-même fait le triage des poésies admises dans son *dîwân*, et il les a classées d'après l'ordre alphabétique des rimes. Commencement : اما بعد حمد الله وكفى وسلام على عباده الخ.

Papier Écriture Asiatique. 140 feuillets. 15 lignes par page. Sans date. (Cas. 475.)

478.

Ce manuscrit (Cas. 476) a disparu.

479.

Titre : كتاب نزهة النظّار وروضة الاشعار «Livre intitulé : Délices des spectateurs, et jardin des poésies.» C'est l'autographe du compilateur anonyme, qui a terminé cette anthologie poétique en 854 de l'Hégire (1450 ap. J.-Ch.). Commencement : الحمد لله جامع الكلام الطيّب الخ.

Papier. Écriture Asiatique. 93 feuillets. 11 lignes par page. (Cas. 477.)

480.

On lit à la tranche inférieure : الحماسة. En effet, ce manuscrit contient le texte de la *Ḥamâsa* d'Aboû Tammâm, mort en 231 de l'Hégire (845 ap. J. Ch.), avec de nombreuses notes marginales et interlinéaires. Le ms. 289 contient ce même recueil avec le commentaire de Thâbit Al-Djordjânî. Copie datée de 881 de l'Hégire (1476 ap. J.-Ch.).

Papier. Écriture Asiatique. 151 feuillets. 15 lignes par page. (Cas. 478.)

481.

Album oblong (سفينة) de poésies arabes, recueil qui ne saurait être antérieur à la fin du IXe siècle de l'Hégire, puisqu'on y trouve des poésies de علاء الدين على الطوسى, mort à Samarkand en 887 de l'Hégire (1482 ap. J.-Ch.). Voici quelques autres noms des poètes cités : فخر الدين محمد بن عبد

شرف الدين عبد العزيز شيخ شيوخ حماة ; الوهاب المعروف بابن قاضى دارا ; ابن النعاويذى, etc. etc. Au fol. 114 r°, صفى الدين الحلّى ; بليغ الدين l'auteur parle de l'anthologie intitulée قلائد الجمان «Les colliers de perles», à laquelle il emprunte certains morceaux.

Papier. Manuscrit oblong. Écriture Asiatique. 220 feuillets. 12 lignes par page. Sans date. (Cas. 479.)

482.

Titre à la tranche inférieure : اخبار عقلاء المجانين «Histoires sur les intelligents d'entre les hommes possédés par les Djinns.» D'après Ḥâdjî Khalîfa, n° 207, l'auteur est Aboû 'l-Azhar Moḥammad ibn Mazyad, le grammairien (النحوى), mort en 325 de l'Hégire (936 ap. J.-Ch.). Le commencement manque. Copie datée de 672 de l'Hégire (1273 ap. J.-Ch.). Voici quelques-uns des sujets traités dans cette monographie sur les lucidités de la folie : fol. 9 v° اصل الجنون من اللغة ; fol. 11 v° اسماء المجنون فى اللغة ; 17 r° اسماء جنون الدوابّ ; 17 v° ضروب المجانين, etc.

Papier. Écriture Asiatique. 146 feuillets. 16 lignes par page. (Cas. 480.)

483.

Mémorial de l'année 745 de l'Hégire (1344 ap. J.-Ch.). L'auteur anonyme est un personnage considérable, en relation avec ses contemporains de tous les pays musulmans. Ses notes autographes rendent compte de ses lectures et aussi des divers événements surtout littéraires, dont il est témoin, ou bien dont des amis l'informent. Parmi ceux-ci, je signalerai : 1° الاخ الحاجّ ابو عمرو عبد العزيز بن عبد الله بن الحاجّ (fol. 2 v°), qui lui écrit d'Alexandrie pour lui annoncer la mort d'Aboû Ḥayyân Moḥammad ibn Yoûsouf ibn Ḥayyân (cf. mss. 52—57); 2° ابو القاسم بن رضوان, qu'il appelle صاحبنا (fol. 23 r° et v°), l'auteur d'un manuel de politique, intitulé الشهب اللامعه ، فى السياسة النافعه, qui se trouve à Leyde (*Catalogus* IV, p. 198) et à Oxford (*Catalogus* I, p. 87); 3° فخر الدين عبد الله الحنبلى المشهور بالخطيب (fol. 3 v°), qui rencontra à Bagdâd notre auteur à l'époque où celui-ci était devenu presque aveugle, et lui récita de ses vers (انشدنى . . . . لنفسه ببغداذ بعد ان عميت وفقئ مقلى); 4° ابو اسحق ابرهيم بن ابى العبّاس احمد الغافقى نزيل سبته (fol. 31 v° d'un autre fragment, ms. 1734) qui, d'après Ḥâdjî Khalîfa II, p. 627, mourut en 710 de l'Hégire (1310 ap. J.-Ch.).

Cette dernière date m'amène à croire qu'en 745 l'auteur anonyme n'était au début, ni de sa vie ni de sa carrière. Remarquons aussi que fol. 23 r° il parle d'un voyage, qu'il aurait fait à Tlemcen (رحلى من تلمسان). Je ne sais quel est un ابو اسحق الساحلى, dont le nom revient plus d'une fois sous son *kalam*.

A propos du manuscrit 1734, Casiri (*Bibliotheca Arabico-Escurialensis* II, p. 165) a cité comme auteur احمد بن محمد القضاعى, en expliquant Al-Ḳoḍâ'î de la manière la plus fantaisiste. S'il m'est permis de substituer une conjecture à cette attribution, qui ne s'appuie sur rien, je soupçonne que nous avons peut-être ici un fragment du تذكرة الصفدى «Mémorial d'Aṣ-Ṣafadî», c'est-à-dire de Ṣalâḥ ed-Dîn Khalîl ibn Aibak Aṣ-Ṣafadî, mort en 764 de l'Hégire (1362 ap. J.-Ch.), et dont nous avons rencontré plus haut la correspondance (ms. 326). Cf. Ḥâdjî Khalîfa, n° 2826 ; C. Rieu, *Catalogus,* p. 345; Pertsch, *Die Arabischen Handschriften* IV, p. 169 et suiv. Peut-être pourrait-on être tenté de penser aussi à Ibn Djâbir l'aveugle, mort en 780 de l'Hégire (1378 ap. J.-Ch.). Cf. mss. 74, 75, 327.

Les manuscrits 483 et 1734 contiennent donc une série de notes prises au jour le jour, en attendant la mise au net, avec toutes les irrégularités et toute la liberté d'autographes en brouillon. Peu de manuscrits arabes sont plus dignes que ceux-ci d'une étude approfondie, qui, je crois, serait féconde en résultats pour l'histoire littéraire.

Papier. Écriture Maghrébine. 46 feuillets. 15 à 33 lignes par page. (Cas. 481.)

484.

Recueil de poésies érotiques, entremêlées de morceaux assez légers en prose. Commencement : قيل لاعرابى أتحسن وصف النساء قال نعم اذا عذب طرفاها الخ.

Papier. Manuscrit oblong. Écriture Asiatique. 121 feuillets. 10 lignes par page. Sans date. (Cas. 482.)

485.

Recueil de poésies en Turc sur la naissance et la vie du prophète. Premier vers :

بنام خالق وحى وتوانا سميع صانع ودانا وبينا

Papier. Écriture *naskhî.* 73 feuillets. 11 lignes par page. Sans date. (Cas. 483.)

486.

Ce manuscrit (Cas. 484) a disparu.

487.

1° Titre : كتاب فيه سرح البردة الشريفة لسيّدنا . . . . جلال الـدين ابى عبد الله محمد المحلّى الشافعى «Livre contenant le commentaire sur la noble *Borda*, par notre maître Djalâl ed-Dîn Aboû 'Abd Allâh Moḥammad Al-Maḥallî, le Schâfi'ite.» Celui-ci mourut en 864 de l'Hégire (1459 ap. J.-Ch.); son commentaire sur la *Borda* d'Al-Boûṣîrî, comme aussi le commentaire qu'il a composé sur le Coran en collaboration avec As-Soyoûṭî (تفسير الجلالين) et ses autres ouvrages (par exemple, ms. 102, 4°), se distingue par la concision et l'exactitude. Commencement : قال . . . . جلال الدين محمد بن احمد المحلّى ثم المصرى الشـافعى . . . . الحمد لله والشكر لله الخ. Le vrai commencement se trouve en tête d'un autre exemplaire (ms. 521, 7°).

2° (Fol. 17 v°). Le titre se trouve annoncé au bas du fol. 17 r° dans la note suivante : يتلوه كتاب شفاء الغليل وعافيـــة العليل فى اجوبة للسائل النبيل عن احوال الشيخ . . . . ابى الحسن عـلى الحسنى الادريسى المعمارى الشاذلى نسبة لبلدة بالقرب من تونس . . . . جمع . . . . تقى *(sic)* الدين ابو *(sic)* عبد الله محمد بن احمد بن ابى بكر بن عرام الشاذلى الصوفى الشافعى «Ce premier traité est suivi du livre intitulé : La guérison de celui qui est altéré et le rétablissement du malade, réponses à celui qui pose habilement les questions au sujet des états d'extase du schaikh . . . . Aboû 'l-Ḥasan 'Alî Al-Ḥasanî Al-Idrîsî Al-Mi'mârî, appelé Asch-Schâdhilî d'après une région voisine de Tunis . . . . compilation par . . . . Taḳî ed-Dîn (en tête : Raḍî ed-Dîn) Aboû 'Abd Allâh Moḥammad ibn Aḥmad ibn Abî Bakr ibn 'Arrâm Asch-Schâdhilî, le Soûfî, le Schâfi'ite.» Le biographe d'Aboû 'l-Ḥasan ʿAlî Asch-Schâdhilî, est son petit-fils, comme l'est aussi peut-être l'auteur des mss. 346, 347 et 460. Commencement : قال . . . . رضى الدين ابو عبد الله محمد بن احمد بن ابى بكر ابن عرام بن ابرهيم الربعى الشافعى سبط الشيخ . . . . ابى الحسن على الادريسى الشاذلى . . . . الحمد لله ونستعينه ونستغفره ونستهديه ونسترشده الخ.

Papier. Écriture Asiatique. 27 feuillets. 21 lignes par page. Manuscrit daté de 910 de l'Hégire (1504 ap. J.-Ch.), tout entier de la même main. (Cas. 485.)

488.

1° Biographie de ʿAbd Allâh ibn Moḥammad Ibn As-Sîd Al-Baṭalyoûsî (cf. ms. 29), par Dhoû 'l-wizâratain (l'homme des deux vizirats), l'écrivain Aboû Naṣr Al-Fatḥ ibn ʿObaid Allâh, connu sous le nom d'Ibn Khâḳân, l'auteur des Colliers d'or natif (ms. 357). Ibn Khâḳân, qui mourut vers 535 de l'Hégire (1140 ap. J.-Ch.), doit avoir été le disciple d'Ibn As-Sîd Al-Baṭalyoûsî, qui mourut en 521 (1127 ap. J.-Ch.). Aussi l'appelle-t-il dans plus d'un passage : الاستاذ البطليوسى (cf. ms. 538, 7°).

La biographie est suivie d'une sorte d'anthologie, contenant des lettres et des poésies d'Al-Baṭalyoûsî, et aussi quelques autres poésies, dont les auteurs sont ابن خَلَصة, ابن, ابو بكر بن عمّار, ابو الفتح البستى, الوزير ابو بحر بن عبد الصمد, الحصن, ابو الوليد بن زيدون, ابو بكر بن اللبانة.

Commencement : قال ذو الوزارتين الكاتب ابو نصر الفتح بن عبيد الله المعروف بابن خاقان ره اما بعد حمد الله الذى جعل الليل لباسا . . . . فانى لمّا فرغت من الكتاب الذى ابديت . . . . ولمّا كان . . . . ابو محمد عبد الله ابن السيد . . . . رايت ان افرد كتابا فى اخباره الخ.

2° (Fol. 104). Titre : رسالة الانتصار فى الرد على صاحب المقامة القرطبية انشاء الوزير الاديب ابى جعفر بن احمد «Lettre de la délivrance, en réponse à l'auteur de la *makâma* (séance) de Cordoue, œuvre du vizir lettré Aboû Dja'far ibn Aḥmad.» Celui-ci est évidemment le poète espagnol de la fin du Ve siècle et du commencement du VIe siècle de l'Hégire, qui, dans Ahlwardt, *Verzeichniss*, p. 233, est nommé : الكاتب ابو جعفر بن احمد من مدينة دانية. Quant à la «séance de Cordoue», c'est peut-être une des مقامات القرطبية (Casiri, *Bibliotheca Arabico-Escurialensis* II, p. 78), composées par Djamâl ed-Dîn Aboû Ṭâhir Moḥammad ibn Yoûsouf At-Tamîmî Al-Mâzinî de Saragosse, connu sous le nom d'Ibn Al-Aschtarkoûnî. Cf. Ḥâdjî Khalîfa, n° 12710. Voir pourtant ms. 538, 8°. La lettre, qui commence : الحمد لله المنفرد بالعزة والجلال الخ, est suivie d'autres lettres (رسالات), par الوزير ابو عامر بن مخارق, ابو القاسم بن, الوزير ابو عبد الملك بن عبد العزيز, ابن طاهر, ابن خلصة الجد, شمس المعالى, etc.

3° (Fol. 134 v°). Titre : نبذ وغرائب مما ذكره . . . . ابو الحسين بن جبير فى رحلته الحجازية ووجهته المشرقية «Fragments et curiosités de ce qu'a rapporté . . . . . Aboû 'l-Ḥosain Ibn Djobair dans son voyage au Ḥidjâz et lors de son séjour en Orient.» Cet extrait débute par la description d'Alexandrie (voir l'édition de W. Wright, p. ٣٦). Commencement : قال ذكر ما شاهدنا من اخبار الاسكندرية وآثارها الخ.

4° (Fol. 158 v°). Titre : عقد البيعة المباركة السعيدة الاولى بولاية العهد لسيدنا ومولانا امير المؤمنين ادام الله علو امرهم وسمو ذكرهم عن اهل قرطبة وانظارها من الموحدين والعرب والاجناد واصناف الرعية ...... وذلك

في العشر الاوائل من ذى القعدة سنة ٥٨٠[1] «Pacte de soumission bénie, heureuse, la première au point de vue de la succession du pouvoir, à l'égard de notre maître l'émir des croyants (puisse Allâh faire durer la haute autorité et la réputation élevée de sa race!), de la part des habitants de Cordoue et de sa province, Almohades, Arabes, soldats, et sujets de toutes les classes. Ce pacte fut signé dans les dix premiers jours de Dhoû 'l-ḳaʿda, en l'an 580.» Cette date équivaut au commencement de Février 1185 ap. J.-Ch.

Le prince africain, qui recevait ainsi le serment de fidélité des Espagnols, est nommé : امير المومنين ابو يوسف. C'est le quatrième des khalifes Almohades, Al-Manṣoûr Billâh Aboû Yoûsouf Yaʿḳoûb, qui régna de 580 à 595 de l'Hégire (1184—1199 ap. J.-Ch.). La pièce originale (امّ الكتاب dans la note finale), était revêtue de nombreuses signatures, qui n'ont pas été reproduites dans la copie, que nous décrivons, et qui a été faite dix ans plus tard, en 590 de l'Hégire (1194 ap. J.-Ch.) par le copiste même qui avait écrit l'exemplaire officiel.

Ce premier document est suivi d'un second (fol. 163), qui porte en tête : نسخة الكتاب المتوجّه مع البيعة المباركة وهو الجواب على كتاب الحضرة الامامية «Copie de la lettre qui accompagnait le Pacte de soumission bénie, et c'est la réponse au rescrit de Son Altesse l'imâm.» Après la capitulation politique devant le khalife, la capitulation religieuse devant l'imâm, les pou-

1. Mes notes portent ٥٨٨, que je n'hésite pas à corriger en ٥٨٠, pour les mettre d'accord avec les faits historiques, à l'occasion desquels ce «pacte» a été conclu.

voirs temporel et spirituel étant concentrés entre les mains du prince Almohade.

La cérémonie avait été terminée par une «prière pour Son Altesse l'imâm»; elle manquait dans la mise au net, que notre copiste reproduit, comme il ressort de la note finale suivante : وكان بعد هذا دعاء للحضرة الامامية يليق بمقامها العظيم لم يَثبت فى المبيّضة ولم اذكره عند نقل المبيّضة لى هنا لبُعد العهد بذلك التأريخ اذ كان نقلُ المبيّضة فى شهر رمضن المعظّم من سنة ٥٩٠ ولم اذكر سيئًا من الدعاء فى امّ كتاب البيعة.

Papier. Écriture Magrébine 167 feuillets. 1° 15 lignes; 2° et 3° 21 lignes; 4° 17 lignes par page. 1° à 3° sans date. (Cas. 486.)

489.

1° Commentaire sur le passage du Coran : كَانَ (*sic*) فَمَا لِمُؤمِنٍ وَلَا مُومِنَةٍ إِذَا قَضَى ٱللّٰهُ وَرَسُولُهُ أَمْرًا أَنْ تَكُونَ لَهُمُ ٱلْخِيَرَةُ مِنْ أَمْرِهِمْ (*Coran*, XXXIII, 36). Manuscrit daté de 1008 de l'Hégire (1599 ap. J. Ch.). Commencement : الحمد لله مولى المنح ومبدى الملح الخ.

2° (Fol. 42). Titre : هذا تعليق على مواضع فى متن الشذور اغفل مؤلّفه الكلام عليها فى شرحه «Ceci est une collection de notes sur certains passages dans le texte des *schoudhoûr*, dont leur auteur a négligé de parler dans son commentaire.» Il s'agit du traité de syntaxe, intitulé كتاب شذور الذهب «Livre des parcelles d'or», par Djamâl ed-Dîn ʿAbd Allâh Ibn Hischâm Al-Anṣârî, qui a lui même écrit un commentaire sur son livre (ms. 47, 2°). Après que ce commentaire fut achevé, Ibn Hischâm y fit des additions, que notre auteur a recueillies, classées et commentées (جمعت هذه المواضع على الترتيب شارحا لها على طريقة التسديد والتقريب).

D'après Ḥâdjî Khalîfa IV, p. 19, ces gloses auraient été rédigées par Badr ed-Dîn Ḥasan ibn Abî Bakr ibn Aḥmad Al-Ḳodsî Al-Ḥalabî, mort en 836 de l'Hégire (1432 ap. J.-Ch.), qui les aurait intitulées : شرح الصدور بشرح زوائد الشذور «Dilatation des poitrines par le commentaire sur les suppléments aux *schoudhoûr*.» Copie datée de 1002 de l'Hégire (1593 ap. J.-Ch.). Commencement : الحمد لله الذى اكمل دينا برحمته الخ.

3° (Fol. 62). Titre : هذا الكتاب كالشرح لابيات الرامزة الخزرجية تأليف .... الشيخ يحي الحطّاب المكى المالكى «Ce livre est une sorte de commentaire sur les vers de la poésie d'Al-Khazradjî, intitulée *ar-râmiza* (mss. 186, 2°; 330, 4°), œuvre de ..... le schaikh Yaḥyâ Al-Khaṭṭâb Al-Makkî Al-Mâlikî.» L'auteur de cet opuscule sur les mètres et la rime (رسالة مختصرة فى علمى العروض والقافية) s'est proposé de disserter (مسامرة) sur les vers de la *râmiza;* il est nommé en tête : يحي بن محمد بن محمد الحطّاب المالكى. Copie datée de 1007 de l'Hégire (1598 ap. J.-Ch.). Commencement : الحمد لله رب العالمين الخ.

Papier. Écriture Asiatique. 109 feuillets. 1° 17 lignes; 2° 20 lignes; 3° 23 lignes par page. (Cas. 487.)

490.

Poésies diverses en Persan et en Turc. Je n'ai point remarqué de date.

Papier. Écriture *naskhî*. 107 feuillets. 5 à 11 lignes par page. (Cas. 188.)

IV.

Philologie et Belles-Lettres.

In-folio.

491.

Titre orné : المقامات للحريرى تأليف ابو(sic) محمد القاسم بن على بن محمد الحريرى ..... «Les séances de Al-Ḥarîrî, œuvre de Aboû Moḥammad Al-Ḳâsim ibn ʿAlî ibn Moḥammad Al-Ḥarîrî.» Celui-ci mourut en 516 de l'Hégire (1122 ap. J.-Ch.). Ce manuscrit, entièrement vocalisé, est daté de 783 de l'Hégire (1381 ap. J.-Ch.).

Papier. Écriture Asiatique. 205 feuillets. 15 lignes par page. (Cas. 489.)

492.

Titre : المقامات الادبيّة المنسوبة الى ابى زيد السروجى انشاء ..... القسم (sic) بن على الحريرى. Autre exemplaire des Séances, avec quelques notes marginales. Copie entièrement vocalisée, exécutée en 597 de l'Hégire (1200 ap. J.-Ch.) par هبة الله بن عبد الباقى بن ادريس بن ابى سعد المسيحى من بلد مراغة.

Papier. Écriture Asiatique. 94 feuillets. 21 lignes par page. (Cas. 490.)

493.

Titre : المقامات الخمسون التى انشأها .... ابو محمد القسم (sic) بن على ابن محمد بن عثمن الحريرى البصرى رضه. Manuscrit des Séances vocalisé, avec de nombreuses notes marginales également vocalisées. C'est un exemplaire de choix, fait au Caire en 582 de l'Hégire (1186 ap. J.-Ch.).

On lit au fol. 152 v° le certificat d'origine suivant : نقل جميع المقامات لنفسه ..... عبد الغنى بن على بن ابرهيم المقرى من اصل الشيخ ..... ابى محمد عبد الله بن برّى بن عبد الجبّار المقدّسى النّحوى اللغوى ..... صورة ما على اصل الشيخ الامام .... سمع الشيخ .... ابو محمد عبد الله بن برى .... جميع هذه المقامات بقراءة الاجلّ مسعود الدولة ابى القسم (sic) خلف بن هبة الله بن حريز .... معارضا باصلى المقروء على المصنّف الذى قرأتُه على تاج الاسلام ابى محمد عبد الله بن القسم الحريرى الخ. Ibn Barrî mourut en 582 de l'Hégire (1186 ap. J.-Ch.), cf. ms. 585; son exemplaire, dont il est question dans cette note, avait été écrit dès 546 (1151 ap. J.-Ch.). Aboû Moḥammad ʿAbd Allâh ibn Al-Ḳâsim Al-Ḥarîrî est sans doute un fils de l'auteur des Séances. Cf. Ibn Khallikân, *Biographical Dictionary* II, p. 490 et 494.

Les « cinquante séances » de Al-Ḥarîrî sont suivies au fol. 153 de الرسالتان السينيّة والشينيّة اللتان انشأهما الشيخ الرئيس ابو محمد القسم بن على الحريرى. Les deux dissertations de Al-Ḥarîrî sont nommées *as-sîniyya* et *asch-schîniyya* parce que dans l'une tous les mots contiennent un *sîn*, et que dans l'autre tous contiennent un *schîn*. Commencement de la première : بسم القدّوس استفتح; de la seconde : بارشاد المنشئ انشئ.

Papier. Écriture Asiatique. 155 feuillets 19 lignes par page. (Cas. 491.)

494.

Titre : كتاب شرح المقامات للفقيه .... ابى عبد الله محمد بن .... ابى السعادات عبد الرحمن بن محمد المسعودى المعروف بالفندهـــى ره « Livre intitulé : Commentaire sur les Séances, par le défunt jurisconsulte ..... Aboû ʿAbd Allâh Moḥammad ibn ..... Abî 's-Saʿâdât ʿAbd ar-Raḥmân ibn Moḥammad Al-Masʿoûdî, appelé généralement d'Al-Fandahî (ou Al-Pandahî).» En tête du second volume (fol. 126 r°), qui a été relié avec le premier, je crois lire المعروف بالفنجدهى, avec insertion d'un *djîm*. Cette variante s'accorde avec le nom de پنج ديه *pandjdîh*, un des districts de Marwarroûdh, dans le Khorâsân, où notre auteur naquit en 522 de l'Hégire (1128 ap. J.-Ch.). Il mourut en 584 (1188 ap. J.-Ch.). Voir Ibn Khallikân, *Biographical Dictionary* III, p. 99 et suiv.; Yâḳoût, *Mouʿdjam* I, p. ٧٤٣; Ḥâdjî Khalîfa VI, p. 62.

Ce commentaire très estimé sur les Séances de Al-Ḥarîrî porte le titre (fol. 2 r°) de مغانى المقامات فى معانى المقامات «Les richesses des stations, explication des Séances». Copie datée de 762 de l'Hégire (1360 ap. J.-Ch.). Commencement : الحمد لله الذى خمّر اساجيع الكلم فى ضمائر الفصحاء الخ.

Papier. Écriture Magrébine. 254 feuillets. 31 lignes par page. (Cas. 492.)

495.

Second volume du grand commentaire sur les Séances de Al-Ḥarîrî, par Aboû 'l-ʿAbbâs Asch-Scharîschî. On lit à la fin : كمل السفر الثانى من شرح مقامات الحريرى لابى العبّاس الشريشى.
Aboû 'l-ʿAbbâs Aḥmad ibn ʿAbd al-Moûmin ibn Moûsâ Al-Ḳaisî Asch-Scharîschî mourut en 619 de l'Hégire (1222 ap. J.-Ch.). Voir ms. 512 et Ḥâdjî Khalîfa VI, p. 62.

Ce second volume, qui s'étend depuis la vingt-sixième séance jusqu'à la fin, a été écrit en 769 de l'Hégire (1367 ap. J.-Ch.) d'après un exemplaire plein de fautes, s'il faut en croire le copiste. «Puisse Allâh, dit-il, m'en faire connaître un plus correct, pour que je puisse améliorer mon texte par une collation.»

Papier. Écriture Magrébine. 161 feuillets. 29 lignes par page. (Cas. 493)

496.

Autre commentaire sur les Séances de Al-Ḥarîrî, avec un sommaire en tête de chaque séance, où elle est résumée. Manuscrit excellent, entièrement vocalisé, mais dans un complet désordre, où se trouvent pèle-mèle des extraits allant depuis la deuxième jusqu'à la quarante-quatrième séance. De très nombreuses lacunes même dans la partie conservée de ce manuscrit, qui ne présente ni commencement, ni fin.

Au fol. 132 v° on lit كمل السفر الاول من اقتراح سميرى فى شرح مقامات الحريرى «Ici se termine le premier volume de l'ouvrage intitulé : Une improvisation de la veillée, commentaire sur les Séances de Al-Ḥarîrî.» Voici le titre; le nom de l'auteur est au feuillet suivant (fol. 133 r°), dans le titre du second volume ....السفر الثانى من اقتراح سميرى فى شرح مقامات الحريرى تأليف ابى عبد الله محمد بن منصور بن حمامة المغراوى. Aboû ʿAbd Allâh Moḥammad ibn Mansoûr Ibn Ḥamâma Al-Magrâwî est en outre appelé As-Sidjilmâsî dans Ḥâdjî Khalîfa II, p. 534. L'exemplaire a été soigneusement collationné sur l'autographe de l'auteur.

Papier. Écriture Magrébine. 183 feuillets. 27 lignes par page. Sans date. (Cas. 494.)

497.

Commentaire de Ṣalâḥ ed-Dîn Khalîl ibn Aibak As-Ṣafadî (cf. ms. 483) sur la lettre d'Ibn Zaidoûn à Ibn Djahwar (ms. 358). Le titre de ce commentaire est donné dans la souscription (fol. 163 r°) : نجز تمام المتون من رسالة ابن زيدون استخراج ..... صلاح الدين بن ايبك الصفدى; c'est le «complément au texte de la Lettre d'Ibn Zaidoûn»; voir Ḥâdjî Khalîfa III, p. 358. La préface n'a pas été reproduite dans cet exemplaire, daté de 999 de l'Hégire (1590 ap. J.-Ch.). Elle se trouve dans un autre exemplaire, ms. 543.

Papier. Écriture Asiatique. 163 feuillets. 21 lignes par page. (Cas. 495)

498.

1° Titre : كتاب ديوان صفوة الشعراء وخلاصة البلغاء الشيخ صفى الدين عبد العزيز بن سرايا الحلى (*sic*, lisez للشيخ) «Livre contenant le recueil intitulé : L'élite des poètes et la quintessence des orateurs, par le schaikh Ṣafî ed-Dîn ʿAbd al-ʿAzîz ibn Sarâyâ Al-Ḥillî.» Sur l'auteur, voir mss. 123; 240, 2°; 390, 1°, etc. Il a lui-même divisé ses poésies en douze chapitres d'après les sujets traités. Copie datée de 795 de l'Hégire (1392 ap. J.-Ch.). Commencement : الحمد لله الذى علّم الانسان البيان ومنّ به عليه الخ.

2° (Fol. 316). Titre : كتاب درر البحور فى مدائح الملك المنصور «Livre intitulé : Les perles des mers, panégyriques d'Al-Malik Al-Manṣoûr.» Le «roi victorieux» est ici le sultan Ortoḳide Nadjm ed-Dîn Aboû 'l-Fatḥ Al-Gâzî, qui régna à Mâridîn de 692 à 712 de l'Hégire (1292—1312 ap. J.-Ch.).

Ce recueil, également par Ṣafî ed-Din Al-Ḥillî, se compose de vingt-neuf poésies, chacune de vingt-neuf vers, commençant et finissant chacune par l'une des vingt-neuf lettres de l'alphabet, classées d'après l'ordre alphabétique. Manuscrit en très mauvais état. Commencement : الحمد لله الذى اطلع نجوم المعانى المضيئة فى آفاق خواطر الفصحاء الخ.

Papier. Écriture Asiatique. 348 feuillets. 1° 17 lignes; 2° 21 lignes par page. 2° sans date. (Cas. 496.)

499.

Titre : كتاب المُلَح والطُّرَف من منادمات ارباب الحِرَف تصنيف.... محمد ابن محمد بن على البُلْبَيسى (sic).... وهى بخطه «Livre intitulé : Les propos salés et originaux tenus dans les banquets des membres des corporations, œuvre de . . . . . Mohammad ibn Moḥammad ibn 'Alî Al-Boulbaisî . . . . . écrit de sa main.» Cette dernière notice ne se rapporte pas à notre manuscrit, mais à l'exemplaire autographe de 746 de l'Hégire (1345 ap. J.-Ch.), qui a servi pour cette excellente copie, entièrement vocalisée, exécutée en 849 (1445 ap. J.-Ch.). Une édition des «propos salés» a été publiée au Caire en 1866.

Les convives sont au nombre de cinquante, et l'ensemble forme «une séance relative à cinquante métiers» (مقامة فى صنائع خمسين). Commencement : الحمد لله الملك المعبود الخ.

Papier. Écriture Asiatique. 40 feuillets. 13 lignes par page. (Cas. 497)

500.

Titre : كتاب روضة الاديب ونزهة الاريب فيه ذكر ما يتعلق بالفرج بعد الشدائد وما يتعلق بالشباب والشيب واوصاف النساء وذكر انواع الجماع

وذكر الشعراء وملحهم من الالغاز وغيرها وذكر الحمقاء ونوادرهم وغيرها من المقامات والاشعار واللطائف «Livre intitulé : Le jardin du lettré et les délices de l'homme intelligent. On y trouve mentionnés ce qui se rapporte à la délivrance après les malheurs, à la jeunesse et à la vieillesse, des descriptions de femmes, l'énumération des diverses espèces de relations sexuelles, certains détails sur les poètes et leurs propos piquants en énigmes ou autrement, et aussi sur les sots et leurs étrangetés, sans compter nombre de séances, de poésies et de finesses.»

Ce manuscrit autographe est donné comme écrit : على يد كاتبه ومخبره ومؤلفه .... محمد بن ابراهيم بن محمد بن طهير الحنفى. C'est ainsi également que le nom de l'auteur est donné dans Ḥâdjî Khalîfa, n° 6619. Il était de Ḥamâ (الحموى) d'après Ḥâdjî Khalîfa V, p. 221.

Le volume commence par le sixième chapitre : الباب السادس فى الفرج بعد الشدائد والكربات. C'est donc le deuxième volume; on a effacé au grattoir ce qui indiquait l'existence d'un troisième volume : il n'est resté que ان شاء الله de la formule : ويتلوه الجزء الثالث ان شاء الله.

Papier. Écriture Asiatique 238 feuillets. 27 lignes par page. Sans date. (Cas. 498.)

501.

Titre : كتاب مسامرة الندمان ومؤانسة الاخوان مما عنى بجمعه عمر بن محمد بن عبد الله الرازى الشافعى ...... يحتوى على حكايات واخبار واشعار ..... «Livre intitulé : L'entretien nocturne des commensaux, et l'intimité des frères, compilation entreprise par 'Omar ibn Mohammad ibn 'Abd Allâh Ar-Râzî le Schâfi'ite et contenant des anecdotes, des récits, des poésies.» Manuscrit daté de 728 de l'Hégire (1327 ap. J.-Ch.). Commencement : الحمد لله رب العالمين .... وبعد فانى ضمّنت فى هذا المجموع حكايات واخبار ما جرى للمتقدمين ومن الشعر الرقيق والمعنى الدقيق الخ.

Papier. Écriture Asiatique. 115 feuillets. 19 lignes par page. (Cas. 499.)

502.

Titre : الجواهر المجموعه والنوادر المسموعه تأليف .... شمس الدين السخاوى المحدّث «Les perles amassées, et les anecdotes transmises, œuvre de ..... Schams ed-Dîn As-Sakhâwî le traditionniste .....» L'auteur, ainsi qu'il est nommé à la fin, Aboû 'l-Khair Moḥammad ibn ʿAbd ar-Raḥmân ibn Moḥammad As-Sakhâwî Al-Miṣrî Asch-Schâfiʿî Al-Atharî naquit au Caire en 831 de l'Hégire (1427 ap. J.-Ch.) et mourut à La Mecque en 902 (1496 ap. J.-Ch.).

L'ouvrage est un recueil de traditions à l'éloge de la générosité et contre l'avarice. Copie datée de 881 de l'Hégire (1476 ap. J.-Ch.). Commencement : الحمد لله ذى المعروف العام .... وبعد فهذا كتاب نفيس مختصر من الحديث النبوى والأثر فى مدح السخاء والكرم وذمّ البخل وما يعقبه من الندم الخ.

Papier. Écriture Asiatique. 137 feuillets. 15 lignes par page. (Cas. 500.)

503.

Titre : كتاب الاقتضاب فى شرح ادب الكتّاب للفقيه ..... ابى محمد صنعة عبد الله بن محمد بن السيد البطليوسى رضه «Livre intitulé : L'improvisation, commentaire sur l'Instruction des écrivains par le jurisconsulte ..... Aboû Moḥammad, œuvre de ʿAbd

Allâh ibn Moḥammad Ibn As-Sîd Al-Baṭalyoûsi.» L'auteur de l'ouvrage commenté (ms. 573) est nommé dans la préface Aboû Moḥammad 'Abd Allâh ibn Mouslim Ibn Ḳotaiba. En décrivant un autre exemplaire du même commentaire (ms. 222), nous avons omis de dire qu'il a 29 lignes par page, et nous avons à tort reproduit une fausse indication de Ḥâdjî Khalîfa, d'après laquelle Ibn As-Sîd serait mort en 421 de l'Hégire, tandis qu'en réalité il mourut en 521 (1127 ap. J.-Ch.); cf. ms. 488, 1°. C'est donc de son vivant qu'a été écrit le ms. 503, entièrement vocalisé et daté authentiquement de 515 de l'Hégire (1121 ap. J.-Ch.).

Papier. Écriture Magrébine. 221 feuillets. 30 lignes par page. (Cas. 501.)

504.

Titre : كتاب سحر البلاغة وسرّ البراعة تأليف . . . . . ابى منصور عبد الملك بن محمد بن اسمعيل النيسابورى المعروف بالثعالبى «Livre intitulé : La fascination de l'éloquence et le secret de l'excellence, œuvre de . . . . . Aboû Manṣoûr 'Abd al-Malik ibn Moḥammad ibn Ismâ'îl An-Nîsâboûrî, connu sous le nom de Ath-Tha'âlibî.» Ouvrage composé après la يتيمة الدهر (mss. 350 et 351) du même auteur, comme le montre le passage de la préface cité par Ḥâdjî Khalîfa III, p. 585. Le contenu des quatorze «livres» (كتب) a été analysé par M. Flügel, *Die Arabischen . . . . . Handschriften* I, p. 213. Copie datée de 613 de l'Hégire (1216 ap. J.-Ch.). Commencement : اما بعد الحمد لله اولى من حُمد الخ.

Papier. Écriture Asiatique. 131 feuillets 15 lignes par page. (Cas. 502)

505.

Autre exemplaire du même ouvrage, sans titre. La fin manque. Commencement, comme dans Ḥâdjî Khâlîfa, n 7054 : اما بعد فالحمد لله اولى من حمد الخ.

Papier. Écriture Magrébine. 66 feuillets. 23 lignes par page. Sans date. (Cas. 503)

506.

Commencement d'une copie du même ouvrage, faite au siècle dernier par يوحنا بن غرزيا, comme se nomme lui-même au fol. 1 r° l'Espagnol D. Juan Garcia, qui avait commencé un travail d'épuration sur La fascination de l'éloquence.

Papier. Écriture Magrébine 40 feuillets. 24 lignes par page. Sans date. (Cas. 504.)

507.

Titre : الجزء الثانى من المثل السائر فى ادب الكاتب والشاعر تصنيف ضياء الدين ابى الفتح بن الاثير الجزرى. Second volume d'un ouvrage, dont nous avons rencontré deux exemplaires (mss. 214 et 262). Copie datée de 703 de l'Hégire (1303 ap. J.-Ch.).

Papier. Écriture Asiatique. 233 feuillets. 16 lignes par page. (Cas. 505.)

508.

Titre au fol. 1 r° الجزء الخامس من كتاب التذكرة «Tome V du livre intitulé : Le mémorial.» Au fol. 2 r° commence un chapitre, qui est le dix-neuvième de l'ouvrage, et qui se rapporte aux élégies et aux condoléances : باب المراثى والتعازى

وهو التاسع عشر من كتاب التذكرة. Ce chapitre commence par une doxologie : الحمد لله الخالق الباعث الرازق الخ. Les six premiers feuillets seuls font suite au titre.

Le fol. 7 et les suivants appartiennent au tome VI d'un autre exemplaire du même ouvrage. Pas de commencement; le chapitre vingt-septième, auquel appartiennent les feuillets 7—22, est consacré à des descriptions (نعت) d'animaux, du ciel, des étoiles, etc. Lacune considérable après le fol. 22. Au fol. 80 v° commence le chapitre vingt-huitième relatif à la vieillesse : الباب الثامن والعشرون وهو باب الشيب

A la fin (fol. 112 r°), on lit اخر المجلّد السادس من كتاب التذكرة الحمدية. «Fin du volume VI du livre intitulé : Le mémorial de Moḥammad.» Ce Moḥammad n'est autre que Kâfî al-Koufât Aboû 'l-Ma'âlî Moḥammad ibn Al-Hasan, de Bagdâd, surnommé Ibn Ḥamdoûn le Kâtib, né en 495 de l'Hégire (1102 ap. J.-Ch.) et mort en 562 (1166 ap. J.-Ch.). Voir Ibn Khallikân, *Biographical Dictionary* III, p. 90 et suiv.; Ḥâdjî Khalîfa, n° 2780; Hammer, *Literaturgeschichte der Araber,* VII, p. 1205 et 1206, où se trouve une table complète de تذكرة ابن حمدون «Le mémorial d'Ibn Ḥamdoûn.»

Papier. Écriture Asiatique. 112 feuillets, dont les six premiers ont 16 lignes, les autres 15 lignes par page. Sans date; la partie depuis le feuillet 7 semble être du VIIIe siècle de l'Hégire. (Cas. 506.)

In-Quarto.

509.

Titre : مطرزى شرح مقامات حريرى «Mouṭarrizî, commentaire sur les Séances de Ḥarîrî.» Manuscrit négligé, sans points diacritiques, de ce commentaire, qui a été achevé par son auteur Aboû 'l-Fatḥ Nâṣir ibn ʿAbd as-Sayyid Al-Mouṭarrizî (cf. ms. 608) en 563 de l'Hégire (1167 ap. J.-Ch.); la copie est de 620 (1223 ap. J.-Ch.). Commencement : الحمد لله المحمود على جميع الآلاء المشكور بحسن البلاء الخ.

Papier. Écriture Asiatique. 164 feuillets. 25 lignes par page. (Cas. 508)

510.

Titre : كتاب الايضاح فى شرح المقامات تصنيف . . . . . ابى الفتح ناصر ابن عبد السيّد المطرّزى الخوارزمى ادام الله فضله «Livre de l'exposition claire, commentaire sur les Séances, œuvre de . . . . Aboû 'l-Fatḥ Nâṣir ibn ʿAbd as-Sayyid Al-Mouṭarrizî du Khârizm, puisse Allâh faire durer sa supériorité!» Comme on le voit par ce titre, ce manuscrit, de tous points excellent, entièrement vocalisé, a été écrit du vivant de l'auteur; il est en effet daté de 584 de l'Hégire (1188 ap. J.-Ch.), tandis que Al-Mouṭarrizî mourut en 610 (1213 ap. J.-Ch.). C'est par le titre de L'exposition claire qu'on désigne généralement le commentaire de Al-Mouṭarrizî sur les Séances de Al-Ḥarîrî.

Papier. Écriture Asiatique. 233 feuillets. 17 lignes par page. (Cas. 509.)

511.

Ce manuscrit (Cas. 507) a disparu.

512.

Premier volume du grand commentaire de Aboû 'l-ʿAbbâs

Aḥmad ibn 'Abd al-Moûmin ibn Moûsâ ibn 'Îsâ ibn 'Abd al-Moûmin Al-Ḳaisî Asch-Scharîschî. Cf. ms. 495. Cet exemplaire comprend les vingt-trois premières séances. Commencement : الحمد لله الذى اختصّ هذه الامّة بافصح الالسنة الخ.

Papier. Écriture Asiatique. 425 feuillets. 21 lignes par page. Sans date. (Cas. 510.)

513.

Titre : كتاب فواكه الخلفاء تأليف ..... ابن عرب شـــاه «Livre intitulé : Les fruits des khalifes, écrit de ..... Ibn 'Arabschâh.» Ce recueil d'apologues et d'anecdotes, en prose rimée, est plus connu sous le titre qu'il porte dans le manuscrit 515 : كتاب فاكهة الخلفا ومفاكهة الظرفا «Livre intitulé : Le fruit des khalifes et le badinage des hommes ingénieux.» Il a été publié avec une annotation critique par Freytag (Bonnae, 1834—1852, 2 vol. in-4). L'auteur, Aḥmad ibn Moḥammad Ibn 'Arabschâh, le Ḥanafite de Damas, mourut en 854 de l'Hégire (1450 ap. J.-Ch.). Copie datée de 895 (1489 ap. J.-Ch.). Commencement : الحمد لله الذى شهدت الكائنات بوجوده الخ.

Papier. Écriture Asiatique. 292 feuillets. 19 lignes par page. (Cas. 511.)

514.

Titre : كتاب فاكهة الخلفاء تأليف ..... احمد بن محمد بن عرب شاه الحنفى. Autre exemplaire du même ouvrage, daté de 997 de l'Hégire (1588 ap. J.-Ch.).

Papier Écriture Asiatique 220 feuillets. 23 lignes par page. (Cas. 512.)

515.

Titre : كتاب فاكهة الخلفا ومفاكهة الظرفا للشيخ . . . . . شهاب الدين احمد بن عربشاه الحنفى. Autre exemplaire du même ouvrage.

Papier. Écriture Asiatique. 217 feuillets. 25 lignes par page. Sans date. (Cas. 513.)

516.

Titre : كتاب ثمرات الاوراق تأليف . . . . . تقى الدين بن حجّـه *(sic)* الحنفى . . . . . «Livre intitulé : Les fruits des feuilles, œuvre de . . . . . Taḳî ed-Dîn Ibn Ḥodjdja, le Ḥanafite.» Sur l'auteur et ses œuvres, voir particulièrement ms. 395. Recueil d'anecdotes, de poésies et de correspondances sans aucun classement. Commencement : قال . . . . . ابو بكر بن حجّة الحنفى . . . . . اما بعد حمد الله الذى فكّهنا بثمار اوراق العلماء . . . . . فانى وريت فى تسمية هذا الكتاب بثمرات الاوراق علما ان قطوعه لم تَدْنُ لغير ذوى الاذواق فمن ذلك ما نقلته من درّة الغوّاص لابى محمد القاسم بن على الحريرى الخ

L'ouvrage principal est terminé au fol. 205 v°, où l'on lit : تمّ كتاب ثمرات الاوراق للشيخ... تقى الدين بن حجّة الحموى الحنفى يتلوه ان شاء الله الذيل للشيخ محمد بن محمد بن محمد بن محمد بن *(sic)* السابق الحموى الشافعى.

Ce supplément (الذيل) commence en effet au fol. 208 par une anecdote relative au khalife Hâroûn Ar-Raschîd. Il porte pour titre : كتاب الذيل على ثمرات الاوراق تأليف . . . . . محمد بن محمد ابن محمد بن محمد السابق *(sic)* الحموى الشافعى. La copie, entièrement de la même main, est datée de 1010 de l'Hégire (1601 ap. J.-Ch.). Commencement du supplément : حكى ان هارون الرشيد حجّ ماشيا وسبب ذلك ان اخاه موسى الهادى كانت له جارية تسمّى غادر الخ.

Papier. Écriture Asiatique. 274 feuillets. 17 lignes par page. (Cas. 514.)

517.

Titre : كتاب ثمرات الاوراق لشيخ الاسلام ابن حجى (*sic*) الحموى. Autre exemplaire du même ouvrage (voir encore ms. 561), suivi d'un supplément analogue. Entre la partie principale, qui finit au fol. 155 v° et le supplément, quelques notes prises dans les ouvrages de Ibn Ḥodjdja.

Au fol. 205 commence une seconde copie du supplément, suivie de divers extraits fort courts, dont celui relatif aux fruits, qu'a donné Casiri.

Papier. Écriture Asiatique. 235 feuillets. 21 lignes par page. Sans date, tout entier de la même main. (Cas. 515.)

518.

1° Titre : المذهّبة فى نظم الصفات من الحُلى والشّبات «La poésie dorée sur les qualités, par lesquelles on est orné et embelli.» Au dessous de ce titre, le sujet est indiqué en sept vers, dont voici le premier :

هذا كتابٌ مُمتِّعٌ مُحتفِــــلُ   على الشِّيات والحُلى مشتمِلُ

L'auteur est nommé en tête. Voici le commencement :

قال الفقيه . . . . . ابو عبد الله محمد بن عيسى بن محمد بن اصبغ الازدى

الحمد لله تعالى مُنْعِمـــــا   عَلَّمَ مِنْ جَهْلٍ وجَلّى مِنْ عَمَا

La copie a été faite en 614 de l'Hégire (1217 ap. J.-Ch.) sur l'autographe de l'auteur, qui à cette époque versifiait à Cordoue et y termina en cette même année un poème de sept mille deux vers sur les signes de l'orthodoxie musulmane. Voir Ḥâdjî Khalîfa III, p. 204[1].

1. Il faut rectifier dans ce sens les dates de M. Ahlwardt, *Verzeichniss*, p. 91.

2° (Fol. 30). Titre : ابواب نظم الجمل المعقّبة فى الصفات لكتاب المذهّبة «Chapitres en vers sur les propositions placées à la suite des qualités décrites par La poésie dorée.» Même auteur que 1°. Commencement : قال الفقيه .... ابو عبد الله محمد بن عيسى بن محمد بن اصبغ الازدى

الحمد لله وحقّ الحمد لـــــه والخلق والامر وحُكمُ المَعدَلَه

A la fin, on lit : كمل نقل جميع كتاب المعقّبة فى الصفات لكتاب المذهّبة فى الحُلى والشيات من خطّ مؤلّفهما ..... وذلك فى ..... عام ٦١٤.

Papier. Écriture Magrébine. 77 feuillets. 18 lignes par page. (Cas. 516)

519.

Titre : كتاب فيه من ترسيل الفقيه الكاتب ابى عبد الله بن ابى الخصال ومقاماته ومعارضته لملقّى السبيل لابى العلاء المعرّى «Livre contenant des extraits de la correspondance du jurisconsulte, du secrétaire Aboû 'Abd Allâh Ibn Abî 'l-Khiṣâl, de ses Séances, et de la réfutation qu'il a écrite contre l'Indicateur du chemin de Aboû 'l-'Alâ Al-Ma'arrî.» L'auteur est nommé en tête Dhoû 'l-wizâratain (cf. mss. 404, 1°; 538, 2° et suiv.; 1787). L'ouvrage réfuté de Aboû 'l-'Alâ Al-Ma'arrî se trouve dans les mss. 276, 2°; 467, 3°. La fin manque. Commencement : رسالة لذى الوزارتين الاجلّ ابى عبد الله بن ابى الخصال فى الزَّرْزور الحمد لله ذى الحكمة البالغة الخ.

Papier. Écriture Magrébine. 130 feuillets. 21 lignes par page. Sans date. (Cas. 516, à la fin.)

520.

Titre : السفر الثالث من كتاب زواهر الفكر وجواهر الفقر مما جمعه والّفه لنفسه وكتبه بخطّه .... محمد بن على بن عبد الرحمن المُرادى ثم ابن المرابط

العلاء (*sic*, lisez ابى) المكّى بابى «Troisième volume du livre intitulé : Les beautés des pensées, et les perles des sentences, tirées de ce qu'a réuni, mis en ordre pour son usage personnel et écrit de sa main .... Moḥammad ibn ʿAlî ibn ʿAbd ar-Raḥmân Al-Mourâdî, puis fils du Marabout Mecquois Aboû 'l-ʿAlâ.»

Parmi les poètes cités dans cette anthologie, le rédacteur ne s'oublie pas lui-même, et se nomme محمد بن المرابط. Ce n'est point le manuscrit autographe que nous avons ici, mais une copie vocalisée, à laquelle il a servi de base et qui a été collationnée avec lui. La copie a été achevée à Fez en 721 de l'Hégire (1321 ap. J.-Ch.). Commencement : احمد الله تعالى حمدا دائما موصولا الخ.

Papier. Écriture Magrébine. 194 feuillets. 21 lignes par page. (Cas. 517.)

521.

1° Titre : الاضواء البهجه فى ابراز دقائق المنفرجه للشيخ ..... ابى زكريا يحيى الانصارى الشافعى. Le nom de l'auteur est transposé dans ce titre; au commencement, on lit avec raison زين اللّة والدين ابو يحيى زكريا ابن (*sic*) ..... شهاب الدين احمد بن زكريا الانصارى الشافعى. C'est le commentaire sur la *Mounfaridja*, que nous avons rencontré dans le ms. 441. Copie datée de 956 de l'Hégire (1549 ap. J.-Ch.).

2° (Fol. 26). Autre commentaire sur le même poème. Le commentateur, ʿAlî ibn Yoûsouf Al-Baṣrawî, le Schâfiʿite, l'a intitulé d'après la note finale (fol. 41 r°) : كتاب السريرة المنزعجه بشرح القصيدة المنفرجه «Livre du secret arraché, grâce au commentaire de la *Mounfaridja*.» Celle-ci, dans la préface, comme dans la préface du commentaire précédent, est attribuée à Aboû 'l-Faḍl Yoûsouf ibn Moḥammad ibn Yoûsouf, connu sous le nom de Ibn An-Naḥwî. Commencement : الحمد لله فارج الهمّ واسع الكرم الخ.

3° (Fol. 42). Commentaire, par Zain ed-Dîn Aboû Yaḥyâ Zakariyyâ Al-Anṣârî, le Schâfi'ite (cf. 1°) sur l'introduction en vers à la bonne lecture du Coran (المقدّمة المنظومة فى تجويد القران) du schaikh Aboû 'l-Khair Moḥammad ibn Moḥammad ibn Moḥammad Al-Djazarî. Cf. Ḥâdjî Khalîfa, n° 12764, d'après lequel l'auteur du poème mourut en 833 de l'Hégire (1429 ap. J.-Ch.). Le commentateur a intitulé son travail الدقائق المحكّمه فى شرح المقدمه « Les finesses bien appréciées dans le commentaire sur l'Introduction. » Copie datée de 959 de l'Hégire (1552 ap. J.-Ch.). Commencement : الحمد لله الذى افتتح بالحمد كتابه الخ.

4° (Fol. 78). Texte du poème, sur lequel est le commentaire précédent. Titre : كتاب الجزريّة فى القراءات « Livre intitulé : Le poème Djazarite sur les lectures du Coran. » Poème lithographié au Caire en 1865. A la fin : تمّت المقدّمة. Premier vers :

يقول راجى عفو ربّ سامعِ   محمد بن الجزرى الشافعِى

5° (Fol. 85). Titre : كتاب حواشى الازهرى فى حلّ الفاظ الجزريّة تأليف ..... خالد الازهرى « Livre intitulé : Gloses de Al-Azharî pour expliquer les expressions du poème Djazarite, œuvre de Khâlid Al-Azharî. » Commentaire sur 4°, par l'auteur du commentaire sur la *Adjourroûmiyya* (ms. 92, 1°). D'après une note d'un possesseur, cette copie est antérieure à 990 de l'Hégire (1582 ap. J.-Ch.). Commencement : الحمد لله الذى انزل على عبده الكتاب الخ.

6° (Fol. 107). Commentaire sur les ورقات «Feuillets» de Aboû 'l-Ma'âlî 'Abd al-Malik, l'imâm des deux villes saintes et sur le commentaire, que leur a consacré Djalâl ed-Dîn Aboû 'Abd Allâh Moḥammad ibn Aḥmad Al-Maḥallî. L'auteur du supercommentaire, Al-Ḥaṭṭâbî, l'a intitulé قرّة العين لشرح ورقات امام الحرمين. Dans un autre exemplaire (ms. 102, 5°), l'auteur est nommé Aboû 'Abd Allâh Moḥammad ibn Moḥammad Al-Ḥaṭṭâb le Mâlikite. L'ouvrage a été terminé en 953 de l'Hégire (1546 ap. J.-Ch.), et c'est d'après le manuscrit autographe que cette copie a été faite en 961 (1553 ap. J.-Ch.).

7° (Fol. 131). Titre : كتاب شرح بردة المديح للشيخ ..... جلال الدين المحلّى «Livre intitulé : Commentaire sur la *Borda* relative à celui qui est digne de tous éloges, par le schaikh Djalâl ed-Dîn Al-Maḥallî.» Autre exemplaire, ms. 487, 1°. Commencement : الحمد لله المحتجب بسرادق النور والبهاء فلا يحجبه حجاب الخ.

Papier. Écriture Asiatique. 149 feuillets. 1°, 3° et 5° 17 lignes; 2° 26 lignes; 4° 15 lignes; 6° 21 lignes; 7° 19 lignes par page. 2°, 4°, 5°, 7° sans date. (Cas. 518.)

522.

Collection des homélies (خطب) de Aboû Yaḥyâ 'Abd ar-Raḥîm ibn Moḥammad ibn Ismâ'îl Ibn Nobâta Al-Khoudhâḳî Al-Fâriḳî, qui naquit à Mayyâfâriḳîn en 335 de l'Hégire (946 ap. J.-Ch.) et qui y mourut en 374 (984 ap. J.-C.). La collection, semblable à celle qui a été décrite dans Aumer, *Die Arabischen Handschriften ..... in München*, p. 44, termine par des prédications, dont l'auteur est le fils de Ibn Nobâta, qui est nommé plusieurs fois : ابو طاهر

محمد بن عبد الرحيم بن محمد بن اسماعيل بن نباتة. On lit à la fin : نجزت الخطب.

Le commencement fait défaut. Au fol. 1 v°, une homélie datée de 352 de l'Hégire (963 ap. J.-Ch.). Une grande partie de ce qui la précède, appartenant au même exemplaire, constitue le ms. 754. Après le fol. 1, lacune considérable. Plusieurs parties du même volume se trouvent dans les fragments. Copie excellente, datée de 653 de l'Hégire (1255 ap. J.-Ch.).

Papier. Écriture Asiatique. 54 feuillets. 21 lignes par page. (Cas. 519.)

523.

1° Titre : كتاب مناهج التوسّل فى مباهج الترسّل تأليف ..... عبد الرحمن بن محمد الحنفى البسطامى «Livre intitulé : Les voies de l'accession aux charmes du style épistolaire, œuvre de ...... 'Abd ar-Raḥmân ibn Moḥammad Al-Ḥanafî Al-Basṭâmî.» Manuel de l'art d'écrire selon la méthode des ṣoûfîs. Cf. Ḥâdjî Khalîfa, n° 13060, d'après lequel l'auteur mourut en 858 de l'Hégire (1454 ap. J.-Ch.). Commencement : وبعد فالعبد الملهوف الراجى عفو ربّه العطوف عبد الرحمن بن محمد بن على بن احمد الحنفى مذهبا البسطامى سربا ..... يقول ان اولى ما يرسخ فى الجنان ويرشح به اللسان الخ.

2° (Fol. 52). Titre : قصيدة الشيخ ..... القطب الربّانى الشرفى يحيى ...... «Poème du schaikh ....., du chef des ṣoûfîs, du docteur Scharaf ed-Dîn(?) Yaḥyâ.» Commencement de cette poésie mystique :

نَقْلَقُ من رزقٍ لأشّ   والخالقُ يرزقني

Papier. Écriture Asiatique. 59 feuillets. 17 lignes par page. Sans date. (Cas. 520.)

524.

1° Anthologie poétique, intitulée d'après la préface انشراح الصدور «La dilatation des poitrines.» Ḥâdjî Khalîfa, n° 1361, n'en connaît pas l'auteur. On y trouve des poèmes galants (نسيب) par ابو الحسن محمد بن الطاهر الحسين المعروف بالشريف الرضى; des poésies amoureuses (اغزال) par ابو الحسن مهيار ابن مرزويه; des vers de شمس الدين ابو ;جمال الدين يحي ابن مطروح الكاتب; محمد بن على النواجى ;الفضل بن وفاء المصرى; etc. De ce dernier nom il ressort que cette anthologie ne saurait être antérieure à la seconde moitié du IXe siècle de l'Hégire. Commencement : اما بعد حمد الله الذى شرح صدورنا لالتقاط جواهر الاداب الخ.

2° (Fol. 95). Commencement comprenant le titre : رسالة السيف والقلم لابن الوردى لمّا كان السيفُ والقلم عُدّتى العمل والقول الخ. L'auteur du «Traité de l'épée et de la plume», Zain ed-Dîn Aboû Ḥafṣ ʿOmar ibn Al-Mouṭhaffar ibn ʿOmar Ibn Al-Wardî mourut en 749 de l'Hégire (1349 ap. J.-Ch.). Je crois cette copie, datée de 745 (1344 ap. J.-Ch.), écrite de la main de l'auteur.

3° (Fol. 102). Titre : مقامة تسمى رشف الرحيق فى وصف الحريق للصلاح الصفدى «Séance intitulée : L'absorption du vin généreux, description de l'amoureux ardent, par Ṣalâḥ ed-Dîn Aṣ-Ṣafadî.» Ḥâdjî Khalîfa, n° 6455. Copie de la même main que 2°. Commencement : حكى شعلة بن ابى اللهب عن ابى الزناد شهاب انه قال أدنى مذ شنقه باوصاف دمشق منلذذه بما للافلام فى ذكر محاسنها الخ

Papier. Manuscrit oblong. Écriture Asiatique. 105 feuillets. 1° 15 lignes, 2° et 3° 11 lignes par page. 1° sans date. (Cas. 521.)

525.

Titre orné : آداب الدنيا والدين للشيخ العلامة الماوردى «Les institutions du monde et de la religion, par le très savant schaikh Al-Mâwardî.» Aboû 'l-Ḥasan 'Alî ibn Moḥammad Al-Mâwardî le Schâfi'ite mourut en 450 de l'Hégire (1058 ap. J.-Ch.). M. Rud. Enger a consacré une monographie à sa vie et à ses écrits (Bonnae, 1851).

Ce manuel d'éthique est divisé en cinq chapitres : 1° فى فضل العقل وذمّ الهواء; 2° فى ادب العلم; 3° فى ادب الدين; 4° فى ادب الدنيا; 5° فى ادب النفس. Commencement : الحمد لله ذى الطول والآلاء الخ.

Papier. Écriture Asiatique. 181 feuillets. 21 lignes par page. Sans date; manuscrit du Xe siècle de l'Hégire. (Cas. 522.)

526.

On lit à la fin (fol. 165 r°) de ce manuscrit, dont le commencement fait défaut : تمّ كتاب فصل المقال فى شرح كتاب الامثال لابى عبيد القسم (sic) بن سلّام بتفسير غريبه ومعانيه وذكر الامثال الواقعة فيه لابى عبيد عبد الله بن عبد العزيز البكرى «Ici est terminé le livre intitulé : La parole décisive, commentaire sur le Livre des proverbes de Aboû 'Obaid Al-Ḳâsim ibn Sallâm, avec l'explication des mots difficiles et des sens obscurs et l'énumération des proverbes qui s'y trouvent. L'auteur du commentaire est Aboû 'Obaid 'Abd Allâh ibn 'Abd al-'Azîz Al-Bakrî.»

Celui-ci naquit à Cordoue en 432 de l'Hégire (1040 ap. J.-Ch.), et mourut en 487 (1094 ap. J.-Ch.). Voir Gayangos, *Mohammedan Dynasties* I, p. 312 et suiv. Il est l'auteur du fameux dictionnaire géographique (معجم ما استعجم), qu'a publié M. Wüstenfeld (Göttingen, 1876—1877), et du grand ouvrage sur «les chemins et les royaumes» (المسالك والممالك), dont nous décrirons un volume sous le n° 1635, et dont M. de Slane a publié la partie relative à l'Afrique Septentrionale (Alger, 1857).

Quant à Aboû 'Obaid Al-Ḳâsim, c'est le lexicographe de Harât, mort vers 224 de l'Hégire (838 ap. J.-Ch.), dont les ouvrages sont énumérés dans le *Fihrist* I, p. ٧١ et ٧٢.

Papier. Écriture Magrébine. 165 feuillets. 21 lignes par page. Sans date; manuscrit vocalisé du VIIe siècle de l'Hégire. (Cas. 523.)

527.

Titre : كتاب تحفة العروس وجلاء النفوس تأليف.....ابى محمد عبد الله ابن.....ابى عبد الله محمد بن احمد بن محمد بن ابى القاسم بن محمد بن ابى القاسم التجانى..... «Livre intitulé : Le présent donné à la fiancée et le collyre des âmes, œuvre de..... Aboû Moḥammad 'Abd Allâh ibn..... Abî 'Abd Allâh Moḥammad ibn Aḥmad ibn Moḥammad ibn Abî 'l-Ḳâsim ibn Moḥammad ibn Abî 'l-Ḳâsim At-Tîdjânî.» Monographie sur le mariage en vingt-cinq chapitres, dont trois ont été publiés (Paris et Alger, 1848); cf. Dozy, *de Abbadidis* II, p. 141 et suiv. Autres exemplaires, mss. 562, 1249 (où l'on lit clairement التّجانى), 1250.

D'après un passage de Al-Makkarî, *Analectes* II, p. ٥٠٤, At-Tîdjânî était contemporain de Ibn Al-Abbâr (ms. 356, 2°). Il a donc vécu dans la première moitié du VIIe siècle de l'Hégire. Copie datée de 1006 de l'Hégire (1597 ap. J.-Ch.). Commencement : الحمد لله الذى سوّغنا الفضل جزيلا الخ.

Papier. Écriture Asiatique. 132 feuillets. 21 lignes par page. (Cas. 524.)

528.

Titre : كتاب السلوانات فى مسامرة الخلفاء والسادات تأليف محمد بن ابى محمد بن طفر «Livre intitulé : Les consolations dans l'entretien des khalifes et des chefs, œuvre de Moḥammad ibn Abî Moḥammad Ibn Ṭhafar.» Malgré la différence du titre, ce manuscrit contient le recueil de fables et d'apologues, intitulé سلوان المطاع فى عدوان الاطباع «La consolation de celui qui est exaucé, lors de la révolte de ses passions.» Ce titre du reste est donné au fol. 3 r°, précédé de وسمّيتها «et j'ai dénommé mon livre». Des deux éditions, que l'auteur avait publiées, nous avons ici la seconde, de 554 de l'Hégire (1159 ap. J.-Ch.), avec la dédicace au grand chef (سيّد السادة وقائد القادة) Aboû 'Abd Allâh Moḥammad ibn Abî 'l-Ḳâsim 'Alî ibn 'Alawî Al-Ḳouraschî (على بن علوىّ القرشى). Autres exemplaires, mss. 713; 761, 1°.

Pour tout ce qui concerne cet ouvrage et son auteur mort en 565 ou 568 de l'Hégire (1169 ou 1172 ap. J.-Ch.), on peut consulter les introductions substantielles placées par M. Amari en tête de sa version italienne (*Conforti politici;* Firenze, 1851, in-12) et de sa version anglaise (*Solwan, or Waters of Comfort;* London, 1852, 2 vol. in-8). Le texte a été lithographié dans l'Orient en 1278 de l'Hégire (1861 ap. J.-Ch.) et imprimé à Tunis en 1279 (1862 ap. J.-Ch.).

L'exemplaire, que nous décrivons, était destiné à une grande bibliothèque; on lit en effet au fol. 1 r° au dessous du titre, en lettres d'or : انتسخ للقائد الاجلّ ابى محمد عبد الله بن القائد الاجلّ المرحوم ابى زيد عبد الرحمن بن سعيد رحمهم الله. Le dernier feuillet est moderne. Manuscrit vocalisé. Commencement : احمد الله سبحنه لاسنى الملابس الفاخرة الخ.

Ce qui donne du prix à ce manuscrit, ce sont les quarante-sept miniatures peintes, dont il est orné. Elles sont toutes à demi-page au moins, quelques-unes remplissent même une page entière. Dans son état primitif, le manuscrit en comptait une quarante-huitième qui a été arrachée.

Les sujets traités sont tantôt musulmans et tantôt chrétiens. Sur une planche, qui doit représenter l'armée de Sapor (سابور), on reconnaît l'aigle de l'empire allemand sur la tente de Charles-Quint, Charles Ier d'Espagne. Les costumes militaires des troupes, qui remplissent ce cadre, se rapportent bien aussi à la première moitié du XVIe siècle ap. J.-Ch. On les croirait détachés des grandes tapisseries de la prise de Tunis qui appartiennent à la famille royale d'Espagne. La forme de plusieurs sièges appartient au style décoratif de la même époque.

Pendant que j'étudiais ce manuscrit, j'ai interrogé autour de moi plusieurs hommes compétents sur l'origine de ces précieuses illustrations. Je citerai tout d'abord D. Francisco Fernandez y Gonzales, un des premiers Arabisants de l'Europe, et en même temps professeur d'esthétique à l'université de Madrid. D'après lui, nous avons des copies remarquables tirées d'une collection d'originaux, qui devait être plus considérable. C'est ainsi qu'au fol. 22 v°, on peut lire le titre d'une planche presque au bas d'une page, à un endroit où elle n'aurait pu trouver place : صورة الخُشوار واصحابه قد هزموا فيروزا. A la marge, on a mis هنا «voici l'endroit», et pourtant le texte continue sans que la planche ait été insérée. Elle a donc existé précédemment, mais elle arrivait mal à propos dans ce nouvel exemplaire et a été omise. Par le même raisonnement, on s'explique l'unité de main, malgré la variété de la conception. A l'origine, la tâche avait été partagée entre plusieurs artistes ou au moins entre deux artistes, un chrétien et un musulman. Le copiste fort habile, évidemment un Morisque, ou un musulman converti au christianisme a indifféremment reproduit, sans chercher à les concilier, des œuvres d'art d'origine diverse.

Une opinion diamétralement opposée a été soutenue par mon ami, D. Felipe Navarro, qui a bien voulu rédiger à mon intention une note, dont je résume les arguments principaux. 1° L'originalité des miniatures est suffisamment attestée par la spontanéité du trait, par la hardiesse de l'exécution et surtout par l'expression et la correction du modelé des têtes et des mains. La légende tracée en arabe pour une miniature, qui n'a pas été exécutée, indique tout simplement un désaccord entre les intentions de celui qui a transcrit le texte et de celui qui l'a illustré. 2° En dehors des costumes militaires, les costumes mauresques portent leur date; ils sont certainement de la première moitié du XVIe siècle, qui est également assignée au travail de l'artiste par la présence de l'aigle de Charles-Quint sur une des planches. 3° Le style est tout-à-fait le style espagnol de cette époque. Cette série entière d'illustrations, où les tons des chairs et des draperies sont partout également harmonieux, doit émaner de quelque converti Morisque, en tout cas d'un peintre très au courant des mœurs et des costumes orientaux. Parmi ses œuvres, il y en a qui, pour la perspective et la composition, sont de vrais tableaux. On ne pourrait blâmer que certaines figures assez disproportionnées. L'ensemble constitue un document d'une importance capitale pour l'étude des costumes et des mœurs des musulmans espagnols, peut-être aussi des musulmans marocains dans la première moitié du XVIe siècle.

Papier. Écriture Magrébine. 89 feuillets. 17 lignes par page. Sans date. (Cas. 525.)

529.

Titre : كتاب فصوص الفصول وعقود العقول من كلام القاضى السعيد عزّ الدين ابى القسم (sic) هبة الله بن القاضى الرشيد ابى الفضل جعفر بن ..... ابى عبد الله محمد ..... «Livre intitulé : Les chatons des décisions et les colliers des intelligences, parole du ḳâḍî bienheureux ʿIzz ed-Dîn Aboû 'l-Ḳâsim Hibat Allâh, fils du ḳâḍî bien dirigé Aboû 'l-Faḍl Djaʿfar ibn ...... Abî ʿAbd Allâh Moḥammad.» D'après une note au fol. 1 r°, l'auteur serait né en 545 de l'Hégire (1150 ap. J.-Ch.) et serait mort en 608 (1211 ap. J.-Ch.). Au dire de Ibn Khallikân, *Biographical Dictionary* III, p. 589 et suiv., cet illustre poète égyptien était surnommé Ibn Sanâ 'l-moulk. Il se vante de n'avoir inséré dans cette anthologie en prose et en vers aucun morceau, dont il soit l'auteur. Commencement : بسم الله الرحمن الرحيم ثقتى بالله وحده وله الحمد فى الاولى والاخرة ..... وهذا كتاب لا ناقة لى فيه ولا جمل ..... وما فيه شىء من عندى وان كان سيبه كلّه من عندى الخ.

Papier. Écriture Asiatique. 81 feuillets. 13 lignes par page. Sans date. (Cas. 526.)

530.

1° Titre orné : كتاب مصباح الظلام فى المستغيثين بخير الانام «Livre intitulé : Flambeau qui éclaire l'obscurité sur ceux qui cherchent leur refuge auprès du meilleur des hommes.» Recueil de consolations pour les affligés, par Aboû 'Abd Allâh Moḥammad ibn Abî 'Imrân Moûsâ ibn An-No'mân Al-Mouzâlî *(sic)*. Le passage de la préface cité par Ḥâdjî Khalîfa, n° 12171 et la date de 639 de l'Hégire (1241 ap. J.-Ch.) pour la composition se trouvent au fol. 3 r°. Commencement : الحمد لله المجيب لمن دعاه الموفق من قصده الخ.

2° (Fol. 120). Traité d'édification, intitulé d'après la préface : حلّ الرموز ومفاتيح الكنوز «Solution des énigmes et découverte des mystères.» L'auteur est nommé en tête 'Abd as-Salâm ibn Moḥammad ibn Gânim Al-Mouḳaddasî; il mourut en 678 de l'Hégire (1279 ap. J.-Ch.). Autre exemplaire, ms. 1546. Copie datée de 991 de l'Hégire (1583 ap. J.-Ch.), date qui s'applique également à 1°, de la même main. Commencement : الحمد لله الذى فتح بمفاتيح الغيوب اقفال القلوب الخ.

3° (Fol. 189). Titre : كتاب انشاء الجسوم الانسانية تأليف ..... محى الدين بن العربى «Livre intitulé : La formation des corps humains, œuvre de ..... Mouḥyî ed-Dîn Ibn Al-'Arabî.» Sur l'auteur de tant d'œuvres mystiques, voir ms. 417. Copie datée de 1007 de l'Hégire (1598 ap. J.-Ch.). Commencement : الحمد لله الواهب الذى افتتح وجود الارواح المهيمنة المخلوقة الخ.

4° (Fol. 219). Titre : هذه ترجمان الاشواق للشيخ ..... محى الدين بن العربى. Autre exemplaire sans préface, ms. 418, 1°.

Commencement : قال . . . . . محى الملّة والدين ابى (sic) عبد الله محمد ابن العربى الحاتمى الطائى الاندلسى . . . . . انى استخرت الله تعالى ثم قيّدت فى هذه الاوراق ما نظمه من الابيات الغزليّة بمكّة الخ.

5° (Fol. 238). Titre : كتاب ديوان شذور الذهب التى فى فن السلامات للامام . . . . . ابى الحسن على بن موسى بن ابى القاسم بن على الانصارى الشهير بابن ارفع رأس الاندلسى ره. «Livre du recueil intitulé : Les parcelles d'or, qui appartiennent au genre des immunités, par l'imâm . . . . . . Aboû 'l-Ḥasan ʿAlî ibn Moûsâ ibn Abî 'l-Ḳâsim ibn ʿAlî Al-Anṣârî, connu sous le nom d'Ibn Arfaʿ Ra's.» Celui-ci mourut en 593 de l'Hégire (1196 ap. J.-Ch.). Recueil de poésies sur la pierre philosophale, classé d'après l'ordre alphabétique des rimes. Premier vers, sans préface :

اذا ثلّت المرّيخَ بالزّهرة امرءٌ   وقارن بالبدر المنير ذُكا

Papier. Écriture Asiatique. 296 feuillets. 1° et 2° 15 lignes, 3° 21 lignes, 4° 11 lignes; 5° 13 lignes par page. 1° et 5° sans date (Cas. 527.)

531.

Titre : كتاب الظرائف واللطائف فى مدح الاشياء واضدادها بالنظم المجز والنثر المجز مما جمعه ابو منصور محمد بن عبد الملك بن محمد الثعالبى النيسابورى رضه «Livre intitulé : Les élégances et les finesses, éloge des choses et de leurs contraires sous une forme abrégée en vers et en prose, collection par Aboû Manṣoûr Moḥammad ibn ʿAbd al-Malik ibn Moḥammad Ath-Thaʿâlibî de Nîsâboûr.» Autre ouvrage analogue du même auteur, ms. 458. A la fin : هذا اخر كتاب الظرائف واللطائف فى الاضداد. Copie terminée à Mauṣoul en 644 de l'Hégire (1246 ap. J.-Ch.). Commencement : الحمد لخالق الخلق وباسط الرزق الخ.

Papier. Écriture Asiatique. 109 feuillets. 13 lignes par page. (Cas. 528.)

532.

1° Titre : .... كتاب صوره رؤوس مكاتبات ومراسلات لقطب الوجود .... محمد البكرى الصديق «Livre intitulé : Formulaire d'en-tête de lettres et de messages, par le chef de l'extase mystique.... Mohammad Al-Bakrî Aṣ-Ṣadîḳî.» Collection de divers écrits mystiques en prose et en vers. Fol. 14 v°, où commencent les lettres de l'auteur, il est nommé : شمس الملة والدين محمد البكرى الصديق الشافعى الاشعرى; fol. 84 r°, on cite de plus, comme sa *kounya* : ابو المكارم. Il mourut vers 950 de l'Hégire (1543 ap. J.-Ch.). Commencement : الحمد لله والصلاة والسلام على سيدنا محمد الخ.

2° (Fol. 88). Titre : كتاب الانشاء مجموع من كلام .... محمد البكرى الصديق «Livre de la correspondance; recueil des écrits de ...... Mohammad Al-Bakrî Aṣ-Ṣadîḳî.» Copie datée de 995 de l'Hégire (1586 ap. J.-Ch.). Cette collection comprend tout un échange de lettres entre Moḥammad Al-Bakrî et ses contemporains.

Papier. Écriture Asiatique. 213 feuillets 1° 19 lignes; 2° 21 lignes par page. 1° sans date. (Cas. 529.)

533.

On lit à la fin du volume : تم الكتاب (*sic*) الكنز المدفون والفلك المشحون تأليف الشيخ .... يونس المالكى «Ici est terminé le livre intitulé : Le trésor enterré, et le navire bondé, œuvre du schaikh ..... Yoûnous le Mâlikite.» Ce recueil de proverbes, d'anecdotes, de mélanges lexicographiques et littéraires, de notes détachées, sans aucune division, est en tout cas antérieur à l'an 999 de l'Hégire (1590 ap. J.-Ch.), puisqu'il est cité dans un ouvrage terminé à cette date, le زبدة الامثـــال, par Mouṣṭafâ ibn Ibrâhîm de Gallipoli. Voir Nicoll, *Bibliothecae Bodleianae ..... Catalogus,* p. 106; Flügel, *Die Arabischen .....Handschriften* I, p. 301. Commencement : الحمد لله رب العالمين ..... اما بعد فقد جمعت ما تضمنــه هذا المجموع من فوائد وغيرها الخ.

Papier. Écriture Asiatique. 267 feuillets. 21 lignes par page. Sans date. (Cas. 530.)

534.

1° Titre plus moderne : كتاب التعازى لابى العبّاس محمد بن يزيد المبرّد «Livre des condoléances, par Aboû 'l-'Abbâs Moḥammad ibn Yazîd Al-Moubarrad.» Cet ouvrage du célèbre grammairien Al-Moubarrad (voir son *Kâmil,* ms. 221; cf. aussi ms. 111), mort en 285 de l'Hégire (898 ap. J.-Ch.) est cité dans la liste de ses œuvres, qu'énumère le *Fihrist* I, p. ٥٩. Il est inconnu à Ḥâdjî Khalîfa, et je ne crois pas qu'il en existe un second exemplaire dans une bibliothèque de l'Europe.

Al-Moubarrad raconte qu'il a été poussé à rédiger cette monographie par le ḳâḍî Aboû Isḥâḳ Ismâ'îl ibn Isḥâḳ ibn Ismâ'îl. Or celui-ci naquit en 199 de l'Hégire (814 ap. J.-Ch.) et mourut en 282 (895 ap. J.-Ch.). Voir *Fihrist* I, p. ٢٠٠; II, p. 85.

Manuscrit entièrement vocalisé, daté de 563 de l'Hégire (1167 ap. J.-Ch.). Commencement : (puis une lacune الحمد لله d'un mot par un trou) وارث الارض ومن عليها وهو خير الوارثـــين ..... قال ابو العبّاس محمد بن يزيد النحوى المعروف بالمـــبرّد ..... دعانا الى تأليف هذا الكلام واجتلاب محاسن مَن تكلّم فى اسباب الموت من المواعظ

والعازى والمرائى . . . . ابو اسحاق القاضى اسمعيل بن اسحاق بن اسمعيل بن حمّاد بن زيد بن درهم الخ.

2° (Fol. 132). Titre : الجزء الاربعون من اخبار مصر وفضائلها وعجائبها وطرائفها وغرائبها وما بها من البقاع والآثار وسير من حلّها وحلّ غيرها من الولاة والامراء والائمّة الخلفاء اباء امير المؤمنين . . . . . تصنيف الامير المختار عزّ الملك محمد بن عُبيد الله بن احمد بن اسمعيل بن عبد العزيز المسبّحى «Tome XL des événements d'Égypte, de ses supériorités, de ses merveilles, de ses curiosités extraordinaires, des contrées et des monuments qu'elle renferme, des biographies de ceux qui l'ont habitée, ou qui ont habité une autre région, gouverneurs, émirs et imâms khalifes, ancêtres de l'émir des croyants, ... œuvre de l'émir préféré ʿIzz al-Moulk Moḥammad ibn ʿObaid Allâh ibn Aḥmad ibn Ismâʿîl ibn ʿAbd al-ʿAzîz Al-Mousabbiḥî.» D'après Ḥâdjî Khalîfa II, p. 148, il mourut en 420 de l'Hégire (1029 ap. J.-Ch.).

Le tome XL de cet ouvrage très développé commence au milieu des événements de l'année 414 de l'Hégire (1023 ap. J.-Ch.) et comprend toute l'année 415. Cette partie, pour laquelle l'auteur raconte ce dont il a été témoin, mériterait d'être publiée. Le manuscrit, non daté, paraît être du VIe siècle de l'Hégire.

Papier. Écriture Asiatique. 289 feuillets. 1° 17 lignes; 2° 13 lignes par page. (Cas. 531.)

535.

Titre : كتاب فيه المقامات السبعة تأليف . . . . . جلال الدين السيوطى «Livre contenant les sept séances, œuvre de . . . . . Djalâl ed-Dîn As-Soyoûṭî.» C'est un choix de sept parmi les vingt-neuf séances, dont se compose le recueil complet, tel qu'il a été imprimé à Constantinople en 1298 de l'Hégire (1881 après J.-Ch.) et lithographié au Caire. Voir ms. 564 et Ḥâdjî Khalîfa, n° 12712. Le volume ouvre par la مقامة الرياحين «séance des plantes odoriférantes» où la rose, le narcisse, le jasmin et les autres fleurs se disputent la prééminence. Commencement : حدّثنا الريان عن ابى الريحان عن ابى الورد ابان الخ.

Papier. Écriture Asiatique. 59 feuillets. 14 lignes par page. Sans date (Cas. 532.)

536.

1° Le manuscrit commence comme suit : من رسائل البديع رسالة عتاب الوحشة «Parmi les traités de Al-Badî' est le traité intitulé : Blâme contre la sauvagerie». Or البديع est mis plus brièvement pour بديع الزمان; et ce surnom de «prodige du temps» est porté par Aḥmad ibn Al-Ḥosain Al-Hamadhânî, mort en 398 de l'Hégire (1007 ap. J.-Ch.). C'est lui qui introduisit dans la littérature arabe le genre des «séances» (مقامات), dans lequel il eut Al-Ḥarîrî pour imitateur. Ce n'est pas une des séances de Al-Hamadhânî qui se trouve ici, mais un de ses petits traités (رسائل), dont la collection a été publiée à Constantinople en 1298 de l'Hégire (1881 ap. J.-Ch.). Le «blâme contre la sauvagerie» est à la page ١١٤ dans l'édition. Commencement : الوحشة ايدك الله تقدح فى الصدر اقتداح النار فى الزند الخ.

2° (Fol. 40). Un autre petit traité de Al-Hamadhânî, avec le nom de l'auteur cette fois donné explicitement. La fin manque. Voir l'édition citée à propos de 1°, p. ١٢. Commencement : قال بديع الزمان ابو الفضل احمد بن الحسين الهمذانى سأل السيد ..... ان املئ عليه جوامع ما جرى بيننا وبين ابى بكر الخوارزمى ..... فى مناظرة مرّة ومنافرة اخرى الخ.

3° (Fol. 52). Séance (مقامة) sur les plus illustres poètes, par Aboû 'Abd Allâh Moḥammad Ibn Scharaf de Ḳairowân. C'est ainsi que l'auteur est nommé en tête; je trouve son nom plus complet dans Ibn Khallikân, *Biographical Dictionary* I, p. 385 (cf. III, p. 94) : Aboû 'Abd Allâh Moḥammad ibn Abî Sa'îd ibn Aḥmad, surnommé Ibn Scharaf Al-Ḳairowânî. Ajoutons y encore Al-Djoudhâmî (الجذامى) d'après Ḥâdjî Khalîfa I, p. 146, qui place sa mort en l'an 460 de l'Hégire (1067 ap. J.-Ch.). Commencement : مقامة انشأها ..... ابو عبد الله محمد بن شرف القيروانى ره يصف فيها مشاهير الشعراء قال جاريت ابا الريّان فى ذكر اهل النظام ومنازلهم فى الجاهليّة والاسلام فقال عدد الشعراء اكثر من الاحصاء واشعارهم ابعد من شقّة الاستقصاء الخ.

Papier. Écriture Magrébine dans 1°; Asiatique dans 2° et 3°. 61 feuillets. En moyenne, 17 lignes par page. Sans date. (Cas. 533.)

537.

Titre : ..... كتاب نزهة الناظر وبهجة الخاطر اعتنى بنثره ونظمه مؤلّفه على ابن *(sic)* محمد ابن *(sic)* خالد البلاطنسى نسبا الشافعى مذهبا الشامى بلدا «Livre intitulé : Délices de l'œil, et joie du cœur, composition en prose et en vers de son auteur ..... 'Alî ibn Moḥammad ibn Khâlid, originaire de Balâṭounous, le Schâfi'ite, vivant à Damas». D'après Rieu, *Catalogus*, p. 778 b, il mourut en 936 de l'Hégire (1529 ap. J.-Ch.). Cette anthologie, divisée en quarante-cinq «genres» (نوع) était sans doute destinée à ses élèves. Le manuscrit, écrit avant 942 de l'Hégire (1535 ap. J.-Ch.) d'après la note d'un lecteur (fol. 1 r°), me paraît être l'autographe même de l'auteur. Commencement : الحمد لله الذى اوضح لذوى البلاغة محاسن المعانى بافصح البيان الخ.

Papier. Écriture Asiatique. 264 feuillets 22 lignes par page. (Cas. 234.)

538.

Recueil de pièces historiques et de morceaux littéraires, composé en 785 de l'Hégire (1383 ap. J.-Ch.), date qui se trouve au fol. 53 r°. Voici une analyse du contenu :

1° Correspondance entre Ali et Aboû Bakr, à la suite de laquelle celui-ci fut reconnu comme khalife par Ali. L'autorité, sur laquelle repose l'authenticité des lettres citées, est Aboû Ḥayyân ʿAlî ibn Moḥammad At-Tauḥîdî de Bagdâd, qui mourut vers 380 de l'Hégire (990 ap. J.-Ch.). Voici le préambule, qui met en scène plusieurs de ses contemporains : قال ابو حيّان على بن محمد التوحيدى البغداذى مسونا ليلة عند القاضى ابى حامد احمد بن بشر المروّروذى العامرى ببغداذ فى دار ابن حبشان . . . . فقال هل فيكم من يحفظ رسالة لابى بكر الصدّيق الى على ابن ابى طالب . . . . وجواب على له ومبايعته ايّاه عقب تلك المناظرة فقالت الجماعة . . . . لا والله. Après avoir publié cette curieuse correspondance, l'auteur la commente en partie dans un تفسير كلمات فى هذه الرسالة.

2° (Fol. 11 r°). Lettre, dont voici l'en-tête : من امير المسلمين

وناصر الدين تاشفين بن على بن يوسف بن تاشفين الى وليــه . . . . . ابى زكريا يحيى بن على والفقيه القاضى محمد بن جحاف وسائر الفقهاء والــوزراء والاخيار والصلحاء والكافة ببلنسية . . . . . سلام «De la part de l'émir des musulmans, du défenseur de la religion, Tâschoufîn, fils de ʿAlî ibn Yoûsouf ibn Tâschoufîn à son ami . . . . . . Aboû Zakariyyâ Yaḥyâ ibn ʿAlî, au jurisconsulte faisant fonction de kâḍî Moḥammad ibn Djaḥḥâf, et aux autres jurisconsultes, vizirs, nobles, dévôts et hommes du peuple à Valence . . . . . . salut.» La date de cette épître en faveur de l'islamisme est facile à déterminer, l'Almoravide Tâschoufîn n'ayant régné que de 537 à 539 de l'Hégire (1142—1144 ap. J.-Ch.). Il la fit rédiger, comme il ressort de la note finale (fol. 14 r°), par الفقيه . . . . . ذو الوزارتين ابو عبد الله بن ابى الخصال عن امير المسلمين, qui ne lui survécut que d'une année (cf. mss. 404, 1°; 519; etc.).

3° (Fol. 14 r°). En-tête : ومما كتب به ايضا عند جوازه البحر من سبته (sic) للجزيرة الخضــراء «Voici ce qu'il (Ibn Abî 'l-Khiṣâl, voir 2°) écrivit également, lorsqu'il traversa la mer pour aller de Ceuta à Algesiras.»

4° (Fol. 16 r°). En tête : مما كتب به ابو عبد الله بن صاحب الصلاة من قرطبة . . . . . لصاحب له قد كان اسنودع عنده كتبه «Lettre de Aboû ʿAbd Allâh ibn Ṣâḥib aṣ-ṣalât adressée de Cordoue . . . . . à un de ses amis, chez lequel il avait mis en dépôt ses livres.» Aboû ʿAbd Allâh Moḥammad ibn Ṣâḥib aṣ-ṣalât Al-Bâdjî, l'historien des Almohades, vécut dans la seconde moitié du VI° siècle de l'Hégire. Voir Gayangos, *Mohammedan Dynasties* II, p. 519.

5° (Fol. 17 v°). Titre : رسالة كتب بها الشيخ . . . . . ابن الفرّاء رہ لامير المسلمين على بن يوسف بن تاشفين حين امره باقتضاء المعونة «Lettre qu'écrivit le schaikh défunt ..... Ibn Al-Farrâ à l'émir des Musulmans 'Alî ibn Yoûsouf ibn Tâschoufîn, lorsque 'Alî lui ordonna de faire payer une contribution extraordinaire.» C'est à Almeria que vivait au VIe siècle de l'Hégire Aboû 'Abd Allâh Moḥammad ibn 'Abd Allâh Ibn Al-Farrâ. Cf. Al-Maḳḳarî, *Analectes* II, p. ٣٣٢ et suiv.; p. ٣٣٤ se trouve une lettre analogue, qui doit être sans doute identifiée avec celle du ms.; il faut probablement lire à la ligne 1 : على بن يوسف. Celui-ci, le prédécesseur de Tâschoufîn (voir 2°) régna de 500 à 537 de l'Hégire (1106—1143 ap. J.-Ch.).

6° (Fol. 18 r°). مقامة كتب بها محارب بن محمد الوادى آشى للقائم ابى عبد الله بن ميمون «Séance, qu'écrivit Mouḥârib ibn Moḥammad de Guadix pour l'amiral Aboû 'Abd Allâh Ibn Maimoûn.» Celui-ci commandait les forces navales de l'Espagne vers le milieu du VIe siècle de l'Hégire. Il est appelé dans Gayangos, *Mohammedan Dynasties* II, p. 517 : Aboû 'Abd Allâh Moḥammad ibn Maimoûn. Cf. Ibn Khaldoûn, *Histoire des Berbères* II, p. 178.

7° (Fol. 21 v°). Titre : مقامة صنعها الفتح بن خاقان على الاستاذ ابى محمد البطليوسى «Séance que composa Al-Fatḥ Ibn Khâkân au sujet du maître Aboû Moḥammad Al-Baṭalyoûsî.» Cf. ms. 488, 1°.

8° (Fol. 23 v°). Titre : رساله الانتصار فى الرّد على صاحب المقامة المتقدمة . . . . . وهذه الرساله انشاء الوزير ابى جعفر احمد بن احمد «Lettre de la délivrance, en réponse à l'auteur de la séance qui précède .... et ce traité est l'œuvre du vizir Aboû Dja'far Aḥmad ibn Aḥmad.» Cf. mss. 488, 2°; 503.

9° (Fol. 24 v°). En-tête : وكتب الوزير الكاتب ابو عبد الله بن ابى الخصال الى ابى الحسين بن سرّاج «Et le vizir, le secrétaire Aboû

'Abd Allâh Ibn Abî 'l-Khiṣâl écrivit à Aboû 'l-Ḥosain ibn Sarrâdj.» Pour l'époque, voir 2°.

10° (Fol. 26 r°). Titre : رسالة خاطب بها ابو عامر بن غرسيه (sic) ابا عبد الله بن الحدّاد يعاتبه فيها ويفضّل العجم على العرب «Epître, dans laquelle Aboû 'Âmir, fils de Garcia, s'adressa à Aboû 'Abd Allâh Ibn Al-Ḥaddâd pour le blâmer, et pour mettre les Persans au dessus des Arabes». Le nom de Aboû 'Abd Allâh Moḥammad Ibn Al-Ḥaddâd de Guadix (الوادى آشى, cf. 6°) nous transporte à la seconde moitié du V° siècle de l'Hégire. Cf. Al-Maḳḳarî, *Analectes* II, p. ١٧٩. L'épître est suivie de quatre réfutations, qui commencent aux feuillets 29 r°; 41 r°; 43 r°; 45 v°.

11° (Fol. 52 v°). رسالة الراهب من افرنسه دمّرها الله الى المقتدر بالله صاحب سرقسطه «Lettre du moine de France (puisse Allâh anéantir ce pays) à Al-Mouḳtadir Billâh, prince de Saragosse». Al-Mouḳtadir Billâh Aboû Dja'far Aḥmad ibn Solaimân Ibn Hoûd régna à Saragosse de 438 à 474 ou 475 de l'Hégire (1046—1082 ou 1083 ap. J.-Ch.). Voir Codera, *Numismatica Arabigo-Española*, p. 277. La date de 785 de l'Hégire (1383 ap. J.-Ch.), notée à la fin de cette lettre, se rapporte à la rédaction du recueil et aussi sans doute à notre exemplaire.

12° (Fol. 53 v°). Titre : وهذا جواب ..... ابى الوليد الباجى ..... على هذه الرسالة «Et voici la réponse de ..... Aboû 'l-Walîd Al-Bâdjî ..... à cette lettre». Cette réponse à l'apologie du christianisme, par le moine français, a pour auteur Aboû 'l-Walîd Solaimân ibn Khalaf Al-Bâdjî, mort en 474 de l'Hégire (1081 ap. J.-Ch.). Voir Ḥâdjî Khalîfa VI, p. 265.

13° (Fol. 62 v°). En-tête : كتب الشيخ ..... ابو عمرو بن الهوزنى

«Lettre du schaikh .... Aboû ʿAmr Ibn Al-Hauzanî», avec (fol. 64 r°) la réponse du schaikh Aboû Bakr Ibn Ṣaḳlâb (فجاوبه الشيخ ابو بكر بن صقلاب). Sur la famille des Banoû 'l-Hauzanî, que le meurtre de son chef en 460 de l'Hégire (1067 ap. J.-Ch.) avait rangée parmi les mécontents en Espagne et parmi les alliés des princes Almoravides, voir Al-Maḳḳarî, *Analectes* I, p. ٥٢٢.

14° (Fol. 65 r°). En-tête : من امير المسلمين تاشفين الى الزبير بن عمر «De la part de l'émir des musulmans Tâschoufîn à Zobair ibn ʿOmar». Zobair ibn ʿOmar Al-Moulaththam fut pendant quelque temps gouverneur de Cordoue au nom du prince Almoravide Aboû 'l-Ḥasan ʿAlî, le père et le prédécesseur de Tâschoufîn (cf. 2°). Cf. Gayangos, *Mohammedan Dynasties* I, p. 489.

15° (Fol. 65 v°). En-tête : مما كتب به عن الرئيس .... ابى الحسن ابن نصر من قصبة المريه *(sic)* ..... الفقيه ..... ابو جعفر بن شبطون «Extrait de ce qu'a écrit au nom de l'illustre ..... Aboû 'l-Ḥasan Ibn Naṣr, du château d'Almeria ..... le jurisconsulte.... Aboû Djaʿfar Ibn Schabṭoûn(?)». D'après Gayangos, *Mohammedan Dynasties* I, p. 353, Aboû 'l-Ḥasan Ibn Naṣr est un poète de Guadix, né en 572 de l'Hégire (1176 ap. J.-Ch.).

16° (Fol. 69 r°). En-tête : كتب عن السيد الاجل..... ابى العلى *(sic)* ابن الخلفاء الراشدين ..... الى الشيخ ..... ابى عمران بن ..... ابى حفص ..... الكاتب الافضل ابو زيد عبد الرحمن بن يخلفتن الفازازى. «Le secrétaire éminent Aboû Zaid ʿAbd ar-Raḥmân ibn Yakhlaftan Al-Fâzâzî a écrit au nom du maître puissant ..... Aboû 'l-ʿAlî, fils des khalifes orthodoxes (des quatre premiers khalifes) ..... au schaikh ..... Aboû ʿImrân ibn ..... Abî Ḥafṣ». Aboû 'l-ʿAlî me parait être ici Aboû 'l-ʿAlî

Al-Moustanṣir (voir Al-Makkarî, *Analectes* I, p. ٥٢٩, ligne 1), c'est-à-dire le khalife Almohade Yoûsouf II ibn Moḥammad, surnommé Al-Moustansir, qui régna de 610 à 620 de l'Hégire (1213—1223 ap. J.-Ch.). C'est à la même époque d'ailleurs, que nous reporte le nom de Aboû ʿImrân ibn Abî Ḥafṣ, gouverneur d'Almeria au commencement du VIIᵉ siècle de l'Hégire. Voir Al-Maḳḳarî, *Analectes* II, p. ٧٦١.

Les lettres, qui terminent le volume, paraissent également émaner de Aboû Zaid ʿAbd ar-Raḥmân ibn Yakhlaftan Al-Fâzâzî, dont nous avons rencontré deux collections de poèmes (ms. 404, 5° et 6°); un nouvel examen serait pourtant nécessaire pour trancher la question d'une manière définitive.

Papier. Écriture Magrébine 88 feuillets. 21 lignes par page. (Cas 535.)

539.

Titre à la tranche inférieure : كتاب نزهة المحبّ والاحباب « Livre intitulé : Délices de l'amoureux et des êtres aimés». Recueil de vers et d'anecdotes, sans nom d'auteur. La copie, et à plus forte raison la rédaction sont antérieures à l'année 1004 de l'Hégire (1595 ap. J.-Ch.), qu'un lecteur a inscrite au fol. 1 r°. Commencement : الحمد لله الذى جعل للعاشقين باحكام الغرام رضا . . . . . وبعد فانى جمعت هذا الكتاب وجعلته نزهة للمحبّ والاحباب الخ.

Papier. Écriture Asiatique. 248 feuillets 15 lignes par page. Sans date. (Cas. 536.)

540.

Manuscrit turc, en tête duquel on lit : هذا كتاب انشاء غرّا

ورغبا «Ceci est le livre intitulé : Manuel du style épistolaire à l'usage des hommes inexpérimentés et des solliciteurs».

Papier. Écriture *naskhî*. 64 feuillets. 11 lignes par page. Sans date. (Cas. 537.)

541.

Manuscrit en grand désordre, sans titre ni commencement. Au fol. 42 v°, une quatrième «section» est intitulée الفصل الرابع فى سائر الفنون والاعراض; c'est évidemment la dernière devant épuiser le sujet traité dans les trois précédentes. Or, ce qui caractérise la manière dont les sujets les plus divers sont traités dans ces feuillets épars, c'est qu'ils sont toujours rapportés à la littérature proverbiale. De plus, l'auteur anonyme cite plusieurs fois un de ses écrits, intitulé كتاب المبهج «Livre intitulé : Celui qui égaye.» Or, d'après Ḥâdjî Khalîfa, n° 11340, cet ouvrage a pour auteur le polygraphe bien connu Aboû Ismâ'îl 'Abd al-Malik ibn Manṣoûr Ath-Tha'âlibî, mort en 430 de l'Hégire (1038 ap. J.-Ch.).

La comparaison d'un autre exemplaire (ms. 781) m'a démontré que nous avons dans ce volume des fragments de son كتاب التمثل والمحاضرة «Livre intitulé : L'application des proverbes et la citation opportune». Les titres des quatre «sections» ont été très exactement donnés dans Ḥâdjî Khalîfa, n° 3585. Les titres des quatre parties, également appelées الفصل, dans lesquelles est subdivisée la quatrième section, diffèrent un peu de celles qui ont été publiées par M. Dozy, *Catalogus* I, p. 196. Nous les redonnons d'après le manuscrit : 1° Fol. 42 v° : الفصل الاول من هذا الفصل فيما يتمثل به او يجرى مجرى المثل من ذكر احوال الناس واطوارهم المختلفة;

2° Fol. 49 v° : الفصل الثانى من الفصل الرابع فى المحاسن ومكارم الاخلاق والممادح; 3° Fol. 6 v° : الفصل الثالث من الفصل الرابع فى ذكر المقابح ومساوى الاخلاق; 4° Fol. 12 r° : الفصل الرابع من الفصل الرابع فى فنون شتى وانحاء مختلفة الترتيب.

Papier. Écriture Magrébine 54 feuillets. 21 lignes par page. Sans date. (Cas. 538.)

542.

Titre : الجزء الاول من المقامات الجوزيه فى المعانى الوعظيه وشـــرح الكلمات اللغويه تأليف . . . . . ابى الفرج عبد الرحمن بن على بن محمد بن على ابن الجوزى «Tome I des Séances Djauzites, sur les questions de morale, avec l'explication des expressions de la langue arabe, œuvre de ..... Aboû 'l-Faradj ʿAbd ar-Raḥmân ibn ʿAlî ibn Moḥammad ibn ʿAlî Ibn Al-Djauzî». Malgré le titre, la collection complète, composée de quarante-sept ou quarante-huit «séances», se trouve dans ce manuscrit. A la fin de chaque séance, commentaire sur les mots inusités, intitulé : تفسير غريب المقامة.

L'auteur doit avoir écrit en trente-quatre jours cet ouvrage, inconnu des bibliographes, à Bâb al-Azadj, une dépendance de Bagdâd, en 577 de l'Hégire (1181 ap. J.-Ch.). Copie datée de 696 (1296 ap. J.-Ch.). Commencement : الحمد لله الذى خصّنا بافصح اللغات الخ.

Papier. Écriture Asiatique. 171 feuillets. 17 lignes par page. (Cas. 539.)

543.

Titre : سرح رسالة ابن زيدون التى كتبها لابن جَهْوَر *(sic)* للعلامـــة الصفدى . . . . . وهى غير رسالته التى كتبها الى ابى عامر على لســان ولّادة بنت المستكفى بالله التى سرحها ابن نباتة وكلا الرسالتين والشرحين فى غايـــة

اللطافة. Autre exemplaire de l'ouvrage contenu dans le ms. 497, auquel manque seulement la préface. Copie faite d'après l'autographe de l'auteur en 890 de l'Hégire (1485 ap. J.-Ch.). Le premier feuillet plus moderne. Commencement: الحمد لله الذى شرح صدورنا بالاسلام الخ.

Papier. Écriture Asiatique. 240 feuillets. 17 lignes par page. (Cas. 540.)

544.

Titre : كتاب اطباق الذهب تأليف . . . . . شرف الدين عبد المؤمن ابن *(sic)* هبة الله الاصبهانى «Livre intitulé : Les disques d'or, œuvre de . . . . . Scharaf ed-Dîn 'Abd al-Mou'min ibn Hibat Allâh d'Ispahan». Ouvrage composé à l'imitation des اطواق الذهب de Az-Zamakhscharî, et divisé en cent maximes (مقالة). D'après Ḥâdjî Khalîfa I, p. 342, rectifié par VII, p. 601, l'auteur était connu sous le nom de Sifrawaihi (سفرويه). Cf. Flügel, *Die arabischen . . . . . . Handschriften* I, p. 311 et 312. Pour déterminer l'époque jusqu'ici inconnue, où vivait l'auteur, il est bon de noter que notre exemplaire est daté de 798 de l'Hégire (1395 ap. J.-Ch.). Les «disques d'or» ont été publiés à Boûlâḳ en 1863. Commencement : اللهم انا نحمدك على ما اسلت علينا من جلابيب كرمك الخ.

Papier. Écriture Asiatique. 62 feuillets 13 lignes par page. (Cas. 541.)

545.

Titre à la tranche inférieure : الكناس لفوائد الناس لابن طولون «Le refuge pour les remarques utiles des hommes, par Ibn Ṭoûloûn». Si cette notice est exacte, ce recueil d'extraits en prose et en vers a pour auteur Moḥammad ibn 'Alî ibn Moḥammad Ad-Dimischḳî Aṣ-Ṣâliḥî le Ḥanafite, surnommé Ibn

Ṭoûloûn, qui naquit à Damas en 880 de l'Hégire (1475 ap. J.-Ch.), et y mourut en 953 (1546 ap. J.-Ch.). Voir Rieu, *Catalogus*, p. 431. Copie datée de 978 (1570 ap. J.-Ch.). Le recueil est terminé par un long fragment du نزول الغيث de Ad-Damâmînî (mss. 325, 1°; 560). Commencement : الحمد لله على جزيل الانعام ..... وبعد فهذا تعليق سمّيته الكاس لفوائد الناس الخ.

Papier. Écriture Asiatique. 271 feuillets. 25 lignes par page. (Cas. 542.)

546.

Manuscrit persan, dont voici le titre : .... خمسة حكيم نظامى سبعة خاتم الشعراء مولانا جامى «Les cinq poèmes du sage Niṭhâmî .....; les sept poèmes de celui qui ferme la série des poètes, notre maître Djâmî ». Sur le contenu de ces deux collections, voir Ḥâdjî Khalîfa, n°s 4803 et 14412. Niṭhâmî mourut en 596 de l'Hégire (1199 ap. J.-Ch.); Djâmî en 898 (1492 ap. J.-Ch.). Nous avons rencontré de celui-ci son commentaire en arabe sur la *Kâfiya* de Ibn Al-Ḥâdjib (ms. 82). Copie datée de 949 de l'Hégire (1542 ap. J.-Ch.). On lit à la fin : تمّ الكتاب الموسوم بهفت اورنك من كلام ..... نور الدين عبد الرحمن الجامى

Papier. Écriture *ta'lîk*. 188 feuillets. 13 lignes par page. Reliure très ornementée sur un fond doré. (Cas. 543.)

547.

1° Titre dans le titre général : اسولة لبعض اكابر الروم المتعلقة بالتفسير والفقه والكلام «Questions par un des grands parmi les *Roûm*, questions se rattachant à l'interprétation du Coran, à la jurisprudence et à la métaphysique». D'après Ḥâdjî Khalîfa, n° 730, l'auteur est 'Alâ ed-Dîn 'Alî ibn Moûsâ Ar-

Roûmî, qui mourut au Caire en 841 de l'Hégire (1437 ap. J.-Ch.). Au dessus du titre se trouve du reste le nom de علاء الدين. Commencement : الحمد لله الذى ربط نظام العالم بالعدل والاحسان الخ.

2° (Fol. 22). Titre : حاشية ابن خطيب قاسم على شرح السيد الشريف للفرائض «Glose de Ibn Khaṭîb Ḳâsim au commentaire de As-Sayyid Asch-Scharîf sur les *Farâ'iḍ* (traité des héritages)». Les *Farâ'iḍ* ont pour auteur l'imâm Sirâdj ad-Dîn Moḥammad ibn Moḥammad ibn ʿAbd ar-Raschîd, le Ḥanafite, connu sous le nom de As-Sadjâwandî, qui vécut au VIe siècle de l'Hégire; As-Sayyid Asch-Scharîf est ʿAlî ibn Moḥammad Al-Djordjânî, dont le commentaire fut terminé à Samarḳand en 804 de l'Hégire (1401 ap. J.-Ch.); enfin le glossateur, Mouḥyî ed-Dîn Moḥammad Ibn Khaṭîb Ḳâsim ibn Yaʿḳoûb, dit avoir terminé l'arrangement de cet opuscule (تسوية هذه الحروف) en 922 (1516 ap. J.-Ch.). Commencement : رب تمّم باليسر والخير الحمد لله الذى توحد بالقدم والبقاء الخ.

3° (Fol. 51). Titre : حاشية على شرح السيد الشريف للفرائض الناقصة(?) للعجمى «Glose au commentaire de As-Sayyid Asch-Scharîf sur les héritages, où l'on est lésé(?), par Al-ʿAdjamî». Cette glose est connue de Ḥâdjî Khalîfa IV, p. 402, qui appelle l'auteur Mouḥyî ed-Dîn Al-ʿAdjamî. Il est probablement identique à Sayyidî ʿAlî Al-ʿAdjamî, mort en 860 de l'Hégire (1455 ap. J.-Ch.) d'après Ḥâdjî Khalîfa VI, p. 238. Commencement : الحمد لله الذى جعل العلماء والحكماء ورثة الانبياء الخ.

4° (Fol. 110). Titre dans le titre général : الفيّة فى النحو «*Alfiyya* (poème en mille vers) sur la grammaire». C'est la *Alfiyya* de Ibn Mâlik (cf. ms. 92, 2°). La fin manque. La copie commence, sans préface, au vers 8.

5° (Fol. 122). Titre dans le titre général : حواشی حاشیة عضد لخطیب زاده «Gloses à la glose sur 'Aḍoud, par Khaṭîb Zâdéh». 'Aḍoud est 'Aḍoud ed-Dîn 'Abd ar-Raḥmân ibn Aḥmad Al-Îdjî, mort en 756 de l'Hégire (1355 ap. J.-Ch.), l'auteur des مواقف فی علم الكلام «Stations sur la science de la métaphysique» (cf. ms. 236, 3°). Cet ouvrage a été commenté par As-Sayyid Asch-Scharîf Al-Djordjânî (cf. 2° et 3°). Nous avons ici des gloses sur les premières pages de son commentaire, par Mouḥyî ed-Dîn Moḥammad ibn Ibrâhîm, surnommé Khaṭîb Zâdéh, mort en 901 de l'Hégire (1495 ap. J.-Ch.). Cf. ms. 236, 10° et Ḥâdjî Khalîfa VI, p. 238. Commencement : قال الفاضل الشريف فی حواشی شرح العضد اردف التسمية بالتحميد فی مفتتح الكلام الخ.

6° (Fol. 127). Titre dans le titre général : حواشی حاشیة عضد لمولانا طوسی «Gloses à la glose sur 'Aḍoud, par notre maître Ṭoûsî». Glose au même commentaire sur le même ouvrage, par 'Alâ ed-Dîn 'Alî At-Toûsî, mort en 887 de l'Hégire (1482 ap. J.-Ch.). Commencement : قال الفاضل الشريف دلّ بلامی التعريف والتخصيص علی اختصاص الجنس الخ.

7° (Fol. 134). Titre dans le titre général : حواشی حاشیة عضد لمولانا قره بالی «Gloses à la glose sur 'Aḍoud, par notre maître Ḳarah Bâlî». Gloses au même commentaire sur le même ouvrage, achevées en 898 de l'Hégire (1492 ap. J.-Ch.) d'après Ḥâdjî Khalîfa VI, p. 237. Il manque le commencement.

8° (Fol. 151). Titre dans le titre général : معارك مولانا حافظ المتعلقة بفنون شتّی «Les terrains de discussion de notre maître Ḥâfiṭh, se rattachant à des genres divers». L'auteur est probablement Ḥâfiṭh ed-Dîn Aboû 'l-Barakât 'Abd Allâh ibn Aḥmad An-Nasafî, mort en 710 de l'Hégire (1310 ap. J.-Ch.), et nous avons probablement quelques-unes des notes, qu'il composa en 700 (1300 ap. J.-Ch.) sur la هداية الفروع «Institution sur les règles du droit» par Borhân ed-Dîn 'Alî Al-Marguînânî. Voir Ḥâdjî Khalîfa VI, p. 484. Commencement : اما بعد لقّ مشقّة الهداية اعنى سطور الحمد والمسطور الخ.

9° (Fol. 161). Titre dans le titre général : حاشية تلويح من الركن الثانى لبعض اكابر الروم «Glose sur le *Talwîḥ* (illustration) du deuxième fondement, par un des grands parmi les *Roûm*». Le *Talwîḥ* est le commentaire intitulé التلويح فى كشف حقائق التنقيح «l'illustration pour dévoiler les vérités essentielles du *Tankîḥ*», par Sa'd ed-Dîn Mas'oûd ibn 'Omar At-Taftâzânî, mort en 792 de l'Hégire (1389 ap. J.-Ch.), sur le تنقيح الاصول «la fixation des principes», de Sadr Asch-Scharî'a 'Obaid Allâh Al-Bokhârî, mort en 747 de l'Hégire (1346 ap. J.-Ch.). Cf. ms. 236, 10°. Le deuxième fondement est la tradition (السنّة). Voir Ḥâdjî Khalîfa II, p. 443. Le glossateur est nommé en tête Aṭ-Ṭoûsî, probablement 'Alâ ed-Dîn 'Alî At-Ṭoûsî. Cf. 6° et Ḥâdjî Khalîfa II, p. 445. Commencement : الحمد لله رب العالمين الخ.

Papier. Écriture Asiatique. 172 feuillets. 17 lignes par page. Sans date. (Cas. 544.)

In-Octavo

548.

Titre : من ترسيل ابن نباتة «Extrait de la correspondance d'Ibn Nobâta». D'autres parties de cette correspondance sont dans le manuscrit 567, 3°. Sur l'auteur, mort en 768 de l'Hégire (1366 ap. J.-Ch.), voir ms. 358. Copie antérieure à l'année 824 (1421 ap. J.-Ch.) d'après la note d'un lecteur au fol. 1 r°. Commencement sans préface : كتب الىّ المقام الاعظم السلطانى الملكى المؤيّدى صاحب حماة المحروسة وقد ورد من الديار المصريه الخ.

Papier. Écriture Asiatique. 147 feuillets. 10 lignes par page. Sans date. (Cas. 545.)

549.

Titre : هذا ديوان الصاحب فخر الدين بن مكانس «Ceci est le recueil des vers du chef Fakhr ed-Dîn Ibn Moukânis». C'est le recueil de ses œuvres posthumes, publié par son fils, que nous avons rencontré dans le manuscrit 343. Copie datée de 878 de l'Hégire (1473 ap. J.-Ch.).

Papier. Écriture Asiatique. 144 feuillets. 15 lignes par page. (Cas. 546.)

550.

Titre : كتاب تثقيف التعريف بالمصطلح السريف ‹ Livre intitulé : Le redressement de la méthode du style noble». Recueil de lettres et de formules, que l'auteur a réunies pour son fils Aḥmad, chargé de transcrire les actes officiels sur des rouleaux (كاتب الدرج الشريف).

L'ouvrage est destiné, ce semble, par son auteur anonyme à «redresser» et à remplacer le manuel intitulé : التعريف بالمصطلح الشريف «Méthode du style noble» par Schihâb ed-Dîn Aboû 'l-'Abbâs Aḥmad ibn Yaḥyâ Ibn Faḍl Allâh, mort en 749 de l'Hégire (1348 ap. J.-Ch.). Cf. Ḥâdjî Khalîfa, n° 3092, et mss. 1639 et 1640. Le ms. 287 est de lui également.

Comme son devancier, l'auteur du «redressement» a divisé son livre en sept sections (قسم). Ses extraits s'étendent jusqu'à l'année 778 de l'Hégire (1376 ap. J.-Ch.). Commencement et extrait de la préface : اما بعد حمد الله على مزيد انعامه ونواله..... فهذه ورقات وضعتها لولدى احمد كاتب الدرج الشريف..... تشتمل على المكاتبات الصادرة عن المواقف الشريفة السلطانية . . . . . فرتّبت ذلك على سبعة اقسام . . . . . وسمّيته بتثقيف التعريف بالمصطلح الشريف . . . . . وذلك على حكم ما كان فى الايّام الشريفة الشهيديّة الناصريّة محمّد ابن قلاوون وما بعدها الى اخر ايام الدولة الشريفة الاشرفيّة وهو اخر سنة ٧٧٨.

Papier. Écriture Asiatique. 119 feuillets. 17 lignes par page. Sans date. (Cas. 547.)

551.

1° Autobiographie d'un personnage, qui me paraît se nommer lui-même (fol. 3 r°) : احمد البجائى المنشأ وابراز *(sic)* الغسّانى الاصل المزى القرار, sous forme d'une lettre adressée par un «serviteur» à un des grands de la terre, qui lui avait écrit tout d'abord. Voici le commencement : الحمد لله الذى فتح بمفاتيح العقول اقفال الافهام . . . . . وبعد فهذه رسالة عبد . . . . . جوابا عن مشرّفة صدرت من مالك سيّد حبيب . . . . . اسعد الله . . . . . مقام . . . . . السيّد . . . . . سيّدى ابى الفضل محمد ابن *(sic)* سيدنا . . . . . ابو *(sic)* عبد الله محمد المسترّاى (?) ابن *(sic)* سادتنا وموالينا الخ. Parmi les écrivains, que l'auteur cite pour les avoir connus, j'ai noté fol. 71 v° النحوى ابو الفتح على بن اسماعيل الازهرى المعرّى; fol. 72 r° فخر الله عثمان الطرابلسى الشامى Malgré ces noms propres, l'identité de l'ouvrage et de l'auteur ne me paraissent rien moins qu'établis.

2° (Fol. 76 v°). On lit en tête : رقية الشيخ ابى عبد الله محمد ابن الشيخ ابى الفصل (*sic*, lisez ابى الفضل) «Élévation du schaikh

Aboû 'Abd Allâh Moḥammad, fils du schaikh Aboû 'l-Faḍl». Celui-ci me paraît devoir être identifié avec ابو عبد الله محمد ابن ابى الفضل التونسى نزيل فاس الشهير بخروف, cité dans Al-Makkarî, *Analectes* II, p. ٦٥٨. Est-ce un supplément à l'ouvrage précédent, ou bien un opuscule à part? Voici le commencement : الحمد لله المتّصف بالبقاء والدوام الخ.

3° (Fol. 92). Titre : كتاب نسيم الصبا. Autres exemplaires, mss. 306, 3°; 474, 2°; 552. Il y a une édition d'Alexandrie, de 1872. Copie datée de 874 de l'Hégire (1469 ap. J.-Ch.).

Papier. Écriture Magrébine. 144 feuillets. En moyenne, 17 à 18 lignes par page. 1° et 2° sans date, de la même main. (Cas. 548.)

552.

Titre : نسيم الصبا. Même ouvrage que 3° du manuscrit précédent.

Papier. Écriture Asiatique. 84 feuillets. 16 lignes par page. Sans date. (Cas. 549.)

553.

Titre orné : كتاب التهانى والبشارات والمراثى والاشارات تأليف الشيخ شمس الدين بن حُلّة الواعظ يشتمل على مائة وخمسين بابا تهانى ومراثى وتصاديق واحاديث وموشحات «Livre des félicitations et des bonnes nouvelles, des élégies et des exhortations, œuvre du schaikh Schams ed-Dîn Ibn Ḥoulla, le conseiller. Cet ouvrage renferme en cent-cinquante chapitres des félicitations, des élégies, des jugements, des traditions et des poésies en stances». L'auteur est nommé plus complétement en tête Moḥammad ibn 'Othmân ibn Moḥammad ibn 'Othmân, connu sous le nom de Ibn Ḥoulla le conseiller. Je ne l'ai trouvé mentionné nulle part. Copie datée de 843 de l'Hégire (1439 ap. J.-Ch.). Commencement : الحمد لله الذى اختصّنا بافضل نبىّ الخ.

Papier. Écriture Asiatique. 158 feuillets 13 lignes par page (Cas 550.)

554.

1° Le volume commence par ومن ذلك الكتاب المسمّى بمعيار الاختيار «Et à cette collection appartient l'ouvrage intitulé : La balance exacte de la préférence». C'est le titre que portent les deux séances (مجالس) en forme de dialogues, qu'a composées Dhoû 'l-wizâratain Lisân ed-Dîn Moḥammad ibn ʿAbd Allâh Ibn Al-Khatîb de Cordoue. Voir mss. 455 et 456.

La première de ces deux séances a été publiée par D. Francisco Javier Simonet dans la première édition de sa *Descripcion del Reino de Granada bajo la dominacion de los Naseritas* (Madrid, 1861). Malgré son long séjour à l'Escurial, M. Simonet ne connaissait qu'un seul des trois manuscrits, où sont contenues les «séances», et il n'entrait pas dans le plan de son livre de donner le texte entier. Le complément, et les variantes des deux autres manuscrits 1778, 3° et 1825, fol. 230 r° et suiv., ont été publiés par M. Marcus Joseph Müller dans ses *Beiträge zur Geschichte der westlichen Araber* I. Heft (München, 1866), p. ٤٥—١٠٠. A la fin : تمّ الكتاب . . . . . وبتمامه كمل جميع الديوان

2° (Fol. 71 r°). Autre ouvrage de Ibn Al-Khatîb, introduit de la manière suivante : اوصاف الناس فى التواريخ والصلات فمن ذلك ما صدر عنى مما نبت فى كتاب التاج المُحلّى فى مساجلة القدح المعلّى «Descriptions des hommes dans les chroniques et leurs suppléments. C'est à ce genre qu'appartient ce qui a émané de moi et est inscrit dans le livre intitulé : La couronne richement ornée sur la lutte en vue de la flèche victorieuse.» D. Pascual de Gayangos a très bien résumé ce livre, quand il l'a donné (*Mohammedan Dynasties* II, p. 532) pour une «histoire de l'Espagne et de l'Afrique depuis l'avénement de Moḥammad Ibn Al-Aḥmar au trône de Grenade». Ajoutons que c'est une histoire très abrégée, écrite dans le style fleuri et «richement orné» des «séances». Ibn Al-Aḥmar est le premier des rois Naṣrides de Grenade, nommé Al-Gâlib Billâh Moḥammad ibn Yoûsouf ibn Naṣr, qui commença à régner en 629 de l'Hégire (1231 ap. J.-Ch.). De la manière, dont les titres de cet opuscule et du précédent sont donnés, il ressort que tout le volume a été copié directement sur l'autographe de l'auteur, bien qu'il n'en soit rien dit nulle part. Exemplaire daté de 873 de l'Hégire (1468 ap. J.-Ch.), écrit en entier de la même main.

Papier. Écriture Magrébine 123 feuillets 15 lignes par page. (Cas. 551.)

555.

A la fin de ce volume, on lit : تمّ كتاب الصادح والباغم والحازم والعازم. Cet ouvrage de Aboû Ya'lâ Ibn Al-Habbâriyya se trouve dans deux autres exemplaires, mss. 474, 1°; 759.

Papier. Écriture Asiatique. 102 feuillets. 13 lignes par page. Sans date. (Cas. 552.)

556.

1° Titre : كتاب كنز الاسما فى فنّ المُعَمَّا جمع . . . . . قطب الدين بن علاء الدين الحنفى المكّى «Livre intitulé : Le trésor des noms dans le genre des énigmes, compilation par...... Ḳoṭb ed-Dîn ibn ʿAlâ ed-Dîn, le Ḥanafite de la Mecque». Cet écrivain, l'auteur du livre sur le Yémen, intitulé البرق اليمانى (mss. 1720 et 1721), mourut vers 991 de l'Hégire (1583 ap. J.-Ch.). Copie datée de 996 (1587 ap. J.-Ch.). Commencement : اول ما ينطق به اللسان اخر دعوى ساكن الجنان الخ.

2° (Fol. 28). Titre : ..... كتاب الطراز الاسمى على كنز الاسما تأليف معين الدين ابن احمد الشهير بابن البكا الحنفى «Livre intitulé : La broderie la plus élevée sur Le trésor des noms, œuvre de..... Mouʿîn ed-Dîn ibn Aḥmad, connu sous le nom de Ibn Al-Bakkâ, le Ḥanafite». Ḥâdjî Khalîfa, n° 10879, nomme l'auteur ʿAbd al-Mouʿîn ibn Aḥmad Al-Balkhî, et dit qu'il termina ce commentaire sur l'ouvrage précédent en 993 de l'Hégire (1585 ap. J.-Ch.). Copie datée de 997 (1588 ap. J.-Ch.). Commencement : بنهاية à l'encre rouge; puis à l'encre noire : اراد نياطى الذكر الخ.

3° (Fol. 53). Titre : جزء مبارك فيه رسالة امام دار الهجره عالم المدينه ابى عبد الله مالك بن انس بن ابى عامر الاصبحى وهى وعظ واداب وتحذير كتبها لامير المؤمنين هرون الرشيد «Fascicule béni, contenant la lettre de l'imâm et du savant de Médine Aboû ʿAbd Allâh Mâlik ibn Anas ibn Abî ʿÂmir Al-Aṣbaḥî, et ce sont des exhortations, des conseils, des avertissements qu'il écrivit à l'émir des croyants Hâroûn Ar-Raschîd». L'auteur est l'imâm Mâlik. La liste des autorités, sur lesquelles est appuyée la publication de cette lettre, arrive jusqu'à Mâlik, en commençant par ابو الحسن على بن خلف بن معروف بن فتوح التلمسانى المعروف بابن الكومى فى .... سنة ٥٨٢. Copie datée de 995 de l'Hégire (1586 ap. J.-Ch.). Commencement : اما بعد فانى كتبت اليك بكتاب لم الك فيه رشدا الخ.

Papier. Écriture Asiatique. 77 feuillets. 15 lignes par page. (Cas. 553.)

557.

Titre : ..... كتاب المروج الزكية فى توشيه الدروج الخطابية تأليف ..... عبد الله بن محمد بن عبد الله الزكى العزى الحنفى المشهور بابن الحنبلى ..... «Livre intitulé : Les prairies prospères au sujet des enjolivements à faire dans les rouleaux pour l'entrée en matière, œuvre de ..... 'Abd Allâh ibn Mohammad ibn 'Abd Allâh Az-Zakî Al-'Izzî Al-Ḥanafî, connu sous le nom de Ibn Al-Ḥanbalî». Manuel du «style épistolaire» (صناعة الانشاء dans la préface), que je n'ai trouvé mentionné nulle part, non plus que son auteur. Il ne doit pas y avoir grande marge entre l'époque où il vivait et celle, où la copie a été exécutée, en 897 de l'Hégire (1491 ap. J.-Ch.). Commencement: الحمد لله الذى خلق الانسان علّمه (*sic*, lisez وعلّمه) البيان الخ.

Papier. Écriture Asiatique. 83 feuillets. 15 lignes par page. (Cas 551.)

558.

Titre :..... الجزء الثانى من قطب السرور فى اوصاف الخمور تصنيف ..... ابى اسحق ابرهيم المعروف بالرقيق النديم «Tome II du Pôle de la gaîté, descriptions des vins, par ..... Aboû Isḥâḳ Ibrâhîm, connu sous le nom de *Ar-Raḳîḳ An-Nadîm* (le délicat, le convive)». C'est par erreur que Ḥâdjî Khalîfa, n° 9531, appelle l'auteur Aḥmad ibn Al-Ḳâsim; mais il donne exactement son surnom, et ajoute avec raison qu'il vivait en 340 de l'Hégire (951 ap. J.-Ch.). En tête du manuscrit de Vienne, à propos duquel M. Flügel a donné une analyse complète de l'ouvrage (voir *Die Arabischen ..... Handschriften* I, p. 327—330), notre auteur est nommé Aboû Isḥâḳ Ibrâhîm ibn Al-Ḳâsim, le secrétaire, de Ḳairowân (الكاتب القيرواني). Al-Maḳḳarî l'appelle plusieurs fois ابن الرقيق ou ابن الرقيق المغربي (voir *Analectes* I, p. ١١٩; II, p. ٩١) ou encore ابن الرقيق الاديب المؤرخ (II, p. ١٠٢); enfin I, p. ٩٢ il cite الكاتب ابرهيم بن القاسم القروى المعروف بالرقيق. D'après une notice de M. de Slane (*Histoire des Berbères* I, p. 292, note 3), ce personnage vivait encore en 377 de l'Hégire (987 ap. J.-Ch.). Dans la souscription, le titre est répété, complété par : وما يتعلق بها من السرور.

Vers le milieu de ce volume, qui termine la monographie, commence un recueil de poèmes anciens sur le vin, classés d'après l'ordre alphabétique des rimes. L'auteur de l'ouvrage, chef d'un des bureaux du gouvernement de Ḳairowân sous la dynastie des Zirides, est un partisan décidé de l'usage du vin.

Papier. Écriture Asiatique. 186 feuillets. 22 lignes par page Sans date (Cas. 555.)

559.

Titre : كتاب الامد الاقصى تأليف ..... القاضى ابى زيد عبد الله بن عمر بن عيسى الدبوسى الحنفى «Livre intitulé : Le terme extrême, œuvre .... du ḳâḍî Aboû Zaid 'Abd Allâh ibn 'Omar ibn 'Isâ Ad-Daboûsî, le Ḥanafite». Il mourut en 430 de l'Hégire (1038 ap. J.-Ch.) d'après Ibn Khallikân, *Biographical Dictionary* II, p. 28 et Ḥâdjî Khalîfa, nº 1264. C'est ainsi que la date doit être également rectifiée dans Yâḳoût, *Mou'djam* II,

p. ٥٤٦, ligne 19. Copie datée de 978 (1570 ap. J.-Ch.). Ce recueil de conseils moraux et d'enseignements dogmatiques commence ainsi : الحمد لله الذى اكرمنى باخ زكىّ مزاجه واذكى سراجه الخ.

Papier. Écriture Asiatique. 221 feuillets. 17 lignes par page. (Cas 556.)

560.

Titre : (sic) نزول الغيث لدمامنى. Critique du commentaire de Khalîl Aṣ-Ṣafadî sur la *Lâmiyyat al-'Adjam* de Aṭ-Ṭogrâ'î, par Moḥammad ibn Abî Bakr ibn 'Omar Al-Makhzoûmî Al-Mâlikî Ibn Ad-Damâmînî. Voir mss. 325, 1°; 545. Exemplaire copié et collationné sur l'autographe de l'auteur.

Papier. Écriture Asiatique. 61 feuillets. 21 lignes par page. Sans date. (Cas. 557.)

561.

Titre : كتاب ثمرات الاوراق للاديب ..... ابى بكر بن حجّة الحموى. Exemplaire de l'ouvrage contenu dans les manuscrits 516 et 517, mais sans le supplément. Copie datée de 993 de l'Hégire (1585 ap. J.-Ch.).

Papier Écriture Asiatique. 150 feuillets. 19 lignes par page. (Cas. 558.)

562.

Titre enluminé : كتاب تحفة العروس تأليف عبد الله التيجانى الاندلسى المالكى. Autres exemplaires, mss. 527, 1249, 1250. Commencement différent du commencement habituel : الحمد لله الذى لم يزل عظيما عليّا جبّارا الخ.

Papier. Écriture Asiatique. 203 feuillets. 17 lignes par page. Sans date. (Cas. 559.)

563.

Le titre est donné dans la préface : رشد اللبيب الى معاشرة الحبيب «Direction de l'homme intelligent vers l'intimité avec l'objet aimé». Ḥâdjî Khalîfa, n° 6454, où sont énumérés les quatorze chapitres de ce livre érotique, et où l'auteur est nommé Aboû 'l-'Abbâs Aḥmad ibn Moḥammad ibn 'Alî Al-Yamanî le secrétaire (الكاتب), surnommé Ibn Ḳoulaita (variante : Ibn Foulaita, *ibid.* VII, p. 746; Pertsch, *Die Arabischen Handschriften* . . . . . *zu Gotha,* IV, p. 74), mort en 231 de l'Hégire (845 ap. J.-Ch.). Commencement : الحمد لله اسفتاحا بذكره واستنجاحا بشكره الخ.

Papier. Écriture Asiatique. 126 feuillets. 13 lignes par page. Sans date. (Cas. 560.)

564.

Collection complète des vingt-neuf «séances» (مقامات) de Djalâl ed-Dîn As-Soyoûtî. Une table des matières (فهرست الكتاب) occupe les feuillets 1 v° à 2 r°. Chaque séance a son titre spécial; celle qui ouvre le recueil est nommée المقامة السندسية «La séance ornée de brocart». Un extrait de la collection se trouve dans le ms. 535. Douze de ces séances ont été récemment imprimées à Constantinople.

Papier. Écriture Asiatique. 305 feuillets. 23 lignes par page. Sans date (Cas. 561.)

565.

1° Titre : هذا ذيل على كتابى المسمّى بالوشاح فى فوائد النكاح يسمّى نواضر الايك فى نوادر النيك «Ceci est un supplément à mon ouvrage intitulé : La ceinture incrustée, sur les avantages des relations sexuelles; ce supplément est intitulé : L'éclat des verdures sur les raretés relatives au commerce charnel». Cet ouvrage, dont l'objet est suffisamment indiqué par le titre, a pour auteur Djalâl ed-Dîn As-Soyoûṭî. C'est sur son autographe qu'a été copié cet exemplaire en 986 de l'Hégire (1578 ap. J.-Ch.).

2° (Fol. 70). Titre : ...... كتاب الوشاح فى فوائد النكاح تأليف جلال الدين السيوطى. C'est l'ouvrage, dont le supplément a été mis en tête. Copie non datée, mais de la même main que 1°. Commencement : سبحان الله خالق المفارش والمراشف والمشافر الخ.

Papier. Écriture Asiatique. 221 feuillets. 21 lignes par page. (Cas. 562.)

566.

Titre plus moderne : كتاب مزيل الحصر فى مكاتبات اهل العصر «Livre intitulé : Celui qui met fin à tout embarras dans les correspondances des contemporains». Modèle et formulaire pour les correspondances (دستور فى المكاتبات). L'ouvrage, écrit sur l'ordre de ابو الخير يعقوب بن ..... ابى عبد الله محمد امير المؤمنين, est divisé en deux sujets traités (مقالات) : 1° فى صدور المكاتبات; 2° فى ذكر طرف من مقاصد المكاتبات. Copie datée de 911 de l'Hégire (1505 ap. J.-Ch.). Commencement : الحمد لله منطق السنة الاقلام بنجاه الضمائر الخ.

Papier. Écriture Asiatique. 105 feuillets. 15 lignes par page. (Cas. 563.)

567.

1° Recueil de poésies, que le possesseur du manuscrit avait sans doute transcrites et groupées pour son usage personnel. Il se nommait ʿAbd al-Mouḥsin ibn Moḥammad ibn ʿAlî, et termina ses extraits en 475 de l'Hégire (1082 ap. J.-Ch.). Cette date, qui se trouve au fol. 40 v°, est aussi celle du manuscrit, en partie vocalisé, qui est l'autographe même du compilateur. Voici la table des poètes cités: Fol. 1 v° المختار من شعر ابى نواس; fol. 5 v° المختار من شعر ابن الرومى; fol. 14 v° المختار من محاسن شعر ابن المعتز; fol. 18 r° المختار من ملح شعر كشاجم; fol. 20 r° المختار من شعر المتنبي; fol. 30 v° المختار من شعر ابى محمد الحسن بن محمد الوزير القاضى التنوخى; fol. 34 r° المهلّبي; fol. 37 r° المختار من شعر الرضى رضه. Un fragment de ce volume se trouve dans le manuscrit 1955 *bis*.

2° (Fol. 42). Fragments pour la plus grande partie poétiques introduits par : ما نقلته من كتاب مفرج القلوب فى اخبار بنى ايّوب للعادلى «Voici ce que j'ai transcrit du livre intitulé : Celui qui réjouit les cœurs, histoire des Ayyoûbites, par Al-ʿÂdilî». L'auteur est peut-être un descendant de l'Ayyoûbite Al-Malik Al-ʿÂdil, frère de Saladin, mort en 615 de l'Hégire (1218 ap. J.-Ch.).

3° (Fol. 53 v°). Titre d'une écriture plus moderne : مراسلات الادباء لابن نباتة «Correspondances avec les lettrés, par Ibn Nobâta». Il mourut en 768 de l'Hégire (1366 ap. J.-Ch.). Voir les manuscrits 358 et 548, ce dernier un extrait de la correspondance d'Ibn Nobâta. La date la plus ancienne que j'aie trouvée dans ce manuscrit est l'an 720 de l'Hégire (1320 ap. J.-Ch.). Tout ce qui suit, prose et vers, appartient-il à cette correspondance? C'est ce qui reste à déterminer. Je ne le crois pas; mais un nouvel examen du manuscrit sera nécessaire avant de se prononcer d'une manière catégorique. La fin du manuscrit manque. Commencement : نسخة صداق ...... ابرهيم بن المقام الشريف السلطانى الملكى الناصرى الخ.

Papier. Écriture Asiatique. 214 feuillets. 1° en moyenne 15 lignes; 2° 17 lignes; 3° 13 à 17 lignes par page. 2° et 3° sans date. (Cas. 564.)

568.

Titre : هذا كتاب المستظرف من زبد المستطرف «Ceci est le livre intitulé : La recherche de l'élégance en prenant la meilleure partie du choix le plus nouveau». L'ouvrage, qui se rattache par son titre à l'anthologie de Al-Abschîhî, intitulée المستطرف فى كلّ فنّ مستظرف (ms. 718), dont il est peut-être une imitation, comprend douze chapitres et une conclusion. Le manuscrit s'arrête au milieu du chapitre XI : فى الاشعار عن الامام المطّلبي. Il manque le chapitre XII : فى النورية والجناس والاكتفاء وغيره من الاشعار; enfin la conclusion : خاتمة الكتاب فى الاستغاثات وغيرها. Dans le manuscrit, je trouve une fois mentionnée la date de 1005 de l'Hégire (1596 ap. J.-Ch.). La composition est donc postérieure à cette date. Commencement : الحمد لله الذى زيّن العابدين بتاج المعرفة والوقار الخ.

Papier. Écriture Asiatique. 108 feuillets. 17 lignes par page. Sans date (Cas. 565)

V.

Lexicographie.

In folio

569.

Abrégé du كتاب العين «Livre de la lettre *'ain*», dictionnaire arabe, qui est attribué à Aboû 'Abd ar-Raḥmân Al-Khalîl ibn Aḥmad Al-Farâhîdî, le premier maître, sinon le créateur de la métrique et de la lexicographie arabes, mort vers 175 de l'Hégire (791 ap. J.-Ch.). En grammaire arabe, Sîbawaihi, son disciple, le cite plusieurs fois sur chaque page de son «Livre» (cf. ms. 1) et, après l'avoir consulté, allègue son opinion comme l'autorité la plus considérable dans toutes les questions. Alors même qu'il ne le nomme pas, «je l'ai interrogé» signifie pour lui: «J'ai interrogé Al-Khalîl». Cf. Ḥâdjî Khalîfa V, p. 98.

Le lexique de Al-Khalîl est ainsi nommé, parce que l'auteur, dans son ordonnance de l'alphabet, commence par la lettre *'ain*. Voici du reste le classement, qu'il avait ou imaginé ou adopté : ع, ح, ه, خ, ع, ق, ك, ج, ش, ض, ص, س, ز, ط, د, ت, ظ, ذ, ب, ر, ل, ن, ف, ب, م, و, ا, ى. Voir *Fihrist* I, p. ٤٢; Az-Zamakhscharî, *Moufaṣṣal*, p. ١٩٠ et ١٩١; Ḥâdjî Khalîfa V, p. 124; Flügel, *Die grammatischen Schulen*, p. 39.

L'abrégé, que nous décrivons, est le seul document, que l'histoire littéraire ait conservé pour reconstituer jusqu'à un certain point le texte perdu de cet ancien dictionnaire. Ce texte était encore sous les yeux des savants juifs de la Provence au XIVe siècle ap. J.-Ch.; cf. Steinschneider dans le *Zeitschrift der deutschen morgenländischen Gesellschaft* VI, p. 414. Les racines y étaient disposées d'après les initiales. L'auteur de la rédaction écourtée, Aboû Bakr Moḥammad ibn Ḥasan Az-Zobaidî (cf. mss. 46, 99, 197, 359), tout en appréciant, avec une liberté parfois sévère, son modèle (voir une série de ses corrections dans As-Soyoûṭî, *Mizhar* II, p. ١٩٢ et suiv.), ne l'en a pas moins suivi pas à pas, de telle sorte, que, à défaut de l'œuvre originale, il serait intéressant d'en rechercher les traces dans la copie même très réduite et quelque peu altérée. Les ressources ne manqueraient pas pour une édition critique. En dehors des trois manuscrits de l'Escurial (569—571), j'ai vu, vers la fin de 1880, à l'*audiencia* de Grenade, un exemplaire qui y avait été apporté de la collegiale du Sacro Monte. Cette copie, à laquelle manquent 18 feuillets en tête, est entièrement vocalisée et porte la date authentique de 399 de l'Hégire (1008 ap. J.-Ch.), comme il ressort de la souscription suivante au dernier feuillet (fol. 181 v°) : تمّ مختصر العين مــن النسخة الكبرى من تأليف محمد بن حسن الزبيدى.....وذلك فى ربيع الاول من سنة تسع وتسعين وثلثمائة.

A la mention de ces quatre manuscrits, que j'ai eu l'occasion de signaler *(Le livre de Sîbawaihi* I *Introduction*, p. XXVIII, note 1), je puis ajouter celle d'un cinquième exemplaire, qui est conservé à la Bibliothèque nationale de Madrid sous la marque Gg 5. L'exemplaire, d'écriture magrébine, comprend 263 feuillets, avec 24 lignes par page. Il est vocalisé et contient, outre le texte, nombre de notes marginales. Il a été copié à Zerbera (ساربيره) en 747 de l'Hégire (1346 ap. J. Ch.).

Aboû Bakr Moḥammad Az-Zobaidî naquit à Séville en 316 de l'Hégire (928 ap. J.-Ch.) et y mourut en 379 (989 ap. J.-Ch.). Mais il passa la plus grande partie de sa vie active à la cour du khalife Oummayyade de Cordoue Al-Ḥakam Al-Moustansir Billâh, qui régna de 350 à 366 de l'Hégire (961—977 ap. J.-Ch.). Ce fut à l'instigation de ce prince qu'il composa son abrégé du *Kitâb al-'ain*. Manuscrit vocalisé, daté de 833 de l'Hégire (1429 ap. J.-Ch.)

Voici le commencement et quelques extraits de la préface, avec des rectifications provenant des manuscrits 570 et 571 : قال ابو بكر محمد بن حسن الزبيدى الحمد لله حمدا يبلغ رضاه ويوجب الزلفى لربه (*sic,* lisez avec 570 et 571 لديه) ..... هذا كتاب امر بجمعه وتأليفه امير المؤمنين الحكم المستنصر بالله..... وذهب فيه الى اختصار الكتاب المعروف بكتاب العين المنسوب الى الخليل بن احمد الفراهيدى ..... ونحن نربؤ (*sic,* lisez avec 570 et 571 نربأ) بالخليل عن (على 570) نسبة هذا الخلل اليه (570 sans اليه) والعرّض للمقاومة (لمقاومته 570) والرّد عليه بل نقول ان الكتاب لا يصحّ له ولا يثبت عنه فقد كان جلّة البصريين (كان قبله البصريّون 570) الذين اخذوا عن (على 571) اصحابه وحملوا علمه عن رواته ينكرون هذا الكتاب ويدفعونه اذ لم يرد الّا عن رجل واحد غير مشهور فى اصحابه واكبر (واحسن 570) الظنّ فيه ان الخليل سبب اصله ورام تثقيف كلام العرب به ثم هلك قبل كماله فتعاطى اتمامه من لا يقوم فى ذلك مقامه فكان ذلك سبب الخلل الواقع به والخطأ الموجود فيه الخ.

Papier. Écriture Magrebine. 106 feuillets. 30 lignes par page. (Cas. 566)

570.

1° Titre : السفر الاوّل من كتاب مختصر العين لمحمد بن حسين الزبيدى. Malgré le titre, qui annonce un volume I dépareillé, c'est un exemplaire complet du même ouvrage. Copie vocalisée, datée de 845 de l'Hégire (1441 ap. J.-Ch.).

2° (Fol. 187). Titre : كتاب فيه شرح الفاظ المدوّنة الغريبة مما شرحه الجبّى ره «Livre contenant un commentaire sur les expressions rares de la *Moudawwana*, commentaire, par Al-Djoubbî». La *Moudawwana* «Livre bien ordonné» est un manuel du droit Mâlikite, par Aboû 'Abd Allâh 'Abd ar-Raḥmân Ibn Al-Ḳâsim, mort en 191 de l'Hégire (806 ap. J.-Ch.) d'après Ibn Khallikân, *Biographical Dictionary* II, p. 86. Je ne sais quel est le personnage désigné comme né dans un des Djoubba; cf. Yâḳoût, *Geographisches Wörterbuch* II, p. ٢٠ et suiv. Copie datée de 848 de l'Hégire (1444 ap. J.-Ch.). Commencement : اما بعد حمد الله بجميع محامده الخ.

Papier. Écriture Magrébine. 208 feuillets. 1° 25 lignes; 2° 27 lignes par page. (Cas. 567.)

571.

Même ouvrage que les manuscrits 569 et 570, 1°. Copie en partie vocalisée, datée de 975 de l'Hégire (1567 ap. J.-Ch.).

Papier. Écriture Magrébine. 165 feuillets. 30 lignes par page. (Cas. 568.)

572.

Titre : ..... الجزء الاوّل من كتاب الجيم فى اللغة وفيه بقيّة الاجزاء ايضا مجموع اجزاء هذا الكتاب عشرة لابى عمرو النيبانى «Première section du Livre de la lettre *djîm*, et ce livre contient aussi les autres sections, au nombre de dix, par Aboû 'Amr Asch-Schaibânî». Aboû 'Amr Isḥâḳ ibn Mirâr Asch-Schaibânî Al-Kirmânî mourut vers 206 de l'Hégire (821 ap. J.-Ch.); cf. *Fihrist* I, p. ٧٥.

Pourquoi ce dictionnaire des expressions rares et des locutions particulières à la tradition a-t-il été dénommé d'après la lettre *djîm?* L'analogie du Livre de la lettre *'ain* par Al-Khalîl (cf. mss. 569—571) pourrait faire supposer que l'alphabet de l'auteur commençait par le *djîm.* Or il n'en est rien, comme la remarque en a été faite par les grammairiens qui, à diverses époques, ont étudié cet ouvrage; cf. Ḥâdjî Khalîfa V, p. 72; As-Soyoûṭî dans Flügel, *Die grammatischen Schulen,* p. 141. Ce résultat négatif est confirmé par le manuscrit de l'Escurial, une très ancienne copie vocalisée, copiée sur l'autographe de l'auteur (اصل ابى عمرو بخطّه) et collationnée sur l'exemplaire de As-Soukkarî (الاصل بخطّ السكّرى), c'est-à-dire de Aboû Sa'îd Al-Ḥasan ibn Al-Ḥosain As-Soukkarî, mort en 275 de l'Hégire (888 ap. J.-Ch.). L'exemplaire lui-même, sans être daté, me paraît avoir été écrit à la fin du VIe siècle, ou au plus tard au commencement du VIIe siècle de l'Hégire. Il a compté parmi ses possesseurs le grammairien célèbre Djamâl ed-Dîn Aboû Moḥammad 'Abd Allâh ibn Yoûsouf Ibn Hischâm Al-Anṣârî (mss. 7, 2°; 47; 48, etc.), mort en 762 de l'Hégire (1360 ap. J.-Ch.); il a également appartenu au fils de Ibn Hischâm. On lit en effet sur le titre : لعبد الله بن يوسف بن هشام الانصارى ثم صار لولده. La rédaction ambigue de cette note a fait croire que Ibn Hischâm était l'auteur; aussi lit-on sur la tranche inférieure du volume : كتاب الجيم فى اللغة لابن هشام الانصارى.

Peut-être la souscription suivante aidera-t-elle à élucider le problème relatif au titre de l'ouvrage : هذا اخر ما وجد من حرف الجيم بخطّ السكّرى وذكر فى اخر لجيم انه افد بى (*sic,* lisez بقى)

منه ولم يوجد. Commencement sans préface : قال ابو عمرو الشيبانى الأوقُ الثِّقل يقال القى على اوقه الخ.

Papier. Écriture Asiatique. 286 feuillets. 23 lignes par page. Sans date. (Cas. 569)

573.

Titre : سفر فيه جميع ادب الكتّاب تأليف ابى محمد عبد الله بن مسلم بن قتيبة الدينورى «Livre contenant toute L'instruction des écrivains, œuvre de Aboû Moḥammad ʿAbd Allâh ibn Mouslim Ibn Ḳotaiba Ad-Dainawarî». Ibn Ḳotaiba mourut vers 270 de l'Hégire (884 ap. J.-Ch.). Son ouvrage sur la théorie du style classique a été analysé dans ses divisions et subdivisions par M. Flügel, *Die Arabischen ..... Handschriften in Wien* I, p. 226—230. Nous avons rencontré le commentaire de Ibn As-Sîd Al-Baṭalyoûsî dans les mss. 222 et 503. Copie admirable, entièrement vocalisée, datée de 594 de l'Hégire (1197 ap. J.-Ch.) Commencement : اما بعد حمد الله بجميع محامده الخ

Papier. Écriture Magrébine. 200 feuillets. 19 lignes par page. (Cas. 570.)

574.

1° Dictionnaire des termes techniques employés dans la tradition. C'est un des nombreux ouvrages, où sont passés en revue les idiotismes particuliers à la science des traditions (غريب الحديث); cf. Ḥâdjî Khalîfa IV, p. 322 et suiv. L'auteur a suivi l'ordre alphabétique des initiales; après avoir ajouté des gloses à la fin de chacun de ses chapitres, et après avoir épuisé les racines commençant par l'une des lettres, il ajoute : تمّ حرف..... من الاصل. «Ici finit la lettre..... de l'original». L'original est-il, dans ce passage régulièrement répété, un nom commun, ou bien désigne-t-il l'ouvrage, dont nous aurions le glossaire? Non seulement j'incline vers cette dernière hypothèse, mais je crois reconnaître dans «l'original» l'abrégé du موطّأ فى الحديث «Aplanissement de la tradition», de l'imâm Mâlik ibn Anas, par Ibn Al-Ḳâbisî. En effet, au fol. 14 r°, je rencontre citée «une glose sur le livre du schaikh Aboû 'l-Ḥasan Al-Ḳâbisî» (حاشية كتاب الشيخ ابى الحسن القابسى), que dans plus d'un passage, je trouve appelé plus brièvement ابن القابسى, comme dans Ibn Khallikân, *Biographical Dictionary* II, p. 263. Or, Aboû 'l-Ḥasan ʿAlî ibn Moḥammad ibn Khalaf Al-Maʿâfirî Al-Ḳâbisî a composé un ملخّص فى الحديث «abrégé sur la tradition», également connu sous le titre de ملخّص الموطّأ «abrégé du *Mouwaṭṭaʾ*»; cf. Ḥâdjî Khalîfa VI, p. 112 et 266. Ibn Al-Ḳâbisî étant mort en 403 de l'Hégire (1012 ap. J.-Ch.), et le dictionnaire visant également des gloses que son livre a provoquées, la composition ne doit pas être antérieure au VIe siècle de l'Hégire. Le commencement fait défaut.

2° (Fol. 139). Titre : كتاب شرح غريب سيرة رسول الله صلّى الله عليه وسلّم مما جمعه.....ابو ذرّ بن (*sic*) محمد بن مسعود الخشنى. «Livre intitulé : Commentaire sur les idiotismes employés dans la vie du Prophète, compilation par ..... Aboû Dharr ibn Moḥammad ibn Masʿoûd Al-Khouschanî». La vie du Prophète, pour laquelle Aboû Dharr a écrit un glossaire, est celle de Ibn Isḥâḳ, dans la rédaction de ʿAbd al-Malik Ibn Hischâm, mort en 218 de l'Hégire (833 ap. J.-Ch.); cf. ms.

1687 (Cas. 1682), l'édition de Wüstenfeld (Göttingen, 1858—1860, 2 vol. in-8), et la traduction allemande de G. Weil (Stuttgart, 1860, 2 vol. in-12). D'après Adh-Dhahabî, *Al-Mouschtabih,* p. ١٤٤, l'auteur de ce «commentaire», Aboû Dharr Mouṣ'ab ibn Moḥammad ibn Mas'oûd Al-Khouschanî, le grammairien Espagnol, connu sous le nom de Ibn Abî Roukab, vécut au VIe siècle de l'Hégire. Copie excellente, datée de 662 de l'Hégire (1263 ap. J.-Ch.). Commencement et extrait de la préface : قال.....ابو ذرّ ابن.....ابى بكر محمد ابن مسعود الخشنى.....الحمد لله باعث الرسل وناهج السبل..... وبعد فهــذا إملاء املَيتُه من حفظى بلفظى على كتّاب سيرة رسول الله صلّى الله عليه وسلّم التى تقدّم محمد بن اسحق الى جمعها وتلخيصها وعُنى عبد الملك بن هشام بعده بتهذيبها وتلخيصها.....قصدتُ فيه شرح ما استبهم الخ.

Papier. Écriture Magrébine. 231 feuillets. 26 lignes par page. 1° sans date. (Cas. 571.)

575.

1° Titre : السفر السادس عشر من الكتاب المخصّص فى اللغة تصنيف.....ابى الحسن على بن اسمعيل اللغوى النحوى الضرير الاندلسى المعروف بابن سيده. «Volume XVI du livre intitulé : Le traité divisé d'après les spécialités du langage, œuvre de.....Aboû'l-Ḥasan 'Alî ibn Ismâ'îl, le linguiste, le grammairien, l'aveugle, l'Espagnol, connu sous le nom de Ibn Sîda». L'ouvrage est composé d'une foule de dictionnaires partiels, se rapportant chacun à une classe de formes et de mots. Ibn Sîda mourut en 458 de l'Hégire (1066 ap. J.-Ch.) à l'âge de soixante ans environ; il était né à Murcie, où cet exemplaire a été copié en 599 (1202 ap. J.-Ch.). D'après une communication de mon regretté ami, M. le Dr. Spitta-Bey, la bibliothèque khédiviale au Caire possède un exemplaire complet de cette précieuse encyclopédie. Commencement : ومما يكون اسما فى بعض الكلام وصفة فى بعضه افعى الخ.

2° (Fol. 201). Titre : السفر السابع عشر من الكتاب المخصّص فى اللغة تصنيف . . . . . ابى الحسن على بن اسمعيل اللغوى النحوى الضرير الاندلسى المعروف بابن سيده. Volume XVII du même ouvrage dans un exemplaire vocalisé, daté de 562 de l'Hégire (1166 ap. J.-Ch.). Ce volume contient la fin du livre de Ibn Sîda. Commencement : وما يؤنّث من سائر الاشياء ويذكّر الخ.

Papier. Écriture Magrébine. 282 feuillets. 25 lignes par page (Cas. 572)

576.

Titre : كتاب الافعال لابن القطاع «Livre des verbes, par Ibn Al-Ḳaṭṭâ'». Ibn Al-Ḳaṭṭâ' (cf. mss. 328, 3°; 330, 3°) est Aboû 'l-Ḳâsim 'Alî ibn Dja'far As-Sa'dî Aṣ-Ṣiḳillî, connu sous le nom de Ibn Al-Ḳaṭṭâ'; il mourut en 515 de l'Hégire (1121 ap. J.-Ch.). Ce dictionnaire des verbes, classé d'après l'ordre alphabétique des initiales, est, dans la pensée de l'auteur, destiné à élucider les obscurités de l'ouvrage analogue, composé par le créateur du genre, Aboû Bakr Moḥammad ibn 'Omar ibn 'Abd al-'Azîz de Cordoue, connu sous le nom de Ibn Al-Ḳoûṭiyya et mort en 367 de l'Hégire (977 ap. J.-Ch.). Copie vocalisée, datée de 730 (1329 ap. J.-Ch.). Commencement et extrait de la préface : الحمد لله ذى العزّة والسلطان والقدرة والبرهان.....سألتنى ان الخّص لك ما انغلق وبعُد واخلّص لك ما عسر وانعقد من كتاب ابنية الافعال لابى بكر محمد بن عمر بن عبد العزيز المعروف بابن القوطيّة الخ.

Papier. Écriture Magrébine. 201 feuillets. 23 lignes par page. (Cas. 573.)

577.

Titre orné : الجزء الثانى من كتاب النهاية فى غريب الحديث والاثر
تأليف ..... مجد الدين ابو (sic) السعادات ابن (sic, à supprimer)
المبارك الشيبانى الجزرى المعروف بابن الاثير «Tome II du livre intitulé : Le but extrême dans les idiotismes de la tradition et des paroles du Prophète, œuvre de ...... Madjd ed-Dîn Aboû 's-Sa'âdât Al-Moubârak Asch-Schaibânî Al-Djazarî, connu sous le nom de Ibn Al-Athîr». Ibn Al-Athîr Al-Djazarî, l'auteur de ce glossaire classé d'après les initiales, mourut à la fin de 606 de l'Hégire (1210 ap. J.-Ch.); cf. Ḥâdjî Khalîfa, n° 14096 et Ibn Khallikân, *Biographical Dictionary* II, p. 553; il diffère de ses homonymes, auteurs des mss. 129; 214; 262; 507. Le «Tome II» va de la lettre *râ* à la lettre *'ain*. Exemplaire très soigné et entièrement vocalisé.

Papier. Écriture Asiatique. 289 feuillets. 23 lignes par page. Sans date. (Cas. 574.)

578.

Titre orné : الجزء الثالث من كتاب النهايه فى غريب الحديث والاثر
تأليف.... مجد الدين ابو (sic) السعادات ابن (sic, à supprimer) المبارك
الشيبانى الجزرى المعروف بابن الاثير. Troisième et dernier volume du même exemplaire que 577, écrit jusqu'au bout avec le même soin et avec la même richesse de vocalisation.

Papier. Écriture Asiatique. 335 feuillets. 23 lignes par page Sans date. (Cas. 575.)

579.

Titre : ..... السفر الاوّل من كتاب تاج اللغة وصحاح العربيّه تصنيف
ابى نصر اسمعيل بن حمّاد الجوهرى النيسابورى «Tome premier du

livre intitulé : La couronne du vocabulaire et la pureté de la langue arabe, œuvre de ...... Aboû Naṣr Ismâ'îl ibn Ḥammâd Al-Djauharî de Nîsâboûr». En dépit du titre, nous avons un exemplaire complet du célèbre dictionnaire, classé d'après l'ordre alphabétique des finales et connu sous le nom de كتاب الصّحاح في اللغة «Livre intitulé : La pureté du langage» (cf. Ḥâdjî Khalîfa, n° 7714), ainsi qu'il est nommé dans la souscription de ce volume même. L'auteur mourut entre 393 et 400 de l'Hégire (1002—1009 ap. J.-Ch.); cf. Dozy, *Catalogus* I, p. 67. Une édition européenne de ce livre avait été commencée par E. Scheid, mais le premier fascicule a seul été publié en 1776; voir Zenker, *Bibliotheca Orientalis* I, p. 5. Il a paru successivement deux éditions à Boûlâḳ (en 1865 et en 1875). Une autographie de Tabrîz, que je possède, est complétement et excellemment vocalisée; elle a été achevée dans le mois de dhoû 'l-ḥidjdja, l'an 1270 de l'Hégire (septembre 1854). Copie vocalisée, datée de 844 (1440 ap. J.-Ch.). Commencement : الحمد لله شكرا على نواله والصلاة على محمد وآله الخ.

Papier. Écriture Magrébine. 393 feuillets. 35 lignes par page. (Cas. 576)

580.

Titre : ...... السفر الأوّل من كتاب تاج اللغة وصحاح العربيّة تأليف ابى نصر اسماعيل بن حماد الجوهرى. Tome premier d'un autre exemplaire du même dictionnaire. Ce volume comprend les lettres jusqu'au *râ* inclusivement. Manuscrit vocalisé avec le plus grand soin par un copiste de Xérès, en Espagne, dont j'ai noté le nom : محمد بن محمد بن ابرهيم الشريشى.

Bien que le manuscrit ne soit pas daté, on peut lui appliquer la date de 735 de l'Hégire (1334 ap. J.-Ch.), qui se trouve dans le manuscrit 581, appartenant au même exemplaire.

Papier. Écriture Magrébine. 199 feuillets. 27 lignes par page. (Cas. 577.)

581.

Titre : . . . . . السفر الثالث من كتاب تاج اللغة وصحاح العربية تصنيف ابى نصر اسماعيل بن حمّاد الجوهرى. Tome III de l'exemplaire, dont le manuscrit 580 est le tome premier. Manuscrit vocalisé, daté de 735 de l'Hégire (1334 ap. J.-Ch.), contenant les lettres *lâm* — *yâ*.

Papier. Écriture Magrébine. 216 feuillets. 27 lignes par page. (Cas. 578.)

582.

Titre : . . . . . السفر الثانى من كتاب تاج اللغة وصحاح العربيّة تصنيف ابى نصر اسماعيل بن حمّاد الفارابى الجوهرى. Tome II d'un autre exemplaire, non vocalisé, écrit en 705 de l'Hégire (1305 ap. J.-Ch.). Ce volume comprend les lettres *dhâl* — *ṣâd*.

Papier. Écriture Magrebine. 115 feuillets. 23 lignes par page. (Cas. 579.)

583.

Titre : . . . . . . السفر الثانى من كتاب تاج اللغة وصحاح العربيّة تأليف ابى نصراسماعيل بن حمّاد الجوهـــرى. Tome II d'un autre exemplaire, comprenant depuis le milieu du *râ* jusqu'à la fin du *schîn*.

Papier. Écriture Magrébine. 128 feuillets 27 lignes par page Sans date. (Cas 580.)

584.

Titre : السفر الخامس من الصحاح فى اللغة تأليف الامام ابى نصر اسماعيل بن حماد الجوهرى النيسابورى. Tome V d'un exemplaire vocalisé, écrit à Ceuta (سبتة) en 713 de l'Hégire (1313 ap. J.-Ch.). Ce volume va depuis le *noûn* jusqu'à la fin de l'ouvrage.

Papier. Écriture Magrébine. 141 feuillets. 25 lignes par page. (Cas. 581.)

585.

1° Titre dans la souscription (fol. 171 r°) : هذا اخر ما وجد من كتاب التنبيه والايضاح عن ما وقع فى كتاب الصحاح «Voici la fin de ce qui a été trouvé du livre intitulé : L'avertissement et l'éclaircissement sur ce que contient le *Ṣaḥâḥ*». من الوهم «en fait d'erreurs», ajoute Ḥâdjî Khalîfa IV, p. 93, qui intercale ces deux mots dans le titre après وقع. L'auteur de cette critique sur le *Ṣaḥâḥ* de Al-Djauharî, est Aboû Moḥammad ʿAbd Allâh Ibn Barrî Al-Mouḳaddasî, né en 499 de l'Hégire (1105 ap. J.-Ch.), mort en 582 (1186 ap. J.-Ch.); cf. ms. 493. Le texte du *Ṣaḥâḥ* est analysé et censuré dans notre volume jusqu'à la racine وق ش. Aṣ-Ṣafadî, qui s'est lui-même beaucoup occupé du *Ṣaḥâḥ* (voir ms. 192), avait, d'après Ḥâdjî Khalîfa IV, p. 94, vu un exemplaire n'allant que jusqu'à د ه ش. Copie datée de 997 de l'Hégire (1588 ap. J.-Ch.). Commencement : قال الشيخ ابو محمد عبد الله ابن برّى المقدّسى . . . . . . وكان مولده سنة ٤٩٩ وتوفى رحمه الله فى . . . . . سنه ٥٨٢ املاء على كتاب تاج اللغة وصحاح العربيّة لابى نصر اسماعيل بن حمّاد الجوهرى الخ.

2° (Fol. 171 v°). Gloses inscrites par ce même Ibn Barrî sur les marges de l'exemplaire qu'il avait écrit et certifié exact du *Ṣaḥâḥ*. Copie de la même main que 1°. Commencement : هذا ما وجد من كلام ..... ابى محمد بن برى ره فى حواشى الاصل الذى عليه خطّه من كتاب الصحاح الخ.

Papier. Écriture Asiatique. 176 feuillets. 25 lignes par page. (Cas. 582.)

586.

Titre : كتاب الفصاح فى علم اللغة على ترتيب الصحاح بل مختصر منه «Livre intitulé : La clarté dans la science du langage, d'après l'ordonnance du *Ṣaḥâḥ*, mais dans une rédaction abrégée». L'auteur se nomme lui-même Badr ed-Dîn (بدر الملّة والدين) 'Alî ibn Moḥammad ibn Moḥammad Al-'Aliyyâbâdhî (العليابادى). Le nom de l'auteur étant suivi de ادام الله حياته, cette copie a peut-être été écrite de son vivant. En tout cas, d'après une note d'un lecteur (fol. 2 r°), elle est antérieure à 952 de l'Hégire (1545 ap. J.-Ch.). Commencement : الحمد لله الذى رفع ضُوَى العلم ومناره الخ.

Papier. Écriture Asiatique. 249 feuillets. 21 lignes par page. Sans date. (Cas. 583.)

587.

Titre : ..... كتاب القاموس المحيط والقابوس الوسيط ..... تأليف مجد الدين محمد بن يعقوب الفيروزابادى «Livre intitulé : L'Océan qui entoure la terre et l'homme beau qui tient son rang, œuvre de ...... Madjd ed-Dîn Moḥammad ibn Ya'ḳoûb Al-Fîroûzâbâdhî.» Sur les nombreuses éditions orientales de ce célèbre dictionnaire arabe, classé d'après l'ordre alphabétique des finales, voir Pertsch, *Die Arabischen Handschriften .... zu Gotha* I, p. 349. Al-Fîroûzâbâdhî mourut en 817 de l'Hégire (1414 ap. J.-Ch.). Manuscrit non vocalisé, daté de 856 (1452 ap. J.-Ch.). Commencement : الحمد لله منطق البلغاء باللغى فى البوادى الخ.

Papier. Écriture Asiatique. 296 feuillets. 35 lignes tres serrées par page. (Cas. 584.)

588.

Titre orné : الجزء الاوّل من القاموس المحيط فى اللغة تأليف العلّامة مجد الدين ابى الطاهر محمد الفيروزابادى الشيرازى. Au milieu du volume se trouve un second titre orné, portant الجزء الثانى, puis pour le reste comme sur le titre du tome premier. Deuxième exemplaire complet, celui-ci vocalisé, daté de 967 de l'Hégire (1559 ap. J.-Ch.).

Papier. Écriture Asiatique 513 feuillets. 33 lignes par page. (Cas. 585)

589.

Titre : هذا كتاب اللغة القاموس. Exemplaire admirable, entièrement vocalisé, du *Ḳâmoûs,* daté de 975 de l'Hégire (1567 ap. J.-Ch.).

Papier. Écriture Asiatique. 383 feuillets. 37 lignes par page (Cas. 588)

590.

Titre orné : ..... كتاب القاموس المحيط والقابوس الوسيط تأليف مجد الدين محمد بن يعقوب الفيروزاباذى. Autre exemplaire vocalisé du *Ḳâmoûs.*

Papier Écriture Asiatique. 638 feuillets. 31 lignes par page. Sans date. (Cas. 586.)

591.

Titre orné : كتاب القاموس المحيط فى اللغه. Encore un exemplaire vocalisé du *Ḳâmoûs*.

Papier. Écriture Asiatique. 497 feuillets. 33 lignes par page. Sans date (Cas. 587.)

592.

Titre : الجزء الاوّل من كتاب القاموس المحيط والقابوس الوسيط فى اللغه تأليف ..... مجد الدين محمد بن يعقوب الفيروزاباذى. Ce tome premier du *Ḳâmoûs* va jusqu'au milieu de la lettre *ṣâd*. La fin du volume manque. L'exemplaire vocalisé contient à la marge la collation de plusieurs copies décrites en tête et dont l'une au moins aurait été prise sur l'autographe de l'auteur.

Papier. Écriture Asiatique. 283 feuillets. 29 lignes par page. Sans date. (Cas. 589.)

593.

Exemplaire, incomplet du commencement, du *Ḳâmoûs*. Il renferme la fin de l'ouvrage depuis le milieu du *tâ*. Copie datée de 961 de l'Hégire (1554 ap. J.-Ch.).

Papier. Écriture Asiatique. 306 feuillets. 33 lignes par page. (Cas. 590)

594.

Titre : ..... القول المأنوس بشرح بعض الفاظ القاموس جمع كاتبه محمد المدعوّ ببدر الدين بن يحيى بن عمر بن يونس الشهير بالقرافى المالكى «La parole rendue familière pour commenter une partie des expressions du *Ḳâmoûs*, compilation par celui qui écrit cet exemplaire ..... Moḥammad, surnommé Badr ed-Dîn, ibn

Yaḥyâ ibn 'Omar ibn Yoûnous, connu sous l'appellation de Al-Ḳarâfî le Mâlikite». Manuscrit autographe, daté de 977 de l'Hégire (1569 ap. J.-Ch.). L'auteur de ces additions au *Ḳâmoûs* suit son texte pour le compléter et l'expliquer. Commencement : الحمد لله الذى زيّن من اراد بالتحلّى باشرف اللغات الخ.

Papier. Écriture Asiatique. 103 feuillets. 27 lignes par page. (Cas. 591.)

595.

Titre à la tranche inférieure : كتاب حاشية القاموس المسمّاة بالقول المأنوس فى شرح بعض الفاظ القاموس. Autre exemplaire de ce même livre, daté de 985 de l'Hégire (1577 ap. J.-Ch.).

Papier. Écriture Asiatique. 95 feuillets. 29 lignes par page. (Cas. 592.)

596.

Titre : لغة تاج الاسماء «Le dictionnaire intitulé : La couronne des noms». Ḥâdjî Khalîfa, n° 2041, mentionne ce dictionnaire, dont il ignore l'auteur. Après une introduction sur les variétés des formes nominales, les noms sont étudiés dans ce vocabulaire spécial, rangé d'après l'ordre alphabétique des finales sur le modèle du *Ṣaḥâḥ* (mss. 579—584). Copie datée de 1001 de l'Hégire (1592 ap. J.-Ch.). Commencement : الحمد لله الذى علّم ادم الاسماء الخ.

Papier. Écriture Asiatique. 537 feuillets. 31 lignes par page. (Cas. 593.)

597.

Dictionnaire, classé d'après les initiales des racines, et intitulé (voir fol. 1 v°) : آساس البلاغة «Les fondements de l'éloquence». L'auteur est le célèbre philologue Djâr Allâh

Aboû 'l-Ḳâsim Maḥmoûd ibn ʿOmar Az-Zamakhscharî, mort en 538 de l'Hégire (1143 ap. J.-Ch.). Cf. les mss. 60—62; 176—178; 195, 1°. Cette collection de notes sur les racines de la langue arabe, disposée en forme de glossaire pour faciliter les recherches, a été publiée au Caire en 1882 (2 vol. in-8). Exemplaire vocalisé seulement sur les premiers feuillets. Commencement : قال جار الله العلامة فخر خوار[ز]م ابو القسم محمود بن عمر الزمخشرى رضى الله عنه خير منطوق به امام كلّ كلام وافضل مصدر به كلّ كتاب حمد الله ومدحه بما يمدح به فى كتابه الكريم الخ.

Papier. Écriture Asiatique. 398 feuillets. 33 lignes par page. Sans date. (Cas. 594.)

598.

Vocabulaire arabe-espagnol, par Jean Léon l'Africain. L'auteur a eu bien des tâtonnements dans la marche, qu'il se proposait d'adopter; c'est ainsi que le commencement est un dictionnaire trilingue arabe, hébreu et latin; au milieu du fol. 5 r°, l'hébreu disparaît; au milieu du fol. 12 r°, l'espagnol est brusquement substitué au latin et persiste jusqu'au bout, à l'exception des mots assez nombreux, où l'arabe est donné seul sans équivalent. Comme le dictionnaire contenu dans le ms. 596, celui-ci est consacré aux noms, à l'exclusion des verbes. C'est ce qu'avait remarqué un lecteur, qui a écrit au fol. 1 : «*Jacob hijo de Isac de la declaracion de nombres aravigos*». Au dessous, une main plus moderne a tracé la note suivante : «*Diccionarius annonimus (sic) alphabeticus et sic delirat ascriptio superior*».

Les deux lecteurs, qui ont consigné leurs observations, se sont trompés tous deux; l'auteur n'est point Yaʿḳoûb ibn Isḥâḳ (cf. mss. 29 et 605), et le dictionnaire n'est pas anonyme. On lit en effet à la fin du volume : فرغ من نسخ هذا الكتاب العبد الفقير مؤلّفه يوحنى الاسد الغرناطى المدعوّ قبل الحسن بن محمد الوزّان الفاسى فى اواخر ينّير عام اربعه *(sic)* وعشرين لتأريخ المسيحيّين الموافق لعام ثلثين وتسعماية *(sic)* لتأريخ المسلمين وذلك بمدينة بلُونْيا من بلاد اطاليا برسم المعلّم الحكيم الطبيب الماهر يعقوب بن شمعون الوفى الاسرائــلى. D'après ce texte déjà publié par Casiri, mais avec certaines inexactitudes, l'auteur de ce dictionnaire, dont nous avons l'autographe, est «Jean Léon de Grenade, qui, avant sa conversion au christianisme, se nommait Al-Ḥasan, fils de Moḥammad *Al-Wazzân* (le peseur) de Fez». Le travail, terminé à Bologne en janvier 1524, était destiné au célèbre médecin juif Jacob, fils de Siméon, «mon ami israélite».

M. Eugène Müntz, qui connaît à fond le passé de l'Italie, m'a suggéré l'idée que Jacob, fils de Siméon, pourrait bien être «le juif Jacob Mantino, né à Tortose en Espagne, et médecin de Paul III» (Renan, *Averroès et l'Averroisme,* 2e éd., p. 379). Une dédicace de Mantino, citée par Marini, *Degli archiatri pontificj* (Roma, 1784) I, p. 368, «écrite» en 1526 à Bologne, «précède» une traduction de Maïmonide, imprimée à Bologne en 1526, et portant sur le titre : *eximio artium et medicinae doctore M. Jacobo Mantino Medico hebraeo interprete.* Or Nicolaus Antonius, dans la *Bibliotheca Hispana nova* (Matriti, 1783—1788) I, p. 718, mentionne une grammaire arabe, composée par Léon l'Africain pour Jacob Mantino. La question serait donc résolue, s'il était démontré que le père de Jacob Mantino se nommait Siméon.

Papier. Écriture Magrébine. 118 feuillets. 30 lignes en moyenne par page. (Cas. 595.)

599.

Dictionnaire arabe-espagnol, composé au XVIIe siècle par un chrétien. Il manque quelques pages en tête et aussi quelques pages à la fin.

Papier. Écriture Magrébine. 780 pages. 24 lignes par page. Sans date (Cas. 596.)

600.

Titre : كتاب المصادر «Livre des infinitifs». Dictionnaire des infinitifs arabes, classés d'après l'ordre alphabétique des finales, avec des explications en persan. L'auteur est Aboû 'Abd Allâh Al-Ḥosain ibn Aḥmad Az-Zauzanî, comme son nom est donné dans la préface. Il mourut en 486 de l'Hégire (1093 ap. J.-Ch.); cf. ms. 408, 1°. Dans tout le volume, la préface seule est en arabe. Copie datée de 670 de l'Hégire (1271 ap. J.-Ch.). Commencement : الحمد لله على سوابغ آلائه المسابقة افواجا وسوائغ نعمائه المتلاحقة ازواجا الخ.

Papier. Écriture Asiatique. 136 feuillets 19 lignes par page. (Cas. 597)

In Quarto.

601.

Titre : كتاب السامى فى الاسامى جمع . . . . . ابى الفتح احمد بن محمد بن احمد الميدانى النيسابورى «Livre intitulé : Traité élevé sur les noms, compilation de . . . . . . Aboû 'l-Fatḥ Aḥmad ibn Moḥammad ibn Aḥmad Al-Maidânî de Nîsâboûr». Il termina son livre en 497 de l'Hégire (1103 ap. J.-Ch.) et mourut en 518 (1124 ap. J.-Ch.); cf. ms. 196. L'ouvrage est divisé en quatre sections (قسم), comprenant chacune un certain nombre de chapitres (باب). Voir les titres des quatre sections dans Dozy, *Catalogus* I, p. 76. Les explications sont toutes données en persan. Copie datée de 821 de l'Hégire (1418 ap. J.-Ch.). Commencement : الحمد لله الذى لا يتمّ امره دون حمده الخ.

Papier. Écriture Asiatique. 233 feuillets. 12 lignes par page. (Cas. 598.)

602.

Titre en lettres d'or : ..... كتاب المصباح المنير فى اللغة تأليف احمد الفيّومى «Livre intitulé : Le flambeau qui éclaire le langage, œuvre de ..... Aḥmad Al-Fayyoûmî». Ce dictionnaire, classé d'après l'ordre alphabétique des initiales, était à l'origine un glossaire spécial au commentaire de Ar-Râfiʿî sur le *Wadjîz* de Al-Gazâlî. De là son titre habituel donné dans la préface : كتاب المصباح المنير فى غريب الشرح الكبير; cf. Ḥâdjî Khalîfa, nº 12188; Mehren à propos de l'édition de Boûlâḳ de 1864 dans le *Zeitschrift der deutschen morgenländischen Gesellschaft* XXVII, p. 204 et suiv.; Pertsch, *Die Arabischen Handschriften ..... zu Gotha* I, p. 357. Peu à peu l'auteur élargit son plan de manière à faire entrer dans son dictionnaire les éléments recueillis dans des lectures très étendues; voir Mehren, *ibid.* p. 209. L'ouvrage fut terminé en 734 de l'Hégire (1333 ap. J.-Ch.). Aḥmad ibn Moḥammad ibn ʿAlî Al-Mouḳrî Al-Fayyoûmî, comme l'auteur est nommé en tête, mourut en 770 (1368 ap. J.-Ch.). Copie datée de 982 (1574 ap. J.-Ch.). Commencement et extrait de la préface : الحمد لله ربّ العالمين ..... وبعد فانى كنت جمعت كتابا فى غريب سرح الوجيز للرافعى واوسعت فيه من تصريف الكلمة

واضفت اليه زيادات من لغة غيره ومن الالفاظ المشتبهات والمتماثلات ومن اعراب الشواهد وبيان معانيها . . . . . وسمّيته بالمصباح المنر فى غريب الشرح الكبير الخ.

Papier. Écriture Asiatique. 367 feuillets. 29 lignes par page. (Cas. 599.)

603.

Troisième et quatrième quarts du كتاب شمس العلوم «Livre intitulé : Le soleil des sciences», par Aboû 'l-Ḥasan Naschwân ibn Saʿd le Ḥimyarite, appelé d'après la tribu dont il descendait Al-Hamdânî. Sur l'importance de la tribu de Hamdân pour l'histoire et l'épigraphie du Yémen, voir Mordtmann und Müller, *Sabäische Denkmäler* (Wien, 1883), p. 3 et suiv. Le manuscrit 34 contient la première moitié de ce même exemplaire; la seconde, que je décris, est datée de 627 de l'Hégire (1229 ap. J.-Ch.). Les premiers feuillets manquent. Au fol. 130 r°, on lit : تمّ الربع الثالث من كتاب شمس العلوم; au fol. 267 r° : تمّ الربع الرابع من كتاب شمس العلوم وبتمامه تمّ الكتاب. M. le professeur D. H. Müller m'ayant fait savoir que je m'étais trop avancé en annonçant plus haut (p. 25) qu'il publierait ce dictionnaire, j'espère que cette entreprise tentera quelque jeune orientaliste, désireux de servir à la fois les études arabes et sabéennes.

Papier. Écriture Asiatique. 267 feuillets. 34 lignes par page. (Cas. 600.)

604.

Dictionnaire arabe-persan, composé à Ispahan dans l'année 1648 pour le Père Germain de Silésie. L'auteur anonyme a en effet inscrit ce qui suit : *Ad usum fris Dominici Germani, Prov^ac^ Rom^ac^ reformatae Collegio linguarum. Romae in Conventu S. Petri Montis aurei . in Aspahan anno 1648.* Or, nous savons qu'à Ispahan Germain «avait élu domicile chez les Augustins» (Marcel Devic dans le *Journal Asiatique* de 1883, I, p. 354; cf. p. 362, lig. 4); il est probable que le dictionnaire a été rédigé par l'un des missionnaires Augustins, depuis longtemps établi dans cette capitale de la Perse.

Papier. Écriture Asiatique. 409 feuillets. Pages à deux colonnes. 27 lignes dans chaque colonne. (Cas 601.)

605.

Titre : سفر فيه كتاب المنخّل وهو مجرّد كتاب اصلاح المنطق المحيط بجميع فوائده دون تكراره وشواهده اختصار الحسين بن على بن الحسين المغربى الكاتب «Volume contenant le livre intitulé : Ce qui est passé au crible; extrait du livre intitulé : Le redressement de la prononciation, dont on n'a omis aucun de ses enseignements utiles, mais d'où l'on a supprimé les répétitions et les vers cités comme exemples. L'abrégé a pour auteur Al-Ḥosain ibn ʿAlî ibn Al-Ḥosain, le chancelier Magrébin». Le Redressement de la prononciation est l'œuvre linguistique de Aboû Yoûsouf Yaʿḳoûb ibn Isḥâḳ As-Sikkît, connu sous le nom de Ibn As-Sikkît et mort en 244 de l'Hégire (858 ap. J.-Ch.). Le ms. 29 en contient un excellent exemplaire. L'auteur de l'abrégé, qui a maintenu la division des chapitres de son modèle, n'est autre que Aboû 'l-Ḳâsim Al-Ḥosain ibn ʿAlî ibn Al-Ḥosain ibn ʿAlî, connu sous le nom de *Al-Wazîr Al-Magribî,* né en 370 de l'Hégire (980 ap.

J.-Ch.), mort en 418 (1027 ap. J.-Ch.). Cf. Ibn Khallikân, *Biographical Dictionary* I, p. 450 et suiv., où est cité son abrégé du *Işlâḥ al-manṭiḳ,* abrégé dont il n'est pas fait mention dans Ḥâdjî Khalîfa. Manuscrit entièrement vocalisé, écrit en 486 de l'Hégire (1093 ap. J.-Ch.). Commencement : الحمد لله بقدر نعمته وحسبنا الله موفقا لطاعته الخ.

Papier. Écriture Magrébine. 87 feuillets. 14 lignes par page. (Cas. 602.)

606.

Titre : كتاب تنبيه الطالب لفهم ابن الحاجب تأليف . . . . . ابى عبد الله محمد بن عبد السلام بن اسحاق بن احمد الاموى المالكى «Livre intitulé : Avertissement pour celui qui cherche à comprendre Ibn Al-Ḥâdjib, œuvre de . . . . . Aboû 'Abd Allâh Moḥammad ibn 'Abd as-Salâm ibn Isḥâḳ ibn Aḥmad Al-Oumawî le Mâlikite». La date donnée par Ḥâdjî Khalîfa, n° 3623, d'après lequel l'auteur mourut en 749 de l'Hégire (1348 ap. J.-Ch.), est démentie par notre manuscrit, qui fixe l'achèvement de la composition à l'année 797 (1394 ap.-Ch.). Ibn Al-Ḥâdjib (cf. mss. 3; 17—21; etc.), mort en 646 (1248 ap. J.-Ch.), est nommé dans le titre comme l'auteur du manuel de jurisprudence mâlikite, intitulé مختصر المنتهى «Abrégé du point culminant» ou encore جامع الامّهات «Collection des principes fondamentaux» ; cf. Ḥâdjî Khalîfa, n° 13126. Le glossaire est classé d'après l'ordre alphabétique des initiales. Copie datée de 881 de l'Hégire (1476 ap. J.-Ch.). Commencement et extrait de la préface : الحمد لله ربّ العلمين . . . . . وبعد يقول . . . . . محمد بن عبد السلام بن اسحاق بن احمد الاموى المالكى . . . . . هدا مختصر يشتمل على شرح الفاظ فى المختصر الفروعى فى فقه امير المؤمنين

فى السنّة (?) فى عصره . . . . ابى عبد الله ملك بن انس . . . . للامام الجليل ابى عمرو عثمان بن الحاجب الخ.

Papier. Écriture Magrébine. 97 feuillets. 23 lignes par page. (Cas. 603.)

In-Octavo.

607.

Titre : هذا كتاب تعريفات «Ceci est un livre intitulé : Définitions». Ḥâdjî Khalîfa, nº 3150, d'après lequel l'auteur est As-Sayyid Asch-Scharîf 'Alî ibn Moḥammad Al-Djordjânî, mort en 816 de l'Hégire (1413 ap. J.-Ch.); cf. mss. 63; 206—210; etc. Ce dictionnaire des termes techniques usités dans la scholastique, la théologie, la jurisprudence et la philosophie arabes, classé d'après l'ordre alphabétique des initiales, a été en partie inséré dans les divers articles de Freytag, *Lexicon Arabico-Latinum* (Halis Saxonum, 1830—1837, 4 vol. in-4). Deux éditions orientales de l'ouvrage complet ont été publiées à Constantinople en 1837, et au Caire en 1866; une édition européenne par M. Flügel à Leipzig en 1845. Manuscrit écrit très négligemment en 971 de l'Hégire (1563 ap. J.-Ch.). Commencement : الحمد لله حقّ حمده الخ.

Papier. Écriture Asiatique. 122 feuillets. 17 lignes par page. (Cas. 604.)

608.

Titre : كتاب الاقناع لما حوى تحت القناع «Livre intitulé : La démonstration satisfaisante au sujet de ce qui est dissimulé sous le voile». Ḥadjî Khalîfa, nº 1075, d'après lequel l'auteur est Nâṣir ibn 'Abd as-Sayyid Al-Mouṭarrizî, mort en 610 de l'Hégire (1213 ap. J.-Ch.); cf. mss. 101, 1º; 509; 510; etc.

Ouvrage de synonymique, divisé en quatre catégories (قواعـــد) : 1° في الاسماء; 2° في الافعال; 3° في الحروف; 4° في النحو. L'auteur a écrit son livre pour l'instruction de son fils Mouṭhaffar (لا زال في الدين كاسمه مظفّـــرا, dit-il de lui dans la préface).

Le volume, que je décris, ne va pas au delà de la première catégorie (القاعـــدة الاولى). Copie datée de 654 de l'Hégire (1256 ap. J.-Ch.). Commencement : الحمد لله الـــذى جعل العربيّة مفتاح التنزيل الخ.

Papier. Écriture Asiatique. 71 feuillets. 12 lignes par page. (Cas. 605.)

609.

Dictionnaire persan-turc, sans nom d'auteur. C'est le dictionnaire persan-turc, composé par le ḳâḍî Louṭf Allâh ibn Abî Yoûsouf, connu sous le nom de Al-Ḥalîmî, qui vécut dans la seconde moitié du XVe siècle ap. J.-Ch. Cf. le ms. 1847, 1°, qui contient la première rédaction moins développée; Ḥâdjî Khalîfa II, p. 19; IV, p. 398 et 503; (Dorn) *Catalogue des manuscrits ..... de la bibliothèque impériale publique de St Pétersbourg*, p. 431 et suiv.; Flügel, *Die Arabischen, Persischen .... Handschriften .... zu Wien* I, p. 128; etc. Commencement : حمد بليغ وثناء بى دريغ الخ.

Papier. Écriture *naskhî* 154 feuillets. 17 lignes par page. Sans date. (Cas. 606.)

610.

Vocabulaire syriaque-arabe-latin, classé d'après l'ordre des matières et consacré, comme les vocabulaires contenus dans les manuscrits 596 et 598, aux noms, à l'exclusion des verbes. Le syriaque est en caractères *estranguélô*. Le commencement fait défaut. J'ai noté les deux titres suivants : fol. 1 r° الفصل الخامس فى اسماء اجزاء الرأس; plus loin التعليم الثالث فى نعوت الانسان. Ce manuscrit, d'origine chrétienne, a été écrit en 1922 de l'ère des Séleucides (1610 ap. J.-Ch.).

Papier. Écriture Asiatique de l'arabe. 145 feuillets. 3 colonnes par page. 21 lignes dans chaque colonne. (Cas. 607.)

611.

Vocabulaire grec-arabe, qui me paraît avoir été composé et écrit au commencement du XIIIe siècle. Aucun indice ne révèle le nom de l'auteur. Au début, les deux langues occupent chacune des colonnes séparées; mais bientôt, pour économiser le papier et l'espace, le grec court le long des lignes, avec les divers articles séparés seulement par des croix, tandis que les mots arabes correspondants, placés au dessous des mots grecs, occupent la place libre qui sépare les lignes. Ce manuscrit, que j'avais signalé à mon très cher et très regretté ami, Charles Graux, a été mentionné par lui dans sa remarquable monographie, intitulée : *Essai sur les origines du fonds grec de l'Escurial, épisode de l'histoire de la renaissance des lettres en Espagne* (Paris, 1880, in-8), p. 503.

Papier. Écriture Asiatique de l'arabe. 51 feuillets 17 lignes par page. Sans date (Cas. 608.)

VI.

Philosophie.

In folio.

612.

1° Titre : كتاب كراء الدّور والارضين وكراء الرواحل والدوابّ مـــن المستخرجة مما استحلّ (?) جمع محمد بن احمد العُتبي مما ليس فى المدوّنة لعبد الله ابن على بن عبد الله بن معين (?) «Livre intitulé : La location des maisons et des terres, et la location des chameaux et des animaux domestiques, d'après le recueil de traditions, que s'est cru autorisé (?) à réunir Moḥammad ibn Aḥmad Al-ʿOutbî parmi celles qui ne se trouvent pas dans la *Moudawwana*. Recueil destiné à ʿAbd Allâh ibn ʿAlî ibn ʿAbd Allâh Ibn Mouʿîn (?)». Moḥammad Al-ʿOutbî, un des maîtres de la jurisprudence mâlikite en Espagne, mourut en 255 de l'Hégire (869 ap. J.-Ch.); cf. Adh-Dhahabî, *Mouschtabih*, p. ٣٤٧; Al-Maḳḳarî, *Analectes* I, p. ١٠٣. Quant à la *Moudawwana* (cf. ms. 570, 2° et Ḥâdjî Khalîfa, n° 11702), c'est un manuel de droit mâlikite, par Aboû ʿAbd Allâh ʿAbd ar-Raḥmân Ibn Al-Ḳâsim, mort en 191 de l'Hégire (806 ap. J.-Ch.). La fin manque. Commencement : كتاب الدور والارضين من سماع ابن القاسم من ملك (*sic*) من كتاب القبلة قال سحنون اخبرنى ابن القـــاسم قال سمعت ملكا (*sic*) يقول من تكارا (نكارى *sic*, lisez) ارضا ثلاث سنين بزرعها فزرع فيها سنة وسنتين الخ.

2° (Fol. 6). Titre : . . . . . تعاليق لابى بكر محمد بن يحى بن الصائغ على كتاب ابى نصر محمد بن محمد الفارابى فى المدخل والفصول من ايساغوجى

«Annotations, par Aboû Bakr Moḥammad ibn Yaḥyâ Ibn As-Ṣâ'ig . . . . . sur le livre de Aboû Naṣr Moḥammad ibn Moḥammad Al-Fârâbî, relatif à l'entrée en matière et aux sections de l'Introduction (εἰσαγωγή)». En effet, parmi les ouvrages de Aboû Naṣr Mohammad Al-Fârâbî, mort en 339 de l'Hégire (950 ap. J.-Ch.), je trouve mentionnée une «Annotation à l'Introduction de Porphyre» (كتاب تعليق ايساغوجى على فرفوريوس); voir Al-Ḳifṭî dans Casiri, *Bibliotheca Arabico-Hispana Escurialensis* I, p. 192; *Bibliothecae Bodleianae* . . . . *Catalogus* I, p. 117, ms. 457; et surtout la remarquable monographie de M. Steinschneider, intitulée : *Al-Farabi (Alpharabius), des Arabischen Philosophen Leben und Schriften* (St. Petersburg, 1869, in-4), p. 20 et 214. Aboû Bakr Moḥammad, surnommé *Ibn Aṣ-Ṣâ'ig* «le fils de l'orfèvre», est le célèbre philosophe plus connu sous l'appellation de Ibn Bâdjdja, que les traducteurs latins ont déformée en Aben Pace, Avem Pace, Aven Pace, Aven Pas. Il mourut empoisonné à Fez en 525 de l'Hégire (1130 ap. J.-Ch.) selon les uns, en 533 (1138 ap. J.-Ch.) selon d'autres. Cf. la notice de Munk, *Mélanges de philosophie juive et arabe*, p. 383 et suiv. Manuscrit vocalisé, très correct. Quelques éraillures aux fol. 6 et 7. Commencement : قوله قصدنا شكله شكل مثال اول الخ.

3° (Fol. 45 r°). Gloses, que j'attribue à Ibn Bâdjdja (cf. 8°), sur le commentaire de Al-Fârâbî relatif au περὶ ἑρμηνείας d'Aristote. Le commentaire de Aboû Naṣr Al-Fârâbî est cité par Ḥâdjî Khalîfa, n° 1606 (cf. III, p. 96); voir aussi Steinschneider, *Al-Farabi*, p. 22. Commencement : قال غرض ابى نصر فى كتاب بارى ارمينيا الخ.

4° (Fol. 48 v°). Extrait du «livre de l'interprétation», c'est-à-dire probablement du περὶ ἑρμηνείας d'Aristote dans la rédaction de Al-Fârâbî. Cet extrait est de Ibn Bâdjdja; cf. 8°. Commencement : من كتاب العبارة الخ.

5° (Fol. 54 r°). Titre : كتاب ابى نصر فى القياس «Livre de Aboû Naṣr au sujet du *kiyâs* «raisonnement syllogistique». Le *kiyâs*, sur lequel Al-Ḳifṭî connaît le commentaire de Al-Fârâbî (voir Casiri, *loc. cit.*) est le nom arabe pour l'ensemble des ἀναλυτικά d'Aristote; cf. Steinschneider, *Al-Farabi*, p. 26.

6° (Fol. 59 r°). Titre : ارتياض فى كتاب التحليل «Exercice sur le livre de l'analyse». Il s'agit des ἀναλυτικὰ πρότερα d'Aristote; cf. تحليل القياس dans Ḥâdjî Khalîfa III, p. 96; et dans Steinschneider, *Al-Farabi*, p. 28. C'est la partie des ἀναλυτικά, qu'on nomme aussi συλλογισμῶν β̅. 6° paraît être un commentaire par Ibn Bâdjdja sur 5°.

7° (Fol. 71 v°). Titre : كلام على اوّل كتاب البرهان لابى بكر بن يحيى «Parole sur le commencement du Livre de la démonstration, par Aboû Bakr ibn Yaḥyâ». Ce commentaire, par Ibn Bâdjdja, se rapporte aux prolégomènes des ἀναλυτικὰ ὕστερα d'Aristote, dans la rédaction de Al-Fârâbî. Cf. Steinschneider, *Al-Farabi*, p. 43. D'après une note inscrite au bas du fol. 85 v°, il y a, avant le fol. 86, une lacune d'environ douze feuillets.

8° (Fol. 86 r°). Titre : قول ابى بكر محمد بن يحيى فى كتاب البرهان «Parole de Aboû Bakr Moḥammad ibn Yaḥyâ sur le Livre de la démonstration». C'est le commentaire de Ibn Bâdjdja sur quelques passages des ἀναλυτικὰ ὕστερα d'Aristote, dans la rédaction de Al-Fârâbî. A la fin (fol. 98 v°) se trouve la note suivante, qui se rapporte à 2°—8° : انقضى كلام ابى بكر بن باجّه رحمه الله.

9° (Fol. 99 r°). Commentaire par Al-Djordjânî, c'est-à-dire Zain ed-Dîn Aboû 'l-Faḍâ'il Ismâ'îl ibn Al-Ḥosain Al-Djordjânî, mort en 530 de l'Hégire (1135 ap. J.-Ch.) sur le *kiyâs* «syllogisme» (cf. 5°). On lit en effet au fol. 101 v° la souscription suivante : انقضى كلام الجرجانى فى القياس. Commencement : الموجبتان الكلّيّتان وهو الضرب الاوّل من الشكل الاوّل اذا كان الابتداء فيه بالالف اعنى الكبرى الخ.

10° (Fol. 101 v°). Commentaire par Al-Djordjânî (cf. 9°) sur le *taḥlîl* «analyse» (cf. 6°). On lit en effet au fol. 108 v° : هنا انقضى كلام الجرجانى فى التحليل. Commencement : ومن كلامه مقالات فى اكتساب المقدّمات الخ.

11° (Fol. 109 r°). Titre : شرح صدر المقاله الاولى من كتاب اوقليدس لابى نصر محمد بن محمد الفارابى «Commentaire sur l'introduction de la première section du livre d'Euclide, par Aboû Naṣr Moḥammad ibn Moḥammad Al-Fârâbî». Il s'agit des στοιχεῖα «éléments» d'Euclide; cf. Steinschneider, *Al-Farabi*, p. 73.

12° (Fol. 111 r°). Titre : شرح المقالة الخامسة منه لابى نصر ايضا «Commentaire sur la cinquième section du même livre, par Aboû Naṣr également». Cf. 11° et Steinschneider, *Al-Farabi*, p. 73.

13° (Fol. 111 v°). Titre : كتاب المقولات «Livre intitulé : Les catégories.» C'est par ce nom que l'on désigne les κατηγορίαι d'Aristote; cf. Ḥâdjî Khalîfa, n° 12819, où est mentionné un commentaire sur les «catégories», par Aboû Naṣr Al-Fârâbî. C'est ce commentaire que, d'après l'analogie, bien que l'auteur ne soit point nommé, je crois reconnaître dans ce morceau. Cf. *Fihrist,* I, p. ٢٦٣; et Steinschneider, *Al-Farabi,* p. 21. Commencement : انما قال وكانه جنس لهما الخ.

A l'exception de 1°, ce manuscrit constitue un ensemble de fragments réunis avec intention, et qu'une même main a reproduits. La date est donnée au fol. 124 v° dans la souscription suivante : هنا انتهى ما الفيته من هذا العليق وكان تقييده باشبيلية في اواسط ذى حجة عام ٦٦٧. L'exemplaire est donc copié à Séville, à la fin de 667 de l'Hégire, qui, dit le copiste, répond à l'année 1307 de «l'ère de *Aṣ-Ṣafar*», c'est-à-dire à l'an 1269 ap. J.-Ch. La mention de l'ère espagnole *Aṣ-Ṣafar* (cf. ms. 631, 1°) est une preuve que le copiste était un juif ou un chrétien. La légende du manuscrit autographe de Ibn Bâdjdja devra donc être rayée de ses biographies, comme des histoires de la philosophie. Cf. Munk, *Mélanges de philosophie juive et arabe,* p. 383, note 2. Du reste, au fol. 98 v° (cf. 8°), l'auteur est appelé «Ibn Bâdjdja, qu'Allâh le prenne en pitié!» formule, qui ne s'applique qu'aux morts. M. de Gayangos, qui n'avait pas vu le manuscrit, s'était fondé sur des indices historiques pour révoquer en doute la date, que lui assignait Casiri (voir *Mohammedan Dynasties* I, *Appendix,* p. XVII, note 38). Cette date ne se trouve nulle part dans le volume ni pour la rédaction, ni pour l'écriture.

1° sur peau de velin; 2°—13° sur papier. Écriture Magrébine. 125 feuillets. 1° 25 lignes; 2°—13° 27 lignes par page. 1° sans date. (Cas 609.)

613.

Titre : محاكمات شرح اشارات «Arbitrages sur le commentaire des *Ischârât*». Les *Ischârât* sont le manuel de logique et de philosophie, intitulé : الاشارات والتنبيهات «Les théorèmes et les avertissements», et dont l'auteur est Aboû 'Alî Al-Ḥosain ibn 'Abd Allâh, surnommé Ibn Sînâ (Avicenne), mort en 428 de l'Hégire (1036 ap. J.-Ch.). Cf. mss. 623; 656; 657; 703. Après que ce manuel, la dernière œuvre philosophique de Ibn Sînâ, eut été attaqué par Fakhr ed-Dîn Ar-Râzî, mort en 606 de l'Hégire (1209 ap. J.-Ch.), défendu par Naṣîr ed-Dîn Aṭ-Ṭoûsî, mort en 672 (1273 ap. J.-Ch.), Ḳoṭb ed-Dîn Moḥammad ibn Moḥammad Ar-Râzî, connu sous le nom de At-Taḥtânî, qui vécut jusqu'en 766 (1364 ap. J.-Ch.), se proposa d'exercer un «arbitrage» entre deux juges également passionnés en sens divers (cf. Ḥâdjî Khalîfa I, p. 302; voir aussi mss. 619, 2°; 623). Il acheva son œuvre de critique en 755 (1354 ap. J.-Ch.). Copie datée de 775 (1373 ap. J.-Ch.). On lit à la fin du volume : قد انتهى الكتاب المحيط باسرار الحكميه المطّلع على ادراك كمالات الانفس الانسيه. Commencement : توجهنا الى جناب قدسك وتعرضنا لنفحات انسك الخ.

Papier. Écriture Asiatique. 344 feuillets. 25 lignes par page. (Cas. 610.)

614.

Titre : ..... كتاب نهاية الامل فى شرح كتاب الجمل مما عُنى بجمعه وتأليفه ابو عبد الله محمد بن مرزق (sic, lisez مرزوق) العجيمى ثم التلمسانى «Livre intitulé : Le point culminant de l'espérance, commentaire sur le Livre des propositions, compilation et œuvre de ..... Aboû 'Abd Allâh Moḥammad Ibn Marzoûḳ Al-'Oudjaimî(?), qui vint s'établir à Tlemcen». Les Propositions commentées, dont le texte se trouve dans le ms. 653, 3°, se rapportent à la logique et ont pour auteur, d'après le texte même du manuscrit 614, l'imâm . . . . . Aboû 'Abd Allâh Moḥammad ibn Nâmwar ibn Moḥammad ibn 'Abd al-Malik Al-Khoûnadjî (ou bien Al-Hounadjî : ويقال الهنجي وهو معرب الخونجي). Sur le village de خُونَج ou خُوَنا, dans l'Adharbaidjân, voir Yâḳoût, *Geographisches Wörterbuch* II, p. 499 et 500. Afḍal ed-Dîn Aboû 'Abd Allâh Moḥammad ibn Nâmwar naquit en 590 de l'Hégire (1194 ap. J.-Ch.), devint en 641 (1243 ap. J.-Ch.) juge en Égypte, où il mourut vers 646 (1248 ap. J.-Ch.). Cf. Ḥâdjî Khalîfa, n° 14073; Rieu, *Catalogus*, p. 765*b*. Un autre ouvrage de ce même auteur, également sur la logique, se trouve dans le ms. 667.

Le commentateur, Schams ed-Dîn Aboû 'Abd Allâh Moḥammad ibn Aḥmad ibn Moḥammad Ibn Marzoûḳ At-Tilimsânî mourut, non pas en 781 de l'Hégire (1379 ap. J.-Ch.), comme le prétend Ḥâdjî Khalîfa IV, p. 60, 255, etc., mais en 842 (1438 ap. J.-Ch.), comme l'a montré M. Rieu, *Catalogus*, p. 129 *a*; cf. d'ailleurs Ḥâdjî Khalîfa II, p. 624.

D'après une note inscrite à la marge du fol. 100 r°, ce commentaire a été achevé par son auteur à Tlemcen en 804 de l'Hégire (1401 ap. J.-Ch.). Cette même indication se retrouve dans deux exemplaires du second volume, mss. 640 et 654. Copie datée de 859 (1455 ap. J.-Ch.). Commencement : الحمد لله العالم بخفيّات الامور الخ.

Papier. Écriture Magrébine. 100 feuillets. 37 lignes par page. (Cas. 611.)

615.

Autre commentaire sur les Propositions relatives à la logique de Moḥammad Al-Khoûnadjî. L'ouvrage commenté est appelé dans la préface مختصر الامام . . . . . الخونجي. Le commentateur est nommé dans un autre exemplaire (ms. 647) Ibn Wâṣil, c'est-à-dire Djamâl ed-Dîn Aboû ʿAbd Allâh Moḥammad ibn Sâlim ibn Naṣr Allâh Al-Ḥamawî, connu sous le nom de Ibn Wâṣil. Précepteur de l'historien roi Aboû 'l-Fidâ, il exerça les fonctions de juge suprême à Ḥamâ. Ibn Wâṣil naquit en 604 de l'Hégire (1207 ap. J.-Ch.) et mourut en 697 (1297 ap. J.-Ch.). Voir *Abulfedæ Annales Muslemici* V, p. 144 et suiv. La fin manque. Commencement: الحمد لله الذى غرس فى الجبلات العقليّه *(sic)* حدائق العلوم الفطربات الخ.

Papier. Écriture Magrébine. 203 feuillets. 19 lignes par page. Sans date. (Cas. 612)

616.

Autre commentaire sur les Propositions relatives à la logique de Moḥammad Al-Khoûnadjî. Ce commentaire a été composé en 773 de l'Hégire (1371 ap. J.-Ch.) بمدينة سالى. Malgré la différence de l'orthographe, il s'agit sans doute de la ville appelée par Yâḳoût, *Geographisches Wörterbuch* III, p. 109 سَلا Salâ, et qui est située à l'ouest de Fez, sur la côte. C'est au Maroc également que se rattache un personnage nommé au fol. 2 r° موسى الزواوى; sur la tribu des Zouwâwa, on peut consulter Ibn Khaldoûn, *Histoire des Berbères* I, p. 173, 298 et passim; Goeje, *Descriptio Al-Magribi*, p. 91 et 93. Le premier feuillet manque.

Papier. Écriture Magrébine. 176 feuillets. 29 lignes par page. Sans date. (Cas. 613)

617.

Autre commentaire, d'une rédaction plus concise, sur les Propositions relatives à la logique, de Moḥammad Al-

Khoûnadjî. Ce commentaire a été terminé par son auteur en 754 de l'Hégire (1353 ap. J.-Ch.); la copie est datée de 801 (1398 ap. J.-Ch.). C'est peut-être le commentaire, dont Ḥâdjî Khalîfa II, p. 624 et VI, p. 399 (cf. VII, p. 699) appelle l'auteur Schihâb ed-Dîn Aboû Djaʿfar Aḥmad ibn Aḥmad ibn ʿAbd ar-Raḥmân An-Nadroûmî At-Tilimsânî, surnommé *Ibn Al-Oustâdh* «le fils du maître». Nadroûma est une ville dans la région de Tlemcen, cf. Edrisi, *Description de l'Afrique et de l'Espagne*, p. ١٧٢ et 205. La collation d'un autre exemplaire serait nécessaire pour vérifier la justesse de cette hypothèse. Le commencement fait défaut.

Papier. Écriture Magrebine. 88 feuillets. 27 lignes par page. (Cas. 614)

618.

Le vrai titre se trouve dans la souscription (fol. 203 v°): وقع الفراغ من تمنيق هذه الحاسية للسيّد النسريف الجرجانى على شرح التجريد للشمس الاصبهانى. Le تجريد الكلام «Exposition claire de la métaphysique» a pour auteur Naṣîr ed-Dîn Aboû Djaʿfar Moḥammad Aṭ-Ṭoûsî, mort en 672 de l'Hégire (1273 ap. J.-Ch.); cf. ms. 613. Parmi les commentaires sur l'Exposition claire, on cite particulièrement «le commentaire ancien» (الشرح القديم), par Schams ed-Dîn Aboû 'th-Thanâ Maḥmoûd Al-Iṣfahânî (d'Ispahan), mort en 749 de l'Hégire (1348 ap. J.-Ch.) et «le commentaire moderne» (الشرح الجديد), par ʿAlâ ed-Dîn ʿAlî ibn Moḥammad Al-Ḳoûschdjî (le fauconnier), mort en 879 (1474 ap. J.-Ch.). C'est sur le premier de ces deux commentaires que sont les gloses de As-Sayyid Asch-Scharîf ʿAlî ibn Moḥammad Al-Djordjânî, mort en 816

(1413 ap. J.-Ch.); cf. Ḥâdjî Khalîfa II, p. 195. Autres exemplaires, mss. 689 et 690; cf. aussi ms. 644, 1°. Le titre donné en tête ferait supposer que les gloses se rapportent au second; ce que les dates ne permettent pas d'admettre. On lit en effet comme titre : حاشية السيّد الاعظم الجرجانى على القوشجى شرح التجريد. Copie datée de 852 (1448 ap. J.-Ch.). Commencement : اما بعد حمد واجب الوجود خصّ بالذكر من يلى صفاته العُلى بما هو اخصّ به تعالى الخ.

Papier. Écriture Asiatique. 203 feuillets. 25 lignes par page. (Cas. 615.)

619.

1° Titre dans le titre général : السمسيّة للكاتبى «Le traité dédié à Schams ed-Dîn, par Al-Kâtibî». Ce manuel de logique (cf. mss. 405, 1°; 636, 5°; 639, 2°; 650, 3°; 670, 2°) est appelé plus complètement dans la préface : الرسالة الشمسية فى القواعد المنطقية; il a été composé à l'instigation de Schams ed-Dîn (شمس الملّة والدين) Moḥammad ibn Bahâ ed-Dîn (بهاء الملّة والدين) Moḥammad Al-Djouwainî, mort en 681 de l'Hégire (1282 ap. J.-Ch.), par Nadjm ed-Dîn 'Alî ibn 'Omar Al-Ḳazwînî, connu sous le nom de Al-Kâtibî, mort en 675 (1276 ap. J.-Ch.). Parmi les éditions orientales de ce texte, citons celle de Sprenger (Calcutta, 1854, gr. in-4) dans la *Bibliotheca Indica, First Appendix to the Dictionary of the Technical Terms.* Les feuillets 2 à 5 sont d'une écriture plus moderne que le reste. Commencement : الحمد لله الذى ابدع نظام الوجود واخترع ماهيات الاشياء الخ.

2° (Fol. 16). Titre dans le Titre général : شرحها للقطب «Son commentaire, par Ḳotb ed-Dîn», c'est-à-dire commentaire sur la *Schamsiyya* de Al-Kâtibî (1°), par Ḳotb ed-Dîn Moḥammad ibn Moḥammad Ar-Râzî, connu sous le nom de At-Taḥtânî; il mourut en 766 de l'Hégire (1364 ap. J.-Ch.); cf. ms. 613. Commentaire imprimé à Calcutta en 1815. Autre exemplaire, ms. 674. Copie datée de 773 de l'Hégire (1371 ap. J.-Ch.), date qui s'applique également à 1°, de la même main. Commencement : ان ابهى درر ينظم ببنان البيان الخ.

3° (Fol. 106). Titre : كتاب المباحث المنطقية فى شرح آداب العلوم النظرية «Livre intitulé : Les recherches sur la logique; commentaire sur les Règles relatives aux sciences spéculatives». Le titre général porte plus brièvement : شرح ادب المباحث المنطقية (*sic*, lisez آداب). Il semble que l'ouvrage commenté soit les آداب «Instructions» de Schams ed-Dîn Moḥammad ibn Aschraf Al-Ḥosainî As-Samarḳandî, mort vers 600 (1203 ap. J.-Ch.). J'ignore de qui est le commentaire. Copie de la même main que 1° et 2°, également datée de 773 (1371 ap. J.-Ch.). Commencement : احمدك اللهم واجب الوجود وواهب حيوة العالمين الخ.

Papier. Écriture Magrébine. 153 feuillets. 32 lignes par page. (Cas. 616.)

620.

Titre à la tranche inférieure : كتاب الاستغنا فى احكام الاستثنا للعلامة القرافى «Livre intitulé : Le contentement dans les lois de l'exception, par le très savant Al-Ḳarâfî». Ce titre se retrouve dans la préface, en tête de laquelle l'auteur est nommé Aḥmad ibn Idrîs le Mâlikite. C'est en effet le jurisconsulte Mâlikite Schihâb ed-Dîn Abou 'l-'Abbâs Aḥmad Al-Ḳarâfî, mort en 684 de l'Hégire (1285 ap. J.-Ch.); cf.

ms. 707, 9°. Cinquante-et-un chapitres sur les exceptions admises par le droit mâlikite. Copie datée de 991 de l'Hégire (1583 ap. J.-Ch.). Commencement : الحمد لله المنفرد بالازلية والبقاء الخ.

Papier. Écriture Asiatique. 165 feuillets. 29 lignes par page. (Cas. 617.)

621.

1° Fragment d'un traité philosophique, sans commencement ni fin. J'ai relevé dans ces feuillets en désordre les titres suivants : Fol. 1 v° : فصل فى العلم وانه عرض; 2 v° : فصل فى المقالة الرابعة فصل فى الكلام على الكيفيات التى فى الكمية واثباتها; 5 v° : المقالة الثالثة فصل فى الاشارة الى التقدم والتاخر وفى الحديث; 13 r° : ما ينبغى ان يبحث عنه من حال المقولات التسع فى عرضيتها. Commencement et fin manquent. Il se pourrait que ce fût un lambeau du كتاب الشفاء «Livre de la guérison», traité encyclopédique, par Aboû 'Alî Al-Ḥosain ibn 'Abd Allâh, connu sous le nom de Ibn Sînâ (Avicenne), mort en 428 de l'Hégire (1036 ap. J.-Ch.). Voir ms. 613; Ḥâdjî Khalîfa, n° 7616; *Bibliothecae Bodleianae .... Catalogi* II, p. 581 et suiv.; *Catalogus codicum orientalium Bibliothecae Academiae Lugduno-Batavae* III, p. 315 et suiv.; etc.

2° (Fol. 21). Commentaire critique sur un traité de philosophie, peut-être sur celui dont un fragment est contenu dans 1°. Le commencement est perdu. J'ai noté le début de ce qui reste : الفنّ الثالث الى قوله فصل فى سبب الصحّة فى هذا الفصل ما بحث (?) انى قسمة الطبّ ام ذكر سبب الصحّة والمرض الخ.

Papier. Écriture Asiatique. 120 feuillets. 1° 36 lignes; 2° 26 lignes par page. Sans date. (Cas. 618.)

622.

Volume d'un traité philosophique, dont j'ignore le titre et l'auteur. Au fol. 2 r°, on lit : القسم الثانى فى الغلط واسبابه. L'exemplaire, daté de 711 de l'Hégire (1311 ap. J.-Ch.), a été collationné sur une copie lue sous la direction de l'auteur. Le commencement fait défaut.

Papier Écriture Asiatique. 188 feuillets. 25 lignes par page. (Cas 619.)

623.

Titre écrit par un Persan : حاشيه، اشارات *(sic)* « *Glose sur les Ischârât.* » Sur les *Ischârât,* manuel de logique et de philosophie, par Ibn Sînâ, voir ms. 613. Les gloses, que nous décrivons, sont probablement celles de Schams ed-Dîn Aḥmad ibn Solaimân, connu sous le nom de Ibn Kamâl Pâschâh, mort en 940 de l'Hégire (1533 ap. J.-Ch.); cf. Ḥâdjî Khalîfa I, p. 303; mss. 220; 234; 462, 2°. Le glossateur cite : 1° الشيخ, c'est-à-dire Ibn Sînâ; 2° الشارح المحقق, c'est-à-dire Naṣîr ed-Dîn Aṭ-Ṭoûsî; 3° صاحب المحاكمات, c'est-à-dire Ḳotb ed-Dîn Moḥammad Ar-Râzî, connu sous le nom de At-Taḥtânî (cf. mss. 613; 619, 2°). Commencement : الحمد لله ربّ العالمين . . . . . قال الشيخ وانا اعيد وصيتى اقول اراد باعادة الوصية تكريرها مرّتين الخ.

Papier. Écriture Asiatique. 37 feuillets. 25 lignes par page Sans date. (Cas. 620.)

624.

Traité de logique dans un exemplaire très soigneusement copié, minutieusement collationné sur un exemplaire authentique (باصل صحيح) en 611 de l'Hégire (1214 ap. J.-Ch). Le manuscrit est en désordre, et le commencement a disparu. Au fol. 2 v°, on lit : الفصل السادس فى عكس النقيض; 20 r° : الفصل التاسع فى المختلطات; 32 r° : الفصل الثامن فى القياس; 48 r° : الفصل العاشر فى القياسات الشرطية الاقترانية; 64 v° : البحث الخامس فى القياس المؤلف من المتصل والمنفصل. Voici la fin du volume, qui aidera peut-être à établir l'identité de l'ouvrage : وكل واحدة من السالبة الكلية والموجبه الجزبه (والموجبة الجزئية (sic, lisez اذا صدقت واحد طرفيها كلى (?) فقد صدقت وذلك الطرف الجزءى (sic) فعليك باعتبار ذلك فى جميع هذه الاقيسة.

Papier. Écriture Asiatique. 75 feuillets. 21 lignes par page. (Cas. 621.)

625 et 626.

Ces manuscrits (Cas. 622 et 623) ont disparu.

In-Quarto.

627.

Titre : شرح بندود بن بندود للرجز المنطق نظم ابى على بن سينا «Commentaire de Boundoûd, fils de Boundoûd, sur le poème en vers *radjaz* relatif à la logique, poème par Aboû ʿAlî Ibn Sînâ». Le poème, composé de deux cent quatre-vingt dix vers, a été publié d'après le manuscrit MCCCCLVIII de Leyde (cf. ms. MCCCCLIX; voir *Catalogus* III, p. 324) par A. Schmölders dans ses *Documenta philosophiae Arabum* (Bonnae, 1836, in-8).

Le commentateur est nommé en tête : ابو بكر بندود بن بندود ادام الله علاه, ce qui indique qu'il était encore en vie et qu'il exerçait une autorité politique ou littéraire, lorsqu'a été écrit, soit cet exemplaire même, soit celui que le copiste a reproduit. Et en effet ʿAbd al-Wâḥid Al-Marrâkoschî, *The history of the Almohades* (publié par Dozy, 2e éd., Leyden, 1881), p. ١٧٤ et ١٧٥, cite l'élève de Ibn Roschd (Averroès), «le jurisconsulte, le maître Aboû Bakr Boundoûd ibn Yaḥyâ de Cordoue». M. Renan *(Averroès et l'Averroisme,* 2e éd., p. 39) mentionne parmi les disciples immédiats d'Ibn Roschd «Bondoud ou Ibn Bondoud». Aboû Bakr Boundoûd Ibn Boundoûd vécut donc à la fin du VIe siècle de l'Hégire, du XIIe siècle ap. J.-Ch.

Il manque un feuillet à la fin du manuscrit. On a, sur la reliure, inscrit, par erreur, les numéros 625 et 626. Commencement sans doxologie : الغرض فى هذا القول بسط ما تضمّنه الارجوزة المنسوبة للشيخ ابى على بن سينا فى صناعة الادب الخ.

Papier. Écriture Magrébine 44 feuillets. 19 lignes par page. Sans date. (Cas. 624.)

628.

Titre : شرح فخر الدين ابن الخطيب لكتاب عيون الحكمة لابن سينا «Commentaire de Fakhr ed-Dîn Ibn Al-Khatîb sur le livre intitulé : Les sources de la philosophie, par Ibn Sînâ». Sur le commentateur Fakhr ed-Dîn Ibn Al-Khaṭîb Aboû 'l-Maʿâlî Moḥammad ibn ʿOmar Ar-Râzî, mort en 606 de l'Hégire (1209 ap. J.-Ch.), voir Al-Ḳifṭî, cité tout au long dans Casiri à propos de ce manuscrit; Wüstenfeld, *Geschichte der Arabischen Aerzte,* p. 111 et suiv.

L'ouvrage de Ibn Sînâ est divisé en trois parties : 1° المنطق

«La logique»; 2° الطبيعيات «La physique»; 3° الالاهيات «La métaphysique». L'exemplaire, qui est complet, comprend le commentaire sur les trois parties. Copie datée de 637 de l'Hégire (1239 ap. J.-Ch.). Commencement : اللهمّ يا خالق السموات والارض ويا فاطر السموات والارض الخ.

Papier. Écriture Asiatique. 282 feuillets. 21 lignes par page. (Cas. 625)

629.

Le fol. 1 r° débute par le titre suivant : حاشية مولانا السيّد شريف (sic, lisez الشريف) على شرح حكمة العين «Glose de notre maître As-Sayyid Asch-Scharîf sur le commentaire relatif à La philosophie de La source». La philosophie de La source est un traité de métaphysique et de physique (texte dans le ms. 668, 2°), que l'auteur, Nadjm ed-Dîn Aboû 'l-Ḥasan 'Alî ibn 'Omar Al-Ḳazwînî, connu sous le nom de Al-Kâtibî (cf. mss. 405, 1°; 619), mort en 675 de l'Hégire (1276 ap. J.-Ch.), composa comme supplément à son traité de logique, intitulé عين القواعد «La source des principes» (voir ms. 668, 1°). C'est au commentaire de Schams ed-Dîn Moḥammad ibn Moubârakschâh Al-Boukhârî, connu sous le nom de Mîrak[1], que se rapportent les gloses de As-Sayyid Asch-Scharîf 'Alî Al-Djordjânî, mort en 816 de l'Hégire (1413 ap. J.-Ch.). Cf. Ḥâdjî Khalîfa III, p. 103. Ces gloses ont été imprimées à Calcutta en 1845. Autres exemplaires, mss. 662 et 663. Commencement : الحمد لله الحكيم الخبير العليم النذير .... قوله احديهما (ms. احدهما) مرتّبة عين اليقين الخ حاصل ما

1. Au lieu de cette forme abrégée, le ms. 662 porte la forme pleine اميرك «petit émir».

ذكروه فى بعض رسائلهم فى الفرق بين علم اليقين وعين اليقين وحــــق اليقين. الخ

Papier. Écriture Asiatique. 150 feuillets. 21 lignes par page Sans date. (Cas. 626.)

630.

Titre : حاشية كوجك لمولانا عماد الدين «Glose sur le *Koûdjouk*, par notre maître ʿImâd ed-Dîn». D'après Ḥâdjî Khalîfa IV, p. 76, le *Koûdjouk* «petit» (cf. ms. 638, 1°) est la dénomination usitée pour les gloses de As-Sayyid Asch-Scharîf Al-Djordjânî sur le commentaire de Ḳoṭb ed-Dîn Moḥammad ibn Moḥammad Ar-Râzî, connu sous le nom de At-Taḥtânî, commentaire relatif à la *Schamsiyya* de Al-Kâtibî (cf. ms. 619, 1° et 2°). Ces gloses, qui se trouvent dans le ms. 639, 1°, ont été l'objet de nouvelles gloses explicatives, par nombre d'écrivains énumérés par Ḥâdjî Khalîfa, *loc. cit.*, parmi lesquels je ne trouve pas notre ʿImâd ed-Dîn, à moins qu'il ne doive être identifié avec ʿImâd ibn Yaḥyâ ibn ʿAlî Al-Fârisî, comme le nom est donné d'après les manuscrits dans Rieu, *Catalogus*, p. 251; Loth, *A Catalogue*, p. 142; Pertsch, *Die Arabischen Handschriften ..... zu Gotha* II, p. 393, etc. Mais, le ms. de Gotha diffère, d'après ce que m'écrit M. Pertsch, et dès lors cette assimilation devient peu probable. Copie datée de 52, c'est-à-dire 1052 de l'Hégire (1642 ap. J.-Ch.). Commencement : الحمد لله ربّ العالمين . . . . . يدلّ على ذلك قول المصنّف فيما بعد واما المقالات فثلث لان اخبار المصنّف فيما بعد بان المقالات ثلث على طريق التصدير باما الدالّه على تفصيل ما اجمله بدل دلالة الخ.

Papier. Écriture Asiatique. 49 feuillets. 23 lignes par page. (Cas. 627.)

631.

1° Titre : تهافت الفلاسفة «L'écroulement des philosophes», et non pas «La réfutation des philosophes les uns par les autres», comme l'a démontré Munk, *Mélanges de philosophie juive et arabe*, p. 373. Munk, *ibid.*, p. 369, note 1; M. Steinschneider, *Un codice arabico dell' Escuriale* dans *Bolletino italiano degli studii orientali* (1877), p. 281—285; et M. Pertsch, *Die Arabischen Handschriften . . . . zu Gotha* II, p. 377, note 2, ont bien vu que ce manuscrit contient le texte de L'écroulement, et non pas un commentaire, comme l'avait cru Casiri. L'auteur est le célèbre philosophe Ḥodjdjat al-islâm Aboû Ḥâmid Moḥammad ibn Moḥammad Al-Gazâlî Aṭ-Ṭoûsî, mort en 505 de l'Hégire (1111 ap. J.-Ch.). Les trois premiers feuillets sont fort endommagés. La copie a été écrite «dans la ville fortifiée de Carrion» (بحصن قريون), en 1359 de «l'ère de *As-Ṣafar*» (للأرخ الصفر), c'est-à-dire en 1321 ap. J.-Ch. L'ère espagnole (cf. ms. 612) suppose nécessairement un copiste juif ou chrétien. Or, la «ville fortifiée de Carrion» de los Condes, dans la Vieille Castille, était, au XIVe siècle, le centre d'un mouvement littéraire, où les juifs tenaient une grande place, et qu'encourageaient les possesseurs de ce *patrimonio*. Cf. Kayserling, *Romanische Poesien der Juden in Spanien* (Leipzig, 1859), p. 19 et 329. Commencement : *(sic)* نسأل الله تعالى الموفق على كل نهاية وجوده الخ

2° (Fol. 95). Titre : كتاب مشكاة الانوار فى رياض الازهار تصنيف الشيخ زين الدين . . . . ابى حامد محمد بن محمد بن محمد بن ابى حامد الغزالى

الطوسى «Livre intitulé : La niche où l'on place les lumières dans les vergers fleuris, œuvre du schaikh Zain ed-Dîn ...... Aboû Ḥâmid Moḥammad ibn Moḥammad ibn Moḥammad ibn Abî Ḥâmid Al-Gazâlî». Sur cet opuscule théologique et ses divisions, voir Ḥâdjî Khalîfa, n° 12086 et Gosche, *Ueber Ghazzalî's Leben und Werke (Abhandlungen der kön. Akad. der Wissenschaften zu Berlin,* 1858), p. 263, n° 19. Autre exemplaire, ms. 1030, 7°. Commencement : الحمد لله مفيض الانوار وفاتح الابصار الخ.

3° (Fol. 117). Titre dans la souscription : كتاب القسطاس المستقيم «Livre de la balance exacte». Ce petit traité de logique a pour auteur également Aboû Ḥâmid Moḥammad Al-Gazâlî. D'après Gosche, *op. laud.*, p. 261, n° 14, il fait suite au كتاب الميزان «Livre de la balance», contenu dans le ms. 1130, 9°. Le commencement fait défaut.

4° (Fol. 143 v°). Titre : كتاب المقصد الاسنى فى شرح معانى اسماء الله الحسنى «Livre intitulé : Le but suprême; commentaire sur les sens des beaux noms de Allâh». Les divisions de cet ouvrage théologique, par Aboû Ḥâmid Moḥammad Al-Gazâlî, sont données dans Ḥâdjî Khalîfa, n° 12790. Autre exemplaire, ms. 1130, 3°. Commencement : الحمد لله المنفرد بكبريائه (*sic*, lisez بكبريائه) وعظمته الخ.

Papier. Écriture Magrébine. 207 feuillets. 26 lignes par page. 2°—4° sans date, mais de la même main et par suite de la même date que 1°. (Cas. 628.)

632.

Titre : كتاب فصل المقال فى ما بين الشريعة والحكمة من الاتّصال تأليف القاضى ..... ابى الوليد محمد بن احمد بن محمد بن رشد «Livre intitulé :

La parole décisive sur l'harmonie de la loi divine et de la philosophie, œuvre du ķâḍî ..... Aboû 'l-Walîd Moḥammad ibn Aḥmad ibn Moḥammad Ibn Roschd». La généalogie de Ibn Roschd (Averroès), qui naquit à Cordoue en 520 de l'Hégire (1126 ap. J.-Ch.) et mourut à Maroc en 595 (1198 ap. J.-Ch.), est plus complètement donnée en tête, lorsqu'il est nommé : ابو الوليد محمد بن احمد بن محمد بن احمد ابن احمد بن رشد. Sur Averroès, voir sa biographie traduite de Ibn Abî Ouṣaibi'a dans Gayangos, *Mohammedan Dynasties* I *Appendix*, p. xvii et suiv.; Munk, *Mélanges*, p. 418 et suiv., qui, p. 438, mentionne une version hébraïque de notre traité conservée à la Bibliothèque nationale de Paris (*Catalogue des manuscrits hébreux*, p. 159, n° 910, 4°); enfin «l'essai historique» de M. E. Renan, *Averroès et l'Averroisme*, 2e éd. (Paris, 1861, in-8). M. M. J. Müller a publié le texte arabe de cet opuscule dans *Philosophie und Theologie des Averroes* (München, 1859, in-4, p. 3—26), tandis que sa traduction allemande n'a paru qu'après sa mort (München, 1875, in-4). Commencement : وبعد حمد الله بجميع محامده والصلاة على محمد عبده المطهّر المصطفى ورسوله فان الغرض من هذا القول ان نفحص على جهة النظر الشرعى الخ.

2° (Fol. 18 v°). Titre : المسألة التى ذكرها الشيخ ابو الوليد فى فصل المقال رضى الله عنه «La question, dont s'est occupé le schaikh Aboû 'l-Walîd dans la parole décisive». Supplément à 1°, où Averroès a également démontré l'accord de la foi et de la science. Ce supplément a été publié par M. M. J. Müller, *op. laud.*, p. 128—131. Commencement : ادام الله عزّتكم ..... لمّا فقتم بجودة ذهنكم وكريم طبعكم كثيرا ممن يتعاطى

هذه العلوم وانهى نظركم السديد الى ان وقفتم على الشكّ العارض فى علم القديم سبحانه مع كونه متعلّقا بالاشياء المحدثة عنه الخ.

3° (Fol. 20 v°). Titre : كتاب الكشف عن مناهج الادلّة فى عقائد الملة وتعريف ما وقع فيها بحسب التأويل من الشُّبَه المزيغة والبدع المضلّة تصنيف . . . . . ابى الوليد محمد بن احمد بن محمد بن رشد «Livre intitulé : Exposition des voies qui conduisent aux démonstrations des articles de foi, et qui font connaître comment l'interprétation allégorique y introduit les doutes trompeurs et les hérésies nuisibles, œuvre de . . . . Aboû 'l-Walîd Moḥammad ibn Aḥmad ibn Moḥammad Ibn Roschd». Cet ouvrage a été composé en 575 de l'Hégire (1179 ap. J.-Ch.); la copie est datée de 724 (1324 ap. J.-Ch.), date qui s'applique à tout le manuscrit, écrit de la même main. M. M. J. Müller, *op. laud.*, p. 27—127, a publié cet ouvrage d'Averroès. M. Munk, *op. laud.*, p. 438, en signale une version hébraïque à la Bibliothèque nationale (cf. *Catalogue*, p. 169, n° 959, 7°). Commencement : قال . . . . . ابو الوليد محمد بن احمد بن محمد بن احمد بن رشد . . . . . وبعد حمد الله الذى اختصّ من يشاء بحكمته ووفّقهم لفهم شريعه واتّباع سنّته الخ.

4° (Fol. 74 v°). Titre dans la souscription (fol. 149 r°) : المسائل للامام . . . . . ابى الوليد ابن رشد «Les questions, par l'imâm . . . . Aboû 'l-Walîd Ibn Roschd». Ce sont les *Dissertations logiques* d'Averroès (cf. Steinschneider, *Al-Farabi*, p. 22, 38, 50 et 51). Copie datée de 724 de l'Hégire (1324 ap. J.-Ch.). Voici quelques commencements recueillis dans le début : fol. 74 v° : قال ابو الوليد بن رشد . . . . اما ما ذكرتم من اشتراط الحكيم فى البراهين ان تكون محمولاتها اوليه الخ ; fol. 75 v° : قال ابو الوليد بن رشد

قد يشكّ فيما قيل من حدّ الشخص وفيما قيل من ان الحدود انما تكون للامور الكلّيّة لا للاشخاص الخ ; fol. 76 v° : مقالة[1] لابى الوليد على المقالة السابعة والثامنة من السماع الطبيعى لارسطو قال ابو الوليد بن رشد ان الغرض فى هذا القول ان يابن ان ما بيّنه ارسطو فى اوّل المقالة السابعة من ان كلّ متحرّك له محرّك ; fol. 85 r° : قال ابو الوليد بن رشد ان الغرض فى هذا القول ان نفحص عن القوى الموجودة فى الرفق والذروع الخ.

5° (Fol. 149 v°). Titre : مسئلة للامام ابى محمد بن مليح الرقّاد رحمه الله «Question, par le défunt imâm Aboû Moḥammad Ibn Moulaiḥ (ou Ibn Malîḥ) *Ar-Rakkâd* (le dormeur)». Question adressée sans doute à Averroès par un auteur, sur lequel je ne trouve aucune notice, sur «l'absolu, le possible et le nécessaire». Commencement : الغرض فى هذا القول تمييز صنف صنّف من الفضائل الثلاثة اعنى السرمدية والممكنة والمطلقة الخ.

Papier. Écriture Magrébine. 153 feuillets. 15 lignes par page. (Cas. 629.

633.

1° Titre à la fin : حاسية فنارى (*sic*) المسمّى بالبرهان «Glose de Fanârî, connue sous le nom de La démonstration». Cette Glose est en réalité le commentaire composé sur L'introduction (ايساغوجى — εἰσαγωγή) de Porphyre (cf. ms. 612, 2°) dans la rédaction arabe de Athîr ed-Dîn Moufaḍḍal ibn ʿOmar Al-Abharî, mort vers 663 de l'Hégire (1264 ap. J.-Ch.), par Schams ed-Dîn Moḥammad ibn Ḥamza Al-Fanârî, mort en 834 (1430 ap. J.-Ch.). Commentaire imprimé à Constantinople en 1820. Le texte de L'introduction se trouve

1. Peut-être faut-il lire مسألة; cf. 2°.

dans le ms. 639, 4°. L'auteur, dans sa préface, dit avoir composé en un jour ces فوائد لائقة بمطالعة الاخوان لفرائد الرسالة الاثيرية فى علم الميزان. Copie datée de 986 de l'Hégire (1578 ap. J.-Ch.). Commencement : حمدا لك اللهم على ما لخصت لى من منح عوارف الافاضل الخ.

2° (Fol. 28). Gloses sur le commentaire contenu dans 1°, par Aḥmad ibn Moḥammad Ibn Khiḍr; cf. Ḥâdjî Khalîfa I, p. 504. Le commentaire de Al-Fanârî y est nommé : الفوائد الفنارية. Copie datée de 988 de l'Hégire (1580 ap. J.-Ch.). Commencement : حمدا لك اللهم على ما منحت عليه من معارف الافاضل الخ.

3° (Fol. 70). Titre dans Titre général (fol. 1 r°) : حاشية البردعى على الكاتى «Glose de Al Barda'î sur Al-Kâtî». Ḥousâm ed-Dîn Ḥasan Al-Kâtî, mort en 760 de l'Hégire (1358 ap. J.-Ch.), est l'auteur d'un commentaire (ms. 639, 3°) sur l'Introduction de Porphyre dans la rédaction de Athîr ed-Dîn Al-Abharî (voir 1° et 2°), commentaire sur lequel des gloses ont été composées par Mouḥyî ed-Dîn Moḥammad ibn Moḥammad Al-Barda'î, mort vers 927 de l'Hégire (1521 ap. J. Ch.). Cf. Ḥâdjî Khalîfa I, p. 210, corrigé d'après VII, p. 576. Copie datée de 976 de l'Hégire (1568 ap. J.-Ch.). Commencement : الحمد لمن حمده احسن كلّ القول الخ.

4° (Fol. 88). Commentaire, peut-être par l'auteur de 3° (cf. Ḥâdjî Khalîfa I, p. 210), sur les آداب «Instructions», petit traité de dialectique, plus connu sous le nom de الرساله العضديّة «Le traité de 'Aḍoud ed-Dîn» ou de الرسالة الوضعيّة «Le traité sur le sens convenu des mots» (voir Ḥâdjî Khalîfa III, p. 453), de 'Aḍoud ed-Dîn 'Abd ar-Raḥmân ibn

Aḥmad Al-Îdjî, mort en 756 de l'Hégire (1355 ap. J.-Ch.). Cf. ms. 236, 2°. Commencement : فال المص (sic) رحمه الله بعد التسمية هذه فائدة المشار اليه بهذه العبارات الذهنية الـذى اراد كتابتها الخ.

Papier. Écriture Asiatique. 96 feuillets. 1° et 3° 15 lignes: 2° 14 lignes; 4° 19 à 32 lignes sur les derniers feuillets. 4° sans date. Dans tout le manuscrit, nombreuses notes marginales. (Cas. 630.)

634.

Titre : شرح رسالة الهداية للابهرى «Commentaire sur le traité intitulé : La direction, de Al-Abharî». La direction est le manuel de philosophie, intitulé هداية الحكمة «La direction de la philosophie», par Athîr ed-Dîn Al-Abharî (cf. ms. 633, 1°—3°), ouvrage, que le commentateur nomme dans sa préface : رسالة الهداية فى العلوم الثلاثة لمولانا..... اثير الحق والدين الابهرى, en faisant allusion aux trois parties dont il se compose (cf. ms. 236, 1°). L'auteur du commentaire se nomme lui-même le «compagnon choisi par le poète de Nakhdjouwân» : وانا اضعف عباد الله وافقرهم محى (sic, lisez [1] مجتبى) الشاعر النخجوانى; le poète de Nakhdjouwân est peut-être Nadjm ed-Dîn Aḥmad ibn Abî Bakr ibn Moḥammad An-Nakhdjouwânî, mort dans la seconde moitié du VIIe siècle de l'Hégire d'après Wüstenfeld, *Geschichte der Arabischen Aerzte,* p. 131. Copie complète, datée de 773 de l'Hégire (1371 ap. J.-Ch.). Commencement : الحمد لمستحق الحمد والثنا وواهب النطق والبقا الخ.

Papier. Écriture Asiatique. 54 feuillets 17 lignes par page. (Cas. 631)

1. Cf. l'emploi de ce mot dans le vers cité à propos du ms. 636, 1°.

635.

1° Commentaire sur la deuxième et sur la troisième partie de La direction de la philosophie (cf. ms. 634), c'est-à-dire sur la physique et la métaphysique du manuel composé par l'imâm Athîr ed-Dîn Al-Abharî (شرح ما سوى المنطق من المختصر الموسوم بالهداية للامام . . . . . اثير الحق والدين الابهرى). L'auteur de ce livre (مجلّة) est, d'après Ḥâdjî Khalîfa VI, p. 473, Aḥmad ibn Maḥmoûd Al-Harawî Al-Kharaziyânî, connu sous le surnom de Maulânâ Zâdéh. Nombreuses gloses marginales. Copie datée de 849 de l'Hégire (1445 ap. J.-Ch.). Autre exemplaire, ms. 704. Commencement : باسمك اللهم يا اهل الحمد والثنا ويا ذا العظمة والكبريا الخ.

2° (Fol. 68 v°). Résumé de l'histoire des médecins grecs et musulmans, allant depuis Seth (شيث) jusqu'à la mort de Nadjm ed-Dîn, le chancelier de Bagdâd (الكاتب البغدادى) en 672 de l'Hégire (1273 ap. J.-Ch.). Commencement : هذا مختصر فى ذكر الحكماء اليونانيّين والملّيّين الخ.

3° (Fol. 72 v°). Gloses sur le commentaire contenu dans 1°. Commencement : قوله يكشف لهم عن وجوه الخ لو طرح قوله لهم لكان اول على مدح شرحه الخ.

Papier. Écriture Asiatique. 111 feuillets. 19 lignes par page. 2° et 3° sans date, mais écrits de la même main à la même époque que 1°. (Cas 632.)

636.

1° Poème sur l'orthographe arabe, sur la forme (شكل) des mots, avec des observations sur le dialecte de l'Espagne. L'auteur est nommé en tête Aboû 'Abd Allâh Moḥammad ibn . . . . . Abî 'r-Rabî' ibn Moûsâ Al-'Absî. Est-ce le polygraphe, que Al-Makkarî, *Analectes* I, p. ٥٥٢, nomme Aboû 'Abd Allâh Moḥammad ibn Solaimân Al-Ma'âfirî, de Xatiba (الشاطبي), connu sous le nom de Ibn Abî 'r-Rabî', mort à Alexandrie en 672 de l'Hégire (1273 ap. J.-Ch.)? Cf. Ḥâdjî Khalîfa VI, p. 222. Voici le premier vers :

الحمد لله الذى اصطفانا   بذكره العزيز واجبانا

2° (Fol. 33 r°). Titre dans la souscription : الرجز المسمّى بالتبيت فى ليلة التبيت لجلال الدين السيوطى المصرى «Le poème en vers radjaz, intitulé : La confirmation dans la nuit de la méditation, par Djalâl ed-Dîn As-Soyoûṭî Al-Miṣrî». Ḥâdjî Khalîfa, n° 2426, où il faudrait lire القبور, au lieu de القبور, le poème étant فى فتنة القبور حين سُئل[1]. Commencement : . . . . . قال جلال الدين ابو الفضل عبد الرحيم (sic, lisez عبد الرحمن) بن ابى بكر السيوطى.

الحمد لله على الاسلام   والشكر لله على الانعام

3° (Fol. 39 v°). Texte du تلخيص المفتاح «Abrégé du *Miftâḥ*», par Moḥammad Al-Ḳazwînî, le prédicateur de Damas. Cf. mss. 211—213; 227; etc.

4° (Fol. 69 v°). المختصر «L'abrégé», c'est-à-dire Commentaire abrégé de Mas'oûd ibn 'Omar, connu sous le nom de Sa'd ed-Dîn At-Taftâzânî sur le تلخيص المفتاح. Cf. ms. 211. Copie datée de 944 de l'Hégire (1537 ap. J.-Ch.).

5° (Fol. 134 v°). Texte de la *Schamsiyya* de Al-Kâtibî. Cf. mss. 619, 1°; 639, 2°; 650, 3°; 670, 2°.

1 C'est également la leçon que porte un autre exemplaire, le ms. 1608 de l'Ancien Fonds à la Bibliothèque nationale de Paris.

6° (Fol. 146 r°). Opuscule sur la dialectique (علم الميزان), qui, dans un autre exemplaire (ms. 653, 4°; cf. ms. 697, 3° et 5°), porte le titre de مقدّمة ايساغوجي «Introduction à L'introduction». L'auteur est nommé au fol. 155 r° : ابو الحسن ابراهيم بن عمر بن حسن الرفاة (sic) بن على بن ابى بكر البقاعى الشافعى. Sur cet auteur, mort en 885 de l'Hégire (1480 ap. J.-Ch.), cf. ms. 468. Commencement : الحمد لله الذى انطق الانسان بانواع البيان الخ.

7° (Fol. 156 r°). Abrégé sur la logique, par Aboû 'Abd Allâh Moḥammad ibn Yoûsouf As-Sanoûsî Al-Ḥasanî[1], mort en 895 de l'Hégire (1489 ap. J.-Ch.). Dans un autre exemplaire (ms. 653, 5°), cette dissertation porte le titre de المنطقيّة «Celle qui est relative à la logique». Commencement : الحمد لله الذى انعم بالعقل والبيان ..... وبعد فهذه كلة مختصرة تتضمّن معرفة ما يضطرّ اليه من علم المنطق الخ.

8° (Fol. 166 v°). Titre dans la souscription : العقيدة «L'article de foi». C'est la rédaction connue sous le nom de الكبرى «La grande», ou de عقيدة اهل التوحيد «L'article de foi des monothéistes» (cf. Pertsch, *Die Arabischen Handschriften ...... zu Gotha* II, p. 27), par Aboû 'Abd Allâh Moḥammad ibn Yoûsouf As-Sanoûsî Al-Ḥasanî (voir 7° et ms. 248, 3°). Commencement : الحمد لله رب العلمين الخ.

9° (Fol. 177 r°). «Propositions» (جمل) du même auteur sur les voies qui conduisent à l'orthodoxie. Commencement : قال .... ابو عبد الله محمد بن يوسف الحسنى الحمد لله ربّ العلمين ..... اما بعد فهذه جمل مختصره تخرج المكلف بفهمها ..... من التقليد المخالف فى ايمان صاحبه الى النظر الصحيح الخ.

1 Le manuscrit porte الحسنى.

10° (Fol. 185 r°). Titre dans la souscription : العقيدة «L'article de foi». C'est la rédaction connue sous le nom de الصغرى «La petite» ou de امّ البراهين «La mère des preuves» (cf. 8° et ms. 248, 4°), également par Moḥammad As-Sanoûsî. Commencement : الحمد لله ربّ العلمين اعلم ان الحكم العقلىّ ينحصر فى ثلاثة اقسام الوجوب والاستحالة والجواز الخ.

11° (Fol. 188 r°). Titre dans la souscription : العقيدة «L'article de foi». L'auteur est encore Moḥammad As-Sanoûsî. D'après Rieu, *Catalogus* I, p. 105, cette troisième rédaction (cf. 8° et 10°) portait le nom de المرشدة «Celle qui dirige». Commencement : الحمد لله رب العلمين اعلم انه يجب على كلّ مكلف ان يعرف ما يجب فى حقّ مولانا جلّ وعزّ الخ.

12° (Fol. 190 r°). Titre dans la souscription : المقدّمة «L'introduction». Cette «introduction» à la foi musulmane est aussi de Moḥammad As-Sanoûsî; cf. Rieu, *Catalogus*, p. 103, 105 et 766. Commencement : الحكم اثبات امر او نفيه وينقسم الى ثلاثة اقسام شرعىّ وعادىّ وعقلىّ الخ.

13° (Fol. 192 r°). Poème mystique, par un ṣoûfî, disciple de Mouḥyî ed-Dîn Ibn Al-'Arabî (cf. mss. 417, 418, etc.), qui est nommé en tête Aboû 'l-Ḳâsim ibn Moḥammad ibn Ibrâhîm. Premier vers :

أسماء ألطعمة (?) عند العرب   عشرة ذكّرها ابن العربى

La poésie est accompagnée d'un commentaire.

14° (Fol. 196 v°). Commentaire de As-Sanoûsî sur sa Mère des preuves (cf. 10°), qu'il appelle dans sa préface : عقائد التوحيد. A la fin, on lit : هذا الشرح ..... نجز. Commencement: قال . . . . . ابو عبد الله محمد بن . . . . . ابى يعقوب يوسف السنوسى الحسنى . . . . . الحمد لله الواسع الجود والعطاء الخ.

15° (Fol. 260). Commentaire de As-Sanoûsî sur ses Introductions (المقدّمات). Les Introductions se composent de deux dissertations (cf. Rieu, *Catalogus,* p. 105 et 766), dont la première se trouve dans ce même manuscrit, 12°. Autre exemplaire, ms. 697, 4°. Commencement : الحمد لله ربّ العلمين وبعد فهذه كلمات (ms. كمت) قصدت بها شرح ما وضعته فى المقدّمات على سبيل الاختصار الخ

Papier. Écriture Magrébine 292 feuillets. 1° et 2° 21 lignes; 3° 24 lignes; 4° 27 lignes; 5°—13° 20 lignes; 14° 17 lignes; 15° 22 lignes par page. Sans date, à l'exception de 4°. (Cas. 633.)

637.

Titre : سلطان شاه شرح قطب الدين «Soulṭân Schâh, commentaire sur Ḳoṭb ed-Dîn». Ḳotb ed-Dîn représente dans ce titre le commentaire sur la *Schamsiyya* de Al-Kâtibî, par Ḳotb ed-Dîn Moḥammad ibn Mohammad Ar-Râzî, connu sous le nom de At-Taḥtânî (cf. ms. 619, 2°). Les notes de Soulṭân Schâh (cf. Ḥâdjî Khalîfa VI, p. 18 et 25), antérieures à 929 de l'Hégire (1522 ap. J.-Ch.), date du manuscrit, ne se rapportent qu'à la première section (التصورات) de la *Schamsiyya*. On lit en effet à la fin (fol. 77 v°) : تمّ ما اوردنا ان يكتب على شرح تصويرات الشمسيّة . . . . . وقد وقع الفراغ من تحرير هذه النسخة . . . . . الموسومة بسلطان شاه فى . . . . . سنة ٩٢٩. Le commencement est perdu.

Papier. Écriture Asiatique. 77 feuillets 15 à 19 lignes par page (Cas. 634.)

638.

1° Titre plus moderne au fol. 1 r° : قره داود حاشية (sic) كوجك «Ḳarah Dâwoud, glose sur le *Koûdjouk*». C'est par le nom de *Koûdjouk* «petit» que l'on désigne les gloses de As-Sayyid Asch-Scharîf Al-Djordjânî relatives au commentaire de Ḳoṭb ed-Dîn sur la *Schamsiyya* (cf. mss. 619, 1° et 2°; 630; 637; 639). Ḳarah Dâwoud est donné par Ḥâdjî Khalîfa IV, p. 77, comme un des élèves de Sa'd ed-Dîn At-Taftâzânî (cf. mss. 26; 211; 636, 4°; etc), qui mourut en 791 de l'Hégire (1388 ap. J.-Ch.); Ḳarah Dâwoud vivait donc au commencement du IX° siècle de l'Hégire. Ses gloses ne se rapportent qu'à la première section de la *Schamsiyya*. La fin manque. Commencement : قوله ورتّبته على مقدّمة وثلث مقالات وخاتمه اعلم ان المصنّف . . . . . قال فاشار الى من سعد بلطف الحقّ الخ.

2° (Fol. 65 v°). Fragment d'un commentaire sur un opuscule analogue à la رسالة فى اقسام الحكمة «Dissertation sur les divisions de la philosophie», par Ibn Sînâ (voir Ḥâdjî Khalîfa, n°s 3451 et 5981; Steinschneider, *Al-Farabi*, p. 84), mais qui en diffère, comme le démontre clairement la comparaison avec le texte, publié dans l'édition des petits traités d'Avicenne imprimée à Constantinople en 1881 (cf. *Journal Asiatique* de 1881, II, p. 531), p. ٧١ — ٨٠. J'ignore le nom du commentateur, à moins qu'il ne soit indiqué dans un titre relativement moderne, qui se trouve au fol. 1 r° : هذا كتاب عماد «Ceci est le livre de 'Imâd». Sur 'Imâd, voir ma description du ms. 630. Copie datée de 962 de l'Hégire (1554 ap. J.-Ch.). Commencement : قوله لمّا كانـــت الحكمة اقول هذا شروع فى تقسيم الحكمة باعتبار الوضع الى اقسامها الخ.

Papier. Écriture Asiatique 104 feuillets 1° 25 lignes; 2° 17 lignes par page. 1° sans date. (Cas. 635.)

639.

1° Gloses sur le commentaire de Ḳoṭb ed-Dîn, relatif à la *Schamsiyya* de Al-Kâtibî (cf. ms. 619, 1° et 2°), par As-Sayyid Asch-Scharîf Al-Djordjânî (cf. mss. 630; 638, 1°). Autres exemplaires, mss. 648; 669, 3°; 672; 673, 4°. Manuscrit sans titre et sans nom d'auteur, daté de 998 de l'Hégire (1589 ap. J.-Ch.). Comme l'a remarqué M. Pertsch, *Die Arabischen Handschriften ..... zu Gotha* II, p. 392, ces gloses se rapportent plus étroitement au texte de la *Schamsiyya* qu'au commentaire de Ḳoṭb ed-Dîn. Elles ont été publiées à Calcutta en 1845. Commencement : قال ورتّبته على مقدّمة وثلث مقالات وخاتمة اقول هكذا وجدنا عبارة المتن فى كثير من النسخ والصواب ان لفظيّة ثلث ههنا زائدة وقعت من قلم الناسخ يدلّ على ذلـــك قول المصنّف فيما بعد واما المقالات فثلث الخ.

2° (Fol. 69 v°). Texte de la *Schamsiyya*, par Al-Kâtibî. Voir mss. 619, 1°; 636, 5°; 650, 3°; 670, 2°.

3° (Fol. 89 v°). Commentaire, dont l'auteur, qui n'est point nommé, est Ḥousâm ed-Dîn Ḥasan Al-Kâtî (cf. ms. 633, 3°), sur L'introduction de Porphyre (ايساغوجى) dans la rédaction de Athîr ed-Dîn Al-Abharî (cf. 4° et 633, 1°). Commencement : الحمد لله الواجب وجوده الخ.

4° (Fol. 114 v°). Texte de L'introduction de Porphyre dans la rédaction de Athîr ed-Dîn Al-Abharî. Commencement : قال . . . . . اثير الدين الابهرى . . . . . امّا بعد فهذه رسالــــة فى المنطق الخ.

Papier. Écriture Asiatique. 123 feuillets. 1° et 2° 15 lignes; 3° et 4° 11 lignes par page. Sans date. (Cas. 636.)

640.

Titre : السفر الثانى من نهاية الامل فى شرح كتاب الجمل تأليف . . . . . ابو (sic) عبد الله محمد بن مرزوق التلمسانى. Un exemplaire complet du commentaire, dont ce manuscrit contient le second volume (cf. ms. 654), se trouve dans le ms. 614. Copie exécutée d'après l'autographe de l'auteur en 812 de l'Hégire (1409 ap. J.-Ch.).

Papier. Écriture Asiatique. 118 feuillets. 26 lignes par page. (Cas. 637.)

641.

Commentaire sur la première partie, relative à la logique, du مطالع الانوار «Les apparitions des lumières», par le ḳâḍî Sirâdj ed-Dîn Aboû 'th-Thanâ Maḥmoûd ibn Abî Bakr Al-Ourmawî, mort en 682 de l'Hégire (1283 ap. J.-Ch.). Ce manuel philosophique se trouve dans le ms. 686, 1°. J'ignore le nom du commentateur. Le commencement fait défaut. Fin du volume : مندرجا فى المبادئ التصديقيّة. Copie exécutée à Tauris (تبريز) en 847 de l'Hégire (1443 ap. J.-Ch.).

Papier Écriture Asiatique. 90 feuillets. 17 lignes par page. (Cas. 638.)

642.

Titre : حاشية جرجنى (sic) لقطب الدين بر مطالع «Glose de Djordjânî pour Ḳoṭb ed-Dîn sur les *Maṭâli'* ». A la fin, on lit (fol. 175 r°) : تمت كتابة هذه الحاشية التى لشرح المطالع الواقى. Les apparitions des lumières sont un traité de logique et de philosophie, par Sirâdj ed-Dîn Maḥmoûd Al-Ourmawî (Ḥâdjî Khalîfa, n° 12233 et ms. 641), qui a été commenté par Ḳoṭb ed-Dîn Moḥammad ibn Moḥammad Ar-Râzî, connu sous le nom de At-Taḥtânî. Ce commentaire se trouve dans les mss. 683, 2°; 686, 2°. C'est sur ce commentaire que sont les gloses de As-Sayyid Asch-Scharîf Al-Djordjânî. Autres exemplaires, mss. 682 et 685. Copie datée de 893 de l'Hégire (1488 ap. J.-Ch.). Commencement : ..... قال وحيد زمانه الحمد لله فيّاض (الذى فبّض .ms) ذوارف العوارف الفيّاض الوهّاب من فاض الماء فيضا وفيضوضة اذا كثر حتى سال عن جانب الوادى الخ.

Papier. Écriture Asiatique. 175 feuillets. 21 lignes par page. (Cas. 639.)

643.

Titre plus moderne : حاشية المولى ..... الشهير بمسعود الشروانى على حاشية شرح المطالع للسيّد الشريف الجرجانى «Glose du maître ..... connu sous le nom de Mas'oûd Asch-Scharwânî, sur la glose relative au commentaire des *Maṭâli'* de As-Sayyid Asch-Scharîf Al-Djordjânî». Les gloses contenues dans le manuscrit 642 ont été l'objet de notes additionnelles, dont l'auteur est Kamâl ed-Dîn Mas'oûd Asch-Scharwânî Ar-Roûmî (cf. ms. 678, 5°), disciple de Schâh Fatḥ Allâh (cf. ms. 691). Fatḥ Allâh étant mort en 891 de l'Hégire (1486 ap. J.-Ch.) d'après Ḥâdjî Khalîfa II, p. 269; VI, p. 238, Mas'oûd Asch-Scharwânî a vécu dans la seconde moitié du IXe siècle de l'Hégire (cf. id. I, p. 207), et la date de 905 (1499 ap. J.-Ch.), donnée par Casiri, *Bibliotheca Arabico-*

Hispana Escurialensis I, p. 521, pour sa mort est plausible. Copie datée de 979 (1571 ap. J.-Ch.). Commencement : حامدا للفيّاض الحكيم شاكرا للوهّاب القديم قوله الفيّاض الوهّـــاب يريد انه يمكن حمل لفظ الفيّاض على معنى الوهّاب الخ.

Papier. Écriture Asiatique 112 feuillets 29 lignes par page (Cas. 640)

644.

1° Titre : تلخيص الحواشى التجريدية الخطيبية للفاضل الشهير بطاش كبرى زاده «Exposition succincte des gloses de Ibn Al-Khaṭîb sur le *Tadjrîd*. L'auteur éminent est connu sous le nom de Tâsch-kouprî Zâdéh». Naṣîr ed-Dîn Aboû Dja'far Moḥammad ibn Moḥammad Aṭ-Ṭoûsî, mort en 672 de l'Hégire (1273 ap. J.-Ch.), a écrit le تجريد الكلام «L'exposition claire de la métaphysique», dont «le commentaire ancien», par Aboû 'th-Thanâ Maḥmoûd d'Ispahan, a été annoté par As-Sayyid Asch-Scharîf Al-Djordjânî. Les gloses qui en sont résultées (mss. 618, 689, 690) ont été ensuite reprises et complétées par Moḥammad ibn Ibrâhîm, connu sous le nom persan de Khaṭîb Zâdéh ou arabe de Ibn Al-Khaṭîb, mort en 901 de l'Hégire (1495 ap. J.-Ch.); cf. mss. 236, 10°; 547, 5°. Enfin Aḥmad ibn Mouṣṭafâ ibn Khalîf, surnommé Tâsch-kouprî Zâdéh (le fils de Tâsch-kouprî, district de l'Anatolie), mort vers 962 (1554 ap. J.-Ch.), a écrit son «exposition succincte», qui se rapporte à la fois aux gloses de Al-Djordjânî et de Ibn Al-Khaṭîb (cf. Ḥâdjî Khalîfa II, p. 197).

Le titre donné en tête de cette notice, et aussi un autre titre plus court, que j'ai rencontré dans le manuscrit : تلخيص

خطيب زاده «Exposition succincte sur Khaṭîb Zâdéh», pourraient laisser supposer que les gloses de Al-Djordjânî n'ont pas été comprises dans l'annotation de Tâsch-koupri Zâdéh, n'était le commencement que voici : قال الشريف خصّ بالذكر منه بين صفاته العلى الخ المراد بالاخصّية الاظهرية فى الاختصاص اذ باختصاصه يستدلّ على اختصاص سائر الصفات الخ.

2° (Fol. 70). Titre : رسالة معيد زاده على حاشية التجريد للشريف «Dissertation de Mou'îd Zâdéh (ou Ibn Al-Mou'îd) sur la glose du *Tadjrîd* par Ach-Scharîf». Ibn Al-Mou'îd Ar-Roûmî, qui a ainsi écrit sur les gloses de As-Sayyid Asch-Scharîf Al-Djordjânî, et qui a résumé en même temps les gloses de Ibn Al-Khaṭîb sur le *Tadjrîd* (cf. 1° et Ḥâdjî Khalîfa II, p. 196), doit avoir vécu au Xe siècle de l'Hégire. Commencement : قال شريف زمانه ...... خصّ بالذكر منه بين صفاته العلى ما هو اخصّ به تعالى اى اقتصر من بينها على ذكره الخ.

Papier. Écriture Asiatique. 87 feuillets. 23 lignes par page. Sans date. (Cas. 641.)

645.

Commentaire sur la troisième partie du مفتاح العلوم «La clef des sciences» de As-Sakkâkî par As-Sayyid Asch-Scharîf Al-Djordjânî. Autres exemplaires, mss. 63; 205 à 208; etc. Ainsi que dans le ms. 208, la composition est indiquée comme ayant été achevée en 803 de l'Hégire (1400 ap. J.-Ch.). Copie datée de 918 (1512 ap. J.-Ch.).

Papier. Écriture Asiatique. 448 feuillets[1]. 27 lignes par page. (Cas. 642.)

1 Tel est le chiffre, qui m'a été indiqué. Il doit provenir d'une confusion avec un autre manuscrit.

646.

1° Titre : تقويم الذهن لابى الصلت «Tableau de l'intelligence, par Aboû 's-Salt». Ce traité de logique (Ḥâdjî Khalîfa, n° 3497) a pour auteur Aboû 's-Ṣalt Oumayya ibn 'Abd al-'Azîz ibn Abî 's-Ṣalt Al-Andalousî Ad-Dânî, surnommé الاديب الحكيم «le lettré, le philosophe», né à Denia, en Espagne, l'an 460 de l'Hégire (1067 ap. J.-Ch.), mort à Al-Mahdiyya, près de Tunis, en 529 (1134 ap. J.-Ch.); cf. Ibn Khallikân, *Biographical Dictionary* I, p. 228 et suiv.; Al-Makkarî, *Analectes* I, p. ٥٢٠—٥٢٢; et la monographie de M. Steinschneider dans Virchow, *Archiv für pathologische Anatomie* XCIV, p. 28 65; en particulier sur cet ouvrage, p. 34. Le fol. 1 est déparé par un grand trou au milieu. Copie datée de 710 (1310 ap. J.-Ch.). Commencement : اما بعد حمد الله تعالى حقّ حمده..... والطريق الذى سلكتُه فيه هو انى قدّمت جملة وجيزة من القول فى المعانى الكلّيّة الجنسة وذلك فى الفصل الاوّل الخ.

2° (Fol. 16). Titre : اجوبه ابى الصلت عن مسائل سُئل عنها فاجاب «Réponses de Aboû 's-Ṣalt à des questions qui lui furent posées, et auxquelles il répondit». Solution de six problèmes astronomiques, avec des figures géométriques. Cf. Steinschneider, *ibid.*, p. 34. Copie datée, comme 1°, de 710 de l'Hégire (1310 ap. J.-Ch.). Commencement : كان قد ورد علىّ من سيدى..... كتاب طيّه مدرج يتضمّن مسائل التمس منّى الجواب عنها الخ.

3° (Fol. 27). Titre : احصاء العلوم للفارابى «Dénombrement des sciences, par Al-Fârâbî». Sur Al-Fârâbî, cf. ms. 612, 2°—13°. Cet opuscule (مقالة) est divisé en cinq sections

(فصـــل). J'ai noté les titres des deux premières : 1° فى علم اللسان; 2° فى علم المنطق; et j'espère que ces notices permettront à M. Steinschneider (voir son *Al-Farabi,* p. 83) d'identifier définitivement cette courte encyclopédie. Commencement : مقالة فى احصاء العلوم قال ابو نصر محمّد بن محمّد الفارابى . . . . . قصدنا فى هذا الكتاب ان نحصى العلوم المشهورة علما علما الخ.

Papier. Écriture Magrebine. 35 feuillets. 25 lignes par page. 3° sans date, mais de la même main et de la même année que 1° et 2°. (Cas. 643.)

647.

Titre : ابن واصل على الخونجى «Ibn Wâṣil sur Al-Khoûnadjî». Autre exemplaire de l'ouvrage contenu dans le ms. 615. Copie datée de 746 de l'Hégire (1345 ap. J.-Ch.).

Papier. Écriture Magrébine. 93 feuillets. 23 lignes par page. (Cas. 644.)

648.

Gloses sur le commentaire de Ḳoṭb ed-Dîn, relatif à la *Schamsiyya*, par As-Sayyid Asch-Scharîf Al-Djordjânî. Autres exemplaires, mss. 639, 1°; 669, 3°; 672; 673, 4°. Copie datée de 941 de l'Hégire (1534 ap. J.-Ch.).

Papier. Écriture Asiatique. 142 feuillets. 11 lignes par page. (Cas. 645.)

649.

1° Commentaire sur les ἀναλυτικὰ πρότερα καὶ ὕστερα et sur le περὶ ἑρμηνείας d'Aristote, par Aboû 'l-Ḥadjdjâdj Yoûsouf ibn Moḥammad Ibn Ṭoumloûs (بن طملوس). L'auteur de ce commentaire, né à Alcira (جزيرة شقر), dans la province de Valence, mourut en 620 de l'Hégire (1223 ap. J.-Ch.);

cf. Ibn Al-Abbâr dans Casiri, *Bibliotheca Arabico-Hispana Escurialensis* I, p. 100; Ibn Abî Ouṣaibi'a dans Steinschneider, *Hebräische Bibliographie* XXI, p. 64. Il doit être rangé sans doute parmi les disciples d'Averroès (cf. ms. 632).

Aboû 'l-Ḥadjdjâdj Ibn Ṭoumloûs, comme porte correctement le manuscrit, le même auteur que M. Steinschneider, *Al-Farabi,* p. 37, appelle Aboû 'l-Ḥadjdjâdj ben Thalmius (cf. Ibn Thalmus dans *Hebräische Bibliographie, loc. cit.* et la littérature qui y est groupée), désigne les œuvres d'Aristote, dont il parle, par les mêmes titres que leur donne Al-Fârâbî, que leur a maintenus Ibn Bâdjdja (cf. ms. 912, 3°—8°), et qui se retrouvent chez tous les aristotéliciens d'Espagne : كتاب التحليل ; كتاب البرهان ; كتاب بارى ارمينيا ; كتاب العبارة.

Bien que la philosophie soit l'objet principal de ce livre, je crois avoir remarqué que l'auteur y donne quelques détails sur ce qu'il a observé en Espagne. Commencement : الحمد لله الذى فتح ابواب النظر وهدانا للايمان الخ.

2° (Fol. 173). Trois petits traités (مقالات) sur la logique, par Aboû 'l-Ḥasan 'Alî Ibn Riḍwân, mort vers 460 de l'Hégire (1067 ap. J.-Ch.). Sur ce célèbre médecin, cf. Wüstenfeld, *Geschichte der Arabischen Aerzte,* p. 80 82; Hammer, *Literaturgeschichte der Araber* VI, p 391—396; Steinschneider dans Baldi, *Vite di matematici arabi* (Roma, 1874, in-4), p. 45—55; Leclerc, *Histoire de la médecine arabe* I, p. 525—530. Les «trois petits traités» sont ceux que Hammer, *Literaturgeschichte* VI, p. 395 cite d'après Ibn Abî Ousaibi'a sous le numéro 91; voir la traduction du titre rectifiée par Steinschneider dans Baldi, *op. laud.*,

p. 55, n° 12. Autre exemplaire incomplet dans le ms. 1925, 1°. Commencement : المقالة الاولى من كتاب الشيخ ابى الحسن على بن رضوان فى المستعمل من المنطق فى العلوم والصنائع الخ.

3° (Fol. 203 v°). Traduction du Livre de l'âme (περὶ ψυχῆς) d'Aristote, avec quelques notes destinées à réfuter ses contradicteurs. Est-ce la traduction de Isḥâḳ ibn Ḥonain, mort en 298 de l'Hégire (910 ap. J.-Ch.), dont parle Ḥâdjî Khalîfa, n° 10579 d'après le *Fihrist* I, p. ٢٥١? Le manuscrit ne fournit à ce sujet aucune indication. Commencement : هذا ما ذكر الفيلسوف فى كتاب النفس ترجمناه كلاما تاما وذكرنا فى كل باب جمل ما ردّ على من خالف قوله وكيف ترقى الى صفة النفس الناطقة الخ.

Papier. Écriture Maghrebine 226 feuillets. 23 lignes par page. Sans date. (Cas. 647.)

650.

1° Petit traité en vers, dont le commencement est perdu, et qui semble consacré à la dialectique. Réunion de chapitres tellement courts qu'on lit les trois titres suivants au fol. 1 r° : 1° باب فى اقسام المعدومات ; 2° باب فى اقسام المحدثات ; 3° باب فى معنى الدليل واقسامه. Le dernier chapitre est intitulé باب فى ترتيب فضل الصحابة. Copie datée de 798 de l'Hégire (1395 ap. J.-Ch.).

2° (Fol. 15 r°). Titre : الارشاد للعميدى « La direction, par Al-ʿAmîdî ». Ce célèbre manuel sur l'art de la discussion et de la controverse a pour auteur Rokn ed-Dîn Aboû Ḥâmid Moḥammad ibn Moḥammad Al-ʿAmîdî As-Samarḳandî, mort en 615 de l'Hégire (1218 ap. J.-Ch.). Ḥâdjî Khalîfa, n° 510; cf. II, p. 586 et 587; IV, p. 163 et 164 et ms. 707, 2°. Copie datée, comme 1°, de 798 de l'Hégire (1395 ap. J.-Ch.).

Commencement : مقدّمة فى الارشاد الى الصحيح من النكت والفاسد منها متمسّك المعلّل الخ.

3° (Fol. 23 r°). Titre : الشمسيّة للكاتبى «La *Schamsiyya,* par Al-Kâtibî». Copie datée de 798 (1395 ap. J.-Ch.). Autres exemplaires, mss. 619, 1°; 636, 5°; 639, 2°; 670, 2°.

4° (Fol. 30 r°). Titre : الآيات البيّنات تأليف . . . . فخر الدين ابى عبد الله محمد بن عمر بن الحسين الخطيب الرازى «Les signes manifestes, œuvre de . . . . Fakhr ed-Dîn Aboû ʿAbd Allâh Moḥammad ibn ʿOmar ibn Al-Ḥosain Al-Khatîb Ar-Râzî». Celui-ci mourut en 606 de l'Hégire (1209 ap. J.-Ch.). Nous avons ici la rédaction abrégée (الآيات الصغيرة, dit Ḥâdjî Khalîfa, n° 1508), en dix paragraphes (عشرة فصول), de cet opuscule théologique. Copie datée de 798 (1395 ap. J.-Ch.). Commencement : الحمد لله ربّ العلمين . . . . . . اعلم ان هذا الكتب *(sic)* يشتمل على عشرة فصول الخ.

5° (Fol. 34 r°). Titre : المحصّل من نهاية العقول فى علم الاصول تأليف . . . . فخر الدين ابى عبد الله محمد بن عمر بن الحسين الخطيب الرازى «Résumé de ce que les intelligences peuvent atteindre dans la science des principes, œuvre de . . . . . . Fakhr ed-Dîn Aboû ʿAbd Allâh Moḥammad ibn ʿOmar ibn Al-Ḥosain Al-Khaṭîb Ar-Râzî». Sur l'auteur, voir 4°. Malgré la différence du titre et les variantes de la doxologie, c'est le manuel de métaphysique décrit par Ḥâdjî Khalîfa, n° 11587. Copie datée de 798 (1395 ap. J.-Ch.). Commencement : الحمد لله المتعالى بجلال احديّته عن مشابهة الاعراض والجواهر الخ.

6° (Fol. 74). Manuel de théologie scholastique, intitulé d'après la préface : مصباح الارواح «Le flambeau des esprits». Ḥâdjî Khalîfa, n° 12151, fait connaître l'auteur, qui est le célèbre commentateur du Coran Nâṣir ed-Dîn ʿAbd Allâh ibn ʿOmar Al-Baiḍâwî, mort en 685 de l'Hégire (1286 ap. J.-Ch.). Commencement : الحمد لله المنفرد بايجاد كلّ موجود وانشائه الخ.

Papier. Écriture Maghrébine. 80 feuillets. 33 lignes par page. 6° sans date, mais de la même main et de la même époque que 1° 5°. (Cas. 617.)

651.

Titre dans la préface : المواعيد العرقوبيّه بالنقود اليعقوبيّه «Les promesses de ʿOurḳoûb tenues en brebis de Jacob». Sur la vanité proverbiale des promesses faites par ʿOurḳoûb, voir Freytag, *Arabum Proverbia* I, p. 454; II, p. 685. Si j'ai bien compris la seconde partie du titre, «les brebis de Jacob» sont les brebis «tachetées» (נָקֹד *Genèse* XXX, 32 et suiv.; נקדים *ibid.* XXXI, 8 et suiv.), dont Jacob aurait, contrairement à la volonté de Dieu, donné une partie à son frère Ésaü. Cf. Al-Masʿoûdî, *Les prairies d'or* I, p. 89.

C'est la deuxième réfutation, qu'opposa Mîr Guiyâth ed-Dîn Manṣoûr ibn Mîr Ṣadr ed-Dîn Moḥammad Al-Ḥosainî Asch-Schîrâzî, mort en 949 de l'Hégire (1542 ap. J.-Ch.), à la troisième collection de gloses, composées par Djalâl ed-Dîn Moḥammad ibn Asʿad Aṣ-Ṣiddîḳî Ad-Dawwânî, mort en 907 de l'Hégire (1501 ap. J.-Ch.), sur «Le commentaire moderne», que ʿAlâ ed-Dîn ʿAlî Al-Ḳoûschdjî a consacré au تجريد الكلام de Naṣîr ed-Dîn At-Ṭoûsî. Cf. ms. 618. D'après Ḥâdjî Khalîfa II, p. 200 et 201, Ad-Dawwânî avait écrit successivement sur «Le commentaire moderne» trois séries de gloses : 1° الحاشية القديمة الجلاليّة «La glose ancienne de Djalâl ed-Dîn» (ms. 688, 1°); 2° الحاشية

الحاشية الجديدة الجلالية «La glose nouvelle de Djalâl ed-Dîn»; 3° الحاشية الاجدّ الجلالية «La glose la plus nouvelle de Djalâl ed-Dîn».

Les deux premières avaient été combattues par Ṣadr ed-Dîn, le père de Mîr Guiyâth ed-Dîn, dans deux écrits (voir pour le second Aumer, *Die Arabischen Handschriften ...... in München*, p. 295; Loth, *A Catalogue*, p. 110). Cette polémique fut continuée par le fils après la mort de son père, survenue vers 930 de l'Hégire (1523 ap. J.-Ch.), et nous avons ici sa seconde attaque contre La glose la plus nouvelle de Djalâl ed-Dîn. Ḥâdjî Khalîfa ne paraît avoir connu que la première. La fin manque. Commencement : ..... اللهم اعذنا من الشيطان الرجيم واهدنا الصراط المستقيم
فانا قد كتبنا فى سالف الزمان حواشى على الشرح الجديد للتجريد ....
وعلّقنا عليها رسائل سمّيناها تجريدات الغواشى وتشييدات الحواسى ......
ثم بعد مدّة وقع لى مرض عاقنى عن الاشغال بشىء من الاشغال فضلا عن القيل والقال الخ.

Papier. Écriture Asiatique. 172 feuillets. 21 lignes par page. Sans date. (Cas. 648)

652.

Titre à la tranche inférieure : شرح الشذور «Commentaire sur le *Schoudhoûr* (Les parcelles)». L'ouvrage commenté est intitulé شذور الذهب «Les parcelles d'or fin»; c'est un recueil de poésies sur la pierre philosophale, dont un exemplaire se trouve dans le ms. 530, 5°. L'auteur du recueil est nommé dans la préface Borhân ed-Dîn Aboû 'l-Ḥasan 'Alî ibn Abî 'l-Ḳâsim Ibn Arfa' Ra's Al-Andalousî Al-Anṣârî; il mourut en 593 de l'Hégire (1196 ap. J.-Ch.).

Le commentateur est, d'après Ḥâdjî Khalîfa IV, p. 17, Aidamir ibn ʿAlî Al-Djildakî, l'auteur de nombreux traités alchimiques, mort après 743 de l'Hégire (1342 ap. J.-Ch.). Cf. ms. 700. En effet, nous trouvons dans la préface le titre mentionné par Ḥâdjî Khalîfa, *loc. cit.* : غاية الـسـرور فى شرح ديوان الشذور «Le comble de la joie, commentaire sur le recueil des Parcelles».

Copie datée de 965 de l'Hégire (1557 ap. J.-Ch.). Commencement, et extrait de la préface : الحمد لله المالك الملك الحقّ المبين الحىّ القدير . . . . . واعلم ان الشيخ . . . . . برهان الـــدين ابو (*sic*) الحسن على بن ابى القاسم بن ارفع رأس الاندلسى الانصارى . . . . . قـــد حقّق فى ديوانه المنظوم المسمّى بثذور الذهب ما لا يخفى على العاقل الفهيم من تحقيق علم الصناعة الالهية الخ.

Papier. Écriture Asiatique. 248 feuillets. 33 lignes par page. (Cas. 649.)

653.

1° Titre dans la souscription (fol. 44 r°) : جمع الجوامع «Collection d'aphorismes»; manuel des «principes» (اصـــول) du droit musulman, selon le rite Schâfiʿite. D'après Ḥâdjî Khalîfa, n° 4161, l'auteur de ce traité en sept livres (كتاب) est Tâdj ed-Dîn ʿAbd al-Wahhâb ibn ʿAlî As-Sobkî, mort en 771 de l'Hégire (1369 ap. J.-Ch.); il le termina à Nairab, dans la banlieue de Damas, en 760 (1359 ap. J.-Ch). Copie datée de 981 (1573 ap. J.-Ch.). Le commencement fait défaut.

2° (Fol. 46 v°). Poème en vers *radjaz* sur les principes du droit musulman, par Aboû Bakr Moḥammad ibn ʿÂṣim Al-Ḳaisî, qui mourut en 829 de l'Hégire (1425 ap. J.-Ch.).

Une liste de ses œuvres, omises pour la plupart dans Ḥâdjî Khalîfa, a été donnée par M. Rieu, *Catalogus*, p. 132, note *a*.

Le titre du poème est donné dans le vers suivant :

سمّيتها بمرتقى الوصـــول الى الضرورى من الاصول

«Je l'ai nommé : Le lieu de l'ascension pour parvenir aux principes obligatoires». Copie datée également de 981 (1573 ap. J.-Ch.). Premier vers :

الحمد لله المحيط علمه السابق الخلق جميعا حكمه

3° (Fol. 76 r°). Titre : الجمل المنطقيّة للعالم ابى عبد الله محمد بن ياموز الخونجى (*sic*, lisez نامور) «Les propositions sur la logique, par le savant Aboû 'Abd Allâh Moḥammad ibn Nâmwar Al-Khoûnadjî». C'est le texte commenté dans les mss. 614 à 617; 630; 640; 647; 654. Commencement : الحمد لله ربّ العلمين ..... وبعد فهذه جمل تنضبط بها قواعد المنطق الخ

4° (Fol. 86 r°). Titre : مقدّمة ايساغوجى «Introduction à L'introduction». Autres exemplaires, mss. 636, 6°; 697, 5°; cf. ms. 697, 3°. L'auteur est nommé ici un peu différemment : ابو الحسين ابراهيم بن عمر بن حسن الزياة (*sic*) بن على بن ابى بكر البقاعى الشافعى. Même commencement que celui du ms. 636, 6°.

5° (Fol. 96 r°). Titre : المنطقية للشيخ ..... ابى عبد الله محمد بن يوسف السنوسى. Petit traité de logique, dont un autre exemplaire se trouve dans le ms. 636, 7°.

Papier. Écriture Asiatique. 107 feuillets. 17 lignes par page. 3°—5° sans date, de la même main et de la même époque que 1° et 2°. (Cas. 650.)

654.

Second volume du commentaire, composé par Ibn Marzoûḳ de Tlemcen sur Les propositions de Moḥammad Al-

Khoûnadjî. Cf. pour le texte le ms. 653, 3°; pour le commentaire les mss. 614 et 640. Le commencement fait défaut. La note finale sur la composition est identique à celle des mss. 614 et 640.

Papier. Écriture Asiatique. 54 feuillets. 26 lignes par page. Sans date. (Cas. 651.)

655.

Manuscrit syriaque, dont le contenu a des analogies remarquables avec le contenu du manuscrit syriaque 248 de la Bibliothèque Nationale de Paris (voir *Catalogue*, p. 201 et suiv.) :

1° Tableaux synoptiques, se rapportant à la logique et à la dialectique d'Aristote, par le philosophe Grec Porphyre; cf. Renan, *De philosophia peripatetica apud Syros*, p. 40. On lit en tête : ܦܘܠܓܐ ܕܦܘܪܦܘܪܝܘܣ ܦܝܠܣܘܦܐ «Divisions de Porphyre le philosophe». Renan, *ibid.*, p. 42.

2° (Fol. 13 v°). Titre : ܩܛܝܓܘܪܝܐܣ ܕܐܪܝܣܛܘܛܠܝܣ ܦܝܠܣܘܦܐ «Les Catégories (Κατηγορίαι) d'Aristote le philosophe». La traduction syriaque est celle de Jacques, évêque d'Édesse, comme le montre la souscription suivante (fol. 51 r°) : ܫܠܡ ܩܛܝܓܘܪܝܐܣ ܕܐܪܝܣܛܘܛܠܝܣ ܦܘܫܩܗ ܕܝܢ ܠܝܥܩܘܒ ܐܦܝܣܩܘܦܐ ܡܝܛܪܦܘܠܝܛܐ ܕܐܘܪܗܝ ܡܕܝܢܬܐ «Ici se terminent les Catégories d'Aristote; la traduction est par l'évêque Jacques, métropolitain de la ville d'Édesse». Cf. Renan, *ibid.*, p. 34. Jacques d'Édesse mourut en 710 ap. J.-Ch.; voir Assemanus, *Bibliotheca Orientalis* I, p. 468 et suiv. Commencement : ܐܘܡܘܢܘܡܐ ܡܢ ܐܡܝܪܝܢ ܗܠܝܢ ܕܫܡܐ ܒܠܚܘܕ ܓܘܢܐ.

3° (Fol. 52 r°). Titre : ܟܬܒܐ ܕܐܪܝܣܛܘܛܠܝܣ ܕܡܬܩܪܐ ܦܪܝܐܪܡܢܝܐܣ

«Livre d'Aristote, intitulé : Sur l'interprétation (περὶ ἑρμηνείας)». M. G. E. Hoffmann, qui a publié cette traduction d'après le manuscrit de Berlin, identique à celui de Paris et à celui-ci, a démontré qu'elle ne pouvait pas être l'œuvre de Jacques, évêque d'Édesse, mais il n'a pu, sur l'origine de cette version, arriver à aucun résultat positif. Cf. *De Hermeneuticis apud Syros Aristoteleis* (Lipsiae, 1869, in-8), p. 17 et l'édition du texte, *ibid.*, p. 22—55. A la fin (fol. 85 r°), on lit : ܫܠܡ ܦܪܝܐܪܡܢܝܐܣ ܕܐܪܝܣܛܘܛܠܝܣ ܦܝܠܣܘܦܐ «Ici se termine le livre Sur l'interprétation d'Aristote le philosophe»; puis, on lit en caractères arabes كتب موسى الحقير, ce qui nous apprend que le scribe se nommait Moïse. Commencement : ܡܩܕܡܐܝܬ ܘܠܐ ܕܢܣܝܡ ܡܢܘ ܫܡܐ ܘܡܢܘ ܡܠܬܐ ܘܡܢ.

4° (Fol. 86 r°). Titre : ܟܬܒܐ ܩܕܡܝܐ ܕܐܢܠܘܛܝܩܐ ܕܐܪܝܣܛܘܛܠܝܣ «Livre premier des Analytiques (Ἀναλυτικά) d'Aristote». Selon l'usage, la version anonyme ne comprend que les sept premiers chapitres du livre premier; cf. Hoffmann, *op. laud.*, p. 151. A la fin pourtant, on lit : ܫܠܡ ܟܬܒܐ ܕܐܢܠܘܛܝܩܐ ܕܐܪܝܣܛܘܛܠܝܣ «Ici finit le livre des Analytiques d'Aristote»; puis, en caractères arabes, comme dans 3° : كتب موسى الحقير. Commencement : ܡܩܕܡܐܝܬ ܘܠܐ ܕܢܐܡܪ ܕܥܠ ܡܢܐ ܘܡܢܐ ܐܝܬܘܗܝ ܡܬܚܘܝܢܘܬܐ ܘܡܢ.

5° (Fol. 100 r°). Titre : ܢܘܗܪܐ ܕܐܝܣܐܓܘܓܝ «Illustrations de l'Introduction»; commentaire sur L'introduction (εἰσαγωγή) de Porphyre. Cf. Renan, *De philosophia peripatetica apud Syros*, p. 41. Commencement : ܫܩܠܐ ܡܩܕܡܐ ܡܬܒܥܐ ܠܢ ܡܪܝ ܥܠ ܡܠܬܐ ܢܣܒ ܣܘܟܠܐ ܥܬܝܕܐ ܠܟܠܗ ܕܝܘܠܦܢܐ ܦܠܣܘܦܝܐ ܕܡܩܕܡܐ ܘܡܢ.

Papier. Écriture syriaque *sertâ* 120 feuillets. 24 lignes par page. Sans date; manuscrit qui me paraît être du XVIIe siècle ap. J. Ch. (Cas. 652)

In-Octavo.

656.

Titre : الاشارات لابن سينا «Les théorèmes, par Ibn Sînâ». C'est le manuel de logique et de philosophie, intitulé الاشارات والتنبيهات «Les théorèmes et les avertissements», sur lequel nous avons rencontré des commentaires dans les mss. 613 et 623. Copie datée de 724 de l'Hégire (1324 ap. J.-Ch.). Commencement : احمد الله على حسن توفيقه .... ايها الحريص على تحقيق النظر الحق انى مهد لك فى هذه الاشارات والتنبيهات اصولا وجملا من الحكمة الخ.

Papier. Écriture Asiatique 134 feuillets. 15 lignes par page. (Cas. 653.)

657.

Autre exemplaire du même ouvrage, daté de 676 de l'Hégire (1277 ap. J.-Ch.).

Papier. Écriture Asiatique 137 feuillets 25 lignes par page. (Cas. 654.)

658.

Titre à la tranche inférieure : شرح رسالة .... فى اعجاز القران «Commentaire sur l'opuscule de ..... relatif à l'éloquence sublime du Coran». Dans ce titre écrit sur deux lignes, le nom de l'auteur, qui devait suivre رسالة, est méconnaissable.

Le texte commenté est une rhétorique, divisée en chapitres d'après les figures, avec des exemples empruntés exclusivement à la langue du Coran. C'est donc, comme l'ouvrage analogue, mais non identique, contenu dans le ms. 547 de Gotha (Pertsch, *Die Arabischen Handschriften* I, p. 428), un des traités في اعجاز القرآن (cf. Ḥadjî Khalîfa I, p. 351; et mss. 223; 263; 1359; 1799). C'est ainsi qu'on rencontre fol. 6 r° : باب الاستعارة; fol. 21 r° : باب التلاؤم; fol. 57 r° : باب الفواصل. Le commencement fait défaut; voici les derniers mots du texte : ولا يمكن ان يزاد عليها.

Quant au commentaire, je ne puis également, pour aider à établir son identité, qu'en citer la dernière ligne : وليس فيما اورد في هذا الباب الاخير شيء يحتاج له الى استئناف تفسير. Le manuscrit vocalisé termine par : تم شرح الرسالة.

Papier. Écriture Asiatique. 100 feuillets. 17 lignes par page. Sans date. (Cas. 655.)

659.

Ce manuscrit (Cas. 656) a disparu.

660.

Titre : حاشية سعد الدين «Glose de Sa'd ed-Dîn». C'est la glose de Sa'd ed-Dîn Mas'oûd ibn 'Omar At-Taftâzânî, mort en 791 de l'Hégire (1388 ap. J.-Ch.), à la fois sur la *Schamsiyya* de Al-Kâtibî (mss. 619, 1°; 639, 2°; 650, 3°) et sur le commentaire de Ḳoṭb ed-Dîn Moḥammad Ar-Râzî (ms. 619, 2°). Cf. Ḥâdjî Khalîfa IV, p. 76. Autres exemplaires, mss. 669, 2°; 670, 1°. Commencement de cet exemplaire complet : الحمد لله الذى بصّرنا بنور الهداية والتوفيق . . . . . . وبعد فقد سألنى فرقة من خلّانى . . . . . ان اشرح لهم الرسالة الشمسية الخ.

Papier. Écriture Asiatique. 55 feuillets. 15 lignes par page. Sans date. (Cas. 657.)

661.

1° Gloses de Nâṣir ed-Dîn Aboû 'Abd Allâh Moḥammad ibn Moḥammad Al-Loḳânî le Mâlikite, mort d'après Rieu, *Catalogus*, p. 768, en 958 de l'Hégire (1551 ap. J.-Ch.), sur Le commentaire moderne du *Tadjrîd*. On sait que le تجريد الكلام est un traité de métaphysique, par Naṣîr ed-Dîn Aṭ-Ṭoûsî et que Le commentaire moderne est celui de 'Alâ ed-Dîn 'Alî Al-Ḳoûschdjî. Voir mss. 618; 651. Le glossateur, Nâṣir ed-Dîn Al-Loḳânî (cf. mss. 100; 103; 113, 2°; 183) n'est point nommé dans ce manuscrit, mais dans un autre exemplaire, ms. 688, 2°. Copie datée de 970 de l'Hégire (1562 ap. J.-Ch.). Commencement : (*sic*, lisez قول) قوله الشارح فى الحاشية اعنى من اتّصف من محبوبيه بزيادة الكرم فى الجملة الخ.

2° (Fol. 124). Gloses de Djalâl ed-Dîn Moḥammad ibn As'ad Aṣ-Ṣiddîḳî Ad-Dawwânî sur Le commentaire moderne du *Tadjrîd* (cf. 1°). C'est La glose ancienne de Djalâl ed-Dîn, c'est-à-dire la première des trois gloses qu'il composa successivement. Cf. ms. 651. Le manuscrit ne porte aucun nom d'auteur, et c'est la comparaison de Loth, *A Catalogue*, p. 108, qui m'a suggéré d'attribuer ces gloses à Ad-Dawwânî. Copie datée de 970 de l'Hégire (1562 ap. J.-Ch.). Commencement : الحمد لله ربّ العالمين . . . . قـــوله فى الحاشية لم يرد به معينا الخ.

3° (Fol. 177). Gloses sur Le commentaire moderne (cf. 1° et 2°), relatif au troisième «objet» (مقصد) du *Tadjrîd*, c'est-à-dire à la métaphysique, par Moḥammad ibn Aḥmad Al-Ḥafarî, comme l'auteur se nomme lui-même en tête. Il vécut dans la première moitié du Xe siècle de l'Hégire; cf. Ḥâdjî Khalîfa II, p. 269. Copie de la même main que 1° et 2°, datée de 967 de l'Hégire (1559 ap. J.-Ch.). Les points diacritiques sont partout rares dans ce volume. Commencement : الحمد لله ربّ العالمين . . . . . فيقول . . . . . محمد بن احمد الحفرى هذه تعليقات القيت منى على شرح الهيات التجريد الخ.

Papier Écriture Asiatique. 226 feuillets. 21 lignes par page. (Cas 658.)

662.

Titre dans la souscription : هذه حواشِ على شرح حكمة العين للكامل المدقّق اميرك (sic) جنكى للفاضل المحقّق امير سيّد شريف (sic). A la tranche inférieure, on lit : شرح حكمة العين للسيد الشريــف. Exemplaire des gloses composées par As-Sayyid Asch-Scharîf Al-Djordjânî pour expliquer le commentaire de Schams ed-Dîn Moḥammad ibn Moubârakschâh Al-Boukhârî, connu sous le nom de Mîrak, sur la Philosophie de La source (حكمة العين), par Al-Kâtibî. Autres exemplaires, mss. 629; 663. Copie datée de 854 de l'Hégire (1450 ap. J.-Ch.).

Papier. Écriture Asiatique. 192 feuillets. 15 lignes par page. (Cas. 659.)

663.

Titre : حاشية سيد شريف على شرح حكمة العين. Autre exemplaire des gloses contenues dans les manuscrits 629 et 662.

Papier. Écriture Asiatique. 112 feuillets. 23 lignes pai page. Sans date. (Cas. 660.)

664.

1° Gloses de Ḥomaid ed-Dîn ibn Afḍal ed-Dîn Al-Ḥosainî, connu sous le nom de Ibn Afḍal, mort en 909 de l'Hégire (1503 ap. J.-Ch.), sur le commentaire de Aboû 'th-Thanâ Maḥmoûd ibn 'Abd ar-Raḥmân Al-Iṣfahânî, mort en 749 (1348 ap. J.-Ch.), commentaire sur le طوالع الانوار «Apparitions des lumières», traité de métaphysique, dont l'auteur est le ḳâḍî 'Abd Allâh ibn 'Omar Al-Baiḍâwî, mort en 685 (1286 ap. J.-Ch.). Voir Ḥâdjî Khalîfa, n° 7989.

Aucun de ces noms n'est donné dans le manuscrit. Sur Aboû 'th-Thanâ Maḥmoûd d'Ispahan, cf. le ms. 618; Al-Baiḍâwî est le célèbre commentateur du Coran; cf. le ms. 650, 6°. Autre exemplaire, ms. 678, 2°. Commencement : الحمد لله على نواله والصلوة على محمد وآله ضمّره اى جعل الخطبة متضمّنة للاشارة الخ.

2° (Fol. 51). Titre : حاشية السيد الشريف على الاصبهانى «Glose de As-Sayyid Asch-Scharîf sur Al-Isbahânî». La glose de As-Sayyid Al-Djordjânî, comme celle de Ibn Afḍal (1°), se rapporte au commentaire, que Aboû 'th-Thanâ Maḥmoûd d'Ispahan a composé sur le طوالع الانوار de Al-Baiḍâwî. Autre exemplaire, ms. 666. Commencement : قوله بحسب تعلّق الارادة به لا باعتبار ان القدرة علّة تامّه لتخصيص ذلك البعض الخ.

Papier. Écriture Asiatique. 85 feuillets. 1° 21 lignes; 2° de 14 à 19 lignes Sans date. (Cas. 661.)

665.

Titre : بحر الفوائد فى شرح عين القواعد «La mer des observations utiles, commentaire sur La source des fondements».

L'auteur est Nadjm ed-Dîn ʿAlî ibn ʿOmar Al-Ḳazwînî, connu sous le nom de Al-Kâtibî, l'auteur de la *Schamsiyya* (mss. 619, 1°; 639, 2°; 650, 3°) et du حكمة العين (ms. 668, 2°; cf. mss. 629; 662; 663). Il composa sur la logique deux petits traités : 1° عين القواعد «La source des fondements» (ms. 668, 1°); 2° un commentaire explicatif, enrichi d'exemples, qui lui avait été demandé, et que contient ce manuscrit, daté de 736 de l'Hégire (1335 ap. J.-Ch.). Commencement et extrait de la préface : ..... اما بعد حمد الله والثناء عليه بما هو اهله فان جماعة من العلماء ..... التمسوا منى املاء كتاب فى المنطق على وجه الايضاح والبيان ..... على ترتيب الرسالة التى كتبناها فى هذا الفنّ وسمّيناها بعين القواعد ..... وشرعت ..... وسمّيته بحر الفوائد فى شرح عين القواعد الخ.

Papier. Écriture Asiatique. 152 feuillets. 17 lignes par page. (Cas. 662.)

666.

Glose de As-Sayyid Asch-Scharîf Al-Djordjânî sur le commentaire, que Aboû 'th-Thanâ Maḥmoûd d'Ispahan a composé sur le طوالع الانوار de Al-Baiḍâwî. Autre exemplaire, ms. 664, 2°. Copie datée de 847 de l'Hégire (1443 ap. J.-Ch.).

Papier. Écriture Asiatique 31 feuillets. 18 lignes par page. (Cas. 663)

667.

Titre : كتاب كشف الاسرار للخونجى فى المنطق «Livre sur la logique, intitulé : La découverte des secrets, par Al-Khoûnadjî». Ḥâdjî Khalîfa, n° 10660, donne plus complétement le titre : كشف الاسرار فى غوامض الافكار «La découverte des secrets dans les abîmes des pensées». L'auteur est Afḍal ed-Dîn Aboû 'Abd Allâh Moḥammad ibn Nâmwar ibn Moḥammad ibn 'Abd al-Malik Al-Khoûnadjî, l'auteur des Propositions (الجمل) sur la logique (voir mss. 614 617; 640; 654). Copie datée de 659 de l'Hégire (1261 ap. J.-Ch.). Commencement : بحمد الله تعلى استفتح الخ.

Papier. Écriture Asiatique. 113 feuillets. 25 lignes par page. (Cas. 664.)

668.

1° Titre : كتاب المقدمة المسماة بعين القواعد فى علم المنطق من تصانيف ..... نجم الملة والدين على بن عمر الكاتبى القزوينى «Livre de l'introduction intitulée : La source des fondements, sur la science de la logique, l'un des ouvrages de ...... Nadjm ed-Dîn 'Alî ibn 'Omar Al-Kâtibî Al-Ḳazwînî». Cf. ms. 665. Copie datée de 676 de l'Hégire (1277 ap. J.-Ch.). Commencement : قال نجم الملة والدين على بن عمر بن على الكاتبى رحمه الله بعد حمد واهب (*sic*, lisez واجب) الوجود المفيض الخير والجود .... فهذه رسالة فى المنطق الخ.

2° (Fol. 31). Texte du حكمة العين «La philosophie de La source», par le même auteur. C'est une sorte de supplément à l'ouvrage précédent, où les notions de logique sont complétées par des notions de métaphysique et de physique (فى العلمين الاخرين الالهى والطبيعى). Copie collationnée sur l'autographe de l'auteur (الاصل) en 777 de l'Hégire (1375 ap. J.-Ch.). Commencement : سبحانك اللهم يا واجب الوجود ويا مفيض الخير والجود الخ.

Papier. Écriture Asiatique. 115 feuillets. 1° 23 lignes; 2° 11 lignes par page. (Cas. 665.)

669.

1° Supercommentaire anonyme sur la préface des gloses de Sa'd ed-Dîn Mas'oûd At-Taftâzânî, relatives à la *Schamsiyya* de Al-Kâtibî et à son commentaire par Ḳoṭb ed-Dîn Moḥammad Ar-Râzî. Cf. ms. 660; et 2°. Peut-être sont-ce les gloses de Walî ed-Dîn Al-Ḳaramânî, que cite Ḥâdjî Khalîfa IV, p. 78. Ce même supercommentaire est décrit par Loth, *A Catalogue*, p. 143, n° 522. Copie datée de 855 de l'Hégire (1451 ap. J.-Ch.). Commencement : الحمد لله العلى الفيّاض الخ (Loth : الغنى).

2° (Fol. 9 v°). Copie des gloses, sur la préface desquelles est le supercommentaire contenu dans 1°. Autres exemplaires, mss. 660; 670, 1°.

3° (Fol. 56). Titre : حاشية شرح شمسية لمولا *(sic)* سيد شريـــف الجرجانى «Glose sur le commentaire de la *Schamsiyya*, par le maître Sayyid Scharîf Al-Djordjânî». Il s'agit du commentaire de Ḳoṭb ed-Dîn Moḥammad Ar-Râzî. Autres exemplaires de ces gloses, mss. 639, 1°; 648; 672; 673, 4°. Copie datée de 854 de l'Hégire (1450 ap. J.-Ch.). Le commencement donné à propos du ms. 639, 1° est ici précédé de : الحمد لوليّه والصلوة على نبيّه.

Papier. Écriture Asiatique 121 feuillets. 1° 17 lignes; 2° 15 lignes; 3° 19 lignes par page. 2° sans date. (Cas. 666.)

670.

1° شرح سعد الدين للشمسيّـــة «Commentaire de Sa'd ed-Dîn sur la *Schamsiyya*». Copie datée de 854 de l'Hégire (1450 ap. J.-Ch.). Autres exemplaires, mss. 660; 669, 2°.

2° (Fol. 46). Texte de la *Schamsiyya*, par Al-Kâtibî. Le commencement est perdu. Autres exemplaires, mss. 619, 1°; 636, 5°; 639, 2°; 650, 3°.

Papier. Écriture Asiatique. 94 feuillets. 1° 17 lignes; 2° 9 lignes par page. 1° sans date. (Cas. 667.)

671.

Titre : حاشية الملا (*sic*) احمد الخندى (الجندى *sic*, lisez) على شرح الرسالة الشمسية للعلامة ملا قطب الدين «Glose du maître Aḥmad Al-Djandî sur le commentaire du très savant maître Ḳoṭb ed-Dîn, relatif au traité intitulé : La *Schamsiyya*». Parmi les glossateurs de la *Schamsiyya*, Ḥâdjî Khalîfa IV, p. 77, cite Ḳaradjah Aḥmad, mort en 854 de l'Hégire (1450 ap. J.-Ch.); doit-il être identifié avec l'auteur des gloses contenues dans ce volume? Ḥâdjî Khalîfa connaît aussi deux Aḥmad Al-Djandî (voir *Index*, n°s 8236 et 8707), dont l'un, mais je ne sais lequel, pourrait avoir composé des gloses sur le commentaire de Ḳoṭb ed-Dîn Moḥammad Ar-Râzî. Commencement : المصنّف ورتّبته على مقدّمة اى الكتاب مرتّب على كذا على ما يقتضيه العطف على ما سبق من قوله الخ.

Papier. Écriture Asiatique. 71 feuillets. 19 lignes par page. Sans date. (Cas. 668.)

672.

Titre : حاشية السيد على شرح الشمسية للقطب. Autre exemplaire des gloses contenues dans les mss. 639, 1°; 648; 669, 3°; 673, 4°. La fin manque.

Papier. Écriture Asiatique. 132 feuillets. 15 lignes par page Sans date (Cas. 669.)

673.

1° Petit commentaire sur L'introduction (ايساغوجى) de Porphyre, dans la rédaction arabe de Athîr ed-Dîn Moufaḍḍal Al-Abharî (voir le texte, ms. 639, 4°). Ḥâdjî Khalîfa I, p. 505, parle de ce commentaire, dont il ignore l'auteur. Commencement : الحمد لله الذى جعل منطق الانسان مظهر المعلومات الخ.

2° (Fol. 26). Gloses anonymes sur la préface du commentaire que Ḳoṭb ed-Dîn Moḥammad Ar-Râzî a composé sur la *Schamsiyya* de Al-Kâtibî (cf. ms. 619, 2°). Commencement : باسمك اللهم يا كريم وبعونك يا رحمن يا رحيم الخ.

3° (Fol. 30 v°). Commentaire sur un opuscule relatif aux principes de la jurisprudence musulmane (رسالة فى الاصول) de As-Sayyid Asch-Scharîf 'Alî ibn Moḥammad Al-Djordjânî, par son fils, qui est nommé Moḥammad ibn Scharîf Al-Ḥasanî. As-Sayyid Asch-Scharîf Al-Djordjânî étant mort en 816 de l'Hégire (1413 ap. J.-Ch.), son fils, qui fut son élève, écrivait dans la première moitié du IXe siècle de l'Hégire; il s'occupa surtout de traduire en arabe les petits traités, que Al-Djordjânî avait écrits primitivement en persan; cf. Ḥâdjî Khalîfa III, p. 416 et 446. Voir aussi sur lui Pertsch, *Die Arabischen Handschriften . . . . . zu Gotha* II, p. 396. Il se vante d'avoir ajouté des «observations utiles» (فوائد) à celles qui étaient énoncées dans l'opuscule. A la fin, on lit : انتهى تفسير الالفاظ. Commencement et extrait de la préface : احقّ منطق نطق به اللسان . . . . . اما بعد فيقول . . . . . محمد بن شريف الحسنى . . . . . قد عمل فيما سلف والدى وشيخى الشريف . . . . . رسالة فى الاصول الخ.

4° (Fol. 48 v°). Gloses sur le commentaire de Ḳoṭb ed-

Dîn, relatif à la *Schamsiyya* de Al-Kâtibî, par As-Sayyid Asch-Scharîf Al-Djordjânî. Autres exemplaires, mss. 639, 1°; 648; 669, 3°; 672. A la fin du volume, plusieurs fragments sans intérêt.

Papier. Écriture Asiatique. 225 feuillets. 1° 17 lignes; 2° 31 lignes; 3° 13 lignes; 4° 9 lignes par page. Sans date. (Cas. 670)

674.

Commentaire de Ḳoṭb ed-Dîn Moḥammad ibn Moḥammad Ar-Râzî sur la *Schamsiyya* de Al-Kâtibî. Commencement et fin manquent. Autre exemplaire, ms. 619, 2°.

Papier. Écriture Asiatique. 110 feuillets. 15 lignes par page. Sans date. (Cas. 671.)

675.

Titre : الثالث من المباحث المشرقية للامام فخر الدين الرازى « Tome III des Recherches spiritualistes, par l'imâm Fakhr ed-Dîn Ar-Râzî ». Sur ce traité de métaphysique, voir Ḥâdjî Khalîfa, n° 11297. Fakhr ed-Dîn Aboû ʿAbd Allâh Moḥammad ibn ʿOmar Ar-Râzî, surnommé Ibn Al-Khaṭîb, mourut en 606 de l'Hégire (1209 ap. J.-Ch.); cf. mss. 628; 650, 4° et 5°; 676. Le manuscrit débute par la seconde proposition (الجملة الثانية فى الجواهر) du deuxième livre. Le manuscrit 692 appartient à ce même exemplaire, daté de 732 de l'Hégire (1331 ap. J. Ch.).

Papier. Écriture Asiatique. 265 feuillets 17 lignes par page. (Cas. 672)

676.

1° Commentaire intitulé d'après la préface : المنهج المبين فى المباحث الاربعين « Le chemin clairement tracé dans les quarante questions». Commentaire sur Les quarante questions dogmatiques (الاربعين فى اصول الدين; Ḥâdjî Khalîfa, n° 441) de Fakhr ed-Dîn Moḥammad ibn ʿOmar Ar-Râzî (cf. ms. 675). J'ignore de qui est le commentaire. Commencement : الحمد لله الذى وجب لجلاله الاتّصاف بصفات الجلال والكمال .... وبعد .... فلمّا كانت تواليف ..... فخر الدين محمد بن عمر الرازى ..... شاهدة ..... فرأينا ان نبحث فى كتاب الاربعين المحكم عليه الخ.

2° (Fol. 53). Titre : مختصر البرهان «Abrégé, par Borhân ed-Dîn». Je ne sais comment identifier ce Borhân ed-Dîn. Peut-être, malgré la différence des commencements indiqués, avons nous «L'abrégé» sur les devoirs de la vie musulmane, mentionné par Ḥâdjî Khalîfa, n° 11603, sous le titre de مختصر البرهانى, et dont il nomme l'auteur Borhân ed-Dîn Moḥammad ibn Moḥammad Az-Zainî Al-Ḥosainî, fils du schaikh Moḥammad ibn ʿAlî At-Tirmîdhî. Or, celui-ci mourut en 255 de l'Hégire (868 ap. J.-Ch.), d'après Ḥâdjî Khalîfa VI, p. 385. Commencement : الله احمده واياه اوحّد ولرسوله اشهد الخ.

Papier. Écriture Asiatique. 118 feuillets. 23 lignes par page. Sans date. (Cas. 673.)

677.

1° Titre dans Titre général : حاشية قاضى مير حسين لمير فخر الدين «Glose sur le ḳâḍî Mîr Ḥosain, par Mîr Fakhr ed-Dîn». La glose, qui a pour auteur Moḥammad ibn Ḥosain, connu sous le nom de Fakhr ed-Dîn Al-Ḥasanî (Ḥâdjî Khalîfa VI, p. 475 : Fakhr ed-Dîn Al-Astarâbâdhî), se rapporte au commentaire de Kamâl ed-Dîn Ḥosain Al-Maibodî sur هداية الحكمة «La direction de la philosophie», par Athîr ed-Dîn

Moufaḍḍal ibn ʿOmar Al-Abharî. Cf. mss. 236, 1°; 634; 635, 1°. Le commentaire de Al-Maibodî ayant été composé à la fin du IXe siècle de l'Hégire (cf. ms. 236, 1° et Rieu, *Catalogus*, p. 276), le glossateur doit avoir vécu au Xe siècle de l'Hégire; voir du reste Ḥâdjî Khalîfa II, p. 480. Commencement et extrait de la préface : .... الحمد لله العليم الحليم ..... وبعد فيقول ..... محمد بن حسين المدعوّ بفخر الدين الحسنى ان شرح الهداية الاثيرية للقاضى ..... كمال الدين حسين الميبدى الخ.

2° (Fol. 92). Titre dans Titre général : رسالة الكلّيّات لقطب الدين رازى (*sic*) «Opuscule intitulé : Les généralités, par Ḳoṭb ed-Dîn Ar-Râzî». L'auteur de cet «écrit bien connu» (Ḥâdjî Khalîfa, n° 6304) est le commentateur de la *Schamsiyya;* voir mss. 619, 2°; 674. Commencement : الحمد لله مخترع ماهيات الاشياء الخ.

3° (Fol. 100). Titre dans Titre général : حاشية حاشية كوچك لجلال «Glose sur la glose dite *Koûdjouk,* par Djalâl». Supplément aux prolégomènes des gloses appelées *koûdjouk* «petites» (mss. 630, 1°; 638, 2°), composées par As-Sayyid Asch-Scharîf Al-Djordjânî sur le commentaire de Ḳoṭb ed-Dîn Ar-Râzî (cf. 2°), relatif à la *Schamsiyya* de Al-Kâtibî. Ce supplément a pour auteur Djalâl ed-Dîn Moḥammad ibn Asʿad Aṣ-Ṣiddîḳî Al-Dawwânî, mort en 907 de l'Hégire (1501 ap. J.-C.); cf. Ḥâdjî Khalîfa IV, p. 77; les mss. 651; 687; 706, 2°; etc. Commencement et extrait de la préface : جلّ من طهرت على حواشى الاكوان اسرار قدرته الشاملة ..... فبعد يقول .... محمد بن اسعد الدوّانى الصدّيق كثيرا ما الحّ علىّ اخوانى .... ان اجمع لهم ما كنت القى اليهم اثناء مباحث شرح الشمسية وحواشيه من الزوائد الخ.

4° (Fol. 124). Titre dans Titre général : حاشية حاشية كوچك لمير صدر الدين «Glose sur la glose dite *Koûdjouk,* par Mîr Ṣadr ed-Dîn». Le supplément, comme dans 3°, se rapporte aux mêmes gloses de As-Sayyid Asch-Scharîf Al-Djordjânî. Mîr Sadr ed-Dîn est Aboû Naṣr Moḥammad ibn Ibrâhîm Al-Ḥosainî Asch-Schîrâzî, mort en 903 de l'Hégire (1497 ap. J.-C.); cf. mss. 684; 687, 1°. Commencement : قوله اى ما يجب ان يعلم فى كتب المنطق فان قلت ان اريد بالوجوب الوجوب العقلى فلا يكاد يتم الخ.

Papier. Écriture Asiatique. 188 feuillets. 1° 21 lignes; 2°—4° 17 lignes par page (Cas 674.)

678.

1° Commentaire qui, d'après Ḥâdjî Khalîfa I, p. 208, a pour auteur ʿImâd ed-Dîn Yaḥyâ ibn Ahmad Al-Kâschî, écrivain du Xe siècle de l'Hégire, sur آداب البحث «Les règles de la recherche», par Schams ed-Dîn Moḥammad ibn Aschraf Al-Ḥosainî As-Samarḳandî, mort vers 600 de l'Hégire (1203 ap. J.-Ch.); cf. ms. 619, 3°; Ḥâdjî Khalîfa, *loc. cit.* Nombreuses notes marginales et interlinéaires, au milieu desquelles texte et commentaire se distinguent à peine. Commencement : الحمد لله ربّ العالمين . . . . . . وبعد فقد قال . . . . . شمس الملّة والدين محمد السمرقندى المنّة علينا من منّ عليه لواهب افضل النعم التى هى نعمة العقل وذلك الواهب هو الله تع الخ.

2° (Fol. 33 v°). Gloses de Ibn Afḍal, identiques à celles du ms. 664, 1°. La fin manque.

3° (Fol. 45 v°). Courtes observations sur «l'expression : les propositions et les réponses» (اللفظية الايرادات والاجوبة), contenue dans le commentaire de Ḳoṭb ed-Dîn Ar-Râzî sur la *Schamsiyya* de Al-Kâtibî. Je ne sais quel est l'auteur. Commencement : الحمد لله اللهم بالحقّ والعلم بالصدق الخ.

4° (Fol. 48 v°). Dissertation, où sont examinées les questions et les réponses données par Ḳoṭb ed-Dîn Ar-Râzî dans son commentaire sur la *Schamsiyya* de Al-Kâtibî. L'auteur anonyme cite parmi ses autorités «le maître, l'imâm Al-Kâschî» (cf. 1°). La fin manque. Commencement : هذه الرسالة جمعتها من فوائد فحول العلماء والمدقّقين الفضلاء . . . . . كالسيّد الامام الكاشى وغيرهم على الشرح لمولانا قطب الدين الرازى من السؤالات والجوابات وبعضها من قلبي الخ.

5° (Fol. 66 r°). Titre : حاشية دنقوز لمسعودى «Glose de Donḳoûz sur Mas'oûdî». Mas'oûdî, dans ce titre, désigne le commentaire de Kamâl ed-Dîn Mas'oûd Asch-Scharwânî Ar-Roûmî (cf. ms. 643), disciple de Schâh Fatḥ Allâh (cf. ms. 691) sur آداب البحث «Les règles de la recherche», par Schams ed-Dîn Mohammad As-Samarḳandî (cf. 1°). L'auteur des gloses est Schams ed-Dîn Aḥmad, vulgairement nommé Donḳoûz ou Dinḳoûz (porc), qui, d'après Rieu, *Catalogus*, p. 774, enseignait dans la seconde moitié du IXe siècle de l'Hégire. C'est dans ce sens qu'il faut rectifier les indications données à son sujet, p. 98, à propos du ms. 165. La fin manque. Commencement : ان احسن ما يستفاد به فى الامور الى ان حمد الله الملك المنّان الخ.

Papier. Écriture Asiatique. 75 feuillets. 1° 13 lignes; 2° 23 lignes; 3° 19 lignes; 4° 16 lignes; 5° 21 lignes par page. Sans date. (Cas. 675.)

679.

1° Titre : كتاب آداب البحث شرح للشيخ ابراهيم بن سديد الـــدين البلغارى «Livre intitulé : Les règles de la recherche; commentaire, par le schaikh Ibrâhîm ibn Sadîd ed-Dîn Al-Boulgârî (le Bulgare)». Le texte commenté est le même auquel se rapportent 678, 1° et 5°. Le commentateur est plus complétement nommé en tête Borhân ed-Dîn (برهان الملّة والدين) Ibrâhîm ibn Sadîd ed-Dîn Yoûsouf Al-Boulgârî; je n'ai aucune donnée positive sur l'époque où il a vécu. Commencement : الحمد لله ذى الانعام الخ.

2° (Fol. 31). Titre : القصيدة الموسومة باللاميّة المنشأة فى التصريف «Poésie composée sur la science des flexions, et intitulée : *Lâmiyya*». C'est la لامية الافعال de Ibn Mâlik, avec le commentaire par le fils de l'auteur Badr ed-Dîn Aboû 'Abd Allâh Mohammad ibn ..... Djamâl ed-Dîn Aboû 'Abd Allâh Moḥammad ibn Moḥammad ibn 'Abd Allâh Ibn Mâlik Aṭ-Ṭâ'î. Cf. ms. 16, 1°. Le commentaire sur la préface manque, et l'exemplaire débute par l'explication du premier chapitre. Copie datée de 796 de l'Hégire (1393 ap. J.-Ch.).

3° (Fol. 47). Titre : هذه رسالة فى العروض للاندلسى «Ceci est un manuel de métrique, par Al-Andalousî». Texte de l'abrégé «espagnol» sur la métrique, sur lequel nous avons rencontré un commentaire, ms. 410, 2°. L'auteur est nommé Aboû 'Abd Allâh Moḥammad, connu sous le nom de Aboû Djaisch Al-Anṣârî Al-Ḳisṭî (الانصارى ثم القسطى); il mourut en 626 de l'Hégire (1228 ap. J.-Ch.). Commencement sans préface : قصدت ان اذكر فى هذا المختصر علل الاعاريض الاربع والثلاثين الخ.

4° (Fol. 57). Titre dans la souscription : مقاصد الصلوة «Les objets, que l'on se propose par la prière». L'auteur de cet opuscule parénétique est nommé en tête : ناصر الحق مفتى

الشأم ومصر عزّ الدين ابو محمّد عبد العزيز بن السلام بن ابى القسم السلمى; il mourut en 660 de l'Hégire (1261 ap. J.-Ch.). Commencement : مقصود العبادات كلّها التقرّب الى الله ..... ومعنى التقــرّب الى الله ..... القرب من جوده واحسانه الخ.

Papier. Écriture Asiatique. 69 feuillets. 1° 19 lignes; 2° 21 lignes; 3° et 4° 11 lignes par page. 1°, 3° et 4° sans date. (Cas. 676.)

680.

Titre : حواشى (sic) للمطالع لحاجى باشا «Gloses sur les *Maṭâli'*, par Ḥâdjî Pâschâ». Ces gloses, comme celles qui sont contenues dans les mss. 642; 682; 685, se rapportent au commentaire de Ḳoṭb ed-Dín Moḥammad Ar-Râzî sur مطالــع الانوار «Les apparitions des lumières», par le ḳâḍî Sirâdj ed-Dîn Aboû 'th-Thanâ Maḥmoûd ibn Abî Bakr Al-Ourmawî; cf. ms. 686, 1°. Le médecin Djalâl ed-Dîn Khiḍr ibn 'Alî ibn Al-Khaṭṭâb, connu sous le nom de Ḥâdjî Pâschâ, vécut dans la seconde moitié du VIIIe siècle de l'Hégire. Cf. Ḥâdjî Khalîfa IV, p. 51 et V, p. 597; *Catalogus codicum orientalium bibliothecae Academiae Lugduno-Batavae* III, p. 264. Commencement, et extrait de la préface, où est donné le titre du commentaire composé par Ḳoṭb ed-Dîn : ربّنا ربّنا عوائد لوامع الاسرار من طوالع مطالع الانوار .... وبعد فقد التمس منى جماعة .... ان اشرح كتاب لوامع الاسرار فى شرح مطالع الانوار للعالم ..... قطب الدين الرازى الخ

Papier Écriture Asiatique. 255 feuillets. 21 à 24 lignes par page Sans date. (Cas. 677)

681.

Titre : شرح المطالع للابهرى «Commentaire sur les *Maṭâli'*, par Al-Abharî». Al-Abharî désigne ici Ḥosain Al-Ardabîlî

Al-Abharî, dont Ḥâdjî Khalîfa (V, p. 596) connaît le commentaire, et dont il place la mort en 950 de l'Hégire (1543 ap. J.-Ch.); cf. id. III, p. 361; VI, p. 177. A la fin, on lit : هذا اخر ما وجد من شرح المطالع للابهرى; ce qui indique que le commentaire ne s'étend pas à la totalité des مطالع الانوار, par Al-Ourmawî; cf. mss. 641; 642; 680; etc. Commencement : الحمد لله على نواله ..... قال اللهم انّا نحمدك اقول الحمد هو الوصـــف بالكمال على جهة الاجلال الخ.

Papier. Écriture Asiatique. 107 feuillets. 19 lignes par page. Sans date. (Cas. 678.)

682.

Titre : حاشية المطالع للسيّد الشريف « Glose sur les *Matâli*̔ , par As-Sayyid Asch-Scharîf». Autres exemplaires, mss. 642; 685. Copie datée de 745 de l'Hégire (1344 ap. J.-Ch.).

Papier. Écriture Asiatique. 170 feuillets. 17 lignes par page. Sans date. (Cas. 679.)

683.

1° Titre : حاشيه (sic) شرح مطالع (sic) للسيد على « Glose sur le commentaire des *Matâli*̔ , par As-Sayyid (le maître) ʿAlî ». L'auteur de cette glose sur les gloses de As-Sayyid Asch-Scharîf Al-Djordjânî, relatives au commentaire de Ḳoṭb ed-Dîn Ar-Râzî (cf. 2° et ms. 686, 2°), est Sayyidî ʿAlî Al-ʿAdjamî, mort en 860 de l'Hégire (1455 ap. J.-Ch.). Cf. ms. 547, 3°; et Ḥâdjî Khalîfa V, p. 597. Commencement : قوله الفيّاض الوهّاب اى الفيّاض الذى يعنى الماء الكثير السيال المتجاوز عن حدّ الوادى وطرفه الخ.

2° (Fol. 96). Titre : شرح مطالع (sic) « Commentaire sur les *Matâli*̔ ». C'est le commentaire de Ḳoṭb ed-Dîn Moḥammad ibn Moḥammad Ar-Râzî, connu sous le nom de At-Taḥtânî.

Autre exemplaire, ms. 686, 2°. Commencement : الحمد لله فياض ذوارف العوارف وملهم حقائق المعارف الخ.

Papier Écriture Asiatique. 149 feuillets. 19 lignes par page. Sans date. (Cas. 680.)

684.

Titre : حاشية الامير صدر الدين على شرح المطالع «Glose de l'émir Ṣadr ed-Dîn sur le commentaire des *Maṭâli'* ». L'émir Ṣadr ed-Dîn, ou plus brièvement Mîr Ṣadr ed-Dîn, est Aboû Naṣr Moḥammad ibn Ibrâhîm Al-Ḥosainî Asch-Schîrâzî, mort en 903 de l'Hégire (1497 ap. J.-Ch.); cf. mss. 677, 4°; 687, 1°. Un titre persan, qui est à côté du titre arabe, le nomme Ṣadr ed-Dîn Moḥammad. Je ne sais à quel commentaire se rapportent ces gloses, inconnues de Ḥâdjî Khalîfa. Autre exemplaire, ms. 687, 1°. Copie datée de 953 de l'Hégire (1546 ap. J.-Ch.). Commencement : قوله لما كان الجمل الخ فان قلت سيصرح العلامة بان الجميل ههنا المحمود به الخ.

Papier. Écriture Asiatique. 103 feuillets. 19 lignes par page (Cas 681)

685.

Titre : حاشية مطالع *(sic)* للسيد الشريف «Glose relative aux *Maṭâli'*, par As-Sayyid Asch-Scharîf». Autre exemplaire des gloses contenues dans les mss. 642 et 682, daté de 853 de l'Hégire (1449 ap. J.-Ch.).

Papier. Écriture Asiatique 139 feuillets. 17 à 21 lignes par page. (Cas 682.)

686.

1° Titre : *(sic)* متن مطالع «Texte des *Maṭâli'* ». مطالع الانوار «Les apparitions des lumières», tel est le titre porté par le manuel philosophique du ḳâḍî Sirâdj ed-Dîn Aboû 'th-Thanâ Maḥmoûd ibn Abî Bakr Al-Ourmawî, mort en 682 de l'Hégire (1283 ap. J.-Ch.); cf. ms. 641. Sous le titre, on lit : مصنّف متن مطالع القاضى سراج الدين الارموى. Commencement : اللهم انّا نحمدك والحمد من آلائك الخ.

2° (Fol. 10). Commentaire sur les *Matâli'* (cf. 1°), par Ḳoṭb ed-Dîn Moḥammad ibn Moḥammad Ar-Râzî, connu sous le nom de At-Taḥtânî. Autre exemplaire, ms. 683, 2°.

Papier. Écriture Asiatique. 196 feuillets. 19 lignes par page. (Cas. 683)

687.

1° Glose de Mîr Ṣadr ed-Dîn Aboû Naṣr Moḥammad ibn Ibrâhîm Al-Ḥosainî Asch-Schîrâzî sur un commentaire des مطالع الانوار, par Al-Ourmawî. Autre exemplaire, ms. 684.

2° (Fol. 55). Titre persan : اجازت نامه «Livre de la permission». Cet opuscule arabe, que je ne trouve mentionné dans aucune bibliographie, a été composé en 888 de l'Hégire (1483 ap. J.-Ch.) par Djalâl ed-Dîn Ad-Dawwânî (cf. mss. 651; 677, 3°), qui est appelé à la fin Moḥammad ibn Ismâ'îl ibn As'ad ibn Moḥammad, surnommé Djalâl ed-Dîn Ad-Dawwânî. Commencement : امّا بعد حمد الله على سوابغ نعمه واحسانه الخ.

3° (Fol. 61). Titre : كلمهٔ شهادت «Parole de profession de foi». C'est l'opuscule persan de Djalâl ed-Dîn Ad-Dawwânî (cf. 2°), que Ḥâdjî Khalîfa, n° 7535, appelle شرح كلمتى الشهادة «Commentaire sur les deux paroles de la profession de foi». Copie datée de 951 de l'Hégire (1544 ap. J.-Ch.). Commencement : آفتاب جمال قدم از ان متعاليست كه خفافيش ظلمت سراى الخ.

4° (Fol. 83). Titre : صورة مكتوب ارسله ..... جلال الـــدين الدوّانى الى سلطان الروم بايزيد خان بن محمد خان العثمانى «Teneur de la lettre, qu'adressa ..... Djalâl ed Dîn Ad-Dawwânî au sultan de Constantinople Bâyazîd Khân, fils de Moḥammad Khân, l'Ottoman». Cf. Ḥâdjî Khalîfa, n° 6230. Lettre en vers persans, adressée à Bajazet II, qui régna de 1481 à 1512. Premier vers :

ديدم اندر مسارح انظـــار عجبي زاختلاف ليل ونهار

4° (Fol. 85 v°). Titre : شرح تهذيب الكلام «Commentaire sur L'organisation de la métaphysique». Le texte commenté est le تهذيب المنطق والكلام «L'organisation de la logique et de la métaphysique», par Sa'd ed-Dîn Mas'oûd ibn 'Omar At-Taftâzânî, mort en 792 de l'Hégire (1389 ap. J.-Ch.). Le commentaire est celui de Djalâl ed-Dîn Ad-Dawwânî, tel qu'il est décrit par Ḥâdjî Khalîfa II, p. 480. Commencement : بسم الله الرحمن الرحيم وبه نستعين فى تميم تهذيب المنطق والكلام وتوشيحه بذكر المفضل المنعام الخ.

6° (Fol 127). Dissertation anonyme «sur la définition de certaines restrictions» (رسالة فى تحقيق محصورات). J'emprunte ce titre à un autre exemplaire décrit par M. Loth, *A Catalogue*, p. 161, et dont la date, 828 de l'Hégire (1424 ap. J.-Ch.), ne permet pas que l'on attribue cet opuscule à Djalâl ed-Dîn Ad-Dawwânî, par comparaison avec 2° 5°, 7°, 8°. Je retrouve les deux sections (وسم), notées par M. Loth, *loc. cit.* : 1° فى تحقيق المحصورات الجلية ; 2° فى تحقيق المحصورات الشرطية. Copie datée de 949 de l'Hégire (1542 ap. J.-Ch.). Commencement : الحمد لله مفيض الجود ومبدع نظام الوجود الخ.

7° (Fol. 151). Titre : حاشية على حاسية المطالع لمولانا الفاضـــل

جلال الدين الدوانى «Glose sur la glose relative aux *Matâli'*, par notre maître éminent Djalâl ed-Dîn Ad-Dawwânî». Les gloses de Djalâl ed-Dîn Ad-Dawwânî sont destinées à expliquer et à compléter celles de As-Sayyid Asch-Scharîf Al-Djordjânî sur le commentaire de Ḳoṭb ed-Dîn Ar-Râzî, relatif aux *Maṭâli'* de Al-Ourmawî. Cf. ms. 683, 1°. Commencement : قوله الفيّاض الوهّاب الخ أسلم ان الفيّاض ههنا منقول عن معناه اللغوى وهو الكثير كثرة مخصوصة الخ.

8° (Fol. 189). Titre : شرح على الرسالة الوضعيّة للقاضى عضد الملّة والدين لمولانا جلال الدين الصديق الـــدوانى «Commentaire sur le traité relatif au sens convenu des mots, du ḳâḍî 'Adoud ed-Dîn, par notre maître Djalâl ed-Dîn Aṣ-Ṣiddîḳî Ad-Dawwânî». Sur ce traité de dialectique, par 'Aḍoud ed-Dîn 'Abd ar-Raḥmân ibn Aḥmad Al-Îdjî, mort en 756 de l'Hégire (1355 ap. J.-Ch.), voir ms. 633, 4°; et Ḥâdjî Khalîfa III, p. 453 (cf. I, p. 210), qui attribue le commentaire ici donné comme de Ad-Dawwânî, à Aboû 'l-Ḳâsim ibn Abî Bakr Al-Laithî As-Samarḳandî, qui l'aurait achevé en 888 de l'Hégire (1483 ap. J.-Ch.). Copie datée de 950 (1543 ap. J.-Ch.). Commencement : الحمد لله الذى خصّ الانسان بمعرفة اوضاع الكلام ومبانيه الخ.

Papier. Écriture Asiatique. 203 feuillets. 17 lignes par page. Manuscrit écrit tout entier entre 950 et 952 de l'Hégire (1543—1545 ap. J. Ch.), de la même main. (Cas. 684.)

688.

1° Titre : حاشية شرح التجريد «Glose sur le commentaire du *Tadjrîd*». Au fol. 1 r°, Ad-Dawwânî est donné comme l'auteur de cette glose. C'est en effet la plus ancienne des trois gloses, que Djalâl ed-Dîn Ad-Dawwânî composa sur Le commentaire moderne, que 'Alâ ed-Dîn 'Alî Al-Ḳoûschdjî a consacré au تجريد الكلام de Naṣîr ed-Dîn Aṭ-Ṭoûsî. Cf. ms. 651. Commencement : ربّ يسّر واعن يا كريم يا من وفّقنا لتجريد الكلام فى تقرير عقائد الاسلام . . . . . وبعد فان شرح التجريد للمولى . . . . . علا الدين القوشجى الخ.

2° (Fol. 166). Titre : حاشية للاستاذ . . . . ناصر الدين اللقانى رضه «Glose, par le maître . . . . Nâṣir ed-Dîn Al-Loḳânî . . . .» Au dessous, on lit : حاشية شرح التجريد. Glose également sur Le commentaire moderne du *Tadjrîd*. Autre exemplaire, ms. 661, 1°. Le texte commenté est introduit chaque fois par le persan قولش. La fin manque.

Papier. Écriture Asiatique. 259 feuillets. En moyenne, 21 lignes par page. Sans date. (Cas. 685.)

689.

Titre à la tranche inférieure : حاشية شرح التجريد «Glose sur le commentaire du *Tadjrîd*». Autant que j'ai pu voir dans l'état, où est ce manuscrit aux feuillets collés, à l'écriture rongée par l'humidité, il renferme entre autres éléments la glose de As-Sayyid Asch-Scharîf Al-Djordjânî sur Le commentaire ancien, c'est-à-dire sur celui de Schams ed-Dîn Aboû 'th-Thanâ Maḥmoûd Al-Iṣfahânî, relatif au تجريد الكلام de Naṣîr ed-Dîn Aṭ-Ṭoûsî. Autres exemplaires, mss. 618; 690. Copie antérieure à 916 de l'Hégire (1510 ap. J.-Ch.), d'après la note d'un lecteur au fol. 1 r°.

Papier. Écriture Asiatique. 385 feuillets. 20 lignes par page. Sans date. (Cas. 686.)

690.

Titre : حواشى شرح التجريد تأليف العلامة الاصبهانى للسيّد المحقّق الجرجانى. Autre exemplaire des gloses, composées par Al-Djordjânî sur le commentaire du *Tadjrîd*, par Al-Iṣfahânî; cf. mss. 618; 689. La fin manque.

Papier. Écriture Asiatique. 53 feuillets. 25 lignes par page. Sans date. (Cas. 687.)

691.

Titre à la tranche inférieure : الشروانى على شرح المواقف لشريف (*sic*) الجرجانى «Asch-Scharwânî sur le commentaire des *Mawâkif*, par Scharîf Al-Djordjânî». Asch-Scharwânî désigne ici Fatḥ Allâh Asch-Scharwânî, mort en 891 de l'Hégire (1486 ap. J.-Ch.), le maître de Mas'oûd Asch-Scharwânî (mss. 643; 678, 5°). Ses gloses se rapportent au commentaire de As-Sayyid Asch-Scharîf Al-Djordjânî sur les مواقف فى علم الكلام «Stations sur la science de la métaphysique» (mss. 236, 3°; 547, 5°), par 'Aḍoud ed-Dîn 'Abd ar-Raḥmân ibn Aḥmad Al-Îdjî, mort en 756 de l'Hégire (1355 ap. J.-Ch.); cf. ms. 687, 8°. Copie datée de 982 (1574 ap. J.-Ch.). Le commencement fait défaut.

Papier. Écriture Asiatique. 228 feuillets. 21 lignes par page. (Cas. 688.)

692.

Titre dans la souscription au fol. 262 r°, qui devrait être relié à la fin du volume : المباحث المشرقية «Les recherches spiritualistes». C'est le tome premier, «la première moitié» même (النصف الاول) d'après la souscription, de l'ouvrage et de l'exemplaire, dont nous avons rencontré le tome III dans le manuscrit 675. L'auteur est Fakhr ed-Dîn Ar-Râzî, surnommé Ibn Al-Khaṭîb. Il manque en tête les neuf premiers cahiers.

Papier. Écriture Asiatique. 294 feuillets. 17 lignes par page. Sans date; de 732 de l'Hégire (1331 ap. J.-Ch.), comme le ms 675 (Cas. 689.)

693.

Titre plus moderne : سرح المقترح فى المصطلح «Commentaire de L'improvisateur au sujet de la terminologie technique». L'ouvrage commenté, qui traite des termes techniques employés dans la dialectique (الغرض من الجدل), a pour auteur, d'après la préface, l'imâm Aboû Manṣoûr Moḥammad Al-Barawî, dont Ḥâdjî Khalîfa, n° 12734, place la mort en 567 de l'Hégire (1171 ap. J.-Ch.). Dans le commentaire, il est généralement appelé l'imâm Fakhr ed-Dîn.

Le commentateur est nommé en tête Taḳî ed-Dîn Mothaffar ibn Abî 'l-ʿIzz le Schâfiʿite, surnommé *Al-Mouḳtariḥ* «L'improvisateur» (عُرِف بالمقترح). Ḥâdjî Khalîfa, *loc. cit.*, le nomme Taḳî ed-Dîn Moṭhaffar ibn ʿAbd Allâh Al-Miṣrî. Il dut être presque un contemporain de l'auteur du texte, puisque la copie est datée de 627 de l'Hégire (1229 ap. J.-Ch.). Commencement : امّا بعد حمد الله مؤيّد الدين المبين الخ.

Papier. Écriture Magrébine. 75 feuillets. 19 lignes par page. (Cas 690.)

694.

Titre, dont une partie a disparu : كتاب المنقذ [من الضلال] تأليف الامام ابى حامد [محمد] بن محمد الطوسى ال[غزالى] «Livre intitulé : Le préservatif de l'erreur, œuvre de l'imâm Aboû Ḥâmid

Moḥammad ibn Moḥammad Aṭ-Ṭoûsî Al-Gazâlî». Le titre est redonné à la fin, où il est intact. Le préservatif de l'erreur a été publié et traduit en français par M. Schmoelders, dans son *Essai sur les écoles philosophiques chez les Arabes* (Paris, 1842), p. ١—٧٤; 16—87. Texte et traduction réclamaient une révision, comme l'a démontré M. Joseph Derenbourg dans les *Heidelberger Jahrbücher* 1845, p. 420 à 431. M. Barbier de Meynard s'est servi d'une édition «imprimée et revue avec le plus grand soin» à Constantinople en 1870 pour «donner une interprétation plus certaine du curieux mémoire, où Al-Gazâlî se peint sur le vif, avec ses doutes, ses alarmes de conscience, ses tendances à l'illuminisme des Ṣoûfîs, et où il donne incidemment de piquantes révélations sur les sectes contemporaines». Cf. *Journal Asiatique* de 1877, I, p. 1—93.

Le manuscrit excellent, bien vocalisé, me paraît remonter à la fin du VIIe siècle ou au plus tard aux premières années du VIIIe siècle de l'Hégire. La rédaction en paraît quelque peu différente de celle que reflètent les traductions de MM. Schmoelders et Barbier de Meynard. Autre exemplaire, ms. 1130 (Cas. 1125), 12°. Le manuscrit 631 contient quatre autres ouvrages de Al-Gazâlî; cf. aussi ms. 707, 3°. Commencement : الحمد لله الذى به تُفتتح كلّ خطبة الخ.

Papier. Écriture Magrébine. 56 feuillets. 13 lignes par page. Sans date. (Cas. 691.)

695.

1° Titre dans le Titre général : ذخر مولانا علاء الدين الطوسى «Provisions mises en réserve par notre maître 'Alâ ed-Dîn

Aṭ-Ṭoûsî». Ḥâdjî Khalîfa II, p. 476, connaît ce même titre avec une légère variante : ذخيرة au lieu de ذخر. Un autre titre est donné en tête : تهافت الحكماء للمولى على العراقى «L'écroulement des philosophes, par le maître ʿAlî Al-ʿIrâkî». Ce dernier titre rappelle que l'auteur a suivi pas à pas, jugé et cherché à réfuter le تهافت الفلاسفة «L'écroulement des philosophes», par Al-Gazâlî, dont un exemplaire a été décrit (ms. 631, 1°). ʿAlâ ed-Dîn ʿAlî Aṭ-Ṭoûsî Al-ʿIrâḳî, composa ce livre en 877 de l'Hégire (1472 ap. J.-Ch.), et mourut dix ans après en 887 (1482 ap. J.-Ch.). Copie écrite et collationnée avec l'autographe de l'auteur (الاصل) en 921 (1515 ap. J.-Ch.). Commencement : سبحانك اللهمّ يا منفردا بالازلية والقدم الخ.

2° (Fol. 118). Opuscule sur la conception et l'affirmation, qui, d'après le Titre général, a pour auteur Ḳoṭb ed-Dîn Ar-Râzî, c'est-à-dire Moḥammad ibn Moḥammad, connu sous le nom de At-Taḥtânî, cf. mss. 613; 619, 2°; etc. Commencement : هذه رسالة مشتملة على معنى التصوّر والتصديق الخ.

3° (Fol. 126). Titre dans le Titre général : رسالة مولانـــا جلال على تعريف كلام شرح موافـــف (sic) «Dissertation de notre maître Djalâl pour faire connaître le sens du mot *kalâm* dans le commentaire sur les *Mawâḳif*». Il s'agit du commentaire de As-Sayyid Asch-Scharîf Al-Djordjânî sur les مواقف فى علم الكلام «Stations sur la science de la métaphysique», par ʿAḍoud ed-Dîn ʿAbd ar-Raḥmân Al-Îdjî; cf. ms. 691. Djalâl désigne Djalâl ed-Dîn Ad-Dawwânî (cf. mss. 651; 687; etc.). Autre exemplaire, ms. 706, 6°. Commencement : يا من وقف فى حواشى موافف جلاله عقول الاجلّة الاعلام

.... وبعد فهذا نبذ من الكلام على تعريف علم الكلام كما نقرره اثناء مدارسة شرح المواقف لسيدنا الخ.

Papier. Écriture Asiatique. 137 feuillets. 1° 19 lignes; 2° 21 lignes; 3° 15 lignes par page. 2° et 3° sans date. (Cas. 692.)

669.

1° Titre : كتاب الرموز والامثال اللاهوتية فى الانوار المجردة الملكوتية للحكيم الالهى والعالم الاشراق الشيخ شمس الملة والدين محمد الشهرزورى[1] «Livre intitulé : Les énigmes et les exemples divins dans les lumières abstraites du monde invisible, par le philosophe métaphysicien, et le savant spiritualiste, le schaikh Schams ed-Dîn Moḥammad Asch-Schahrazoûrî». Ḥâdjî Khalîfa, n° 6527. D'après Rieu, *Catalogus*, p. 827, Schams ed-Dîn Moḥammad ibn Maḥmoûd Asch-Schahrazoûrî vécut au VIIe siècle de l'Hégire. Commencement : العظمة شعارك اللهم والكبرياء دثارك الخ.

2° (Fol. 98). Titre : ..... كتاب فوز الاصغر من مؤلفات الفيلسوف ابو (sic) على احمد بن محمد مسكويه «Petit livre du bonheur, l'un des écrits du philosophe ...... Aboû ʿAlî Aḥmad ibn Moḥammad Miskawaihi». Il mourut en 421 de l'Hégire (1030 ap. J.-Ch.). Sur ce philosophe médecin, voir Wüstenfeld, *Geschichte der Arabischen Aerzte*, p. 64; Leclerc, *Médecine Arabe* I, p. 482. Commencement : .... قال احمد بن محمد مسكويه بالكلام على المسائل الثلث الى يشتمل (sic) على العلوم كلها الخ.

3° (Fol. 145). Titre : ..... كتاب اسرار الحكمة المشرقية تأليف ابى بكر بن طفيل الاندلوسى (sic) «Livre intitulé : Les secrets de la philosophie spiritualiste, œuvre de .... Aboû Bakr

1. D'après mes notes, le ms porte الشهردى, ce qui ne donne aucun sens satisfaisant; cf. pourtant la description du ms 209.

Ibn Ṭofail l'Espagnol». Opuscule imprimé à Boûlâḳ en 1882. Sur Ibn Ṭofail, qui mourut à Maroc en 1185, voir Munk, *Mélanges de philosophie juive et arabe,* p. 410—418. Cette partie du manuscrit est en très mauvais état, et le commencement est indéchiffrable.

Papier. Écriture Asiatique. 177 feuillets. 1° et 2° 17 lignes; 3° 19 lignes par page Sans date. (Cas. 693.)

697.

1° Titre : شرح السنوسية الوسطى للشيخ . . . . . محمد السنـــــوسى «Commentaire sur la dissertation moyenne de As-Sanoûsî, par le schaikh . . . . . . Moḥammad As-Sanoûsî». Commentaire, par Moḥammad ibn Yoûsouf As-Sanoûsî Al-Ḥasanî sur son écrit intitulé Les propositions (voir ms. 636, 9°). Il dit avoir composé ce commentaire en 875 de l'Hégire (1470 ap. J.-Ch.), après avoir achevé son عقيدة اهل التوحيد (ms. 636, 8°), et le grand commentaire, qu'il lui consacra sous le titre de عمدة اهل التوفيق والسديد. Commencement : الحمد لله العليم القديم المنفرد بالخلق والتكبير الخ.

2° (Fol. 84). Titre : شرح مقدّمة الشيخ . . . . . محمد السنوسى فى علم المنطق «Commentaire sur L'introduction à la science de la logique». Texte (ms. 636, 7°) et commentaire ont pour auteur Moḥammad ibn Yoûsouf As-Sanoûsî. Commencement : الحمد لله الملك الوهّاب الملهم للصواب . . . . . . وبعد فهذا تقييد قصدت به شرح مختصرى فى علم المنطق الخ.

3° (Fol. 142). Commentaire, par Moḥammad ibn Yoûsouf As-Sanoûsî, sur l'opuscule relatif à la dialectique (علم الميزان), contenu dans les mss. 636, 6°; 653, 4°; et ici, 5°. L'auteur de l'opuscule est appelé vaguement «un Égyptien» (لبعـــــض

المصريّين). Copie datée de 948 de l'Hégire (1541 ap. J.-Ch.). Commencement : الحمد لله الذى انعم علينا بنعمة العقل الموصل الى معرفة عظيم جاله وجلاله الخ.

4° (Fol. 194). Commentaire de Moḥammad ibn Yoûsouf As-Sanoûsî sur ses Introductions (مقدّمات). Autre exemplaire, ms. 636, 15°.

5° (Fol. 222). Opuscule relatif à la dialectique, sur lequel est le commentaire contenu dans 3°. Autres exemplaires, mss. 636, 6°; 653, 4°. L'auteur est nommé ابو الحسن ابراهيم بن عمر بن الحسن الرباظ (sic) بن على بن ابى بكر البقاعى الشافعى.

6° (Fol. 226). Dissertation du schaikh Aboû 'Abd Allâh Moḥammad ibn Sâ'id sur la division des sciences et sur la psychologie. Si la lecture du nom est exacte, je ne trouve aucune notice sur l'écrivain qui le portait. Copie datée de 946 de l'Hégire (1539 ap. J.-Ch.). Commencement : الحمد لله من رسالة الشيخ ابى عبد الله محمد بن ساعد رحمه الله فى انواع العلوم الموضوعات وبيان ما هو مقصود بالغرض او بالذات الخ.

7° (Fol. 252). Commentaire, par Aboû 'Abd Allâh Moḥammad ibn Yoûsouf As-Sanoûsî sur son Article de foi, intitulé المرشدة «Celle qui dirige»; cf. ms. 636, 11°. Commencement : الحمد لله الذى انعم علينا بالايمن والاسلام .... وبعد فقد وضعت جملة مختصرة فيما يجب على المكلف فى حقّ الله الخ.

Papier. Écriture Magrébine. 275 feuillets. 1°—3° 25 à 27 lignes; 4° et 5° 28 lignes; 6° 23 lignes; 7° 31 lignes. 1° et 2° sans date, écrits de la même main et en même temps que 3°, 4°, 5°, 7° sans date, tous écrits vers la même époque que 6°. (Cas. 694.)

698.

Titre : كتاب الاعتبار فى الملكوت تأليف جبريل بن نوح «Livre intitulé : L'instruction par les exemples, sur le monde invisible, œuvre de Djibrîl ibn Noûḥ». D'après Al-Bîroûnî, *Chronologie Orientalischer Völker* (éd. Sachau), page ٢٠٨, Djibrîl ibn Noûḥ le chrétien était un contemporain du Manichéen Yazdânbakht, qui vécut sous le khalifat de Al-Ma'moûn, c'est-à-dire entre 198 et 218 de l'Hégire (813 et 833 ap. J.-Ch.); cf. Flügel, *Mani*, p. 108. Peut-on identifier l'auteur chrétien de cet ouvrage sur le mystère de la création et sur l'organisation du monde avec Djibrîl (Gabriel), l'oculiste du khalife Al-Ma'moûn? Je pose le problème sans chercher à le résoudre. Voir sur celui-ci Wüstenfeld, *Geschichte der Arabischen Aerzte*, p. 46; Leclerc, *Médecine arabe* I, p. 300. Voici comment est terminé ce curieux ouvrage : فهذا منتهى ما جُمع فى هذا الكتاب من الدلائل على الخلق والتدبير وهو قليل من كثير وجزؤ من كلّ. Commencement : الحمد لله ربّ العلمين ..... اما بعد فان ناسا حين جهلوا الاسباب والمعانى فى الخلقة الخ.

Papier. Écriture Magrébine. 82 feuillets. 13 lignes par page. Sans date; de la fin du VIIe, ou du commencement du VIIIe siècle de l'Hégire. (Cas. 695.)

699.

Titre dans la souscription : كتاب الروح «Livre du souffle vital». L'auteur, qui n'est point nommé, est appelé en tête d'autres exemplaires, mss. 1590 et 1592 (cf. ms. 1591, un abrégé), Schams ed-Dîn Aboû 'Abd Allâh Moḥammad ibn Abî Bakr ibn Ayyoûb Ad-Dimischḳî Al-Ḥanbalî, connu sous le nom de Ibn Ḳayyim al-Djauziyya. Il mourut en 751 de l'Hégire (1350 ap. J.-Ch.). Voir Ḥâdjî Khalîfa V, p. 88.

L'ouvrage répond à vingt et une «questions» (مسألة),

sur les destinées de l'homme après la mort. M. Loth, *A Catalogue*, p. 41, en a donné une énumération complète. Les vingt et une questions sont groupées dans trois sections (جزء); on lit à la fin : نجز الجزء الثالث من كتاب الروح وبه تم الكتاب وختم.

Copie datée de 920 de l'Hégire (1514 ap. J.-Ch.). Le commencement est lacéré, et on ne peut plus lire que quelques mots de la doxologie. Voici le début de la préface : اما بعد فهذا كتاب مشتمل على مسائل فى الروح ومعانيها الخ.

Papier. Écriture Asiatique. 146 feuillets. 31 lignes tres serrées par page. (Cas. 696.)

700.

Titre plus moderne, confirmé par la préface : كتاب سر الاسرار «Livre intitulé : Le secret des secrets». L'auteur, qui n'est pas nommé, dit avoir extrait ce «joli abrégé» (كتاب وجيز لطيف) sur la pierre philosophale d'un ouvrage plus considérable, qu'il avait composé sur le même sujet, et qui faisait partie de ses «nombreux écrits sur cette matière» (جميع كتبي فى هذا المعنى). Il suit les traces de son maître Djâbir ibn Ḥayyân (fol. 1 v° : استاذنا جابر بن حيّان), le fameux Geber de nos alchimistes du moyen âge.

Quel est l'auteur de ce petit traité? Je suis tenté de l'attribuer à Aidamir ibn ʿAlî Al-Djildakî, mort après 743 de l'Hégire (1342 ap. J.-Ch.); cf. ms. 652. Il est divisé en trois dissertations (اقوال) : 1° فى العقاقير; 2° فى الآلات; 3° فى التدبير. Commencement : الحمد لله ربّ العالمين . . . . . اعلم انى جمعت هذا الكتاب من سرائر الاعمال للصناعة . . . . وساتحف لكم بكتاب وجيز لطيف اسمه سرّ الاسرار الخ.

Papier. Écriture Asiatique. 91 feuillets. 16 lignes par page. Sans date. (Cas. 697.)

701.

Titre à la tranche inférieure : حاشية للسيد الشريف «Glose sur As-Sayyid Asch-Scharîf». Celui-ci ayant écrit un commentaire sur la troisième partie du مفتاح العلوم «La clef des sciences», traité de rhétorique par As-Sakkâkî (mss. 206 à 208), des gloses sur ce commentaire ont été composées par 'Alâ ed-Dîn 'Alî ibn Moḥammad, connu sous le nom de Mouṣannifak, qui mourut en 871 de l'Hégire (1466 ap. J.-Ch.). A la fin, on lit حواش *(sic)* شرح المفتاح. Copie datée de 966 de l'Hégire (1558 ap. J.-Ch.). Autre exemplaire, ms. 209.

Papier. Écriture Asiatique. 205 feuillets. 23 lignes par page. (Cas. 698.)

702.

Titre : كتاب جواهر العقدين فى فضل الشرفين شرف العلم الجلى والنسب العلى تأليف . . . . . نور الدين على بن عبد الله الحسنى نزيل طيبة المشرفة «Livre intitulé : Les perles des deux colliers, sur l'avantage des deux noblesses, la noblesse de la science vraie et la noblesse de la généalogie élevée, œuvre de . . . . Noûr ed-Dîn 'Alî ibn 'Abd Allâh Al-Ḥasanî, établi dans la noble ville de Médine». Ajoutons, d'après un autre exemplaire, ms. 1533 (Cas. 1528), السمهودى «As-Samhoûdî», dénomination sous laquelle est surtout connu cet historien de Médine, mort en 911 de l'Hégire (1505 ap. J.-Ch.). Cf. F. Wüstenfeld, *Geschichte der Stadt Medina. Im Auszuge aus dem Arabischen des Samhûdi* (Göttingen, 1860, in-4).

L'auteur, dont «la généalogie élevée» remontait jusqu'à Ali (voir Rieu, *Catalogus*, p. 770), a composé en 897 de l'Hégire (1491 ap. J.-Ch.) cet ouvrage divisé en deux sections (قسم) : 1° في فضل العلم والعلماء ; 2° في فضل اهل البيت النبوي وشرفهم العلي. Copie datée de 948 (1541 ap. J.-Ch.). Commencement : الحمد لله الذى اعز اولياء (sic, lisez اولياءه) اعلام الدين الخ.

Papier. Écriture Asiatique. 195 feuillets. 23 lignes par page. (Cas. 699.)

703.

1° Dissertation sur «les rayonnements des corps célestes, qui sont envoyés vers les habitants des régions inférieures». Par analogie avec ce que contient d'ailleurs cette collection d'opuscules, je crois pouvoir attribuer cette plaquette sur les mers, sur les variations de la température, sur les causes de la pluie, de la grêle, de la glace, etc., à Aboû ʿAlî Al-Ḥosain ibn ʿAbd Allâh, connu sous le nom de Ibn Sînâ et aussi de *Asch-Schaikh Ar-Raʾîs* (le premier des maîtres), mort en 428 de l'Hégire (1036 ap. J.-Ch.). Cf. mss. 613; 623; 627; 628; 656; 657; etc. Est-ce la رسالة الاجرام السماوية «Dissertation des corps célestes», mentionnée par Ḥâdjî Khalîfa, n° 5939? Peut-être. Commencement : اعلم ان شعاعات الاجرام العلوية تنبعث الى الاشخاص السفلية الخ.

2° (Fol. 6 v°). Titre dans le Titre général : رسالة في حدوث الاجسام «Dissertation sur l'existence des corps». Je l'attribue, pour le même motif que 1°, à Ibn Sînâ. Commencement : الحمد لله حمد الشاكرين . . . . . هذا ما جمع من الدلالات الواضحة والبراهين القاطعة على حدوث الاجسام بالدعاوى الاربع الخ.

3° (Fol. 12 r°). Exposé des cinquante obligations, auxquelles un vrai croyant, une musulmane convaincue doivent se soumettre chaque jour. Epître, dont l'auteur est, je pense,

Ibn Sînâ. Commencement : الحمد لله رب العالمين . . . . . . اما بعد اعلموا اخوانى . . . . . انه ما يلزم المؤمن والمؤمنة فى كلّ يوم وليلة خمسون فرضا الخ.

4° (Fol. 15 r°). Titre dans le Titre général : رسالة فى حىّ ابن يقظـــان «Écrit sur Ḥayy ibn Yaḳṭhân». Ḥâdjî Khalîfa, n° 6115 (cf. n° 9426), nomme, à tort ou à raison, Ibn Sînâ comme l'auteur. Commencement : الحمد لله وسلام على عباده . . . . فانى لمّا رأيت قصّة حىّ بن يقظان الخ.

5° (Fol. 18 v°). Dissertation sur la visite des tombeaux et la légitimité des prières qu'on y fait. Cet opuscule, d'après Ḥâdjî Khalîfa, n° 6170, aurait été composé par Ibn Sînâ. Commencement : الحمد لله ربّ العالمين . . . . . سألتَ . . . . . ان اوضح لك عن كيفية الزيارة وحقيقة الدعاء وتأثيرها فى النفوس والابدان الخ.

6° (Fol. 22 r°). Titre dans la souscription : رسالة العروس «Dissertation de l'épouse». Opuscule sur les causes premières, qui, dans le Titre général, est appelé : رسالة فى حدوث العالم واثبات الواجب. Cet opuscule est attribué à Ibn Sînâ par Ḥâdjî Khalîfa, n° 6227, où il faut lire العروس avec les meilleurs manuscrits (cf. VII, p. 742), et par le compilateur du ms. 1349 du British Museum; voir Rieu, *Catalogus,* p. 627. Commencement : كلّ شىء فى عالم الكون والفساد مما لم يكن فكان كان قبل الكون الخ.

7° (Fol. 24 r°). Dissertation sur la prière. Elle est de Ibn Sînâ; cf. Ḥâdjî Khalîfa, n° 6214; Rieu, *Catalogus,* p. 627; Pertsch, *Die Arabischen Handschriften . . . . . zu Gotha* II, p. 365; etc. Commencement : الحمد لله الذى خصّ الانسان بشرف الخطاب . . . . . اما بعد لمّا التمست منى . . . . . ان اكتب رسالة فى الصلاة واشرح حقيقتها الخ.

8° (Fol. 33 v°). Correspondance sur «les preuves que les anciens ont apportées pour démontrer l'existence de l'être, dont l'existence est nécessaire[1] ». Questions et réponses, approbations et objections se poursuivent entre Nadjm ed-Dîn ʿAlî ibn ʿOmar (ms. : ʿOmar ibn ʿAlî) Al-Kâtibî Al-Ḳazwînî (cf. mss. 619, 1° et 2°; 629; 630; etc.) et Naṣîr ed-Dîn Moḥammad ibn Moḥammad ibn Ḥasan Aṭ-Ṭoûsî (cf. mss. 613; 618; etc.). Al-Kâtibî mourut en 675 de l'Hégire (1276 ap. J.-Ch.); Naṣîr ed-Dîn Aṭ-Ṭoûsî en 672 (1273 ap. J.-Ch.).

Il semble que le compilateur, sans apporter de dates, ait maintenu l'ordre chronologique de cet échange de vues métaphysiques. C'est d'abord une épître de Al-Kâtibî Al-Ḳazwînî, dont voici le début : امّا بعد حمد الله والثناء عليه بما هو اهله ومستحقّه . . . . . فهذه رسالة حرّرتها . . . . . فى مباحث تتعلّق بالبرهان الذى ذكره الاوائل فى اثبات موجود واجب الوجـــــود. Naṣîr ed-Dîn ayant loué et développé les idées exprimées dans ce travail, Al-Kâtibî reprend en ces termes (fol. 48 r°) : بعد حمد موجد الكلّ والثناء عليه والصلوة على نبيّه وآله فاعلم انه قد اتّفق منى ان كتبت كلمات على البراهين التى ذكرها الحكماء لاثبات واجب الوجود لذاته الخ. On peut voir la suite et la traduction latine de cette préface dans Rieu, *Catalogus*, p. 210. A la suite (fol. 58 v°), nouvelles observations de Naṣîr ed-Dîn, auxquelles succède (fol. 67 v°) une dernière réponse de Al-Kâtibî.

9° (Fol. 71 v°). Titre dans le Titre général : رسالة فى حدود الاشياء ورسومها «Petit traité sur les définitions et les descriptions

1. Je traduis ainsi واجب الوجود d'après Mehren, *Les rapports de la philosophie d'Avicenne avec l'islam* (Louvain, 1883), p. 8.

des choses». Cette fois (cf. 1°—7°), l'auteur est nommé le schaikh Aboû ʿAlî Al-Ḥosain ibn ʿAbd Allâh Ibn Sînâ Al-Boukhârî. La bibliothèque de Leyde ne possède pas moins de quatre exemplaires de cet opuscule; cf. *Catalogus* III, p. 324. Il a été publié à Constantinople en 1881, avec d'autres petits traités d'Ibn Sînâ (cf. plus haut, p. 448), p. ٥٠ à ٦٩. Ḥâdjî Khalîfa, n° 6097. Commencement : الحمد لله ربّ العالمين . . . . . وبعد فان اصدقائى سألونى ان املى عليهم حدود الاشياء الخ

10° (Fol. 83). Traité sur la vie présente et la vie future (المبدأ والمعاد), en tête duquel l'auteur est nommé le schaikh Aboû ʿAlî Al-Ḥosain ibn ʿAbd Allâh Ibn Sînâ (cf. 9°). L'ouvrage, mentionné sans nom d'auteur par Ḥâdjî Khalîfa, n° 10459, sous son titre de كتاب المبدأ والمعاد, est tout-à-fait identique à la rédaction contenue dans le manuscrit 964, 2° de Leyde (voir les divisions du traité dans *Catalogus* III, p. 325; cf. aussi Steinschneider, *Al-Farabi*, p. 36, notes; *Hebräische Bibliographie* X, p. 19, note 1). Copie datée de 928 de l'Hégire (1522 ap. J.-Ch.), date qui s'applique à 1°—10°, écrits de la même main. Commencement : الحمد لله ربّ العالمين . . . . . . وبعد فانى اريد ان ادلّ فى هذه المقالة على حقيقة ما عند المشائين المحصّلين من حال المبدأ والمعاد فتضمن مقالتى هذه ثمرتى علمين كبيرين احدهما الموسوم بانه فيما بعد الطبيعة والثانى العلم الموسوم بانه فى الطبيعيات الخ.

11° (Fol. 179). Commentaire développé sur la خطبة «Homélie», de Ibn Sînâ. Le texte de l'homélie a été publié par J. Golius en 1629 (cf. Zenker, *Bibliotheca Orientalis* I, n° 402). Quant au commentaire, il est absolument semblable au commentaire développé, également anonyme, qui est contenu dans le manuscrit 1158, 17° de Gotha (voir Pertsch, *Die Arabischen Handschriften* II, p. 368). Copie datée de 926 de l'Hégire (1520 ap. J.-Ch.). Commencement : الحمد لواهب العقل حمدا يليق بخصائص اوصافه الازلية . . . . . . وبعد فان الخطبة المشهورة للشيخ الرئيس ابى على بن سينا . . . . . . خطبة بليغة مشتملة على الرموز والاشارات الى المسائل الحكمية الخ.

12° (Fol. 243). Commentaire sur une tradition du prophète, relative aux âmes (الارواح), et ainsi conçue : الارواح جنود مجنّدة فما تعارف منها ائتلف وما تناكر فيها اختلف. Le commentaire a peut-être été composé par Ibn Sînâ.

Papier. Écriture Asiatique. 246 feuillets. 1°—10° 15 lignes; 11° et 12° 13 lignes par page. 1° à 9° sans date, mais de la même main que 10°; 12° sans date, écrit en même temps que 11°. (Cas. 700.)

704.

Commentaire sur la deuxième et sur la troisième partie de La direction de la philosophie, c'est-à-dire sur la physique et la métaphysique du manuel composé par l'imâm Athîr ed-Dîn Al-Abharî. L'auteur du commentaire n'est pas plus nommé dans cet exemplaire que dans un autre, ms. 635, 1°. C'est Aḥmad ibn Maḥmoûd Al-Harawî Al-Kharaziyânî, connu sous le nom de Maulânâ Zâdéh. Nombreuses notes interlinéaires et marginales.

Papier. Écriture Asiatique. 72 feuillets. 17 lignes par page. Sans date. (Cas. 701.)

705.

Ce manuscrit (Cas. 702) a disparu, on y a substitué une collection de fragments divers, dont l'un, plus considérable et plus important que les autres, m'a seul paru mériter d'être retenu.

Il porte aux feuillets 1 et 2 deux titres : 1° كتاب تخريج احاديث ابن الحاجب الاصلى تصنيف . . . . . ابو(*sic*) الفضل شهاب الدين احمد بن . . . . . . نور الدين على الشافعى العسقلانى «Livre intitulé : Recueil des traditions de Ibn Al-Ḥâdjib en tant que théologien(?), œuvre de . . . . . . Abou 'l-Faḍl Schihâb ed-Dîn Aḥmad ibn . . . . . Noûr ed-Dîn 'Alî Asch-Schâfi'î Al-'Askalânî»; 2° كتاب موافقة الخُبر الخَبر فى تخريج احاديث المختصر جمع الشيخ . . . . . . احمد بن على بن حجر «Livre intitulé : L'accord de la science avec la tradition dans le Recueil des traditions empruntées à L'abrégé, compilation par le schaikh . . . . Aḥmad ibn 'Alî Ibn Ḥadjar». Enfin, en tête des cahiers, on lit un troisième titre : الامالى «Les dictées». Au fol. 1 r° est mentionnée la date de 836 de l'Hégire (1432 ap. J.-Ch.), qui doit être celle de la composition, peut-être aussi celle de l'exemplaire, qui pourrait bien être un autographe, ou plutôt encore un exemplaire écrit par un disciple de Ibn Ḥadjar, prenant des notes sous la «dictée» du maître.

L'ouvrage, auquel ont été empruntées les traditions pour être groupées et développées, est le مختصر المنتهى «Abrégé du *Mountahâ*», manuel concis de jurisprudence musulmane, que Ibn Al-Ḥâdjib (cf. mss. 3; 17—21; etc.) a extrait de sa rédaction plus développée, de son منتهى السؤال والامل «Le point culminant du vœu et de l'espérance»; cf. ms. 788, 4°; et Ḥâdjî Khalîfa, n° 13126.

Ḥâdjî Khalîfa VI, p. 176, parle des traditions recueillies (il emploie l'expression خرّج, voir le premier titre) dans le *Moukhtaṣar* de Ibn Al-Ḥâdjib par Ibn Ḥadjar, et qui, écrites sous sa dictée, forment deux volumes. Ailleurs (I, p. 428, n° 1177), il cite «Les dictées de Ibn Ḥadjar» (امالى ابن حجر), «dont la plus grande partie, dit-il, est composée de traditions dictées par l'auteur dans la ville d'Alep». L'identification s'impose, si l'on compare ces passages avec les trois titres que j'ai énumérés.

Le célèbre traditionniste Ibn Ḥadjar mourut en 852 de l'Hégire (1448 ap. J.-Ch.). Nous avons décrit précédemment deux recueils de ses poésies; mss. 345, 2°; 444.

La fin manque; mais une partie assez longue en est conservée dans le ms. 1878, qui contient un fragment provenant du même exemplaire, et faisant suite immédiatement aux quarante-deux feuillets contenus dans le manuscrit 705, mais avec de nombreuses lacunes dans la continuation. Une partie de ces lacunes peut être comblée avec des morceaux contenus dans le manuscrit 1939. L'ensemble formait autrefois le manuscrit 1193 (Cas. 1188); voir l'*Avant-propos*, p. XX.

Commencement: الحمد لله الذى شيّد لمن ايّد قصده سندا معتبرا .... اما بعد فقد عزمت على تخريج الاخبار والآثار الواقعة فى المختصر الاصلى للامام ابى عمرو بن الحاجب ..... على ترتيبه الخ.

Papier. 84 feuillets, dont 42 occupés par l'ouvrage de Ibn Ḥadjar, dont l'écriture est asiatique, et où les pages ont 18 lignes.

706.

1° Titre : شرح هياكل النور «Commentaire sur Les temples de la lumière». Les temples de la lumière sont un écrit mystique, par le schaikh Schihâb ed-Dîn Yaḥyâ ibn Ḥabasch As-Souhrawardî, mis à mort pour son hétérodoxie en 587 de l'Hégire (1191 ap. J.-Ch.); cf. Ḥâdjî Khalîfa, n° 14433. L'auteur du commentaire n'est point nommé. D'après Flügel, *Die Arabischen .... Handschriften in Wien* III, p. 328, l'auteur serait *Maulânâ* Djalâl ed-Dîn Moḥammad ibn Maḥmoûd Al-ʿAlawî (le descendant d'Ali), mort avant 875 de l'Hégire (1470 ap. J.-Ch.). M. Pertsch est d'avis que, d'une part la comparaison de (Dorn) *Catalogue des manuscrits ...... de St Péterbourg*, p. 60 (n° 86, 1°), d'autre part l'analogie des autres traités contenus dans notre manuscrit (2°—6°) permettent de supposer que nous avons ici le commentaire de Djalâl ed-Dîn Moḥammad Aṣ-Ṣiddîḳî Ad-Dawwânî, mort en 907 de l'Hégire (1501 ap. J.-Ch.); cf. mss. 651; 677, 3°; 687; 688, 1°; etc. Commencement : يا من نصب رايات ايات قدرته على كواهل هياكل الممكنة الخ.

2° (Fol. 41 v°). Titre dans le Titre général : شرح العقائد العضدية للدوّانى «Commentaire sur les articles de foi de ʿAḍoud, par Ad-Dawwânî». L'auteur de l'opuscule commenté est ʿAḍoud ed-Dîn ʿAbd ar-Raḥmân ibn Aḥmad Al-Îdjî (cf. ms. 687, 8°), mort en 756 de l'Hégire (1355 ap. J.-Ch.); l'auteur du commentaire est nommé en tête Moḥammad ibn Asʿad Aṣ-Ṣiddîḳî Ad-Dawwânî, qui dit l'avoir terminé en 905 de l'Hégire (1499 ap. J.-Ch.). Texte et commentaire ont été imprimés à Constantinople en 1817. Copie datée de 934 (1527 ap. J.-Ch.). Commencement: يا من وفّقنا لتحقيق العقائد الاسلامية الخ.

3° (Fol. 76 v°). Opuscule sur la conduite que doivent tenir les vrais croyants. Les exemplaires doivent avoir circulé sans titre, comme le nôtre; car Ḥâdjî Khalîfa l'appelle une fois (n° 5977) : رسالة فى افعال العباد «Dissertation sur les actes des croyants»; une autre (nº 6122) : رسالة فى مسئلة خلق الاعمال «Dissertation sur la question relative à la création des actes». Ce dernier titre, on le verra, est emprunté à la préface. La Bibliothèque de l'Académie de Leyde possède trois exemplaires, avec trois titres différents; cf. *Catalogus* III, p. 381; V, p. 250. L'auteur est Djalâl ed-Dîn Moḥammad Ad-Dawwânî (cf. 1° et 2°). Commencement : امّا بعد حمد الله فتّاح القلوب سنّاح الغيوب . . . . . فقد سألنى الاخ فى الدين . . . . . مولانا سعد الدين محمد الاسترابادى . . . . . ان اكتب له ما حضر لى فى الوقت من الدقائق المتعلّقة بمسئلة خلق الاعمال الخ.

4° (Fol. 79 v°). Titre dans le Titre général : الرسالة المسمّاة بالزوراء «Le petit traité intitulé : L'oblique». L'oblique, c'est ici le Tigre, sur les rives duquel l'auteur, Djalâl ed-Dîn Moḥammad Ad-Dawwânî (cf. 1°—3°), avait eu en songe une révélation d'Ali, d'après laquelle il composa cette courte dissertation sur des questions métaphysiques traitées au point de vue du ṣoûfisme. Cf. Nicoll, *Catalogi . . . . Bibliothecae Bodleianae* II, p. 223 et suiv. Commencement : الحمد لذاته لوليّه بذاته والصلوة منه على مرتبته الجامعة لجميع صفاته الخ.

5° (Fol. 82 v°). Titre dans le Titre général : شرح الرسالة الزوراء للدوّانى «Commentaire sur le petit traité intitulé : *Az-Zaurâ*, par Ad-Dawwânî». Ce sont des «gloses» (حواش) par Djalâl ed-Dîn Ad-Dawwânî sur son opuscule, contenu dans 4°. D'après un autre exemplaire (ms. 1874 *bis*, 2°), ces «gloses» sont intitulées الحوراء «Celle qui a de beaux yeux». Sur ce titre, et les nombreuses copies de ce commentaire, voir Pertsch, *Die Arabischen Handschriften . . . . zu*

Gotha I, p. 157. Commencement : امّا بعد الحمد لوليّه والصلوة على نبيّه فانى لمّا فرغت من تهذيب الرسالة الموسومة بالزوراء الخ.

6° (Fol. 89 v°). Dissertation, par Djalâl ed-Dîn Ad-Dawwânî, pour faire connaître le sens du mot *kalâm* dans le commentaire sur les *Mawâḳif*. Voir ce qui a été dit à propos d'un autre exemplaire, ms. 695, 3°.

7° (Fol. 95 v°). Titre dans le Titre général : رسالة على المحاكمات «Dissertation relative aux *Mouḥâkamât* (Arbitrages)». Je ne sais si les «Arbitrages» sont ici ceux de Ḳoṭb ed-Dîn Moḥammad Ar-Râzî, contenus dans le ms. 613. Je ne sais pas non plus de qui sont ces gloses sur les prolégomènes d'un traité philosophique. Peut-être de Djalâl ed-Dîn Ad-Dawwânî, puisque le volume paraît exclusivement composé de ses opuscules. Cf. 1°—6°; et aussi Ḥâdjî Khalîfa, n° 11511, où le nom de Ad-Dawwânî est mentionné à propos d'un «Arbitrage». Commencement : قال صاحب المحاكمات والاصل مقدمة كلّيّة تصلح ان تكون كبرى لصغرى سهلة الحصول ذكر المحشّى المحقّق ان سهولتها امّا لانها حملت الكلّى على ما هــــو جزئى له الخ.

Papier. Écriture Asiatique. 99 feuillets. 22 lignes par page. 1°, 3°—7° sans date, mais ecrits de la même main et à la même date que 2°. (Cas. 703.)

707.

Ce manuscrit (Cas. 704) a disparu; on lui a substitué le manuscrit 788 (Cas. 784), tandis que celui-ci était remplacé par le manuscrit 1560 (Cas. 1555). Voir *Avant-propos*, p. XXI. Voici la description de ce qui se trouve actuellement sous le numéro 707 :

1° Dissertation sur l'âme pure de l'enfant. L'auteur est nommé le schaikh Nadjm ed-Dîn, et dit s'être inspiré de Ibn Al-Djauzî. Aboû 'l-Faradj ʿAbd ar-Raḥmân Ibn Al-Djauzî mourut en 597 de l'Hégire (1200 ap. J.-Ch.); cf. mss. 389; 542; etc. Commencement: ..... وبعد قال الشيخ نجم الدين ناقلا عن ابن الجوزى ...... اذا ادّعى الشابّ السلم البدن الصحيح المزاج ان رؤية المستحسنات لا ترعجه ولا تؤثر عنده الخ.

2° (Fol. 10 v°). Titre : كتاب مرات المعان (sic, lisez مرآة المعانى) فى ادراك العالم الانسان (sic, lisez الانسانى) «Livre intitulé : Le miroir des idées, pour atteindre le genre humain». L'auteur ou plutôt le traducteur, qui a fait passer en persan d'abord, puis en arabe l'original indien, est nommé le ḳâḍî, l'imâm Rokn ed-Dîn Moḥammad As-Samarḳandî. Il mourut en 615 de l'Hégire (1218 ap. J.-Ch.); cf. ms. 650, 2°. Un autre exemplaire de cet opuscule en dix chapitres sur «la magie d'après le système de l'Inde» (Ḥâdjî Khalîfa, n° 11745) est conservé à la Bibliothèque de l'Académie de Leyde (cf. *Catalogus* III, p. 164, où la préface est donnée tout au long). Voir la littérature citée, à propos des deux exemplaires de Gotha, dans Pertsch, *Die Arabischen Handschriften* II, p. 451—453. La fin manque. Commencement: الحمد لله ربّ العالمين ..... امّا بعد فان فى بلاد الهند كتاب معتبر معروف ..... وهو يسمّى حوض ماء الحياة الخ

3° (Fol. 20 v°). Le traité intitulé ايّها الولد «Ô mon enfant», par le schaikh, l'imâm Zain ed-Dîn Ḥodjdjat al-Islâm Aboû Ḥâmid Moḥammad ibn Moḥammad Al-Gazâlî. Les mss. 631 et 694 contiennent d'autres ouvrages du même auteur. Ce recueil de conseils (Ḥâdjî Khalîfa, n° 1595) a été publié et traduit en allemand par Hammer-Purgstall (Wien, 1838, in-12). Commencement: ..... الحمد لله ربّ العالمين اعلم ان واحدا من الطلبة المستفيدين الخ.

4° (Fol. 39 r°). Titre : الاحسان العميم بانتفاع الميّت بالقران العظيم للشيخ ..... شمس الدين بن القطان الشافعي المصرى «L'utilité générale, dont le noble Coran peut faire profiter les morts, par le schaikh .... Schams ed-Dîn ibn Al-Ḳaṭṭân Asch-Schâfi'î Al-Miṣrî». L'auteur de ces réflexions sur les avantages des prières pour les morts est identique à Schams ed-Dîn Al-Ḳaṭṭânî, cité par Ḥâdjî Khalîfa V, p. 551. J'ignore quand il a vécu. Copie datée de 985 de l'Hégire (1577 ap. J.-Ch.). Commencement : ما قول السادة العلماء ائمّة الدين وعلماء المسلمين فى كيفية الدعاء للميّت بعد موته على ما ورد به الحديث الخ.

5° (Fol. 45). Titre : هذا كتاب مختصر تنزيه المسجد الحرام عن بدع جهلة العوامّ تأليف .... ابو (sic) البقا بن الضيا محمد بن احمد بن محمد .... العمرى الصاغانى الاصل المكّى الحنفى ويعرف كاتبه بابن الضيا ولد فى ..... سنة ٧٨٩ بمكّة ...... وتوفّى فى ...... سنة ٨٥٤ بمكّة «Ceci est le livre intitulé : Abrégé de La garde de la mosquée sainte contre les innovations des sottes gens, œuvre de .... Aboû 'l-Baḳâ ibn Aḍ-Ḍiyâ Moḥammad ibn Aḥmad ibn Moḥammad ..... Al-'Omarî Aṣ-Ṣâgânî d'origine, le Mecquois, le Ḥanafite. L'auteur est connu sous le nom de Ibn Aḍ-Ḍiyâ; il naquit à La Mecque en 789, et mourut à La Mecque en 854». L'auteur, dont nous avons abrégé à dessein la généalogie, longuement étalée sur plusieurs lignes, naquit donc en 1387 et mourut en 1450 ap. J.-Ch. Comme l'a dit Ḥâdjî Khalîfa, n° 3666, il est à la fois l'auteur de la rédaction développée et de L'abrégé. Ḳâḍî de la Mecque, Ibn Aḍ-

Ḍiyâ fut spécialement chargé de la garde du temple. C'est aux préoccupations de son emploi que se rapportent notre ouvrage sous ses deux formes et le traité complet du pélerinage qui est conservé à Leyde (*Catalogus* IV, p. 153). Commencement : قال . . . . . ابى (*sic*) البقا محمد [بن] احمد بن الضيا القرشى العمرى [1] الحنفى . . . . . . الحمد لله ربّ العالمين . . . . . . وبعد فهذه ورقات اختصرتها من كتابى المسمّى تنزيه المسجد الحرام عن بدع جهلة العوامّ . . . . . . اعلم ان رفع الصوت فى المسجد الحرام بذكر او بتلاوة او غير ذلك منهى عنه الخ.

6° (Fol. 60 v°). Opuscule, sans nom d'auteur, qui, d'après la préface, est intitulé : تحرير الكلام فى مسئلة الكلام «La critique de ce qu'on dit sur la question de la théologie scholastique». Commencement : الحمد لله . . . . فهذا تحرير الكلام فى مسئلة الكلام الخ.

7° (Fol. 67 v°). Traité de la prière, extrait d'un traité de théologie musulmane intitulé : ما لا يسع المكلّف جهله «Ce que l'homme arrivé à l'âge de raison n'a pas le droit d'ignorer». L'auteur est Badr ed-Dîn Aboû 'Abd Allâh Moḥammad ibn Bahâdour Az-Zarkaschî, mort en 794 de l'Hégire (1391 ap. J.-Ch.). Commencement : مما نقل من كتاب ما لا يسع المكلّف جهله املاء البدر الزركشى . . . . . قال كتاب الصلاة الخ.

8° (Fol. 74 v°). Fragments sur des questions de logique, par Taḳî ed-Dîn Aboû 'l-'Abbâs Aḥmad ibn 'Abd al-Ḥalîm Al-Ḥarrânî, connu sous le nom de Ibn Taimîya le Ḥanbalite, mort en 728 de l'Hégire (1327 ap. J.-Ch.). Sur Ibn Taimîya, voir Steinschneider, *Polemische und apologetische Literatur in Arabischer Sprache,* p. 442. Commence-

1. Mes notes portent العدوى, qui est peut-être juste.

ment : من الاعتراضات على الرّد ملخّص من الرّد على المنطق لابن تيميـــة
..... الثانى ان يقال الحدّ يراد به نفس المحدود الخ

9° (Fol. 84). Titre : كتاب الاستبصا[ر] فيما تدركه الابصار «Livre intitulé : L'observation de ce que les regards peuvent atteindre». L'auteur est nommé Aḥmad ibn Idrîs, c'est-à-dire, d'après Ḥâdjî Khalîfa, n° 597, Schihâb ed-Dîn Aḥmad ibn Idrîs Al-Ḳarâfî, jurisconsulte Mâlikite, mort en 684 de l'Hégire (1285 ap. J.-Ch.); cf. ms. 620. Copie datée de 966 (1558 ap. J.-Ch.). Commencement : الحمد لله العليم بخفيات البصائر والابصار الخ.

10° (Fol. 114). Opuscule sur l'amour mystique, sans nom d'auteur. Dix sections (فصل). Commencement : الحمد لله الذى جعل الحبّ مفتاح خزائن الجود الخ.

11° (Fol. 137). Édition, publiée en 388 de l'Hégire (998 ap. J.-Ch.) par le schaikh Al-Ḥasan ibn Al-Ḥasan Ibn Bâbawaihi, d'une lettre relative à des conférences théologiques et philosophiques qui eurent lieu à Merw, dans le Khorâsân, en présence du khalife Al-Ma'moûn (voir ms. 698 et Al-Mas'oûdî, *Les prairies d'or* VIII, p. 301), lettre que le khalife ravi ordonna de transcrire avec une dissolution d'or et d'intituler الرسالة المذهّبة «La lettre dorée». L'éditeur, Al-Ḥasan ibn Al-Ḥasan (peut-être ibn Al-Ḥosain; cf. Rieu, *Catalogus*, p. 385), était sans doute un neveu du célèbre écrivain schî'ite Aboû Dja'far Moḥammad ibn 'Alî Ibn Bâbawaihi Al-Ḳoummî, mort en 381 de l'Hégire (991 ap. J.-Ch.). La «lettre dorée», rapportée au khalifat de Al-Ma'moûn (813—833 ap. J.-Ch.), pourrait bien être l'œuvre de celui qui s'en donne comme l'éditeur. Voici la fin :

فلمّا وصلت هذه الرسالة الى المأمون وقرأها فرح بها فرحا شديدا وامر ان تكتب بماء الذهب وتترجم بالرسالة المذهّبة.

12° (Fol. 147 v°). Opuscule anonyme sur la toute-puissance divine, et sur les arrêts immuables du destin. Commencement : الحمد لله الذى خلق العالم على احسن نظام بالقدرة والاختيار .... فان مسألة الجبر والقدر من مهمّات المسائل وامّهات الاصول .... وانا اريد ان اصنّف فيها الخ.

13° (Fol. 165 v°). Titre dans l'introduction : تشنيف الاسماع بفوائد التسمية عند الجماع «L'action de mettre comme pendants d'oreilles les avantages de la formule *bismi 'llâh* (au nom de Allâh) au moment du commerce charnel». L'auteur anonyme cite plusieurs fois Djalâl ed-Dîn As-Soyoûṭî, qui, on le sait, mourut en 911 de l'Hégire (1505 ap. J.-Ch.), et qui a écrit sur des sujets analogues (voir ms. 565). D'après Ḥâdjî Khalîfa, n° 3008, je serais disposé à désigner comme l'auteur Zain ed-Dîn Aboû Ḥafṣ ʿOmar ibn Aḥmad Asch-Schammâʿ Al-Ḥalabî, mort en 936 de l'Hégire (1529 ap. J.-Ch.). L'opuscule comprend une préface et deux chapitres: 1° فى الكلام على التسمية عند الجماع ; 2° فى ذكر نبذة من سنن الجماع. Copie datée de 976 (1568 ap. J.-Ch.). Commencement : وبعد فهذا تأليف شريف لطيف وسمّيته تشنيف الاسماع الخ.

14° (Fol. 183 v°). La place du titre a été laissée en blanc; puis on lit : تأليف سيّدنا ...... جلال الدين السيوطى «œuvre de notre maître ..... Djalâl ed-Dîn As-Soyoûṭî»; cf. 13°. Le titre, donné dans la préface, est شقائق الاترنج (ms. الاج) فى رقائق الغنج «Les fissures du citron, dans les plus coquettes agaceries»; cf. Ḥâdjî Khalîfa, n° 7626, rectifié par VI, p. 677, n° 406. Copie datée de 987 de l'Hégire (1579 ap. J.-Ch.).

Commencement : الحمد لله وكفى . . . . هذا جزء يسمّى شقائق الاج (sic) فى رقائق الغنج الخ.

15° (Fol. 193 v°). Titre : كتاب مواقع النجوم ويسمّى مفتاح الغيب مما اوصى لقمان لابنه «Livre intitulé : Les influences des étoiles; et ce livre porte aussi le titre de : La clef du mystère, telle que Loḳmân, par son testament, l'a indiquée à son fils». Sur ce testament apocryphe de Loḳmân, voir Steinschneider dans *Hebräische Bibliographie* XIX, p. 115, note 2 (cf. p. VI). Commencement : الحمد لله ربّ العالمين الخ.

16° (Fol. 194 v°). Titre : وصيّة الشيخ شهاب الدين السهروردى «Testament du schaikh Schihâb ed-Dîn As-Souhrawardî». D'après Rieu, *Catalogus,* p. 313, ce n'est point ici l'auteur du texte commenté dans le manuscrit 706, 1°, mais Schihâb ed-Dîn ʿOmar ibn ʿAbd Allâh As-Souhrawardî, mort en 632 de l'Hégire (1234 ap. J.-Ch.), adressant ses dernières volontés à son fils ʿImâd ed-Dîn Aboû Moḥammad ʿAbd Allâh. Commencement : يا بنىّ اوصيك بتقوى الله وخشيته الخ.

Papier. Écriture Asiatique. 199 feuillets. 1°, 5°, 13°, 15° et 16° 25 lignes; 2°, 3°, 9°, 10° et 14° 23 lignes; 4° 22 lignes; 6°, 7°, 8° et 12° 21 lignes; 11° 24 lignes par page. 1°—3°, 5°—8°, 10°—12°, 15°, 16° sans date. (Cas 784.)

708.

Manuscrit en Persan, dont voici le titre : هذا شرح عصامدين بر فارسى (ms. : عسامدين) «Ceci est le commentaire de ʿIṣâm ed-Dîn, en Persan». Au dessus du titre, une main plus moderne a complété le nom de l'auteur, en inscrivant : ابرهيم ابن محمد بن عربشاه الاسفرائنى. ʿIṣâm ed-Dîn Ibrâhîm ibn Moḥammad Ibn ʿArabschâh Al-Isfarâʾinî mourut en 943 de l'Hégire (1536 ap. J.-Ch.). Sur lui et sur sa famille, qui joua un rôle important à La Mecque pendant le Xe et le XIe siècle de l'Hégire, voir Rieu, *Catalogus*, p. 784.

Le commentaire est sans doute celui, que ʿIṣâm ed-Dîn composa pour concilier les règles de la logique avec les lois de la religion musulmane, et que Ḥâdjî Khalîfa, n° 13182, cite sous la rubrique de : منطق الشرعيّة «Logique de l'orthodoxie». Commencement : حمد مصور (منصور *sic*, lisez) صور (مقدور *sic*, lisez) الخ معدور.

Papier. Écriture *taʿlîk* 138 feuillets 17 lignes par page. Sans date. (Cas. 705.)

ADDITIONS ET CORRECTIONS.

Page 3, manuscrit 2. — Sur Asch-Schaloûbînî, voir ms. 312.

Page 4, ligne 15 et page 7, ligne dernière. — Lisez : Écriture Asiatique.

Page 4, ligne 22; page 50, ligne 15; page 57, ligne 20; page 58, ligne 3 ; page 59, ligne 17. — Lisez : souscription.

Page 9, manuscrit 11. — Sur Asch-Schoumounnî, cf. les mss. 49 ; 50 ; 204.

Page 13, manuscrit 16, 1°. — Autre exemplaire, ms. 679, 2°.

Page 13, manuscrit 16, 3°. — Autres exemplaires, mss. 79 ; 270, 2°.

Page 13, manuscrit 16, 4°. — Autre exemplaire, ms. 145.

Page 13, manuscrit 16, 5°. — Sur l'auteur, voir ms. 440.

Page 14, manuscrit 16, 6°. — Autre exemplaire, ms. 143, 1°.

Page 14, manuscrit 17. — Sur l'auteur, voir ms. 149.

Page 20, manuscrit 29. — Cf. nos descriptions des mss. 378 et 605; voir aussi la description de la liasse 1940.

Page 22, manuscrit 30, 3°. — Autre exemplaire, ms. 143, 4°.

Page 25, manuscrit 34. — Sur l'auteur, connu sous le nom de Naschwân Al-Hamdânî, voir ma description du ms. 603. Corriger ligne 17, Al-Hamadânî en Al-Hamdânî.

Page 28, manuscrit 41. — Autres exemplaires plus ou moins complets, mss. 81, 2°; 270, 3°.

Page 29, manuscrit 42. — Fragment d'un autre exemplaire, ms. 1902; d'un commentaire, ms. 1906.

Page 31, manuscrit 46. Sur l'auteur, voir ms. 197.

Page 33, manuscrit 49. — Autre exemplaire, ms. 204.

Page 40, manuscrit 62. — Voir un nom d'auteur analogue pour le ms. 671.

Page 45, manuscrit 74. — Sur Ibn Djâbir, cf. ma description du ms. 327.

Page 48, manuscrit 79. — Autre exemplaire, ms. 270, 2°.

Page 48, manuscrit 80. Autres exemplaires, mss. 151; 152; 184.

Page 55, manuscrit 92, 2°. — Autres exemplaires, mss. 135; 248, 8°; 269, 2°; 547, 4°.

Page 56, manuscrit 92, 3°. — Autres exemplaires, ms. 171, 1° et 7°.

Page 68, ligne 2. — Lisez : ibn Abî 'r-Rabî' Al-Koraschî.

Page 68, manuscrit 111. — Autre ouvrage de Al-Moubarrad, ms. 534, 1°.

Page 77, titre. Lisez : GRAMMAIRE.

Page 83, manuscrit 135. — Autres exemplaires, mss. 92, 2°; 248, 8°; 269, 2°; 547, 4°.

Page 88, ligne 16. — Lisez تاج الدين.

Page 98, manuscrit 165. — Sur l'époque, où vécut Aḥmad Donḳoûz, voir la description du ms. 678, 5°.

Page 104, ligne 5. — Lisez : Pâschâh, comme page 130, ligne 15.

Page 110, manuscrit 186, 2°. — Autre exemplaire, ms. 410, 4°.

Page 113, manuscrit 191. — Naṣîr ed-Dîn Aṭ-Ṭoûsî est également célèbre comme philosophe; voir mss. 613; 618; 644; etc.

Page 116, manuscrit 196. — Cet ouvrage a été publié à Constantinople en 1299 de l'Hégire (1882 ap. J.-Ch.). Autres ouvrages du même auteur, mss. 601; 711; 712.

Page 122, manuscrit 209. — Autre exemplaire, ms. 701.

Page 130, manuscrit 219, 2°. — Autres exemplaires, mss. 429, 1°; 430.

Page 131, manuscrit 221. — Autre ouvrage de Al-Moubarrad, ms. 534, 1°.

Page 132, manuscrit 222. — Le texte commenté se trouve dans le ms. 573. Le commentateur, Ibn As-Sîd Al-Baṭalyoûsî ne mourut pas en 421 de l'Hégire (1030 ap. J.-Ch.), mais en 521 (1127 ap. J.-Ch.). L'erreur, que j'ai commise d'après Ḥâdjî Khalîfa I, p. 223, est rectifiée page 340, ligne 7 et suiv.; cf. page 21, ligne 6 et suiv.; page 169, ligne 20 et suiv.; page 327, ligne 10 et suiv.;

et ma notice dans la *Revue des études juives* VII, p. 274 à 279.

Page 132, ligne 19. — Ajoutez : 29 lignes par page.

Page 140, manuscrit 236, 1°. — Autres commentaires sur La direction de la philosophie (lisez ainsi), mss. 634; 635, 1° et 3°; 677, 1°.

Page 141, manuscrit 236, 6°. — Cf. les dénominations des auteurs du manuscrit 547, 1° et 9°.

Page 142, manuscrit 236, 10°. — Sur Ṣadr Asch-Scharî'a, cf. ms. 547, 9°.

Page 143, manuscrit 236, 10°. — Sur Khaṭîb Zâdéh, cf. mss. 547, 5°; 644, 1° et 2°.

Page 143, manuscrit 236, 11°. — Sur Ad-Dawwânî, voir mss. 651; 677, 3°; 687; 688, 1°; 706; 1839; 1874 *bis*.

Page 152, manuscrit 248, 3°—5°.— Autres exemplaires. ms. 636, 8°—12°.

Page 152, manuscrit 248, 8°. — Autres exemplaires, mss. 92, 2°; 135; 269, 2°; 547, 4°.

Page 153, manuscrit 248, 12°. — Sur l'auteur, voir ms. 390, 3°.

Page 163, manuscrit 269, 1°. — Autres exemplaires, mss. 509 et 510.

Page 164, manuscrit 269, 2°. — Autres exemplaires, mss. 92, 2°; 135; 248, 8°; 547, 4°.

Page 167, manuscrit 273. — Sur le poète aveugle Aboû 'l-ʿAlâ Al Maʿarrî, voir aussi Nâṣiri Khosrau, *Sefer Nameh* (traduction de M. Charles Schefer), dans les *Publications de l'École des langues orientales,* 2e série, vol. I, p. 35 et 36; cf. p. 36, note 1 et p. XLIX. Un exemplaire incomplet du *dîwân* se trouve dans la liasse 1915.

Page 170, manuscrit 276, 2°. — Autre exemplaire, ms. 467, 3°.

Page 171, manuscrit 279. — Voir un opuscule de Ibn Al-Mouʿtazz, ms. 328, 1°.

Page 172, manuscrit 281. — Le titre et le nom de l'auteur se trouvent dans la liasse, cotée 1902. Voici le titre : كتاب الكنايات تصنيف . . . . . ابى العبّاس احمد بن محمد بن احمد الجرجانى «Livre des métonymies, œuvre de . . . . . . Aboû 'l-ʿAbbâs Aḥmad ibn Moḥammad ibn Aḥmad Al-Djordjânî». Cf. Ḥâdjî Khalîfa, n° 10866, d'après lequel l'auteur mourut en 482 de l'Hégire (1089 ap. J.-Ch.). Un feuillet de ce même exemplaire, contenu dans la liasse 1889, montre que l'ouvrage se composait de vingt-quatre chapitres, dont le premier est intitulé : باب الكنايات الواردة فى القران وما جاء منها فى الاخبار والحديث.

D'autres fragments se trouvent dans les mss. 1885 et 1897. Commencement : الحمد لله الذى تفرّد بصفاته الكمال الخ. Le manuscrit très soigné paraît être du VIII° siècle de l'Hégire.

Page 173, manuscrit 285. — Les 208 premières pages d'une édition, restée inachevée, ont été imprimées à Tunis avant 1875.

Page 176, manuscrit 288, 3°. — Autres exemplaires, mss. 330, 5°; 396, 1°.

Page 177, manuscrit 289. — Le texte de la *Ḥamâsa* est dans le ms. 480.

Page 187, manuscrit 303. — Ce manuscrit appartient au plus ancien fonds de l'Escurial; il y était déjà en 1583. Voir le *Catalogus . . . . . . confectus a Licenciato Castillio* dans Ravius, *Prima tredecim partium Alcorani* et dans Hottinger, *Promptuarium* (cf. *Avant-propos*, p. XXXI et suiv.). On y lit sous le numéro 5 : *Maymon Ibben Kaiz elahse de Re amatoriâ & moralibus quibusdam dictis. Liber absolutus cum expositione terminorum notabiliorum Arabicorum.*

Page 200, manuscrit 320. — Le recueil des poésies de Aṭ-Ṭogrâ'î a été publié à Constantinople en 1300 de l'Hégire (1883 ap. J.-Ch.).

Page 205, manuscrit 326. — Je me suis laissé égarer par la date donnée dans Ḥâdjî Khalîfa I, p. 401. En réalité,

Ṣalâḥ ed-Dîn Khalîl Aṣ-Ṣafadî mourut en 764 de l'Hégire (1362 ap. J.-Ch.), comme j'ai eu raison de le dire page 114; 202; etc. Les conclusions, que j'ai tirées de la date de 749, tombent naturellement avec elle.

Page 221, manuscrit 346. — Sur l'auteur, cf. ms. 487, 2°.

Page 222, ligne 16. — Lisez de préférence Al-Boḥtorî (البحترى), comme porte l'édition de ses poésies, publiée à Constantinople en 1300 de l'Hégire (1883 ap. J.-Ch.).

Page 225, manuscrit 353. — Comparez l'ouvrage analogue contenu dans le ms. 215.

Page 226, ligne 24. — Au lieu de 422—424, lisez 421 à 423.

Page 231, manuscrit 359. — Un feuillet de cet exemplaire est dans la liasse, ms. 1926.

Page 251, manuscrit 381. — Autre recueil du même auteur, ms. 419, 1°.

Page 257, manuscrit 387. — Cet opuscule a été publié à Tunis avant 1292 de l'Hégire (1875 ap. J.-Ch.); il a été imprimé deux fois à Constantinople en 1292 (1875 ap. J.-Ch.) et en 1301 (fin de 1883 ap. J.-Ch.). Dans ces éditions, il est attribué à Ṣalâḥ ed-Dîn Aṣ-Ṣafadî, comme dans le ms. 431.

Page 272, manuscrit 407. — Je n'ai pas traduit le mot arabe *mo'allakât*. Parmi les explications de ce mot, je me rallie à l'interprétation proposée par M. A. von Kremer, *Altarabische Gedichte über die Volkssage von Jemen* (Leipzig, 1867), p. 11 et suiv. D'après lui, les *mo'allakât* seraient les poésies qui auraient été les premières «mises par écrit», tandis que les autres continuaient à circuler, récitées par les rapsodes.

Page 272, manuscrit 408, 1°. — Sur Az-Zauzânî, cf. ms. 600.

Page 274, manuscrit 410, 2°. — Le texte commenté se trouve dans le ms. 679, 3°.

Page 284, manuscrit 429, 2°. — Cet ouvrage a été publié à Constantinople en 1299 de l'Hégire (1882 ap. J.-Ch.).

Page 311, manuscrit 468. — Sur Al-Biḳâ'î, cf. mss. 636, 6°; 653, 4°; 697, 5°.

Page 312, ligne 6. — Lisez : de nombreux emprunts.

Page 317, manuscrit 472. — La fin, qui manque, est dans la liasse, cotée 1919*bis*.

Page 341, manuscrit 506. — D. Juan Garcia est cité par Casiri, *Bibliotheca Arabico-Hispana Escurialensis* I, p. 240, où il est nommé *Joannes Garzia medicus*. D'après

Nicolaus Antonius, *Bibliotheca Hispana nova* I, p. 698, il était contemporain de Philippe II et remplissait à l'Escurial les fonctions de *in Regio Laurentino collegio laicus sodalis.*

Page 342, manuscrit 509. — Autre exemplaire, ms. 269, 1°.

Page 351, manuscrit 522. — Les fragments, qui contiennent des parties de ce volume, sont cotés 1922 (20 feuillets) et 1929 (10 feuillets).

Page 353, manuscrit 525. — Cet ouvrage a été publié à Constantinople en 1299 de l'Hégire (1882 ap. J.-Ch.).

Page 354, ligne 1. — Une partie du dictionnaire géographique de Aboû 'Obaid Al-Bakrî occupe les feuillets 1 —149 du ms. 1651 et répond, dans l'édition de M. Wüstenfeld, aux pages ٥٩—٤٣٤.

Page 360, manuscrit 530, 5°. Un commentaire sur cet ouvrage est décrit comme ms. 652.

Page 364, manuscrit 535. — L'édition de Boûlâḳ est seule complète, celle de Constantinople ne contient que douze séances.

Page 376, manuscrit 547, 4°. — Autres exemplaires, mss. 248, 8°; 269, 2°.

Page 377, manuscrit 547, 5°. — Sur Khaṭîb Zâdéh, cf. ms. 644, 1° et 2°.

Page 409, manuscrit 598. — Voir le développement de cette notice dans la *Revue des études juives* VII, p. 283 à 285.

Page 414, manuscrit 605. — Cf. surtout la liasse, portant le numéro 1940.

Page 425, manuscrit 615. Sur Ibn Wâṣil, voir aussi la liasse, cotée 1929.

Page 437, ligne 8. — Lisez : ms. 1130, 7°.

Page 440, note. Lisez مسألة

Page 455, ligne 23. — Lisez : (بن طُملوس). L'auteur de ce commentaire.

Page 480, manuscrit 679, 3°. — Cf. aussi mss. 411; 412.

TABLE DES MATIÈRES.

	Page
Avant-propos	V
I. Grammaire	1
II. Rhétorique	119
III. Poésie	164
IV. Philologie et Belles-Lettres	332
V. Lexicographie	392
VI. Philosophie	419
Additions et corrections	515

www.ingramcontent.com/pod-product-compliance
Lightning Source LLC
Chambersburg PA
CBHW070347030726
47504CB00001B/91
* 9 7 8 2 0 1 9 5 6 4 8 4 1 *